Querverlag

Stefanie Zesewitz

Wie ein Versprechen

Historischer Roman

Alle Charaktere, Schauplätze und Handlungen in diesem Roman sind frei erfunden. Ähnlichkeiten mit lebenden und toten Personen sind unbeabsichtigt.

Umschlag und grafische Realisierung von Sergio Vitale unter Verwendung einer Fotografie der Familie Zesewitz.

Druck und Weiterverarbeitung: Finidr
ISBN 978-3-89656-214-2
Printed in the Czech Republic

Bitte fordern Sie unser Gesamtverzeichnis an:
Querverlag GmbH
Akazienstraße 25, 10823 Berlin
www.querverlag.de

Meiner Großmutter,
die mit ihren farbigen Erzählungen
über ihre Kindheit im St. Pauli der 1920er Jahre
meinen Enthusiasmus für diese Zeit geweckt hat.
23.4.1921 – 15.6.2009

1. Kapitel

„*Mok wat de wüss – de Lüd snackt doch.*“

„Hemmo! Wir sprechen kein Platt! Und setze deiner Tochter ja keine Flausen in den Kopf!“

Dina hatte den missbilligenden Ton ihrer Mutter noch im Ohr, als der Zug in den Altonaer Bahnhof einfuhr und zischend in einer Dampfwolke zum Stehen kam. Sie setzte ihren Hut auf die leicht zerdrückte Frisur, streifte die Handschuhe über und versuchte, das vom langen Sitzen zerknitterte neue Kleid glatt zu streichen. Daheim in Stapelmoor war es ihr wunderschön und wie ein Versprechen auf die große Welt vorgekommen – in Hamburg war sie nicht mehr sicher, ob es wirklich so schick war. In ihrem Abteil hatten zwei junge Frauen gesessen, bestimmt nicht viel älter als sie selbst, aber sie hatten ausgesehen wie aus einem Modemagazin, trugen Lippenstift und Puder, redeten ununterbrochen über Nachtklubs und Männer und Getränke mit fremdländischen Namen und hatten lange Zigarettenspitzen.

Flapper, hatte Dina halb verächtlich gedacht. Halb aber auch bewundernd. Die beiden würden sich sicher nicht auf der Hauswirtschaftsschule langweilen. Ich bin eben langweilig. Eine Landpomeranze, da kann man wohl nichts machen.

Sie zerrte ihren Koffer und die Tasche auf den Bahnsteig, als ihr bereits Tante Luise um den Hals fiel.

„Ach, Kind, dass du endlich da bist!“

Tante Luise war eine stattliche Person, die durch die modernen Kleider mit der tiefen Taille unnötig stämmig wirkte. Sie war eine angeheiratete und inzwischen wieder verwitwete

Cousine von Dinas Mutter und führte eine ‚seriöse Pension für ledige Mädchen', wie sie stets betonte.

Das Gewimmel auf der Straße machte Dina fast schwindelig und in einer Straßenbahn hatte sie auch noch nie gesessen. Tante Luise lächelte. „Tja, *min Deern*, das ist ein anderer Schnack hier als in Stapelmoor, was?"

Dina nickte. Sie hatte es kaum abwarten können, nach Hamburg zu kommen. Die Hauswirtschaftsschule war zwar nicht gerade das, wovon sie träumte, aber sie hatte immer gewusst, dass sie nicht in Ostfriesland bleiben konnte. Was hätte sie in Stapelmoor tun sollen – etwa Onno heiraten? Früher oder später hätte er sie bestimmt gefragt. Dina schauderte. Sie mochte Onno, er war ein wirklich netter Kerl. Sie hoffte, dass er sich nicht in den Kopf setzen würde, auf sie zu warten. Aber selbst wenn. Frientje Janssens hatte sich ihm vermutlich bereits an den Hals geworfen, kaum dass Dina in den Zug gestiegen war. Und Frientje konnte sehr überzeugend sein. Dina seufzte und hoffte, dass sich die Sache mit Onno auf diese Weise von allein erledigen würde.

Das Zimmer, das sie in Tante Luises Pension bewohnen würde, gefiel ihr auf Anhieb, obwohl es natürlich keins von den guten sein konnte, für die ihre Tante den Bewohnerinnen ordentlich Miete abknöpfte. Es war klein, merkwürdig verwinkelt und lag direkt unter dem Dach. Das konnte im Winter ziemlich kalt und im Sommer sehr warm werden, aber es war ja erst Oktober. Ein wundervoller Oktober mit strahlend blauem Himmel, einigen milden Stunden am Tag und an den Abenden schon recht kühl. Das seidige, goldene Licht und der in der Stadt ungewöhnliche Geruch nach Erde schienen Dina wie ein Festhalten an der Lebendigkeit der warmen Jahreszeit, bevor die Starre des Winters einsetzen würde. Und so lehnte sie sich sehnsüchtig aus dem Fenster, das zwar zum Innenhof hinausging, aber aufgrund seiner Lage direkt unter dem Dach recht viel Licht abbekam.

Wie laut es war! Von der Straße her hörte sie den Verkehr: das Hupen der Automobile, Pferdewagen, Straßenbahnen und aus dem Haus einiges an Stimmen. Gezeter einer wütenden

Frau aus einer Küche gegenüber. Aus dem Vorderhaus drang das erbarmungslose Gekratze eines mäßig begabten Geigenschülers herüber und unten im Hof fegte eine alte Frau die bunten hereingewehten Blätter zusammen, wild umkläfft von ihrem winzigen Hund, der den Besen attackierte.

„Dinchen!“

Ihre Tante zog es vor, sie von drei Stockwerken tiefer durchs ganze Haus zu rufen, als die schmalen Treppen heraufzukeuchen. Dina schoss zur Tür.

„Ja! Ich komme runter!“

„Zieh dich an, wir gehen aus!“

Das war eine willkommene und gänzlich unerwartete Aufforderung. Dina schlüpfte voller Begeisterung rasch in ihren Mantel, setzte den Hut wieder auf und stob die Treppen hinunter. Im Wohnzimmer von Tante Luise traf sie auf eine junge Frau, die auf dem Sofa liegend in einem Buch las.

„Dinchen, das ist Fräulein Elisabeth. Sie hat ein Zimmer im zweiten Stock, aber ihr Ofen ist leider nicht ganz in Ordnung, deshalb ist sie oft hier in meinem Salon.“

„Liz. Alle nennen mich so. Hatten Sie eine gute Reise … Dinchen?“

„Guten Tag, bitte nennen Sie mich Dina!“

Liz hob die schmal gezupften Augenbrauen und lächelte verschwörerisch.

Ehe Dina zu einer Erklärung ansetzen konnte, legte auch schon Tante Luise los.

„Ach, ich habe ganz vergessen – Dinchen ist ja bloß ein dummer Kosename, den nur alte Leute wie ich verwenden … Dina also. Ihr jungen Dinger mögt ja dieses ausländische Zeug, also werde ich versuchen, mich daran zu gewöhnen und dich so nennen, sonst kommen noch alle durcheinander.“

Sie zwinkerte ihrer Nichte zu, die sich panisch wand. Luise dachte nicht daran zu verraten, dass der Vorname des Mädchens eine dieser fürchterlichen friesischen Monstrositäten war, die kein Mensch kannte geschweige denn aussprechen konnte. Luise verstand besser, als Dina es sich jemals hätte vorstellen können, was es hieß, einen Neubeginn zu wagen.

„Dann wollen wir mal!"

Dina, die sich kurz gefragt hatte, warum Fräulein … Liz mitten in der Woche um diese Zeit nicht bei der Arbeit war, folgte ihrer Tante. Die vielen großen Häuser, die Menschen und Gefährte auf den Straßen, das alles machte sie sehr müde, aber auch unendlich neugierig darauf, was das Leben weit weg von Stapelmoor für sie bereithalten mochte.

„Sieh her, Mädchen, zur Hauswirtschaftsschule geht es hier herunter und dann ganz am Ende rechts und gleich wieder rechts. Es ist leicht zu finden, ein Backsteingebäude mit einem vorgemauerten Portal."

Dina blinzelte irritiert, denn an die Schule hatte sie gar nicht gedacht, als sie über ihr neues Leben nachgesonnen hatte. Aber das war nun mal der Grund, warum sie in Hamburg war. Der Grund, warum ihre Eltern sie überhaupt hatten gehen lassen. Ihrer Mutter war es wichtig, dass sie lernte, was eine Frau nach ihrem Dafürhalten wissen musste. Ihr Vater hingegen hatte ihre diffuse Unruhe verstanden, würde sie jedoch schrecklich vermissen. Sie war das einzige Kind, das den Eltern nach dem Tod ihres Bruders im letzten Kriegsjahr geblieben war, und nun – zehn Jahre später – verließ sie die Familie. Dina liebte ihren Vater und es fiel ihr unendlich schwer, ihn allein zu lassen. Ihre Mutter war die stets Beherrschte, die ausschließlich Hochdeutsch sprach und alle Energie darauf verwendete, dass man ihrem Hause von innen nicht anmerkte, dass es inmitten von Kuhwiesen, Bauernkaten und ungepflasterten Feldwegen stand. Dina hatte immer das Gefühl, ihren Ansprüchen nicht zu genügen. Sie hatte zwar die hochgewachsene Gestalt, das kräftige goldblonde Haar und die feinen Züge ihrer Mutter geerbt, war aber verträumt, wenig bodenständig und leider auch ziemlich ungeschickt. Ständig verschüttete sie etwas, stolperte über alles und vergaß Dinge, wenn sie ihr nicht wichtig waren. Außerdem war sie manchmal schüchtern und so war ihre Mutter meist von ihrer einzigen Tochter ebenso enttäuscht wie von dem Leben, das sie mit ihrer Familie in der friesischen Einöde führte. Dabei vergaß sie, dass ihr Mann sie genau so liebte wie an jenem Abend, als sie zusammen durchgebrannt waren, weil bereits wenig später jeder hätte sehen können, dass Dinas Bruder sich bereits angekündigt hatte. Sie hatten unterwegs geheiratet und eine Weile in Hamburg gelebt. Aber in der Stadt war Hemmo nicht glücklich gewesen und deshalb ging Dinas Mutter nach einigen Jahren mit ihm zurück. Das Alter ihres Bruders wurde um ein Jahr heruntergelogen und in Stapelmoor reparierte Hemmo wieder mit Hingabe landwirtschaftliche Geräte, die wenigen Automobile im Dorf und sogar Uhren. Von seinem Talent, auch den ältesten Gerätschaften wieder Leben einzuhauchen, lebten sie gut, und dennoch hatte eine leichte Verbitterung nach der Rückkehr von Helene Harms Besitz ergriffen.

Und nun war Dina nach Hamburg gegangen. Sie wusste, ihre Mutter beneidete sie insgeheim und ihr Vater sah, wie sich die Geschichte wiederholte, nur dass Dina nach seinem Dafürhalten nicht verschwinden musste, um etwas zu verbergen.

„Kind, wo bist du denn mit deinen Gedanken?" Tante Luise schüttelte den Kopf. Das Mädchen war für sein Alter ganz schön verträumt und hatte sicher so einiges an Gedöns im Kopf. Darauf würde sie ein Auge haben müssen, aber sonst war die *Deern* schon richtig. *Dat löpt sich all torecht*, dachte Luise.

„Ich hab zugehört, Tante Luise. Die Hauswirtschaftsschule. Ich finde das Gebäude wieder."

Was soll ich da bloß?, fragte sie sich, während sie neben ihrer unaufhörlich weiter schwadronierenden Tante herging. Ein paar Ecken weiter wurden die Straßen plötzlich breiter und sie wusste kaum noch, wohin sie zuerst schauen sollte. Die vielen Geschäfte. Und Menschen, die überall herumwimmelten! Tante Luise nahm Dina beim Ellenbogen und schob sie durch die Eingangstür in ein Café, in dem an flachen Marmortischchen Kaffee und Kuchen serviert wurden.

„Setz dich, Kind."

Dina ließ sich auf dem zierlichen Sesselchen nieder und schaute sich um. Das leise Geplauder hatte auf sie eine hypnotische Wirkung. Der grauhaarige Herr, der mit einer jungen Frau am Tisch saß, die seine Tochter hätte sein können, hätte er nicht seine Hand mit Ehering auf ihrem Knie gehabt, orderte Likör bei der Bedienung, die ein schwarzes Kleid mit einer weiß gestärkten Schürze und einem adretten Spitzenhäubchen trug. Am Nebentisch saßen zwei überaus elegante Damen. Sie trugen das Haar modisch kurz und in Wasserwellen, viel Schminke und ihre Kleider waren gerade noch knielang, mit tiefen Taillen und schwingenden Säumen. Ihre Schuhe hatten Dackelabsätze und Riemchen. Dina seufzte. Würde sie auch eines Tages so aussehen? Elegant, modisch und so, als nähme sie das Leben leicht? Eher nicht. Ihre naturgegebene Trampeligkeit würde sie vermutlich über ihre eigenen Füße stolpern lassen und mit Schminke konnte sie nicht umgehen. Sie hatte es einmal mit Puder versucht, dabei aber immer das Gefühl gehabt, dass ihr nach einer Weile die Haut aus dem Gesicht bröckelte. Wie machte man es bloß, dass es so zart und puppenhaft aussah? Und leicht nehmen konnte sie sowieso nichts.

„Möchtest du einen Kaffee, Kind?"

„Gibt es hier auch Tee?"

Die Bedienung nickte. „Ja, natürlich, gnädiges Fräulein."

„Gut, dann für meine Nichte ein Kännchen Tee. Und wir nehmen noch zwei Stücke von der Schaumtorte."

Tante Luise hatte offensichtlich die Spendierhosen an.

„Danke!"

„Dafür nicht, mein Mädchen. Wir wollen doch deine Ankunft feiern!"

Dina aß ihre Torte und nahm kleine Schlucke von ihrem Tee, der ziemlich dünn war und nicht annähernd so schmeckte, wie sie es von zu Hause kannte. Aber Kaffee konnte sie einfach nicht trinken. Ich bin eben ein echtes Friesengewächs, dachte sie.

Eine der beiden Damen am Nebentisch rauchte eine Zigarette in einer langen Spitze. Als sie ausatmete, schaute sie Dina durch die Rauchwolke an. Ihr Blick glitt erst langsam an ihr entlang, dann sah sie ihr direkt in die Augen. Dina verschluckte sich und warf das Milchkännchen um. Ein ironisches Lächeln spielte um die rot geschminkten Lippen der Dame am Nebentisch. Dann dreht sie sich weg und wendete sich wieder ihrer Begleiterin zu, die sie anhimmelte und ununterbrochen redete.

„Kind, was ist denn? Ist dir nicht gut?"

„Doch." Dina wurde rot. Wie peinlich. Sie begann den Milchtümpel, der sich über das Spitzendeckchen auf dem Tisch ausbreitete, mit ihrem Taschentuch aufzutupfen. Die Bedienung kam mit einem Lappen.

„Lassen Sie mich das machen, gnädiges Fräulein."

Dina wäre am liebsten aufgesprungen und hätte das Café verlassen. Warum war sie bloß immer so schusselig?

Währenddessen half die Dame am Nebentisch ihrer schwatzhaften Begleiterin in den Mantel. Im Hinausgehen drehte sie sich um und sah Dina wieder mit einem spöttischen Lächeln an. Das Mädchen an ihrer Seite bemerkte es und wirkte amüsiert. Sie nahm ihre Hand und zog sie hinter sich her. Ein Glöckchen bimmelte melodisch, die Tür fiel ins Schloss und die beiden waren verschwunden.

„Bist du schon neugierig auf die Hauswirtschaftsschule? Du wirst Freundinnen finden und ihr werdet zusammen unterwegs sein, vielleicht hat eine einen netten, älteren Bruder …"

Tante Luises Geplauder klang wie das Meeresrauschen an Dinas Ohr. Wenn man daran gewöhnt war, hörte man es gar nicht mehr.

Als sie am Abend in ihrem Bett lag und zu müde zum Einschlafen war, dachte sie über den vergangenen Tag nach. Ihre Eltern am Bahnhof, die Zugfahrt, Tante Luises Pension, das Café und die Dame am Nebentisch, die sie so lange angesehen hatte. Warum wohl? Dina wusste, dass sie nicht hässlich war, aber ihre Kleidung und Frisur nahmen sich altmodisch aus. Nichts, was eine moderne Frau hätte ansehen müssen. Na, vermutlich hatte sie zusammen mit ihrer Freundin über sie gelacht, dachte Dina verdrießlich. Was wohl in Hamburg auf sie wartete? Sie drehte sich unruhig hin und her. Was sollte auf sie warten, außer der verflixten Hauswirtschaftsschule am nächsten Morgen?

„Kind! Du musst doch frühstücken!"

„Keine Zeit! Ich muss los, sonst bin ich gleich am ersten Tag zu spät." Mit diesen Worten schoss Dina aus der Haustür. Sie hastete die Straße hinunter und steckte im Laufen das belegte Brot in die Tasche, das ihre Tante ihr hingehalten hatte.

„Nun mal nicht so hastig, junge Dame!"

Himmel! Fast hätte sie einen schmächtigen, älteren Herrn umgerannt, der vor seinem Laden stand und rauchte.

„Entschuldigung. Ich bin zu spät dran. Es tut mir leid."

„Wohin geht es denn so zügig am frühen Morgen?" Er schaute sie amüsiert über den Rand seiner Brille an.

„In die Hauswirtschaftsschule."

„Kenn ich. Ist gleich hier um die Ecke. Na, dann sehen Sie mal zu." Er hustete, als er seinen Zigarettenstummel austrat und wieder zurück in seinen Laden ging.

Photo-Atelier Lohmann, las Dina. Ein schlichter, eleganter Schriftzug. Aber was trödelte sie wieder herum.

In der Schule angelangt, klopfte sie an die Tür des Sekretariats.

„Herein!"

„Guten Tag. Ich bin …"

„Zu spät."

„Es tut mir leid, ich …"

„Das sehen wir hier nicht gern. Fräulein …?"

„Harms."

„Ach hier. Daufdine Harms. Aus Stapelmoor. So so."

„Dina."

„Fräulein Harms." Die Schulsekretärin schaute sie vorwurfsvoll an. „So einen Unsinn machen wir hier nicht. Seien Sie nicht kindisch."

Das saß.

„Ihre Klasse sitzt in Raum 37 im zweiten Stock. Gleich rechts geht es nach oben. Wenn ich dann bitten dürfte, Fräulein Harms."

Dina eilte im Laufschritt die Treppe hinauf. Als sie das Klassenzimmer gefunden hatte, atmete sie ein paar Mal tief durch und drückte dann die Klinke herunter.

Dreißig Augenpaare richteten sich auf sie. Einige der Mädchen begannen leise zu kichern.

„Ruhe. Augenblicklich!", donnerte es vom Pult her. „Fräulein Harms. Schön, dass Sie uns dann doch noch die Ehre geben."

„Entschuldigen Sie die Verspätung, Frau ..." Verdammt! Die Sekretärin hatte ihr den Namen ihrer Lehrerin nicht gesagt.

„*Fräulein* Schramm, wenn es beliebt, Fräulein Harms."

Die Stimme der alten Frau mit Dutt troff vor Sarkasmus. Dina fühlte, wie sie rot wurde. Alle starrten sie an und hielten sie vermutlich für schwachsinnig.

„Meinen Sie, es wäre Ihnen möglich, sich zu setzen, damit wir fortfahren können?"

„Natürlich." Sie blickte sich suchend nach einem freien Platz um. Ein Mädchen mit zwei dicken dunkelbraunen Zöpfen lächelte sie an. Freundlich. Sie lachte sie nicht aus und deutete auf den freien Platz neben sich. Dankbar rutschte Dina auf den Stuhl und stellte ihre Tasche auf den Boden.

Fräulein Schramm fuhr fort, den Stundenplan zu erläutern, der lauter aufregende Fächer wie Kochen, Große Wäsche, Haushaltsrechnen, Nähen und Hygiene enthielt. Am Ende der Stunde teilte sie Zettel aus, auf denen die Materialien gelistet waren, die sie sich besorgen mussten, um am Unterricht teilzunehmen. Dina seufzte. Bleistifte, Hefte und ... Schürzen. Das war noch furchtbarer als in der Schule in Stapelmoor.

„Die Schürzen bringen mich um!", murmelte ihre Sitznachbarin ihr zu. „Ich bin übrigens Ida Lerch."

„Ich bin Dina ... Harms. Ich glaube, ich mag auch keine Schürzen."

Ida kicherte. „Du bist wohl nicht aus Hamburg, oder?"

„Nein, ich komme aus Ostfriesland, aus Stapelmoor. Das kennt hier kein Mensch."

„Oh, von der Küste."

„Ja. Ich wohne bei meiner Tante. Und du?"

„Zu Hause bei meinen Eltern. Sie hätten es lieber gehabt, dass ich studiere. So richtig an der Universität. Aber dazu habe ich gar keine Lust – dann lieber das hier und Schürzen.

Kochen können schadet ja nicht. Mein Bruder studiert Medizin. Das ist vielleicht eklig, was die da machen müssen. Das wäre nichts für mich." Ida schüttelte sich.

Dina musste nun auch lachen. Vielleicht wurde es hier doch nicht so schlimm.

2. Kapitel

„Dina, komm endlich! Was starrst du da immer in das Schaufenster?“ Ida versuchte, die Freundin am Arm weiterzuziehen. „Wir kommen sonst wieder zu spät und kriegen noch ein Mangelhaft!“

Widerwillig folgte Dina. Die viel zu heiße Mai-Sonne spiegelte sich im Schaufenster vom Atelier Lohmann. Dort auf dem Schulweg anzuhalten war etwas, worauf sie sich insgeheim jeden Tag freute. Es gab natürlich nicht immer etwas Neues zu sehen, aber oft genug eben doch und das war immer aufregend. Die ausgestellten Photographien von lokalen Berühmtheiten, Landschaftsaufnahmen oder die Landungsbrücken bei Nacht machten aber lediglich einen Teil der Anziehungskraft von Lohmanns Schaufenster aus. Zwischen den Photographien hindurch konnte man von Zeit zu Zeit einen Blick auf Herrn Lohmann bei der Arbeit erhaschen. Sie konnte sich selbst nicht recht erklären, was sie so sehr daran faszinierte, diesen kleinen, kahlen Mann mit der Nickelbrille heimlich dabei zu beobachten, wie er mit dem Vergrößerungsglas Kontaktabzüge besah, sich hier und da eine Notiz machte, Photopapier schnitt oder eine Aufnahme rahmte. Dabei brannte sie vor Neugier, einen Blick in das Atelier werfen zu können, in dem die Bilder gemacht wurden, denn das konnte man von draußen nicht sehen. Sie war so sehr in Gedanken, dass sie Ida nicht zugehört hatte, die nun ungeduldig wurde und sie in die Seite stieß.

„Und? Was ist nun?“

„Womit?“

„Du hast mir gar nicht zugehört!“ Ida war beleidigt.

„Entschuldige, es tut mir leid. Ich hab wieder geträumt." Jetzt war Dina wirklich geknickt, denn Ida sah gekränkt aus. „Bitte wiederhole es für eine alte Dame mit einem Gehirn wie ein Sieb, wunderschönes Fräulein Ida." Sie lächelte die Freundin zerknirscht an.

„Ich habe meiner Mutter viel von dir erzählt und jetzt hat sie gesagt, ich soll dich doch einmal zu uns nach Hause einladen! Heute kommt auch mein Bruder mit einigen Kommilitonen von der Universität. Wir können im Garten in der Laube sitzen, das Wetter ist so schön im Moment!" Sie strahlte und hakte sich bei Dina ein.

„Ich werde mich bemühen und mich gut benehmen am Kaffeetisch des Lerch'schen Familienanwesens." Dina grinste Ida von der Seite an und schubste sie nun leicht.

Als sie nach der Schule nach Hause kam, konnte sie sich kaum noch auf den freien Nachmittag freuen, denn der Tag war wieder einmal wenig erfolgversprechend verlaufen. Sie hatte zwar den Linseneintopf recht ordentlich hinbekommen, es hatte für ein Befriedigend gereicht, was Dina als großes Glück erschien. Aber dann hatte sie fünf Leinenservietten beim Bügeln komplett ruiniert, was ihr bereits das zweite Mangelhaft in dieser Woche eingebracht hatte. Das elende Monstrum von Bügeleisen war einfach immer zu heiß, wenn sie es von dem mit Kohlen beheizten Ofen nahm. Und schwer war es auch noch. Sie hatte es nicht oft genug über den Schmutzlappen geschoben, um die Bügelfläche von Kohlenkrümeln und Asche zu reinigen, und dann hatte sie auch noch, um das Hantieren mit dem Bügeleisen so zeitsparend wie möglich zu machen, mehrere Servietten übereinander gelegt und das Bügeleisen zu lange darauf gelassen. Sie seufzte. So etwas konnte einfach nicht funktionieren. Jedenfalls war der kleine Stapel Leinenservietten hinterher bräunlich verbrannt, hatte grauschwarze Schlieren von Asche und war auch noch völlig verzogen. Fräulein Schümann sah entsetzt das Bügeleisen und dann Dina an, nachdem sie erkannt hatte, dass da nichts mehr zu retten war, und schüttelte resigniert den Kopf.

„Fräulein Harms, so geht das wirklich nicht. Wissen Sie, was Leinenservietten kosten? Wenn Sie so mit Ihrem Aussteuerleinen umgehen, wird sich Ihr zukünftiger Ehemann aber herzlich bedanken und das Haushaltsgeld kürzen!"

Dina hatte den Kopf gesenkt und war rot geworden. Die anderen Mädchen hatten gekichert und stolz ihre eigenen perfekt gebügelten Servietten zu blöden Schwänen oder Kronen gefaltet. Am liebsten hätte sie der Lehrerin entgegengezischt, dass sie ohnehin keinen Ehemann haben wollte, dem sie von morgens bis abends alles recht machen und hinterherräumen musste. Der sich womöglich über ihren Linseneintopf mokierte und ihr wöchentlich das Geld zuteilte. Sie schluckte eine Antwort jedoch hinunter. Eine weitere schlechte Note konnte sie sich wirklich nicht leisten, und schon gar nicht im Betragen. Das Bügelfiasko war wirklich schlimm genug. Wo sollte das noch hinführen? Wenn sie sich nicht mehr zusammenriss, würde ihr Zeugnis eine ziemliche Katastrophe werden.

„Na, Dina, mit dir möchte ich nicht verheiratet sein", lachte Annegret Kohn, als sie alle aus dem Klassenraum strömten, in dem Fräulein Schümann zusammen mit dem Geruch des verbrannten Leinens allein zurückblieb. Dina streckte Annegret die Zunge heraus und blieb zurück, um auf Ida zu warten.

„Da kann dir dein siamesischer Zwilling auch nicht helfen", lästerte Annegret weiter.

„Halt einfach den Mund!", entfuhr es Dina heftiger, als sie wollte.

„Wenn ich ähnlich schlecht stehen würde wie du, wäre ich etwas netter zu den anderen."

„Was hat das damit zu tun? Kriege ich davon etwa bessere Noten, wenn ich zu dummen Gänsen wie dir nett bin?"

Dina wurde wütend. Annegret hackte gern auf ihr herum. Meistens ignorierte sie sie, aber an diesem Tag fühlte sie sich angriffslustig.

Annegret schnappte beleidigt. „Na, hör mal! Du bist die Schlechteste in der ganzen Klasse und spielst dich immer auf, als wärst du sonst wer! Du hältst dich wohl für was Besseres? Dabei wohnst du bei deiner Tante, die Zimmer an alleinstehende Frauen von sehr zweifelhaftem Ruf vermietet. Ich würde da an deiner Stelle ganz ruhig sein."

Ida stellte sich neben Dina. „Du würdest ruhig sein, Annegret? Das glaubst du doch wohl selber nicht. Du kannst gar nicht ruhig sein, weil du in einer Tour dummes Zeug redest und auch noch über Sachen, von denen du keine Ahnung hast." Idas dunkle Augen funkelten und sie zog ihre Freundin aus dem Kreis, der sich um die beiden gebildet hatte. „Komm, Dina, derartiges Gewäsch musst du dir nicht anhören."

Draußen legte Ida den Arm um sie. Dina zitterte vor Wut.

„Das nächste Mal, wenn die wieder anfängt, knalle ich ihr eine!"

„Nein, das wirst du nicht tun. Dann fliegst du womöglich von der Schule und die lacht sich eins."

Dina hatte gedacht, es würde mit der Zeit besser werden. Wurde es aber nicht. Die meisten Mädchen waren in Ordnung. Es waren einzig Annegret und die Schar ihrer Untergebenen, die sich nicht nur vorgenommen hatten, die besten Hausfrauen der Republik zu werden, sondern auch auf dem Weg dahin so viele andere wie möglich zu drangsalieren und zu demütigen. Und Dina war schusselig und verträumt genug, um ein erstklassiges Ziel für diese dummen Geschöpfe abzugeben.

In ihrem Dachzimmer angekommen, zog Dina das verschwitzte Schulkleid aus und wusch sich mit dem lauwarmen Wasser am Waschtisch. Sie hatte sich schon im Herbst gedacht, dass es in ihrer Mansarde ebenso heiß wie kalt sein konnte, hatte aber nicht damit gerechnet, dass es bereits im Mai derartig bruttig sein würde. Das konnte ja heiter werden im Sommer.

Sie hatte ihr einziges gutes Sommerkleid herausgelegt, das deutlich besser gebügelt war als ihre Servietten in der Schule, aber Dina schob diese Gedanken nun beiseite, denn sie freute sich auf den Besuch bei ihrer Freundin. Schon ein paar Mal hatte sie Ida zu sich nach Hause mitgenommen. Ihre Tante hatte nichts dagegen, wenn sie in ihrem Salon auf dem Grammophon Platten hörten und Ida Dina das Tanzen beibrachte. Aber im Hause Lerch ging es förmlicher zu. Es bedurfte einer offiziellen Einladung und nun hatte Ida ihrer Mutter offenbar lange genug in den Ohren gelegen. Sie durfte Ida einfach nicht blamieren. Sie flocht ihr langes Haar zu zwei Zöpfen, die sie am Hinterkopf zu einem ovalen Nest aufsteckte. Die Haarnadeln pikten, aber sie war schließlich kein Backfisch mehr. Dina seufzte. Manchmal wünschte sie sich genau dahin zurück. Alles war viel unkomplizierter gewesen. Genauso einfach wie der seitliche Zopf, den sie sich an den meisten Tagen morgens machte, ohne nachzudenken.

Zur Feier des Tages leistete sie sich einen Fahrschein für die Straßenbahn, um nicht verschwitzt bei den Lerchs anzukommen, aber das letzte Stück von der Haltestelle reichte weiß Gott noch bei dieser Hitze. Das war ja eine richtig feine Gegend, eine Villa gediegener als die andere. Als sie in die Bellmannstraße einbog, verließ sie fast der Mut. Es reihten sich große Gärten aneinander, in denen ebenso beeindruckende einzelne Häuser standen, die bunt verglaste Erker und manchmal sogar Türmchen hatten. Nummer sechsunddreißig, das war es also. Dina stockte der Atem und sie wäre am liebsten gleich umgedreht. Treppenstufen, die mit altmodischen Mosaiken belegt waren, führten zur Haustür hinauf. Auf jeder der Stufen stand rechts und links je ein Kübel mit zylindrisch geschorenen Buchsbäumchen. Sie schluckte den Kloß in ihrem Hals herunter, stieg mit wackeligen Beinen die Stufen hinauf und läutete. Ein Mädchen, das ungefähr so alt war wie sie selbst, öffnete. Sie trug ein schwarzes Kleid, eine weiße Schürze und ein Häubchen.

„Sie wünschen?“

„Guten Tag, mein Name ist Dina … Harms, ich …“

„Guten Tag, Fräulein Harms. Bitte, treten Sie näher. Die Herrschaften sind im Garten, Fräulein Lerch erwartet Sie bereits.“

Dina folgte mit schleppenden Schritten dem Dienstmädchen durch das große Haus. Damit hatte sie nicht gerechnet. Sie hatte manchmal aus Idas Erzählungen herausgehört, dass es bei ihr zu Hause förmlich zuging und dass ihre Mutter Etikette sehr ernst nahm, aber Ida hatte mit keiner Silbe erwähnt, dass sie aus so einer Familie stammte. Würde Dina sich besser in Hamburg auskennen, hätte ihr die Adresse bereits verraten können, was sie erwartete, aber sie war ins offene Messer gelaufen. Als sie durch die Terrassentür in den Lerch'schen Garten hinaustrat, kam Ida ihr entgegen.

„Oh, du bist da! Wie schön! Hast du es gut gefunden? Blöde Frage, du bist ja da!" Sie fiel ihr um den Hals und war einfach Ida. Wie immer.

Dina sammelte sich. „Du hast mich ja ganz schön für dumm verkauft!"

Ida sah sie verwirrt an.

„Na, hör mal! ‚Fräulein Lerch erwartet Sie bereits' ... Warum hast du mir nicht gesagt, was mich hier – außer dir – erwartet? Ich komme mir ganz schön deplatziert und dumm vor."

„Ich mir doch auch. Was hätte ich denn sagen sollen? Ich mag nicht mit meiner Familie protzen."

Ida sah sie unglücklich und etwas schuldbewusst an. Sie tat Dina fast leid. Schmunzelnd hakte sie sich bei Ida unter.

„Na, Fräulein Lerch, dafür hab ich was gut bei dir! Zeigst du mir den Garten? Es ist schön schattig hier, gar nicht so heiß wie zu Hause in meiner Dachkammer."

„Ja, komm. Ich habe den Kaffeetisch im Pavillon gedeckt, der ist ganz luftig, aber es fallen einem nicht ständig Blätter und Insekten in die Tasse. Den Apfelkuchen habe ich selbst gebacken! Meine Mutter hat getobt, als sie mich in der Küche erwischt hat, sage ich dir! Aber ich wollte das Rezept ausprobieren, das ich mir neulich ausgedacht habe, weißt du noch?"

„Ida? Und das muss Fräulein Harms sein. Willst du mir deine Freundin nicht vorstellen, Kind?"

Eine großgewachsene Dame trat aus der Terrassentür in den Garten hinaus. Nava Lerch trug das ergrauende dunkle Haar in einem elegant gewellten, modisch kurzen Bubikopf und ihr Kleid war aus einem fließenden, jadegrünen Stoff, der in der Nachmittagssonne matt glänzte.

„Aber natürlich." Ida errötete. „Mama, das ist meine beste Freundin, Dina Harms."

Dina knickste und nahm vorsichtig die schmale Hand, die Idas Mutter ihr entgegenhielt.

„Guten Tag, Fräulein Harms. Ich freue mich sehr, dass meine Tochter auf dieser … Schule eine Freundin gefunden hat. Sie müssen uns öfter besuchen. Was ist denn da drinnen los?" Unwillig drehte sie sich um. Im Haus waren Türenknallen und Männerstimmen zu hören. „Verzeihen Sie, Fräulein Harms, das muss mein Sohn sein. Wenn Simon mit seinen Kommilitonen hier erscheint, bricht das Chaos aus. Einige von ihnen sind beinahe bereits fertig studierte Ärzte, benehmen sich aber schlimmer als kleine Kinder." Sie wandte sich abrupt von den Mädchen ab und ging der Gruppe junger Männer, die gestreifte Sommerjacketts und helle Hosen trugen, entgegen.

„Simon! Was soll dieser Lärm wieder? Werdet ihr nie erwachsen?"

„Mama, zauberhaft und umwerfend wie immer!" Er ergriff die Hand seiner Mutter und küsste sie formvollendet.

„Kindskopf!" Sie lächelte ihren Sohn hingerissen an, mehr als willens, ihm jeden Unsinn zu verzeihen, den er sich ausdenken konnte. „Komm jetzt, wir haben Besuch und damit meine ich nicht diese Bande hier!" Sie schlug einen der Freunde ihres Sohnes spielerisch mit ihrem chinesischen Sandelholzfächer auf die Schulter.

„Madame Nava, wir sind Ihnen doch alle willenlos ergeben."

Der auffallend attraktive Mann mit den eigentümlich zwischen blau und grün irisierenden Augen nahm ihn ihr aus der Hand, fächelte ihr graziös Luft zu und verbeugte sich elegant.

„Friedrich – ich bitte Sie! Sie machen mich immer verlegen! Es sollte verboten sein, dass man in Ihrem Alter bereits ein solcher Charmeur ist! Wie könnt ihr Jungs es wagen, eine alte Frau so aufzuziehen … Simon, begrüße deine Schwester und ihre Schulfreundin, Fräulein Harms."

„Ida, Schwestertier, was hast du uns denn da Hübsches mitgebracht? Ein blonder Engel von der Waterkant. Mensch, van Heeren, mach den Mund wieder zu, du siehst zu dämlich aus, wenn deine Augen so glubschen!"

Die Aufmerksamkeit der Studenten lag augenblicklich auf Dina, die sich am liebsten in einem Loch verkrochen hätte.

Madame Nava hatte Erbarmen mit Dina. „Macht mir das Mädchen nicht kopfscheu, benehmt euch. Sie ist diesen Mumpitz nicht gewöhnt, den ihr hier dauernd veranstaltet!" Ida nahm Dinas Hand und zog sie hinter sich her zum Pavillon.

„Es gibt Kuchen!"

Das ließen sich die Jungs nicht zweimal sagen. Beim Kaffee wurden sie richtig handzahm und Dina plauderte angeregt mit Sebastian zu ihrer Rechten, der Chirurg werden wollte und ihr begeistert im Detail sein erstes Anatomie-Kolleg beschrieb.

„Hör doch auf, Berger. Wissen Sie, Fräulein Dina, er kann nämlich nicht am Ende der Veranstaltung vom Professor über den grünen Klee gelobt worden sein, weil er nämlich ohnmächtig geworden ist, als der Magen herauspräpariert wurde und …"

„Jetzt reicht es aber! Das ist ja widerlich!" Ida schüttelte sich.

„Du bist doch sonst nicht so empfindlich." Mark van Heeren, der Ida ziemlich oft und lange ansah, schubste sie leicht.

„Trotzdem!"

„Ach, Mädels, jetzt seid mal nicht zimperlich – dafür ist der Tag zu schön!"

Sebastian griff nach seinem unförmigen Koffer, den er neben dem Tisch abgestellt hatte.

„Jetzt wollen wir mal den Nachmittag mit Damen für die Ewigkeit festhalten, bevor die Sonne weg ist und wir zum gemütlichen Teil übergehen! Los, werft euch in Positur." Er förderte eine erstaunlich kleine Photokamera zutage.

„Mensch! Dafür hast du also die letzten Semesterferien ununterbrochen gearbeitet und so geheimnisvoll getan!"

Er grinste. „Los, stellt euch da drüben neben den Ginster."

Dina war elektrisiert. Was für eine kleine Kamera! Man konnte sie wirklich überallhin mitnehmen. Alles, was einem gefiel, festhalten. Momente wie diesen. Gesichter, die vielen aufregenden Seiten der Stadt … Was für Möglichkeiten! Mark van Heeren drängelte sich zwischen sie und Ida und himmelte diese weiter an.

„Achtung! Jetzt!"

Sebastian drückte ab. „Und jetzt noch eine von den holden Schönheiten allein. Weg da, Kommilitonen."

Als er fertig war, fasste Dina ihren Mut zusammen.

„Wollt ihr nicht auch eins, nur ihr vier?"

„Willst du das etwa schießen?"

„Warum nicht? Lass sie doch – es kann doch nichts passieren", schaltete sich Friedrich ein.

„In Ordnung. Schau hier durch den Sucher, bis du uns gut drinnen hast, und dann ist dies hier der Auslöser. Und halte den Apparat so ruhig du kannst."

Die Studenten nahmen Haltung an.

Dina konnte sich nicht erklären, was sie so sehr faszinierte. Ihr Herz raste und sie schnappte nach Luft. Sie fand die vier im Sucher, wie Sebastian es ihr erklärt hatte, wartete einen Moment, bis sie ruhig standen.

„Jetzt!" Und sie drückte den Auslöser. Ihre Hände zitterten.

„Mädchen, alles gut? Du bist ja ganz käsig."

„Ja, alles in Ordnung. Darf ich bitte noch eins machen?"

Er lachte, legte ihr dann aber vorsichtig den Riemen der Kamera um den Hals und strich ihr eine Haarsträhne aus der Stirn.

„Na, Leute, dann müssen wir uns jetzt wohl gut benehmen, wir sind heute unter Beobachtung: Fräulein Dina verfolgt uns mit der Kamera."

Viel zu schnell wurde es dämmerig und das schwindende Licht bereitete Dinas Experimenten ein Ende.

„Die Kamera ist wie ein Auge", erklärte ihr Sebastian. „Im Dunkeln sieht sie nichts, wenn man ihr nicht die Zeit gibt, sich daran zu gewöhnen."

„Wie gebe ich einem Apparat Zeit, sich an das Dunkel zu gewöhnen?"

„Da ist aber wer Feuer und Flamme, scheint mir." Er lachte. „Da das Kameraauge sich nicht von selbst an die Dunkelheit gewöhnen kann, muss man ihm helfen oder auch ihm Zeit geben. Das heißt, man verlängert die Belichtungszeit. Aber warum willst du das alles wissen?"

„Ach, nur so!"

„Na, dann komm, wir packen ein – und auch aus." Er grinste, als er die Kamera verstaute und ein Akkordeon aus dem zerbeulten Koffer zutage förderte.

„O ja! Berger, spiel uns was!" Mark van Heeren zog Ida von ihrem Stuhl hoch und Simon Lerch forderte Dina zum Tanzen auf. Sebastian schaute zwar daraufhin etwas finster, schnallte sich aber dennoch sein Akkordeon um und begann zu spielen. Sie tanzten, bis es ganz dunkel war und das Dienstmädchen Petroleumlampen herausbrachte, die warmes Licht und einen eigentümlichen Geruch verbreiteten.

„Ich brauche eine Pause!" Dina setzte sich.

Simon zuckte mit den Schultern, wandte sich dem rauchenden Friedrich Behrens zu, der die ganze Zeit kaum etwas gesagt hatte, schlug zackig die Hacken zusammen, salutierte. Friedrich grinste, trat seine Zigarette aus und reichte Simon affektiert die Hand und blinzelte übertrieben im Versuch, sich wie ein schüchternes Mädchen zu benehmen, das zum Tanz aufgefordert wurde.

Dina lachte über das Schauspiel und setzte sich neben Sebastian, der nun eine leisere Melodie anschlug, die sie sogar kannte.

Schöner Gigolo, armer Gigolo
Denke nicht mehr an die Zeiten
Wo du als Husar, goldverschnürt sogar
Konntest durch die Straßen reiten
Uniform passé, Liebchen sagt Adieu
Schöne Welt, du gingst in Fransen
Wenn das Herz dir auch bricht
Zeig ein lachendes Gesicht
Man zahlt und du musst tanzen

Dinas Stimme war mühelos dem Akkordeon gefolgt und erst als Sebastian die Melodie zart ausklingen ließ, bemerkte sie, dass Ida und Mark auf dem Gartenmäuerchen saßen und ihnen gebannt zugehört hatten, während Simon und Friedrich selbstvergessen den Tango bis zur letzten Note zu Ende tanzten.

Ida und Mark spendeten Beifall.

„*Kinners*, das ist aber spät geworden! Dina, die letzte Bahn ist weg. Du könntest natürlich im Gästezimmer übernachten."

„Danke, Ida. Aber meine Tante hat noch kein Telephon. Sie wird sich Sorgen machen, wenn ich nicht zurückkomme."

„Das ist natürlich dumm. Nächstes Mal sag ihr gleich, dass du übernachtest – mit den Herren der Schöpfung wird es immer spät."

Sebastian packte sein Akkordeon ein.

„Ich kann dich nach Hause bringen, Dina, ich bin mit dem Fahrrad hier."

„Na, das ist ein wahrer Held. Sebastian, weißt du auch, wo Dina wohnt?", meinte Ida kichernd.

Er zuckte mit den Schultern. Ein echter Kavalier ließ sich nicht abschrecken. „Nein, wo denn?"

„Karpfangerstraße."

Sebastian sah erleichtert aus. „Na, so weit ist das doch gar nicht! Eine *Deern* von St. Pauli."

Er schien sich nicht im Geringsten an dem Viertel zu stören, das über die Hamburger Landesgrenzen hinaus verrufen war, und deutete auf sein Fahrrad, das er an einen Baum gelehnt hatte. „Wollen wir?"

„Kind, was ist denn los mit dir? Hörst du den Wecker nicht? Das kann doch wohl nicht wahr sein!"

Tante Luise klang wirklich verärgert. Mühsam schälte sich Dina aus ihrer Decke und blickte müde auf das Durcheinander in ihrer Dachkammer. Es war spät geworden und sie konnte kaum die Augen öffnen. Sebastian hatte sie tatsächlich auf der Stange seines Fahrrads sitzend nach Hause gefahren. Als sie abgestiegen war, hatte sie ihm gedankt und er hatte sie etwas melancholisch angesehen. Was erwartete er denn? Dina seufzte. Was Jungs halt so erwarten. Wie auch immer. Jetzt musste sie zusehen, dass sie in die Schule kam, sonst setzte es was. Keine ihrer Lehrerinnen verstand Spaß, was das Zuspätkommen anging, und auch sonst nicht. Da gab es kein Vertun. Sie zog sich an, flocht sich die Haare zusammen, griff die Schultasche und stieg widerwillig die Treppe hinunter.

„Glaub ja nicht, dass ich dir den Tee und die Schulbrote hinterhertrage! Erst lässt du dich mitten in der Nacht von so einem Hallodri auf dem Fahrrad nach Hause kutschieren und dann poussierst du auch noch auf offener Straße herum. Mein liebes Kind: Wenn ich das deiner Mutter schreibe, bist du schneller wieder in Stapelmoor, als dir lieb ist!"

„Es tut mir leid, Tante Luise – ich habe aber weiß Gott nicht poussiert. Es war später geworden, als ich wollte, und es fuhr keine Straßenbahn mehr und ... ich habe nicht poussiert!" Ihr kamen vor Wut die Tränen.

„Das will ich hoffen! Ich bin schließlich für dich verantwortlich." Ihre Tante schien sich zu beruhigen und schob ihr einen Apfel und ein in Butterbrotpapier gewickeltes Frühstück über den Tisch. „Nun sieh zu, dass du loskommst."

Dina griff sich beleidigt das Brot und den Apfel und verließ das Haus. Es war ähnlich warm wie am Vortag. Das würde was werden in den muffigen Schulräumen. Sie seufzte. Bei so einem Wetter müsste man an der Alster spazieren gehen.

Sie rannte an Lohmanns Atelier vorbei. Vor der geöffneten Ladentür stand der Photograph mit einer dampfenden Tasse Kaffee in der Hand und genoss die Morgensonne.

„Na, so fix heute? Wird aber auch Zeit oder fangt ihr Mädels nicht um acht an?"

Dina schnaubte und Herr Lohmann lachte so sehr, dass er husten musste. Der hatte es gut. Er war sein eigener Herr. Eigener Laden. Nein, kein Laden ... ein Photoatelier. Sie stolperte, weil sie in Gedanken war. Photographieren. Sie hatte tags zuvor gerade einmal ein paar Aufnahmen gemacht, im Garten von Idas Familie. Sie wusste nicht mal, ob sie überhaupt etwas geworden waren. Mit dem Läuten der Schulglocke keuchte sie durch die Eingangstür der Schule. Das war zu spät. Verflixt noch eins! Als sie die Tür zum Klassenraum öffnete, zerstob jede Hoffnung, dass sie es noch vor Fräulein Schramm geschafft haben könnte.

„Ach, das Fräulein Harms. Wie schön." Beißende Ironie. „Ich bin ja immer hocherfreut, wenn Sie meinem Unterricht beiwohnen, will sagen, ihn nicht nur durch physische Anwesenheit bereichern, sondern einen Ihrer stets wertvollen Beiträge liefern. An die Tafel.“

O Gott! Dina wurde schwarz vor Augen. Ida schaute sie erschrocken an und konnte ihr doch nicht helfen.

„Zuhören: Sie erwarten zwölf Gäste zu einem *diner*. Es soll vier Gänge geben. Und jetzt hätten wir gern Ihre Vorschläge, wenn's beliebt, Fräulein Harms. Mit exakten Mengenangaben.“

„Die einzigen ‚*diners*‘ mit zwölf Personen, die ich je gesehen habe, waren Beerdigungsessen. Bei uns auf dem Land sind wir ja etwas eingeschränkt von den Mitteln her. Insofern: eine klare Suppe mit Eierstich vorneweg und dann vielleicht gekochter Kabeljau mit Pellkartoffeln und Senfsauce. Dazu Bier. Pro Nase in etwa ein halber Liter Suppe, ein etwa handgroßes Stück Fisch und eben ein paar Kartoffeln.“ Dina zitterte vor Zorn.

Fräulein Schramm war blass geworden. „Setzen, Harms. Wir sehen uns nach dem Unterricht beim Direktor.“

„Was hat dich denn gerade geritten?“, zischte Ida ihr zu, als Dina sich neben sie in die Bank fallen ließ.

„Ruhe! Fräulein Lerch: an die Tafel. Sie vollenden das Werk Ihrer Sitznachbarin. Bei der Wahl Ihrer Freundinnen sollten Sie etwas mehr Sorgfalt walten lassen.“

Der Rest der Stunde rauschte an Dina vorbei. Als es läutete, zog Ida sie nach unten in den Hof, wo sie ihre Pausen verbrachten.

„Was war denn vorhin mit dir los? Was hast du dir denn dabei gedacht? Du weißt doch, wie die Schramm reagiert, wenn man das Pech hat, ihr gegen den Strich zu gehen! Musstest du das auch noch herausfordern? Was willst du nachher dem Direktor sagen?“

Dina trat missmutig nach einem Stein. Sie hatte auch keine Ahnung, was das geben sollte. Was, wenn die Schramm auf einen Verweis drängte? Konnte man sie mitten im Jahr von der Schule werfen, weil sie zugegebenermaßen wirklich schlechte Noten hatte und mehrfach zu spät gekommen war? Wie sollte sie das ihrer Mutter erklären?

Als sie am Ende des Schultages an die Tür des Direktorats klopfte, war ihre Angst vor der möglichen Konsequenz ihres Verhaltens zu einem harten, schmerzenden Klumpen in der Magengegend geworden.

„Herein!"

Die Stimme des Direktors klang nicht freundlich. Ganz und gar nicht. Sie trat ein und sah Fräulein Schramm bereits vor dem Schreibtisch sitzen. Diese widerliche Ziege hatte mit Sicherheit bereits alles getan, um sie im möglichst schlechten Licht dastehen zu lassen.

„Guten Tag, Herr Direktor."

„Fräulein Schramm hat mir bereits Ihre Verfehlungen berichtet, Fräulein Harms."

„Ich …"

„Insubordination, Frechheit und noch dazu sehr schlechte Noten in nahezu allen Fächern."

Dina schwieg und sah auf ihre Schuhspitzen. Sie hätte zu gern einiges erwidert, versuchte aber, sich an Idas Rat zu halten und die Sache nicht noch schlimmer zu machen. Sie bemühte sich um ein betretenes Gesicht.

„Wie ich sehe, tut es Ihnen leid. Das ist zwar eine angemessene Reaktion, aber es ändert nichts an den Tatsachen. Sie werden sich hier und jetzt bei Fräulein Schramm entschuldigen und sich bemühen, aufmerksam und fleißig zu sein. Noch ein einziger Tadel, Fräulein Harms, und Sie werden dieser Einrichtung verwiesen."

Das konnte doch nicht wahr sein! Und sich bei dieser Schramm entschuldigen. Auch das noch. Sie musste die Lehrerin dabei wohl oder übel ansehen. Der Blick, der sie traf, war eisig, bis auf eine ironisch nach oben gezogene Augenbraue. Dina schluckte, um nicht das sofortige Ende ihrer schulischen Laufbahn zu erleiden.

„Es tut mir leid, Fräulein Schramm, dass ich Sie durch mein unpassendes Beispiel bei der Aufgabenstellung verärgert habe. Es wird nicht wieder vorkommen."

Die Lehrerin sah nicht zufrieden aus. Die gewünschte Selbsterniedrigung war nicht geliefert worden. Der Direktor entließ sie jedoch mit einer Handbewegung und sie atmete auf, als sie die Tür hinter sich ins Schloss zog.

Ida wartete am Tor auf sie.

„War es sehr schlimm?"

„Die Schramm hat mich auf dem Kieker und sie hat vom Direktor eine Abschusserlaubnis gekriegt. Wenn noch mal irgendwas ist, fliege ich von der Schule." Dina versuchte sich, während sie sprach, über die Tragweite ihrer eigenen Worte klar zu werden.

„Du musst eben versuchen, höflich zu ihr zu sein. Du wirst nie ihre Lieblingsschülerin, aber vielleicht lässt sie dich ja in Ruhe, wenn sie merkt, dass du klein beigibst. Oder zumindest so tust, als ob." Ida zog Dina, die in Gedanken vor sich hin trottete, am Ärmel. „Hörst du mir überhaupt zu? Wo bist du denn mit deinem Kopf?"

„Ach, ich weiß nicht. Ich weiß nicht, was das noch soll. Die Schramm wartet doch bloß auf eine Gelegenheit, mich wieder zum Direx zu zitieren, damit er mich dann rauswirft."

„Sieh doch nicht gleich schwarz! Ich helfe dir, aber du musst dich anstrengen, damit deine Noten ein bisschen besser werden. Dann kann sie dir auch so leicht nichts mehr anhaben."

„Ach Ida, das ist lieb von dir, aber mich langweilt dieser Unterricht so!"

„Was willst du denn sonst tun?"

„Keine Ahnung. Aber diese Schule ist nichts für mich."

Dina versuchte, sich zusammenzunehmen, und gab ihr Bestes, um die Lehrerinnen nicht zu reizen, sondern mit dem Strom zu schwimmen und nicht aufzufallen. Für den Moment schien es zu funktionieren, zumal sie die Hausaufgaben nun immer mit Ida gemeinsam machte und sich somit ihre Noten sogar ein wenig besserten. In den nächsten Tagen wurde es immer sommerlicher. Als der Juni gerade begonnen hatte, war es bereits heiß und schwül und man wartete sehnsüchtig auf ein reinigendes Gewitter.

„Schau mal, was ich hier habe!" Ida schwenkte eine Papiertüte.

„Was denn?“ Dinas Neugier hielt sich in Grenzen. Erst als Ida einen Haufen Photographien aus der Tüte auf ihr gemeinsames Schulpult schüttete, wurde sie munterer. Es waren die Aufnahmen vom Nachmittag und Abend im Garten von Idas Eltern.

„Sieh mal! Sebastian hat dir Abzüge machen lassen!“

Dina staunte. Der Tag stand wieder vor ihrem inneren Auge. Die gute Stimmung, der Gesang, die Musik und dieses elektrisierende Gefühl, als sie Sebastians Photoapparat zum ersten Mal in der Hand gehalten hatte. Und nun konnte sie das Ergebnis ihrer Versuche bewundern.

„Sebastian lässt dir ausrichten, dass die Bilder sehr, sehr gut geworden sind – wahrscheinlich Anfängerglück.“

Anfängerglück. Natürlich war es das. Was denn wohl auch sonst?

Nach der letzten Stunde in der Schulküche räumte Dina die Zutaten weg, wischte Herd und Anrichte ordentlich sauber.

„Ich muss mich sputen, meine Mutter wartet auf mich. Simon hat die Zwischenprüfung bestanden und meine Eltern geben demnächst eine Soirée. Wir gehen ein Kleid für mich kaufen.“ Ida sah mild verzweifelt aus, denn neben der schwanengleichen Anmut ihrer Mutter kam sie sich stets wie ein ungelenker Trampel vor und Madame Nava tat nichts, um ihre Tochter vom Gegenteil zu überzeugen.

„Du bist natürlich eingeladen, unter der Bedingung, dass du dich von der Küche fernhältst.“

„Danke! Geh ruhig, ich mache hier alles weg.“ Dina putzte den Herd so sauber, dass nicht einmal Fräulein Schramm etwas daran auszusetzen haben würde. Dann griff sie erleichtert nach ihrer Mappe. Die Kleiderfrage beschäftigte sie ebenfalls, denn Ida hatte ihren Bruder gebeten, auch Dina auf die Gästeliste zu setzen. Sie hatte einfach kein Geld für ein neues Kleid, aber Tante Luise hatte ihr versprochen, die Kisten auf dem Dachboden nach etwas zu durchforsten, das man ändern konnte, also machte sie sich guter Dinge auf den Heimweg.

Siegfried Lohmann stand wie so oft eine Zigarette rauchend vor seinem Atelier. Sie grüßte ihn im Vorbeigehen.

„Na, nun mal nicht so schnell.“

Sie blieb stehen und sah ihn verwundert an.

„Warum tragen Sie denn eine Tüte von der Konkurrenz mit sich herum? Der Meyer-Drochtersen macht ganz schreckliche Vergrößerungen, wirklich. Damit fahren Sie nicht gut. Die werden fransig und unscharf an den Rändern, aber nicht etwa, weil Sie nicht ordentlich fokussiert haben, sondern weil sein Vergrößerungsapparat teilweise getrübte Linsen hat, die er seit Ewigkeiten nicht ersetzt, weil er es nicht sieht. Er hat eben kein Auge. Zeigen Sie mal her, was Sie da gemacht haben."

Dina reichte ihm verblüfft die Tüte. Lohmann nahm die Bilder heraus und sah sie sich an. Eins nach dem anderen und er studierte eingehend jede Aufnahme.

„Wie lange photographieren Sie mit dieser Kamera, wenn ich fragen darf?"

„Oh, das ist gar nicht mein Photoapparat. Sie gehört einem Bekannten. Ich habe bloß ein bisschen damit herumprobiert. Ich habe noch nie vorher photographiert."

„Hm. Interessant. Kommen Sie mal mit. Wie heißen Sie eigentlich?"

„Dina Harms."

„Angenehm. Meinen Namen kennen Sie ja."

Sie folgte Herrn Lohmann ins Atelier. Er verschwand hinter seinem Ladentisch und förderte ein ledernes Futteral zutage, dem er eine erstaunlich kleine Kamera entnahm.

„Wissen Sie, was das ist?"

Dina sah ihn erstaunt an.

„Jetzt sagen Sie nicht, eine Kamera, Fräulein Harms. Es handelt sich um eine Rolleiflex. Format sechs mal sechs. Das ist so ziemlich das Fortschrittlichste und Robusteste, was es momentan auf dem Markt gibt – ganz frisch von der Leipziger Messe dieses Jahr! Achtung, aufpassen. Jetzt zeige ich Ihnen, wie man einen Film einlegt. Ich vermute, das haben Sie noch nicht gelernt?"

Dina schüttelte den Kopf und schaute Herrn Lohmann über die Schulter, der die Kamera öffnete und geschickt den Film in Position brachte. Er ließ die Klappe wieder einrasten.

„So, und diese Kurbel hier transportiert den Film. Machen Sie das mal. Vorsichtig. Und langsam. Wenn es knackst, sitzt der Film richtig und Sie können loslegen."

Vorsichtig betätigte sie die Kurbel. Es klickte leise.

„Sehr gut. Immer mit Gefühl und keine Hektik." Er nahm die Kamera und bedeutete Dina, ihm nach draußen zu folgen. Die Straße lag in der Stille des Mittags und es parkten zwei Automobile auf der anderen Seite.

„Was würden Sie jetzt auswählen?"

„Auswählen?"

„Fräulein Harms. Als Bildausschnitt."

Dina sah sich auf der leeren Straße um. Eigentlich gab es nichts zu sehen, geschweige denn etwas, das danach verlangte, auf ein Bild gebannt zu werden.

„Kann ich mal durch den Sucher sehen?"

„Sehr gut."

Siegfried Lohmann gab ihr die Kamera, setzte sich auf die Treppenstufen zu seinem Laden und überließ Dina ihrem Schicksal. Mal sehen, ob die Aufnahmen, die sie mitgebracht hatte, Zufall gewesen waren, oder ob das Mädchen wirklich so begabt ist, wie es den Anschein hat, dachte Siegfried.

Sie schaute sich um. Die hohen Häuser warfen blaue Schatten, die sich scharfkantig auf dem Pflaster abzeichneten. Die Automobile waren staubig und uninteressant, die Bäume nichts Besonderes. Ihr Blick fiel auf Herrn Lohmann, der lässig auf die Stufen gelehnt saß und träge in die Sonne blinzelte. Sie setzte sich schräg vor ihn auf den Rinnstein und blickte durch den Sucher und ehe sie überlegen konnte, was sie eigentlich machte, mitten in St. Pauli auf der Straße sitzend, drückte sie ab und kurbelte vorsichtig den Film weiter.

„Na, das ging ja schnell. Machen Sie mal weiter. Sechs Aufnahmen haben Sie, Fräulein Harms."

„Alle? Ist das nicht furchtbar teuer?"

„Da Sie die Bilder selbst entwickeln werden, wird es sich in Grenzen halten."

Ihr blieb die Luft weg.

„Los jetzt. Weitermachen."

Dina ging ein Stück die Straße hinunter, wo in einem Innenhof ein junger Mann an seinem Fahrrad herumwerkelte. Dina trat schüchtern näher.

„Suchen Sie wen?“ Immerhin klang er nicht unfreundlich.

„Nein, ich … darf ich Sie photographieren?“

Er lachte. „Wozu das denn?“

„Ich probiere die Kamera aus, für Herrn Lohmann vom Photoatelier.“

„Na, denn man to.“

Er legte den Schraubenschlüssel nieder, baute sich vor ihr auf und hielt sein Fahrrad am Sattel fest. Dina richtete die Kamera auf ihn, aber mit dem Licht stimmte etwas nicht.

„Könnten Sie bitte mit dem Rad hier vor den Torbogen kommen? Da ist mehr Licht.“

Er schob sein Rad an Ort und Stelle und warf sich wieder in Positur.

Klick. Sie bedankte sich und verließ den Hinterhof. Plötzlich sah sie überall Bilder. Zwei Tauben, die am selben Brotkanten zerrten. Ein Junge mit zerrissener Hose und einem ledernen Fußball. Als sie die sechs Aufnahmen gemacht hatte, ging sie zurück zu Herrn Lohmann, der mittlerweile wieder in seinem Laden etwas in Kisten sortierte.

„Na, da bin ich aber gespannt. Ich habe jetzt gleich Kundschaft. Aber kommen Sie heute Abend wieder. Um kurz nach sechs.“

Sie konnte es kaum abwarten. Als sie nach Hause kam, wartete Tante Luise bereits in einem Haufen nach Mottenkugeln riechenden Tüll.

„Kind, musstest du schon wieder nachsitzen?“ Zum Glück bohrte sie nicht nach, sondern war begeistert von ihrem Dachbodenfund. „Schau mal, was ich hier habe! Das ist eine Ballrobe von meiner Mutter! Natürlich ist das ganz und gar aus der Mode, aber es hat genug Stoff, um dein gutes Kleid ein bisschen aufzutakeln.“ Zufrieden fuhr sie mit der Hand durch den Stoffhaufen und schickte sich an, das Gebilde zum Lüften an das Fenster zu hängen, was es wirklich bitter nötig hatte.

Dina umarmte ihre Tante. „Willst du das wirklich für mich zerschneiden?“, fragte sie zweifelnd.

„Aber, Kind, ich lasse dich doch nicht wie eine arme Verwandte bei deiner Freundin antreten! Hol doch mal dein Kleid aus deinem Zimmer und dann überlegen wir uns was."

Die nächsten Stunden werkelten sie an Dinas Gewandung für das Fest bei den Lerchs zu Ehren von Simons Physikum, wobei sich Dinas Beitrag auf das Einfädeln der Nadeln für Tante Luise beschränkte.

„Wird denn der Fahrradfahrer auch bei dem Fest sein?"

„Wer?"

„Kind, bitte! Versuche nicht, mich für dumm zu verkaufen, nur weil ich dir wie ein uraltes Semester vorkomme! Der junge Student, der dich mit dem Rad nach Hause gebracht hat."

„Ach, der. Ja, vermutlich wird er auch da sein. Sebastian ist zwar mit dem Physikum erst nächstes Jahr dran, glaube ich, aber er ist mit Simon befreundet."

„Na, dann pass auf dich auf, mein Mädchen. Weißt du Bescheid?"

Dina musste sich das Lachen verkneifen. Wenn ihre Tante wüsste, wie sicher sie vor den Avancen von Sebastian oder irgendeinem anderen von Simons Kommilitonen war, würde sie sich vielleicht keine Sorgen mehr machen. Oder aber erst recht …

„Aber natürlich, Tante Luise. Mach dir keine Sorgen. Ich kann mich ganz gut durchsetzen." Dann sah sie auf die Uhr und sprang auf. Viertel nach sechs! „Ich muss noch mal los, ich habe etwas vergessen. Warte nicht mit dem Essen!" Und schon war sie aus der Tür. Als sie am Atelier ankam, keuchte sie, denn sie war gerannt. Sie klopfte an die Ladentür und Siegfried Lohmann öffnete ihr.

„Na, Sie pusten ja ganz schön für Ihr Alter. Kommen Sie herein. Ich habe noch nicht angefangen, damit Sie alles mitkriegen. Kommen Sie gleich nach hinten in die Dunkelkammer."

In dem fensterlosen, dunklen Raum, der durch eine einzige Rotlichtlampe nur wenig erhellt wurde, kurbelte er behutsam den Film zurück, nahm die Spule aus der Kamera und setzte sie wiederum in ein Gehäuse ein. Als er es verschlossen hatte, gab er es Dina in die Hand.

Dina wagte kaum zu atmen, so viel Angst hatte sie, etwas falsch zu machen.

„Nichts da! Sie haben photographiert, Sie werden die Aufnahmen auch fertigstellen. Ich sage Ihnen nur, was Sie tun müssen, weil Sie zum ersten Mal entwickeln. Also, zuerst wird der Film gewässert und dann nehmen Sie diese Kanne mit dem Ausgießer vorn und füllen die Entwicklerflüssigkeit durch diese Öffnung zum Film in die Dose."

Dina tat, was er ihr sagte. „Wie viel denn?"

„Bis die Dose gut gefüllt ist. Sehr schön. Sie sind ziemlich vorsichtig und geschickt. Das ist gut so. Schön gleichmäßig hin und her drehen. Ausschütten. Dann wieder wässern."

„Achtung. Jetzt kommt es wirklich drauf an." Er wies Dina an, nach dem Ausgießen des Entwicklers und dem Wässern des Filmmaterials die Fixierflüssigkeit einzufüllen, dann wieder ausschütten, wässern und verdünnte Essigsäure hineingeben. Schließlich durfte sie den Film aus der Dose nehmen und Dina betrachtete das Negativ voller Staunen. Sie sah dunkle und helle Partien, die sie an ihre Aufnahmen erinnerten, bis ihr auffiel, dass dunkel und hell genau umgekehrt waren.

„Jetzt wässern Sie den Film noch einmal im letzten Bad. Die Chemikalien müssen runter vom Material."

Der Entwicklungsapparat flößte Dina Respekt ein. Eine komplizierte Apparatur mit diversen Linsen und einer Vorrichtung für die Negative. Lohmann half ihr, den Film korrekt einzuspannen.

„So, hier kommt das Photopapier hin. Es ist lichtempfindlich, deshalb das rote Licht. Sonst wären die Negative komplett weiß und die Bilder nachher nichts als schwarz."

Dina war verwirrt und das sah man ihr offenbar an, denn Lohmann musste lachen.

„Keine Sorge, Fräulein Harms, das werden Sie schnell lernen. Sie stellen sich sehr gut an, wirklich."

Nachdem sie den Vorgang für jedes der sechs Bilder wiederholt hatte, wies Herr Lohmann Dina an, die sechs Bögen zum Tisch zu tragen, auf dem vier mit Flüssigkeiten gefüllte Wannen standen.

„Hier ist der Entwickler drin, genau dieselbe Prozedur wie eben auch. Sie legen jetzt vorsichtig den ersten Bogen hinein und schauen, was passiert."

Auf dem Papier wurde der junge Mann sichtbar, der stolz und mit schiefem Grinsen neben seinem Fahrrad lässig an der Mauer lehnte.

„Oh!", rief Dina begeistert aus.

„Achtung, aufpassen, wenn es Ihnen intensiv genug ist, nehmen Sie es hiermit heraus." Er gab ihr einen hölzernen Greifer in die Hand. Dina beobachtete, wie sich die Intensität der schwarz-weißen Partien veränderte, und zog das Bild heraus.

„Sehr gut – jetzt in die nächste Wanne mit dem Wasser-Essigsäure-Gemisch, das stoppt den Entwicklungsprozess, und dann in das Fixierbad, damit nichts mehr verwischt. Da reicht ein kurzer Moment. Sie können es herausnehmen. Genau. Und jetzt noch in der letzten Wanne noch einmal mit Wasser die Chemikalien abspülen."

Er nahm ihr das nasse Photo ab und hängte es behutsam auf eine Leine, die über die Wannen gespannt war.

„Herzlichen Glückwunsch, Fräulein Harms. Sie haben soeben Ihre erste Photographie entwickelt. Jetzt machen Sie die fünf übrigen bitte allein." Er setzte sich auf einen Stuhl und beobachtete ohne einen einzigen Kommentar, wie sie die Prozedur mit jedem der verbliebenen Bögen wiederholte. Als alle Bilder auf der Leine hingen, machte er das Licht an.

„Sie haben ein wirklich gutes Auge, Fräulein Harms. Morgen nach der Schule können Sie Ihre Photographien mitnehmen", sagte er, während er ihr die Ladentür aufschloss, um sie hinauszulassen. „Und wenn Sie mögen, können Sie mir gern ab und an hier aushelfen. Ich habe manchmal kaum Zeit, die ganzen Entwicklungen vorzunehmen. Und den Umgang mit der Apparatur lernen Sie mit Sicherheit sehr schnell."

3. Kapitel

Am nächsten Morgen schnellte Dina noch vor dem Weckerklingeln aus dem Bett, obwohl sie nicht viel geschlafen hatte. Sie war spät zu Hause gewesen. Tante Luise hatte missbilligend von ihrer Häkelarbeit aufgesehen, hatte Dina aber nicht böse sein können, als sie begeistert von der Photoentwicklung erzählt hatte.

„Der Lohmann ist in Ordnung", hatte sie gesagt. „Er hat damals für die Photographien von unserer Silberhochzeit keine Bezahlung genommen, als dein Onkel unmittelbar danach auf der Baustelle ums Leben gekommen ist." Tante Luise wirkte bekümmert.

Dina war schnell aus dem Haus und konnte es ausnahmsweise kaum erwarten, zur Schule zu kommen, denn wenn der Unterricht mittags vorbei war, würde sie ihre Photographien abholen können. Im Inneren des Schulgebäudes nahm sie einen verbrannten Geruch wahr und noch ehe sie sich fragen konnte, woher dieser wohl rühren mochte, hörte sie bereits die Stimme von Fräulein Schneider, der Lehrerin, die die Kochstunden erteilte.

„Fräulein Harms, es ist nicht notwendig, dass Sie sich in die Klasse begeben, kommen Sie mit zum Direktor."

Dina war wie vom Donner gerührt – zum zweiten Mal innerhalb einer Woche zum Direktor. Das konnte nichts Gutes bedeuten. Sie nahm verschwommen wahr, dass Ida ihr zuwinkte und sie fragend ansah.

Als sie nach wenigen Minuten wieder aus dem Direktorat trat und sich wie in Trance durch den Flur auf den Ausgang zubewegte, wartete Ida an der Treppe auf sie.

„Was ist denn wieder los gewesen?“ Sie zupfte Dina am Ärmel und hakte sich bei ihr unter. „Du siehst ja ganz blass aus. Setz dich lieber einen Moment hin.“

Dina wurde in der Tat schwummerig und sie sank neben Ida auf die oberste Treppenstufe.

„Sie haben mich rausgeworfen.“ Das war alles, was sie herausbrachte.

„Was?“ Ida war entsetzt. Sie nahm Dina in den Arm, die erschöpft den Kopf auf ihre Schulter sacken ließ. Nach und nach holte Ida die ganze Geschichte aus ihr heraus. Die Schulküche wäre um ein Haar ausgebrannt. Nach der Kochstunde hatte offensichtlich die letzte Schülerin einen der zwei hochmodernen und natürlich teuren elektrischen Herde nicht korrekt ausgeschaltet und zudem einige Kochbücher darauf liegenlassen.

„Ich habe noch saubergemacht, nachdem du losgegangen bist zu deiner Anprobe für das Kleid. Aber ich könnte schwören, dass die Herde beide aus waren, als ich gegangen bin und die Bücher standen schon vorher alle wieder im Regal.“

„Warst du denn allein? Bist du wirklich als Letzte gegangen?“

„Keine Ahnung … vielleicht … ich weiß es nicht mehr! Ich war froh, dass ich endlich fertig war und gehen konnte. Du weißt doch, wie erleichtert ich jedes Mal bin, wenn ich hier rauskann.“

„Denk doch mal nach. War noch wer im Raum? Das kann doch nicht so schwer sein?“

Dina sprang von der Treppe auf. „Ich sage doch, ich weiß es nicht!“

Ida schaute sie unglücklich von unten an.

„Wenn Tante Luise das meinen Eltern erzählt, dann muss ich zurück nach Stapelmoor.“

„Aber das kannst du doch nicht für dich behalten? Das merkt sie doch sofort!“

„Ida, ich gehe erst mal. Ich muss überlegen. Ich weiß es doch auch nicht. Sehen wir uns nach der Schule? Ich warte gegenüber im Park auf dich.“

Sie konnte es in dem Moment einfach niemandem erzählen. Sie brauchte etwas Zeit – das war eine Katastrophe und sie musste genauer darüber nachdenken, wie sie das Schlimmste verhindern konnte, denn sie konnte nicht zurück nach Ostfriesland. Sie war erst ein gutes halbes Jahr in Hamburg, aber sie hatte schnell gemerkt, dass sie sich zu Hause fühlte und nicht mehr zurück aufs Land wollte. Was hätte sie tun sollen, außer Onno zu heiraten und folglich sie beide ins Unglück zu stürzen? Für den unwahrscheinlichen Fall, dass Frientje Janssens ihm noch kein Kind untergeschoben hatte. Sie brauchte einen Plan. Wenn sie Arbeit finden würde? Aber als was? Die Hauswirtschaftsschule konnte sie wohl kaum als Referenz verwenden und sonst hatte sie nichts gelernt. Ihr war ganz schlecht. Sie setzte sich im Park auf eine Bank; sie konnte noch immer nicht klar denken. Sie musste etwas Zeit gewinnen. Am besten, sie würde vorgeben, weiterhin zur Schule zu gehen. Sie konnte jeden Morgen das Haus verlassen wie sonst auch. Für die erste Zeit würde niemand Verdacht schöpfen. Sie musste dann zwar die Unterschrift von Tante Luise auf dem Schulverweis fälschen, aber das war nicht schwer.

Dina konnte nicht lügen. In dem Moment, wenn ihre Tante ihr Fragen stellen würde, würde sie alles beichten. Sie konnte lediglich versuchen, eine Lösung zu finden. Irgendetwas, das hinreichend Grund für sie war, in Hamburg bleiben zu können. Und es musste auch für ihre Eltern plausibel sein, denn Tante Luise würde Hemmo und Helene nicht belügen, um ihr zu helfen. Sie hatte nur eine Möglichkeit. Sie stand von der Bank auf und ging auf direktem Weg zu Lohmanns Atelier.

„Nanu, haben Sie keine Schule heute?"

„Heute nicht und auch nie wieder."

Siegfried Lohmann schaute von seinem Kontaktabzug auf und sah Dina direkt an.

„Wie darf ich das verstehen?"

Dina drückte ihre Schultasche vor die Brust und versuchte etwas zu sagen und brach stattdessen in Tränen aus.

„Kommen Sie mal mit nach hinten."

Er kam hinter dem Ladentisch hervor, legte ihr eine Hand auf die Schulter, dirigierte sie in das Innere des Ateliers und deutete auf eine Récamiere, die in der Ecke stand.

„Setzen Sie sich. So schlimm wird es schon nicht sein. Oder doch?"

Dina weinte immer noch. Siegfried reichte ihr ein gefaltetes Taschentuch.

„Putzen Sie sich erst mal die Nase und dann erzählen Sie mir der Reihe nach, was los ist. Ja?"

Dina schnäuzte sich und knetete das Taschentuch in ihren Händen. Was hatte sie sich bloß dabei gedacht, hierherzukommen und den Photographen mit ihren Schwierigkeiten zu belästigen? Er hatte nun weiß Gott nichts damit zu schaffen.

„So. Nun schießen Sie mal los, Fräulein Harms."

Er war freundlich zu ihr und es schien ihn wirklich zu interessieren.

„Ich bin von der Schule geflogen und kann es meiner Tante nicht sagen. Wenn ich es ihr erzähle, dann schreibt sie sofort meiner Mutter und dann muss ich zurück nach Stapelmoor." Dinas Tränen begannen wieder zu fließen.

„O je … so schlimm?"

„Ich will nicht wieder zurück. Es geht einfach nicht."

„Warum denn nicht?", fragte Siegfried.

Dina sah ihn mit Tränen in den Augen an, als wäre er von einer milden Form des Schwachsinns befallen.

„Stapelmoor ist ein Dorf. In Ostfriesland. Ich kann dahin nicht zurück!"

„Das erklärt natürlich alles."

„Sie machen sich über mich lustig", schniefte Dina.

„Keinesfalls. Aber Ihre Familie lebt dort. Die meisten jungen Frauen wohnen doch bei ihrer Familie, bis sie heiraten. Warum ist das für Sie nicht auszuhalten?"

„Ich werde nie heiraten. Soll ich deshalb etwa ewig bei meiner Familie bleiben?"

„Ach so. Und Sie haben Angst, Ihre Familie zu enttäuschen, und deshalb wollen Sie nicht zurück, sondern hier in Hamburg bleiben?"

„So ähnlich." Dina beruhigte sich. Er nahm sie ernst. Er war der erste Mensch, der sie nicht auslachte, als sie gesagt hatte, dass sie nicht heiraten wollte.

„Aber was wollen Sie denn jetzt machen?"

„Ich muss eine Lösung finden. Ich brauche einen Grund, warum ich in Hamburg bleiben muss." Er sah sie aufmerksam an. Wie sollte sie das Thema zur Sprache bringen? Es war so peinlich. Sie stürzte einfach ins Atelier, belastete einen fast Fremden mit ihren Problemen und hoffte sogar, dass er ihr Dilemma für sie lösen würde. Es war albern. Wie hatte sie auch nur so etwas denken können?

„Ich glaube, ich gehe jetzt besser."

„Nein, das glaube ich nun nicht." Siegfried Lohmann nahm sich einen Stuhl, setzte sich ihr direkt gegenüber. „Seien Sie doch mal ehrlich, Dina. Diese Puddingschule da um die Ecke, das war doch ohnehin nichts für Sie. Sie haben ganz andere Begabungen. Und ich weiß, wovon ich rede." Er stand auf, nahm einige Photographien von einem Tisch und legte sie neben Dina auf die Récamiere. Es waren die Bilder, die sie gemacht und entwickelt hatte.

„Dina, Sie haben wirklich Talent. Ich war mir unschlüssig, was ich damit machen würde. Ich meine, was ich gemacht hätte, wenn Sie brav nach der Schule gekommen wären, um die Bilder abzuholen. Vermutlich hätte ich nichts gesagt. Aber jetzt, wo Sie hier so verzweifelt sitzen und mit sich und der Welt hadern, mache ich doch den Mund auf. Ich möchte, dass Sie bei mir arbeiten, Dina."

Sie konnte nicht glauben, was er sagte, schöpfte aber dennoch Hoffnung.

„Aber Sie dürfen Ihre Eltern nicht belügen. Sie müssen reinen Tisch machen und Ihrer Familie sagen, dass Sie nicht mehr die hohe Kunst des Kochens und Bügelns lernen, sondern Photographin werden. Sie werden dem entgegentreten müssen. Man wird Ihnen sagen, das sei ein Männerberuf und all diesen Unsinn. Also, was sagen Sie?" Er schaute ihr direkt ins Gesicht.

Einen kurzen Moment lang war sie sprachlos.

„Vielen Dank, Herr Lohmann. Ich möchte sehr gern für Sie arbeiten und richtig photographieren lernen. Deswegen bin ich auch hergekommen, aber dann habe ich mich nicht getraut, es zu sagen." Sie sah ihn unglücklich aus ihren völlig verheulten Augen an.

„Gehen Sie ins Labor, dort gibt es fließendes Wasser. Waschen Sie sich das Gesicht und kühlen Sie Ihre Augen. Dann gehen Sie nach Hause und reden mit Ihrer Familie."

„Meine Eltern, also meine Mutter … sie ist das eigentliche Problem. Tante Luise ist nicht so schlimm."

„Luise Greiber?"

„Ja. Sie haben Ihre Silberhochzeit photographiert. Sie hat es mir erzählt."

„Ach, Gott, die arme Frau. Zwei Tage danach ist ihr Mann von einem Baugerüst gefallen und war sofort tot." Siegfried Lohmann sah bekümmert aus. „Reden Sie mit ihr, Dina. Ich bin sicher, sie wird Ihnen helfen, damit es mit Ihren Eltern nicht allzu schlimm wird."

„Na, das ist ja allerhand!" Tante Luise schnaubte und ihr Gesicht war knallrot.

Dina saß mit hängendem Kopf auf dem Sofa im Salon und schaute scheinbar fasziniert auf die Teppichfransen, nur um ihre Tante nicht ansehen zu müssen.

„Kannst du mir mal verraten, wie ich das deiner Mutter beibringen soll? Und guck mich gefälligst an, wenn ich mit dir rede. Es kann doch wohl nicht so schwer sein, einen Herd abzustellen!"

Sie zwang sich, Tante Luise in die Augen zu schauen, um sie nicht noch wütender zu machen.

„Aber …"

„Nichts aber. Du bist fast erwachsen, dachte ich, und jetzt fliegst du wegen so einem Unfug von der Schule. Wo bist du immer mit deinen Gedanken, Herrgott noch mal!"

Wenn Tante Luise, die sich höchstens an Weihnachten in die Kirche verirrte, den Allerhöchsten zitierte, war die Lage ernst.

„Deine Mutter wird unglaublich enttäuscht sein und es vermutlich obendrein mir ankreiden!"

„Ich will aber nicht zurück nach Stapelmoor!"

„Das hättest du dir früher überlegen müssen, mein liebes Kind! Deine Mutter beordert dich sofort zurück nach Hause. Darauf verwette ich meinen Sonntagshut."

„Ich ... habe eine Arbeit gefunden."

„Du hast was?" Ihre Tante stutzte.

„Ja, bei Siegfried Lohmann, dem Photographen. Du kennst ihn doch."

„Natürlich, natürlich. Was hat Herr Lohmann mit der ganzen Sache zu tun? Nun aber mal raus mit der Sprache! Und diesmal die ganze Geschichte bitte."

Dina fasste sich ein Herz und erzählte Tante Luise alles. Von dem wirbeligen Gefühl, das sie jedes Mal befiel, wenn sie eine Photokamera in der Hand hatte. Bei Ida im Garten den Photoapparat von Sebastian und dann die hochmoderne Kamera von Siegfried Lohmann. Sie ließ nichts aus. Auch nicht, dass der alte Photograph fand, dass sie viel Talent hätte, und dass er ihr gezeigt hatte, wie man Photos entwickelt.

„Nur beim ersten Bild hat er mir gesagt, was ich machen muss, die anderen fünf habe ich ganz allein gemacht! Guck mal!"

Sie zog die Photographien aus ihrer Schultasche und schob sie zu ihrer Tante über den Tisch.

„Ja, Kind, ich verstehe ja nichts davon, aber die sind schön – und ganz allein hast du die entwickelt? Und er hat dich die teure Kamera ausprobieren lassen?"

„Er meint, ich soll bei ihm arbeiten und Photographin werden – und ich wollte ihn sogar selber fragen, habe mich aber nicht getraut und dann ist er mir zuvorgekommen."

Dinas Gesicht glühte und die Betrübtheit war einer Begeisterung und Lebendigkeit gewichen, die ihre Tante nie bei ihr gesehen hatte. Sie seufzte. Sie wusste nur zu gut, wie es war, neu anfangen zu müssen. Nach dem plötzlichen Tod ihres Mannes hatte sie nicht viele Möglichkeiten gehabt, aber sie hatte das Beste aus dem bisschen gemacht, das er ihr vererbt hatte. Warum sollte das Mädchen nicht photographieren? Sie war jung. Vielleicht würde ihr die Verantwortung zu viel werden oder Lohmann würde sie entlassen. Das konnte keiner wissen. Vielleicht würde Dina in einem halben Jahr freiwillig nach Stapelmoor zurückkehren oder eben auch nicht. Luise verdrehte die Augen. Vielleicht konnte sie ihre überspannte Cousine dazu überreden, dass sie es das Mädchen versuchen ließ. Die Zeiten änderten sich. Warum sollte Dina keinen richtigen Beruf lernen, der sie vielleicht eines Tages ernährte. Luise hatte erfahren, dass das Leben einem manchmal böse ein Bein stellen konnte. Es war gewiss nichts Falsches daran, wenn eine junge Frau etwas Vernünftiges lernte. Und Photographien wurden immer gebraucht. Sie würde sich am Abend in Ruhe hinsetzen und Hemmo und Helene schreiben. Dann würde man weitersehen.

An dem Tag, an dessen Abend das Fest in der Villa Lerch zu Ehren von Simons bestandenem Physikum stattfinden sollte, entdeckte Dina in der Post einen Umschlag mit der leicht nach links geneigten, staksigen Schrift ihrer Mutter und ihr Herz begann schneller zu schlagen. Sie trug den Brief auf dem schnellsten Weg zu Tante Luise, die ihre Aufregung bemerkte und den Brief mit einer Stricknadel aufschlitzte.

... muss ich doch mitteilen, wie enttäuscht ich von Daufdines Verhalten bin und diese Berufswahl in keinem Fall gutheißen kann. Dennoch ist es der Wunsch ihres Vaters, dass sie ein halbes Jahr versuchen soll, wie du es vorschlugst, dort Fuß zu fassen. Ich kann nur hoffen, dass Daufdine weiß, welch unberechtigtes Vertrauen ihr Vater in sie setzt, obgleich sie uns so enttäuscht hat.

Deine Cousine Helene

„Na, das ist doch was. Ein halbes Jahr, und dann sehen wir weiter."

Dina wusste nicht recht, ob sie sich darüber freuen sollte, aber innerlich jubelte sie. Wenn sie doch wenigstens ihrem Vater allein schreiben könnte, ohne dass ihre Mutter den Brief lesen würde. Sie hätte ihm um den Hals fallen wollen! Sie war sicher, er hatte sich für sie eingesetzt in seiner ruhigen, unaufgeregten Art. Sie hatte ein halbes Jahr, um zu beweisen, dass es ihr mit dem Photographieren ernst war. Auch wenn ihre Mutter vermutlich eher zufrieden wäre, wenn sie versagte und klein beigeben musste.

Am Abend bei der Feier war sie beschwingt und heiter. Madame Nava machte ihr sogar ein Kompliment zu ihrem Kleid, das aus dem vorletzten Sommer stammte und mit den nicht von Motten zerfressenen Überbleibseln der alten Ballrobe von Tante Luises Mutter wirklich hübsch geworden war.

„Du siehst aus wie ein Filmstar, Dina! Tanzt du auch mal mit mir?“ Ida hatte zur Feier des Tages ihr dunkles Haar hochgesteckt und sah ohne die gewohnten Zöpfe ganz verändert aus.

Ehe Dina antworten konnte, trat Madame Nava zu ihnen.

„Ida, bitte hole deinen Bruder – er kommt noch zu seinem eigenen Fest zu spät. Er ist vor über einer Stunde nach oben gegangen, um sich fertig zu machen!“

„Komm, Dina, wir suchen Simon. Weit kann er ja nicht sein.“ Ida kicherte und sie rannten gemeinsam die Treppe zu den Schlafzimmern hinauf. An Simons Tür rüttelte sie vergeblich am Türknauf, es war abgeschlossen.

„Simon? Mama sagt, du sollst zusehen, dass du fertig wirst. Es sind fast alle Gäste da.“

Im Inneren des Zimmers raschelte es, man hörte ein Flüstern.

„Ich komme ja sofort! Geh wieder runter.“

„Beeil dich, sonst setzt es was.“

Die Mädchen gingen hinunter zu den Gästen in den Garten, der inzwischen in voller, sommerlicher Blüte stand. Man stand plaudernd unter Bäumen, Grammophonmusik wehte durch die Luft und Idas Vater schöpfte Bowle in zarte Glastassen und reichte sie den Gästen.

„Na, Dina, nehmen Sie eine Bowle?“ Er fischte ein Extrastück Pfirsich für sie aus der großen Schüssel.

„Danke, Herr Lerch.“

Sie nahm ihm das Gefäß ab, drehte sich zu Ida um und sah, dass Simon zusammen mit Friedrich Behrens aus der weit geöffneten Terrassentür trat. Sein Blick traf den ihren und er erstarrte. Friedrich legte eine Sekunde lang den Finger auf den Mund. Dina nickte, obgleich sie nur eine dumpfe Ahnung hatte, warum.

„Na, da ist ja mein Herr Sohn – je später der Abend …“ Julius Lerch lachte.

Alle Blicke ruhten auf Simon und Friedrich löste sich aus dem Schatten der Terrasse und schlenderte gemächlich zu den anderen Gästen, als wäre er die ganze Zeit im Garten gewesen.

„Los, Dina, jetzt zeigen wir denen mal, was Musik ist!“ Sebastian packte sein Akkordeon aus, klimperte ein bisschen, bis er die Aufmerksamkeit aller Gäste hatte, und fand dann die Melodie. Dina musste lachen und stimmte dann gern ein, denn es war wirklich eines ihrer Lieblingslieder!

Schöne Isabella von Kastilien,
pack deine ganzen Utensilien
und komm zurück zu mir nach Spanien!
Du weißt doch, nur im schönen Lande der Toreros
bist du dein Herzchen und noch mehr los.
Drum komm zurück zu mir nach Spanien.
Kommst du nicht bald, mein Schatz,
brauch ich Gewalt, mein Schatz.
Ich mach es halt, mein Schatz,
wenn du mich küsst und du wieder bei mir bist,
also bitte, bitte!
Schöne Isabella von Kastilien,
pack deine ganzen Utensilien
und komm zurück zu mir nach Spanien!

Die Gäste im Lerch'schen Garten klatschten Beifall und verlangten eine Zugabe. Nach *Veronika, der Lenz ist da* und *Ich küsse Ihre Hand, Madame* gaben sie sich dann wieder mit dem Grammophon zufrieden. Es wurde dunkel im Garten und kleine, bunte Lampions wurden angezündet. Dina saß mit Ida und einer halben Flasche Champagner unter einer Decke auf der Gartenmauer. Sie kicherten und beobachteten ziemlich beschwipst, wie die Gäste sich nach und nach verabschiedeten und sie zurückblieben. Dieses Mal hatte Dina ihrer Tante gleich gesagt, dass sie bei den Lerchs übernachten würde, so dass sie sich nicht sorgte.

„Du schläfst bei mir. Das Gästezimmer ist belegt. Friedrich bleibt auch hier, weil er und Simon morgen mit dem Zug nach Österreich fahren – sie machen eine Wandertour im Salzburger Land." Sie seufzte. „Semesterferien müsste man haben!"

„Dazu muss man erst mal studieren, Schwesterlein!", mischte sich Simon ein.

„Ach, sei bloß ruhig!"

„Na, komm! Ihr macht euch doch nicht tot an der Puddingschule."

„Dina wird Photographin!", platzte Ida heraus.

„Was? Na, herzlichen Glückwunsch, Dina, dann hast du ja diesen Hausfrauentempel hinter dir! Weiß der Himmel, was meine Schwester daran findet!"

„Eigentlich erst mal zur Probe. Meine Eltern haben mir ein halbes Jahr Zeit gegeben, um zu beweisen, dass ich es kann, nicht aufgebe oder man mich rauswirft ..."

„Dann drücke ich die Daumen, dass du eine berühmte Künstlerin wirst! Kommt mit rein, es wird frisch."

Dina folgte den beiden ins Haus.

Als sie neben der gleichmäßig atmenden Ida im Bett lag, grübelte sie über Simons Worte nach. Wollte sie Künstlerin werden? Sie wusste sicher, dass sie photographieren wollte. War das Kunst?

Die wenigen Tage, die sie bisher mit Siegfried Lohmann in seinem Atelier verbracht hatte, war ihr das Ganze eher sehr handwerklich vorgekommen. Das mit der Dunkelkammer und dem Entwickeln hatte sie ziemlich schnell verstanden. Es war auch nicht wirklich schwierig. Es gab natürlich jede Menge Tricks und Kniffe, die sie nicht kannte, aber sie war ja noch nicht mal einen Monat dabei. Was ihr gelegentlich Schwierigkeiten bereitete, war das Belichten der Aufnahmen. Aber Siegfried war trotzdem zufrieden mit ihr und ihren Fortschritten. Seine Geduld war grenzenlos und Dina fühlte sich inzwischen im Atelier am allerglücklichsten. Was war eigentlich Kunst? Konnte Photographie Kunst sein? Könnte sie vielleicht eines Tages so gut photographieren, dass es Kunst war?

Hinter ihr drehte Ida sich um, kuschelte sich an Dinas Rücken und legte ihr Gesicht an ihre Schulter. Ihre Gedanken an Kunst zerstoben wie Seifenblasen in der Sonne – Millionen von glitzernden kleinen Partikeln. Ida war ihre beste Freundin in Hamburg und es fühlte sich falsch an, dass sie ihre Brüste in einer Weise an Dinas Rücken schmiegte, die sie schwindelig machte. Sie rief sich zur Ordnung. Ida schlief und hatte keine Ahnung, was sie auslöste. Dina atmete tief durch und versuchte sich zu entspannen, aber das war schwer möglich. Es fühlte sich warm und vertraut an, aber auch sehr, sehr aufregend und es war der Grund, warum Dina genau wusste, dass sie niemals heiraten würde. Aber mit Ida? Nein. Das war einfach nicht richtig. Dina rutschte von ihr weg und legte sich auf den Rücken. Ida murmelte im Schlaf und rollte sich auf der anderen Seite des Bettes zusammen. Dina atmete einerseits auf, andererseits vermisste sie die Wärme und Nähe von Idas Körper. Es dauerte eine ganze Weile, ehe sie einschlafen konnte.

4. Kapitel

Als Dina an einem trüben Novembernachmittag den Laden mit Siegfrieds Einkäufen wieder betrat, hörte sie Stimmen im Atelier.

„*Santa Madonna*! Ich sehe aus wie ’undert Jahren auf diese Bilder!“

Dina spähte durch den Türspalt. Die Antonioni! Ihr Herz setzte einen Schlag aus. Mirella Antonioni, die *primadonna assoluta*! Sie versuchte sich zu sammeln.

„Dina! Was stehst du da vor der Tür herum? Ein Glas Likör für Signora Antonioni, *presto*!“

Sie holte schnell die Karaffe mit den Gläsern, schlängelte sich durch die Tür, setzte vorsichtig das Tablett ab und schenkte der Antonioni und Siegfried ein Glas ein.

„Siegfredo …“, die Antonioni lächelte verschwörerisch. „Du ’ast uns deine Geliebte verschwiegen – und so eine ’übsche Ding, aber ist sie nicht zu jung für dich?“

Dina lief knallrot an; Siegfried kam ihr zu Hilfe.

„Mirella, das ist Dina Harms, sie lernt bei mir.“

„Dann soll sie versuchen, eine Bild zu machen, auf das ich bin jung und schön, wie Signorina Dina selbst.“

Dina warf eines der Gläser auf den Boden, so sehr zitterte sie.

„Ich … ich weiß nicht … ich habe gerade erst angefangen … und … ich …“

„Mirella! Sie hat Angst. Lass das Mädchen in Ruhe.“

Die Stimme, die diese Worte gesprochen hatte, klang wie weinroter Samt. Sie gehörte einer Frau, die entspannt auf der Récamiere lag und rauchte.

„*Va bene*! Dann soll eben ganzes kaltes *Amburgo* denken, dass La Antonioni ihre besten Tage 'inter sich 'at!"

„Mirella, ich bitte dich! Die Photos, die Herr Lohmann gemacht hat, sind ganz in Ordnung. Fräulein Harms lernt hier und hat gerade angefangen. Was soll das?"

„Aber ich würde es gern versuchen, wenn Siegfried meint, dass ich das kann und die Platten nicht verderbe."

Plötzlich fühlte sich Dina von drei Augenpaaren angestarrt. Hoffnungsvoll von Mirella Antonioni, ermutigend von Siegfried und – ihr Tonfall ließ vermuten, höchst amüsiert – von der Frau in der dunkleren Atelierecke, deren Züge sie nur schemenhaft erkennen konnte.

„Also gut", ließ sich Siegfried vernehmen. „Mach mal, Kindchen."

Dina bekam Angst vor ihrer eigenen Courage, aber nun konnte sie nicht mehr kneifen.

„Was soll ich anziehen?" Die Operndiva deutete auf einen Schrankkoffer, in dem mehrere wallende Gewänder in allen Farben des Regenbogens hingen.

„Nichts."

„Sie scherzen …"

„Also nichts von den Sachen da."

Dina wühlte in den Regalen mit Requisiten und förderte eine Lage schwarzen Samt zutage. Sie deutete auf den Paravent, hinter dem Mirella Antonioni sich umkleiden sollte.

„Na, das wird hier ja richtig künstlerisch heute", sagte die Stimme in der dunklen Ecke.

„Und Sie müssen aufstehen", sagte Dina zu der Récamiere. „Dort will ich Signora Antonioni photographieren."

Die Angesprochene erhob sich und schritt langsam ins Licht. Ihre Schönheit traf Dina wie eine jener Wellen am Strand, die einem die Beine wegreißen und einen vergessen machen, wo oben und unten ist.

„Wir haben uns noch gar nicht vorgestellt, Selene von Merten. Ich bin sehr erfreut, Ihre Bekanntschaft zu machen." Sie ergriff Dinas Rechte, hauchte einen Kuss darauf und ließ ihre Lippen einen Sekundenbruchteil zu lange verweilen. Da schlug die Welle endgültig über Dina zusammen.

Als sie nach Hause kam, konnte sie nicht mehr sagen, wie sie es geschafft hatte, von der alternden Operndiva wirklich mehr als passable Bilder zu machen. Das Einzige, was sie mit Sicherheit wusste, war, dass sie, ohne nachzudenken, Selene von Merten in die Hölle gefolgt wäre, hätte diese sie dazu aufgefordert.

Vermutlich erinnert sie sich morgen nicht mal mehr an mich.

Selene. Die Mondgöttin. Dina rief sich zur Ordnung. Mondgöttin war gut. Es erinnerte sie in doppelter Hinsicht an das Eindeutige: Mond und Göttin. Beides unerreichbar fern. Genau das war sie. Erstens war Selene von überirdischer, sublimer Schönheit, zweitens eine Kundin von Siegfried und drittens und bei Weitem am schlimmsten: Sie war die Geliebte von Mirella Antonioni. Und das bereits seit etlichen Jahren, wie Siegfried ihr grinsend anvertraut hatte, als sie gemeinsam in der Dunkelkammer standen und die Photos entwickelten.

„So was hast du in Ostfriesland nicht gesehen, was? Ich glaube ja, dass die Antonioni bei denen der Kerl ist, auch wenn die Kleine von Merten sich anzieht wie einer."

Dina verdrehte zwar leicht die Augen, sagte aber nichts. Ihre eigenen Gedanken beschäftigten sie viel mehr und sie beugte sich so tief über die Entwicklerbäder, dass ihr von den Chemikalien die Augen tränten. Warum hatte Selene sie so angesehen? Und der Handkuss? Sie hatte einen Moment lang Dinas Augen mit den ihren festgehalten. Dina blieb noch immer die Luft weg, wenn sie daran dachte, und sie dachte ununterbrochen daran und fragte sich, ob sie Selene von Merten jemals wiedersehen würde. Sie hatte nicht gewusst, wie sich Verliebtsein wirklich anfühlte. Für Onno hatte sie nie etwas Ähnliches empfunden. Mehr Vergleichsmöglichkeiten hatte sie nicht, aber Dina wusste dennoch, dass sie bis über beide Ohren und absolut rettungslos in Selene von Merten verliebt war.

Es vergingen einige Wochen, in denen sich Dina im dauernden Ausnahmezustand befand. Die Photos hatte sehr bald ein Bote abgeholt und Dina erhielt eines davon mit einem Autogramm von der Antonioni zurück.

„Die alte Schachtel war wirklich zufrieden mit deiner Arbeit", sagte Siegfried anerkennend. „Die sind aber auch richtig gut geworden!"

Er wusste, dass sie ihm erzählen würde, was ihr auf der Seele lag, wenn der Moment gekommen war, und schlug den *Hamburger Anzeiger* auf. Seit dem Schwarzen Freitag vor einigen Wochen las er den Wirtschaftsteil gründlicher, den er früher meist nur überflogen hatte. Er vermochte die Einschätzung von einigen Berichterstattern nicht zu teilen, dass diese Katastrophe, die sich an der New Yorker Börse ereignet hatte, keine ernsthaften Konsequenzen für Deutschland haben sollte. „Wenn die ihre Kredite abziehen, dann gute Nacht", murmelte er.

Dina hörte kaum zu und seufzte.

„Was ist denn los mit dir?"

„Nichts."

„Ja, das sehe ich."

„Siegfried, sag mal, Fräulein von Merten, was macht sie so?"

Ihr Lehrmeister lachte laut auf.

„Aha. Noch eine auf der langen, steilen Straße, gepflastert mit gebrochenen Herzen." Er schüttelte den Kopf.

„Was? Nein, Blödsinn! Wie meinst du das?"

„Ich bin nicht blind, mein Kind. Und ich habe ungefähr vierzig Jahre mehr Lebenserfahrung als du."

Dina sah ihn entsetzt an.

„Sieht man es so sehr?"

„Ja. Aber tröste dich. Es war ja keiner dabei. Ich denke, auch die dümmsten Menschen kommen drauf, dass du verliebt bist, aber ich allein weiß, wer es ist." Er grinste sie schief an.

Dina schaute unglücklich.

Siegfried drehte sich zur Seite, weil er einen Hustenanfall bekam. Als er sich wieder fing, sagte er: „Sei vorsichtig, *min Deern*. Die schöne Selene ist so was wie Mirellas Eigentum.

Aber selbst wenn nicht, wäre sie nichts für dich. Gab's da keinen netten ostfriesischen Bauern?"

„Doch. Gab es. Also nicht so richtig … aber …" Sie druckste herum und wurde rot.

„Und? War nicht so das Wahre?"

„Onno ist ein wirklich netter Kerl, aber ich weiß nicht … Ich dachte immer, dass es irgendwie mein Fehler ist. Ist es ja nun auch", schloss sie mit einer Stimme, die auf einen dicken Kloß im Hals schließen ließ. „Siegfried, ich möchte sie wiedersehen. Mit ihr reden, Kaffee trinken … ich weiß nicht."

„Kaffee trinken? Herzchen, erstens trinkst du keinen Kaffee und zweitens, so wie sie dich angesehen hat, liegst du schneller auf dem Rücken, als du Ostfriesentee sagen kannst! Und dann hast du ein Drama am Hals, das sich gewaschen hat, wenn die Antonioni das spitzkriegt."

„Du meinst, sie hat mich angesehen?"

„Wie? Ja, natürlich, ihr habt doch miteinander geredet."

„Ja, aber hat sie mich ‚angesehen'?"

Dina wurde es wieder heiß und kalt und neblig im Kopf, was aber am vergessenen Frühstück liegen konnte.

Zu Hause schimpfte ihre Tante in einem fort mit ihr, weil sie fast nichts aß.

„Na, hör mal, Kind! Ich habe extra Miesmuscheln mitgebracht, die isst du doch so gern!"

Gehorsam zupfte Dina sanft ein paar der leckeren heißen Muscheln aus den Schalen, die ihre Tante in einem Gemüsesud gegart hatte. Ihr ging das Gespräch mit Siegfried nach.

Bist du etwa auch eine von denen, hatte er gefragt. ‚Von denen'. Sie wusste, wie man diese Frauen nannte. In Stapelmoor hatte es so etwas nicht gegeben. Aber Dina hatte sich bereits gedacht, was mit ihr los war. Es hatte sie zum Beispiel nicht im Geringsten gestört, wenn Frientje Janssens sich Onno zum Tanzen schnappte. Sie war viel zu sehr damit beschäftigt, sich vorzustellen, wie es wohl wäre, wenn Onnos umtriebige Tanzpartnerin ihren bemerkenswert kurvigen Körper gegen den ihren schmiegen würde. Sie nahm es hin, dass sie so fühlte, und hatte es gleichgesetzt mit Verzicht und immerwährender Einsamkeit. Wäre nicht gelegentlich über ‚Lesbierinnen' getuschelt worden, hätte sie vermutlich angenommen, sie sei die Einzige. Und nun sah sie, dass in der Stadt zwei Frauen wie ein Paar zusammensein konnten. Dina versetzte sich selbst in Gedanken eine Ohrfeige. Genau. Ein Paar. Selene und La Antonioni. ‚Die kleine von Merten zieht sich an wie ein Kerl', hatte Siegfried gesagt. Bei näherem Hinsehen stimmte das sogar. Sie hatte graue Anzughosen getragen, ein weißes Hemd, darüber einen grauen Wollpullunder und flache Budapester. Dieser Aufzug mutete nicht im Geringsten seltsam an. Selene war in Dinas Leben erschienen und wurde sofort ein Teil davon. Was interessierte Dina für sich genommen die Männerkleidung oder auch das glatte, schwarze Haar, das sie kurz geschnitten und zurückgekämmt trug, die zarten Gesichtszüge, die mädchenhafte Stupsnase und die dunkelgrünen Augen. Selene war genau so, wie sie sein musste. Es gab an ihr nichts Affektiertes oder Gekünsteltes. Was fand sie bloß an dieser überspannten Opernsängerin? Die Dame hatte die vierzig schon länger hinter sich gelassen, donnerte sich auf wie ein Zirkusgaul und behandelte Selene wie einen Schoßhund, dachte Dina empört. Wieso ließ sie sich das gefallen? Warum wohl? Als gäbe es etwas, das sie selbst sich von Selene nicht würde gefallen lassen – daraus musste sie also schließen, dass Selene in Mirella Antonioni verliebt war, und spätestens nach dieser Erkenntnis sollte Dina sie sich aus dem Kopf schlagen. Siegfried hatte Selene sogar als Mirellas Eigentum bezeichnet. Dina schlief in dieser Nacht so schlecht wie selten in ihren jungen Jahren.

Siegfried, der ihren Zustand zunächst amüsiert beobachtet hatte, begann sich Sorgen zu machen. Sie kam ihrer Arbeit gewissenhaft nach, aber in den Pausen starrte sie Löcher in die Luft, ließ das Mittagessen meist unberührt und nahm selten außerhalb ihrer Arbeit eine der Kameras mit, um zu üben. Sie besaß großes Talent, aber sie musste es auch entwickeln, ausprobieren, Fehler machen, Erfolgserlebnisse feiern.

Kurz vor Weihnachten musste Siegfried Maßnahmen ergreifen. Im Atelier war endlos viel zu tun, jeder schien dieses Weihnachten Photographien verschenken zu wollen. Dina stand bis abends spät in der Dunkelkammer und entwickelte geduldig Aufnahme um Aufnahme und wurde immer besser. Sie lernte intuitiv dazu. Manchmal verblüffte sie Siegfried damit, welche Effekte sie bereits den Vergrößerungen verleihen konnte, ohne dass er es ihr jemals erklärt hatte. Aber das Mädchen war blass und still.

„Dina?"

„Moment, Siegfried, ich bin gleich so weit."

Als sie aus der Dunkelkammer kam, war er sich sicher. Er legte die Rolleiflex auf die Theke.

„Mach dich frisch, kämm dir um Gottes willen die Haare und dann gehst du bitte photographieren."

Sie sah ihn verständnislos an. „Ich soll was?"

„Du machst dich jetzt so hübsch, wie du es unter den gegebenen Umständen hinkriegst, nimmst den Apparat mit und ein Stativ und fährst in die Stadt Bilder machen. Rund um die Alster, Jungfernstieg und so weiter. Du musst das mit der Langzeitbelichtung lernen. Das ist wichtig. Nicht bloß jetzt im Winter, weil es früh dunkel wird, sondern auch, weil man damit ganz entzückende Sachen anstellen kann. Es wird dir gefallen, bestimmt", setzte er fast flehentlich hinzu.

Dina fuhr sich müde durch das Haar.

„Siegfried, ich muss den Auftrag von Familie Petersen fertig machen und ich mag danach nirgends mehr hingehen."

„Die fetten Petersen-Töchter rahme ich und du gehst nicht nachher, sondern jetzt. Oder muss ich jetzt den grimmigen Lehrmeister herauskehren?"

Jetzt huschte immerhin ein kleines Lächeln über ihr Gesicht.

„Na gut – ich sehe furchtbar aus, viel zu retten ist an meiner Erscheinung heute nicht mehr, aber ich tue mein Bestes. Danke, Siegfried."

Als sie mit der Ausrüstung beladen in die Straßenbahn stieg, fühlte sie sich erschöpft. Was sollte das bloß? Es stimmte zwar, Langzeitbelichtung war nicht gerade ihre Paradedisziplin, aber wieso ausgerechnet jetzt, wo es im Laden besonders viel zu tun gab? Gegen ihren Willen musste sie lächeln. Siegfried war mehr ein guter Freund als ein strenger Lehrherr. Er brachte ihr alles bei, was er über Photographie wusste. Er besprach ihre Bilder mit ihr, zeigte ihr technische Kniffe und brachte sie immer wieder auf Ideen für neue Experimente und unterstützte sogar seltsame Einfälle, wenn sie ein interessantes Resultat versprachen. Nun gut. Also Langzeitbelichtung. Die bunten Beleuchtungen der Geschäfte in der Innenstadt boten ein reiches Betätigungsfeld. Sie stieg am Gänsemarkt aus, schleppte ihr Stativ und die Kamera bis zum Alsteranleger und entdeckte als erstes Motiv die Lichter, die aus dem Alsterpavillon auf das Wasser schienen. Sie stellte das Stativ auf, befestigte die Kamera und blickte angestrengt durch den Sucher. Das konnte was werden. Sie stellte die Belichtung ein und drückte den Auslöser. Für eine andere Perspektive ging sie den Neuen Jungfernstieg ein Stück weit hinunter und richtete nun ihr Objektiv auf das direkt am Wasser liegende Café und seine Lichter. Das begann ihr Spaß zu machen. Belichtung einstellen …

„Na, wenn das nicht Mirellas neue Hofphotographin ist. Guten Abend, Dina.“

Dina erstarrte und konnte sich kaum aus der gebückten Haltung hinter der Kamera aufrichten, um Selene von Mertens Gruß zu erwidern.

„Was machen Sie da?“

„Ich übe Langzeitbelichtung. Siegfried hat mich weggeschickt.“

„Wie meinen Sie das? Er hat Sie weggeschickt?“

„Nein, nicht so …“ Dina verhaspelte sich. „Er hat mich losgeschickt, weil ich üben soll.“

„Ach so. Ich dachte, er hat Sie vor die Tür gesetzt. Ich wunderte mich bereits. Machen Sie doch weiter. Ich störe Sie ganz bestimmt nicht.“

Sie ging jedoch nicht weiter, sondern zündete sich eine Zigarette an und betrachtete interessiert Dinas Kameraaufbau. Dina spürte, dass ihre Hände fahrig wurden. Irgendwie brachte sie die begonnene Aufnahme zu Ende, ohne das Stativ umzustoßen. Sie zitterte jedoch beim Auslösen so stark, dass es vermutlich das Bild verwackelt hatte. Aber wie sollte sie unter Selene von Mertens Augen etwas zustande bringen?

„Sind Sie fertig? Oder haben Sie jetzt noch etwas vor, Dina?"

„Nein … also ja … ich meine, ich bin fertig und ich habe nichts weiter vor."

„Das ist gut. Mögen Sie Musik? Und würden Sie mich unter Umständen bei einer sehr, sehr subversiven Mission begleiten?"

„Ja!"

Selene von Merten lächelte sie an. „Sie klingen überzeugt. Das ist gut. Für ein solches Vorhaben braucht man Mut, Durchhaltevermögen und einen anarchischen Geist. Wir werden sehen, Dina. Kommen Sie."

Selene nahm Dina ohne zu fragen das Stativ aus der Hand und hielt ihr den anderen Arm hin. „Sollen wir dann?"

Wie betäubt nahm Dina Selenes Arm und ging neben ihr her. Wen interessierte schon, wohin und warum, oder dass es spät wurde und Tante Luise keine Ahnung hatte, wo sie abgeblieben war.

Eine Weile gingen sie schweigend nebeneinander her; vor dem bereits hell erleuchteten Opernhaus am Stephansplatz blieb Selene plötzlich stehen.

„Kommen Sie, Dina. Wir geben Ihr Stativ und die Kamera an der Garderobe ab."

„Ich kann doch so nicht in die Oper gehen!" Dina dachte beschämt an den dunkelblauen Wollrock, die weiße Bluse, die sicherlich aus dem Labor Flecken hatte, und die graue Strickjacke, die sie unter ihrem alten Mantel trug.

„Das ist schon in Ordnung. Ich bin auch nicht besonders angezogen. Ein Freund hat mir die Karten vor einer Stunde in die Hand gedrückt, weil er krank geworden ist, und seine Begleitung kocht lieber Tee und macht Wadenwickel. Lassen Sie uns die Gunst der Stunde nutzen."

Die Garderobiere schaute sie misstrauisch an, als Selene Dinas Photoausrüstung und die Mäntel über den Tresen legte und in Tweedhosen, einem Hemd und Jackett vor ihr stand. Selene zahlte und steckte die Garderobenmarken ein.

„Kommen Sie, wir müssen uns beeilen. Ach ja, ich hoffe, Sie haben Zeit mitgebracht, man gibt heute die *Götterdämmerung*."

Was immer das hieß. Dina fühlte sich, als ob sie träumte. Wie beim Tauchen als Kind: gedämpfte Geräusche, schwebend, irgendwie verboten und unglaublich glücklich und frei. Nur eben ohne das Gluckern der Nordsee, ohne die unklaren Bilder und die vom Salzwasser brennenden Augen.

Selene sah sie forschend an.

„Sie haben keine Ahnung, was die *Götterdämmerung* ist, oder? Na, dann wollen wir mal hoffen, dass Sie Wagners Musik mögen, denn sonst können fünf Stunden ganz schön lang sein."

Auch sie hielt Dina für ein Landei. Sie war nun über ein Jahr in Hamburg und noch immer haftete ihr offenbar nichts Weltstädtisches an. Ob sich das jemals ändern würde?

„Ich war zwar noch nie in der Oper, Fräulein von Merten, aber ich mag Wagners Musik. Meine Tante hat einige Grammophonplatten mit Opernmusik." Selene sollte sie nicht für völlig ungebildet halten.

„Na, wunderbar – dann habe ich nicht das Gefühl, Ihnen etwas Schlimmes anzutun, Dina. Sehen Sie, hier sind unsere Plätze."

Sie nahmen in der letzten Reihe einer Mittelloge Platz. Dinas Herz raste und schlug unregelmäßig. Sie saß so nah neben Selene, dass sie den leichten, würzigen Duft ihres Parfüms riechen konnte, der sich mit dem Geruch der Wolle des Anzugs mischte. Als das Orchester die Instrumente stimmte, sich einspielte, es dunkel im Saal wurde und die Ouvertüre begann, saß Dina immer noch verkrampft auf der Kante ihres rotsamtenen Sitzes und schnappte stoßweise nach Luft.

„Lehn dich zurück, schließ die Augen und atme Musik. Du wirst sehen – es gibt kaum etwas Schöneres. Komm her."

Selenes Lippen hatten ihr Ohr gestreift, während sie Dina die Worte zugeflüstert hatte, die jegliche Spannung aus ihrem Körper hatten fließen lassen. Ihr Kopf lag an Selenes Schulter, sie atmete in diesem Moment in erster Linie Selene, aber auch die Musik und fühlte sich allem Irdischen entrückt, wie Brünnhild auf ihrer uneinnehmbaren, von Flammen geschützten Burg.

Als es zur Pause läutete, blinzelte sie irritiert in das helle Licht im Saal. Die Halle der Gibichungen war hinter dem Bühnenvorhang verschwunden.

Selene schaute sie fasziniert an.

„Wie konnte ich so dumm sein anzunehmen, du könntest dich langweilen. Du bist ja noch gar nicht wieder angekommen im Hier und Jetzt. Vielleicht hilft ein Glas Sekt im Foyer?"

Als sie die Treppe hinunter zum Buffet gingen, hatte Selene ganz selbstverständlich Dinas Arm genommen, steuerte sie vorsichtig um die anderen Leute, Säulen und sonstige Hindernisse herum und führte sie zu einer Bank, ohne sich um die befremdeten Blicke der anderen Operbesucher zu kümmern.

„Ich bin gleich wieder da, warte hier auf mich."

Dina sah sich mit großen Augen um. Das Opernhaus war riesig. Wie viele Zuschauer wohl darin Platz fanden? Sie schämte sich ihres Aufzugs. Überall sah man Abendroben, Pelze, Perlen und aufwendige Frisuren. Bei den jüngeren Frauen begannen die kurzen, sorgsam gewellten Haare zu dominieren, nur wenige von ihnen trugen noch langes, aufgestecktes Haar wie Dina. „Untersteh dich!"

Dina schaute Selene entsetzt an, die ihr ein Glas hinhielt und sich neben sie setzte.

„Was denn?"

„Ich habe genau gesehen, wie du die Bubikopffrisuren begutachtest. Denk nicht einmal daran." Sie grinste.

„Das ist jetzt sehr modern, oder? Ich finde es schön an anderen … aber ich weiß, dass es zu mir nicht passt", schloss sie etwas geknickt.

Selene fuhr sich mit der Hand durch ihr eigenes kurzes Haar, das seidig und glatt war und ihr ins Gesicht fiel.

„Ja, sehr modern, aber es passt wirklich nicht zu dir. Du bist einfach *fin de siècle,* Dina. Zum Wohl." Mit einer grazilen Bewegung ihres Glases bedeutete sie Dina zu trinken und nahm selbst einen Schluck.

„Selene, Liebes! Was tust du denn hier? Wenn Mirella erfährt, dass du heimlich-unheimlich Wagner hörst, dann setzt es aber sicher was!"

„Heinrich. Ich freue mich auch, dich zu sehen. Darf ich dir Fräulein Harms vorstellen? Dina Harms ist Photographin, Dina, Heinrich von Treben."

Selenes Stimme klang oberflächlich ruhig, aber Dina nahm einen scharfen, wachsamen Unterton wahr.

„Sehr erfreut, Fräulein Harms." Er deutete einen Handkuss an und fügte, an Selene gewandt, hinzu: „Ich kann ja verstehen, dass du Fräulein Harms vor uns versteckt hast, aber wie konnte dir das wieder gelingen? Ich wette, Mirella schäumt."

In diesem Moment entband das Läuten zum zweiten Akt Selene einer Antwort.

„Heinrich, du entschuldigst uns. Kommst du?"

Dina war mehr als durcheinander. Dieser Herr von Treben wusste offenbar von Selene und der Antonioni. Das rückte ihr die ganze Sache näher, als ihr lieb war. Siegfried hatte ihr zwar davon erzählt, hatte Selene sogar als Mirellas Eigentum bezeichnet. Aber dass es andere auch wussten und in aller Öffentlichkeit darüber sprachen, machte sie verlegen. Dina seufzte.

„Ist alles in Ordnung?"

„Ja. Schon. Ich …"

„Bist du schockiert?"

„Nein! Das nicht, nur … ich möchte nicht, dass … du Schwierigkeiten hast meinetwegen."

Selene lächelte ernst.

„Wenn ich Schwierigkeiten bekomme, dann eher wegen Wagner. Seine Musik ist nicht Mirellas Fach. Sie sagt, sie hasst die Musik. In Wahrheit würde sie Wagners große Sopranrollen nicht singen können, weil sie nicht den erforderlichen Umfang abbilden kann, verstehst du? Deshalb meint sie, dass auch ich Wagner nicht mögen darf, was natürlich Unsinn ist. Also lass Mirella einfach meine Sorge sein – das ist sie ja ohnehin."

Noch während sie sprach, wurde es wieder dunkel im Saal, Selene griff nach Dinas Hand, zog sie kurz an ihre Lippen und hielt sie dann, den ganzen zweiten Akt hindurch. Auch als das Licht wieder erstrahlte und die zweite Pause eingeläutet wurde, ließ sie sie nicht los.

„Was meinst du? Bleiben wir einfach hier sitzen? Ich mag nicht noch einmal diesem Schwätzer begegnen, der meint, jeder müsse ihm Rede und Antwort stehen. Er ist die schlimmste Klatschbase, die ich kenne!"

Alles, was du willst, dachte Dina. Alles. Aber lass meine Hand nicht los.

Als hätte sie Dinas Gedanken erraten, strich ihr Selene eine Haarsträhne aus dem Gesicht und klemmte sie hinter das Ohr.

„Siehst du, mit kurzem Haar könntest du das nicht mehr. Ich kann ohne Pomade nicht aus dem Haus gehen, sonst bin ich den ganzen Tag dabei, mir die Haare zurückzustreichen. In der Universität ist es aber ganz praktisch. Da habe ich ja in den Kollegs ohnehin eine Haube auf dem Kopf.

„Du studierst? Was denn?"

„Medizin."

„Dann kennst du vielleicht Simon Lerch?"

„Ja, er ist allerdings ein paar Semester weiter. Er hat doch im Sommer sein Physikum geschafft. Woher kennst du ihn?"

„Ich … bin mit seiner Schwester befreundet, wir waren zusammen auf der Hauswirtschaftsschule."

Selene lachte herzhaft.

„Auf der Hauswirtschaftsschule? Aber, aber … Fräulein Harms! Da tun sich ja wahre Abgründe auf in Ihrem jungen Leben! Wie konnte es denn dazu kommen?"

Der Spott in ihrer Stimme war zwar unüberhörbar, aber Dina spürte, dass darin nichts Beleidigendes oder Höhnisches lag. Es war mehr ein Spaß zwischen ihnen beiden.

„Nun ja, das war das Einzige, was meine Mutter dazu bewegen konnte, mich nach Hamburg zu Tante Luise ziehen zu lassen. Sie hat aber nicht damit gerechnet, dass ich rausfliege, bevor das erste Halbjahr herum ist."

„Oh! Warum das denn? Was hast du angestellt?"

„Das weiß ich eigentlich bis heute nicht. Man hat behauptet, ich hätte einen der Herde nicht ausgedreht und damit fast das Schulgebäude niedergebrannt. Doch ich kann mich partout nicht daran erinnern, den Herd angelassen zu haben. Aber das ist jetzt ja auch zum Glück egal. Niemand muss sich mehr vor meiner Schusseligkeit im Haushalt fürchten."

„Und wie kommt es, dass du jetzt bei Lohmann arbeitest?"

„Mich fasziniert die Photographie. Einmal bei den Lerchs, im letzten Mai, durfte ich den Photoapparat von einem von Simons Freunden ausprobieren und in dem Moment wusste ich eigentlich sofort, dass ich nichts anderes mehr tun wollte. Insofern haben die mir auf der Schule mit dem Rausschmiss einen Riesengefallen getan."

„Das kann ja nur Sebastian Berger gewesen sein! Er ist der einzige Student, der immerzu mit seiner Kamera herumläuft. Du durftest seinen Photoapparat anfassen und Bilder damit machen?" Selene zog die linke Augenbraue hoch. „Er muss unsterblich in dich verliebt sein, das weißt du hoffentlich?"

Dina fühlte, wie ihr heiß und kalt wurde. Vermutlich lief sie auch gerade knallrot an. Selene schaute ihr amüsiert aus nächster Nähe direkt in die Augen.

„Ich weiß nicht … kann sein …"

Gnädigerweise wurde es wieder dunkel – der letzte Akt.

„Wie auch immer: Es nützt ihm ja nichts", wisperte Selene. Als das Orchester wieder einsetzte und die Aufmerksamkeit aller Zuschauer auf der Bühne war, zog sie Dina an sich und küsste sie. Zuerst zart, vorsichtig und fragend. Dinas Erwiderung des Kusses beantwortete alles, was zwischen ihnen ungesagt geblieben war, und die Götterdämmerung, der Untergang der Gibichungen und das Obsiegen der Rheintöchter schienen kaum einen Wimpernschlag zu dauern. Viel zu früh verklangen die letzten Akkorde und es wurde wieder hell.

Dina wusste nicht, wie sie aufstehen, ihren Mantel anziehen, ihre Photoausrüstung mitnehmen und heil damit nach Hause kommen sollte – aber das war auch nicht weiter schlimm, denn etwas Schöneres würde sie ohnehin niemals wieder erleben. Ich bin neunzehn Jahre alt, dachte Dina, und habe gerade den wundervollsten Abend meines Lebens verbracht.

Als sie aus dem Opernportal traten, hatte heftiger Schneefall eingesetzt. Selene winkte ein Taxi heran, half Dina mit ihrer Ausrüstung und stieg zum Schluss selbst ein.

„Wo wohnt Tante Luise denn nun eigentlich?"

„Karpfangerstraße. Nummer 22."

Der Wagen fuhr an und Dina schmiegte sich an Selene, die ihren Arm um sie gelegt hatte. Sie sprachen nicht und als der Wagen viel zu schnell wieder hielt, wies Selene den Fahrer an zu warten, trat mit Dina in den Hauseingang und küsste sie, diesmal länger und in einer Weise, die Dina ganz neblig im Kopf machte. So musste es sein! Das konnte nicht unanständig oder falsch sein! So musste es sich anfühlen. Das wusste Dina plötzlich. Als Selene durch das Schneetreiben zum Taxi gelaufen und wieder eingestiegen war, schloss Dina die Tür auf und stieg mit wackeligen Beinen die Treppe hinauf zu ihrem Zimmer im Dachgeschoss, schloss die Tür hinter sich, stellte ihre Photoausrüstung ab, ließ den Mantel auf den Boden gleiten und sich selbst vollständig angezogen der Länge nach aufs Bett fallen. Die Luft um sie herum schien kleine Wirbel zu machen, wie sie es auf Drucken der Bilder dieses Malers gesehen hatte, der sich ein Ohr abgeschnitten hatte und in der Irrenanstalt gelandet war. Sie war nicht irre. Oder vielleicht doch? Sie hätte singen können. Und tanzen. Sie fühlte sich, als wäre sie bis zum Rand mit einer perlenden Flüssigkeit gefüllt, wie dem Sekt, den sie mit Selene in der Oper getrunken hatte.

Als sie erwachte, lag sie noch immer in allen Kleidern auf dem Bett, fühlte sich zerknautscht und blinzelte müde in den trüben, grauen Hamburger Morgen. Immerhin war Sonntag und sie musste nicht sofort aufstehen. Sie legte den Zeigefinger auf die Lippen und gleich darauf durchfuhr sie eine so heftige Empfindung, dass sie sich zusammenkrümmte. Sie und Selene hatten sich am Vorabend geküsst, als gäbe es kein Morgen, und nun war der Morgen da und sie konnte sich nicht vorstellen, wie sie die Zeit überleben sollte, da sie sich wieder würden küssen können. Und wann würde das überhaupt sein? Wie hielt man so etwas aus? Ächzend kroch sie aus dem Bett. Sie fühlte sich verknotet, hatte steife Schultern und eiskalte Füße, weil sie ohne Decke geschlafen hatte. Sie zog sich ihren Pyjama, einen warmen Bademantel und Pantoffeln an, kämmte das verklettete Haar und stieg die Treppen hinab, um nach dem Badeofen zu sehen. Sie hatte sich für zehn Uhr eingetragen und konnte sich kaum vorstellen, dass jemand auf den Gedanken gekommen war, vor ihr ein Bad zu nehmen. Tante Luise achtete sehr genau darauf, dass alle Bewohner die Badezeit eintrugen und sich dann auch daran hielten. Das musste alles seine Ordnung haben.

Wie vermutet, war unten noch alles ruhig. Dina zündete den Ofen an, mit dem das Badewasser beheizt wurde. Das würde noch etwas dauern. Sie konnte sich also erst Frühstück machen. In der Küche war es mollig warm. Dina legte ein paar Kohlen nach, zog die Füße hoch auf den Stuhl und nippte an ihrem Tee, der sie zum Leben erweckte. Während sie trank, starrte sie Löcher in die Luft. Sie bemerkte gar nicht, dass Liz gähnend in die Küche trat.

„Guten Morgen, Dina."

„Guten Morgen!"

„Ich brauche einen Kaffee. Ist noch etwas heißes Wasser da?"

Dina deutete auf den dampfenden Kessel auf dem Herd.

„Du bist ein Schatz."

Einen Moment lang hantierte Liz, deren rot gefärbtes Haar wie die Stacheln eines Igels abstand, mit ihrem Kaffeetopf und der großen Tasse. Als es nach Kaffee zu duften begann, setzte sich Liz zu Dina an den Küchentisch. An den Sonntagen bekam man sie sonst kaum zu Gesicht. Was sie wohl an diesem Tag so früh aus dem Bett getrieben hatte?

„Na, Dina, hast du denn auch gut geschlafen?"

„Ja, habe ich. Und selbst?"

„Danke, ja." Liz nahm einen Schluck Kaffee. „Ich bin ziemlich spät nach Hause gekommen, es war ja Samstag. Es schneite gerade sehr, deswegen bin ich nicht sicher, ob ich mich geirrt habe, aber ich habe dich im Hauseingang herummachen sehen. Da dachte ich mir, das Mädel macht es richtig, genießt die Freiheit, von zu Hause weg zu sein. Und als dein Verehrer dann zurück ins Taxi stieg, sehe ich doch, dass es gar kein Verehrer war, sondern vielmehr eine Verehrerin."

Liz schaufelte sich einen großen Löffel von Tante Luises Zucker in ihre Kaffeetasse.

„Wirst du es meiner Tante erzählen?"

„Aber nicht doch! Warum auch? Was hätte ich denn davon, wenn man dich zurück in die Einöde verfrachtet?"

Dina schwieg und sah Liz an. Was konnte sie wollen?

„Wie ist das, ein Mädchen zu küssen, Dina? Also für mich wäre das nichts, aber ich kenne einige, die das tun. Also keine Sorge. Ich petze nicht."

„Danke."

„Keine Ursache." Sie nahm ihre Kaffeetasse und stand auf. „Ich muss mich hinlegen. Es dreht sich noch alles, das Kokain, du weißt schon", setzte sie verschwörerisch hinzu. „Sag mal, da fällt mir ein: Du hast doch die Kamera von deinem Chef dabei? Komm doch nachher, wenn du mit Baden fertig bist, zu mir in mein Zimmer, ich brauche ganz dringend ein paar schöne neue Photographien von mir. Meinst du, das ginge?" Sie blinzelte.

Dina nickte. Was sollte sie sonst auch tun.

Als der Badeofen heiß war, drehte sie das Wasser an, verschloss die Tür der Badestube und ließ sich in die Zinkwanne gleiten, bis auch ihr Kopf unter Wasser war. In diesem Moment wurde ihr klar, dass sie gerade erpresst worden war. Liz hatte nichts davon, wenn sie mit Schimpf und Schande nach Ostfriesland zurückgeschickt wurde. Sie hatte deutlich mehr davon, wenn Dina blieb und in ihrer Schuld stand. Es waren nur einige Photos. Das war kein Drama. Siegfried hatte nie etwas dagegen, wenn Dina Photos zu Übungszwecken machte und auch entwickelte. Aber was, wenn noch etwas anderes hinterherkam? Sie tauchte auf, die Realität von Tante Luises abgenutzter Badestube beruhigte sie. „Daufdine Harms, höre auf, dir über ungelegte Eier Gedanken zu machen", sagte sie laut zu sich selbst und begann ruppig, ihr Haar einzuseifen.

Als sie drei Stunden später in frischen Kleidern und mit noch leicht feuchtem Zopf an Liz' Zimmertür klopfte, war sie überzeugt, dass sie Gespenster gesehen hatte. Liz konnte man durchaus auf eine gewisse Weise attraktiv finden – es würde sicher Spaß machen, schöne Aufnahmen von ihr zu schießen. Und der Film war noch längst nicht voll, denn am Vorabend hatte sie nur wenige Aufnahmen geschafft, bevor Selene sie am Alsteranleger aufgesammelt und in ihre Welt entführt hatte.

„Herein." Liz lag in einem grünen Seidenkimono auf dem zerwühlten Bett und rauchte. Dina trat ein und zog die Tür hinter sich zu.

„Schließ ab."

Dina tat, was Liz ihr gesagt hatte, nicht ohne sich ein wenig über diese übertrieben erscheinende Vorsichtsmaßnahme zu wundern. Liz spazierte auch tagsüber im Schlafrock durch die Pension. Warum tat sie bloß so geheimnisvoll?

„Was willst du anziehen für die Photos?"

„Anziehen? O nein, Liebes. Nicht diese Art von Photo, sondern die andere, bei der man sich auszieht."

„Was?" Dina war entsetzt.

„Na, komm, jetzt spiel mir hier mal nicht die Unschuld vom Land vor. Das glaubt dir vielleicht deine Tante, aber ich nicht. Nicht nach gestern Abend."

Dina baute das Stativ auf, stellte die Kamera ein und befestigte sie. Was hatte sie sich da wieder eingebrockt?

„Nun schau mal nicht so blümerant aus der Wäsche, Kleines. Ich tu dir nichts und ich erzähle auch keinem was. Dafür machst du mir ein paar schöne Bilder und gut ist es."

Liz drapierte sich mit offenem Kimono auf dem Bett.

Dina schaute durch den Sucher und schüttelte den Kopf.

„Das wird so nichts. Leg dich auf den Rücken, so, sieh mir nicht direkt in die Kamera, mehr so aus dem Augenwinkel, weniger Garbo, mehr Bankhead. Ja … besser! Und den Morgenmantel von der Schulter und ein Bein etwas anwinkeln.

Eine Hand nimmst du hinter den Kopf und den anderen Arm lässt du ganz locker an der Bettkante herunterhängen. Los!" Was tue ich eigentlich gerade, fragte sich Dina. Warum gebe ich ihr auch noch Anweisungen, wie sie am offensichtlichsten nach Bordsteinschwalbe aussieht, und woher weiß ich das überhaupt?

„Besser so?" Liz sah ein wenig verkrampft aus.

„Genau, und jetzt ein kleines Lächeln, ganz wenig nur. Gut so!" Sie drückte ab.

Innerhalb einer Stunde hatte sie den Rest des Films mit unterschiedlichen aufreizenden Posen ihrer rothaarigen Mitbewohnerin gefüllt.

„Wann ich dazu komme, sie zu entwickeln, kann ich dir nicht genau sagen. Das kann ich nicht machen, wenn Lohmann mir über die Schulter sieht." Dina schauderte. Nicht auszudenken, was Siegfried sagen würde, wenn er wüsste, was sie trieb. Ein Glück, dass er nie die Ausrüstung oder die Menge an Material kontrollierte, die sie benutzte.

Liz grinste sie an. „Das verstehe ich natürlich, mein Täubchen. Aber lass mich nicht zu lange warten."

5. Kapitel

Dina warf einen Blick auf ihre Armbanduhr. Schon nach sieben. Aber wenn sie im Labor arbeitete, hatte sie kein Zeitgefühl mehr. Sie räumte in der Dunkelkammer auf, warf einen Blick in das Atelier. Alles lag an seinem Platz, so wie es sein sollte. Sie atmete auf und packte zusammen. Siegfried hatte sich bereits am frühen Nachmittag verabschiedet und ihr bedenkenlos seinen Laden anvertraut, worauf sie sehr stolz war. Sie hatte es ihrer Mutter gezeigt! Die sechs Monate, die sie ihr gegeben hatten, waren abgelaufen und Dina zur rechten Hand von Siegfried Lohmann geworden. Bis Ladenschluss erledigte sie alle anfallenden Aufgaben. Dann schloss sie ab und entwickelte die Bilder, die sie in der *Silbermünze* gemacht hatte.

Die *Silbermünze* war eine Bar, in der Liz verkehrte. Nicht direkt ein Ort, an dem sich ehrenhafte alleinstehende junge Frauen herumtreiben sollten, aber Dina verstand nach den Photos vor Weihnachten schnell, welchem Nebenerwerb einige von Tante Luises Pensionsgästen nachgingen. Sie hatte sich anfangs gefragt, ob ihre Tante davon wusste? Liz jedenfalls behelligte sie nach den Photos nicht mehr und drohte auch nicht mehr, Tante Luise zu erzählen, dass sie gesehen hatte, was Dina mit Selene im Hauseingang getrieben hatte. Doch eines tat Liz: Sie schwärmte ihren Freundinnen von Dinas Photographien vor und wie gut sie bei ihren Verehrern ankämen. Dina machte innerhalb einiger Wochen ‚Werbeaufnahmen' für drei weitere leichte Mädchen. In der *Silbermünze* photographierte sie abends während des normalen Betriebs. Die schwarze Barfrau Fatima in ihrem weißen Kaftan, zwei der Mädchen, wie sie miteinander Tango tanzten, einen Luden, der versuchte, einem neuen, ganz jungen Mädchen an der Bar mit Sekt zu imponieren, um sie leichter überreden zu können, für ihn anschaffen zu gehen.

Diese Photos hatte sie im Auftrag des Besitzers der *Silbermünze* gemacht. Harry Schwemer kannte das Geschäft in- und auswendig. Er wusste, dass gute Reklame einiges wert war, und versuchte nicht, Dina übers Ohr zu hauen. Die Kleine hatte diesen Photoapparat bestens im Griff. Die Bilder, die die Mädchen ihm zeigten, waren ihm Beweis genug, dass Dina ihr Handwerk verstand. Er vereinbarte mit ihr zehn Aufnahmen, die ordentlich die Vorstellungskraft der Kunden anheizen sollten, wenn er sie draußen in seinem gläsernen Schaukasten aufhängte und auf Handzettel drucken ließ. Dafür versprach er ihr zwanzig Reichsmark plus Materialkosten mit Handschlag. Und Harry Schwemer hielt Wort.

Wenig später atmete Dina auf, während sie die letzten Schnipsel Photopapier aufsammelte und die Spuren ihrer Aktivitäten beseitigte. Immerhin nahm sie nicht mehr Siegfrieds Material. Inzwischen kaufte sie es selbst ein und benutzte nur noch die Kameras, die er im Laden hatte. Sie bekam schließlich Geld dafür, dass sie die Schönen der Nacht ablichtete, obwohl sie sich auch fragte, ob das richtig war, was sie tat. Aber das, was immer so abschätzig ‚das Milieu' genannt und worüber die Nasen gerümpft wurden, übte eine starke Faszination auf Dina aus. Viele der Menschen, die sie auf ihren abendlichen Streifzügen traf, traten ihr mit einer Scheu gegenüber, als hätten sie Angst, dass ihr eigenes, oft völlig verpfuschtes Leben auf Dina abfärben könnte. Als eines Abends einer der auffällig gekleideten Luden sich an Dina herangepirscht hatte, nicht ahnend, was sie wohl sonst in dieser Bar wollen könnte, außer anschaffen, sagte ihm Harry Schwemer persönlich, wo es langging.

„Sofort entschuldigst du dich bei Fräulein Dina. Sie ist Photographin und arbeitet hier für mich. Du lässt gefälligst die Finger von ihr – und glaub mir: Wenn ich höre, dass irgendwer das Mädchen belästigt, dann kannst du einpacken!"

Der junge Kerl hatte noch drei Wochen später eine geschwollene Nase und ein blaues Auge und machte fortan einen Riesenbogen um Dina.

So hatte es angefangen. Sie seufzte. Wenn Siegfried eines Tages herausbekam, womit sie sich ein Zubrot verdiente, konnte sie sich auf etwas gefasst machen. Sie musste wirklich vorsichtig sein. Sie räumte immer alles auf und schärfte ihren Auftraggebern ein, ja nicht ihren Namen zu erwähnen oder gar unter die Aufnahmen zu schreiben. Wenn etwas im Rotlichtmilieu funktionierte, so war es die Geheimniskrämerei, wenn einem der Ihren Schaden drohte.

Was wohl Selene davon gehalten hätte. Jedes Mal endeten ihre Gedankengänge bei Selene. Was sie davon gehalten hätte, würde Dina vermutlich nie erfahren, denn seit dem Abend kurz vor Weihnachten, als sie sich in der Oper und im Schneetreiben vor Dinas Hauseingang so hingebungsvoll geküsst hatten, dass es Dina vorgekommen war, als stürzte das gesamte Firmament auf sie hernieder, war Selene verschwunden. Sie kannte ihre Adresse nicht und das einnehmende Fräulein von Merten ließ sich nicht blicken. Ist mir doch egal, was sie davon hält, dachte Dina trotzig und warf den Kopf in den Nacken. Was geht es Selene an, wenn sie mich einfach hängen lässt. Vermutlich war sie lediglich ein unterhaltsamer Moment für Selene gewesen. Die Urgewalt der wagnerschen Endzeitvision in der *Götterdämmerung* stellte gewiss eigenartige Dinge mit dem Gemüt eines Menschen an. Wer konnte sagen, warum Selene sie in diesen Momenten so nah bei sich haben wollte, sie einfach festgehalten hatte und nun nichts mehr von sich hören ließ.

Anfangs war Dina so elektrisiert gewesen. Wie nach dem ersten Bad im Meer nach dem Winter, zu Hause in Ostfriesland. Die Haut hatte geprickelt und gebrannt vor Kälte, die dann alsbald einer wohligen Wärme gewichen war. Dieser angenehme, aufregende Zustand verflüchtigte sich allerdings rapide, als Selene sich weiterhin nicht meldete. Eine Woche, zehn Tage. Dann waren es vier Wochen und inzwischen schon über zwei Monate. Dina hatte alle Hoffnung aufgegeben, dass sie Selene je wiedersehen würde. Und wenn, dann durch einen Zufall, und vielleicht würde Selene so tun, als ob sie sie nicht kannte, sich nicht an sie erinnerte. Vielleicht würde sie Mirella Antonioni fürsorglich die Pelzstola umlegen und ihr den Arm anbieten, wie sie es bei Dina getan hatte. Ihr stiegen wieder Tränen in die Augen. Verdammt noch eins, was war sie für eine dumme, dumme Gans! Wieso hatte sie sich von Selene einwickeln lassen? Aber andererseits, wie hätte sie es verhindern sollen? Sie war ihr einfach erlegen.

Ida hatte natürlich gemerkt, dass etwas im Busch war. Sie sah Dina oft mit ihren großen, etwas schräg stehenden dunklen Augen von der Seite an, fragte aber niemals. Sie versuchte, Dina aufzuheitern, sie zu gemeinsamen Unternehmungen zu überreden, schaute traurig und schmollte etwas, als ihre Freundin sich so gar nicht vor die Tür locken ließ. Schließlich aber gab Dina nach und ging mit Ida und den Jungs auf dem Stadtparksee eislaufen. Es war ein sehr kalter Sonntagnachmittag, genau zwei Monate und zwei Tage nach dem Abend mit Selene. Und nun sprach auch Ida schon eine Woche lang nicht mehr mit ihr.

Nach dem Eislaufen wollten alle noch im *Landhaus Walter* eine heiße Schokolade trinken, denn sie waren ordentlich durchgefroren. Auf dem Weg vom See zum Café zog sich die Gruppe weit auseinander. Plötzlich merkte Ida, dass sie ihre Mütze am See auf einer Bank vergessen hatte, weil sie aus Spaß die Schiebermütze von Mark von Heeren aufprobiert hatte. Sie machte kehrt und weil es schon dämmerte, lief Dina ihr hinterher. Der See lag verlassen da und die Dunkelheit machte sich zwischen den Bänken und Baumgruppen breit.

„O verflixt – da bei der Bank, auf der ich die Mütze liegengelassen habe, steht ein Liebespaar", kicherte Ida. „Wie peinlich."

„Los, komm schon, mir ist kalt, Mark friert bestimmt auch und du willst doch nicht, dass er deinetwegen eine Mittelohrentzündung kriegt."

Dina ging zielstrebig auf die Bank zu. Der Anblick des hingebungsvoll aneinandergeschmiegten Paares, das Zeit und Raum ganz vergessen zu haben schien, versetzte ihrem verwundeten

Herzen einen bösen Stich. Als sie näherkam, wurde ihr heiß und kalt. Sie rief der zögernd folgenden Ida lauter zu als notwendig: „Bleib da, ich hole dir deine Mütze, Ida", als die beiden auf der Bank auseinanderfuhren. Sie hatte Simon und Friedrich warnen wollen, aber nun war auch Ida aufmerksam geworden.

„Simon? Friedrich?" Sie stammelte und ihr Mund blieb offen stehen.

„Ida, das verstehst du falsch, ich … wir …"

„Ja? Was verstehe ich denn da wohl gerade falsch, Simon?" Ihre Stimme hatte einen hysterischen Unterton und wollte sich jede Sekunde überschlagen. Ihr Kinn zuckte und sie fing an zu schluchzen, drehte sich auf dem Absatz um und rannte in die Dunkelheit.

„Ida, bleib da!", rief Simon. Friedrich stand fassungslos daneben – er hielt ihre Mütze in den Händen.

„Geht zu den anderen ins *Walter*, ich hole sie!", rief Dina, während sie bereits in die Richtung rannte, in die Ida verschwunden war.

Nach hundert Metern hatte sie ihre Schulfreundin eingeholt, die krampfhaft schluchzend auf einer Bank saß.

„Ida? Du kannst doch nicht einfach ins Dunkle weglaufen! Alle werden sich fragen, wo wir bleiben. Komm mit – eine heiße Schokolade wird dir guttun."

Ida zog die Nase hoch und weinte leiser weiter.

„Ich kann da nicht mit den anderen sitzen und so tun, als wäre nichts." Die letzten Worte klangen schrill, als wäre sie kurz von einem hysterischen Anfall.

„Ida, jetzt reißt du dich zusammen! Für deinen Bruder, verdammt! Meinst du, dass er es einfach hat? Er macht sich das Leben auch nicht gerade leicht, weißt du."

„Ach? Was verstehst du schon? Er ist mein einziger Bruder. Das wird meine Eltern umbringen."

„Ich glaube nicht, dass deine Mutter so leicht umzubringen ist, und außerdem müssen sie das ja nun wirklich nicht erfahren."

Ida sah sie aus verquollenen Augen an. Immerhin heulte sie nicht mehr und wurde langsam ruhiger.

„Aber er ist ihr einziger Sohn! Und er ist ein ... ein ... ich kann das nicht mal aussprechen", schloss sie angewidert.

„Jetzt hör sofort mit diesem Unsinn auf! Du wirst niemandem etwas davon erzählen. Hier, kühle dir jetzt die Augen, reiß dich zusammen und komm. Aber zackig." Sie drückte Ida eine Handvoll sauberen Schnee ins Gesicht.

Ida folgte ihr dann und trank etwas einsilbig mit ihr und den anderen Schokolade, aber das war niemandem groß aufgefallen, denn Simon erzählte, dass Ida Kopfweh hätte und ihr vielleicht die Kälte nicht gut bekam.

An jenem Abend brachte Friedrich Dina nach Hause. Sie sprachen auf dem Heimweg nicht, weil jeder von ihnen den eigenen Gedanken nachhing. Aber sie beide spürten ein tiefes Einvernehmen.

„Danke, Dina, dass du Ida beruhigt und wieder eingefangen hast. Das war eine furchtbare Sache. Ich kann dir gar nicht sagen, wie leid mir das tut."

„Du musst dich bei mir nicht entschuldigen. Ida war einfach schockiert. Sie hat nicht damit gerechnet."

„Das stimmt. Aber du wusstest es seit dem Sommer und hast niemandem etwas davon erzählt."

„Nein. Warum auch? Es geht mich nichts an. Liebt ihr euch?"

Schon in dem Moment, da sie die Frage gestellt hatte, kam sie sich unglaublich dumm vor und biss sich auf die Lippen. Friedrich lachte nicht über sie, sondern sah sie ernst, aber auch interessiert an.

„Ja, Dina. Ich liebe ihn."

Sie hatten sich dann zugenickt und er war gegangen. Etwas in ihr hätte ihm zu gern ihr Herz ausgeschüttet. Aber sie hatte sich nicht getraut. Vermutlich kannte er Selene. Wie auch nicht. Sie war eine elegante, schillernde Libelle. Vermutlich kannte sie jeder an der Universität.

Dina hatte also keine Ahnung, warum weder die Frau, in die sie unsterblich verliebt war, noch ihre beste Freundin mit ihr sprachen und sich verabredet zu haben schienen, sie allein im Regen stehen zu lassen. Sie kam sich ungeheuer verlassen und dumm vor, als sie die Ladentür hinter sich verschloss. Du liebe

Güte, es war schon kurz vor neun. Tante Luise würde schimpfen, weil das Essen verbrutzelt war.

Aus einem Auto, das auf der anderen Straßenseite geparkt war, stieg hastig eine Gestalt aus, die Dina sofort bekannt vorkam.

„Dina? Endlich! Ich habe gedacht, du kommst gar nicht mehr aus deinem Labor heraus. Nimm schnell eine Kamera und reichlich Film mit. Wir machen … Nachtaufnahmen."

„Selene?"

„Ja, Dina, ich bitte dich, mach schnell!"

Sie schlüpfte zurück in den Laden und packte die handliche Rolleiflex, mit der sie am allerliebsten arbeitete, ein Stativ und ein paar vorgeschnittene Filmstreifen ein.

Selene öffnete ihr die Tür und bugsierte sie mitsamt ihrer Ausrüstung in den Fond, während sie sich neben den Fahrer setzte.

„Wohin fahren wir? Selene, wer ist das?"

„Das ist Paul."

„Keine Namen!", bellte der hagere Mann, der hinter dem Steuer saß und mit Sicherheit zu schnell fuhr.

„Mein Gott, jetzt mach ihr doch keine Angst!", fuhr Selene Paul an.

„Ich habe keine Angst, ich will aber wissen, wohin wir fahren, warum du mich vor der Ladentür überfällst, nachdem du dich monatelang nicht hast blicken lassen!", rutschte es Dina heraus. Jetzt hatte sie wie ein verliebtes, beleidigtes Schulmädchen geklungen.

Selene drehte sich zu ihr um, fixierte sie mit ihrem Blick und legte wie einst Friedrich im Garten den Finger auf die Lippen.

„Jetzt sag ihr schon, was sie tun soll. Es nützt ja nichts, wenn sie wegrennt oder anfängt zu flennen."

„Halt's Maul! Dina ist in Ordnung. Sie schafft das."

„Was genau schaffe ich denn?"

„Du sollst nur ein paar Photos machen. Von einer … Kundgebung. Es ist auf St. Pauli. Du bist hinterher gleich zu Hause. Wir bringen dich danach heim."

„Eine Kundgebung im Dunkeln?“
„Du beschäftigst dich nicht mit Politik, oder?“
„Nicht besonders, nein.“
„Also dann? Was interessiert es dich dann?“
„Na, hör mal! Ich kann auch aussteigen, die Ausrüstung zurückbringen und nach Hause gehen.“
Dina war unendlich wütend. Was fiel Selene eigentlich ein? Sie hatte sie hängen lassen und nun tauchte sie einfach auf, wollte, dass sie irgendetwas photographierte, und erklärte nicht einmal, warum. So nicht!
„Beruhig dich.“ Selene hatte eine Zigarette angezündet und reichte sie Dina nach hinten.
Dina rauchte eigentlich nicht ernsthaft, aber diese Zigarette, die Selene zwischen den Lippen gehabt hatte, konnte sie nicht ablehnen, vielleicht war das so nah, wie sie jemals wieder einem Kuss kommen würde. Selene lächelte.
„Siehst du, du musst dich nicht aufregen. Also in Kürze, im Herbst genauer gesagt, wird gewählt. Die Sozialdemokraten sollten die stärkste Partei sein, aber diese widerlichen Nationalsozialisten gewinnen immer mehr Boden. Es ist diese verdammte Arbeitslosigkeit! Alles ist ins Trudeln geraten nach dem Kollaps in Amerika. Damit wickeln sie alle ein. Dina, wir müssen verhindern, dass diese Leute an die Macht kommen. Um jeden Preis, und du musst dabei helfen.“
„Ja, aber wie denn bloß? Indem ich eine Kundgebung photographiere?“
„Aber was für eine! Warte es ab.“
Wenig später hielt das Auto. Paul nahm ihr die Kameraausrüstung ab und ging mit großen Schritten vor ihr her. An der Brigittenstraße klopfte er an einer unscheinbaren Tür im Souterrain, die zu einer Kneipe zu gehören schien.
„Erwin, wir sind's!“
Ein Mann in einer schmierigen Weste öffnete ihnen die Tür.
„Schnell! Hat euch jemand gesehen? Hast du den Wagen sicher abgestellt?“
Paul knurrte ihm etwas entgegen und drückte Dina ihre Photoausrüstung in die Hand. Der andere Mann deutete auf

die schmale Treppe in der Zimmerecke, die nach oben führte, und machte Anstalten vorauszugehen.

„Da rauf, und …“

„Ich zeige ihr alles, Erwin. Halt dich da raus!“ Selene sprach leise, aber ihr Tonfall war so scharf, dass er sofort beidrehte. Dina wunderte sich, dass dieser grobe Kerl sich so anfahren ließ.

Sie trugen die Sachen ein Stockwerk höher und Dina sah, dass die Fenster wenige Meter über der Straße direkt auf die Brigittenstraße und in der anderen Zimmerecke auf den Paulinenplatz hinausgingen.

„Kann ich dir beim Aufbauen irgendwas helfen?“

„Nein, kannst du nicht“, fauchte Dina sie an.

„Wie du willst. Dann hole ich uns von unten etwas zu trinken. Das werden wir brauchen.“

Dina hätte sich ohrfeigen können. Aber warum war Selene so kalt und abweisend? Sie hatte ja gar keine Gelegenheit gehabt, etwas falsch zu machen, weil sie Selene nämlich monatelang nicht zu Gesicht bekommen hatte. Endlose Wochen, in denen sie die Wände hochgegangen war, nicht mehr essen und schlafen konnte und Tränenströme vergoss, während sich Selene mit etwas anderem beschäftigte, was wohl interessanter war als das kleine ostfriesische Landei. Wenn sie wüsste, dachte Dina. Wenn sie nur wüsste! Vielleicht wäre es wirklich besser, sie packte sofort ihre Sachen ein und ginge nach Hause. Noch wäre es vielleicht Tante Luise nicht aufgefallen, dass sie wieder einmal viel zu spät war. Aber immerhin hatte Selene sie jetzt geholt. Diese Sache mit der Demonstration schien ihr wichtig zu sein. Ihr Gesicht war so angespannt und ernst. Und auch wenn Dina nur deswegen mit dabei war, weil Selene jemanden brauchte, der photographieren konnte: Dina war sich sehr sicher, dass Mirella Antonioni nicht einmal in ihren kühnsten Diventräumen ahnte, was für Aktivitäten das politische Engagement ihrer Gespielin beinhaltete. Dieser Gedanke bewog sie schließlich zu bleiben. Als Selene mit zwei gefüllten Gläsern zurückkam, hatte sie sich wieder im Griff.

„Was soll ich genau photographieren? Es ist eine Kundgebung, sagtest du? Was für Bilder braucht ihr und wofür?"

Selene schaute sie an. Für einen Sekundenbruchteil zuckte es um ihre Lippen.

„Wir formieren uns, um den Nazis die Suppe zu versalzen. Wenn die eines Tages an die Macht kommen sollten, dann haben wir in Deutschland nämlich so etwas wie Götterdämmerung. Sie sind radikal, deutschnational und gefährlich. Und am allergefährlichsten ist dieser Hitler. Noch lachen alle über ihn und sein Gehabe, aber ich fürchte, wenn man ihn jetzt nicht stoppt, haben wir bald nichts mehr zu lachen. Dabei haben die nichts als Allgemeinplätze in ihrem Parteiprogramm! Es ist kaum zu fassen, dass so viele Menschen diesen Mumpitz glauben!"

Selene hatte sich in Rage geredet.

„Ich soll also photographieren, dass eine radikale Partei mit einem auf den ersten Blick albernen, aber gefährlichen Oberhaupt versucht, die Macht in Deutschland an sich zu reißen?"

„Genau."

„Das kann ich nicht vom Balkon. Ich gehe raus. Von wo werden sie kommen?"

„Du gehst auf gar keinen Fall vor die Tür!"

„Selene, starke Gefühle zeigen sich in den Gesichtern des Einzelnen. Eine Masse Fackeln und marschierende Männer zu photographieren, bringt nichts. Das zeigt einzig und allein, dass die viele sind. Ich glaube, das ist es nicht, was ihr wollt."

„Nein, ist es nicht. Aber du gehst trotzdem nicht raus. Ende der Diskussion." Sie zündete sich eine Zigarette an.

Jetzt wurde es Dina zu bunt. Erst entführte man sie quasi aus dem Atelier, um Bilder zu machen, und dann ließ man sie nicht vernünftig arbeiten. Das war wirklich albern. Sie griff nach dem Stativ, auf dem die Kamera bereits befestigt war, und zog ihren Mantel an.

„Also ich gehe jetzt. Kommst du mit oder bleibst du hier?"

Dina hastete die Treppe hinunter; Selene kam ihr hinterher.

„Verdammt noch mal, Dina, das ist kein Kaffeekränzchen hier!"

„Ach wirklich? Das hätte ich jetzt fast nicht gemerkt."

„Wo will sie denn hin?", brummte Paul aus einer Zimmerecke, wo er mit dem anderen Mann saß, der ihnen die Tür geöffnet hatte, und würfelte.

„Draußen photographieren. Ich gehe mit ihr. Bleibt hier. Zu viert fallen wir zu sehr auf." Sie zog einen schweren blauen Seemannspullover über ihr Hemd mit Pullunder und setzte sich eine Mütze auf. Mit ihren kurzen Haaren und der schmalen Figur sah sie aus wie ein schlaksiger Junge.

Auf der Straße wurde es laut. Vereinzelte Rufe, Gesang und ein seltsames, vibrierendes Geräusch, das Dina nicht einordnen konnte, das aber rasch näherkam. Dann erkannte sie, was es war: die Tritte der vielen Menschen auf dem Pflaster. Die Demonstranten versuchten im Gleichschritt zu marschieren. Dina überlief es kalt. Sie kamen näher. Sie hatte fanatisch verzerrte Fratzen erwartet, stellte dann aber fest, dass die meisten genauso aussahen wie all die jungen und älteren Männer, denen man täglich begegnete. Sie glichen Siegfried, Harry Schwemer, Mark van Heeren. Oder auch ihrem Vater. Sie wirkten so erschreckend normal und vertraut. Von den Menschen, an die Dina in diesem Moment denken musste, unterschieden sie nur der wütende, aggressive Blick und die bittere Entschlossenheit, die in ihren Zügen lag. Dina stellte das Stativ mit der Kamera im Hauseingang auf, vor dem eine Straßenlaterne das Dunkel erhellte und somit die Belichtungszeit verkürzen würde.

Die Straße füllte sich und die Masse marschierte zum Paulinenplatz, wo sie sich sammelte.

„Los, komm! Wenn sie dort stehenbleiben, kann ich viel bessere Photos machen!" Dina griff sich das Stativ und achtete nicht mehr darauf, ob Selene ihr folgte. Sie drängelte sich an den Hauswänden entlang bis zum Platz vor, wo auf einem Podium ein Mann eine flammende Rede hielt, die von der Menschenmenge immer dann, wenn er Kunstpausen machte, frenetisch beklatscht und beschrien wurde. Es war, als wäre etwas Wahnsinniges freigelassen worden an diesem Abend. Es war beängstigend, aber davon merkte Dina nichts. Sie suchte einen Standort, von dem aus sie die Bilder machen konnte, die die Situation einfangen würden. Da entdeckte sie einen Briefkasten. Sie tippte einem kräftigen Jungen auf die Schulter.

„Los! Hilf mir da hoch!"

Er sah sie einen Moment an, als zweifelte er an ihrem Verstand. Dann entdeckte er die Kamera und hielt ihr die verschränkten Hände zum Daraufsteigen hin.

„Sind Sie etwa vom *Tageblatt*? Wieso schicken die eine Frau? Das gibt es doch wohl nicht!"

Dina lächelte auf ihn herunter und legte an. Sie schoss ein Bild nach dem anderen. Als der Redner die Masse eingeschworen hatte und er das Pult verließ, begann die Kundgebung sich zu verlaufen. Der Junge stand noch neben ihr, als ihm Selene in den Weg trat.

„Danke, mein Freund. Ich helfe ihr da runter. Meine … Schwester ist mir abgehauen", setzte sie hinzu.

„Na, mein lieber Scholli! Pass das nächste Mal gefälligst besser auf sie auf! Das ist hier kein Weiberkram." Er verzog sich.

Selene nahm ihr wortlos die Kamera ab, ihr Gesicht war weiß vor Zorn. Dina rutschte von dem Briefkasten herunter und folgte Selene, die mit dem Stativ in der Hand vor ihr herlief, ja fast rannte.

Paul wartete mit laufendem Motor vor dem Haus an der Brigittenstraße.

„Los, schnell jetzt. Wenn diese hirnlosen Idioten in Gruppen durch die Straßen ziehen, gibt es immer Schlägereien. Wo wohnt sie, Selene?"

Ehe Dina antworten konnte, beleidigt, dass man sie nicht selbst fragte, erwiderte Selene:

„Sie kommt mit zu mir. Um diese Uhrzeit kann ich sie nicht bei ihrer Tante abliefern."

Dina sackte zurück in das muffig riechende Polster und verstummte. An einem eleganten Gebäude an der Löwenstraße hielt Paul und ließ sie beide aussteigen. Dina war mittlerweile so müde, dass ihr die Knie zitterten. Sie fror und hielt ihr Stativ und die Kamera umklammert.

„Schaffst du es? Ich wohne ganz oben." Selene nahm ihr die Ausrüstung aus der Hand, legte ihr einen Arm um die Taille und schleppte sie beinahe die Treppe hinauf.

Oben angekommen, schloss sie die Tür auf und schob Dina in einen kleinen Korridor.

„So, da sind wir. Deinen Mantel kannst du da drüben aufhängen."

Dina sah sich um. Das war nicht das, was man eine normale Studentenbude nennen würde. Von dem kleinen Flur gingen drei Türen ab. Eine davon stand offen und gab den Blick in eine Küche frei.

Selene klapperte bereits mit Geschirr und schien Teewasser aufzusetzen.

„Wenn du ins Bad willst, das ist die Tür neben dem Wohnzimmer."

„Ja, danke."

Als sie sich im Spiegel sah, erschrak Dina. Ihr Haar hatte sich strähnenweise aus der Frisur gelöst und hing wirr um ihr Gesicht, das blass und übernächtigt aussah. Sie hatte dunkle Ringe unter den Augen und ihre Wangenknochen traten hervor, weil sie aus Liebeskummer viel zu wenig gegessen hatte. Sie warf sich ein paar Hände voll kalten Wassers ins Gesicht, zog dann die Haarnadeln aus dem Vogelnest, das sie auf dem Kopf hatte, und versuchte, die Strähnen mit einem Kamm zu entwirren, der auf der Konsole über dem Waschbecken lag. Als sie in die Küche zurückkam, wo Selene inzwischen ein Teetablett mit zwei Tassen und ein paar belegten Brotscheiben gerichtet hatte, fühlte sie sich besser und bemerkte, dass sie hungrig war.

„Komm, wir essen im Wohnzimmer. Machst du mir mal die Tür auf?"

Der Raum war groß und hatte an der Stirnseite eine Art Alkoven, der von einer geschwungenen Verkleidung aus weiß lackierten Holzornamenten eingefasst und dadurch optisch abgetrennt wurde. Hier stand ein Tisch mit Stühlen und Selene stellte das Tablett ab.

„Was für ein unglaublich schöner Raum!"

„Ja, nicht wahr? Ich liebe diese Wohnung. Es ist die schönste, die ich jemals hatte."

„Das klingt so, als ob du oft umgezogen bist."

„Ja, einige Male. Und es wurde mit jedem Umzug schlechter, aber hier wusste ich sofort, dass ich bleiben will."

Sie tranken schweigend ihren Tee und aßen ein paar Brote.

„Es tut mir leid, dass ich vorhin so patzig zu dir war, aber ich wollte nicht, dass du da raus zu diesem Pöbel gehst."

„Wenn ich photographiere, denke ich oft wirklich nicht richtig nach. Du hast es bestimmt gut gemeint, aber mir hat ja keiner etwas getan. Der Junge, der mir auf den Briefkasten geholfen hat, war in Ordnung."

„Das hat vielleicht danach ausgesehen, aber die Tatsache, dass er bei der Kundgebung war, spricht leider dagegen." Selene ließ ihren Teebecher sinken und griff nach einer Haarsträhne, die über Dinas Schulter hing. „Es steht unglaublich viel auf dem Spiel. Ich bin mir manchmal nicht sicher, ob ich die ganze Tragweite richtig einschätze, aber ich will, dass du weißt, dass das brandgefährlich werden kann, Dina. Wenn du nicht willst, dass ich dich gelegentlich wieder einmal bitte, für uns Bilder zu machen, dann sag es mir, dann werde ich dich nicht damit belästigen."

Ohne zu zögern antwortete Dina. „Ich mache wieder Bilder für euch, aber sag mir vorher Bescheid. Meine Tante macht sich Sorgen, wenn ich nicht nach Hause komme. Obwohl sie mit Sicherheit annimmt, dass ich bei Ida bin. Hoffentlich kommt nie die Sprache darauf."

„Simon Lerchs Schwester, richtig. Würde sie dich verpfeifen?"

„Keine Ahnung. Sie redet seit einer Woche nicht mehr mit mir."

„Warum das denn?" Selene grinste. „Mädchenprobleme?"

„Nein, ganz so einfach ist es nicht, fürchte ich."

Selene sah sie erwartungsvoll an. „Wenn du nicht darüber reden willst, ist das in Ordnung, aber manchmal hilft es auch."

„Nein, es ist nur … ich möchte niemandem schaden und die ganzen Medizinstudenten, ihr kennt euch doch alle untereinander."

„Ach so, ich verstehe. Es geht um ihren Bruder. Ich frage nicht weiter, keine Angst." Sie gähnte. „Ich bin todmüde, wollen wir schlafen gehen? Ich warne dich: Ich habe nur Pyjamas."

Wenig später lag Dina bis unter das Kinn zugedeckt in dem großen Bett in Selenes Schlafzimmer und ihr Herz pochte in ihrem Hals. Selene kam aus dem Bad und sah in dem dunkelblauen Seidenpyjama, ohne ihre Hemden und Jacketts, viel zarter und verwundbarer aus als bei Tag. Dina schämte sich dafür, aber die Tatsache, dass sich unter dem Stoff Selenes Brüste und Taille abzeichneten, bewirkte, dass ihr sehr warm wurde und sich ihre Sinne vernebelten. Müde war sie plötzlich auch nicht mehr. Selene schlüpfte ganz selbstverständlich zu ihr ins Bett und drehte das Licht der Nachttischlampe aus. Dina traute sich kaum zu atmen, was fatal war, denn der schnelle Herzschlag tat das seine. Sie lag da wie eine Puppe und bewegte sich nicht.

„Dina, was ist los?"

„Nichts." Ihre Stimme kam ihr vor wie ein schwaches Fiepen.

„Komm her."

Selene zog sie an sich, Dinas Kopf lag auf ihrem Arm und sie spürte Selenes Hand auf ihrer Hüfte. Und ehe sie es sich versah, war sie näher herangerutscht und küsste Selene. Und wieder spürte sie die Berührung ihrer Lippen bis tief in ihren Körper hinein. Sie küssten sich und wie von selbst wanderten Dinas Hände unter Selenes Pyjama und berührten ihre Brüste, die sich verführerisch darunter abgezeichnet hatten. Selene seufzte und zog Dina näher an sich, griff nach ihrem Bein und legte es um ihre eigene Mitte. Dina spürte, wie sie nun ganz und gar offen Selene zugewandt lag, deren Hand behutsam an ihrem Bauch hinunterstrich und begann, sie weiter unten sehr vorsichtig zu berühren. Dina streckte sich und stöhnte leise, ihr wurde schwindelig. Selene schien ihren Pulsschlag zu fühlen und passte sich an, verstärkte das sanfte Streichen zu einer noch vorsichtigen Bewegung, aber mit etwas mehr Druck.

Dina atmete schneller und auch Selenes Bewegungen steigerten sich in Tempo und Intensität, bis etwas in Dina überzulaufen und sie innerlich zu überfluten schien. Sie schmiegte sich in Selenes Arme, die nun Dina und sich selbst die Pyjamas abstreifte. Es war ein einzigartiges Gefühl, ihren ganzen Körper zu spüren, die Seidigkeit der Haut, ihre Formen mit eigenen Händen nachzubilden. Erfahrung mit anderen Frauen hatte sie keine, sie wusste nur, wie sie sich selbst berührte, und das schien Selene zu gefallen, denn sie seufzte und presste sich enger an Dinas Finger, bäumte sich auf und kam, halb auf ihr liegend, den Kopf an Dinas Schulter.

Sie blieben eine ganze Weile so, bis Selene sich von ihr löste und mit einem Lächeln in der Stimme sagte: „Du kannst doch gar nicht atmen, ich bin viel zu schwer für dich."

„Mir geht es gut. So gut wie schon lange nicht mehr."

Als Dina sich am Morgen auf den Weg zum Atelier machte, hätte sie tanzen können. Sie hatte das Gefühl, dass die Leute in der Straßenbahn ihr ansahen, was sie erlebt hatte, und senkte den Blick. Sie war früh wach geworden, Selene hatte an ihren Rücken geschmiegt geschlafen, den Arm um Dina geschlungen. Und sie hatte dieses Glücksgefühl still genossen. Als Selene erwachte, hatte sie begonnen, Dinas Nacken zu küssen und ihre Brüste zu streicheln, und sie hatten sich geliebt wie am Vorabend, aber es war schneller gewesen, drängender.

Danach hatte sie Tee gemacht, während Selene ihre Bücher und das Schreibzeug zusammensuchte, um zur Universität zu gehen. Als sie das Haus verließen und in entgegengesetzte Richtungen gehen mussten, hatte Selene Dina an sich gezogen und lange geküsst. Auf offener Straße! Nicht, dass sie sich genierte, aber was, wenn sie jemand gesehen hätte? Signora Antonioni beispielsweise? Dinas Gesicht verzog sich bei dem Gedanken an die Sängerin, in deren Kielwasser sie Selene erstmals getroffen hatte. Wie sah es aus zwischen den beiden? Hatte Selene mit ihr gebrochen? Hatten sie sich ihretwegen getrennt? Oder schlimmer, waren sie vielleicht sogar noch zusammen und sie selbst war Selenes kleines, schmutziges Geheimnis? Ihre Laune verdüsterte sich von Minute zu Minute, deshalb bemerkte sie nicht sofort, dass Siegfried Lohmann so wütend war, wie sie ihn noch niemals erlebt hatte.

„Na, sag mal! Sofort telephonierst du deiner Tante! Sie hat schon zweimal angerufen!“

Dina erschrak. Wenn Tante Luise sich die Blöße gab und bei der unsympathischen Ladenbesitzerin an der Straßenecke telephonierte, musste es ernst sein. Sie ging sofort nach hinten, verlangte die Nummer von Schoppmanns Feinkost & Kolonialwaren. Zum Glück war Herr Schoppmann selbst am Apparat und versprach, einen Lieferjungen zu Tante Luise zu schicken, um ihr Bescheid zu sagen, dass alles in Ordnung und Dina bei der Arbeit sei. Sie atmete auf. Das würde eine Gardinenpredigt geben am Abend. Aber die würde sie wohl über sich ergehen lassen müssen. Sie irrte sich. Die Gardinenpredigt brach unmittelbar über sie herein, als sie ins Atelier zurückkehrte.

„Was denkst du dir denn dabei, einfach nicht nach Hause zu gehen? Deine Tante macht sich Sorgen um dich! Entweder du regelst das mit ihr oder du bleibst nicht mehr abends bis spät hier im Labor. Du kannst im Atelier schlafen, wenn es mal spät wird, aber du treibst dich nicht auf der Straße herum. Haben wir uns verstanden? Wo bist du gewesen? Antworte gefälligst!“

Dina schwieg.

„Also, da ich vermute, dass du dich nicht mit irgendwelchen Kerlen herumgetrieben hast, lassen wir das jetzt. Aber so was kommt mir nicht noch mal vor!“

An diesem Tag arbeiteten sie erstmals schweigend nebeneinander und wechselten auch nur die notwendigsten Worte, als Dina mit dem Blitzgerät bei einigen Portraitaufnahmen assistierte. Ihre Kehle war wie zugeschnürt, obgleich sie das Bedürfnis verspürte, darüber zu reden, über ihre Gefühle für Selene, ihre Angst, nicht mehr als ein Spielzeug für sie zu sein, über ihre Befürchtungen, Mirella Antonioni betreffend, und über ihre Verwirrung und darüber, keine Ahnung zu haben, wie ihr Leben weitergehen würde.

Sie hatte schon lange geahnt, dass sie Frauen zugetan war. Deutlich mehr, als man es als Mädchen eben sein sollte, aber nun hatte sie den unumstößlichen Beweis. Sie hatte sich nicht nur Knall auf Fall in eine Frau verliebt und sie geküsst, sie war mit ihr ins Bett gegangen. Nicht, dass sie sich durch das, was geschehen war, etwa gewandelt fühlte. Nach dem rauschhaften Erleben ihrer eigenen und Selenes Körperlichkeit wusste sie nur noch genauer, wer und was sie war. Müssten sich aus so einer einschneidenden Erfahrung nicht Konsequenzen ergeben? Müsste nicht etwas grundsätzlich anders werden? Sie überlegte hin und her, ohne zu einem Ergebnis zu kommen. Einzig, dass sie eine Lösung mit Tante Luise finden musste, leuchtete ihr ein. Es ging nicht an, dass sie sich ängstigte, wenn Dina nachts wegblieb. Siegfried würde zufrieden sein, wenn sie weiterhin pünktlich zur Arbeit kam und gute Photographien anfertigte. Er würde ihr nicht reinreden. Solange sie diese Erwartungen erfüllte, sollte der Rest dann doch egal sein, denn der ging niemanden etwas an. Also musste sich vielleicht nach außen gar nichts ändern. Und in ihr hatte sich ja eigentlich auch nichts wesentlich geändert, außer, dass sie Selene noch viel heftiger begehrte als zuvor.

Sie würde nachher mit Tante Luise reden und ihr eine Version der Geschichte erzählen, die Selenes Schlafzimmer und die Vorgänge in selbigem bemäntelte, und ihrer Tante klar sagen, dass sie gelegentlich wegbleiben würde und dass sie alt genug war, auch wenn sie erst in zwei Jahren das Mündigkeitsalter erreichte.

6. Kapitel

Der Juni in diesem Jahr war einerseits ungewöhnlich warm, aber auch ungewöhnlich nass. Es gab heftige Gewitter mit viel Regen, in deren Folge es wieder stark abkühlte. Das instabile Wetter strengte die Menschen an und machte sie leicht reizbar und unzufrieden.

An einem schwülen Sonntag lag Dina zusammen mit Ida bäuchlings auf einer Decke im Stadtpark, las im Schatten eines Baumes und wartete auf Selene.

Seit Wochen war Selene ausschließlich in Sachen Wahlen unterwegs. Dina hatte keine Ahnung, was sie genau trieb, und wollte es auch nicht wirklich wissen. Diese politische Aktivität war ihr suspekt. Selene hatte ihr erklärt, was die Nationalsozialisten waren und was sie tun wollten, sollten sie an die Regierung kommen. Dina konnte sich kaum vorstellen, dass jemand diese Partei wählen würde. Was sie sich auf die Fahnen geschrieben hatte, war einfach zu hanebüchen. Andererseits wurde das Leben immer schwieriger. Nach den Krisenjahren schien eine gewisse Entspannung eingesetzt zu haben. Die Preise waren merklich gefallen, aber eben auch die Löhne. Gleichzeitig wurden immer mehr Menschen arbeitslos. Öffentliche Suppenküchen wurden eingerichtet und es bildeten sich lange Schlangen, eine mehr schlechte als rechte Massenspeisung. Ganze Familien mit Kindern – es brach Dina das Herz, wenn sie die hohlwangigen Kleinen sah, die mit großen Augen, den Daumen im Mund, von ihren Müttern an den Händen gehalten, hinter ihnen hergezogen wurden. Gleichzeitig machte sie sich auch Gedanken um ihre eigene Arbeit. Was wäre, wenn Siegfried sie würde entlassen müssen? Mit

Grausen dachte sie an Stapelmoor. Ihre Zeit in Hamburg hatte ihr deutlich werden lassen, dass sie nicht zu ihrer Familie zurückkehren konnte und noch sehr viel weniger wollte. Sie konnte nicht weggehen. Selenes unregelmäßige Gastspiele in ihrem Leben führten nur dazu, dass Dina sich mehr wünschte, sie konnte nicht mehr ohne sie leben. Manchmal hasste sie sich dafür, dass sie so viel Zeit damit verbrachte, auf ein Lebenszeichen von ihr zu warten. In solchen Phasen zog es sie umso mehr in die sogenannten Niederungen menschlichen Seins. Ihre Aufnahmen von rauchenden Hafenarbeitern an den Landungsbrücken, von einem traurigen Transvestiten mit verschmierter Schminke, der trübsinnig über sein leeres Glas zum Fenster hinausschaute, und einer Hure, die in ihrem unordentlichen Zimmer schäbige Dessous ans Fenster hängte, nötigten Siegfried widerwilligen Respekt ab.

„Warum photographierst du so was?"

„Ich weiß nicht – mich interessieren die Geschichten dahinter, also hinter dem Offensichtlichen …"

„Das sieht man. Vordergründig sind es Milieustudien, aber da ist mehr. Schwer zu fassen, aber du hast einen wirklich besonderen Blick, Dina, ich hoffe, du langweilst dich nicht, wenn du Hochzeitsphotos und Portraitaufnahmen machen musst."

„Nein, natürlich nicht. Warum?"

„Dann ist es ja gut."

„Siegfried?"

„Ja?"

„Wie sieht es aus mit den Aufträgen? Ich sehe doch, was alles passiert rundherum."

„Du musst dir keine Sorgen machen, Mädchen. Du machst gute Arbeit. Sehr gute sogar. Es gibt Momente, in denen ich sehen kann, dass du dem Atelier Lohmann bald entwachsen wirst. Aber das trage ich mit Fassung. Ich lebe schließlich auch nicht ewig. Dieser Husten bringt mich noch früh genug unter die Erde."

„Ach, Siegfried …" Dina umarmte ihren Chef. „Ich weiß wirklich nicht, was ich ohne dich tun würde. Untersteh dich, so was zu sagen." Sie machte sich Sorgen. Siegfried hatte in den Schützengräben von Verdun einen Gasangriff mit einer defekten Schutzmaske nur knapp überlebt. Er war zwar nicht daran erstickt, aber seine Lunge reagierte seither äußerst empfindlich auf Wetteränderungen und besonders im Herbst und Winter hustete er sich durch die Tage.

Danach hatten sie nicht mehr über die wirtschaftliche Lage und Dinas Verbleib gesprochen. Siegfried fragte gelegentlich nach Selene.

„Wie geht es denn Fräulein von Merten? Hast du sie gesehen in letzter Zeit?"

Statt einer Antwort seufzte Dina und verdrehte die Augen zur Decke.

„Ich will dir ja nicht reinreden, aber ich sehe doch, dass du darunter leidest, wie unzuverlässig sie ist. Vermutlich kann man ihr das nicht mal vorwerfen. Sie ist, wie sie ist, aber du musst wissen, bis wohin du dieses Benehmen ertragen kannst. Das ist doch nicht die Art Liebesgeschichte, die du dir wünschst, Dina."

Sie schwieg einen Moment und grübelte.

„Ich weiß, das klingt jetzt bestimmt pathetisch, aber mir ist so, als hätte ich mir, ohne es zu wissen, immer schon Selene gewünscht. Als ich sie das erste Mal hier im Atelier gesehen habe, war alles da. Es hat immer nur sie gegeben."

„Es ist jetzt schon über ein halbes Jahr her, dass ihr euch hier das erste Mal gesehen habt. Hat sie inzwischen die Sache mit Mirella geklärt? Habt ihr jemals darüber geredet, ob sie das mit Mirella überhaupt klären will? Du bist zu gut für dieses Hin und Her." Siegfrieds Tonfall ließ keinen Zweifel daran, was er über Selenes Verhalten dachte.

„Ich habe nie danach gefragt", sagte Dina leise. Dabei grübelte sie oft darüber nach, ob Selene sich weiter mit der alternden Diva traf. Vor allem, wenn sie sich wochenlang nicht blicken ließ. Der bloße Gedanke daran hatte ihr so wehgetan, dass sie die Vorstellung jedes Mal sofort weit weggeschoben hatte. Dass Siegfried jetzt bohrte, war ihr wirklich mehr als unangenehm. Gedanken solcher Art, wenn sie ihnen erlaubte, in ihrer Seele Wurzeln zu schlagen, warfen sie immer für mehrere Tage aus dem Kurs und versetzten sie in tiefste Melancholie.

„Siehst du, jetzt bekommst du wieder diesen sterbenden Blick. Es macht mich wütend, dass sie dir so was ungestraft antun darf. Wenn du meine Meinung dazu hören willst, finde ich, dass du mit ihr darüber reden musst. Ich verstehe, dass dir die wenigen Momente, die sie dich mit ihrer Gegenwart beglückt, zu kostbar sind, um sie mit schmerzhaften Gesprächen zu verbringen, aber so geht das doch nicht weiter, Kind." Er seufzte.

So oder ähnlich endeten die Gespräche mit Siegfried, der zunehmend schlecht auf Selene zu sprechen war. Dina wünschte sich oft, dass sie mit Ida hätte reden können. Ihre Freundin hatte sich zwar wieder beruhigt, nachdem sie im Winter von der Liaison ihres Bruders mit dem Mann erfahren hatte, den sie lediglich für seinen besten Freund gehalten hatte. Diese Entdeckung hatte viele Gespräche zwischen ihr und Dina nach sich gezogen und Dina hatte es schließlich geschafft, ihr klarzumachen, dass ihr Bruder immer ihr Bruder blieb. Ida verstand, dass sich ja in seinem Verhältnis weder zu ihr noch zu den Eltern oder sonst wem etwas änderte. Die Beziehungen zu den allermeisten Menschen in seinem Leben blieben von der Tatsache unberührt, dass Simon homosexuell war. Dina war oft versucht gewesen, ihr von ihrer Romanze mit Selene zu erzählen, fürchtete sich aber vor ihrer Reaktion. Dabei hatte Ida sonst so viel gesunden Menschenverstand – sie hätte ihr bestimmt vernünftige Ratschläge geben können, wenn sie nicht ähnlich hysterisch reagierte wie bei Simon.

Aus diesem Grund hatte sie das Picknick verabredet. Sie hatte sich überlegt, dass sich vielleicht eine Möglichkeit des Gesprächs mit Ida ergeben würde, wenn sie und Selene sich einmal in unverfänglicher Situation kennenlernten. Aber nun war die mitgebrachte Himbeerlimonade dabei, sich in Himbeerglühwein zu verwandeln, nicht zu reden davon, was die Hitze mit dem Kartoffelsalat und den belegten Broten angerichtet haben mochte. Selene war zu spät. Ida warf einen indignierten Blick auf ihre Uhr.

„Meinst du, sie kommt noch? Vermutlich bricht das Gewitter eher über uns herein als Fräulein von Merten."

„Ich weiß es auch nicht, Ida. Sie hatte versprochen, pünktlich zu sein."

„Warum wolltest du unbedingt, dass wir uns zu dritt treffen? Ich kenne sie doch gar nicht. Und du hast mir nur erzählt, dass du sie bei Siegfried im Atelier kennengelernt hast und mit ihr in der Oper warst."

„Ach, Ida! Ich bitte dich. Du bist doch meine beste Freundin – ich möchte einfach, dass ihr euch kennenlernt. Ich möchte wissen, was du von ihr hältst", setzte sie hinzu.

„Schönen guten Tag, die Damen! Das ist Ellen Berggrün."

Selene setzte sich neben Dina und bot einer blassen, sehr dünnen, krank aussehenden jungen Frau einen Platz auf der Decke an.

Ellen Berggrün? Dina war sich sicher, dass Selene diesen Namen niemals zuvor erwähnt hatte. Wer war das und warum schleppte sie diese offensichtlich Leidende bei einer privaten Verabredung an?

„Willkommen auf unserer Decke, Ellen. Ich bin Ida Lerch."

Im Stillen dankte Dina Idas Geistesgegenwart und ihrem untrüglichen Gespür für das Offensichtliche. Sie selbst konnte nichts sagen. Sie fühlte sich ernüchtert. Die lange Warterei, das verdorbene Picknick. Sie war wütend, dass ihr die Gesellschaft dieser Ellen aufgezwungen wurde, enttäuscht darüber, dass sie vermutlich später nicht mehr mit Selene würde allein sein können.

„Was gibt es zu essen?"

Diese Frage brachte das Fass zum Überlaufen.

„Heiße Himbeerlimonade, zermatschten Kartoffelsalat und mumifizierte Brote. Such's dir aus – ich brauche mal etwas Bewegung!" Dina knallte Selene den Picknickkorb vor die Füße, sprang auf und setzte mit langen Schritten über die Wiese Richtung See.

Ida wollte Dina nachlaufen, erschrocken von ihrer heftigen Reaktion, aber Selene hielt sie zurück.

„Ida, ich glaube, das habe ich verbockt, ich gehe ihr nach. Kann ich euch einen Moment allein lassen?"

„Aber ja!"

Selene fand Dina, wie sie wütend mit einem Stock in einen unschuldigen Rhododendronbusch hieb und leise vor sich hin fluchte.

„Kannst du mir mal sagen, was das gerade sollte?"

„Ich bin wütend. Was genau verstehst du nicht?"

„So einiges. Aber gut. Frag schon."

„Ich will nicht fragen müssen. Ich will, dass du mir so was sagst. Ich will nicht, dass du irgendeine Frau mitschleppst, die ich nicht kenne, wenn wir mit meiner Freundin verabredet sind und du obendrein noch fast eine Stunde zu spät kommst."

Selene schwieg.

„Du brauchst gar nicht wieder so überlegen und sarkastisch zu tun."

„Aber das bin ich doch gar nicht. Ich höre dir zu. Und ich muss dir leider sagen, dass dir Eifersucht nicht steht, und sie ist auch völlig unnötig."

„So? Dann hast du also deine angejahrte Gesangskünstlerin zwischenzeitlich an den Quai geschickt?"

„Was hat denn bitte Mirella damit zu tun? Bringst du hier nicht gerade zwei Sachen durcheinander?"

„Ich bringe nichts durcheinander. Wegen Ellen hättest du mir Bescheid sagen müssen, anstatt sie einfach mitzubringen! Das ist eine Sache. Signora Antonioni eine andere. Was bin ich denn für dich überhaupt?"

„Mir wird das hier gerade wirklich zu kindisch, Dina. Ich gehe zurück. Es ist äußerst unhöflich, Ida und Ellen so lange allein herumsitzen zu lassen, sie kennen sich schließlich nicht. Vielleicht kommst du ja nach, wenn du dich wieder eingekriegt hast?" Sie küsste Dina leicht von hinten auf den Hals.

Dinas erster Impuls war, sich in Selenes Arme zu werfen und mit ihr zurückzugehen, um dem bereits gestörten Beisammensein etwas Schönes abzuringen. Sie wandte sich um, aber Selene war bereits einige Schritte entfernt und drehte sich um. Dina war verzweifelt und wütend und ging wortlos in die entgegengesetzte Richtung davon.

Die Hitze flirrte und es ballten sich bereits wieder dicke, graue Gewitterwolken zusammen. Immerhin würde das eine Abkühlung bringen. Dina hatte das Gefühl, genau diese nötig zu haben. Was hatte sie da wieder geritten? Was, wenn Selene nun wirklich nie wieder mit ihr reden würde? Ja, was wohl, dachte Dina trotzig, denn besonders viel ändern würde sich dadurch nicht. Jedes Mal, wenn Selene wieder für Wochen untertauchte, hatte sie sich gefragt, ob sie etwas falsch gemacht, ob sie Selene verärgert hätte, und fühlte sich elend und furchtbar verunsichert, um dann bei Selenes Rückkehr festzustellen, dass keine ihrer Befürchtungen sich bewahrheitet hatte, dass alles genauso in Ordnung oder nicht in Ordnung war wie bei ihrer letzten Begegnung. Also vielleicht würde Selene diesmal gar nicht mehr wiederkommen. Bei diesem Gedanken krampfte sich ihr Magen zusammen und die Tränen stiegen ihr in die Augen.

Als am Abend Tante Luise von unten rief, es sei Besuch für sie da, und es unmittelbar darauf klopfte, riss sie ihre Zimmertür so heftig auf, dass Ida zurückfuhr.

„Sag mal! Was ist denn mit dir los?"

„Komm rein."

„Danke, das klingt ja jetzt nicht gerade begeistert, aber ja. Ich glaube, ich sollte reinkommen, auch wenn du wohl jemand anderen erwartet hast."

Ida trat ein und öffnete das Fenster. Dinas Zimmer war im Sommer stickig heiß, aber da das Gewitter sich inzwischen abgeregnet hatte, kam kühle, feuchte Luft herein.

„So ist es besser, glaube ich. Hier drinnen wird man ja ganz dösig sonst." Sie setzte sich an das Fußende von Dinas Bett. „Was war denn da vorhin los im Stadtpark? Was fällt dir ein, einfach wegzulaufen und mich mit deinen beiden Freundinnen, die ich noch nie zuvor gesehen habe, sitzen zu lassen? Von dem Picknickkorb, der Decke und dem ganzen Kram, den ich allein schleppen musste, will ich gar nicht erst anfangen."

„Ich kannte diese Ellen auch nicht. Und ich hatte keine Ahnung, dass sie mitkommt", schnappte Dina.

„Ach so. Und deshalb rennst du weg? Selene ist dir noch nachgelaufen. Warum bist du nicht mit ihr zurückgekommen?"

Dina schwieg, spielte mit ihrem Zopfende und wich Idas Blick aus.

„Du sagst mir jetzt sofort, was los ist. Und es sollte besser ein Grund sein, den ich nachvollziehen kann, denn ich weiß nicht mehr, ob ich mich auf dich verlassen und dir vertrauen kann."

Dinas Blick irrte unruhig hin und her. Wie würde Ida reagieren? So oder so, ihre Freundschaft stand auf der Kippe. Wenn sie ihr nicht sagte, was los war, würde Ida gehen, und wenn sie ihr das Herz ausschütten würde, dann vielleicht auch. Aber immerhin bestand die Möglichkeit, dass sie ihr zuhören würde, und wenn sie es auch nicht wirklich würde verstehen können, so wäre dennoch die Luft zwischen ihnen wieder gereinigt. Wie draußen nach dem Gewitter. Vielleicht war sie aber auch im Begriff, ihre einzige Freundin zu verlieren. Sie seufzte und zwang sich, Ida anzusehen, deren ernster Blick sie einerseits ihrer ungeteilten Aufmerksamkeit versicherte, sie aber auch einschüchterte.

„Ich habe Angst davor, dass du mich nicht verstehst und ich dich verliere."

„Du verlierst mich, wenn du nicht ehrlich zu mir bist. Und ich verstehe sehr viel mehr, als du mir zutraust. Fang doch einfach mal damit an, dass du dich bereits ziemlich lange mit Fräulein von Merten triffst – und ich vermute, nicht ausschließlich zu gemeinsamem Kunstgenuss."

Dina schaute Ida verblüfft an.

„Dann weißt du …?"

„Ich weiß gar nichts. Aber ich bin nicht blind und ich mache mir auch meinen Reim auf das, was vorgeht. Du hast dich vorhin genau wie ein verliebter, eifersüchtiger Backfisch benommen, weil deine Freundin, ohne es vorher zu sagen, jemanden zu einer Verabredung mitgebracht hat. Du rennst weg wie von der Tarantel gestochen. Sie läuft dir hinterher, kommt unverrichteter Dinge zurück, sitzt mit versteinerter Miene auf der Decke, redet kaum ein Wort und zerrt das arme Mädchen nach einer gequälten halben Stunde hoch, um sie wieder ‚zu Hause abzugeben', wie sie sagte. Ich bitte dich! Wie dumm muss man da sein, um sich nicht in etwa denken zu können, was los ist? Aber ich will es von dir hören und nicht die Einzelheiten selbst zusammensuchen müssen."

In Dinas Miene spiegelten sich Erstaunen und Erleichterung zugleich.

„Wusstest du das schon lange?"

„Was, Dina? Was wusste ich schon lange?"

„Dass Selene und ich schon länger ... also, dass wir ..."

„Dass ihr ein Paar seid. Herrgott, Dina, nun sag es doch einfach! Wenn du dich erinnern magst: Du hast mir vor einigen Monaten noch Vorträge gehalten und meinen Bruder in Schutz genommen. Und auch wenn es mir schwerfiel, aber du hast mir die Augen geöffnet. Und nun kannst du nicht mit mir über das reden, was dich schon lange bewegt? Ich verstehe ja, dass du nicht gleich am Anfang etwas gesagt hast, aber nach so vielen Monaten? Das kränkt mich doch. Ich weiß ja, dass ich auf Simons ... Liaison ziemlich hysterisch reagiert habe, aber ich denke, wir haben jetzt wirklich oft genug darüber gesprochen und du hast gesehen, dass ich meine Meinung geändert habe!"

„Ich hatte solche Angst, dass du nicht mehr mit mir redest. Dass du dich zurückgesetzt fühlst. Obwohl dazu natürlich überhaupt kein Anlass besteht."

Ida atmete tief durch und straffte die Schultern. „Ich fühle mich natürlich zurückgesetzt. Aber damit muss ich allein zurechtkommen. Und das wäre im Übrigen genauso, wenn du zum Beispiel mit Sebastian zusammen wärst."

Dina musste kichern.

„Mit Sebastian? Wie kommst du denn darauf?"

„Na ja, er hat dich immer so angehimmelt und dann hat er dich damals nach Hause gefahren ..."

„Ja, und das hat mir eine Ansprache von Tante Luise eingebracht. Sie hat mich des Poussierens verdächtigt. Mit Sebastian, stell dir das mal vor!"

„Du sagst das, als ob das für dich eine völlig groteske Vorstellung wäre."

„Ist es ehrlich gesagt auch. Ich konnte mir niemals vorstellen … also irgendwas mit einem jungen Mann …", sie errötete.

„Na, na – nun mach mal nicht die Unschuld aus Ostfriesland, das nehme ich dir nicht mehr ab!" Ida grinste und stupste Dina in die Seite. „Und was ist jetzt mit Selene nach deinem heutigen Auftritt?"

„Ich weiß nicht. Wir sehen uns gar nicht so oft. Und ich weiß auch eigentlich gar nicht, ob wir ein ‚Paar' sind, wie du sagst, oder nur ein Bratkartoffelverhältnis haben. Manchmal sehe ich sie wochenlang nicht, wenn sie mit ihren politischen Freunden zusammensteckt."

„Und was sagt sie dazu?"

Dina zupfte an ihrem Kissen.

„Ich habe sie nie gefragt, wo sie ist und was sie tut."

„Wie bitte?"

„Sie soll nicht denken, dass ich sie kontrollieren will."

„Willst du das denn?"

Dina schüttelte den Kopf. Was wollte sie eigentlich? Sicher sein, dass sie die einzige Frau in Selenes Leben war. Sicher sein, dass Selene Mirella den Laufpass gegeben hatte und dass sie nichts mit dieser blutleeren Ellen hatte. Als hätte sie ihre Gedanken erraten, sagte Ida: „Also ich glaube nicht, dass Fräulein Berggrün eine Gefahr für dich darstellt. Die beiden wirkten auf mich eher wie Arzt und Patient – also nur, wenn du meine Meinung überhaupt hören willst. Und wie gesagt, als sie zurückkam, war sie mehr als einsilbig."

Dina stand auf und umarmte ihre beste Freundin, die zum Glück immer noch da war.

„Komm doch am übernächsten Wochenende mit ans Meer", sagte Ida. „Wir fahren Freitagabend mit dem Wagen und bleiben über Nacht in einem alten Häuschen in Büsum, das Friedrich von seinem Großvater geerbt hat. Es wird dir guttun. Ein bisschen Wind um die Nase, baden gehen, Lagerfeuer …"

„Ich weiß nicht recht."

„Ach, komm doch mit – es wird sicher eine schöne Abwechslung. Herumsitzen und auf Selene warten stimmt dich bloß trübsinnig und ich muss auch dringend mal etwas anderes sehen als die Hauswirtschaftsschule."

„Wie ist es da jetzt so? Ist die Schramm noch immer so eine biestige, alte Schrulle?"

„Wie soll es schon sein?" Ida zuckte die Schultern. „Du weißt schon: bügeln, kochen, jetzt auch viel nähen, stopfen und so Zeug. Also was ist nun, kommst du jetzt mit nach Büsum?"

„Meinst du?" Dina zögerte noch immer.

Ida wurde wütend, wenn sie sah, wie klein und abhängig Dina sich Selene gegenüber machte, dabei war sie stark und selbständig und regelte alles allein. Wie kam es nur, dass sie mit Selene so anders war? Ida sprach es für sich nicht gern aus. Dina liebte Selene eben. Da war man nicht mehr rational. Ida seufzte. Was Dina eigentlich überhaupt an Selene fand, war ihr nicht klar. Sicher, sie war sehr ungewöhnlich. Allein, wie sie sich anzog. Sie schien weltgewandt und eloquent, unglaublich schnell im Denken, aber auch kühl. Ida fröstelte fast in ihrer Gegenwart. Bin ich vielleicht eingeschüchtert von ihr? Nun, ganz von der Hand zu weisen war das nicht. Die Selbstverständlichkeit, mit der Selene von Merten die Dinge nach ihrem persönlichen Dafürhalten anging, war konsequent, aber eben auch rücksichtslos. In diesem Fall hätte sie wirklich wissen müssen, wie es Dina damit gehen würde, wenn sie eine völlig Unbekannte, ohne vorher etwas zu sagen, zu einer Verabredung mitbrachte. Andererseits hatte sie ehrlich überrascht ausgesehen, als Dina davongelaufen war. Und als sie ihr erfolglos nachgegangen war, hatte sie ernsthaft verstimmt gewirkt, sich nach kürzester Zeit höflich und distanziert von Ida verabschiedet und war mit Ellen Berggrün aufgebrochen. Selene von Merten war schwer zu durchschauen. Ida vermochte nicht ansatzweise zu beurteilen, ob Dinas Verhalten sie getroffen, ihr zu denken gegeben oder sie nur verärgert hatte, weil es dem Nachmittag eine Wendung verliehen hatte, die sie nicht geahnt oder selbst initiiert hatte. Ja, je mehr sie darüber nachdachte, war es wohl am ehesten die Tatsache, dass Fräulein von Merten davon überzeugt war, jederzeit die Fäden in der Hand zu haben. Entzog sich ein Aspekt ihrer Kontrolle, schien sie daran gewöhnt zu sein, ihn auszublenden oder zu ignorieren. Das konnte sie mit Dina und ihrem Verhältnis dann doch nicht tun und daher war sie verärgert. Dina hatte ihr deutlich gemacht, dass sie kein willenloses Ornament ihres Lebens war, sondern durchaus eigene Vorstellungen hatte, die oft genug konträr zu denen Selenes lagen und somit mehr Aufmerksamkeit und Überlegung in Anspruch nahmen, als Selene auf ihr Verhältnis zu Dina verwenden wollte.

Ida runzelte unwillkürlich die Stirn. Nicht, dass sie Erfahrungen hatte, die ihr eine endgültige Beurteilung der Lage erlaubt hätten, aber ihr kam so Vieles an der Beziehung zwischen den beiden falsch vor. Aus dem Gleichgewicht. Sie selbst würde Dina nicht beherrschen wollen. Sie war einfach froh und dankbar, dass es sie gab … aber sie und Dina waren Freundinnen, weiter nichts. Selene handelte ausschließlich gelenkt von ihren eigenen Motiven, ohne nach rechts oder links zu schauen. Ida verstand nicht, warum Dina sich das gefallen ließ, und der Gedanke machte sie wütend.

„Also gut, ich komme mit“, unterbrach Dina Idas Gedankenstrom.

„Na siehst du! Du wirst sehen, wir werden am Strand sein und es wird bestimmt ganz grandios!“

Dina nickte geistesabwesend. Sie war mit den Gedanken bei Selene. ‚Das ist mir zu kindisch‘, hatte sie gesagt und sich damit um eine Antwort Mirella betreffend gedrückt und Dina zudem lächerlich gemacht. Genau. Ich bin kindisch, weil ich wissen möchte, ob meine Freundin noch mit ihrer vorherigen Geliebten herumtut. Selene macht es sich so einfach und mir so schwer. Und wenn sie das mit der Antonioni beendet hätte, hätte sie es doch nur zu sagen brauchen, und alles wäre in Ordnung. Dina schloss daraus, dass Signora Antonioni noch immer eine Rolle in Selenes Leben spielte, deren Bedeutung sie nicht kannte, die aber in ihrem Verlassenheitsgefühl enorme Ausmaße annahm. Vielleicht war es ganz gut, dass sie sich von Ida zu dem Ausflug an die See hatte überreden lassen. Es war wirklich unglaublich heiß. Wenn sie in Hamburg blieb und Selene würde nicht auftauchen, was bei Weitem wahrscheinlicher war, dann würde sie nicht nur noch viel trauriger und verletzter sein als jetzt, sondern auch noch allein und sie wäre selbst schuld daran. Sie konnte Selene ja eine Nachricht hinterlassen und … Nein! Sie würde nichts dergleichen tun. Wo stand bitte geschrieben, dass sie Rechenschaft darüber ablegen musste, wohin sie am Wochenende fuhr und mit wem? Selene tat auch nichts dergleichen. Die meiste Zeit hatte Dina nicht den blassesten Schimmer, wo und wie sie ihre Tage – und Nächte – verbrachte, und Selene schien rein gar nichts Falsches daran zu finden. Wenn Dina fragte, gab sie meist bereitwillig Auskunft, drückte sich bisweilen aber auch nebelhaft und unpräzise aus. Wieder wanderten Dinas Gedanken zurück zu Mirella Antonioni. Sie hasste sich dafür, dass sie auf die alternde Sängerin eifersüchtig war. Die Spielzeit würde nicht vor September wieder beginnen. Vermutlich weilte Mirella nicht einmal in Deutschland. Worüber regte sie sich eigentlich so auf? Vielleicht hatte Selene recht und sie benahm sich wirklich kindisch …

Die Traurigkeit, die sie erfasst hatte, hielt sie tagelang gefangen und sie verließ ihr Zimmer nur noch, um zur Arbeit zu gehen, und zog sich nach dem Abendessen stets sofort zurück.

„Dina? Hier steckst du – bist du des Wahnsinns! Warum hockst du hier allein und bläst Trübsal? Komm mit, wir gehen aus. So einen angebrochenen Abend darf man doch nicht ungenutzt lassen."

„Ach, Liz, lass mich, ich bin müde … und …"

„Und und und. Nichts und! Zieh dir was Hübsches an und los!" Liz hatte Dinas Kleiderschrank geöffnet und warf naserümpfend Stück für Stück auf das Bett. „Kindchen, also in den Fetzen kann ich dich nicht mitnehmen. Warte." Sie huschte aus dem Raum und war in wenigen Augenblicken zurück. Sie trug ein Kleid, also eigentlich ein Nichts aus dunkellila Chiffon über dem Arm, an dessen Saum Tausende kleiner Perlen genäht waren.

„Los, zieh mal an."

Dina knurrte. Sie hatte keine Lust auszugehen. Zumal es mit Liz und ihren Freundinnen immer spät wurde. Sie musste am nächsten Tag arbeiten und Siegfried zog stets vielsagend die Augenbrauen hoch, wenn man ihr die Spuren einer Nacht ohne Schlaf, dafür aber mit Alkohol und Zigaretten ansah. Liz schubste sie vom Bett und drückte ihr das Kleid in die Hand.

„Nun mach zu!"

Dina schlüpfte hinein. Es passte wie angegossen, sah man davon ab, dass es wirklich ziemlich kurz war und tiefe Einblicke gewährte.

„Setzen!"

Liz eilte mit Puder, Lippenstift und allerlei Tiegelchen und Pinseln herbei. Als Dina die Augen öffnete, erkannte sie sich fast nicht wieder. Sie rückte näher an den Spiegel und betrachtete ihr Gesicht. Sie sah viel erwachsener aus. Ihre Augen, die von dunkel getuschten Wimpern umschattet waren, schauten viel abgeklärter und weniger neugierig in die Welt. Der leuchtend rot geschminkte Mund bildete einen Gegenpol zu den dunkel umrahmten Augen. Sie gefiel sich ganz gut. Fremd, aber in jedem Fall passte sie so mehr in die Reihen der Nachtschwärmer auf dem Hamburger Kiez. Schließlich wollte man sich amüsieren. Sie zog ihre einzigen guten Schuhe und Strümpfe an. Liz strahlte und betrachtete ihr Werk.

„So gefällst du mir deutlich besser, Herzchen! Niemals jemandem hinterherweinen – keinem Mann. Und auch keiner Frau. Macht keinen Unterschied. Ich bin sicher, bevor die Nacht um ist, küsst du eine andere! Nun aber los!"

Dina lachte, obwohl sie ein bisschen betreten war. Sie? Eine andere küssen als Selene? Die wunderschöne, manchmal so unnahbare Selene, die sie von ganzem Herzen liebte und anbetete? Niemals!

Vor der Tür stand ein Wagen, in dem eine lärmende Gruppe junger Leute saß. Als Dina und Liz aus dem Hauseingang kamen, öffnete man unter Pfiffen den Schlag und machte Platz für die beiden. Dina landete zwischen einem dandyhaft gekleideten Mann, auf dessen Schoß ein graziles Mädchen mit weißblondem, kurzem Haar saß, und einer Frau, die ein hautenges, schwarzes Kleid trug, das schillerte wie ein Insektenpanzer. Ihr kurzes schwarzes Haar war lockig, reichte bis zum Kinn und bauschte sich um ihr zartes Gesicht, das ganz und gar von ihren großen dunklen Augen beherrscht wurde. Sie rauchte und ignorierte Dina, die durch die Enge im Wagen quasi an ihr klebte. Liz drehte sich vom Vordersitz zu Dina um und grinste ihr unverschämt mitten ins Gesicht.

Sie hielten vor dem *Ballhaus Alkazar*, in dem an jenem Abend unter anderem eine Ausdruckstänzerin namens Silvana Lindquist auftreten sollte. Die Plakate ließen vermuten, dass der gesamte, spärlich bekleidete Körper der Tänzerin nicht nur die eine oder andere schaurig-schöne Tätowierung aufwies, sondern zudem äußerst biegsam war. Man durfte also gespannt sein. Drinnen war die Luft zum Schneiden, die Kapelle spielte eingängige Melodien, Dina erkannte beim Eintreten die letzten Takte von *On the Sunny Side of the Street* und gleich darauf legte die Kapelle mit *Yes Sir, That's My Baby* los. Das Lied war schon älter, zog aber offenbar immer noch. Die eng aneinandergeschmiegten Paare auf der Tanzfläche fuhren auseinander und gingen von dem verträumten Slowfox nahtlos zu einem atemlosen Charleston über. Die Menschen bildeten eine einzige wogende Masse. Dina blieb für einen Moment die Luft weg und sie verharrte, aber Liz zog sie unerbittlich hinter sich her und jemand drückte ihr ein Glas in die Hand. Der Dandy hatte einen Tisch erkämpft und seine blonde Freundin, die sich nach dem berühmten Filmstar Henny nannte, rief mit schriller Stimme nach dem Ober. Alle redeten durcheinander, Dina verstand kein Wort und trank schnell hintereinander einige Gläser Champagner. Mit einem Mal schien die zuvor sinnlose und nervtötende Mischung aus Geschrei und Musik einen Sinn zu ergeben und sie fühlte sich davon getragen wie von den Wellen der See. Ihre erstarrte Miene entspannte sich und sie spürte, dass sie lächelte.

Liz goss ihr nach und zischte ihr etwas ins Ohr, das sie bei dem Lärm natürlich nicht verstand, aber Liz machte eine Bewegung mit dem Kinn, die auf die dunkellockige Schönheit deutete, die zu Dinas Rechter gelangweilt ein silbrig glänzendes Döschen aus ihrer perlenbestickten Handtasche zog, das ein leicht kristallines, weißes Pulver enthielt. Als sie merkte, dass Dina sie beobachtete, zog sie die Augenbraue vielsagend hoch und sah sie herausfordernd an. Sie ist umwerfend, dachte Dina benommen, und sie weiß es auch. Sehr langsam entnahm die Schöne dem Döschen mit einem winzigen Spatel eine geringe Menge des weißen Pulvers und stäubte es in ihr volles Champagnerglas, wo es zischend zwischen tausend Perlen zerstob. Das Döschen glitt zurück in die Handtasche und sie ergriff ihr Glas und nahm mit geschlossenen Augen einen tiefen Schluck. Dina war außerstande, den Blick von ihrem zarten, weißen Hals zu lösen, als der Champagner ihre Kehle hinabrann. Als sie die Augen öffnete und bemerkte, wie fasziniert Dina sie anstarrte, wurde ihr Blick freundlicher. Sie drehte sich zu ihr, lächelte und prostete Dina zu, trank erneut und ehe Dina es sich versah, hatte die schöne Unbekannte ihr die Hand in den Nacken gelegt, sie an sich gezogen und mit ihrem Kuss flößte sie Dina nicht nur flüssiges Feuer ein, sondern auch reichlich von ihrem eigenen, mit Kokain versetzten Champagner.

Dina war bereits benommen vom Alkohol und die unverhoffte Annäherung der kühlen Schönheit trug sie davon.

„Braves Mädchen. Was habe ich dir vorhin gesagt? Das ging ja schneller als erwartet“, flüsterte ihr Liz zu. „Ist es mir entgangen, oder habt ihr euch nicht einmal vorgestellt? Ich wusste gar nicht, dass Lara Alexejewna auch dem schönen Geschlecht zugetan ist. Das erklärt immerhin, warum sich neulich einer wegen ihr erschossen hat.“

Als die Kapelle wieder einsetzte, raffte Dina ihren gesamten Mut zusammen.

„Darf ich bitten?“

Lara Alexejewna nickte belustigt, legte ihre Hand in Dinas und folgte ihr zur Tanzfläche.

Liebling, mein Herz lässt dich grüßen
und dir sagen, wie gut ich dir bin.
Liebling, mein Herz lässt dich grüßen,
nur mit dir allein kann es glücklich sein,
all meine Träume, die süßen,
leg ich in den Gruß mit hinein.
Lass nicht die Tage verfließen,
bald ist der Frühling dahin.

Sie bewegten sich zu der langsamen, schmelzenden Melodie und Dina hielt Laras Körper in ihren Armen. Sie fühlte ihre Nähe, nicht nur wie man eben einen anderen Menschen spürt, mit dem man tanzt, sie war sich ihrer bewusst, mit jedem einzelnen Nerv. Es war, als hätte sich ihre Wahrnehmung geschärft und verfeinert. Sie war hellwach, ihre Müdigkeit und Melancholie wie weggeblasen, sie lebte ganz und gar in diesem Moment. Dieser eine Tanz mit Lara Alexejewna, nichts sonst. Es gab weder das Vorher noch dachte sie an ein mögliches Nachher. Als die Musik verklang, fand sich Dina widerwillig im Hier und Jetzt ein und wollte durch die tanzenden Menschen mit ihrer Begleiterin zum Tisch zurück, als eine Hand sich auf ihre Schulter legte und sie stehenbleiben musste. Dina drehte sich um und sah in Selenes vor Zorn funkelnde Augen.

„Was tust du hier, Dina?"

„Das könnte ich dich genauso gut fragen."

Lara Alexejewna sah erstaunt und milde belustigt von einer zur anderen.

„*Karascho*, wenn das hier Szene wird, dann gehe ich jetzt."

Selene ignorierte Lara. Sie hielt Dina an beiden Schultern fest.

„Was soll das hier, Dina?"

„Ich bin mit Freunden ausgegangen. Dasselbe, was du offensichtlich auch gerade tust."

„Das ist etwas völlig anderes. Du gehörst nicht hierher. Ich werde dich jetzt in ein Taxi setzen und dann fährst du sofort nach Hause." Sie zog Dina, ohne auf ihren Protest zu reagieren, Richtung Ausgang.

„Wie bitte? Du setzt mich nirgendwohin. Ich bin wie gesagt mit Freunden hier. Wir amüsieren uns großartig. Ich weiß gar nicht, was du hast. Du wolltest ja den Abend offensichtlich auch mit jemand anderem verbringen."

„Ich glaube nicht, dass diese Art des Amusements für dich die richtige ist. Ich kann mir auch nicht vorstellen, dass Ida Lerch einen Ort wie diesen betreten würde, und sie ist deine beste Freundin. Du bist betrunken und hast mit Sicherheit auch etwas anderes genommen."

„Unsinn!"

„Dina, hör auf, ich kenne diese Spielchen. Lara Alexejewna hat Russland damals rechtzeitig verlassen, bevor die Bolschewiken ihr wie dem Rest ihrer Sippschaft den Hals durchschneiden konnten. Sie ist eine berechnende, kalte Intrigantin und …"

„Lass mich in Ruhe!" Dina riss sich los.

„Also gut, du hast es nicht anders gewollt. Hat sie dich erst behandelt, als wärst du Luft, von oben herab, und dann hat sie dich plötzlich geküsst und dir auf diese Weise ihren Champagner zu kosten gegeben, ja? Meinst du, dass du die Einzige bist, bei der sie so was tut?"

Dina hatte etwas Verletzendes antworten wollen, aber nun blieb ihr der Mund offen stehen.

„Komm bitte mit. Das ist hier nichts für dich oder könntest du guten Gewissens Ida davon erzählen? Sie wäre entsetzt, wo und mit wem du dich herumtreibst."

Selenes Stimme wurde deutlich sanfter. Dina schnappte wütend nach Luft. Zum einen fühlte sie sich wie ein kleines Mädchen behandelt, zum anderen hatte Lara nur mit ihr gespielt und am Tisch lachten vermutlich bereits alle über sie. Sie hatte sich von Lara vorführen lassen wie ein Kaninchen, das von einem zwielichtigen Varieté-Zauberer aus seinem abgewetzten Zylinder hervorgezerrt wird und in die hellen Scheinwerfer blinzeln muss.

„Lass Ida aus dem Spiel, sie geht dich gar nichts an! Was machst du denn nun hier und mit wem bist du unterwegs? Sag's mir endlich!"

Selene seufzte und verdrehte leicht die Augen.
„Hör zu, Dina, ich …"
„Du bist mit Mirella hier!" Dina wurde blass. „Mit ihr bist du hier. Du hast die ganze Zeit, während wir zusammen waren, mit ihr … weitergemacht."
„Das ist jetzt kein guter Moment für dieses Gespräch, Dina."
„Es ist aber der einzige Moment, in dem ich gewillt bin, dir zuzuhören, Selene. Wenn du es mir jetzt nicht sagst, kannst du dir die Erklärung komplett sparen."
Selene schien einen Moment zu überlegen, schüttelte dann aber den Kopf.
„Das geht jetzt nicht, Dina."
„Selene?" Ein Herr, der unter seinem Smoking eine abenteuerlich gemusterte Weste trug, löste sich aus der Menge. „Kommst du? Mirella fragt schon, wo du bist." Er schaute Dina an. „Willst du uns nicht vorstellen?"
„Dina, das ist Ernesto Fonte, Mirellas Impresario, Ernesto, Dina Harms, sie ist Photographin."
„Ah! Sie haben also diese wundervollen neuen Bilder von Mirella gemacht! Kommen Sie, trinken Sie ein Glas Champagner mit uns, Mirella wird sich freuen, sie liebt ihre neuen Photographien."
„Fräulein Harms wollte gerade gehen, Ernesto."
„Ach, wenn ich es mir recht überlege, Selene, werde ich gern ein Glas mit euch trinken. Wir folgen Ihnen, Ernesto." Dina hakte sich bei Herrn Fonte ein, der sie geschickt durch die tanzenden Menschen lotste.
„Mirella, schau, wen wir gefunden haben!"
Die Antonioni sah auf. „*Signorina* Dina! Das ist eine Überraschung! Setzen Sie sich doch … Nein, hier *directamente* neben mich. Selene, ein Glas für unsere kleine Photographin!"
Sie zog Dina von Selenes Seite auf den Stuhl zu ihrer Linken und plauderte mit ihrer melodischen Stimme auf sie ein.
„Lassen Sie uns anstoßen, auf diesen wundervollen Abend. Ach, Champagnerflaschen sollten nicht so lächerlich klein sein."

„Ich bestelle uns neuen."
Selene erhob sich.
„Ernesto! Du hast mich versetzt und jetzt treffe ich dich hier an!"
Eine sehr junge, sehr blonde Frau stand vor dem Impresario. Sie stemmte die Hand in die Hüfte und sah überaus verärgert aus.
„Mirella, Fräulein Harms – entschuldigt mich einen Moment." Er packte die Platinblondine am Handgelenk und zerrte sie vom Tisch weg.
„Ach, bestimmt wieder eins seiner jungen … Talente." Mirella winkte gönnerhaft ab und schnalzte mit der Zunge. Sie wandte sich wieder Dina zu. „Sie lieben Wagner, habe ich gehört?" Dina musste husten. „Nicht doch – dachten Sie, ich weiß nichts davon, dass Selene sich heimlich Wagneropern ansieht? Auch wenn mir nicht in den Kopf will, warum sie Sie mitgenommen hat, wobei …", sie ließ den unvollendeten Satz vielsagend in der Luft hängen, „sie 'at Sie ja wohl mehr zufällig auf der Straße aufgelesen, *vero*?"
„Ja, ich habe an dem Abend Außenaufnahmen gemacht und wir begegneten uns zufällig."
„*Signorina* 'Arms", die Diva richtete sich auf und sah Dina direkt in die Augen, „ich bin gewillt, für dieses Mal an einen Zufall zu glauben, sofern Sie dafür Sorge tragen, dass dergleichen nicht wieder geschieht, *capisce*?"
„Voll und ganz."
„*Va bene*. Sie können gehen – ich entschuldige Sie bei Selene – keine dramatische Abschiedsszene." Mirella nahm ihr Glas, wedelte ungehalten mit ihrem Fächer, als scheuchte sie ein lästiges Insekt davon, und drehte sich von Dina weg. Die Audienz war eindeutig beendet.

Dina erhob sich und verließ fluchtartig den Tanzsaal.
„Warte!"
„Warum sollte ich?" Sie hastete weiter. Ihre Stimme klang schrill in ihren eigenen Ohren.
„Dina, bleib stehen!"

Widerwillig sah sie Selene an. „Was?"

„Ich weiß nicht, was sie dir erzählt hat, aber du darfst Mirella nicht allzu ernst nehmen. Ich tue das auch nicht."

„Ach, wirklich? Und woher weiß sie dann, dass wir zusammen in der Oper waren? Warum will sie großzügig darüber hinwegsehen, wenn ich dafür sorge, dass ‚dergleichen' nicht wieder geschieht?"

„Dina, dieser von Treben, dem wir in der Oper begegnet sind, ist die schlimmste Klatschbase von Hamburg! Lass es mich erklären ..."

„Ja, ich bitte darum. Erklär es mir, wieso Mirella und ich beide glauben, dass wir mit dir zusammen sind. Eine von uns befindet sich ja ganz offensichtlich auf dem Holzweg. Oder vielleicht auch nicht. Wer kann das wissen? Vermutlich denke ich da zu provinziell, also ja: Erklär es mir."

Selene seufzte. „Das ist alles nicht so einfach, Dina."

„Das habe ich gerade noch von allein bemerkt, stell dir vor!"

„Dina, bitte! Morgen Abend hole ich dich von der Arbeit ab und wir sprechen darüber. Ich werde dir Rede und Antwort stehen und auch nichts mehr über das brave Fräulein Ida sagen."

„Morgen? Wieso nicht jetzt? Ach ja, ich vergaß, la Antonioni wartet auf ihren Schoßhund. Wird sie dich jetzt bestrafen, wenn du nicht sofort brav Pfötchen gibst?"

Selene sog die Luft scharf ein und schluckte offenkundig eine heftige Erwiderung hinunter.

„Ich verstehe dich, Dina. Bitte lass uns morgen darüber reden." Sie pfiff nach einem Taxi, das einige Meter weiter geparkt stand. Dina vibrierte noch immer vor Wut.

Selene nannte dem Fahrer Tante Luises Adresse und bezahlte die Tour im Voraus. Sie beugte sich zu Dina hinunter und streichelte ihr das Gesicht.

„Es ist nicht so, wie es aussieht, Dina. Pass bitte auf dich auf, diese Umgebung, diese Leute – das ist nichts für dich. Deine Ida ist mit Sicherheit zu wenig abenteuerlich für dich, aber ich will dich niemals wieder in solcher Gesellschaft erwischen."

„*Meine* Ida ist klug. Vermutlich klüger als du, deine italienische Nachtigall und deine ganzen grandiosen Künstlerfreunde zusammen. Sie ist liebenswert, warmherzig und zuverlässig, nicht so …"

„Nicht so wie ich, wolltest du sagen? Nun, es ist leicht, den guten Menschen zu geben, wenn man nichts anderes im Kopf hat als die Hauswirtschaftsschule und wie es wohl sein wird, zu heiraten und als Gattin zu brillieren. Solche Frauen wie Ida gibt es wie Sand am Meer. Frage dich doch mal: Warum bist du mit mir zusammen und nicht mit jemandem wie ihr? Du bist nicht so wie sie. Du kommst nicht aus gutem Haus mit Dienstmädchen und so weiter. Du arbeitest für dein Geld und zwar in einem Männerberuf. Du stehst für dich alleine gerade. Papa in Stapelmoor schickt dir nicht sein sauer verdientes Geld. Du schaffst alles, was du schaffst, allein. Solche Frauen wie Ida gibt es Hunderttausende, solche wie dich hingegen sehr selten."

„Ach so, und du bist natürlich einmalig, richtig?", erwiderte Dina. Diesmal behielt sie ihre Stimme unter Kontrolle. „So einmalig, dass du es dir leisten kannst, dich über andere zu erheben."

Selene sah sie einen Moment lang schweigend an. Dann schlug sie wortlos die Wagentür zu und ging davon.

„Du musst still sitzen, sonst wird das hier nichts!", wies Dina den höchstens sechsjährigen Jungen im Matrosenanzug zurecht, der wie bestellt und nicht abgeholt vor dem Photohintergrund stand, der passenderweise Himmel und Möwen zeigte. Um seine Mundwinkel zuckte es bereits verräterisch und Wasser stieg in seine Augen.

„Heinrich! Ein Junge weint nicht. Reiß dich zusammen und tu, was das Fräulein dir sagt!", posaunte seine Mutter, eine dralle Blondine mit ungesunder Gesichtsfarbe.

Der Kleine tat Dina augenblicklich leid. Sie trat zu ihm.

„Nicht weinen. Komm. Ich habe eine bessere Idee."

Sie zog einen großen, schweren Reisekoffer aus der Requisitenkammer mitten vor den Hintergrund.

„So. Und da setzt du dich rittlings drauf. Wie auf ein Pferd. Das klappt dann besser. Alles klar?"

Heinrich schluckte die Tränen herunter und nickte.

„Dina, was ist denn bloß wieder los mit dir?" Siegfried runzelte die Stirn. „Du kannst doch den Kleinen nicht so anfahren! Der hat es weiß Gott nicht einfach. Die Mutter hast du ja selbst gesehen und der Vater ist noch viel schlimmer. Der musste sein Geschäft aufgeben und sich dann von der SA rekrutieren lassen. Genau dieser Art Leute sollte man besser keine Macht und schon gar keine Waffen geben. Unglaublich, die nehmen wirklich jeden …"

„Die SA? Die Wachhunde von diesem Hitler?"

„Hast du das von Fräulein von Merten? So was sag mal lieber nicht so laut. Und besser gar nicht, wenn Kundschaft im Laden ist. Man weiß nie, wie die Leute gesinnt sind."

„Aber wieso legt sich eine politische Partei eine eigene Wachmannschaft zu?"

Siegfried sah sie sorgenvoll an. „Na ja, die Nazis sind nicht die Einzigen, die das tun. Die anderen machen es auch, sind aber nicht halb so zackig organisiert. Sieh dir doch mal diese muskelbepackten Kerle aus den sozialistischen Vereinen an und dagegen diese uniformierten Nazis im Gleichschritt. Was wirkt bedrohlicher? Die Präzision und die Selbstgefälligkeit in deren Auftreten lassen es einem kalt den Rücken runterlaufen. Und das ist es, was einem Sorgen machen sollte … Aber jetzt lenk nicht vom Thema ab. Warum siehst du aus wie etwas, das man in Övelgönne aus der Elbe gezogen hat?"

„Siegfried, ich bin einfach zu spät schlafen gegangen. Ich war gestern Abend unterwegs und bevor du fragst: Selene hat nichts damit zu tun. Ich war mit … Freunden aus."

„So so. Mit Freunden. Na ja. Wobei ich sagen muss, es beruhigt mich, dass du noch Freunde hast. Also andere als Fräulein von Merten." Immerhin wandte er sich wieder dem Album zu, an dem er gerade arbeitete, und ließ das unerfreuliche Thema für den Moment fallen.

Wenn du wüsstest, dachte Dina. Siegfrieds Vorstellung von Freunden traf vermutlich eher auf Ida zu als auf kokainsüchtige russische Aristokratinnen und leichte Mädchen, mit denen man sich in anrüchigen Etablissements die Nächte um die Ohren schlug. Sie seufzte. Als der Ladenschluss näher rückte, wurde Dina unruhig; sie spähte immer wieder durch das Fenster auf die Straße, die menschenleer in der flirrenden Hitze dalag.

„Na, wartest du wieder mal?"

„Lass mich in Ruhe, Siegfried. Wirklich, das geht zu weit!"

Er schüttelte mit dem Kopf und verschwand im Labor.

„Schließ zu, wenn du gehst, ich habe noch zu arbeiten."

„Ja, mache ich."

Hoffentlich war er jetzt nicht verärgert. Sie hatte ihn viel zu gern und er meinte es auch nur gut, aber sie war empfindlich, eben weil im Moment alles so holperig war mit Selene. Schließlich erblickte sie ihre Freundin, die sich lässig an die gegenüberliegende Hauswand gelehnt eine Zigarette ansteckte und auf sie wartete, als wäre nie etwas geschehen. Dinas Herz schlug hart in ihrer Brust, als sie aus der Ladentür trat und abschloss.

Selene löste sich aus dem Schatten, warf die Zigarette weg, kam zu ihr herüber und küsste sie.

„Komm, es ist so heiß, lass uns gehen." Sie fasste Dina unter den Arm und zusammen schlenderten sie in Richtung Botanischer Garten und Wallanlagen. Keine von ihnen sprach, bis sie auf einer Parkbank saßen.

„Was hast du gestern Abend dort gewollt, Dina?"

„Gar nichts! Liz hat mich überredet mitzugehen, weil ... weil sie fand, ich müsste raus."

„So?"

„Ja." Was fiel Selene ein? Sie erklärte ihr eigenes Verhalten mit keinem Wort, veranstaltete aber gleichzeitig eine Art spanische Inquisition. „Und du? Was hast du dort gemacht? Musstest du dich im *Alkazar* von dem Nachmittag mit Ellen erholen?"

„Aha. Daher weht der Wind."

„Kannst du mal damit aufhören und mir einfach sagen, was du im *Alkazar* wolltest und wer Ellen überhaupt ist, anstatt mich hier einer Befragung zu unterwerfen."

„Du bist eifersüchtig."

Sie tat es gerade wieder. Die Wut explodierte in Dinas Magen und sie verkrampfte sich.

„Ja, dann bin ich eben eifersüchtig, verdammt noch mal. Und wenn du mir das von gestern nicht endlich erklärst, dann wird sich das auch nicht wesentlich ändern. Du kannst ja von mir nicht erwarten, dass ich zu Hause sitze und Kreuzworträtsel mit Tante Luise löse!"

Selene schaute eine Weile schweigend vor sich hin, was Dina an den Rand des Wahnsinns trieb.

„Das ist so unnötig und dumm, Dina."

„Kann sein, kann auch nicht sein. Ich weiß es nicht. Du weißt es, sagst es mir nicht und quälst mich."

„Ellen ist eine Freundin."

„Ja, danke. So viel dachte ich mir schon. Und? Warum bringst du sie einfach so mit? Ohne vorher etwas zu sagen? Ich wollte, dass du Ida kennenlernst. Sonst nichts."

„Habe ich ja – ich meine, Ida kennengelernt. Und Ellen musste dringend mal an die Luft. Sie ist in Behandlung, aber die Therapie bekommt ihr nicht. Und deshalb hole ich sie ab und zu aus dem Krankenhaus und unternehme etwas mit ihr. Und bevor du fragst: Ich habe nichts mit ihr." Sie schüttelte den Kopf, als sie das sagte, und zertrat ihren Zigarettenstummel, als müsste sie ihn umbringen. „Du hast ihren Zustand doch gesehen? Ach ja, ich vergaß: Du bist ja wie von der Tarantel gestochen aufgesprungen und weggerannt, als sie auf der Bildfläche erschien. Sie war ganz verstört deswegen und hat sich hundert Mal entschuldigt auf dem Rückweg ins Krankenhaus."

„Was hat sie denn?"

„Sie ist schwermütig. Aber nicht schizophren, was dummerweise die Diagnose ihres behandelnden Arztes ist. Die meiste Zeit ist sie dermaßen voller Medikamente, dass sie kaum ansprechbar ist."

Dina schaute sie mit großen Augen an. „Man gibt dir eine Geisteskranke mit zum Sonntagsausflug oder wie soll ich das verstehen?"

„Sie ist nicht geisteskrank, Dina. Gemütskrank maximal. Sie tut niemandem etwas, außer vielleicht sich selbst. Und nein. Sie lassen sie natürlich nicht raus. Aber das Gelände in Friedrichsberg ist groß und nicht überall perfekt abgezäunt. Es gibt dort Mittel und Wege, ungesehen heraus- und wieder hineinzukommen." Sie legte Dina einen Arm um die Schultern. „Können wir jetzt wieder normal miteinander sein, bitte?" Sie unterbrach sich selbst. „Ach nein. Das *Alkazar* gestern. Also: Mirella hatte Geburtstag. Einen runden Geburtstag, der ihr Angst gemacht hat. Ihr Impresario hat sie überredet, auszugehen an diesem Tag, und sie hat mich angefleht mitzukommen. Ich mag das *Alkazar* nicht. Es ist laut, stickig und voller aufgeblasener Wichtigtuer und windiger Existenzen wie Lara Alexejewna. Und um das endlich zum Abschluss zu bringen: Mirella war am Ende des Abends sturzbetrunken. Ernesto und ich mussten sie in ihr Bett tragen und dann bin ich nach Hause gefahren. Allein. In Ordnung?"

„Schläfst du noch mit ihr?"

„Dina, wirklich! Wofür hältst du mich? Ich bin schon nicht mehr mit ihr ins Bett gegangen, als wir uns das erste Mal im Atelier getroffen haben. Sie weiß, dass es zu Ende ist, und die Zeit der Szenen und des zerschmetterten Porzellans ist hoffentlich vorbei. Aber sie zeigt sich weiterhin gern mit mir und ich tue ihr gelegentlich den Gefallen. Das gestern … ich weiß nicht, was mit ihr los war, ehrlich, so etwas hat sie sich schon ewig nicht mehr erlaubt." Sie sah Dina direkt in die Augen. „Außerdem geht sie zurück nach Italien, sie bekommt diesen Herbst ein Engagement in der *Fenice*. Irgendein einflussreicher Mäzen hat ihr eingeredet, dass der *Duce* persönlich sie sehr bewundert und dass sie zukünftig nur noch ihre Heimat mit ihrer Stimme beglücken soll."

„Und ihr ist klar, dass sie ohne dich geht?"

„Was? Natürlich! Davon war nie die Rede, wirklich. Was sollte ich dort auch? Wenn sie geht, wird sie das Gefühl haben, dass sie mich verlassen hat, und das ist sicher für alle Beteiligten das Beste." Selene schüttelte sich.

Dina lehnte den Kopf an ihre Schulter und schlang ihre Arme um ihre Mitte. Sie hatte Gespenster gesehen und sich wirklich albern aufgeführt. Sie schloss die Augen und atmete ihren Duft ein, der sich mit einem Hauch *Aqua di Parma* mischte, das sie immer trug.

7. Kapitel

Als Dina aufwachte, hörte sie das Meer. Die Sonne malte goldene Streifen auf den Holzboden. Sie brauchte einen Moment, um sich zu erinnern, dass sie tatsächlich mit Ida, Simon und Friedrich für das Wochenende ans Meer gefahren war. Schlussendlich war es sogar Selene gewesen, die sie überredet hatte, sich ihnen anzuschließen. Und Siegfried hatte ihr bereitwillig den Sonnabend freigegeben.

Sie waren am Freitagabend nach Büsum gefahren – Simon hatte seinem langmütigen Vater mal wieder das Automobil abgeschwatzt – und hatten in völliger Dunkelheit das Häuschen etwas außerhalb des Ortes in Besitz genommen, das Friedrich von seinem Großvater geerbt hatte. Irgendwer hatte die Streichhölzer verbummelt und deshalb hatten sie nur provisorisch die Lager aufgeschlagen, die mitgebrachten Kissen und Decken verteilt und sich jeder einen Platz zum Schlafen gesucht.

Dina schaute sich in dem großen Raum um, in dem sie mit Ida zusammen geschlafen hatte. Er hatte hohe Decken und bis auf halbe Höhe eine dunkle Holzvertäfelung. Es gab Fensterläden, deren Lamellen die Lichtstreifen auf das Parkett zeichneten. Eine Fenstertür führte auf die Terrasse, die offenbar zum Meer hin lag. Bis auf das große Bett, einen voluminösen Ohrensessel und einen Kleiderschrank war das Zimmer leer.

Ida schlief noch. Sie hatte vor dem Schlafengehen ihre Frisur nicht mehr gelöst und die Zopfkrone umgab ihr blasses Gesicht wie ein Rahmen die Ikone einer orthodoxen Mutter Gottes. Dina hielt den Atem an. Wenn sie jetzt aufstand, um die Kamera zu holen, würde Ida aufwachen und sich zudem weigern, sich so photographieren zu lassen. Also blieb sie still liegen, den Kopf auf den Arm gestützt, und nahm den Anblick ihrer Freundin in sich auf. Was mochte ein Tag bringen, der mit so einem wundervollen Bild begann?

Sie musste wieder eingeschlafen sein, denn als sie zu sich kam, saß Ida wach, lachend und mit glitzernden Augen im Pyjama auf ihrer Bettkante, hielt ihr eine Tasse Tee entgegen und kitzelte Dina mit einer Wollquaste der Decke an der Nase.

„Aufwachen, Schlafmütze! Es ist jetzt schon unheimlich heiß und in einer Stunde wird das Zimmer zum Backofen. Trink deinen Tee und dann nichts wie Badesachen zusammensuchen und an den Strand!“

Dina pustete in ihren Tee, dem Ida die exakt richtige Menge an Milch hinzugegeben hatte, und trank genüsslich.

„So darfst du mich öfter wecken. Dein Anblick ist deutlich erbauender als Tante Luises Geschrei über drei Etagen, wenn sie mich zum Frühstück ruft. Wenn du dir vielleicht morgen früh noch einen Blumenkranz auf dein wallend' Haar setzen würdest?“

„Wovon träumst du denn nachts, sag mal?“

Dina stellte die Teetasse auf den Nachttisch, lehnte sich vor, senkte die Wimpern und schnurrte: „Bist du sicher, dass du das ganz genau wissen willst?“

Dann ließ sie sich kichernd ins Kissen zurückfallen und Ida bemerkte, dass ihre Freundin sie auf den Arm nahm. Sie attackierte Dinas Seiten mit einem gezielten Klammergriff und kitzelte sie, was das Zeug hielt. Dina quietschte hysterisch und wand sich wie ein Aal. Ida nutzte den Überraschungseffekt, setzte sich auf Dinas Beine und hielt ihr die Arme fest.

„So, jetzt mal in Ruhe – hast du mich gerade etwa verkohlt?“

„Aber nicht doch – so was würde ich doch nie, nie, nie tun!“

„Meinst du, dass du dir solche Frechheiten in deiner momentanen Lage erlauben kannst?“

„Wir finden da doch bestimmt eine diplomatische Lösung, um meine Freilassung zu erwirken, oder?“

„Ach ja. Und die wäre?"

„Na ja, du hast mich ja quasi in deiner Gewalt – mach mir ein Angebot."

„Du spendierst mir einen Rieseneiskaffee im Kurhotel."

„Geht in Ordnung. Andere hätten unanständigere Gegenleistungen gefordert."

Ida neigte sich tiefer über ihr Gesicht und flüsterte: „Wer weiß – vielleicht kommt das noch."

Dina schloss die Augen. Sie spürte Idas Atem auf ihrem Gesicht und für einen irrsinnigen Moment spannte sich etwas tief in ihr – das Gefühl kannte sie nur zu gut und es gehörte gar nicht hierher.

„Störe ich?"

Simon stand in der Tür und das übliche spöttische Lächeln in seinem Gesicht wirkte seltsam gequält.

„Nein, natürlich nicht." Ida musste lachen. „Ich habe mir gerade meinen Nachmittagskaffee erkämpft."

„Na dann – kommt ihr? Wir wollen zum Strand. Friedrich packt gerade den Picknickkorb."

„Ich ziehe mich im Bad an." Ida stand auf, nahm ein zerknittertes, helles Leinenkleid aus ihrer Tasche und verschwand. Dina versuchte ihr Herzrasen unter Kontrolle zu bekommen. Was war das denn jetzt? Ida hatte nur Spaß gemacht. Warum reagierte sie selbst so? Das war doch nicht richtig! Sie liebte Selene und Ida war ihre beste Freundin. Ihre beste Freundin, die im Begriff war, sich zu einer ebenso beeindruckenden Frau zu entwickeln, wie ihre Mutter es war. In den zwei Jahren ihrer Freundschaft hatte sich Idas leicht pummelige Figur gewandelt. Der Babyspeck war atemberaubenden Kurven gewichen und eben diese, so ungern Dina es sich eingestand, verfehlten spärlich bekleidet nicht ihre Wirkung. Das hatte nichts damit zu tun, dass sie Selene liebte. Sie hatte nicht die Absicht, mit einer anderen Frau etwas anzufangen und schon mal gar nicht mit Ida. Aber sie erkannte, dass sie keinesfalls immun gegen körperliche Versuchungen war, und leistete Selene im Stillen Abbitte für ihre unnötigen Eifersüchteleien Mirella betreffend.

Noch leicht benommen von dieser Erkenntnis stand Dina auf, schlüpfte in ihren Badeanzug und zog ein altes blaues Sommerkleid darüber – den zotteligen Zopf vom Vortag ließ sie, wie er war, und sie zogen los.

Das Wetter hielt sich. Am Meer wehte ein träger Wind, der die Hitze lediglich durcheinanderwühlte. Gegen Mittag machten sich Friedrich und Simon auf den Weg, um Getränke zu kaufen, denn in der letzten Limonade hätte man inzwischen Eier garen können.

„Ich verstehe nicht, warum dich das so aufregt?" Friedrich schaute Simon verwirrt an.

„Sie ist meine Schwester, Herrgott! Kannst du oder willst du das nicht verstehen? Ich möchte nicht, dass sie lediglich aufgrund einer momentanen Gefühlsverirrung auch diesen Weg beschreitet! Wie schwer das ist, muss ich dir ja wohl nicht erklären."

„Na ja, aber wie du mir das Ganze jetzt geschildert hast, war Dina ja mehr in der Defensive, und …"

„Defensive? Die Kleine ist niemals defensiv! Ich will nicht, dass sie Ida zu etwas verleitet, was ihr ganzes Leben über den Haufen wirft, und Fräulein Harms kehrt dann pfeifend zurück zur schönen Selene."

„Mein Lieber. Ich glaube, du übertreibst. Und mal ehrlich: Könnte dich die schönste aller Frauen zu irgendetwas ‚verleiten'? Ich wage mal zu behaupten, nein. Also rede nicht so einen Unsinn. Dina ist keine trophäensammelnde Sirene, sondern ein ganz liebes, bodenständiges Mädchen. Und sie hat Ida sehr, sehr gern. Ich glaube nicht, dass sie etwas tun würde, was deiner Schwester schadet."

Während er sprach, hatte er unwillkürlich seinen Arm um Simons Schultern gelegt und fuhr ihm gedankenverloren durch die dunklen Locken.

„Bist du verrückt? Wir sind fast im Dorf!" Simon schüttelte ihn ab. Schweigend gingen sie nebeneinander her. In einem Café kauften sie Limonade und Sodawasser. Friedrich zahlte und stutzte einen Augenblick. Im Garten des Cafés saß ein vierschrötiger Mann im hellen Sommeranzug, der ihm mehr als vage bekannt vorkam und ihn ebenfalls ansah.

„Was ist denn, kommst du?“ Simon legte Friedrich eine Hand auf den Arm und folgte seinem Blick. „Wer ist das?“

Der Mann stand auf und kam auf sie zu.

„Friedrich Behrens! Na, das ist doch mal ein Zufall!“

„Herr Kröger – so eine Überraschung.“

Sie schüttelten sich die Hände und Kröger schlug Friedrich auf die Schulter. „Es tut mir leid, dass es jetzt mit Ihrem Großvater doch so schnell ging, er war ein einzigartiger Mann.“

„Vielen Dank, Herr Kröger, ja, das war er“, er unterbrach sich. „Wie unhöflich von mir. Herr Kröger, darf ich vorstellen, Simon Lerch, wir studieren zusammen. Simon, das ist Gustav Kröger, ein Verbindungsbruder meines Großvaters.“

„Angenehm. Lerch?“ Kröger schien zu überlegen. „Ist ihr Vater der Architekt?“

„Gleichfalls. Ja, das ist er.“

„Und Sie haben sich der Medizin verschrieben? Interessant. Na ja, die jungen Leute müssen ihre eigenen Wege gehen. Und? Zur Sommerfrische hier?“

„Nein. Wir machen nur einen Wochenendausflug.“

„Na, dann will ich euch Jungs mal nicht aufhalten. Schönen Tag noch. Friedrich, Sie müssen mal zum Tee vorbeikommen, ich bestehe darauf.“

„Sehr gern, Herr Kröger. Angenehme Tage noch für Sie.“

„Danke. Wir sehen uns.“

Sie nickten sich zu und Kröger ging zurück zu seinem Tisch im umzäunten Café-Garten. Schon eigenartig, dachte er. Der alte Behrens hatte, wie Kröger selbst, den privaten Kontakt mit Juden stets gemieden. Er hätte den Umgang seines Enkels nicht gutgeheißen, obgleich der junge Lerch so auf den ersten Blick durchaus einen ordentlichen Eindruck machte. Friedrich Behrens schien aus anderem Holz zu sein als sein Großvater, den Kröger sehr geschätzt hatte. Er schüttelte den Kopf, zündete sich eine Zigarre an und widmete sich wieder seiner Zeitung.

Dina rannte in die träge an Land klatschenden Wellen. Abermillionen von Wassertropfen stoben um sie her, in denen sich das Licht brach, eine Wolke aus unendlich vielen beweglichen Prismen. Ida machte dieser Anblick sprachlos und sie starrte ihrer Freundin hinterher. Was ist bloß los mit mir?, dachte sie. Dina durfte nie erfahren, was sie selbst sich erst seit Kurzem einzugestehen begann. Es ging einfach nicht und fertig. Sie würde es unterdrücken und es würde irgendwann aufhören. Es war ja auch einfach zu idiotisch. Vermutlich war sie durcheinander und, wie sie ungern zugab, auch eifersüchtig auf die Nähe, die Dina mit Selene verband, auf die Zeit, die sie miteinander verbrachten. Das war es wahrscheinlich.

Ist ja auch kein Wunder, dass ich nicht mehr klar denken kann, dachte Ida, als sie ihren Bruder und seinen Freund den Strand herunterkommen sah. Mit Simon hatte das alles angefangen. Sie hatte überhaupt erst begonnen, über solche Dinge nachzudenken, als sie von Simon und Friedrich erfahren und der erste Gefühlssturm sich gelegt hatte. Dann natürlich Dinas Verhältnis mit Selene. Aber ihre eigenen widersprüchlichen Empfindungen waren etwas völlig anderes. Hier ging es um sie selbst … und um Dina.

„Na, wasserscheu?"

Friedrichs Stimme riss Ida aus ihren Gedanken.

„Und selbst, Herr Behrens?"

„Dina, komm her! Wir haben etwas zu trinken besorgt. Mach schnell, bevor die Limonade wieder warm wird!", rief Simon.

„Ja, ich komme." Sie stapfte durch den Sand und drückte sich lachend die Zöpfe aus. Das Wasser troff aus ihrem dunkelblauen Badeanzug und rann an ihren langen Beinen hinunter. Ida konnte nicht anders, als sie anzusehen. In Dinas Augen blitzte es plötzlich auf und sie schüttelte sich wie ein Hund. Ein Schauer von Meerwassertropfen ging auf die Freunde nieder.

„Du bist unmöglich!" Friedrich wendete sich ab und warf ihr ein Handtuch zu, während Simon zwei Flaschen für die Mädchen öffnete.

„Es ist unglaublich, dass es noch so heiß ist."
„Los, Ida, komm mit ins Wasser!"
„Wird es da gleich tief?"
„Nein, wieso? Es geht ganz flach rein."
Simon räusperte sich.
„Ida kann nicht schwimmen, Dina."
„Du veräppelst mich! Das kann doch nicht sein?"
Ida war rot geworden.
„Simon, lass das doch. Nicht richtig, nein … ich …"
„Sie hat es mal versucht, als wir mit unseren Eltern in Italien waren, und ist fast abgesoffen. Ich habe sie rausgezogen und habe von meinem Vater auch noch eine Ohrfeige und eine Standpauke gekriegt, weil ich auf sie aufpassen sollte. Kann ich doch nicht ahnen, dass der See an der Stelle so tief war."
Ida wand sich – wie peinlich. Warum musste Simon auch immer diese Kindergeschichten zum Besten geben, in denen er natürlich der Held war. Das war doch idiotisch.
„Es ist wirklich nicht tief vorne und ich werde aufpassen, Simon. Versprochen. Es wird nichts passieren. Kommst du?"
Dina stand vor ihr und hielt ihr die Hand hin. Ida erhob sich, zog das Kleid über den Kopf, ließ es fallen und folgte ihrer Freundin in die Fluten.
„Wie hypnotisiert!"
„Simon …"
„Ist doch wahr. Sie hat Angst vor Wasser. Sie würde nie freiwillig weiter als bis zu den Knien ins Wasser gehen nach diesem Vorfall damals."
„Was ist denn genau passiert?"
„Wir waren am Lago Maggiore. Sie war damals gerade zehn Jahre alt. Ich habe mit einigen anderen zusammen Kopfsprünge geübt. Sie wollte unbedingt auch dabei sein und unser Vater hatte darauf bestanden, dass ich sie mitnehme. Ich hatte sie dazu verdonnert, auf der Decke am Strand zu bleiben, wo ich sie sehen konnte von dem Felsen, von dem wir gesprungen sind. Als ich nach einem Kopfsprung wieder auftauchte, saß sie nicht mehr auf der Decke, sondern stand schon bis zur Brust im Wasser und ruderte mit den Armen. Sie hatte si-

cher Angst vor ihrer eigenen Courage. Ich habe sie angebrüllt, sie solle gefälligst rauskommen, aber sie ging weiter rein, verdammt. Und dann ist sie untergegangen. Ich war schnell genug da, habe sie rausgezogen. Sie hat gehustet, Wasser gespuckt und natürlich geheult. Das haben unsere Eltern erfahren, und na ja ..."

„Du bist ihr älterer Bruder und warst an jenem Tag für sie verantwortlich. Nicht besonders spaßig für einen Fünfzehnjährigen, aber nicht zu ändern. Es ist ja gut gegangen. Und mir scheint, Dina zäumt das Pferd von der richtigen Seite auf." Er deutete zu den Mädchen.

Simon sah, wie Ida mit dem Gesicht nach oben und ausgebreiteten Armen auf dem Wasser lag. Dina stand daneben und hielt eine Hand unter ihre Mitte und eine unter Idas Genick, so dass ihr kein Wasser ins Gesicht kam.

„Meinst du, ich habe danach nicht versucht, ihr das Schwimmen beizubringen? Aber sie wollte ja nicht mal mehr ins Wasser gehen." Missmutig, auf die Ellenbogen gestützt, sah Simon den Mädchen zu.

„Eifersüchtig?"

„Ach, Quatsch." Er ließ sich auf den Rücken fallen, verschränkte die Hände unter dem Kopf und schloss die Augen.

Friedrich sah ihn nachdenklich an. Simon war manchmal wirklich seltsam. Er verstand die Sorge um Ida – einerseits. Andererseits war sie erwachsen und musste wissen, was sie tat. Aber er verstand, dass Simon sie vor Kummer bewahren wollte, da Dina mit Selene von Merten zusammen war, die allgemein für umwerfend gehalten wurde. Friedrich war einer der wenigen, der diese Einschätzung nicht teilte. Für Tristan mochte das zugetroffen haben. Selene hingegen mied er, wenn es ging. Er verachtete sie nicht, so weit wäre er nicht gegangen, aber ihr Wesen war ihm höchst unangenehm. Er kannte sie natürlich zum einen aus dem Kreis der Medizinstudenten, obwohl er selbst einige Semester weiter war als sie. Aber wer kannte Selene nicht? Sie beherrschte einen Raum, sobald sie eintrat, ganz ohne irgendetwas zu tun. Sie zog alle Blicke auf sich und hatte sofort die ungeteilte Aufmerksamkeit aller Anwesenden. Tristan war unauffälliger als seine Schwester und doch hatte er Friedrich mehr beeindruckt, als er ihn in einer Vorlesung in der Gerichtsmedizin kennengelernt hatte, in der sich sowohl Studenten der Medizin als auch der Rechtswissenschaft zusammenfanden. Er war sehr überlegt in seinen Äußerungen und traf stets ins Schwarze mit dem, was er sagte. Tristans offenkundig scharfer Verstand hatte Friedrich aber nicht darüber hinweggetäuscht, dass er melancholisch und etwas gelangweilt wirkte. Bei einem gemeinsamen Umtrunk in einer Studentenkneipe hatten sie sich unterhalten und Friedrich erfuhr, dass Tristans Herz nicht für die Juristerei schlug, sondern für Historisches: Archäologie, Kunstgeschichte, alte Sprachen. Die Altertumswissenschaften faszinierten ihn, aber sein Vater sah diese als nutzlose Liebhaberei an, nicht als adäquates Studienfach für seinen Sohn. Leider hatte ihre Bekanntschaft sich damals nicht sonderlich vertieft. Tristan kapselte sich immer mehr ab und war schließlich verschwunden. Keiner wusste, wo er geblieben war. Vermutlich studierte er einfach woanders, aber seltsam war sein Abgang schon gewesen.

„He! Träumst du? Doch wohl hoffentlich von mir?" Simon hatte die Augen geöffnet, legte Friedrich die Hand in den Nacken, zog ihn zu sich herunter und küsste ihn. Es war weit und breit kein Mensch zu sehen, aber Friedrich wurde warm. Simon tat das draußen sonst nie. Er blieb immer zurückhaltend, was daran liegen mochte, dass seine Mutter von einer erschreckenden Hellsichtigkeit war. Diese glich ihre mangelnde Mütterlichkeit zwar nur unzureichend aus, sorgte aber doch immerhin dafür, dass sie manchmal genauer wusste, was in ihren Kindern vor sich ging, als ihnen lieb war. Da sie jedoch weder Neigung noch Absicht hatte, sich besonders intensiv um ihre Sprösslinge zu kümmern, kamen die meisten Einsichten von Madame Nava niemals zur Sprache, weil sie nicht fand, dass diese Dinge sie etwas angingen. Da sie liberale Ansichten vertrat, hätte sie Simons Homosexualität vermutlich weniger aufgeregt als die Tatsache, dass ihre einzige Tochter ihre Zeit auf der Hauswirtschaftsschule vergeudete. Friedrich legte den Kopf an Simons Schulter. So fühlte sich Glück an. Genau so. Wie in diesem Moment.

„Oh, das wird schwierig!“ Dinas Stimme klang ungehalten.

„Was ist denn los?“, rief Ida aus dem Schlafzimmer, wo sie das Bett ordentlich bezog, damit sie nicht wieder in einem Zigeunerlager schlafen mussten.

„Der Badeofen heizt nicht und es kommt auch kein kaltes Wasser mehr.“

„Es ist ohnehin viel zu heiß …“

Dina trat aus dem Bad.

„Komm doch einfach mit in die Wanne. Wenigstens kurz das Salzwasser abspülen.“

„Meinst du?“ Ida runzelte die Stirn, aber als sie Dinas offenes und schon nach einem Tag in der Sonne golden überhauchtes Gesicht sah, lächelte sie. „In Ordnung, aber du musst mir was vorlesen!“

„Also, wenn schon lesen, dann mit verteilten Rollen!“

Ida lachte nun laut.

„Na, dann gehe ich mal schauen, was die Bibliothek des Hauses hergibt.“

Dina zog sich aus und stieg in die alte, abgestoßene Badewanne, in der nicht einmal kniehoch das lauwarme Wasser stand. Es würde guttun, das Salz von der Haut und aus den Haaren zu bekommen.

„Ich habe ein Exemplar von Faust, der Tragödie zweiter Teil.“ Ida stand im Morgenmantel in der Tür.

„Na, dann lernen wir ja noch richtig was. Komm rein, das tut gut nach der Hitze heute.“

Ida legte das Buch auf den Hocker neben der Wanne, knotete umständlich den Gürtel ihres Morgenrocks auf und ließ ihn über die Schultern gleiten.

Dina beobachtete sie aus halbgeschlossenen Augen, bog den Kopf nach hinten und tauchte ihr Haar zum Ausspülen ein, um Ida nicht das Gefühl zu geben, dass sie angestarrt wurde. Bestimmt fiel es ihr schwer, sich vor ihr auszukleiden. Ida stieg in die Wanne und streckte ihre Beine an Dinas rechte

Seite. Als Dina wieder hochrutschte, bemerkte sie, dass Ida sie ansah. Als Dinas Augen die ihren trafen, senkte sie den Blick und errötete.

„Entschuldige."

„Wofür denn?"

„Ich … ich habe …"

„Ja, was denn?"

„Ich habe dich angesehen."

„Na ja, ich dich ja auch."

„Nein, das meine ich nicht … es ist einfach zu peinlich."

Dina musste grinsen. „Was denn bloß?"

Ida atmete tief durch und konnte Dina noch immer nicht ansehen.

„Ich wusste nicht, dass man … also, dass man *dort* auch blond sein kann …"

Nun musste Dina lachen.

„Ja, warum denn nicht? Ich fände es eher seltsam, wenn die Haare am Körper eine andere Farbe hätten als auf dem Kopf."

„Du lachst mich aus!" Ida richtete sich auf und machte Anstalten, aus der Wanne zu steigen.

„Aber nein! Natürlich lache ich dich nicht aus! Bleib hier. Wir wollten doch Faust lesen."

„Aber du wirst jetzt die ganze Zeit denken, dass ich dich ansehe."

Dina beugte sich vor, legte Ida die Arme um den Hals und streichelte ihr Haar.

„Wenn du mich ansiehst, heißt das, dass du mich schön findest, oder? Warum sollte mich das stören?" Und etwas leiser setzte sie hinzu: „Mark würde viel darum geben, so von dir angesehen zu werden."

Idas Körper versteifte sich.

„Habe ich etwas Falsches gesagt?"

„Nein, es ist nichts … ich weiß nicht, ob es richtig ist, was wir tun."

„Aber wir tun doch gar nichts. Mach dir keine Sorgen, Liebes."

Dina legte sich zurück auf ihre Seite der Wanne.

„Dreh dich um und komm her, ich wasche dir die Haare und so bist du auch nicht in der Versuchung, mich anzusehen."

Aber ich werde dich spüren, dachte Ida, was nicht dazu beitrug, ihre Anspannung zu lösen. Dennoch tat sie, was Dina vorgeschlagen hatte, und ihre Freundin schöpfte ihr das kühlende Wasser über die dicken, vom Salzwasser ganz pappigen Haare und massierte leicht die Kopfhaut. Ida entspannte sich und lehnte sich gegen Dina. Sie spürte ihre Brüste am Rücken und ihre Beine an beiden Seiten ihres Körpers.

„Siehst du, es ist doch alles gut", flüsterte Dinas Stimme an ihrem Ohr. Ida drehte sich zu ihr und wollte etwas sagen, aber dazu kam sie nicht, denn Dina küsste sie. Ida fühlte, dass Dina sie in ihren Armen hielt und ihre Beine um sie geschlungen hatte, sie glaubte zu spüren, wie ihr Körper, ihre Seele sich verflüssigten, Dinas Hände wanderten über ihren Körper, liebkosten ihre Brüste und streichelten sie an den Stellen, an denen Ida es sich selbst nur sehr selten gestattete, diese Wohlgefühle hervorzurufen. Idas Herz raste und sie spürte, dass auch Dina schneller zu atmen begann und sich gegen sie presste. Dann trug diese Woge sie davon, dieses Gefühl, von dem Ida sich nie so genau hatte vorstellen können, woher es wohl kam, was es bedeutete, und vor allem nicht, ob es richtig war, sich ihm hinzugeben.

„Ich kann deinen Pulsschlag sehen", wisperte Dina und legte sanft einen Finger auf Idas Hals, wo sie ein Flattern wie von Schmetterlingsflügeln wahrnahm.

Ida fühlte sich erschöpft und gleichzeitig war es so, als wären alle ihre Sinne übernatürlich geschärft. Sie spürte Dinas Körper näher als je zuvor und wünschte sich nur, ihr noch näher, bei ihr zu sein. Sie wollte sie ebenfalls berühren, küssen, riechen. Dennoch traute sie sich nicht, sich zu bewegen, weil sie sich nicht von ihr lösen wollte. Und so verharrte sie regungslos.

„Ida? Schläfst du? Der Wasserspiegel fällt und wir sind bestimmt schon ganz schrumpelig. Ich glaube, wir sollten dieses Bad beenden."

Ida rückte von ihr ab, zog sich am Wannenrand empor und stieg aus der Wanne. Sie traute sich nicht, ihrer Freundin in die Augen zu sehen, denn Dinas Stimme hatte seltsam brüchig geklungen. Bestimmt bereute sie das, was geschehen war, bereits ebenso, wie Ida selbst es genossen hatte. Natürlich. So musste es wohl sein.

Was habe ich getan? Dinas Herz schlug bis zum Hals. Was habe ich mir dabei gedacht? Sie rieb sich heftig mit einem Handtuch trocken und wickelte anschließend ihr Haar in einen Turban. Ich liebe Selene und trotzdem habe ich gerade Ida angefasst, sie gestreichelt und … und sie wusste, wenn sie nicht in der Wanne gesessen hätten, aus der man ja irgendwann aufstehen musste, hätten sie weitergemacht, miteinander geschlafen. In ihr pochte es und sie sehnte sich nach Ida. Nach ihren wundervollen Rundungen, die sie zwar berührt hatte, die sie aber an ihrem eigenen Körper spüren wollte. Sie schloss die Augen. Alles drehte sich. Das ging doch nicht! Was sollte sie jetzt tun?

Ida, die sich inzwischen angezogen hatte, steckte ihren Kopf durch die Badezimmertür und hielt ihr ein Bündel Kleider hin.

„Alles in Ordnung? Hier, zieh dir etwas an. Es ist kühler geworden. Simon und Friedrich wollen am Strand ein Feuer machen."

„Ida … ich … verzeihst du mir? Wir … Ich hätte das nicht tun dürfen."

„Aber …"

„Dich trifft keinerlei Schuld. Ich habe mich vergessen. Ich weiß, dass du nicht so bist wie ich. Wirklich! Und ich schwöre dir, es wird nie wieder vorkommen. Nie wieder."

‚Nie wieder'.

Diese Worte hingen bleiern in der Luft wie das Gewitter, das draußen niederging, als sie spät am Abend längst im Bett lagen und beide nicht schlafen konnten, diese Tatsache aber wenig erfolgreich voreinander zu verbergen suchten.

Erst in den frühen Morgenstunden, als es anfing, in Strömen zu regnen, begann Ida ruhig und gleichmäßig zu atmen und auch Dina schlief ein.

Als Simon gegen Mittag an ihre Tür klopfte, um ihnen zu sagen, dass sie in einer Stunde fahren wollten, fand er die beiden tief schlafend und eng aneinandergeschmiegt in der Mitte des großen Betts. Einerseits rührte ihn der Anblick, andererseits überfielen ihn Wachsamkeit und Misstrauen. Würde Dina so etwas tun? Würde sie Ida verführen? Bestimmt dramatisierte er die Situation. Leise schloss er die Tür und klopfte erneut. Lauter diesmal. Er wollte seine Schwester nicht in Erklärungsnöte bringen. Noch sehr viel weniger wollte er darüber nachdenken, was in der Nacht geschehen sein mochte und was es für Ida zukünftig bedeuten würde.

Auf der Rückfahrt hing jeder der vier seinen eigenen Gedanken nach und sie sprachen kaum. Es war kühler geworden und als Dina am Abend mit schmerzenden Knochen von der langen Fahrt aus dem Wagen stieg, umarmte Ida sie und Simon nickte ihr mit einem abwesenden Gesichtsausdruck zu. Friedrich trug ihre Tasche in den Hausflur, lächelte sie schief an und klopfte ihr kameradschaftlich auf die Schulter.

Am nächsten Morgen schlug ihr kalte, feuchte Luft entgegen, als sie das Fenster in ihrem Dachzimmer öffnete. Die Hitze des Vortags schien bereits ferne Vergangenheit zu sein. Dieser goldene Tag am Meer mit ihren Freunden verschwamm in ihrer Erinnerung zu einer Fata Morgana, einem flirrenden Trugbild, von dem sie nicht mehr wusste, was stimmte und was nicht. Sicher wusste sie nur, dass sie alle einige Momente gemeinsam glücklich gewesen waren. Beklommen schloss sie das Fenster und suchte sich warme Kleidung heraus, von der sie sich Schutz nicht nur gegen die plötzlich abgekühlten Temperaturen erhoffte, sondern auch gegen das, was kommen mochte. Wie sollte sie Selene gegenübertreten? Würde Ida je wieder mit ihr reden? Nach dem, was geschehen war, würden sie sicher nicht einfach wieder Freundinnen sein können. Simon würde ihr das nie verzeihen und er wusste etwas, so wie er sie die ganze Fahrt über behandelt hatte. Einzig und allein Friedrich war wie immer gewesen. Schweigsam, aber freundlich und stets darauf bedacht, dass sich alle wohl fühlten. Und sie war selbst schuld daran, dass diese Freundschaft und Zusammengehörigkeit unwiederbringlich zerstört schienen.

8. Kapitel

Der Regen prasselte gegen die Scheiben von Selenes Dachwohnung. Es war bereits nach acht Uhr, als Dina aufwachte, aber der dunkle Himmel und das schlechte Wetter ließen es an diesem Morgen Anfang Oktober wieder einmal nicht hell werden, dabei war es bis vor einer Woche noch warm gewesen. Dina sollte am Nachmittag eine Hochzeit in Niendorf photographieren und hoffte, dass es bis dahin aufklaren würde. Die Ausrüstung hatte sie bereits tags zuvor mitgenommen und musste deswegen nicht mehr ins Atelier. Sie gähnte und streckte sich wohlig unter der Decke. Als sie wieder still dalag, merkte sie, dass es in der Wohnung ruhig war. Sie hatte erwartet, Selene in der Küche oder im Bad zu hören, aber nichts. Sie hielt die Luft an und hörte nur noch den Regen. Es war eigenartig, allein in diesem Raum aufzuwachen. Ihr fiel wieder ein, dass Selene ihr gesagt hatte, dass sie ein entsetzlich frühes Pathologiekolleg bei einem Professor hatte, der sich einen Spaß daraus machte, Sektionen zu Uhrzeiten anzuberaumen, zu denen die meisten Studenten ihr Frühstück noch nicht verdaut hatten und reihenweise in die Waschräume rannten. Selene hatte sich angewöhnt, nie vorher zu essen, sondern nur eine Tasse Tee zu trinken, und sich durch ihren ‚robusten Magen' des Professors widerwilligen Respekt erworben. Dina überlegte, liegen zu bleiben, bis Selene wiederkam. Draußen war es einfach schrecklich und sie musste erst am Nachmittag los, aber nach einer Weile des unschlüssigen Herumliegens bekam sie Kopfschmerzen, schlug seufzend die Decke zurück und erhob sich. In der Küche stand Selenes Tasse in der Spüle. Dina zog sich an, setzte den Wasserkessel auf, nahm die grüne chinesische Teedose aus dem Schrank, die sie in der Schmuckstraße erstanden und Selene mitgebracht hatte, und machte sich Tee. Sie setzte sich mit der Tasse und einem Buch auf das Sofa und wickelte sich in eine Decke, denn die Wohnung war über Nacht ziemlich ausgekühlt. Unfassbar, wie abrupt der Sommer geendet hatte.

Ihre Lektüre war wenig fesselnd. Der zweite Band von *Der Skorpion* behandelte das weitere Schicksal der Mette Rudloff nach dem Selbstmord ihrer Geliebten und Dina konnte weiterhin nicht nachvollziehen, warum sich dieser Roman so enormer Beliebtheit unter lesbischen Frauen erfreute. Der Handlung fehlte nahezu jedweder Bezug zur Realität der meisten Menschen. Nicht, dass man von einem Roman nicht aus dem Alltag entführt werden wollte, aber Dina fühlte sich kaum angesprochen. Schließlich legte sie gelangweilt das Buch aus der Hand. Ihre Gedanken schweiften wie so oft in letzter Zeit zu Ida und dem Tag am Meer mit Simon und Friedrich. Sie rang weiter mit sich. Sollte sie Selene sagen, was geschehen war? Sie stand auf, um sich eine weitere Tasse Tee zu holen, als ihr Blick auf eine Reihe silbergerahmter Photographien fiel, die auf einem Regal vor einigen Bücherrücken standen. Bei dem älteren Ehepaar musste es sich um Selenes Eltern handeln. Ihre Mutter war eine ehemalige russische Balletttänzerin, die in ihrer Jugend eine so hinreißende Schönheit gewesen sein musste, dass ihr Vater Anstand und Tradition über Bord geworfen und sie heimlich gegen den Willen seiner Eltern geheiratet hatte. Daraufhin hatten diese kurz erwogen, ihn zu enterben, eine Entscheidung, die sie nach dem plötzlichen Tod seines jüngeren Bruders schnell verwarfen, was sich als großes Glück erwies, denn Wilhelm von Merten führte das weitläufige Gut im Memelland umsichtig und erzielte Gewinne, die sich sehen lassen konnten. Er hatte die Zeichen der Zeit erkannt, und das glücklicherweise, bevor die Bolschewiken die Zarenfamilie umgebracht und die größtmögliche Verwirrung gestiftet hatten. Als sein sich gegen den Verkauf der Ländereien sträubender Vater starb, veräußerte Wilhelm das gesamte Anwesen zu einem enormen Preis an die damals noch existierende französische Verwaltung und ging mit seiner jungen Familie und seiner Mutter nach Hamburg, wo er einen Onkel hatte, in dessen Reederei er investierte und im Krieg beträchtliche Gewinne erwirtschaftete. Als sein Onkel verstarb, übernahm er die Geschäfte und mit der ihm eigenen Weitsicht hielt er sich in der Wirtschaftskrise nach dem Krieg bedeckt. So schaffte das Unternehmen den Übergang von der Monarchie in die Republik.

Auf dem Bild strahlte er eine leicht selbstgefällige Sicherheit aus. Seine Frau war ein graziler, feenhafter Schatten an seiner Seite, aber die Ähnlichkeit mit ihrer Tochter war unverkennbar.

Dina strich über den Rahmen des Bildes, um Staub zu entfernen. Es kippte nach vorne und gab unversehens den Blick auf die dahinter stehende Bücherreihe frei. Zwischen den Bänden steckten einige ungerahmte Photographien. Sie waren offenkundig nicht dazu gedacht, betrachtet zu werden. Dina überlegte einen Moment, zögerte, aber schließlich siegte die Neugier. Das erste Bild zeigte einen jungen Mann, der Selene wie aus dem Gesicht geschnitten war. Dina blieb der Mund offen stehen. Sie mussten verwandt sein. Selene hatte nie erwähnt, dass sie einen Bruder hätte, aber er konnte nichts anderes sein. Auf der Rückseite stand *T. 1926* – nichts weiter. Darauf konnte sie sich keinen Reim machen. Das sollte sie auch nicht. Sie sollte damit nichts anfangen. Sie hätte dieses Bild nicht einmal aus dem Regal nehmen sollen. Noch während sie sich in Gedanken als Schnüfflerin beschimpfte, sah sie bereits das nächste Bild. Derselbe Mann. Er lächelte strahlend in die Kamera, vor ihm – in seinen Armen – stand eine ebenso überirdisch glücklich aussehende junge Frau, die einen Ring am Finger trug. Ein klassisches Verlobungsfoto. Dinas Atem setzte einen Moment aus – sie sah genau hin, aber sie täuschte sich ganz gewiss nicht …

Sie hörte den Schlüssel – Selene war zurück. Dina schob schnell die Photos wieder zwischen die Bücher, stellte das Bild der Eltern wieder auf und ging dann Selene entgegen, die mit triumphierendem Grinsen an ihr vorbei in den Flur stolzierte und erzählte, dass sie bei der Lehrveranstaltung als einzige

Frau bei der Sektion geblieben war und außer ihr überhaupt bloß noch ein weiterer Student. Zwei hatte eine Ohnmacht ereilt und alle anderen hatten sich würgend im Laufschritt verabschiedet. Sie glühte vor Stolz und zog Dina lachend an sich.

„Ihre Schönheit ist nicht zu fassen. Dieses grauenvolle Wetter zwingt uns, im Haus zu bleiben – ach, küssen Sie mich sofort, Fräulein Harms!"

Die Ähnlichkeit mit dem Mann auf dem Photo – Dina lag in Selenes Armen, die sie langsam und zielstrebig Richtung Bett dirigierte, war aber mit den Gedanken im Nebenzimmer bei dem Bild im Bücherregal. Wenn es sich wirklich um Selenes Bruder handelte, wo war er, und warum hatte Selene ihn nie erwähnt? Sie hatte es geschafft, Dina zum Bett zu manövrieren. Sie kniete über ihr, hatte bereits ihr eigenes Hemd aufgeknöpft, schob ungeduldig Dinas Rock nach oben und berührte sie.

„Ich will dich jetzt, eigentlich schon heute früh, aber du hast geschlafen und ich habe es nicht über das Herz gebracht, dich zu wecken, aber jetzt gibt es kein Entrinnen mehr!"

„Das will ich hoffen", erwiderte Dina und musste lachen. Sie spürte wieder, wie sie innen warm wurde, und auch dieses zunächst zarte, dann immer drängendere Pochen, das ihren Atem und ihren Herzschlag beschleunigte und ihre Hände ungeduldig an Selenes Kleidern zerren ließen. Innerhalb weniger Momente fanden und liebten sie sich in dem zerwühlten Bett auf den verstreuten Kleidungsstücken. Selene, die seit dem frühen Morgen an kaum etwas anderes hatte denken können als daran, ob sie Dina noch in ihrer Wohnung antreffen würde, wenn sie zurückkam, öffnete sich sofort, als Dinas Hand sich zwischen ihre Beine schob. Sie genoss es. Es ging so schnell. Manchmal konnte sie es nicht fassen, wie stark sie auf Dina reagierte. Es bedurfte ganz weniger, subtiler Berührungen … ihre Gegenwart, ihr Duft. Dina war sich nicht klar darüber, was sie auszulösen imstande war, hatte keine Ahnung, welche Wirkung sie hatte. Dina rieb sich an Selene; ihr Atem ging stoßweise und keuchend. Als sie kam, warf sie den Kopf in den Nacken und schrie auf. Selene war gebannt. Dina wusste nicht, wie schön sie war. Und sie ahnte nicht einmal, wie erhaben sie wirkte, wenn sie sich der Lust hingab und die Kontrolle verlor. Sie ließ sich neben Selene auf das Laken sinken. Ihr Atem ging schnell. Selene zog die Decke über sie beide und schmiegte ihren Körper an Dinas Rücken, hielt sie fest. In wenigen Momenten würde sie anfangen zu frieren, dachte sie.

Dina war aufgewühlt. Selene musste doch fühlen, wie stark ihr Herz schlug? Sie versuchte ruhig zu atmen, aber es gelang ihr nicht, ihre Aufregung legte sich nicht. Die körperliche Anspannung hatte sich für den Moment unter Selenes Händen verflüchtigt, aber in ihrer Seele pulsierte es nach wie vor. Sie blieben eine ganze Weile so liegen. Als gegen Mittag die Sonne durch die dicken Wolken kam und durch das kahle, unverhängte Schlafzimmerfenster schien, löste sich Dina von Selene, die sich schläfrig zusammenrollte, und suchte nach ihren Kleidern.

„O verdammt!"

„Was ist los?" Selene fuhr erschrocken aus dem Halbschlaf hoch.

„Meine Sachen – ich hatte sie zum Lüften auf dem Balkon! Jetzt ist der Rock klatschnass und die Bluse liegt auch noch auf dem Boden. Ein einziger Matschhaufen! Was mache ich denn jetzt bloß? Ich muss los."

„Zieh was von mir an. Ich heize ein, trockne deine Sachen, du kommst nach der Hochzeit her und ziehst dich um und niemand merkt was."

„Meinst du?"

„Natürlich. Du musst nur so tun, als ob du täglich Hosen trägst. Mach dich gerade – als wäre es das Selbstverständlichste der Welt." Sie stand nackt vor dem Kleiderschrank und reichte Dina einen Stapel Kleidung.

„Komm raus!"

„Ich weiß nicht – was, wenn sich jemand bei Siegfried beschwert?"

„Dann sagst du ihm, was los war. Das kann doch jedem passieren. Und das tut ja der Güte deiner Arbeit nichts. Also los – zeig dich."

Dina trat wieder ins Schlafzimmer, wo Selene sich mit einem Kissen im Rücken aufgesetzt hatte und sie von oben bis unten sehr zufrieden musterte.

„Also, ich muss sagen, das steht dir besser, als ich dachte!"

„Meinst du?" Dina betrachtete sich kritisch im Spiegel.

Aber Selene hatte recht. In den weiten grauen Wollhosen, dem weißen Hemd, der Weste und dem Jackett gefiel sie sich. Sie trug ihre eigenen Schuhe, die zum Glück nicht auf dem Balkon gestanden hatten; sie waren aus hellbraunem Leder, hatten Riemchen über dem Spann und flache, geschwungene Absätze. Der Kontrast zu den Männerkleidungsstücken war seltsamerweise reizvoll, was auch für ihr unmodisch langes Haar galt, das sie zu einem dicken weichen Knoten im Nacken festgesteckt hatte, aus dem ein paar kleine Strähnen herausfielen, die sich leicht wellten.

„Es nützt ohnehin nichts – ich muss jetzt los, egal wie ich aussehe."

„Nimm den Mantel dazu, der im Flur hängt, damit du nicht frierst, es ist eisig kalt draußen."

Dina hüpfte die Treppen hinunter, so beschwingt fühlte sie sich. Sie trug Selenes Kleider und sie sah sogar richtig gut darin aus – das hätte sie nie für möglich gehalten. Vielleicht sollte sie sich ein Paar Hosen kaufen? Tante Luise würde vom Glauben abfallen. Und Ida würde … ja, was eigentlich? Sie nahm sich vor, in der Villa Lerch anzurufen, denn sie hatte schon lange nichts mehr von ihrer Freundin gehört.

„Sieh mal, Mami, die Frau hat ganz falsche Sachen an!", posaunte ein kleines Mädchen lauthals.

„Sei still, Friederike!", zischte die Mutter. „Guck da nicht so hin!"

Friederike schaute trotzdem verstohlen immer wieder zu Dina, die in der Straßenbahn auf der anderen Seite des Mittelganges saß. Dina lächelte die Kleine an, die unbefangen zurückstrahlte.

Nach einer knappen Stunde hielt die Straßenbahn vor der kleinen achteckigen Barockkirche am Niendorfer Marktplatz.

Dina schaute auf die Turmuhr – ja, sie war pünktlich. Das Wetter trübte sich zwar wieder etwas ein, aber für Regen war es im Moment zu windig. Ein Glück. Sonst hätte sie das Paar nur drinnen oder bei der Feier in der *Doppeleiche* ablichten können.

Sie baute das Stativ auf und befestigte die Kamera, als jemand quer über den Kirchplatz rief: „Das geht aber hier nicht!"

Sie drehte sich irritiert um.

Der Pastor persönlich kam aus dem nahe bei der Kirche stehenden Pfarrhaus über den Kirchplatz geeilt.

„Guten Tag, Herr Pastor, ich bin Dina Harms, ich bin für halb drei herbestellt. Von den Körtings."

„Die Photographin etwa?"

„Ja, genau."

„Aber was machen wir denn jetzt?"

„Ich möchte meine Photoausrüstung schon mal aufbauen, bevor die Hochzeitsgesellschaft kommt, und dann …"

„So werden Sie in keinem Fall meine Kirche betreten und so Gott will auch niemals eine andere." Er sah an ihr herunter.

„Ich will ja auch gar nicht in die Kirche. Ich mache nach der Trauung hier draußen Bilder und dann bei der Feier in der *Doppeleiche*."

Einerseits amüsierten sie seine Verlegenheit und die Vehemenz, mit der er das Gotteshaus vor den verderblichen Einflüssen von Hosen an Frauenbeinen schützen wollte. Andererseits fragte sie sich, ob Selene so etwas auch passierte. Es konnte nicht sein, dass sie sich täglich mit Menschen über die Kleidung, die sie trug, auseinandersetzen musste. Dazu hätte sie nicht die Geduld.

„Junge Frau, Sie sollten so etwas nicht tragen. Ich weiß nicht, was Sie sich dabei denken. Eine Schande ist das!"

Sollte sie ihn ignorieren? Irgendwie fühlte sich das nach einer Frage des Prinzips an.

„Hören Sie, Herr Pastor, ich war bei einer Freundin, meine Kleider – ein Rock und eine Bluse – waren nass und schmutzig. Ich habe von meinem Chef den Auftrag, diese Hochzeit zu photographieren, und wollte nicht zu spät kommen, da habe ich mir notgedrungen Kleidung borgen müssen."

Es war ihm anzusehen, dass er ihr nicht glaubte und sie für ein Flittchen oder Schlimmeres hielt.

„Würden Sie mich jetzt bitte meine Arbeit machen lassen?" Dina spürte, wie sie langsam ärgerlich wurde, schließlich trug er so eine Art Kleid, warum regte er sich so auf?

Der Pastor rang die Hände und ging mit flatternder Soutane zurück in seine Kirche.

Als die Hochzeitsgesellschaft ankam, richteten sich viele Augen auf sie und streiften sie mit verwunderten, amüsierten oder auch unverhohlen feindseligen Blicken, aber auch der eine oder andere bewundernde war dabei.

Bei dem frischgetrauten Ehepaar handelte es sich um zwei farblose junge Menschen, nur wenig älter als Dina. Die Braut hatte zur Feier ihrer Vermählung das kurze, dunkelblonde Haar in Wasserwellen gelegt und sah aus wie ein Pudel. Einer der Hochzeitsgäste trug eine braune Uniform mit Stiefeln und gab sich militärisch zackig, was sich unter der Niendorfer Landbevölkerung wirklich sehr seltsam ausnahm. Aber man sah solche Uniformierten immer öfter in der letzten Zeit.

Selene hatte ihr erklärt, dass die Nationalsozialisten schon lange um die Macht im Reich kämpften und dass die verfahrene politische Situation ihnen in die Hände spielen könnte, obgleich es natürlich die Kräfte der Linken und der Arbeiterbewegung gab, die mit allen Mitteln dagegen angingen. Ich kann diese ganzen Einheiten nicht unterscheiden, dachte Dina, und wozu auch ... Männer in Uniform, die Soldat spielen. Es ist zu idiotisch. Als hätte ihnen der Krieg nicht gereicht!

Sie konzentrierte sich darauf, ein paar schöne Bilder zur Erinnerung zu machen. Am Brauttisch in der *Doppeleiche* kamen dann die obligatorischen Photos mit der Familie und den Blumenmädchen, da gab es kein Vertun. Dina arbeitete sich durch die vorgegebenen Photokonstellationen. Brautpaar mit Eltern, Brautpaar mit Trauzeugen, Braut mit Blumenmädchen, huldvoll auf die blondbezopften Kinder in ihren Sonntagskleidern herunterlächelnd, ganz wie in seliger Erwartung der eigenen baldigen Mutterschaft.

„Na, das Frollein Photograph legt sich ja mächtig ins Zeug, was!“

Dina fuhr herum. Sie war bereits dabei, die Ausrüstung einzupacken, als einer der Hochzeitsgäste sie laut ansprach und seine geistlose Bemerkung offenbar für unvergleichlich witzig hielt. Er hatte ein rotes Gesicht, trug einen Anzug, der bessere Tage gesehen hatte, und sein spärliches Haar war mit Brillantine strähnig nach hinten gekämmt.

„Ich würd ja tragen helfen, aber wer Hosen trägt, trägt selbst.“

Einige Männer, die sich zügig durch mehrere Lagen Bier und Korn getrunken hatten, lachten grölend.

„Hinnerk, du kannst ja nicht mal mehr grade stehen, geschweige denn irgendwas tragen“, ließ sich ein Trinker am Tresen vernehmen.

Dina nahm ihre Tasche, klemmte das Stativ unter den Arm und wollte die *Doppeleiche* verlassen, als sich ihr der Uniformierte in den Weg stellte.

„Nun mal nicht so hastig. Machen Sie doch mal ein schönes Photo von uns Männern hier. Wir sind echte Kerle.“

„Ich habe meine Ausrüstung eingepackt. Es sind ausschließlich Brautbilder vereinbart und ich gehe jetzt.“

„Nun mal nicht gleich kratzbürstig werden.“ Er griff nach ihrem Handgelenk, hielt ihren Arm fest wie ein Schraubstock und versuchte, sie Richtung Tresen zu lotsen.

„Karl, lass doch das Mädel los!“

„Hinnerk, wir haben nur ein bisschen Spaß. Sie sind doch keine Spielverderberin, oder?“, raunte er ekelerregend nah an ihrem Ohr.

Dina fühlte Panik in sich aufsteigen, merkte aber instinktiv, dass sie verloren hätte, wenn sie sich auf Bitten und Flehen verlegte. Offenbar setzte diesem Kerl niemand etwas entgegen. Die Frauen taten entweder so, als ob sie das Schauspiel nicht bemerkten, oder grinsten sogar hämisch. Sie blieb ruckartig stehen.

„Lassen Sie mich augenblicklich los. Sofort!“ Ihre Stimme bebte, aber der Tonfall ließ keinen Zweifel daran, dass sie kurz vor der Explosion stand.

„Und was, wenn nicht?“, höhnte einer der Helden am Tresen.

Dina antwortete ihm nicht, sah dem Uniformierten direkt in die Augen und sagte: „Ich werde jetzt gehen.“ In ihrem Blick lagen tiefste Verachtung und sogar etwas unterschwellig Drohendes, auch wenn sie im Ernstfall nichts gegen ihn hätte ausrichten können. Gleichzeitig entzog sie ihm ihren Arm und er ließ los. Sie wandte sich langsam von ihm ab, blickte der Reihe nach in die Gesichter der Hochzeitsgäste, die sie zumeist stumpf anstarrten, wandte sich um und verließ mit raschen Schritten das Lokal. Kaum war die Tür hinter ihr ins Schloss gefallen, rannte sie den ganzen Weg zur Straßenbahnhaltestelle, trotz der schweren Photoausrüstung. Erst als sie ankam und kaum noch Luft bekam, drehte sie sich um. Natürlich war ihr niemand gefolgt, das war lächerlich. Aber sie hatte Angst gehabt. Noch nie in ihrem Leben hatte sie sich so ausgeliefert gefühlt. Was um Himmels willen war in diese Leute gefahren? Niemand hatte ihr beigestanden außer dem einen Mann, den sie Hinnerk genannt hatten. Ein Einziger in einer ganzen Kneipe voller Leute. Frauen auch darunter. Sie hatten alle weggeschaut und zugelassen, dass dieser Kerl sie belästigte und handgreiflich wurde.

Als sie ausstieg und den kurzen Weg von der Haltestelle zum Atelier zurücklegte, setzte der Regen wieder ein.

„Dina! Was ist dir denn begegnet? Du bist ja weiß wie die Wand. Und was für Sachen trägst du da?“ Siegfried nahm ihr die Tasche und das Stativ ab. „Ist alles in Ordnung mit dir? Setz dich hin. Was ist los?“

„Danke, es geht schon. Einer der Hochzeitsgäste ist mir dumm gekommen, aber ich habe ihn in seine Schranken gewiesen.“

Als sie ihm erzählt hatte, was sich ereignet hatte, schüttelte er den Kopf.

„Hättest du ihm den Gefallen getan und ein Photo gemacht. Das ist doch egal. Du weißt doch hoffentlich, dass ich dir nie was gesagt hätte! Wegen einer Aufnahme mehr oder weniger musst du dich nicht in so eine Situation bringen, Kind! Mit diesem Gesocks diskutierst du besser nicht.“

Dina hörte ihm zu. Es war ihr nicht eine Sekunde in den Sinn gekommen, dass sie der Aufforderung einfach hätte entsprechen können, um sich damit Ärger zu ersparen. Dabei wäre das viel einfacher gewesen.

„Er hatte kein Recht dazu, mich so zu behandeln und mir Anweisungen zu erteilen."

„Natürlich hatte er das nicht, aber ich möchte nicht, dass dir etwas passiert. Unmöglich, diese Leute! Ich habe den Auftrag nur angenommen, weil die Mutter der Braut eine Cordes ist. War eine Schönheit als junges Mädchen ... Warum sie diese ungeschlachte *Swathacke* da geheiratet hat, ist mir bis heute ein Rätsel. Aber wie auch immer. Mach so was nie wieder, Mädchen. Bring dich nicht für Prinzipienreiterei und anderer Leute Kämpfe in Gefahr. Hast du mich verstanden?"

„Ja, Siegfried. Es ist ja alles in Ordnung. Und das musste ich allein mit dem Kerl ausfechten. Es hat mir ja keiner geholfen. Ich hatte zwar Angst, aber gleichzeitig war ich wütend. Für wen hält der sich in seiner hässlichen, blöden Uniform!"

Siegfried grinste sie an. „Der hat bestimmt mächtig Schiss vor dir gehabt. In den Klamotten siehst du ziemlich beeindruckend aus, muss ich sagen. Aber bitte, lege dich möglichst nicht mit SA-Leuten an, Dina. Sie sind aufgeblasene Wichtigtuer, aber sie sind gefährlich. Besonders in Gruppen. Einzeln isst du diese Wichte zum Frühstück, aber gehe ihnen aus dem Weg, wo immer sie zu mehreren sind, versprich mir das!" Siegfried war sehr ernst geworden. Er seufzte. „Dieser Aufzug hier wird jetzt hoffentlich nicht zur Gewohnheit?"

„Nein, natürlich nicht. Obwohl ich sagen muss, dass Hosen sehr bequem und viel wärmer als Röcke sind, wenn es kalt ist. Vielleicht kaufe ich mir welche."

Siegfried verdrehte die Augen.

„Die hat keinen guten Einfluss auf dich."

„Ich mag dich auch sehr gern, Siegfried. Keine Sorge, ich kann auf mich aufpassen." Sie lachte und umarmte ihn. „Jetzt, wo du mich schon so gesehen hast, mache ich noch die Negative der Körting'schen Hochzeit fertig, im Labor bin ich ja allein. Und dann gehe ich meine Kleider holen. Bei Tante Luise sollte ich besser so nicht auftauchen, glaube ich."

Sie zog den Mantel aus und hängte ihn sorgsam auf einen Bügel. Dabei fiel ihr Blick auf ein eingenähtes Schildchen an der Innentasche. Der Schriftzug ließ sie den Atem anhalten: Tristan von Merten. Dina wurde ganz mulmig und sie musste sich einen Moment hinsetzen. Dann untersuchte sie gezielt den Rest der Kleidung. An der Hose war nichts, aber auf der linken Manschette des Hemdes, das sie anhatte, waren die Initialen T.v.M. eingestickt. Selene trug nicht nur ausschließlich Männerkleidung, sondern die Kleidung eines Mannes mit demselben Nachnamen wie sie. Zudem sah er ihr so frappierend ähnlich, dass sie sehr nah miteinander verwandt sein mussten und sich offenbar auch ausgesprochen nahe standen, denn sonst würde man doch nicht die Kleider eines anderen Menschen tragen ...

Vor Dina türmten sich Rätsel auf. Sie seufzte und schob diese Gedanken beiseite, um die Bilder der grauenvollen Hochzeit entwickeln zu können. Sie erledigte die nötigen Handgriffe mechanisch und ohne einen einzigen der vielen kleinen Kniffe anzuwenden, die ihre Bilder sonst so einzigartig machten. Diese Leute würden ausschließlich das bekommen, wofür sie Siegfried bezahlt hatten. Mehr nicht.

Als sie sich am Abend müde und nach Chemikalien riechend die Stufen zu Selenes Dachwohnung hinaufschleppte, konnte sie Selene nicht fragen, wer Tristan war, warum sie seine Kleider trug und was es mit dem Verlobungsfoto auf sich hatte. Ihr wurde ganz elend, wenn sie daran dachte. Ihre Neugier war geweckt, das schon, aber sie hatte kein Recht, in Selenes Leben herumzuschnüffeln. Offenbar wollte sie nicht darüber reden, aus was für Gründen auch immer. Sie hatte sich nicht gescheut, ihr von ihren Eltern zu erzählen, davon, dass ihre Mutter trank und meist kaum ansprechbar war, weil sie sich in Hamburg fremd fühlte. Auch ein paar Begebenheiten aus ihrer Kindheit in einem Küstenort namens Mellneraggen hatte sie erwähnt. Dass sie im Sommer oft mit anderen Kindern fischen gewesen war und als Einzige wusste, wie man den Fang korrekt ausnahm, um ihn dann anschließend über einem Lagerfeuer zu grillen. Nie hatte sie über einen Bruder oder einen Vetter gesprochen. Dafür hatte sie mit Sicherheit Gründe und wenn Dina trotzdem nachbohrte, würde Selene sich zurückziehen und zuklappen wie eine Auster. Das wollte Dina auf keinen Fall riskieren.

Selene öffnete ihr die Tür. Offenbar lernte sie, denn es standen eine Kanne mit Tee und ein Teller, auf dem noch Krümel lagen, auf dem Schreibtisch, der in der Dunkelheit des Wohnzimmers einer lichtumfluteten Insel glich. Dina musste lächeln, als sie an Siegfrieds ‚sie hat keinen guten Einfluss auf dich' dachte. Das konnte man nun betrachten, wie man wollte, aber sie selbst schien in jedem Fall einen guten Einfluss auszuüben, denn seit sie mit Dina zusammen war, lernte Selene wieder und verpasste auch keine Vorlesungen mehr. Es sei denn, die Politik rief.

Sie zog den Mantel aus, faltete ihn vorsichtig und gab ihn Selene.

„Hier – vielen Dank, der ist sehr warm."

„Und? Wie war dein erster Tag in Hosen?"

„Sehr durchwachsen, muss ich sagen."

Sie erzählte ihr von dem kleinen Mädchen in der Straßenbahn, von dem Niendorfer Pastor, der so entsetzt gewesen war, dass er ihr den Zutritt zur Kirche verweigert hatte, und von Siegfrieds Reaktion.

„Und die Hochzeitsgesellschaft? Da hast du doch bestimmt einen kleinen Skandal verursacht, oder?"

Schlagartig war alles wieder da. Der verqualmte Schankraum der *Doppeleiche*, der Kerl in der Uniform und die stummen Zeugen, die hämischen Gesichter der Frauen, die zu sagen schienen: ‚Sie ist doch selber schuld, seht sie euch bloß an.'

Dina seufzte. Sie hatte nicht vorgehabt, Selene davon zu erzählen, aber nun kam die Geschichte doch stockend aus ihr heraus. Selene fragte mehrmals nach. Ihr Gesicht war weiß vor Zorn. Sie zündete sich eine Zigarette an und sagte eine Weile gar nichts.

„Glaubst du mir jetzt, dass sie gefährlich sind? Du willst es ja nicht wahrhaben. Und Siegfried hat völlig recht, halte dich von ihnen fern und zwar besonders, wenn sie zu mehreren sind. An sich sind sie immer zu mehreren. Wie alle Feiglinge dieser Welt!" Verächtlich blies sie den Rauch durch die Nase aus und starrte trübe vor sich hin. „Kannst du dir vorstellen, wie es wäre, wenn diese Leute an der Macht wären? Also richtig, im ganzen Reich? Ich glaube nicht. Ich glaube nicht, dass sich das irgendjemand in seinen finstersten Alpträumen ausmalen kann."

„Das war ein wirklich übler Zeitgenosse. Aber hat das ursächlich damit zu tun, dass er bei der SA ist?"

„Du willst es nicht kapieren, oder? Diese Organisation zieht Kroppzeug wie diesen Kerl an, weil dort selbst der hinterletzte Idiot die Erfahrung von Einfluss, Zugehörigkeit und Schutz in der Gruppe erfährt."

Dina dachte nach.

„*Wann Schiet wat ward …*"

„Bitte?"

„Na, komm, nun tu mal nicht so – du bist schon so lange in Hamburg, das wirst du doch wohl verstehen?"

Selene musste trotz ihrer merklich verfinsterten Stimmung lächeln.

„Ihr habt hier vielleicht eine Ausdrucksweise … Ich muss schon sagen, ich bin erschüttert, Fräulein Harms. Möchtest du etwas essen, du musst doch Hunger haben, nachdem du Niendorf gezeigt hast, wo es langgeht."

„Habe ich auch, aber sei mir nicht böse, ich muss nach Hause. Wenn ich vereinzelte Nächte wegbleibe, drückt Tante Luise ein Auge zu, aber wenn es mehrere in Folge werden, dann meint sie, sie muss mich erziehen, damit ich nicht zum gefallenen Mädchen werde. Manchmal verstehe ich sie nicht. Fast ihre gesamten Pensionsdamen verdienen sich in der Horizontalen was dazu, aber sie tut so, als merke sie das nicht. Ich glaube, sie will die Mädchen einfach nicht ihrer Würde berauben."

„Ja, deine Tante wirkt auf den ersten Blick wie eine einfach gestrickte Zimmerwirtin, aber ich glaube, es steckt mehr in ihr, als wir alle ahnen."

Selene brachte Dina ihren getrockneten Rock und die Bluse, die sie sogar gebügelt hatte.

„So gut kriege ich das nie hin", sagte Dina.

„Ich weiß. Du hast ja die gesamte Tischwäsche der Hauswirtschaftsschule abgefackelt bei deinen letzten Bügelversuchen."

„Kein Wunder, dass du immer so verdammt gut aussiehst – ordentlich gebügelte Hemden und Blusen sind einfach das A und O."

„Na ja, Männerhemden sind einfacher zu bügeln als euer Mädchen-Rüschen-Kram." Sie fuhr zärtlich über das gestickte Monogramm auf der Manschette, die sich um Dinas Handgelenk schmiegte.

„Wo kaufst du eigentlich deine Kleidung? Die meisten Männersachen sind dir doch bestimmt zu groß."

Selene, die gerade das Jackett aufhängte, verharrte einen Moment von Dina abgewandt vor dem geöffneten Kleiderschrank, den Kopf gesenkt.

„Meine Sachen sind … gebraucht. Ich lasse manchmal etwas ändern, wenn es nicht passt."

„Ach so."

Selene wollte nicht darüber reden – Dina hatte ihr eine goldene Brücke gebaut und beschloss, nicht nachzufragen. Tristan konnte ihr Bruder sein oder ein anderer männlicher Verwandter im selben Alter, das war eigentlich nebensächlich, aber sie würde kaum seine Kleidung tragen, wenn er noch in der Nähe der Familie lebte. Vielleicht war er wegen Ellens Zustand weggegangen und sie hatten den Kontakt verloren? Oder, setzte sie fröstelnd in Gedanken hinzu, vielleicht lebt er nicht mehr.

Unwillkürlich musste sie an Arthur denken. Ihr Bruder war im letzten Kriegsjahr gestorben. Er war gerade achtzehn gewesen, so alt wie sie selbst, als sie vor zwei Jahren Stapelmoor verlassen hatte. Seit sie zeitgleich die Nachrichten von Arthurs Tod und vom Ende des Krieges erhalten hatten, war kein Tag vergangen, an dem Dina nicht an ihn gedacht hatte. Arthur lag irgendwo in Frankreich. Er war nie identifiziert worden, so dass sie ihn nicht begraben konnten. Ihre Mutter hielt sich am Türrahmen fest, als die Nachricht kam, und erbleichte, aber sie fiel weder in Ohnmacht noch vergoss sie vor anderen je eine Träne. Ihr Vater hingegen weinte. Zu Hause auf dem Sofa, an der Werkbank, bei der Trauerfeier in der Kirche. Dina auch. Immer dann besonders, wenn sie sich in Arthurs Zimmer schlich, in sein Bett kroch und darin einschlief. Eines Abends, als sie die Türklinke leise herunterdrückte, damit niemand unten im Haus sie hören sollte, erlebte sie den größten Schock ihrer Kindheit: Arthurs Zimmer war völlig leer. Dina rannte in die Stube, heulte und tobte. Ihre Mutter sagte über den Stickrahmen hinweg: „Siehst du, Hemmo, es war das Beste. Das Kind steigert sich da sonst in etwas hinein. Solchen Überspanntheiten darf man in keinem Fall nachgeben."

Dann stickte sie weiter, als ob ihr Überleben vom exakten Kreuzstich abhinge. Dina war fassungslos. Ihr Vater nahm sie auf den Schoß und versuchte unbeholfen, sie zu trösten. Schließlich war sie eingeschlafen und er hatte sie in ihr Bett gebracht.

Sie besaß nichts von ihrem Bruder. Keine Photographie, kein Erinnerungsstück. Einfach nichts. Weil zunächst der Krieg sein Leben und schließlich ihre Mutter jede Spur seiner Existenz ausgelöscht hatte. Wenn Selene Tristans Kleidung auftrug, dann war das mit Sicherheit ungewöhnlich. Vielleicht sogar ‚überspannt', aber sie hatte bestimmt ihre Gründe dafür. Und vielleicht würde sie ihr eines Tages alles erzählen. Vielleicht auch nicht, aber das würde sie akzeptieren.

Nach dem Abendessen ließ sie sich mit dem Anschluss der Lerchs verbinden. Ihre Hände zitterten. Sie hatte Ida kaum gesehen, seit sie von ihrem Ausflug an die Nordsee zurückgekommen waren. Als sie am anderen Ende der Leitung ihre Stimme hörte, war sie so erleichtert, dass sie hätte weinen können.

„Was ist denn los mit dir, Dina, hast du Schnupfen?"

Es tat ihr gut, mit Ida zu sprechen, zu hören, dass alles gut war. Dass sie noch miteinander reden konnten. Sie verabredeten sich für den kommenden Sonntag. Wenn das Wetter einigermaßen trocken war, wollten sie an die Elbe. Dina hatte Ida versprochen, Photos von ihr zu machen. Ida hatte inzwischen die Hauswirtschaftsschule mit Bravour abgeschlossen und harrte nun der Dinge, die da kommen sollten.

„Simon liegt mir ständig in den Ohren, ich solle endlich etwas Vernünftiges lernen und mich nicht dümmer stellen, als ich bin. Der geht mir so was von auf die Nerven, sage ich dir!"

„Er meint es wirklich gut, Ida!"

„Ja, alle meinen es gut mit mir, aber keiner fragt mich, was ich gern tun würde."

„Doch. Ich. Ich habe dich das schon oft gefragt und habe nie eine Antwort bekommen."

„Es ist eben nicht jeder so entschlossen wie du. Ich habe nichts, wofür ich brenne wie du für deine Arbeit." Ida war beleidigt, beruhigte sich aber wieder, als Dina ihr Photos am Elbstrand vorschlug.

Als Dina den Hörer wieder einhängte, befiel sie eine Unruhe, die sie sich nicht erklären konnte. Sie steckte den Kopf in die Salontür.

„Tante Luise, ich gehe noch mal ins Labor, die Bilder von dieser Hochzeit fertig machen."

„Aber bleib ja nicht wieder die ganze Nacht weg!"

„Nein, ich bin vor elf wieder zu Hause."

„Das möchte ich dir auch geraten haben! Ich warte auf dich."

Dina lächelte. Das hieß, dass Tante Luise auf ihrem Sofa einschlafen würde. Wenn sie zurückkam, musste sie bestimmt in den Salon sehen und eine Decke über ihre Tante legen.

Als sie sich dem Laden näherte, sah sie, dass noch Licht brannte.

„Siegfried?"

„In der Dunkelkammer."

„Kann ich reinkommen?"

„Ja, das sollst du und zwar sofort." Er klang verärgert. Was war passiert?

„Kannst du mir mal bitte erklären, was das soll?“ Er deutete auf eine Reihe Bilder, die an der Leine zum Trocknen hingen, die er offensichtlich gerade abgezogen hatte. Es waren Bilder, die Dina für Selene auf einer der vielen politischen Kundgebungen gemacht hatte, die es ständig irgendwo gab. Bevor sie zu einer Erklärung ansetzen konnte, wetterte er bereits los.

„Wenn Selene von Merten sagt, spring, dann fragst du, wie hoch, oder was? Warum lässt du dich von ihr für so was missbrauchen? Dich interessiert Politik doch gar nicht. Du machst das, weil du ihr gefallen willst, damit sie bei dir bleibt, was weiß ich. Aber nicht in meinem Laden und in meinem Labor, haben wir uns verstanden!“

„Siegfried! Es tut mir leid – ich weiß, ich hätte es dir sagen müssen, aber ich hatte Angst, dass …“

„Und völlig berechtigt! Ich bin so enttäuscht von dir, Dina! Sie bringt dich in Gefahr. Du mischst dich da in etwas ein, was dich Kopf und Kragen kosten kann und mich auch, wenn bekannt wird, dass du so was machst und hier bei mir entwickelst. Wieso hintergehst du mich so? Habe ich jemals was zu deinen Rotlichtmilieustudien gesagt? Ich hab dich immer ermutigt und unterstützt, weil ich in den Bildern eine wirkliche Faszination erkenne, die ich zwar nicht wirklich nachvollziehen kann, aber sei's drum. Du musst dich photographisch entwickeln und ich habe dir jede Freiheit gelassen. Aber solchen politischen Sprengstoff werde ich nicht mehr erlauben. Du zeigst mir jedes einzelne Negativ, das du privat erstellst, bevor du Abzüge machst, ist das klar?“

„Ja.“

„Was willst du hier überhaupt um diese Uhrzeit? Wieder Photos für Selene?“

„Nein, ich wollte die Körtings zu Ende machen. Ich hatte keine Ruhe zu Hause.“

„Die habe ich schon abgezogen. Was für eine Geisterbahn.“ Er schien sich zu beruhigen.

„Siegfried, es tut mir leid! Bitte, sei mir nicht böse. Ich mache so was nie, nie wieder.“

„Das bezweifle ich. Aber jedenfalls nicht hier. Du musst vorsichtig sein, Dina. Diese Frau wird dir eines Tages sehr wehtun. Das habe ich im Gefühl. Geh jetzt nach Hause zu deiner Tante."

„Kann ich die kleine Rolleiflex mitnehmen für Sonntag?"

Er antwortete wie aus der Pistole geschossen: „Was willst du damit?" Noch nie zuvor, nicht einmal in den allerersten Wochen ihrer Lehre, hatte er sie das jemals gefragt.

„Nichts Schlimmes, ich habe Ida versprochen, sie zu photographieren."

Er reichte ihr schweigend die Kameratasche und bedeutete ihr mit einer Kopfbewegung, das Atelier zu verlassen.

„Dina! Hat er dich rausgeworfen?"

„Nein. Also, ich glaube nicht. Er hat jetzt nicht gesagt, dass ich nicht mehr wiederkommen soll. Aber er war richtig bitter. Er hat noch nie in diesem Ton mit mir geredet."

Ida hörte aufmerksam zu. „Er ist enttäuscht von dir. Er unterstützt dich doch immer, egal, was du tust. Du hättest es ihm sagen müssen."

„Das konnte ich doch nicht."

„Und warum nicht? Die Kundgebung war doch wohl kaum geheim. Oder wollte sie nicht, dass du mit ihm redest?"

„Selene hat damit nichts zu tun, Ida. Wir haben nie darüber gesprochen, ob ich es ihm sage oder nicht. Zu blöd, dass ich die Negative vergessen habe." Dina schaute am Elbstrand entlang. „Wollen wir da drüben, wo das Treibholz sich staut, ein paar Bilder machen?"

Ida stapfte ihr durch den Sand hinterher.

„Soll ich mich da hinstellen?"

„Mmhm, nein, hinsetzen ist besser. Hierhin."

Ida setzte sich auf einen Sandhaufen, den Kinder zusammengeschaufelt haben mussten, und strahlte. Dina machte die erste Aufnahme.

„Zieh den Mantel aus und nimm den Hut ab, so kalt ist es nicht. Nein – den Schal behalt mal um."

Dina baute das Stativ auf.

„Ida! Das Kleid – du siehst umwerfend aus! Dieses Goldgrün steht dir hervorragend."

Dina sah die Freundin in ehrlicher Bewunderung an. In den vergangenen Wochen schien Ida noch schlanker geworden zu sein. Ihr schweres, dunkles Haar war wie gewöhnlich geflochten und zu einem ovalen Knoten tief im Nacken gesteckt.

„Findest du?"

„Aber ja! Bleib mal so. Genau. Den Körper mir so dreiviertel zugewandt und den Blick auf den Fluss."

Dina drückte erneut auf den Auslöser.

„Ich weiß, es ist ein Opfer, aber würdest du die Haare aufmachen? Es sieht so schön aus, wenn der Wind ein bisschen damit spielt. Warte, ich habe einen Kamm."

Ida zupfte sich die Haarnadeln aus der Frisur und fuhr ein paar Mal mit dem Kamm durch das offene, nun fast bis zum Gürtel fallende Haar.

„Vielleicht sollte ich es auch kurz schneiden lassen. Das ist viel einfacher und moderner."

„Kann sein, aber willst du das? Du hast so außergewöhnlich schönes Haar."

Ida sah sie an.

„Findest du? Es ist einfach nur viel und struppig. Ich dachte, du magst kurzes Haar. Also an Frauen, meine ich." Sie verhaspelte sich und wurde rot.

Dina lächelte gequält und ließ die Kamera sinken.

„Also nicht generell. Es steht auch nicht jeder. Du siehst ja: Meine sind auch noch lang. Ich bin aber auch zu faul und ein Zopf geht allemal schneller als das ewige Herumgezupfe an kurzem Haar. Wenn ich sehe, was Liz für einen Aufwand treibt … Im Leben nicht!"

Sie machte mehr Aufnahmen von Ida. Stehend am Ufer, in ihren Schal gewickelt, mit verschränkten Armen, das Haar vom Wind zurückgeweht, den Blick stromabwärts. Hinter den Treibholzhaufen gehockt, wie schutzsuchend, die Arme um die Knie geschlungen, den Blick geradeaus in Dinas Kamera. Danach tranken sie einen Tee an der kleinen Bude, an der Getränke und Würstchen verkauft wurden, und schauten in den Sonnenuntergang.

„Das machen wir bald mal wieder, ja?“ Ida hakte sich bei Dina unter. „Ich meine, einfach ein bisschen zusammensitzen und reden.“

„Ja, gern!“ Dina legte den Arm um Ida und drückte ihre Freundin an sich. Sie hatte sie so oft vernachlässigt, wenn Selene Zeit mit ihr verbringen wollte, und immer hatte sie ein schlechtes Gewissen, weil sie Ida nicht wehtun wollte. Nach dem, was zwischen ihnen gewesen war, hatte sie nicht sofort wieder Kontakt zu Ida aufnehmen können. Aber ihre Freundin zu verleugnen, machte nicht ungeschehen, dass sie eine Grenze überschritten hatte. Sie hatte Ida in eine unmögliche Situation gebracht, Simons Freundschaft hatte sie verspielt und auch noch Selene betrogen. Ida war die Einzige, die all das über Dina wusste, und war immer noch für sie da. Ihr ging auf, wie sehr Idas ruhige Präsenz, ihre Klugheit und liebevolle Loyalität ein unverzichtbarer Teil ihres Lebens geworden waren.

„Ich mache die Bilder so schnell es geht fertig und bringe sie dir, ja?“

Sie umarmten sich und Dina strich Ida eine Haarsträhne hinter das Ohr.

„Und nicht abschneiden, versprochen?“

Ida lachte.

„Großes Ehrenwort!“

9. Kapitel

„Dina?"

„Ja, Tante Luise, ich bin's."

Sie trat zu ihrer Tante in den Salon, stellte die Kameratasche ab und zog ihre Jacke aus.

„Ach, mein armes Kind."

„Was ist denn los?" Tante Luises Verhalten beunruhigte sie.

Ihre Tante kam auf sie zu und schloss sie in die Arme.

„Setz dich hin, du musst jetzt sehr, sehr tapfer sein … deine arme Mutter braucht dich jetzt."

Dina wurde kalt und schwarz vor Augen. Sie musste sich setzen.

„Was ist mit Vadder?"

„Ach, Dinchen …" Tante Luise setzte sich neben sie und legte ihr einen Arm um die Schultern. „Es hat wohl einen Unfall gegeben. Aber hier, lies selbst." Sie gab ihr ein zerknülltes Telegramm.

Hemmo tot – Stop – Beisetzung am 1.

Ihr fiel das Papier aus der Hand. Fünf Worte, die ihr Leben in Schutt und Asche legten.

„Hier, Kind." Tante Luise reichte ihr ein mit lila Spitzen umhäkeltes Taschentuch, aber Dina konnte nicht weinen.

„Ich muss zum Bahnhof, eine Fahrkarte kaufen … ich muss … ich …"

„Kind, ich hab schon dem alten Jaspersen Bescheid gesagt. Sein Sohn ist bei der Bahn und der erledigt das für dich. Er wird dir den Fahrschein morgen Abend bringen und übermorgen fährst du. Wir packen deine Sachen, telegraphieren deiner Mutter und kaufen dir schwarze Handschuhe. Deine alten sind ganz abgewetzt, die kannst du nicht mehr anziehen."

Dina hörte Tante Luise zu, konnte aber das Gerede von Handschuhen und Kofferpacken nicht mit dem Geschehen in Zusammenhang bringen. Der Raum um sie herum, Tante Luise neben ihr – sie konnte physisch die Abgrenzung zwischen sich selbst und dem, was sie unmittelbar umgab, spüren. Sie war eingekapselt in einem Albtraum.

„Tante Luise, ich ... Siegfried braucht die Kamera, die ich heute hatte, ich muss ihm auch Bescheid sagen, dass ich nach Stapelmoor fahren muss. Ich gehe ins Atelier. Vielleicht ist er ja dort und wenn nicht, kann ich ihm eine Nachricht hinterlassen und ..."

„Kind, das können wir doch morgen machen. Du musst dich ausruhen."

„Tante Luise, bitte, ich muss einfach raus."

Draußen auf der Straße atmete sie die kalte Luft ein und lehnte sich einen Moment an die Hausmauer. Ihre Beine zitterten leicht und in ihrem Inneren breitete sich ein Frieren aus, das sie erschauern ließ. Sie hatte das Gefühl, dass alles, was sie an warmen, guten, liebevollen Kindheitserinnerungen in sich trug, ungehindert aus ihr herausrieselte und davonflog wie Asche im Wind. Sie hörte die Stimme ihres Vaters, sah sein Gesicht vor sich, aber sie hatte ihn fast zwei Jahre nicht gesehen. Seit sie in Hamburg war. Schreiben war seine Sache nicht und telephoniert hatten sie nur zu den Feiertagen. Und nun musste sie ihn an ihrem einundzwanzigsten Geburtstag begraben. Dem Tag, von dem an sie endlich selbst über ihr Leben bestimmen durfte. Es fühlte sich surreal an. Sie weinte noch immer nicht und lief, ohne auf irgendetwas zu achten, die Straße hinunter.

Das Atelier lag im Dunkeln. Dina schloss auf, ging hinein, stellte die Tasche ab und suchte etwas zum Schreiben. Als sie einen Block und einen Bleistift gefunden hatte, wurde ihr schwindelig. Sie ließ sich auf den Boden hinter der Ladentheke fallen. Was sollte sie schreiben? Wurde es nicht erst richtig real, wenn sie es aufschrieb, es jemandem mitteilte? Wurden die Dinge nicht immer erst dann wirklich, wenn auch andere außer einem selbst davon wussten? Sie rappelte sich auf und ging ins Labor, wo Siegfried in einem Schrank etwas zu trinken aufbewahrte. Hier hatte sie seinerzeit Mirella den Likör kredenzt, als sie Selene das erste Mal begegnet war. An diesem Abend fand sie eine halbleere Flasche Cognac. Sie schenkte sich das Glas gut drei Finger hoch voll und trank es in zwei großen Schlucken aus. Sie war harte Getränke nicht gewohnt und so breitete sich unmittelbar eine gnädige Umwölkung des Denkens in ihrem Kopf aus. Sie griff erneut nach dem Block.

Lieber Siegfried!

Ich habe ein Telegramm von zu Hause erhalten. Mein Vater ist verunglückt und wird in drei Tagen beigesetzt. Ich fahre übermorgen. Wann ich zurücksein werde, kann ich noch nicht sagen, ich melde mich.

Dina

Ohne das Geschriebene nochmals anzusehen, ging sie mit dem Papier nach vorne, klemmte es unter die Tasche mit der Photoausrüstung und verließ hastig den Laden. Selene! Sie musste zu Selene.

Als sie an dem Haus in der Löwenstraße ankam, ging eine gebrechliche, alte Dame aus der Nachbarschaft gerade mit ihrem kleinen Hund vor die Tür und ließ Dina in den Flur. Sie schleppte sich mühsam die Treppen hinauf. Oben angekommen betätigte sie die Türglocke, deren Geräusch durch die Wohnung schallte. Es öffnete niemand.

Dina hatte nicht im Entferntesten damit gerechnet, dass Selene nicht zu Hause sein könnte. Sie stand vor der Tür, unschlüssig, was zu tun wäre, und schließlich setzte sie sich auf die Fußmatte. Sie würde einfach warten, irgendwann musste sie ja zurückkommen.

„Wach auf, Liebes, du holst dir doch den Tod hier im Treppenhaus!"

„Selene …" Dina öffnete die Augen und es dauerte einen Moment, bis sie im Halbdunkel des Treppenhauses Ida erkannte, die neben ihr kniete und ihre eiskalten Hände rieb, die sie selbst kaum noch spürte.

„Selene ist wohl nicht zu Hause, Dina, aber du kannst hier nicht bleiben. Simon, hilf mir. Ich glaube, sie ist ziemlich angeschlagen."

Unten angekommen, setzten sie Dina in ein parkendes Automobil.

„Was macht ihr hier?"

„Deine Tante hat telephoniert, weil sie sich um dich gesorgt hat, und wollte wissen, ob du bei mir bist. Sie hat mir erzählt, was passiert ist und dass du die Photoausrüstung in den Laden zurückbringen und Siegfried eine Nachricht schreiben wolltest. Ich habe mir gedacht, dass du mit Sicherheit zu Selene gegangen bist, und da wollten wir uns vergewissern, ob alles in Ordnung ist. Und das war ja auch offenbar notwendig", setzte Ida mit einem schneidenden Unterton hinzu.

„Bringt ihr mich jetzt nach Hause?"

„Nein. Hätte ich deine Tante ängstigen sollen? Ich habe ihr gesagt, dass du bei mir bist und schon schläfst, in der Hoffnung, dass wir dich schnell finden."

Dina schwieg erschöpft und beschämt. Simon drehte sich halb zu ihr um.

„Unsere Eltern sind bei Verwandten in England. Deshalb fahren wir jetzt erst mal zu uns, stecken dich in die heiße Badewanne und dann schläfst du dich aus. Morgen bringen wir dich zurück und sehen weiter."

In der Villa Lerch ließ Ida ein Bad für Dina ein, gab ihr ein Nachthemd und einen Morgenmantel und deckte sie zu, als wäre sie ein kleines Mädchen. Simon trat ein, ohne zu klopfen, und stellte eine staubige Flasche und drei Gläser auf den Tisch.

„Jetzt nehmen wir einen Schlaftrunk, damit du dich nicht nur herumwälzt heute Nacht. Ich habe mal Cognac mitgebracht. Da du vorhin auf der Fußmatte des abwesenden Fräulein von Merten eben danach gerochen hast, nehme ich an, es ist genehm so?“ Er schenkte ein. Ida sah ihn giftig an.

„Was denn?“

„Hör doch auf, Simon.“

„Womit denn?“

„Hör einfach auf!“

„Ist ja gut. Prost, meine Damen.“ Er trank das Glas in einem Zug leer. „Ich lasse euch jetzt allein. Seid mir nicht böse, aber ich muss ins Bett, meine Patienten hätten ihren Assistenzarzt morgen gern ausgeschlafen.“

Ida schenkte Dina nach.

„Danke, mir ist ganz schön … schummerig.“

„Das macht nichts. Du sollst nur schlafen.“

„Selene war nicht da.“

„Ich weiß.“

„Ihr seid gekommen und habt mich geholt und euch um mich gekümmert.“

„Ja, Dina, aber wir wissen nicht, warum sie nicht da war. Vielleicht hat sie etwas Wichtiges zu tun.“ Ida beobachtete aus dem Augenwinkel, wie Dina das zweite große Glas innerhalb kurzer Zeit leerte.

„Lernen wollte sie. Lernen …“ Dina gähnte. Sie murmelte vor sich hin und dann sackte ihr Kopf an den Rand des Kissens.

„Schlaf jetzt.“ Als sie sich hinunterbeugte, um die Nachttischlampe zu löschen, schmiegte Dina ihr tränenfeuchtes Gesicht an ihre Wange. Ida hielt still und streichelte Dinas Haar. Es machte nichts, dass sie schon schlief.

„Es wird besser werden, du wirst sehen. Es dauert lange, aber es wird besser.“

Plötzlich spürte sie Dinas Lippen auf den ihren. Ganz zart zuerst, dann fester. Ida hatte keineswegs vergessen, wie es war, als sie sich in dem Haus am Meer geküsst hatten. Aber Dina hatte sich danach zurückgezogen und gesagt, dass es ihr leidtäte. Auch in diesem Moment küsste sie sie und würde sich am nächsten Morgen wieder nicht mehr daran erinnern. Das hoffte sie zu mindestens, denn Ida hätte es nicht ertragen, nochmals zurückgewiesen zu werden. Sie wollte Dina nicht wecken, denn wach und vollends bei sich konnte sie nach der Menge Alkohol, die sie intus hatte, nicht sein. Bestimmt war es so. Als Ida das Gästezimmer verlassen hatte und in ihrem eigenen Bett lag, konnte sie nicht schlafen. Dina war ihre beste Freundin. Sie hatte gerade ihren Vater verloren, war ohne jeden Zweifel betrunken und hatte das gerade nicht mit Absicht getan; es war Unsinn, überhaupt so lange darüber nachzudenken. Dina würde es am nächsten Morgen vergessen haben. Ida begannen leise Zweifel zu beschleichen, dass dies auch für sie selbst gelten würde.

„So ist Hemmo Harms nun heimgekehrt zum Herrn. Asche zu Asche, Staub zu Staub."

Der Pastor faltete die Hände und betete.

„Vater unser, der du bist im Himmel
Geheiligt werde dein Name ..."

Die anwesenden Trauergäste murmelten mit. *„Lat kamen dien Riek. Watt Du wullt, schall warrn in Himmel un op de Eer ..."*

Dina blinzelte durch ihre Tränen. Das weiche, langsame Platt, die Sprache ihrer Kindheit, beruhigte den Aufruhr in ihrer Seele.

„Amen."

Mechanisch trat sie nach ihrer Mutter an das offene Grab und griff nach einer Handvoll Erde, die ein prasselndes Geräusch auf dem Sarg verursachte, der bei Dinas Ankunft in Stapelmoor bereits geschlossen gewesen war. Ihre Mutter hatte ihr nicht erlaubt, ihren Vater noch einmal zu sehen.

„Es nützt doch nichts. Er hatte einen Unfall. Es war kein schöner Anblick."

Ihre Mutter hatte nicht etwa beschwichtigend geklungen. Es war eine nüchterne Feststellung mit einem leicht verärgerten Unterton ob ihres Ansinnens gewesen. Eher dazu angetan, Dinas Schmerz zu verschärfen und zu steigern, als sie zu trösten.

„Behalte ihn in Erinnerung, wie du ihn kanntest. Glaube mir, das ist besser für dich."

Wieder ein Gemeinplatz. Kein gut gemeinter Ratschlag, sondern eine Anordnung, und Dina war zu schwach, um sich dagegen aufzulehnen. Niemand hätte ihr beigestanden. Ein bereits geschlossener, zugenagelter Sarg wurde nicht wieder geöffnet. Niemals. Es war zu Ende.

Die Gemeinde schritt kondolierend an ihnen vorbei. Dina schaute nicht einmal hoch, wem sie die Hand gab. Einzig die Pflicht, die Hände zu schütteln, die sich ihr entgegenstreckten, ließ sie aufrecht stehenbleiben. Wie sollte sie das Essen im Dorfgasthof durchstehen?

„Dina, es tut mir so leid, was passiert ist."

Sie erkannte Onnos Stimme und hob den Blick. Er stand vor ihr, die hochschwangere Frientje im Schlepptau. Seine Stirn war in Falten gelegt; er sah wirklich traurig aus. Er hatte das offenste Gesicht, das man sich vorstellen konnte, und er versuchte nicht einmal, seine Gefühle zu verbergen.

„Onno … Frientje. Ich danke euch. Wann ist es denn bei euch so weit?"

„Im Januar erst. Man sollte denken, es kommt sofort, so fett, wie ich schon bin", plauderte Frientje munter drauflos.

„Sei ruhig, das ist jetzt wirklich nicht der richtige Moment, um …"

„Aber sie hat doch gefragt! Ich verstehe wirklich nicht, was du wieder hast!"

Onno nahm Frientje am Arm, nickte Dina und ihrer Mutter entschuldigend zu und schob seine Frau vor sich her.

„Kommst du, Kind?"

„Ja, Mutter."

Das Beerdigungsessen. Ihr stieg ein Kloß in den Hals.

In der Gaststube war die Stimmung gedrückt. Eine Fliege summte müde hinter den vergilbten Gardinen. Die leisen, verhaltenen Gespräche im Schankraum hoben und senkten sich träge wie die Nebelschwaden, die den flachen Landstrich um diese Jahreszeit stets durchwebten. Hemmo war beliebt im Dorf gewesen. Es gab kaum jemanden, dem er nicht irgendwann einmal mit einer Reparatur aus der Patsche geholfen hatte. Normalerweise uferten Totenfeiern stets zu haltlosen Besäufnissen aus, an jenem Tag aber blieb die betont lärmende Lustigkeit aus, mit der man der Toten sonst gedachte. Keiner erzählte amüsante Geschichten über Hemmo. Man betrank sich still, schüttelte seiner Frau und Tochter stumm die Hand und verließ schwankenden Schrittes, aber mit Anstand den Dorfgasthof. Helene Harms hatte sich bereits zurückgezogen, als Dina die letzten Beileidsbekundungen entgegennahm und sich dann erschöpft das Haar aus dem Gesicht strich. Als sie aus der Tür in den finsteren Abend hinaustrat, wartete Onno auf sie.

„Ich bringe dich nach Hause, Dina."

„Ach, Onno, die paar Meter schaffe ich auch allein."

„Das weiß ich, darum geht es doch gar nicht."

„Aha. Und worum dann? Ich bin zu müde, Onno, um zu raten, was du meinst."

„Das weißt du ganz genau!"

„Frientje?"

„Ja, Frientje. Das wäre niemals passiert, wenn du nicht einfach weggegangen wärst!"

„Onno, was soll das?"

„Du weißt doch, dass ich niemals mit Frientje … also, wenn du nicht nach Hamburg gegangen wärst …", er geriet ins Stottern.

Dina blieb stehen und sah ihn an. Es war eine Mischung aus Verzweiflung und Wut in seinem Gesicht, die sie nie an ihm gesehen hatte.

„Es ist doch egal, Onno. Die Dinge sind, wie sie sind. Auch wenn ich geblieben wäre, wären wir heute nicht zusammen."

„Woher willst du das wissen?"

„Ich weiß es, weil ich niemals heiraten werde, Onno. Dich nicht und erst recht keinen anderen."

Eine Weile stapfte er wortlos neben ihr her. Die Hände tief in den Taschen vergraben, die Augen finster vor sich auf den Weg gerichtet.

„Ich habe Frientje nicht wirklich gern, weißt du."

„Ach so? Falls es dir entgangen ist: Sie ist hochschwanger und ich vermute, wohl von dir."

„Das meine ich nicht. Ich habe sie nicht gern, wie ich dich gern habe … gehabt habe …"

Dina seufzte.

„Onno. Sie ist ein tolles Mädchen. Jeder andere Kerl im Dorf würde sonst was drum geben, wenn er sie hätte vor den Altar kriegen können, aber sie wollte dich."

„Ja, das wollte sie. Und als du weg warst, hat sie ihre Gelegenheit genutzt."

„Na, komm. Sie wird dich ja nun nicht niedergeschlagen und angebunden haben."

Er ging schweigend neben ihr her. Für seine Verhältnisse hatte er auf diesem kurzen Weg mehr geredet als im gesamten Jahr.

„Gibt es jemanden? In Hamburg?"

„Ja, gibt es."

„Wusste ich doch gleich!" Er trat wütend einen Stein aus dem Weg. „Was soll dann das Gerede von wegen niemals heiraten und so?"

„Weil es stimmt."

„Dann ist der Kerl verheiratet? Dina, ich schwöre dir, wenn dir einer das Herz bricht und dich in Schwierigkeiten bringt, dann komme ich und werde mich mit ihm prügeln."

Dina musste lachen. Wer hätte das gedacht an diesem schweren Tag?

„Onno, du bist doch wohl keiner von denen, die Frauen schlagen?" Es war ihr herausgerutscht, aber was machte das schon? Er würde es niemandem sagen.

„Wie?"

„Ich bin nicht mit einem Mann zusammen, sondern mit einer Frau."

Er sah sie entsetzt und mit weit aufgerissenen Augen an.

Dina wurde flau im Magen. Hätte sie bloß den Mund gehalten.

Sie gingen weiter nebeneinander her. Das Geröll auf dem Weg knirschte unter ihren Schuhen.

„Dann hat es also gar nicht an mir gelegen?"

„Was? Nein, natürlich nicht. Ich mochte dich immer gern, Onno, am liebsten von allen Jungs im Dorf. Aber ich konnte mich einfach nie in dich verlieben, weil ich das mit Männern eben nicht kann. Damals war mir das alles noch nicht richtig klar. Also, ich meine … ich habe es vermutet, aber ich war mir natürlich nicht sicher. Wie hätte ich das auch sein können?", setzte sie mit einem schiefen Grinsen hinzu.

„Dann hat es also nie einen anderen gegeben?"

„Sag ich doch. Hat es nie und wird es auch nicht."

„Wie ist … sie denn so?"

„Willst du das wirklich wissen?"

„Jo."

Dina wusste nicht, wo sie anfangen sollte. Sie erzählte, dass Selene Medizin studierte, dass sie bei politischen Diskussionen auf die Barrikaden ging, jeden Hetzredner mühelos wahlweise niederbrüllen oder mit handfesten Argumenten an die Wand reden konnte. Sie erzählte auch, wie sie Selene das erste Mal begegnet war.

„Als ich sie das erste Mal getroffen habe, wusste ich mit einem Schlag alles. Also alles über mich und dass sie diejenige ist, die ich will. Ich hatte plötzlich keine Angst mehr und es war klar, dass ich eben bin, wie ich bin, und dass ich ein Recht darauf habe, so zu leben, wie es mich glücklich macht."

Sie atmete durch. Das hatte gutgetan. Sie hatte sich dem Ersticken nah gefühlt von dem Moment an, da sie auf dem kleinen Bahnhof aus dem wenige Wagen umfassenden Zug gestiegen war.

Onno grinste.

„War das das Harms-Manifest?"

„So etwas Ähnliches." Sie lächelte zurück. Sie waren vor dem Haus ihrer Eltern angekommen.

„Ich wünsche dir, Frientje und eurem Kind alles Gute, Onno. Versuch das Beste daraus zu machen. Eine Familie ist ein Geschenk. Seid ein bisschen fröhlicher miteinander. Dann seid ihr auf einem guten Weg!"

Sie umarmten sich zum Abschied.

„Ich komme dich irgendwann in Hamburg besuchen, Dina."
Sie war gerührt.
„Mach das, Onno. Vielleicht kommt ihr alle drei, wenn euer Kleines da ist, und ich mache Photographien von euch."

Die Leichtigkeit und Wärme, die sie nach dem Gespräch mit Onno verspürt hatte, verschwand unverzüglich, als Dina in die Diele ihres Elternhauses trat. Es war, als wäre mit ihrem Vater auch alles gestorben, was es zu ihrem Heim gemacht hatte. Die Stille und Dunkelheit erdrückten sie geradezu. Ihre Mutter hatte sich vermutlich bereits schlafen gelegt und Dina wollte sich, ohne Licht zu machen, zu ihrem Zimmer tasten, als sie beinahe über etwas fiel, das mitten im Flur stand.

Nun zündete sie doch eine Lampe an und wurde mehrerer Kisten gewahr. Als sie die erste öffnete, konnte sie nicht fassen, was sie sah. Ihr Vater lag noch nicht eine Nacht in seinem Grab und ihre Mutter hatte bereits seine gesamte Kleidung zusammengepackt, um Gott weiß was damit anzustellen. Genau wie bei Arthur damals! Aber diesmal würde Dina einschreiten.

Staatskrankenanstalt Friedrichsberg stand in großen Lettern über dem Eingang. Selene trat wie immer mit Herzklopfen durch das einschüchternde Portal und setzte sich in den Warteraum, wo etliche andere Besucher hofften, ihre Angehörigen sehen zu können. Es waren zumeist kummervoll gebeugte alte Frauen mit verhärmten Gesichtern, die sie unverhohlen anstarrten. Schließlich war es so weit. Die Besuchszeit hatte begonnen. In Friedrichsberg achtete man peinlich genau auf die Einhaltung der Abläufe.

Als Selene die Zimmertür zu Saal 15 öffnete, wo Ellen mit elf anderen Frauen lag, fuhr sie wie immer vor der stickigen Luft zurück. Ellens Bett stand weit hinten am Fenster und sie konnte in den Garten blicken. Außerdem trennte ein Wandschirm es von den anderen. Als sie Ellen sah, stockte ihr der Atem. Sie war immer blass und dünn gewesen, aber in diesem Moment glich sie einem sterbenden Kind. Sie lag apathisch in den Kissen, sah Selene nicht einmal an und rührte sich nicht.

Ihr Kopf lag zur Seite gesunken und aus ihrem leicht geöffneten Mund tropfte Speichel auf das Kissen.

„Ellen, hörst du mich? Was ist denn passiert?"

Sie strich Ellen das wirre Haar aus der Stirn, das seit ihrem letzten Besuch vor einer Woche kurz geschnitten worden war. Ellens leblose Augen richteten sich ohne ein Zeichen des Erkennens auf Selene, blickten durch sie hindurch ins Leere.

„Schwester!"

Eine Pflegerin kam auf Selenes Ruf hin zum Bett geeilt.

„Es geht Fräulein Berggrün schlecht! Was ist passiert?"

„Darüber bin ich nicht befugt, Auskunft zu erteilen."

„Dann will ich mit Doktor Weygandt sprechen."

„So einfach geht das nicht."

„Das ist mir egal. Vor einer Woche war Fräulein Berggrün gesund und jetzt finde ich sie in diesem Zustand vor! Ich will augenblicklich wissen, was das verursacht hat!"

„Nicht so laut! Was soll der Aufruhr! Sie erschrecken die anderen Patientinnen." Die Schwester wurde sichtlich nervös. Selene sprach absichtlich lauter, um den Druck zu erhöhen.

„Wenn Sie aus einer zarten, aber dennoch gesunden, jungen Frau innerhalb einer Woche einen Schatten ihrer selbst machen, habe ich wohl das Recht zu erfahren, wie es dazu kommen konnte!", fuhr sie die Pflegerin an.

Selene setzte zu einer weiteren Attacke an, als ein Arzt eintrat.

„Was geht hier vor, Schwester?"

„Entschuldigen Sie, Herr Doktor, Fräulein von Merten ist erschüttert über den Zustand von Fräulein Berggrün. Ich bin sicher, sie wollte nicht in Frage stellen, dass ..."

„Danke. Sie können sich jetzt wieder um Ihre Arbeit kümmern. Ich werde Fräulein von Mertens Fragen beantworten."

Selene trat nah an ihn heran.

„Ich hoffe doch sehr, dass Sie mir erklären können, wie innerhalb einer Woche ein völliges Wrack aus ihr werden konnte. Letzte Woche ging es ihr gut, als ich gegangen bin!"

„Wenn Fräulein Berggrün gesund wäre, würde sie wohl kaum in unserer Obhut weilen. Und jetzt hören Sie auf, einen derartigen Aufstand zu veranstalten. Wer sind Sie überhaupt? Sind Sie mit Fräulein Berggrün verwandt?"

„Sie ist die Verlobte meines Bruders. Ich betrachte sie als Familienangehörige, ja. Und da meine Familie für Ellens Aufenthalt in Ihrer ‚Obhut' aufkommt, habe ich sehr wohl ein Recht zu erfahren, was hier vor sich geht, Herr ...?"

„Doktor Seifert. Ich bin der Stationsarzt."

„Dann sollten Sie wohl Kenntnis davon haben, warum Fräulein Berggrün in diesem desolaten Zustand ist, und ich will wissen, wie Sie dem abzuhelfen gedenken."

„Das ist einem Laien schwer zu erklären."

„Ich bin kein Laie, Herr Doktor Seifert. Ich stehe kurz vor meinem Physikum. Zwar habe ich noch nicht Ihre medizinischen Lorbeeren, bin aber durchaus in der Lage, Ihren Ausführungen zu folgen. Also bitte."

„Oh, eine zukünftige Kollegin", er lächelte herablassend, „das macht es in der Tat einfacher. Wir haben uns entschlossen, Fräulein Berggrüns Schizophrenie mit einer wirklich vielversprechenden neuen Methode zu behandeln."

„Ach ja? Und welche wäre das?"

„Die Insulinschocktherapie." Er sah ausgesprochen selbstzufrieden aus.

Selene wurde schwarz vor Augen. Das hatte sie nicht erwartet.

„Wer hat Ihnen dazu die Erlaubnis erteilt?"

„Ihr werter Herr Vater, der ja für Fräulein Berggrüns Behandlungskosten aufkommt, hat uns völlig freie Hand in der Wahl der Mittel gegeben. Er ist ein sehr großzügiger Mann, der das Beste für seine quasi Schwiegertochter will. Glauben Sie mir, Fräulein von Merten. Wir tun unser Bestes, um Ihre Schwägerin in spe wiederherzustellen."

Danach hatte er sie aus dem Krankensaal geschoben, ihr nochmals versichert, dass alles in seiner Macht Stehende für Ellen getan würde und dass es ihr am nächsten Besuchstag schon viel, viel besser gehen würde.

Selene versuchte, sich zusammenzureißen. Es war Dinas Geburtstag. Sie wurde einundzwanzig und war damit endgültig die Sorge los, dass ihre Eltern ihre Pläne, in Hamburg zu leben, durchkreuzten. Sie machte sich umgehend auf den Weg zu Siegfried Lohmanns Photoatelier. Siegfried schaute Selene verwundert an, als sie atemlos den Laden betrat.

„Fräulein von Merten. Was verschafft mir die Ehre?"

„Ist Dina da?"

„Wissen Sie nicht, was passiert ist?"

Wegen irgendetwas schien er konsterniert und nachgerade verärgert zu sein.

„Was meinen Sie? Ist etwas mit Dina?"

Siegfried nahm überrascht den Schrecken und den Anflug von Panik in ihrer Stimme wahr.

„Ihr Vater ist gestorben. Er hatte einen Unfall und Dina musste zum Begräbnis nach Stapelmoor. Sie ist bereits seit einigen Tagen dort", setzte er betont kühl hinzu.

„O mein Gott."

„Das hilft ihr auch nicht. Sie hätten für sie dasein müssen."

„Ja, vermutlich hätte ich das."

„Das scheint Sie nicht sehr zu erschüttern."

„Sie kennen mich doch gar nicht."

„Nein. Sie haben recht, ich kenne Sie nicht. Aber ich kenne Dina und weiß, was Sie ihr durch Ihr rücksichtsloses Verhalten antun. Sie liebt Sie. Ihr gesamtes Denken und Handeln ist nach Ihnen ausgerichtet. Sie sind der Norden auf Dinas Kompass, Selene, und Sie sind sich nicht annähernd der Verantwortung bewusst, die es mit sich bringt, so sehr geliebt zu werden. Und auch nicht der Auszeichnung, die das bedeutet. Es gibt jemanden, der vermutlich alles geben würde, um an Ihrer Stelle zu sein."

Mit diesen Worten schob er ihr Bilder über den Tresen. Selene nahm den Stapel Photographien in die Hand. Ida Lerch am Elbstrand. Ida, umweht von ihrem prächtigen Haar, gegen einen Stapel Treibholz gelehnt. Ida in ihren Mantel gekuschelt im Sand sitzend, die lachenden, dunklen Augen sehnsuchtsvoll direkt auf die Person gerichtet, die die Kamera gehalten hatte.

„Warum zeigen Sie mir das?"

„Ich will, dass Sie verstehen, was Sie eigentlich besitzen mit Dinas Zuneigung, und dass Sie kein Recht haben, sie so unglaublich schlecht zu behandeln."

„Hat sie sich bei Ihnen beklagt?" Es klang bitter und zynisch.

„Hören Sie doch auf! Sie wissen genauso gut wie ich, dass Dina das niemals tun würde. Aber ich bin nicht blind. Ich sehe, wenn es ihr nicht gut geht und sie traurig ist. Ich sehe sie nämlich öfter und über weit längere Zeiträume als Sie und kenne sie inzwischen sehr gut. Das Mädchen ist mir ans Herz gewachsen."

„Das kann sie gut", sagte Selene leise. „Einem ans Herz wachsen, meine ich."

Siegfried fragte sich, ob er vielleicht zu hart gewesen war. Die charismatische, stets durch ihre kühle Intelligenz bestechende Selene von Merten wirkte mit einem Mal verloren und ratlos.

„Seien Sie einfach mehr für sie da. Wenn man sich liebt, geht das nicht ohne Kompromisse und ein wenig Verbindlichkeit. Zuverlässigkeit, verstehen Sie? Das kann doch nicht so schwer sein. Dina ist selbständig, sie klammert sich sicherlich nicht in unerträglicher Weise an Sie."

„Nein, sie gibt sich große Mühe, eben das nicht zu tun", sagte Selene leise.

„Ja, Herrgott, was ist es denn dann?"

„Sie ist einfach einzigartig. Ich liebe sie wirklich, das müssen Sie mir glauben!"

Wie kam sie eigentlich dazu, Dinas Chef Zeugnis über ihr Verhältnis abzulegen? Die Situation war einfach abstrus.

„Was ist mit ihrem Vater passiert?"

„Ich weiß es auch nicht genau. Er hatte irgendeinen Unfall und ist gestorben. Heute haben sie ihn begraben."

„An Dinas Geburtstag", sagte Selene tonlos.

„Ja. Das arme Mädchen wird diese Erinnerung für immer mit sich herumtragen. Ich glaube, sie versteht sich nicht gut mit ihrer Mutter."

„Ich muss wissen, wann sie wiederkommt und was passiert ist. Vielleicht sollte ich einfach hinfahren."

„Das kann ich Ihnen nicht sagen. Sprechen Sie am besten mit Fräulein Lerch."

„Was fällt Ihnen eigentlich ein, Selene?", fauchte Ida undamenhaft. Die Eiseskälte in ihrer Stimme fegte über den Tisch hinweg und traf Selene unvorbereitet.

Sie schwieg. Sie hatte Ida eine Karte geschrieben und sie gebeten, sich mit ihr zu treffen. Sie musste einfach wissen, was geschehen war. Sie saß Ida gegenüber und fragte sich plötzlich, ob es stimmte, was Lohmann gesagt hatte. War Ida in Dina verliebt? Das Teehaus, in dem sie sich befanden, war nicht allzu fein, insofern fiel es niemandem unangenehm auf, dass ihr Gegenüber ihr alles andere als freundlich gesinnt war.

„Ida … ich … es tut mir so leid! Ich hatte doch keine Ahnung, was passiert ist, und …"

„Papperlapapp! Dina hat ihren Vater verloren. Können Sie sich vorstellen, was das für sie bedeutet? Können Sie sich vorstellen, wie es ist, wenn man seine beste Freundin völlig aufgelöst von einer fremden Fußmatte aufsammeln muss, weil die einzige Person, die sie sehen wollte, mal wieder nicht da ist?"

„Ich war an dem Tag in der Universitätsklinik und danach bei meinen Eltern und …"

„Es ist mir vollkommen egal, wo Sie waren und warum. Es interessiert mich nicht. Mich interessiert nur, dass Sie nicht bei Dina sind, wenn sie Sie braucht."

„Aber Sie waren doch da, Ida", sagte Selene ruhig. Dieser beißende Zynismus brachte Ida für einen Moment aus dem Konzept. „Und es gibt kaum etwas, das Sie nicht für sie tun würden, richtig? Außer sich ganz zu ihr zu bekennen, natürlich. Aber das kann von einer höheren Tochter ja auch keiner erwarten, nicht wahr?"

Ida errötete. Jedoch nicht vor Scham, wie Selene vermutete, sondern vor Wut.

„Was bilden Sie sich eigentlich ein? Ich urteile nicht über Sie und Ihresgleichen und ich verbitte mir, dass Sie sich anmaßen, mein Verhalten zu sezieren. Sie sind nicht in Ihrem verdammten Anatomietheater! Sie kennen mich nicht, Selene, nicht im

Geringsten kennen Sie mich – also unterlassen Sie gefälligst Ihr überhebliches Getue!“

Sie stand auf, griff nach ihrem mit Pelz besetzten Mantel – demselben, den sie auf den Bildern getragen hatte, die Dina am Elbstrand von ihr gemacht hatte, und stürmte aus dem Teehaus, ohne sich umzusehen.

Selene steckte sich nervös eine Zigarette an. Sie war zu weit gegangen. Sie hatte sich von Ida provozieren lassen, weil Siegfrieds Andeutungen sie doch mehr verunsichert hatten, als sie zugegeben hätte, und war daher über das Ziel hinausgeschossen. Immerhin wusste sie jetzt, dass Dina am nächsten Nachmittag mit dem Zug zurückkommen würde. Selene hatte Ida gegenüber darauf bestanden, dass sie Dina abholen würde. Sie hoffte daher, dass Ida nicht kommen würde. Sie musste mit Dina allein sprechen. Sie machte sich solche Vorwürfe und wollte diese Tage, in denen Dinas Leben zerbrochen war, ungeschehen machen, Dina in die Arme schließen, ihre Welt retten und sie all das vergessen machen, vor dem sie sie nicht hatte schützen können.

10. Kapitel

„Darf ich Ihnen behilflich sein?"

Der Herr mittleren Alters, der in einen abgetragenen Anzug aus solidem Stoff gekleidet war, wirkte durchaus vertrauenswürdig und ohne ihn würde sie nicht mal das Abteil verlassen können, geschweige denn ihr Gepäck auf den Bahnsteig schaffen. Als der Zug in Altona einrollte, waren nicht viele Menschen unterwegs, so dass sie Selene sofort entdeckte. Sie lehnte lässig an einem Signalhäuschen und rauchte. Dinas Herz, das sich seit Tagen schwer und traurig angefühlt hatte, machte einen unerwarteten Hüpfer.

„Dina!"

Sie ließ sich von Selenes Armen auffangen und halten, ohne auf ihren Mitreisenden zu achten, der ihr Gepäck auf dem Bahnsteig abstellte.

„Vielen Dank!"

„Kommen Sie gut nach Hause mit Ihrem ganzen Kram." Er lüftete den Hut und ging kopfschüttelnd seiner Wege.

„Dass ich dich wiederhabe … Dina, es tut mir so leid, das mit deinem Vater und dass du mich nicht zu Hause angetroffen hast! Ich weiß, es ist unverzeihlich, aber ich war bei meinen Eltern. Meiner Mutter ging es nicht gut und mein Vater hat darauf bestanden, dass ich in jener Nacht dort blieb."

„Du konntest nicht wissen, was passiert ist."

„Aber ich hätte dir eine Nachricht hinterlassen müssen oder irgendwas. Deine Ida hat mir ganz schön den Marsch geblasen. Und das Schlimme ist, dass sie recht damit hatte …"

Dina schaute irritiert zur Seite. Was hatte Ida sich dabei nun wieder gedacht? Andererseits zog sie innerlich vor ihrer

Freundin den Hut. Ida setzte sich trotz allem, was geschehen war, für sie ein, stand unverrückbar an ihrer Seite. So unsicher sich Ida ihrer selbst auch manchmal war, vor Selene hatte sie offenbar keine Angst. Sie ließ sich auch dann nicht von ihr einschüchtern, wenn sie die kühle, arrogante Garçonne gab und ihre Intelligenz gnadenlos nutzte, um den Gegner in zwei rhetorischen Winkelzügen mattzusetzen. Ida konnte sie damit nicht abschütteln, was ihr einen widerwilligen Respekt abzunötigen schien.

„Was um Himmels willen ist denn das alles?"

Dina schaute betreten auf die große Holzkiste, den riesigen alten Koffer und den unförmigen Seesack, die neben ihrer Reisetasche standen. Am Morgen nach dem Begräbnis hatte sie sich heftig mit ihrer Mutter gestritten, die bereits alle Kleider und persönlichen Gegenstände ihres Mannes mithilfe einer Matrone aus dem Dorf zusammengepackt hatte, um sie wegzugeben.

„Kind, das Zeug nützt dir doch nichts. Was willst du damit? Sei nicht albern und sentimental."

„Dir würde ein wenig mehr Sentimentalität gut anstehen, Mutter. Vater ist noch nicht mal einen Tag unter der Erde und du radierst ihn aus, als hätte er nie existiert!"

Helene Harms hatte geseufzt, die Augen verdreht und hatte auf Hemmos Habseligkeiten gedeutet, die gepackt in der Diele standen.

„Dann nimm mit, was du tragen kannst. Oder sollte ich besser sagen, was Onno tragen kann? Ihr habt euch ja wunderbar verstanden. Meinst du, dass das angebracht ist, jetzt, wo er mit Frientje verheiratet ist und bald Vater wird? Das hättest du dir früher überlegen müssen. Nun ist es zu spät und du musst zusehen, wie du ohne ihn klarkommst."

„Du vergisst, dass Vater es mir ermöglicht hat, einen Beruf zu lernen. Ich bin auf niemanden angewiesen und komme hervorragend klar, Mutter. Dass Onno mir angeboten hat, mich zum Bahnhof zu fahren, ist nur höflich. Und immerhin hat er daran gedacht, dass ich da irgendwie hinkommen muss, was man von dir nicht behaupten kann."

„Ich bin in Trauer. Ich habe meinen Mann verloren. Wie kannst du es wagen, mich zu kritisieren und mich mit deinen dummen, kleinen Bagatellen zu belasten!"

Dina hatte darauf nicht mehr geantwortet, sondern stattdessen begonnen, die Kisten und Schachteln zu durchstöbern und das zur Seite zu legen, was sie mitzunehmen gedachte. Niemals würde sie zulassen, dass ihre Mutter ihr alle Erinnerungsstücke an ihren Vater nahm, wie sie es bei Arthurs Tod getan hatte. Sie würde sich natürlich auch so immer an ihn erinnern, aber im Moment war der Schmerz einfach so groß, dass sie einige materielle Dinge brauchte, an denen sie sich festhalten konnte, bis die erste Zeit der akuten Trauer vorüber war. Sie hatte seine Bücher mitgenommen und seinen Werkzeugkasten. Eine Schachtel mit Photographien und Zeichnungen und den Seesack hatte sie mit Kleidung gefüllt. Sie hatte nicht einen Moment darüber nachgedacht, wie sie mit dem Haufen Gepäck zurück zu Tante Luise kommen sollte.

„Wir sind ja beide kräftig, aber da heben wir uns einen Bruch. Träger!" Selene pfiff laut auf zwei Fingern nach einem der am Ende des Bahngleises herumlungernden Kofferträger.

Ein bulliger, junger Bursche, der ein Kreuz wie ein Ringer hatte, löste sich aus der Gruppe und brachte in weiser Voraussicht einen Handkarren mit.

„Sie brauchen sicher einen Wagen?"

Selene nickte und der Träger machte einem Jungen ein Handzeichen, der sofort losrannte, um ein Taxi anzuhalten.

„O mein Gott, Kind! Was ist das denn alles?"

Tante Luise war genauso entsetzt wie Selene ob der Ausmaße von Dinas Gepäck, das der Taxifahrer knurrend ausgeladen hatte.

„Und wer ist das, wenn ich fragen darf?" Sie sah Selene aufmerksam und weder freundlich noch unfreundlich an.

„Entschuldigt bitte, ich habe euch nicht vorgestellt. Das ist meine Freundin, Fräulein von Merten. Selene, meine Tante. Luise Greiber."

„Freut mich sehr, Frau Greiber."

„Ja, mich auch. Wie kriegen wir denn das ganze Zeug jetzt die Treppen hoch? Und wo willst du damit hin in deinem kleinen Zimmer?"

Eine gute halbe Stunde später saßen Selene und Dina keuchend auf Dinas schmalem Bett und begutachteten die aufgestapelten Gepäckstücke.

„Viel Platz ist hier jetzt wirklich nicht mehr."

„Nein."

„Warum hast du das alles mitgebracht?"

„Weil meine Mutter damals, als mein Bruder im Krieg geblieben ist, nichts von ihm aufgehoben hat. Ich habe mich oft in sein Zimmer geschlichen und bin da auch ein paar Mal eingeschlafen. Meine Mutter steht auf dem Standpunkt, dass man beim Tod eines Menschen seine Existenz möglichst vergessen sollte. Ich weiß nicht, ob es ihr dann weniger wehtut? Ich verstehe sie sowieso nicht. Noch nie."

Selene schwieg.

„Deshalb habe ich gerettet, was mir wichtig war. Ich kam am Abend nach dem Begräbnis nach Hause und alles stand in Kisten verpackt fertig zur Abholung in der Diele. Wir haben uns furchtbar gestritten. Ich glaube nicht, dass wir uns noch irgendetwas zu sagen haben."

„Das ist schrecklich." Selene war entsetzt. Sie zog Dina an sich und strich ihr über das Haar, bis sie endlich spürte, dass Dina weinen konnte. Es würde bestenfalls lange dauern. Sie würde Dina das nicht sagen, aber aus eigener Erfahrung wusste sie, dass es manchmal gar nicht besser wurde. Nicht wesentlich jedenfalls. Und ganz aufhören würde es vermutlich niemals. Sie selbst hatte diese Hoffnung bereits aufgegeben und lebte mit dem Schmerz, so gut das eben ging, wenn man sich jeden Morgen fragen musste, ob man überhaupt das Recht hatte, am Leben zu sein. Aufzustehen. Zu atmen und auch, wieder geliebt zu werden.

Es klopfte.

„Essen ist fertig."

„Ach, Tante Luise, und deshalb bist du extra die Treppen heraufgekommen?" Dina umarmte ihre Tante.

„Sie bleiben doch zum Abendessen? Es gibt Fisch. Und Bratkartoffeln mit Mayonnaise.“

„Ja, gern!“

Dina schaute erstaunt zu Selene. Vor solchen Momenten hatte ihre Freundin sich sonst immer gedrückt. Familie und zu viel Nähe waren ihr sonst nachgerade unheimlich. Umso mehr freute es sie, mit ihrer Tante und Selene gemeinsam am Abendbrottisch zu sitzen. Sie war derart erleichtert, dass diese Begegnung so einfach verlaufen war, dass sie sogar etwas essen konnte, obwohl sie seit dem Telegramm kaum Hunger gehabt und bereits mächtig an Gewicht verloren hatte.

Wenn dieses Abendessen in Tante Luises Küche Selene unangenehm war, dann merkte man es ihr nicht an. Sie plauderte und ließ sich sogar eine weitere Portion Bratkartoffeln aufnötigen, als Tante Luise mit der gusseisernen Pfanne an den Tisch trat und die Reste verteilte.

„Mensch, Dinchen, wo willst du bloß mit dem ganzen Gedöns hin?“

„Wenn hier nicht alles bleiben kann, kann Dina auch gern etwas bei mir abstellen. Ich habe einen trockenen Dachboden und kaum etwas oben. Da wäre Platz“, nuschelte Selene zwischen zwei Gabeln Scholle.

„Ich konnte doch nicht zulassen, dass sie alles wegschaffen lässt, kaum dass mein Vater ein paar Stunden unter der Erde ist!“ Dinas Stimme brach und aus ihren Augen begannen wieder Tränen zu fließen. Sie vergrub den Kopf zwischen ihren Armen auf dem Küchentisch und schluchzte.

Dinas Seelenschmerz brach Selene das Herz. Sie litt ja selbst und es war schon zwei Jahre her, dass … Sie nahm Dina in die Arme und wiegte sie leicht. „Weinen tut dir gut. Es wird besser, meine Kleine. Es wird dauern, aber ich verspreche dir, es wird besser.“

Dina beruhigte sich nach und nach. Selene strich ihr das Haar hinter die Ohren, das ihr wirr um das Gesicht hing.

„Frau Greiber, ich glaube, es ist besser, wenn ich jetzt gehe. Es ist spät und Dina braucht Ruhe. Vielen Dank für das wunderbare Abendessen.“

„Es hat mich sehr gefreut, eine Freundin von Dinchen kennenzulernen. Kommen Sie gern wieder, Fräulein von Merten."

Dina schnäuzte sich und tupfte die roten, verquollenen Augen ab.

„Ich bringe dich raus."

An der Wohnungstür warf sie sich in Selenes Arme und sie küssten sich verstohlen.

„Gehst du morgen zur Arbeit?"

„Ja, natürlich. Was sollte ich denn sonst tun?" Dina seufzte.

„Gut, ich hole dich abends ab. Um sechs Uhr?"

„Ja …", murmelte Dina undeutlich in Selenes Mantelkragen. Die Müdigkeit überfiel sie jetzt mit aller Macht. Sie konnte die Augen kaum offen halten. Nur schlafen … um alles andere würde sie sich später kümmern.

„Bis morgen."

Selene zog die Haustür hinter sich zu und Dina ging zurück in die Wohnung.

„Geh ins Bett, Kind. Ich spüle eben zu Ende ab und dann mache ich das Licht aus", rief Tante Luise aus der Küche.

„Danke dir. Gute Nacht."

Sie merkte erst dann, wie erschöpft sie war, wie sehr das Begräbnis, die Ereignisse in Stapelmoor, der furchtbare Streit mit ihrer Mutter und die anstrengende Reise mit dem vielen Gepäck sie ausgelaugt hatten. Sie schlüpfte in ihren Pyjama, putzte sich die Zähne, schlängelte sich durch das Durcheinander in ihrem Zimmer zu ihrem Bett und kroch erleichtert unter die Decke. Nichts mehr denken müssen. Sie streckte sich aus und dehnte die schmerzenden Muskeln. Es war so schrecklich gewesen. Zusätzlich zu den fürchterlichen Umständen ihrer Reise hatte sie sich so verlassen und fremd gefühlt an jenem Ort, an dem sie geboren und aufgewachsen war. Sie hatte bis vor zwei Jahren ihr gesamtes Leben dort verbracht und jetzt hatte sie den Eindruck gehabt, als gehörte sie nicht mehr dazu. Ihre Mutter hatte jedenfalls nichts dafür getan, dass Dina sich willkommen fühlte. Einzig in dem Gespräch mit Onno auf dem Heimweg hatte sie sich nicht wie eine Ausgestoßene gefühlt. Sie war froh, dass sie mit ihm geredet und ihm ein paar Dinge erklärt hatte, und hoffte, dass er und Frientje vielleicht durch die Geburt des Kindes näher zusammenrücken würden. Vielleicht konnte doch noch eine glückliche Familie aus den dreien werden.

Sie war so müde und konnte doch nicht einschlafen. Zu viel geisterte ihr durch den Kopf. Mein Zuhause ist nicht mehr mein Zuhause, dachte sie. Sie spürte, wie ihr Tränen aus den Augenwinkeln über die Wangen tropften; sie hatte kein Zuhause mehr. Ihr Vater war ihr Zuhause gewesen und nun war er tot, das Dorf ohne ihn nichts als ein Ort wie jeder andere auch. Eine Weile weinte sie still vor sich hin, wozu die Erschöpfung sicher das Übrige tat.

Schließlich setzte sie sich in ihrem Bett auf und schnäuzte sich kräftig. „Sei nicht so dämlich, Dina Harms!", murmelte sie. „Mein Zuhause ist hier. Hier sind alle Menschen, die mir wichtig sind. Meine Arbeit." Der Heulerei musste Einhalt geboten werden. Ihren Vater würde sie bis ans Ende ihres eigenen Lebens vermissen. Aber sie würde lernen, ohne ihn zurechtzukommen. Es war kaum vorstellbar, aber an jedem Tag, der ohne ihn verging, fand ein Stück Leben ohne ihren Vater statt. Diese Tage würden zu Wochen und Monaten werden und schließlich zu Jahren. Zeit, in der sie lachen und weinen würde, lieben, essen, schlafen, arbeiten. Diese Zeit, ihre Erlebnisse und Erfahrungen würden sich wie ein Schmetterlingskokon um ihre Kindheit legen und den Schmerz dämpfen, den sie jedes Mal fühlte, wenn sie an ihn dachte.

Der nächste Morgen war genau so, wie man es in Hamburg im November kannte: Eine dicke, graue Wolkendecke, die zum Greifen niedrig hing, Dauerregen und Orkanböen, die jeden Regenschirm früher oder später umstülpten wie eine Tulpe. Dina seufzte, als sie an ihr Fenster trat und in den Innenhof schaute. Sie sah schemenhaft den armseligen kleinen Ahorn, der um diese Jahreszeit ohne seine wenigen Blätter noch viel trauriger aussah als sonst. Gegenüber reihten sich die Mülltonnen und eine defekte Regenrinne spie alle paar Sekunden einen Schwall Wasser in die Tordurchfahrt, von wo sich ein beleidigter Bach gen Gosse auf die Straße schlängelte. Dina seufzte, als sie sich im Zimmer über den Hindernisparcours aus Schachteln und Koffern den Weg zum Kleiderschrank bahnte. Sie zog sich ein warmes blaues Wollkleid an und packte ein Extrapaar Strümpfe und Schuhe in ihre Tasche. Ihre Gummistiefel standen unten vor der Wohnungstür. Ihr fiel etwas ein und sie begann in dem kleineren der beiden Koffer zu wühlen und fand schnell, was sie suchte.

„Dinchen, was trägst du denn da für ein Ungetüm?"

„Wieso? Das ist Vadders Öljacke."

„Die riecht ja bannig streng." Tante Luise rümpfte die Nase und schüttelte den Kopf. Was hatte das Mädchen denn nun wieder für krauses Zeug im Kopf? „Willst du damit etwa auf die Straße und zur Arbeit gehen?"

„Warum nicht? Es schüttet wie aus Kübeln und bei dem Wind kann ich keinen Schirm nehmen. Ich muss dann. Warte nicht mit dem Essen. Selene holt mich von der Arbeit ab."

„Ist gut, Kind." Luise war froh, wenn Dina Abwechslung hatte. Diese Freundin von ihr war zwar komisch, aber sehr höflich und wohlerzogen immerhin. Aber dieser Aufzug war einfach unmöglich!

Siegfried staunte nicht schlecht, als sich eine unförmige, tropfende Gestalt durch seine Ladentür schob, die sich nach dem Herausschälen aus einem riesigen Mantel als sein Lehrmädchen entpuppte.

„Schockschwerenot! Was ist das denn?"

„Guten Morgen, Siegfried, ich freue mich auch, dich zu sehen." Dina schüttelte sich wie ein durchnässter Hund. „Was für ein Schietwetter."

„Dina! Natürlich freue ich mich! Ich habe nicht so schnell wieder mit dir gerechnet. Es macht nichts, wenn du noch Zeit brauchst." Mit drei großen Schritten war er bei Dina und umarmte sie. „Ich bin froh, dass du wieder da bist. Es ist nicht dasselbe, so ganz allein hier im Laden. Du hast mir gefehlt!"

„Du mir auch … ich … ach, Siegfried, es war so furchtbar!"

Ehe Siegfried Lohmann es sich versah, weinte dieses hochgewachsene Mädchen an seiner Schulter, und er klopfte ihr ungeschickt auf den Rücken, still hoffend, dass es beruhigend wirkte.

„Komm mal mit in die Küche, wir machen eine Tasse Tee, ja? Es tut weh und es wird auch dauern, Kind, aber es wird besser. Ganz bestimmt, ich verspreche es dir."

Genau das hatte Selene auch gesagt. Es wird besser. Dina hoffte inständig, dass es stimmte.

Bei dem schrecklichen Wetter kamen kaum Kunden, so dass sie bis Mittag im Labor putzte, den Materialschrank aufräumte und anschließend im Atelier abstaubte. Siegfried hatte darauf bestanden, vom Schlachter um die Ecke frische Würste zum Essen zu holen, und so war sie allein, als zum ersten Mal an diesem Tag die Glocke über der Ladentür ertönte. Dina sah auf und es trat ein junges Paar ein. Die Frau hatte blonde Locken, die sich trotz der Feuchtigkeit um ihr strahlendes Gesicht bauschten, das durch blitzende, helle Augen lebte. Sie hatte ein kleines, zartes Kinn und Grübchen in den Wangen. Ganz bestimmt keine klassische Schönheit, aber ein Gesicht, das man nicht gleich wieder vergaß.

Warum haben sie in Hamburg diese hässlichen Braunhemden nicht auch gleich verboten, dachte Dina, als ihr Blick auf den Begleiter der jungen Frau fiel. Ein paar Straßen weiter in Altona war das Tragen dieser Kluft seit Kurzem untersagt. Ebenso in Bayern. Dort trugen die SA-Männer jetzt weiße Hemden. Ob weiß oder braun, war eigentlich auch egal; was darin steckte, war das Problem. Aber immerhin hatte mal jemand diesem Irrsinn wenigstens einen regionalen Riegel vorgeschoben. Wenngleich das Uniformverbot ja nicht wirklich etwas an dem unverständlichen Zulauf änderte, den die SA zu verzeichnen hatte.

Der junge Mann faltete den Regenschirm zusammen, baute sich vor dem Ladentisch auf und nahm Haltung an.

„Heil Hitler!"

Dina blieb der Mund offen stehen. Das wurde ja wirklich immer absurder. Das musste sie nachher unbedingt Selene erzählen. Sie konnte ihre Verblüffung verbergen und fing sich schnell wieder.

„Guten Tag. Fürchterliches Wetter heute, nicht wahr? Was kann ich für Sie tun?"

„Wir möchten eine Photographie von uns beiden."

„Wir haben uns gerade verlobt!", platzte die junge Frau heraus, nestelte an ihren Handschuhen und hielt Dina strahlend ihre Linke entgegen, an der ein schmaler goldener Ring mit einem kleinen, rautenförmig geschliffenen blauen Stein prangte.

„Na, da gratuliere ich recht herzlich!" Die Kundin war so begeistert, dass man nicht anders konnte, als sich mit ihr zu freuen. „So ein schöner Ring. Der steht Ihnen ausgezeichnet. Kompliment!"

„Der Hans, also … mein Verlobter", sie kicherte, „kommt ja aus Bayern und da dachten wir, es wäre schön, wenn wir seiner Familie ein Bild von uns schicken könnten. Und für meine Eltern natürlich auch."

„Ich verstehe. Kommen Sie bitte mit nach hinten ins Atelier."

„Werden'S die Bilder selbst machen?"

„Ja."

„Das Atelier wird ja kaum Ihr Geschäft sein."

„Nein, ist es auch nicht. Aber ich arbeite hier und Herr Lohmann ist gerade nicht da." Immer wieder dasselbe, dachte sie, das ist wirklich ermüdend.

„Ich will aber, dass die Bilder wirklich gut werden."

„Ach, Hans, nun hör doch auf! Warum sollte sie es denn nicht gut machen, wenn sie hier arbeitet?"

„Lass mich das regeln, Johanna." Er wandte sich wieder Dina zu. „Sie könnten uns ja einen Preisnachlass gewähren."

Das wurde ja immer besser.

„Wieso sollte ich das?"

„Alles, was recht ist: Sie sind nur eine … Angestellte. Nicht der Photograph."

„Ich bin eine Angestellte, das ist richtig. Aber ich bin Photographin. Preisnachlässe sind in diesem Fall nicht üblich. Sie können aber natürlich gern auf Herrn Lohmann warten. Er sollte jeden Augenblick wieder da sein."

„Hans, jetzt lass das doch!" Die blonden Locken hüpften sehr ungehalten um ihr Gesicht. „Du benimmst dich unmöglich! Du hörst doch: Sie ist Photographin und ich will, dass sie die Bilder von uns macht, und du wirst nicht mehr am Preis für unsere Verlobungphotographien feilschen. Das ist ja peinlich!"

Dina musste sich das Lachen verbeißen und drehte sich um.

„Bitte folgen Sie mir, hier entlang."

Im Atelier platzierte sie das glückliche Paar vor einem Hintergrund, auf den Palmen, blühende Oleanderbüsche und Bougainvilleen sowie eine Ansicht der Amalfiküste gemalt waren. Die junge Frau saß auf einem geschwungenen Stuhl und ihr zukünftiger Ehemann stand hinter ihr, eine Hand auf ihrer Schulter, die andere hinter dem Rücken. Sie blickte schmelzender zu ihm hinauf, als ihr energischer Auftritt im Laden nahelegte, und er lächelte milde und nachsichtig zurück. Als Dina die Kamera einstellte, schaute Siegfried kurz in das Atelier.

„Ah, *i promessi sposi!* Meine Glückwünsche! Ich will nicht stören."

„Siehst du, Hans", zischte die Braut angriffslustig, „es ist alles in Ordnung! Was du immer hast!"

Als die Verlobten den Laden verlassen hatten, machten Siegfried und Dina Mittagspause.

„Du glaubst nicht, wie der glückliche Ehemann in spe mich gegrüßt hat! Steht plötzlich stramm, erwischt mich fast mit seinem Arm und brüllt *Heil Hitler* – die haben doch nicht alle Tassen im Schrank." Noch im Nachhinein schüttelte Dina den Kopf und tunkte eine der Würste, die Siegfried mitgebracht hatte, in das Senfglas. Dazu gab es frische Rundstücke.

„Ich habe auch gehört, dass die seltsame Gebräuche haben. Und dann dieses martialische Auftreten. Man muss hoffen, dass die nicht bald mehr zu sagen haben, als uns allen lieb ist." Mit einem Mal sah Siegfried ziemlich besorgt aus.

„Jetzt redest du genau wie Selene."

Er räusperte sich und hustete. „Du weißt, dass ich ihr und ihrem Tun in mehrfacher Hinsicht sehr kritisch gegenüberstehe, aber in diesen Dingen hat sie leider recht und weiß, wovon sie spricht. Aber halt dich aus ihren politischen Aktivitäten raus, Dina, so was kann gefährlich sein, tu mir den Gefallen."

„Ich habe damit ja gar nichts zu schaffen. Ich mache nur manchmal Photos für Flugblätter und so ... Aber jetzt auch schon länger nicht mehr." Dass sie mit ‚und so' die *Norddeutsche Zeitung*, das KPD-Blatt, meinte, zu dessen Redaktion Selene Verbindungen unterhielt, verschwieg sie wohlweislich.

„Das ist auch besser so. Du musst selber wissen, was du tust, aber pass bitte immer gut auf dich auf, Kind. Und bewahr dir deinen gesunden Menschenverstand."

„Ich bin vorsichtig. Mach dir keine Sorgen um mich. Kümmere dich lieber mal um deinen Husten – der klingt gar nicht gut." Dina räumte das Geschirr und das verbliebene Brot ab und spülte die Teller. Den Rest des Nachmittags arbeiteten sie in friedlichem, bequemem Schweigen miteinander. Um kurz nach sechs Uhr klopfte es an der bereits verschlossenen Ladentür.

„Das ist Selene – ich bin dann weg, Siegfried."

„Bis morgen!"

Sie küssten sich und Selene zog sie dann im Laufschritt zur Straßenbahnhaltestelle.

„Wo willst du denn so schnell hin?", fragte Dina, ein wenig außer Atem.

„Warte es ab. Noch wird nichts verraten."

Am Dammtorbahnhof löste sich das Rätsel, denn Selene bog mit Dina im Schlepptau zielstrebig Richtung Wallanlagen ab und steuerte auf die Musikhalle zu.

„Ein Konzert? Ich habe so lange keine Musik mehr gehört! Was wird denn gespielt heute Abend?"

„Barock. Telemann, Pachelbel, Händel, Bach."

„Oh!" Dina klang atemlos.

Selene schaute sie verunsichert an.

„Magst du diese Art von Musik nicht?"

„Doch. Sehr sogar. Mein Vater hatte einige Grammophonplatten mit Barockmusik. Händel und Bach und auch Albinoni war dabei."

„Dina, das tut mir leid, ich wollte dich nicht traurig machen." Selene schaute sie zerknirscht an, schob die Hände tief in die Manteltaschen und zog die Schultern hoch. „Ich ... ich wusste das nicht. Wir können gehen, wenn du willst. Das war mein Geburtstagsgeschenk für dich – ich habe die Karten vor Langem schon besorgt, aber ich will auf keinen Fall, dass du unglücklich bist."

„Ich mag diese Musik. Sie erinnert mich an meinen Vater, das ist so und wird immer so sein, aber ich bin ihm dankbar, dass er mir den Horizont für solche Dinge geöffnet hat, weißt du. Meine Mutter hat immer so getan, als ob wir alle Bauerntrampel wären. Und mein Vater war für sie der Schlimmste von allen, hatte er sie doch in diese Einöde verschleppt ... aber das stimmte gar nicht", schloss sie mit einem leichten Zittern in der Stimme.

„Natürlich nicht! Er hat dich zu einem wundervollen Menschen gemacht und als das erkannt, was du im Kern bist. Offenbar wollte er dich nicht krampfhaft erziehen, sondern hat dich sein lassen und beobachtet, was für eine wundervolle Tochter er hat. Ich bin sicher, er war unheimlich stolz auf dich!" Sie nahm Dina in die Arme.

„Wollen wir hineingehen? Du siehst verfroren aus und brauchst dringend ein Glas Rotwein, bevor das Konzert beginnt. Komm." Sie nahm Dinas Hand und betrat mit ihr das Foyer.

Als es dunkel wurde im Saal, spürte Dina, wie die Anspannung und der Schmerz der letzten Woche sich lösten. Sie lehnte sich in dem roten Samtsessel zurück und zeitweise rannen ihr wahre Tränenströme über das Gesicht. Der warme Ton der alten Instrumente, die die zwar bewegenden, aber doch so beruhigenden, perlenden Notenkaskaden der an diesem Abend gespielten Werke auferstehen ließen, liebkoste ihre aufgewühlte Seele. Am Ende des Konzerts gaben die Musiker eines ihrer Lieblingsstücke, den Kanon in D-Dur. Sie hatte es tausend Mal auf der knisternden Grammophonplatte gehört und es erfüllte sie mit tiefem Frieden, wie diese hypnotischen Klänge den Konzertsaal füllten, hinaufstiegen und sich ausbreiteten. Es fühlte sich an, als ob die Melodie sie umgab wie Wasser, das einen beim Schwimmen ganz umfloss. Dina ließ sich treiben, bis die letzten Töne sanft verklangen und das Licht anging. Sie brauchte einen Moment, bis sie wieder bei sich war. Sie fühlte sich, als wären ihre Gliedmaßen aus Blei, und sie konnte sich kaum rühren.

„Geht es dir gut? Du bist ja völlig erledigt. Komm, ich bringe dich nach Hause."

„Ich möchte bei dir schlafen."

„Dein Wunsch ist mir Befehl." Selene lächelte in sich hinein. Sie hatte gemerkt, dass die Musik Dina gutgetan hatte. Ihr Kopf war an Selenes Schulter immer schwerer geworden. Sie hatte so lange stark sein müssen, obgleich sie keine Kraft mehr hatte. Irgendwann nahm sich der Körper, was er brauchte. Ruhe. Nicht mehr denken müssen. Schlaf. Vergessen. Das war ein Weg der langsamen Heilung bei schweren Verlusten. Sie wusste es viel zu gut, hatte sie sich selbst jedoch genau diese Dinge versagt, sich in ihre Schuld hineingesteigert und sie schließlich als gegeben akzeptiert. Dina ging wie eine Schlafwandlerin neben ihr her.

„Na, du schläfst mir ja gleich im Gehen ein. Taxi!"

Dina saß kaum in den grauen Polstern und ihr Kopf fiel an Selenes Schulter und sie schlief tief und fest.

Als sie am Morgen erwachte, konnte sie sich kaum erinnern, wie sie angekommen waren, geschweige denn, wie Selene sie die Treppen hinaufbugsiert hatte. Es war vollkommen still in der Wohnung. Das einzige Geräusch war der Regen an der Scheibe. Dina hatte nicht die geringste Ahnung, wie spät es sein mochte. Das Grau eines Hamburger Wintertags verriet einem selten die Uhrzeit, weil es oft den ganzen Tag über nicht richtig hell wurde. Selene war sicher schon in der Universität. Sie wäre gern eine Weile liegen geblieben, aber sie war bestimmt schon zu spät zur Arbeit. Auch wenn Siegfried ihr gesagt hatte, sie solle sich Zeit nehmen, hieß das nicht, dass sie kommen und gehen konnte, wie es ihr beliebte. Außerdem merkte sie, dass sie die Struktur eines Arbeitstages brauchte. Wenn sie zu viel freie Zeit hatte, grübelte sie mehr, als gut für sie war. So schälte sie sich schweren Herzens aus Selenes warmen Daunendecken. In der Küche fand sie einen Zettel auf dem Tisch.

Guten Morgen! Ich lasse dich schlafen und sage Siegfried Bescheid, dass du kommst, sobald du wach bist. Geh aber nicht ohne eine Tasse Tee aus dem Haus. Kuss auf die Nase, S.

Dina schaute auf die Küchenuhr. Es war früher, als sie gedacht hatte, und sie konnte wirklich noch einen Tee trinken, bevor sie ins Atelier fuhr. Als sie mit ihrer Tasse ins Wohnzimmer kam, sah sie Selenes Schreibtisch unter einem Berg aus Büchern und Papierstapeln begraben. Bestimmt stand eine Prüfung an. *Klinische Schizophrenie* las Dina. *Insulinanwendung in der psychiatrischen Praxis.* Die Spezialisierung und das große Interesse ihrer Freundin in Bezug auf Geisteskrankheiten hatten Dina nie verwundert. Auch Simon und Friedrich hatten sich auf diese Fachrichtung verlegt. Sie verstand die Faszination des Unsichtbaren. Wenn sie eine Szene gepackt hatte, die sie photographieren wollte, suchte auch sie nach dem nicht Sichtbaren, dem Ungesagten. Das Offensichtliche hatte sie nie interessiert. Denn es war nur die Pflicht; das Unsichtbare, Geheimnisvolle die Kür.

Im Atelier gab es viel zu tun, denn es ging auf Weihnachten zu. Dina und Siegfried arbeiteten zusammen wie ein Uhrwerk. Sie standen einander nicht im Weg und alles griff reibungslos ineinander. Als die letzte Kundin ihre beiden kleinen, blond bezopften Mädchen aus dem Laden bugsierte, drängte sich Selene an ihnen vorbei.

„Dina, ich muss dich dringend sprechen", und entschuldigend zu Siegfried, „es ist wichtig. Ich hoffe, ich störe nicht?"

„Nein, nein. Geht nach hinten zum Reden, wenn ihr wollt; aber Dina, du kannst sonst auch Schluss machen für heute."

„Nein, komm mit."

Dina hob den Vorhang zum Atelier an und ließ Selene eintreten, dann setzte sie sich und wartete ab, was sie zu sagen hatte.

„Ich weiß nicht, wo ich anfangen soll."

Dina hob die Schultern und schaute sie fragend an.

„Du erinnerst dich an Ellen Berggrün?"

Dina sah wieder den verkorksten Nachmittag im Park vor sich und die durchsichtige Gestalt, die Selene mitgebracht hatte.

„Ja."

„Ich hatte dir doch gesagt, dass sie krank ist?"

„Ja, hast du."

„Aber ich muss anders anfangen."

Jetzt wurde Dina hellhörig.

„Ellen war mit … meinem Bruder verlobt."

„Mit Tristan?"

Selene, die in langen Schritten nervös im Atelier auf und ab gegangen war, blieb abrupt stehen und sah Dina mit großen Augen an.

„Ja, mit Tristan. Woher kennst du seinen Namen?"

„Na ja, deine Kleidung, da sind zum Teil Namensschilder eingenäht … und dass dein Vater nicht Tristan heißt, wusste ich ja. Ich habe mir einfach meinen Teil gedacht."

Selene warf ihr einen schwer zu deutenden Blick zu, in dem etwas Wachsames lag. Sie fuhr sich durch das Haar und blieb stehen.

„Tristan ist fort. Er hat die Familie und Hamburg verlassen. Ellen … wie soll ich es sagen? Also, ihre seelische Gesundheit hing immer am seidenen Faden. Sie hat einen Nervenzusammenbruch erlitten und sich nicht wieder davon erholt. Sie ist seit fast drei Jahren in Friedrichsberg, ohne dass sich in dieser Zeit irgendetwas an ihrem Zustand zum Besseren geändert hätte. Seit einigen Wochen geht es ihr deutlich schlechter. Als ich sie das vorletzte Mal besuchte, lag sie apathisch und völlig verfallen in ihrem Bett. Sie war nicht ansprechbar und konnte das Bett nicht mehr verlassen. Der Arzt hat sehr unwillig

Auskunft erteilt. Er behauptet, sie sei schizophren. Aber ich glaube, er will nur diese neue Therapie an ihr ausprobieren. Ellen ist niemals schizophren gewesen. Sie ist labil und sicherlich auch nicht die Hellste, aber sie ist zu keinem Zeitpunkt geisteskrank gewesen, verstehst du?"

„Ja, ich denke schon, aber warum erzählst du mir das alles jetzt?"

„Ich war heute in Friedrichsberg und sie haben mich gar nicht erst zu ihr gelassen. Ich wurde von zwei bulligen Pflegern … hinauskomplimentiert."

„Ihr seid doch nicht verwandt. Vielleicht durften sie dir auch keine Auskunft erteilen?"

„Mein Vater kommt für ihre Behandlung auf. Ellen ist Vollwaise. Sie hat niemanden, außer meiner Familie. Bisher war es nie ein Problem, sie zu sehen oder zu erfahren, wie es ihr geht. Ich glaube, sie wollen etwas vertuschen. Wie gesagt, der Arzt hat diese Insulinschocktherapie ausprobiert an ihr."

„Was ist das? Und bitte die Kurzfassung für Nicht-Mediziner."

„Insulin verabreicht man Patienten mit einem gestörten Blutzuckerspiegel, Diabetiker nennt man das. Wenn man Insulin einem gesunden Menschen, der keine Diabetes hat, in der erforderlichen Dosis verabreicht, fällt er durch diese künstlich herbeigeführte Unterzuckerung in einen Schockzustand und ins Koma. Man kann dieses Koma durch die Gabe von Glucagon, dem Gegenspieler des Insulins, aufheben. Diese Methode ist ganz neu in der Psychiatrie."

„Könnte ihr das nicht vielleicht helfen?"

Selene sah sie entgeistert an.

„Dina, Ellen ist nicht schizophren. Davon abgesehen, dass sie nicht die Krankheit hat, die man damit zu behandeln versucht, ist das auch für sich genommen brandgefährlich. Es gibt kaum Erfahrungswerte mit dieser Methode. Dabei sterben Menschen, das Koma dauert zu lange oder die Dosierungen stimmen nicht, und selbst wenn die Patienten wieder wie geplant zu sich kommen, kann das Ganze irreversible Schäden hervorrufen!"

Dina schaute Selene entgeistert an.

„Ja, aber man kann doch nicht irgendwelche neuen Heilverfahren einfach an Leuten ausprobieren, die zufällig in dieser Klinik sind?“

„Offenbar kann man das sehr wohl, denn genau das passiert dort. Ellen hat keine Verwandten mehr, die sich um sie kümmern, sondern nur meinen Vater, der die Rechnungen zahlt, und mich, die unangenehme Fragen stellt. Dieser Arzt hat mich nicht für voll genommen, weil ich noch nicht fertig studiert habe, und mich behandelt wie die hinterletzte Idiotin. Aber ich kann doch nicht zulassen, dass sie da drinnen stirbt, Dina!“

Langsam dämmerte ihr, was Selene meinte.

„Und jetzt soll ich mit Simon reden, damit er für dich in der Irrenanstalt spioniert?“

„Herrgott, Dina! Du bist mit seiner Schwester befreundet! Ich bitte dich um nichts, als dass du den Kontakt herstellst. Mich lassen sie ja nicht mehr zu ihr. Ich habe dich nicht darum gebeten, Ellen aus der Klinik zu entführen!“

Aber das wäre vielleicht das Nächste gewesen, dachte Dina. Sie konnte Selene nicht sagen, dass Simon nach dem gemeinsamen Ausflug ans Meer nicht besonders gut auf sie zu sprechen war. Und schon gar nicht konnte sie ihr sagen, welche Gründe er dafür hatte.

„Also gut, ich frage ihn. Ida sehe ich am Sonntag und vielleicht ist er auch da. Aber ich kann dir nicht versprechen, dass er mitmacht.“

„Danke.“

„Aber warum kniest du dich da so rein?“

Selene, die sich eine Zigarette anzündete und den Rauch tief einatmete, hielt in der Bewegung inne.

„Das fragst du nicht im Ernst, oder, Dina? Dieses Mädchen sitzt seit drei Jahren in einer Irrenanstalt, weil sie den Verlust meines Bruders nicht verkraftet hat, und nun probiert irgendein Kurpfuscher gefährliche Therapien an ihr aus!“ Ihr Blick war eisig. „Manchmal bist du einfach unglaublich gedankenlos!“

„Sie hat nicht verkraftet, dass Tristan sie verlassen hat, und ist deshalb so … krank?“

„So ungefähr.“

„Und du? Wie hast du es denn verkraftet, Selene? Es ist, wie du sagst, drei Jahre her und du umsorgst seine Verlobte wie eine Glucke und trägst sogar seine Kleidung. Glaub mir, ich mache mir durchaus meine Gedanken, auch wenn man mir das vielleicht nicht so ansieht“, schnappte Dina.

Selene kam zu ihr und nahm sie in den Arm.

„Es tut mir leid, ich wollte … ich wollte dich nicht beleidigen, aber es ist einfach unglaublich, was da vor sich geht, und ich will jede noch so winzige Möglichkeit ergreifen, das zu unterbinden, verstehst du?“

„Ja, ich verstehe das, Selene. So oft wie du mich fragst, ob ich dich verstehe, bin ich wirklich langsam beleidigt. So, wie der Arzt dich behandelt, als wärst du eine Idiotin, behandelst du mich auch.“ Sie wand sich aus Selenes Umarmung. „Ich habe doch gesagt: Ich frage Simon, wenn ich ihn am Sonntag sehe, aber ich kann dir nichts versprechen. Und jetzt würde ich gern nach Hause gehen.“

Sie hatte auf dem Absatz kehrtgemacht. Das war besser so. Hätte sie den ihr nur allzu bekannten, irritiert-gelangweilten Blick Selenes aufgefangen, hätte sie sich vielleicht nicht zurückhalten können. Die Gefühlsmischung fühlte sich explosiv an und ein Wutanfall zusammen mit einem Tränenausbruch hätte bloß bewirkt, dass Selene sich abgewandt hätte, denn bei starken Gefühlsbekundungen ging sie stets unmittelbar auf Distanz. Körperlich wie innerlich. Sie entzog sich dem Drama, perfektionierte ihre kühle, elegante Oberfläche, wurde unantastbar für menschliche Emotionen und Reaktionen und schaffte es auch immer wieder, dass Dina sich als die Schuldige an der Situation fühlte. Auch jetzt wieder. Natürlich würde sie Simon fragen, wenn er am Sonntag daheim war, aber sie war gerade erst wieder zurück in Hamburg, hatte ihren Vater, ihr Zuhause, ja eigentlich ihre gesamte Familie verloren und sollte sich unmittelbar für Selene um die Belange anderer

Leute kümmern. Und ja, Selene hatte es auch wieder geschafft, dass Dina sich schlecht in ihrer Entrüstung fühlte, weil ja die arme Ellen niemanden mehr hatte außer Selenes Familie und zudem in einer Irrenanstalt saß, in die sie nach Selenes Meinung nicht gehörte.

„Sie hat es wieder geschafft, dass ich mich wie die schlimmste Egoistin der Welt fühle."

Es war Sonntag und Dina schüttete Ida beim Tee ihr Herz aus.

„Ich kann dich ja verstehen, Dina, aber mein Gott, das arme Mädchen! Wie bringen wir das bloß Simon bei, damit er sich wenigstens mal umhört? Wenn der Hauch einer Möglichkeit besteht, dass es stimmt, was Selene sagt, dann muss man Ellen da herausholen."

Ida sagte das Naheliegende und ihr tat Ellen auch aufrichtig leid, aber sie hasste es langsam regelrecht, dass Selene selbst in der wenigen Zeit, die sie mit Dina verbrachte, in der einen oder anderen Weise ununterbrochen Gegenstand ihrer Gespräche war. Sie wusste nicht, wohin mit ihren Empfindungen. Seit dem Ausflug ans Meer war Ida mal mehr, mal weniger im Ausnahmezustand. Ihre Gefühlsverwirrung hielt an, auch wenn sie manchmal für kurze Zeit zur Ruhe und auf andere Gedanken kam. Trug sie die Schuld an dem, was an der Nordsee passiert war? Oder Dina? Dann wieder fühlte es sich gar nicht an wie ein Fehler. Falsch war nur, dass Dina sie nicht mehr so ansah und so berührte und dass immer noch Selene ihr Lebensinhalt war.

„Ist er denn da?"

„Wer?"

Dina sah sie schräg von der Seite an.

„Simon."

Ida versuchte die Erinnerung an die Tage am Meer und an das, was zwischen Dina und ihr passiert war, aus ihrem Gedächtnis zu wischen.

„Er schläft. Er hatte Nachtdienst, aber zum Abendessen ist er wieder wach. Danach können wir mit ihm reden."

„Ist gut."

Ida schaute Dina prüfend an.

„Du siehst wirklich schlecht aus."

„Ich kann nicht schlafen. Wenn ich bei Selene bin, dann ja. Aber zu Hause finde ich keine Ruhe."

Das tat weh. Selene, Selene und noch mal Selene. Ida fand es verstörend, dass sie körperlichen Schmerz spürte, wenn Dina so selbstverständlich über ihre Geliebte sprach. Sie wollte sie schütteln und anschreien, endlich damit aufzuhören, ihr sagen, dass sie es nicht mehr ertragen konnte, und sie dann endlich küssen. Ida war, als fühlte sie wieder den leisen Luftzug, der ihre Haut gestreift hatte, bei ihrem Bad mit Dina.

„Was hast du denn?"

Ida sah ganz melancholisch aus. Wieso nimmt sie die Geschichte mit Ellen so schwer?, dachte Dina.

„Nichts."

„Wie stellt ihr euch das denn bitte vor? Ihr seid genauso irre wie die meisten meiner Patienten!" Simon schaute wütend von seiner Schwester zu Dina. „Dass du für Selene von Merten springst, das wissen wir ja, aber wieso mischst du dich da ein, Ida?"

„Simon, ich habe Ellen Berggrün nur kurz bei einem Picknick kennengelernt und …"

„Was für ein Picknick, verdammt noch mal?"

„Das spielt doch gar keine Rolle, aber sie war so zart … so verloren. Es wäre unverzeihlich, wenn sie wirklich so einer radikalen Therapie unterzogen würde, die ihr nicht hilft, sondern sie schwächt und ihr schadet."

„So etwas ist ausgeschlossen."

„Könntest du nicht einfach einmal nach ihr sehen? Wie es ihr geht und herausfinden, was eigentlich mit ihr los ist? Das müsste doch zu machen sein. Bitte, Simon!"

Er fuhr sich durch das Haar, blieb abrupt am Fenster stehen und drehte sich zu Dina und Ida um.

„Wenn ich nach ihr sehe und es ist alles in Ordnung, gebt ihr dann Ruhe? Das werde ich tun. Ich weiß noch nicht, unter welchem Vorwand, aber ich versuche es. Das war es dann aber auch. Dina, du kannst Fräulein von Merten ausrichten, dass ich das ausschließlich im Interesse der Patientin tue." Er seufzte. „Ich kann deine Selene nicht wirklich leiden, aber sie wird eine großartige Ärztin sein. Sie hat das Zeug dazu. Das ist der einzige Grund, warum ich mich da mit ziemlicher Sicherheit in die Nesseln setze. Aber wenn sie etwas Ungewöhnliches bemerkt hat, dann kann da durchaus etwas dran sein. Aber ich hoffe, dass sie sich irrt."

11. Kapitel

Die letzten Wochen vor Weihnachten vergingen rasch. Dina und Siegfried kamen kaum aus dem Atelier heraus und wenn, dann nur, um auswärtige Phototermine wahrzunehmen: die Weihnachtsfeier vom Germania Ruderklub im noblen Harvestehude etwa oder eine Winterhochzeit in einer Familie, die zum reichsten Hamburger Kaufmannsadel gehörte, zu der Siegfried und Dina gemeinsam gingen, um dem Anlass die gebührende Aufmerksamkeit zu widmen. Die Braut war hinreißend: ein elfenhaftes Wesen mit hellrotem Haar, abwesenden grünen Augen und einer durchscheinend blassen Haut.

„Ich wette mit dir, dass sie schwanger ist", flüsterte Siegfried Dina verschwörerisch zu. „Siehst du, wie sie auf allen Aufnahmen ihre Handschuhe, den Muff oder ihren Schleier über dem Arm vor ihren Bauch hält."

Siegfried ist ein äußerst scharfsichtiger Beobachter, dachte Dina zum wiederholten Mal. Sie wusste nicht, wie viel er von ihrem Gespräch mit Selene über Ellens Verbleib in Friedrichsberg mitbekommen hatte. Das Atelier hatte keine Tür, sondern wurde durch einen dunkelblauen Samtvorhang vom Ladenraum abgetrennt. An den Tagen danach hatte er sie mehr als einmal nachdenklich angesehen. Seine üblichen Seitenhiebe gegen Selene hatte er unterlassen und das, obwohl sie sich äußerst selten blicken ließ. Und wenn, dann hatte sie als Erstes ungeduldig nach Simons Überprüfung von Ellens Verbleib gefragt, bevor sie sich Dina zuwandte.

Dina hatte immer die Zähne zusammengebissen. Es war so viel zu tun vor dem Weihnachtsfest. Sie war dankbar dafür, dass die Arbeit sie von ihrem Kummer um ihren Vater ablenkte. Nach dem Begräbnis Anfang November und dem bitteren, wortkargen Abschied voneinander hatte sich ihre Mutter nicht mehr gemeldet. Dina war einige Male drauf und dran gewesen, ihr zu schreiben, hatte es dann aber gelassen. Sie hätte schlicht nicht gewusst, welche Worte sie hätte wählen sollen, denn die Rücksichtslosigkeit und Rigorosität, mit denen ihre Mutter versucht hatte, die Spuren ihres Vaters zu tilgen, erschütterten sie nach wie vor. Was sie wirklich empfand, eignete sich ganz entschieden nicht dafür, in Worte gefasst und nach Stapelmoor an ihre Mutter geschickt zu werden. Das und Selenes vorwurfsvolles Gesicht, wenn Dina ihr mitteilte, dass Simon sich noch immer nicht gemeldet hatte, trugen dazu bei, dass sie sich dermaßen in die Arbeit stürzte. Siegfried hatte sogar ein paar Mal versucht, sie am Abend, wenn es wieder spät in der Dunkelkammer wurde, nach Hause zu schicken, aber sie hatte stets abgelehnt. Je erschöpfter sie abends nach Hause kam, desto besser, dann schlief sie wenigstens. Auch wenn sie das nicht vor Albträumen rettete. Manchmal wusste sie nicht, was schlimmer war: die bleierne Müdigkeit, die ihr den ganzen Tag wie ein schwerer Kohlensack auf den Schultern lag, oder die Nächte, in denen sie schweißgebadet aufwachte, weil sie von ihrem Vater träumte.

Als sie in der Dunkelkammer kurz vor Ladenschluss die Türglocke hörte und kurz darauf Siegfried klopfte und ihr durch die geschlossene Tür zurief, dass sie Besuch hätte, war sie sicher, es wäre Selene, um sie wieder vorwurfsvoll zu fragen, ob Simon noch immer nichts von sich hatte hören lassen. Egal. Sie warf nicht einfach alles hin, sondern schloss den Entwicklungsvorgang ab, wässerte die Bilder und hängte sie sorgfältig auf. Dann wusch sie sich die Hände, strich sich das Haar aus dem Gesicht, wappnete sich innerlich und ging in den Laden hinüber, wo Siegfried mit Ida am Tisch saß und Tee trank.

„Na, hör mal! Du hast dir ja Zeit gelassen! Ich habe Fräulein Lerch in der Zwischenzeit einen Tee angeboten."

Dina trat schnell zu Ida und umarmte sie. „Wie schön, dass du da bist … ich … ich dachte, es sei Selene. Sie hat bestimmt schon zehn Mal gefragt, was denn nun ist."

Ida sah sie mit großen Augen an und setzte sich wieder. Siegfried goss Dina ebenfalls eine Tasse Tee ein, machte aber keine Anstalten aufzustehen.

„Dina, ich bin hier, weil Simon durch seine Nachforschungen eine Menge Ärger am Hals und Extranachtdienste aufgebrummt bekommen hat."

„Verdammt ... jetzt redet er bestimmt gar nicht mehr mit mir."

„Dina, das ist das geringste Problem, er wird das wieder hinbiegen und dir verzeiht er auch wieder, aber ..."

„Er hat Selene die Meinung gesagt? Ganz ehrlich? Das schadet ihr nicht." Dina hatte einen bitteren Geschmack im Mund, der nicht vom Tee kam. Sie hatte sich wirklich Schwierigkeiten mit ihren Freunden eingehandelt. Wieder wegen Selene.

„Nein, hat er nicht. Er fand es besser, erst mit dir zu sprechen, aber nun hat er mich hergeschickt, weil er einfach keine Zeit hat." Sie nahm Dinas Hand. „Ellen Berggrün ist tot, Dina. Es tut mir so leid, dass ich dir keine besseren Nachrichten bringen kann. Ich weiß, dass du es jetzt Selene sagen musst und auch, dass das nicht einfach wird. Wenn du magst, komme ich mit."

Wie betäubt lag Dinas Hand noch immer in Idas. Sie konnte nicht fassen, was sie hörte.

„Hat er gesagt, wie es passiert ist? War es diese Insulinbehandlung, von der Selene gesprochen hat?"

„Ja – Simon hat sich als Erstes wohl ihre Krankenakte vorgenommen und ist dabei von Weygandt persönlich erwischt worden." Sie schwieg.

Dinas Herz schlug plötzlich hoch im Hals. Professor Weygandt war nicht nur der Leiter der Irrenanstalt, sondern auch der Ordinarius für Psychiatrie an der Universität. Selene hatte einige seiner Lehrbücher gelesen, obgleich sie ihre Spezialisierung noch nicht angetreten hatte. Wenn Simon nun wegen Selenes Bitte Ärger mit ihm bekam, konnte das ernste Konsequenzen nach sich ziehen.

„Simon konnte sich einigermaßen rausreden. Er kennt ja die Steckenpferde des Professors und hat wohl irgendwas von seinem plötzlich entflammten Interesse am manisch-depressiven Irresein geschwafelt und dass er nach Fällen gesucht habe, um die Erkenntnisse von Weygandt nachzuvollziehen, um besser in der Diagnose zu werden. Das hat dem Professor wohl geschmeichelt. Er hat ihm wegen des unautorisierten Zugriffs auf Patientenakten zwei Wochen zusätzlichen Nachtdienst verpasst, ihm aber gleichzeitig auf die Schulter geklopft und gesagt, Simon würde es noch weit bringen."

Dina atmete auf. Sie hätte nicht gewusst, was tun, wenn Simon irgendwelche Nachteile durch sein Spionieren entstanden wären. Ida entnahm ihrer Handtasche eine Notiz.

„Hier, Simon hat es aufgeschrieben. Für dich. Das ist wichtig. Damit du Selenes Fragen vielleicht immerhin teilweise beantworten kannst, aber gib ihr diese Aufzeichnungen auf keinen Fall!"

Dina nickte. Sie überflog die wenigen Zeilen und verstand. Wenn Selene das schwarz auf weiß lesen würde, geschrieben von Simon Lerch, der ohne Erlaubnis Akteneinsicht genommen hatte, und es in irgendeiner Form verwendete, wäre Simons Arztlaufbahn beendet, ohne dass er sich etwas hätte zuschulden kommen lassen.

Sie gab Ida den Zettel zurück.

„Hier. Es ist besser so, damit es keine weiteren Missverständnisse gibt. Ich kann mir das merken und so ist Simon aus dem Schneider."

Ida nahm das Papier wieder an sich und steckte es in ihre Handtasche. Siegfried, der die ganze Zeit stumm bei ihnen gesessen hatte, räusperte sich. Als er husten musste, stand er auf.

„Ich glaube, jetzt hole ich uns mal was anderes zu trinken als Tee." Er verschwand in der Küche.

Dina stand ebenfalls auf und begann planlos herumzuräumen, schaute dann auf die Uhr, stellte fest, dass längst Ladenschluss war, und schloss die Tür ab. Plötzlich schwankte sie leicht und lehnte ihre Stirn gegen das kalte Glas.

„Was ist denn?" Ida stand auf und half Dina, sich hinzusetzen.

„Nichts. Ich weiß nicht. Mir war auf einmal ganz schwindelig."

„Das ist einfach alles zu viel für dich. Sie hätte dir das nie aufhalsen dürfen."

Dina sah auf, denn Idas Tonfall war ungewohnt scharf.

„Ist doch wahr! Sie und Simon kennen sich doch vom Sehen, Herrgott noch mal. Hätte sie ihn doch selbst gefragt!"

„Ja, genau. Und dann hätte er abgelehnt und sie hätte mich trotzdem gebeten, ihn zu fragen."

„Vermutlich. Aber so ist sie eben. Ich finde, sie spannt dich ganz schön für ihre Zwecke ein. Es ist ihr ja offenbar auch egal, ob das für dich Konsequenzen hat."

Siegfried, der auf einem Tablett drei Gläser Cognac balancierte, kam aus der Küche. Dina sah in seinem Gesicht, dass er einen guten Teil des Gesagten mitbekommen hatte. Er stellte die Gläser auf den Tisch, sah Dina über den Rand seiner Brille mit hochgezogenen Augenbrauen an und prostete Ida zu.

Alle sind gegen mich, dachte Dina zerknirscht. Oder besser gesagt, gegen Selene. Aber damit doch auch gegen mich. Darauf wollte sie wirklich nicht anstoßen.

„Ich gehe dann jetzt." Sie stand auf, drehte sich auf dem Absatz um, um ihren Mantel und Tasche zu holen.

„Dina, warte doch, ich kann mitgehen, wenn du willst." Ida griff nach ihren Sachen.

„Du gehst mit mir zu Selene, um ihr mitzuteilen, dass Ellen tot ist? Ich glaube nicht, Ida!"

Es erschreckte sie, wie scharf ihr eigener Tonfall war und wie der Satz zwischen Ida und ihr zu hallen schien. In Wahrheit wäre sie dankbar für Unterstützung gewesen, denn das würde kein einfaches Gespräch werden, aber es ging doch nicht, dass sie sich hinter Ida versteckte.

„Ich weiß, dass du es gut meinst, Ida. Aber das muss ich ihr selbst sagen. Allein."

Ida nickte schweigend. Sie verstand sehr wohl, aber bei Selene wusste niemand, wie sie reagieren würde. Dina ging es nicht gut. Es war einfach nicht richtig, dass sie jetzt wieder allein einer ausweglosen Situation gegenüberstand. Ida wollte ihr um jeden Preis beistehen. Sie zog sich an, umarmte Dina.

„Also gut, ich gehe dann nach Hause. Ich bin da, Dina. Du kannst jederzeit kommen oder telephonieren."

Dina drückte ihr die Hand, dankbar für Idas Nähe und ebenso für ihr Verständnis, dass sie diese Sache wohl oder übel allein klären musste.

Auf dem Weg wurde ihr regelrecht übel. Sie hatte den Tag über wenig gegessen, es war einfach viel zu viel zu tun gewesen. Und der Abend konnte lang werden. Der Ausblick durch die schmutzigen Scheiben der Bahn ließ das trübe Grau des Dezemberabends noch erdrückender erscheinen, als es ohnehin war. Die gelegentlichen Spiegelungen der Laternen in den Pfützen, die sich auf dem holperigen Pflaster gebildet hatten, erhellten die Szenerie kaum. Dinas Kopf schmerzte und ihre Augenlider wurden schwer. Als die Bahn am Eppendorfer Baum hielt, konnte sie gerade noch durch die sich bereits wieder schließende Tür aus der Bahn springen. Sie knickte um und für einen Moment wurde ihr vor Schmerz schwarz vor Augen. Auch das noch! Dina fluchte. Mit einer Hand hielt sie sich an einem Zaun fest, mit der anderen umklammerte sie ihren Knöchel. Sie versuchte, vorsichtig aufzutreten, aber es tat furchtbar weh. Also humpelte sie los. Der kurze Weg zur Löwenstraße schien ihr endlos. Der Schmerz hatte sie für einen Moment vergessen lassen, was ihr bevorstand. Sie trat ein und quälte sich die Treppen hinauf. Als sie an Selenes Wohnungstür klingelte, blieb ihr einen Moment die Luft weg.

„Dina! Himmel, wie siehst du denn aus! Du bist ja so weiß wie ein Laken, komm rein!"

Ehe Dina etwas erwidern konnte, zog Selene sie in den Flur, schälte sie aus dem Mantel.

„Du siehst ja total erfroren aus!"

Sie drückte sie auf das Sofa und griff nach ihrem Fuß, um ihre Stiefel aufzuknöpfen. Der Schmerz durchfuhr Dina wie ein Stromschlag.

„Au!"

„Was ist denn? Dina, der Knöchel ist ja geschwollen!"

„Ich bin umgeknickt, als ich aus der Hochbahn gestiegen bin."

„Na, da bist du aber wirklich unglücklich aufgekommen, wenn der mal nicht verstaucht ist. Warte mal."

Sie verschwand für einen Moment, kam mit einer Schale, einer Bandage und einem Handtuch über dem Arm aus dem Bad zurück.

„Leg das Bein hier drauf." Sie breitete das Handtuch auf dem Sofa aus, schnitt ein Stück von der Bandage ab und tauchte es in die Flüssigkeit. „Zähne zusammenbeißen."

Dina fauchte im ersten Moment, als das Tuch mit der essigsauren Tonerde auf dem Knöchel landete. Schon im nächsten Moment war die Kälte aber angenehm.

„So. Das lassen wir erst mal drauf und kühlen, damit das Ganze etwas abschwillt. Nachher mache ich dir einen stabilen Verband, damit du heute Nacht nicht unglücklich drauf liegst und vor allem, damit du besser auftreten kannst. Das wird wohl eine ganze Weile wehtun."

„Danke." Dina fühlte sich schwach. Das war sicher zum einen ihrem verstauchten Fuß zu verdanken, zum anderen aber auch der Tatsache, dass sie mit Selene über Ellen reden musste. Aber gerade in dem Moment wollte sie nichts weniger. Sie wollte um nichts in der Welt dieser liebevollen Fürsorge beraubt werden, mit der Selene sie umgab. Gleichzeitig machte sie das Wissen, dass sie die Hiobsbotschaft für den Moment aus rein egoistischen Gründen verschwieg, ganz krank.

Selene machte sich in der Küche zu schaffen und trug ein Tablett mit belegten Broten und zwei Gläsern Rotwein, das sie auf ein Tischchen vor dem Sofa stellte. Sie setzte sich, legte Dinas verarzteten Fuß behutsam auf ihren Schoß, erneuerte den Umschlag und reichte Dina ein Weinglas.

„Käse mit Käse oder Käse mit Gurke? Ich habe es nicht mehr geschafft, etwas einzukaufen." Sie grinste schief. „Du bist ganz blass um die Nase. Trink mal einen Schluck."

Dina brachte kein Wort heraus. Sie trank den Wein, den Selene ihr eingeschenkt hatte, und aß eins der belegten Brote, obwohl es ihr fast im Hals stecken blieb.

„Sollen wir schlafen gehen? Warte, ich helfe dir."

Selene half Dina in einen Pyjama und trug ihr einen Stuhl ins Bad, so dass sie am Waschbecken nicht stehen musste. Im Bett legte sie ein Extrapolster an das Fußende, damit Dina ihren Knöchel hochlagern konnte.

„Liegst du gut? Wenn die Schmerzen schlimmer werden, weck mich auf, dann kühlen wir wieder oder ich gebe dir eine Tablette."

Als sie sich küssten, brachen bei Dina alle Dämme.

„Warum weinst du? Ist es so schlimm? Dann müssen wir ins Krankenhaus." Sie sah besorgt aus.

„Nein, das ist es nicht. Aber du bist so lieb zu mir und ich kriege nicht heraus, was ich dir sagen muss."

Selene setzte sich auf und sah sie mit großen Augen an.

„Was ist es, Dina, sag es mir. Es geht um Ellen, richtig?"

Dina musste sich einen Moment fassen, dann stammelte sie: „Ellen lebt nicht mehr, Selene. Sie ist schon vor einer Woche gestorben."

Selene erbleichte. Sie rang nach Luft und es entfuhr ihr ein Wimmern, das sich kaum menschlich anhörte. Sie krümmte sich zusammen. Dina versuchte sie zu umarmen.

„Es tut mir so leid, Selene. Ich wollte es dir gleich sagen, aber dann bin ich umgeknickt und du warst so lieb zu mir, es tut mir leid!"

Selenes Schultern und Rücken bewegten sich ruckartig, ihr Körper war zusammengerollt, ihr Gesicht verborgen. Sie schluchzte tonlos, was den Schmerz, den sie fühlen musste, umso deutlicher machte. Es dauerte lange, Dina verlor das Zeitgefühl. Irgendwann lag Selene still und atmete flach. Dina hoffte, sie wäre eingeschlafen, und versuchte, die Decke über sie zu ziehen. Aber Selene setzte sich hastig auf und zog die Decke selbst bis unter das Kinn.

„Sie haben sie umgebracht."

„Nein, nein! Selene, nein! Sie hat diese Therapie nicht vertragen und einen Schock erlitten. Simon hat ihre Krankenakte einsehen können, er sagte, es stehe nichts darin, was einen Behandlungsfehler andeuten würde, ein Fremdverschulden, irgendwas in der Art."

„Was habe ich dir denn über die Insulinschocktherapie erzählt?“ Selenes schrie sie an. „Du hast wohl nicht verstanden, was ich gesagt habe, als ich dir erklärte, wie gefährlich und unkontrollierbar das ist! Sie haben das Risiko in Kauf genommen und Ellen als Versuchskaninchen benutzt!“

Dina schwieg. Alles, was sie hätte sagen können, wäre falsch gewesen. Selene sprang auf, riss den Kleiderschrank auf und begann sich hektisch anzuziehen.

„Wo willst du denn jetzt hin? Es ist spät und ich kann nicht auftreten.“ Dina wickelte sich aus der Bettdecke.

Der Blick, der sie aus Selenes Augen traf, ließ sie erstarren.

„Du bleibst hier. Ich gehe.“

„Selene, ich weiß nicht, was du vorhast, aber ich soll dir von Simon auch sagen, dass sie sie bereits … eingeäschert haben. Da sie keine lebenden Verwandten hat, wird sie vermutlich anonym beigesetzt, es sei denn, dein Vater will eine Beerdigung ausrichten und …“

Selene hatte die Schuhe zugebunden und schaute zu ihr hoch. Für einen Moment schien es Dina, als wäre die Ruhe in ihren Blick zurückgekehrt, als würde sie ihr zuhören.

„Sei still“, sagte Selene. Sie sprach leise und ihre Stimme hatte einen kalten, abweisenden Unterton. „Sei einfach still.“

Dina traute sich nicht mehr, sich zu rühren, und senkte den Blick. Wenige Momente später hallte das Geräusch der wütend zugeschlagenen Tür durch das schlafende Haus und Dina war allein.

Sie zitterte am ganzen Körper, was sich auch nicht änderte, als sie wieder unter die Decke kroch. Sie hatte es vermasselt. Schiefer hätte es gar nicht gehen können und das war allein ihre Schuld. Sie hatte nicht die blasseste Ahnung, wo Selene hingegangen sein konnte, was sie vorhatte. Ihr blieb nichts anderes übrig als zu warten. Ihr Knöchel sendete einen pochenden Schmerz bis ins Knie hinauf und war dick geschwollen. Sie hätte Selene niemals folgen können. Sie würde warten. Schlafen konnte sie ohnehin nicht, dafür sorgte der Schmerz in ihrem Fuß, und irgendwann im Laufe der Nacht musste sie ja wieder nach Hause kommen.

Als Dina aufwachte, prasselte ein Eisregenschauer gegen die Schlafzimmerscheibe. Erschrocken fuhr sie hoch in der Annahme, dass sie zu spät zur Arbeit käme, aber dann fiel ihr ein, dass Sonntag war. Und nach und nach auch, was sich am Vorabend ereignet hatte. In der Wohnung war es still, soweit man das durch die Geräuschkulisse von draußen beurteilen konnte.

„Selene?"

Keine Antwort. Sie war also allein. Wenn sie wiedergekommen wäre, hätte ich das gehört, dachte Dina. Selene war also die ganze Nacht weggeblieben. Wo konnte sie sein? Dina überlegte, was sie tun, wo sie suchen könnte. Aber ihr fiel nichts Gescheites ein. Sie versuchte aufzustehen. Die Schwellung an ihrem Knöchel hatte sich zurückgezogen, aber das Auftreten tat weiterhin höllisch weh. Aber es nützte ja nichts. Sie konnte nicht ewig hierbleiben und auf Selene warten. Fluchend vor Schmerz kleidete Dina sich an. Ihre Knopfstiefel gingen gerade eben so zu, was zwar unangenehm war, ihrem Fuß aber immerhin eine gewisse Stabilität verlieh, so dass sie es vielleicht schaffen konnte, zur Haltestelle zu humpeln. Auf dem Weg nach draußen nahm sie einen Regenschirm aus dem Schirmständer. Es hatte zwar für den Moment aufgehört zu schütten, aber der Schirm würde ihr als Krücke gute Dienste leisten.

Sie schrieb Selene eine kurze Nachricht, die sie im Korridor an den Spiegel klemmte. Sie hatte die Wohnungstür schon geöffnet, als ihr etwas einfiel. Sie griff unter den alten Sessel. Vielleicht war es besser, wenn sie den Ersatzschlüssel mitnahm. Vielleicht auch nicht. Wie sollte sie noch wissen, was richtig und was falsch war, da sie in letzter Zeit immer falsch lag, wenn sie meinte, richtig zu handeln. Sie zog die Tür hinter sich zu und humpelte die Treppen hinunter.

Als sie aus der Bahn stieg, um die Linie zu wechseln, wurde ihr bewusst, dass sie, ohne darüber nachzudenken, den Weg zum Haus von Idas Familie eingeschlagen hatte. Ida war der einzige Mensch, auf den sie sich hundertprozentig verlassen konnte. Außer Tante Luise natürlich. Und Siegfried. Eigentlich stand sie gar nicht schlecht da. Drei Menschen zu haben, denen man bedingungslos trauen konnte, war nicht wenig und wurde dem Maß an Einsamkeit nicht gerecht, das sie am Morgen verspürt hatte, als sie so verlassen in Selenes Wohnung aufgewacht war. Es gab Menschen, denen sie wichtig war, die sich um sie kümmerten, wenn sie Hilfe brauchte. Sie hielt inne. Auch Selene hatte sich am Abend zuvor ihrer angenommen. Sie hatte ihre Verletzung versorgt und, was viel wichtiger war, sie hatte ihr das Gefühl gegeben, geliebt und umhegt zu sein. Und um dieses Gefühl genießen zu können, hatte sie mit der Nachricht über Ellens Tod hinter dem Berg gehalten. Das war unentschuldbar. Kein Wunder, dass Selene ihre Gegenwart nicht ertragen hatte. Dina stieg aus der Bahn und grübelte weiter vor sich hin und stand wenig später auf der Türschwelle der Villa Lerch. Simon öffnete ihr.

„Dina, komm rein. Ida ist oben. Ida! Dina ist da!" Sie trat in den Vorraum.

„Was ist denn mit deinem Fuß? Hast du dir wehgetan?"

Den ganzen Weg über hatte sie die Zähne zusammengebissen und sich nach Kräften mit dem Regenschirm abgestützt. Aber es war ein ganzes Stück von der Straßenbahn zur Villa Lerch und sie merkte, dass das dumpfe Pochen vom Morgen sich in einen stechenden Schmerz verwandelt hatte, der ihr den Atem nahm. Sie schwankte. Simon hielt sie fest; Ida eilte die Treppe herunter und stützte Dinas andere Seite.

„Du musst dich hinlegen. Komm, Simon, wir müssen sie irgendwie nach oben kriegen."

Mit vereinten Kräften halfen sie Dina, der vor Schmerz und Anstrengung die Knie weich wurden, die Treppe hinauf. In Idas Zimmer setzten sie sie auf einen Sessel und schoben ihr einen Hocker unter das Bein.

„Was um Himmels willen hast du denn gemacht?"

„Ich bin gestern umgeknickt. Der Knöchel war stark geschwollen und hat schon gestern wehgetan, aber nicht so sehr wie jetzt. Selene hat Umschläge mit essigsaurer Tonerde gemacht."

„Das war richtig. Aber wieso lässt sie dich jetzt allein durch halb Hamburg fahren und zu Fuß gehen?"

Dina schaute ihn mit großen Augen an, sagte aber nichts.

„Simon, lass das doch!"

„Ach, Gott – ich bitte vielmals um Entschuldigung!" Er war sichtlich ungehalten. „Ich hole jetzt mal meine Tasche. Dann kriegst du einen Umschlag und ein ordentliches Schmerzmedikament. Ich vermute, du hast dir den Knöchel nicht nur verstaucht, sondern es sind mit Sicherheit auch Bänder gedehnt, wenn nicht sogar gerissen." Er verschwand brummelnd im Flur.

„Dina, was ist los?" Ida sah sie forschend an.

„Selene ist weg."

„Wie weg?"

„Ach, Ida, ich habe alles falsch gemacht!"

„Das kann ich mir gar nicht vorstellen, was ist denn bloß passiert und wo ist Selene? Simon hat recht. Wieso lässt sie dich mit einem verletzten Fuß herumlaufen?"

„Ich war gestern bei ihr zu Hause, um ihr von Ellen zu erzählen. Als ich gestern aus der Bahn stieg, bin ich umgeknickt. Sie war so lieb zu mir. Sie hat meinen Knöchel verarztet. Das hat so verdammt wehgetan, Ida. Es ist nicht so, dass ich Ellen vergessen hätte. Ich habe es ihr aber nicht sofort gesagt, als ich reinkam. Erst, als wir schlafen gehen wollten."

„Und dann?"

„Sie war völlig außer sich. Hat auch nicht mehr mit mir geredet oder mir zugehört. Aber als ich ihr erzählt habe, dass Ellen bereits eingeäschert worden ist, hat sie sich angezogen und ist gegangen. Mit dem Fuß konnte ich ja nicht hinterher." Dina starrte einen Moment vor sich hin. „Ich habe versucht, sie zurückzuhalten, habe sie gefragt, wo sie hinwill. Aber sie hat mir gesagt, ich solle endlich still sein."

Wieder hörte sie Selenes eisiges ‚Sei einfach still!' und das Scheppern des bunten Glaseinsatzes in der Wohnungstür, die sie hinter sich zugeknallt hatte.

Simon trat wieder ein.

„Dina, mal ganz ehrlich. Zugegeben, es ist tragisch. Ellen Berggrün war sehr jung. Aber eben auch sehr, sehr krank. Ich weiß nicht. Vielleicht hätte man ahnen können, dass sie dieser Therapie nicht würde standhalten können bei ihrer Konstitution. Schwer zu sagen. Ich bin nicht mit dem Fall vertraut. Aber was Selene da macht, ist wie das Köpfen des Überbringers schlechter Nachrichten bei den alten Griechen. Du kannst doch nichts dafür."

„Simon hat recht, Dina. Es ist nicht deine Schuld. Und du warst verletzt. Es ist selbstverständlich, dass sie sich zuerst um dich gekümmert hat. Was wäre denn gewesen, wenn du sofort damit rausgerückt wärst? Hätte sie dich dann sofort sitzenlassen, um in der Nacht zu verschwinden?"

„Ich weiß nicht. Vielleicht hat sie gedacht, ich habe mir ihre Aufmerksamkeit erschleichen wollen und dass ich es mit Absicht nicht sofort gesagt habe, damit sie sich um mich kümmert."

Ida nahm sie in den Arm. „Das ist Unsinn! Wir sind alle nur Menschen. Und Ellen konnte sie nicht mehr helfen, dir aber schon. Ich kann mir nicht vorstellen, dass sie gedacht hat, du wolltest … dir ihre Aufmerksamkeit erschleichen."

Ida war sich dieser Sache beileibe nicht so sicher, wie sie es vorgab zu sein. Wer konnte wissen, was Selene von Merten genau dachte oder was in ihr vorging? Nicht, dass Letzteres Ida besonders interessiert hätte. Ihrer Meinung nach fehlte es der Dame deutlich an Charakter und gesundem Menschenverstand. Selene war ziemlich überspannt. Auch wenn sie immer so überlegen tat in ihrer Männerkleidung und mit diesem unerschütterlich souveränen Auftreten, das die meisten Menschen, Dina eingeschlossen, dazu veranlasste, ihr alles recht machen zu wollen, sich rettungslos in sie zu verlieben und ihre Launen zu ertragen.

„Ida, wo kann sie bloß hingegangen sein, es war mitten in der Nacht und stockdunkel. Ich mache mir solche Sorgen!"

„Hast du Angst, dass sie sich etwas antut?"

Dina stutzte. „Nein, das eigentlich nicht. Sie war so wahnsinnig wütend, als sie ging, Ida. Ich habe nicht die geringste Ahnung, wo sie sein könnte oder was sie tun wollte."

Simon, der Dinas Fuß behandelt und bandagiert hatte, stellte ihr eine kleine Pillendose auf das Teetischchen.

„Das wird dir die Schmerzen lindern, denn viel mehr können wir jetzt nicht tun. Es macht dich aber auch sehr müde, also wenn du es aushalten kannst, nimm erst am Abend zwei Stück davon. Und du wirst uns eine Weile als Hausgast erhalten bleiben: Auftreten darfst du eine Woche lang gar nicht und danach schauen wir mal. Vielleicht solltet ihr Dinas Tante benachrichtigen und den Photographen, bei dem du arbeitest, auch." Zu seiner Schwester gewandt: „Im Atelier wird sie so schnell nicht wieder stehen können. Und mit Kameratasche, Stativ und Blitzgerät beladen durch die ganze Stadt laufen schon mal gar nicht."

Ida nickte zustimmend und überhörte Dinas schwache Proteste.

„Ich gehe jetzt mal in die Küche und schaue, was ich zu essen für dich finde. Unsere Eltern kommen erst übermorgen aus England von Mamas Verwandten zurück und wir geben den Dienstmädchen und der Köchin immer heimlich frei, wenn sie nicht da sind. Wir beide kommen allein gut klar. Und sowohl die Mädchen als auch unsere Küchenfee haben ihre Familien in Schleswig-Holstein. Und nachher, wenn du gegessen hast, sagen wir deiner Tante, dass du ein paar Tage bei uns bleibst. Ein Glück, dass sie jetzt auch ein Telephon hat. Und Herrn Lohmann telephonieren wir dann morgen früh."

Sie verließ das Zimmer und Dina hörte ihren entschlossenen Schritt eine ganze Weile, bevor er sich in der Villa zu verlieren schien. Sie lehnte sich müde im Sessel zurück. Ihr Fuß schmerzte zwar, aber sie würde mit den Tabletten warten, bis sie etwas im Magen hatte. Obgleich es erst kurz nach Mittag war, fühlte sie sich sehr müde. Der Weg war anstrengend gewesen. Sie würde ein paar Tage bleiben. Aber was war mit Selene? Dina war klar, dass sie sie nicht suchen konnte. Wie sollte sie das anstellen, mit einem Fuß, der so wehtat, dass sie kaum mehr darauf stehen, geschweige denn irgendwo hingehen konnte.

Als Ida mit einem Tablett zurückkam, fand sie Dina zusammengesunken im Sessel. Sie blinzelte schläfrig vor sich hin und wirkte abwesend.

„Na, da bin ich ja wohl gerade rechtzeitig, bevor du einschläfst. Iss etwas, dann hieven wir dich rüber ins Bett, da liegst du bequemer."

„Danke, ich bin wirklich erschöpft." Sie nahm eine Gabel von dem leichten, schaumigen Omelette, das Ida für sie zubereitet hatte. Es schmeckte köstlich. Eben noch war sie sicher gewesen, nichts essen zu können, weil sie sich Sorgen um Selene machte und obendrein todmüde war. Doch sie verputzte das Omelette, das gebutterte Brötchen mit Schinken und die kleine Schale Karottensalat. Sie hatte doch Hunger gehabt! Mit einem Glas Wasser spülte sie zwei von Simons Tabletten herunter. Allein die vage Aussicht, dass sie den Schmerz lindern würden, war himmlisch.

„Braves Mädchen. Komm, ich helfe dir rüber."

„Ida, ich mache mir solche Sorgen um Selene … ich habe keine Ahnung, wo sie sein könnte, was sie macht. Ich muss sie doch suchen. Schließlich bin ich schuld daran, dass sie mitten in der Nacht verschwunden ist. Ich war einfach zu ungeschickt und grob."

„Mit Sicherheit nicht."

„Was?"

„Du warst mit Sicherheit nicht grob und du wirst sie auch nicht suchen gehen."

Idas Stimme ließ keinen Zweifel daran, dass sie dafür sorgen würde, dass Dina genau da blieb, wo sie jetzt war, bis es ihr besser ginge. Etwas sanfter fuhr sie fort: „Du bist verletzt, Dina. Du kannst jetzt nirgends hingehen. Selene ist erwachsen. Sie ist eine überaus intelligente Frau und geht seit Jahren selbständig durch ihr Leben. Warum meinst du, dass ausgerechnet du sie jetzt suchen musst?"

„Ich fühle mich einfach verantwortlich."

Ida fasste sie hart an den Schultern, drückte sie ins Kissen und sah sie ernst an. In ihren Augen stand mühsam kontrollierter Zorn.

„Dina, komm zu dir! Was du oder irgendwer sonst empfindet, ist Selene egal. Sie handelt ausschließlich nach ihrem eigenen Gutdünken. Ich kenne sie nicht gut, aber das habe ich in der kurzen Zeit begriffen. Wenn Selene tun und lassen kann, was sie will, dann wird sie auch wieder auf die Füße fallen. Das tut sie immer. Hör also mit diesem Blödsinn auf. Sie braucht dich nicht. Sie wird wieder auftauchen und dann kannst du sehen, was ist. Jetzt nicht." Sie ließ Dina los, stand auf und ging ans Fenster, wo sie stehen blieb, dem Garten zugewandt, die Arme um den Oberkörper geschlungen.

Dina erwiderte nichts, sondern legte sich zurück ins Kissen. Ihr Herz schlug schnell und hart, hoch in ihrem Hals. Sie hatte Ida niemals zuvor in diesem Ton sprechen hören, hätte auch nicht gedacht, dass er zum Repertoire ihrer Freundin zählte.

Ida schien sich gefasst zu haben.

„Brauchst du noch etwas? Ich komme dann später. Weck mich ruhig, wenn nachts etwas ist." Sie wandte sich ab und verließ hastigen Schrittes den Raum.

Die Tabletten, die Simon ihr gegeben hatte, bewirkten, dass sie, aufgewühlt, wie sie war, dennoch einschlief. Sie träumte in jener Nacht. Wirre Bilderfetzen. Selene, Ellen, Ida. Eine Straßenbahn, die auf sie zuraste. Das schrille Klingeln im Ohr wachte sie keuchend auf und schreckte hoch. Wo war Ida? Sie war nicht gekommen? Wie spät mochte es wohl sein? Sie tastete auf dem Nachttisch nach ihrem Wasserglas und warf dabei ein Buch herunter, das dumpf auf dem Boden aufprallte.

„Dina? Alles in Ordnung?"

Idas Stimme klang schlaftrunken und kam vom Sofa.

„Ich habe furchtbar geträumt und dachte, du wärst nicht da. Ich wollte einen Schluck trinken und da ist etwas heruntergefallen."

„Warte." Ida machte Licht, schenkte ihr aus der Karaffe Wasser in ein frisches Glas und trug es zu ihr ans Bett.

„Warum liegst du auf dem Sofa?" Dina kuschelte sich schlaftrunken an Idas Schulter und spielte mit einer ihrer Locken.

Ida richtete sich auf, schob Dina sanft in die Kissen zurück und nahm ihr die Haarsträhne aus den Fingern.

„Das weißt du doch längst! Tu bitte nicht so, als hättest ausgerechnet du nichts davon gemerkt!"

So müde und verwirrt Dina auch war, so verstand sie dennoch. Sie ließ sich zurücksinken.

„Das habe ich nicht mit Absicht gemacht, Ida. Es war keine Absicht, das musst du mir glauben. Ich kann nichts dafür, dass ich sie liebe."

„Schlaf jetzt weiter."

Ida zog die Decke hoch, ging zurück zu ihrem Lager auf dem Sofa und drehte das Licht aus.

Wenige Wochen später brachte der Januar erneut Eis, Schnee und frostige Temperaturen. Vorsichtig tastete sich Dina an den Hauswänden vom Atelier nach Hause. Das Glatteis war so tückisch, man musste höllisch aufpassen, damit man nicht ausrutschte. Altes Jahr, neues Jahr. Alles das Gleiche. Es ging immer weiter. Seit jener Nacht vor Weihnachten war Selene nicht mehr aufgetaucht. Nur ein kurzer Brief hatte Dina erreicht. Sie solle sich keine Sorgen machen und nicht nach ihr suchen, sie würde bald zurück sein. Das war kurz nach ihrem nächtlichen Verschwinden aus ihrer Wohnung. Die Verletzung an Dinas Knöchel war inzwischen verheilt, aber es hatte seine Zeit gebraucht. Das Glatteis war eine echte Herausforderung, denn ganz sicher war sie noch längst nicht wieder auf den Füßen. Als Dina die Haustür aufschloss, hörte sie Stimmen in Tante Luises guter Stube.

„Dinchen, bist du das?"

„Ja."

„Du hast Besuch, Kind."

Selene! Dina nahm sich nicht einmal die Zeit, den Mantel auszuziehen. Sie streifte sich im Gehen die Handschuhe ab, stürzte in den Raum und blieb verblüfft stehen.

„Was macht ihr denn hier?"

Verwundert und beunruhigt sah sie von einem zum anderen. Simon nickte ihr zu.

Friedrich Behrens verbeugte sich leicht, räusperte sich und wandte sich dann an Tante Luise.

„Frau Greiber, meinen Sie, ich könnte vielleicht noch eine Tasse Ihres vorzüglichen Tees bekommen?"

Tante Luise erhob sich, so grazil es ihr möglich war, von ihrem Kanapee.

„Aber selbstverständlich, Herr Behrens."

„Vielen Dank, Frau Greiber. Wissen Sie was? Ich komme mit in die Küche und helfe Ihnen mit dem Geschirr." Er reichte ihr galant den Arm. Tante Luise hakte sich kichernd bei ihm ein und die beiden verließen den Raum.

Dina konnte kaum atmen. Ihr war heiß und kalt zugleich.

„Simon, was ist mit ihr?"

„Wir haben wenig Zeit, bis deine Tante zurückkommt, und du musst dich zusammenreißen, Dina. Selene ist im Krankenhaus. Es geht ihr nicht gut."

„In Friedrichsberg?" Dinas Stimme überschlug sich fast.

„Nicht so laut! Deine Tante soll doch nichts merken. Sie wird nicht sterben, Dina. Sie ist krank. Sehr krank sogar. Aber sie wird sich wieder erholen."

„Warum ist sie in der Irrenanstalt? Sie ist nicht verrückt, bestimmt ist sie das nicht!"

„Verdammt, Dina, sei leise. Du kannst sie sehen. Ich bringe dich zu ihr. Ich kann dir zwar nicht garantieren, dass sie dich erkennt, aber vielleicht tut es ihr gut zu merken, dass du bei ihr bist. Und wenn deine Tante jetzt wiederkommt, trinken wir alle eine Tasse Tee, du ziehst dich um und wir tun so, als ob wir Ida abholen fahren und etwas unternehmen. Los. Reiß dich zusammen!"

Die erzwungene Teestunde und Tante Luises Geplauder bereiteten Dina Höllenqualen. Sie ging nach oben, wie Simon ihr gesagt hatte, und kleidete sich um. Sie zögerte einen Moment, schlüpfte dann aber in ein Paar Hosen ihres Vaters, die sie inzwischen für sich passend gemacht hatte. Tante Luise hatte ihr geholfen, auch wenn sie ununterbrochen geschimpft hatte, nicht verstehend, warum Dina so herumlaufen wollte.

„So willst du doch wohl nicht mit den beiden Herren vor die Tür?"

„Aber, gnädige Frau, das macht gar nichts. Wir finden Fräulein Dina zauberhaft, egal, was sie trägt." Friedrichs Lächeln schien Tante Luise auf wundersame Weise zu beruhigen.

„Na, meinetwegen. Ihr jungen Leute macht ja sowieso, was ihr wollt."

Draußen stiegen sie in den Wagen von Friedrichs Vater, den selbiger nicht mehr fuhr, Friedrich dafür umso öfter.

„Jetzt red endlich! Ich will endlich wissen, was mit ihr los ist! Warum ist sie in Friedrichsberg?"

„Dina, beruhige dich erst mal."

„Gott verdammt noch mal, Simon, was ist mir ihr?"

„Sie hat wohl eine Art Zusammenbruch erlitten. Sie wurde von der Polizei in einem … sehr schlechten Zustand in der Nähe des Friedhofs in Ottensen aufgegriffen. Sie hatte offenbar tagelang nichts gegessen, dafür umso mehr getrunken und zwar mit reichlich Kokain und was weiß ich noch alles." Er fuhr sich durch die Haare. „Sie hatten sie erst mal in eine Ausnüchterungszelle gesteckt, bis einer, der auf der Polizeiwache Hilfsdienste leistet, sie erkannt hat. Offenbar einer ihrer Freunde aus der Partei, Erwin irgendwas."

„Ja, ich kenne ihn." Die Erinnerung an den Tag der Demonstration auf dem Paulinenplatz stieg in Dinas Gedächtnis hoch. „Und dann?"

„Dann hat man sie bei uns eingeliefert."

„Simon, sie ist seit Wochen weg. Was war in der Zwischenzeit?"

„Das weiß keiner. Sie redet nicht darüber. Das ist auch eines der Probleme, warum wir nicht viel für sie tun können, außer ihre Verletzungen zu versorgen."

„Hat man ihr … ich meine, ist sie …"

Simon legte Dina die Hand auf die Schulter.

„Verletzungen, die darauf hindeuten, haben wir zwar keine gefunden, aber sie war wochenlang verschwunden. Da kann sonst was passiert sein, das kann man jetzt nicht mehr genau sagen."

„Wo haben sie sie gefunden?"

Simon sah gequält aus dem Fenster.

„Ich weiß es nicht, Dina."

„Du lügst."

„Ja, und? Wenn schon."

Dina wandte sich von ihm ab. Wenig später kamen sie in Friedrichsberg an. Sie betraten ein Seitengebäude durch einen unscheinbaren Eingang. Friedrich und Simon nahmen aus einem Schrank drei weiße Kittel und bedeuteten Dina, einen davon anzuziehen.

„Nur für den Fall, dass eine der Schwestern sich wundert, denn jetzt ist gerade keine Besuchszeit. Aber mit etwas Glück findet jetzt wirklich der Schichtwechsel planmäßig statt. Da fallen wir nicht groß auf und Schwestern reden drei ins Gespräch vertiefte Ärzte nicht an."

Dina musste trotz allem schmunzeln. Friedrich war ein ruhiger, junger Mann, der eigentlich nie laut war oder sich in den Vordergrund drängte. Ihm schien es besser zu gefallen, sich unauffällig im Hintergrund zu halten. Dennoch bemerkte ihn jeder und alle Frauen bekamen glasige Augen, wenn sie Friedrich Behrens gewahr wurden. Er war groß und schlaksig, hatte aber breite Schultern. Sein dunkelblondes Haar war glatt und hatte bereits vereinzelte silberne Fäden. Seine graugrünen Augen lagen tief und waren von unverschämt langen Wimpern umschattet, was sein Gesicht mit den klassischen Zügen äußerst anziehend machte. Obwohl Simon Idas Bruder war, hatte Dina Friedrich immer sympathischer gefunden und war froh, dass er sie begleitete.

Sie gingen hinter Simon her durch einige lange Gänge, in denen sich niemand aufhielt. Sie begegneten niemandem. Ertappten lediglich zwei Krankenschwestern, die an einem offenen Fenster rauchten. Simon räusperte sich vernehmlich und runzelte die Stirn, woraufhin die beiden hastig ihre Zigaretten ausdrückten, das Fenster schlossen und sich mit niedergeschlagenen Blicken an ihre Arbeit machten.

„Hier sind wir. Sie hat ein Einzelzimmer, dafür hat ihr Vater gesorgt. Sie darf sich auf keinen Fall aufregen, Dina, hörst du? Wenn sie wieder Fieber bekommt oder halluziniert, wäre das sehr schlecht für sie. Daher müssen wir den Besuch abbrechen, wenn sie unruhig wird, ist das klar? Also wenn sie schläft, weckst du sie auf gar keinen Fall."

„Ja, natürlich."

„Friedrich und ich bleiben draußen. In ein Arztgespräch vertieft. Wenn irgendwas ist, klopfen wir und du kommst umgehend raus."

„Ist gut."

„Nun geh schon."

Dina schlüpfte durch die Tür in das schmale Zimmer, das spärlich durch ein Nachtlicht erhellt wurde. Das Bett befand sich am Fenster. Selene lag mit geschlossenen Augen darin und atmete regelmäßig. Auf ihrem Nachttisch stand nichts außer einem Glas Wasser und einem leeren Pillennäpfchen. Dina verstand. Selene wurde mit Medikamenten ruhiggestellt. Ihr Gesicht war schmal und blass wie immer, aber ihre Haut wirkte in diesem Licht, sofern das überhaupt möglich war, durchscheinend und Dina bemerkte, dass sie an ihrer Schläfe ein zartes Pulsieren sehen konnte. Sie war bis zur Brust zugedeckt und trug offenbar eines der Krankenhaushemden, das aus einem graugewaschenen, einstmals blauen Leinen und völlig schmucklos war. Es hing zwar ein Morgenmantel an einem Haken an der Tür, sie konnte aber nirgends Pantoffeln entdecken, so dass sie vermuten musste, dass Selene nicht fähig war aufzustehen.

Dina setzte sich vorsichtig, um keine Geräusche zu machen, auf einen Stuhl, der unweit des Bettes stand, und sah Selene an. Sie hätte gern ihre Hand genommen, aber ihre Arme waren beide unter der Decke und so strich sie ihr vorsichtig über das Gesicht. Noch auf der Fahrt war Dina aufgewühlt gewesen. Ärgerlich über Simons überlegenes Gehabe und darüber, dass er ihr offenbar nicht die ganze Wahrheit gesagt hatte. Sie hatte befürchtet, sich mit Mühe davon abhalten zu müssen, Selene an sich zu reißen und in Tränen auszubrechen, aber nun, da sie an diesem stummen Ort saß, passierte nichts von alldem. Sie sah Selene einfach an, spürte ihre warme, zarte Wange an ihren Fingern und war zutiefst dankbar, dass sie noch lebte. Dass sie sie sehen und berühren konnte. Dina atmete tief durch und hatte das Gefühl, dass sie das seit Wochen nicht mehr getan hatte. Es war nicht das erste Mal gewesen, dass Selene für einige Wochen von der Bildfläche verschwunden war, aber Dina hatte instinktiv gespürt, dass es dieses Mal anders gewesen war als sonst. Es hatte sich bedrohlich angefühlt, sie war hilflos. Und selbst jetzt konnte sie nur dasitzen und versuchen, mit allen Sinnen Selenes Gegenwart aufzunehmen, in der Stille bei ihr zu sein und ihr eigenes Gleichgewicht wiederzufinden. Es war klar, dass Selene sehr krank sein musste, aber körperlich schien es ihr gut zu gehen, sie hatte keine Verletzungen, wirkte nur etwas schmaler als vorher.

Friedrich öffnete vorsichtig und leise die Tür.

„Kommst du, Dina? Es ist spät. Wir müssen sehen, dass wir Land gewinnen."

„Ich komme." Sie küsste Selenes Nasenspitze, erhob sich und folgte Friedrich schweren Herzens.

Sie verließen die Landesirrenanstalt ebenso unbehelligt durch den Personalnebeneingang, wie sie gekommen waren.

„Danke, dass ihr mich hergebracht habt."

Simon drückte ihre Hand. Er meinte es nicht böse, aber seit dem Vorfall am Meer verhielt er sich ihr gegenüber anders. Reserviert zumeist und manchmal sogar ein wenig aggressiv. Vermutlich wollte er Ida vor ihr schützen.

Ida, dachte Dina voller Kummer. Sie ist in mich verliebt und ich habe ihr durch mein Verhalten Hoffnungen gemacht. Wie zum Teufel konnte ich das tun? Ich wünschte, ich könnte das ungeschehen machen, aber das kann ich nicht. Ich kann nicht mehr einfach so durch das Leben stolpern, wie es gerade so kommt. Es wird Zeit, dass sich etwas ändert.

12. Kapitel

„Fräulein Harms? Warten Sie!"

Dina drehte sich um. Ein Mann mittleren Alters von breiter, kräftiger Statur lief ihr nach. Er trotzte der sommerlichen Hitze mit einem hellen Leinenanzug, der zu eng war und eher in tropische Gefilde gehörte. Sie hatte Selene besuchen wollen und war nicht vorgelassen worden, weil ihre Verwandten da seien. Frustriert hatte sie sich auf den Heimweg machen wollen, denn nach Friedrichsberg war es recht weit, egal, ob sie von zu Hause kam oder von der Arbeit.

„Ja?"

„Fräulein Harms, ich bin Wilhelm von Merten. Selenes Vater."

„Guten Tag. Dina Harms."

„Ich weiß, ich weiß. Meine Tochter erzählte mir, dass Sie sich sehr um sie gekümmert haben in all diesen Monaten der …", er hüstelte, „… der Erkrankung meiner Tochter."

„Das ist selbstverständlich, Herr von Merten. Wir sind Freundinnen. Schon lange." Sie sah ihm fest in die Augen und baute auf die Wirkung ihres unschuldigen Blicks.

„Ja. Selene erwähnte es. Ich wollte Ihnen deswegen mitteilen, dass meine Tochter entlassen wird. Bald. Schon in den nächsten Tagen. Sie wird vorläufig wieder bei uns in Groß Borstel leben. Es kann ja in ihrem Zustand eine Weile dauern, bis sie wieder auf eigenen Füßen steht." Er räusperte sich. „Sie sind uns selbstverständlich stets willkommen, Fräulein Harms, wenn Sie Selene besuchen wollen. Wir wohnen am Weg beim Jäger."

„Danke. Ich komme gern."

„Ich muss mich jetzt verabschieden. Fräulein Harms." Er nickte ihr von oben herab zu, machte kehrt und ließ sie im Gang stehen.

In Dinas Kopf wirbelte es. Selenes Entlassung kam ihr verfrüht vor. Sie hatte zwar fast ein halbes Jahr in Friedrichsberg zugebracht, aber sie schien noch nicht so weit zu sein, der Welt wieder gegenüberzutreten. Sie war anders als vorher. Stiller. Es gab weiterhin Momente, in denen sie geistesabwesend Löcher in die Luft starrte, aber das fiel außer Dina offenbar niemandem auf. *Spökenkieker* nannte man Leute, die etwas sahen, was andere nicht sehen konnten. Sie fragte sich oft, was es wohl war, das Selene noch so von der Realität fernhielt. Immerhin hörte sie keine Stimmen mehr. Sie hatte auch aufgegeben, gegen die Injektionen anzukämpfen. Sie schluckte widerspruchslos ihre Tabletten wie andere auf dem Wege der Heilung befindliche Patienten. Das ersparte ihr neben den Spritzen auch die Fixierung mit Riemen am Bett und die Langzeitbäder, die sie jedes Mal an den Rand des Kreislaufkollapses gebracht hatten. So war es sicher besser. Aber ob Selene wirklich stark genug war, das Krankenhaus zu verlassen? Dina nahm sich vor, so bald wie möglich nach Groß Borstel zu fahren. Schon in der nächsten Woche. Sie trat durch das Portal auf die Straße und machte sich auf den Weg zur Bahn. Dina war unschlüssig, was sie nun mit dem Rest des warmen Sommernachmittags tun sollte, denn durch die Anwesenheit der Eltern hatte sie Selene nicht gesehen. Sie hatte ihre Kamera dabei. Sie könnte irgendwohin fahren und ein paar Bilder machen.

„Fräulein Dina!"

Sie drehte sich um. Am vergitterten Fenster des Nebengebäudes stand wild fuchtelnd Auguste. Eine Patientin, die zwar wirklich verrückt war, aber harmlos und daher nicht eingesperrt wurde. Sie war Dina ein paar Mal auf den Gängen begegnet und hatte unbefangen und wie ein Kind drauflos geplaudert. Meistens half sie dem Klinikpersonal beim Putzen. Dina winkte zurück. Warum nicht hier photographieren, schoss es ihr durch den Kopf. Sie hatte bereits ein paar Mal einige Aufnahmen gemacht. Immer schnell und verstohlen, weil das ziemlich sicher verboten war, aber es gab zu viel hinter diesen Mauern, was sie beschäftigte, verstörte, anwiderte und auf eine seltsame Weise auch faszinierte. Als sie sich umdrehte und wieder auf das Eingangstor zuging, brach Auguste in ein Freudengeheul aus und stürmte Dina dann entgegen.

„Komm, lehn dich mal hier an das Portal. Ich will eine Photographie von dir machen."

Auguste warf sich in Positur und lächelte kokett. Dina drückte ab. Das schiefe Gebiss, das sie nicht versteckte, weil sie oft und gern lachte, das kurzgeschorene graue Haar und die gedrungene Gestalt bildeten einen befremdlichen Kontrast zu dem gediegenen Eingang.

„Hab ich das gut gemacht?" Auguste lächelte schüchtern und sah Dina fragend an. Die Ärmste. Aus ihrer Familie lebte niemand mehr. Sie würde vermutlich den Rest ihres Lebens in Friedrichsberg verbringen.

„Sehr, sehr gut sogar! Ich bringe dir einen Abzug vorbei in der nächsten Woche, was sagst du?"

„Meine eigene Photographie? Für mich?" Auguste strahlte über das ganze Gesicht.

„Ganz genau."

„Du bist lieb, Dina. Komm mit, ich zeig dir was." Auguste nahm Dinas Hand und wollte sie in das Gebäude ziehen. Dina zögerte einen Moment, überlegte es sich dann aber und ging mit.

„Dina? Hast du etwa hier geschlafen?" Siegfried hatte den Laden aufgeschlossen und sich zu Tode erschreckt, als er die Gestalt auf der Récamiere im Halbdunkel des Ateliers erblickte. Dina gähnte und blinzelte ihn verschlafen an.

„Ja … Moin, Siegfried. Entschuldige, es ist gestern so spät geworden."

„*Menschenskinners* noch mal. Du hast mir doch versprochen, dass du nicht mehr am Sonntag ausgehst." Siegfried war ungehalten.

Dina setzte sich auf und wickelte die Beine aus der Decke. „Ich war nicht aus, ich habe gearbeitet. Ich war die halbe

Nacht im Labor. Wenn du siehst, was ich für Bilder gemacht habe, fällst du um – das sage ich dir."

„Mein Bedarf an Erschrecken ist für heute gedeckt, schönen Dank!"

„Nein wirklich, warte, ich hole die Bilder, du musst mir sagen, was du davon hältst!" Sie eilte ins Labor.

Siegfried schüttelte zwar den Kopf, musste aber schmunzeln. Mit ihrer Begeisterung riss sie jeden mit. Er sah sich selbst als jungen Photographen – er war genauso gewesen. Ungestüm, immer voller krauser Ideen und gnadenlos kreativ. Dina hatte zusätzlich diese Sensibilität, dieses Etwas, diesen Funken, der das Besondere ausmachte. Er setzte Kaffee für sich auf und starken, schwarzen Assamtee für Dina, die bereits mit einem Stapel Photographien in der Hand in der Küchentür stand.

„Komm mit in den Laden, da haben wir mehr Licht."

Sie breitete sofort ihre Abzüge auf dem Tresen aus und er konnte nicht glauben, was er vor sich sah.

„Dina, was hast du dir denn dabei gedacht? Dafür kannst du in Teufels Küche kommen!"

„Die Bilder, Siegfried, die Bilder! Wie findest du sie?"

Sie schien überhaupt nicht zugehört zu haben. Vielleicht war eine Pressephotographin an ihr verloren gegangen. Sie ging offenen Auges in die Höhle des Löwen.

„Die kannst du nie irgendwo zeigen, das weißt du hoffentlich?"

Sie senkte den Kopf.

„So was will niemand wissen, Dina, geschweige denn auf Bildern vor sich sehen. Das ist kein Wanderzirkus, wo man Krüppel und Idioten in glitzernden Kostümen ausstellt. Das ist die Realität und die wollen die Leute leider am allerwenigsten sehen."

„Sie sind nicht gut?"

„Nein, gut sind sie nicht, Dina. Sie sind sagenhaft! Wie hast du das geschafft, ohne erwischt zu werden?" Er konnte es kaum fassen.

„Ich war gestern in Friedrichsberg, um Selene zu besuchen. Ich konnte aber nicht zu ihr, weil ihre Eltern da waren. Ihren

Vater habe ich getroffen; er hat mich eingeladen, sie zu besuchen. Sie wird zeitweilig bei ihnen in Groß Borstel wohnen. Ist das nicht in der Nähe, wo ich diese furchtbare Hochzeit photographiert habe?"

„Ja. Groß Borstel grenzt zwar an Niendorf, ist aber fast so ein schickes Pflaster wie da, wo deine Ida wohnt. Ohne die Elbe vor der Tür natürlich. Durch Groß Borstel fließt nur die Tarpenbek … aber erzähl weiter. Du konntest nicht zu Selene und dann?"

„Ich hab dir doch von Auguste erzählt? Ich war im Begriff zu gehen und überlegte, was ich mit dem Sonntag nun anfange. Da hat sie mich im Schnack aufgehalten und ich habe ein schönes Photo von ihr vor dem Eingang der Klinik gemacht. Sie freut sich riesig auf ihre Photographie, Siegfried, das kannst du dir nicht vorstellen."

Sie nahm lächelnd einen Schluck Tee und fuhr fort. „Und dann hat sie meine Hand genommen und gemeint, sie müsse mir etwas zeigen. Zuerst hat sie mich in den Saal gebracht, hier siehst du." Sie deutete auf einige Bilder zu ihrer Rechten. „Dann hat sie mich gebeten, von einer Freundin von ihr, die sie die Lorelei nannte, ein Bild zu machen."

Die Lorelei hatte sich als eine alte Frau entpuppt, die in einem Rollstuhl am Fenster saß. Ihr Haar war genau so kurz geschoren gewesen wie das von Auguste selbst, aber auf ihrem Schoß hatte sie einen dicken, hellblonden Zopf von gut einem Meter Länge liegen, den ihre zitternden Hände unablässig streichelten und liebkosten, auf- und wieder zuflochten. Auguste hatte sie überredet, den Zopf über ihre Schulter zu legen, als wäre er wieder angewachsen. Lorelei hatte sich gerade hingesetzt und zahnlos gelächelt, die Sonne, die durch einen Baum ins Fenster schien, hatte ihr faltiges Gesicht in sanftes Licht getaucht und sie hatte für einen Moment so wunderschön ausgesehen wie vor dreißig Jahren, als sie eine junge, gesunde, fröhliche Frau mit einem langen blonden Zopf gewesen war.

„Ich bringe ihr auch einen Abzug. Stell dir vor, wie lange sie schon in der Irrenanstalt sein muss!"

„Das mag ja alles noch angehen, Dina, aber der Rest? Die angeketteten Gestalten in Zwangsjacken, die zwar im Halbdunkel sitzen, die aber deutlich genug zu sehen sind? Und hier“, er zog ein Bild aus dem Stapel, „wegen so was könnten die dich dort verklagen.“ Auf der Photographie, die er ihr hingeschoben hatte, war eine Frau zu sehen, die einer Flickenpuppe die Brust gab. Ihr stumpfer Blick richtete sich auf das vergitterte Fenster, ihr Morgenmantel stand offen und ihre Brüste waren im Vergleich zu ihrer sonstigen Gestalt außerordentlich prall. Ihr Bauch wirkte aufgequollen und die Haut gleichzeitig erschlafft. Es war eindeutig, dass sie vor Kurzem ein Kind geboren hatte. Die Frage, wo dieses Kind sein mochte und warum die Mutter in der Irrenanstalt saß, schrie den Betrachter der Photographie an. Laut und schonungslos. Siegfried fehlten die Worte. Vor Entsetzen, dachte er. Aber dann merkte er, dass sich auch Stolz auf Dinas Entwicklung bemerkbar machte, der überwog. Er klopfte Dina auf die Schulter.

„Ich glaube, ich beende deine Lehrzeit hier und heute. Es gibt nichts mehr, was ich dir beibringen könnte. Diese Berufsschule erst recht nicht. Ich habe davon gehört, was die da so treiben. Das ist ein Auffangbecken für die vielen jungen Leute, die in diesen schrecklichen Zeiten keine Arbeit finden. Mehr bezahlen als vorher kann ich dir leider nicht, aber du bist jetzt eine vollwertige Angestellte und Photographin.“

Dina strahlte ihn an. „Ich freue mich so, dass sie dir gefallen! Und vielen Dank! Ich bin Photographin!“ Sie fiel ihm um den Hals, hielt dann aber einen Moment inne. „Meinst du, ich kann die Bilder Ida zeigen?“

„Natürlich kannst du das. Vielleicht entliebt das arme Mädchen sich endlich, wenn sie sieht, in was für Niederungen menschlichen Seins du dich so in deiner Freizeit hinabbegibst.“

Idas Meinung war in der Tat zweischneidig. Sie war entsetzt, wie Siegfried vorhergesehen hatte, aber aus einem völlig anderen Grund.

„Die armen Menschen, Dina! Das ist ein Skandal. So hält man Kettenhunde …" Tränen stiegen in ihre großen, dunklen Augen, die Dina mit einer Leinenserviette wegtupfte.

„Ida, nicht weinen. Das wollte ich nicht. Auguste und die Lorelei haben sich so über ihre Abzüge gefreut! Die anderen sind arm dran, da hast du recht, aber ich habe ihnen doch nichts getan."

Ida vergaß ihre gute Erziehung und schnäuzte sich herzhaft in die Serviette.

„Nein, hast du ja auch nicht. Aber mir tun diese Leute einfach unheimlich leid. Du siehst ja an Selene, wie schnell man da hineingeraten kann. Und die", sie deutete auf die Portraits, „haben sich bei ihrer Einlieferung sicher auch nicht träumen lassen, dass sie ihr Leben da drinnen beschließen werden." Sie schauderte.

Dina nahm sich einen weiteren Pfannkuchen.

„Die sind einfach zu lecker!" Eierpfannkuchen aus richtigen Eiern gab es bei ihr zu Hause selten.

„Danke, dass du mich ablenken willst." Ida musste schmunzeln und tat Dina einen dicken Klecks Aprikosenmarmelade auf den Eierkuchen. „So etwas Proletarisches gäbe es bei meiner Mutter nicht – also sei froh, dass sie nicht da ist. Ich verstehe zwar nicht, was meine Eltern schon wieder in London wollen, aber ich gebe zu, das Leben ist hier viel einfacher, wenn sie weg sind." Sie goss Dina und sich selbst mit einem zufriedenen Lächeln Tee nach. Dina biss mit Genuss in den zusammengerollten Pfannkuchen und leckte sich die herausquellende Marmelade von den Fingern. Ida wusste kaum, wo sie hinsehen sollte, und wechselte das Thema.

„Und was machst du jetzt mit den Photos von den Irren?"

Dina zog ein Gesicht. „Gar nichts. Siegfried meinte, ich solle sie um Gottes willen niemandem zeigen, die Klinik könnte mich deswegen vor Gericht zerren. Also werden sie wohl in meinem privaten Monstrositäten-Archiv verschwinden."

„Du machst aber auch immer Sachen …"

Solcher Art waren die Gespräche mit Ida jetzt immer. Sie verstanden sich in letzter Zeit wieder besser. Dina war vorsichtig und sprach nur dann von Selene, wenn Ida selbst fragte, erwähnte sie aber nicht von sich aus und Ida versuchte, Dina unbefangen entgegenzutreten. Sie konnte ihr nicht fernbleiben, sie hatte sie schrecklich vermisst. Das war alles gewesen, was sie dadurch erreicht hatte, sie zu meiden. So war es besser. Nicht optimal, aber besser.

Dina reckte sich und sah auf die Uhr. „Ich muss los, Ida, sonst verpasse ich die letzte Straßenbahn."

„Aber heute ist Sonnabend. Bleib doch hier."

„Ich muss morgen einigermaßen früh raus. Tante Luise braucht mich beim Treppenputzen und dann …" sie brach ab.

„Na dann!" Ida stand auf und begann das Geschirr auf ein Tablett zu räumen. Sie machte dabei mehr Lärm als notwendig. Ihre Bewegungen waren abgehackt und von einer unzureichend verborgenen Heftigkeit.

Dina biss sich auf die Zunge. Sie hatte den Satz nicht abbrechen lassen wollen. Ida hatte ihn offensichtlich für sich korrekt zu Ende geführt. Nach dem Treppenputz plante sie ihren ersten Besuch bei Selene in der Groß Borsteler Villa ihrer Eltern.

„Verdammt!"

Ida hatte Dinas halbleere Teetasse umgeworfen; ein brauner Fleck breitete sich auf dem Tischtuch aus. Sie stand da, die Arme vor der Brust verschränkt, atmete schwer und war angespannt wie eine Bogensehne. Am liebsten hätte sie das gesamte Teegeschirr vom Tisch gefegt.

„Ida, vorsichtig." Dina löste eine Gabel aus Idas zusammengeballter Faust, deren Zinken sich in ihre Hand zu bohren drohten. Sie hatte wieder etwas falsch gemacht. Dieser angefangene Satz hatte die gute Stimmung des Nachmittags und Abends zerstört. Es fühlte sich an, als hätte sich eine gläserne Wand zwischen sie geschoben. Dina gab auf.

„Ich helfe dir, die Sachen in die Küche zu tragen, und dann gehe ich."

In der Straßenbahn legte Dina für einen Moment den schmerzenden Kopf gegen die Scheibe. Durch das Ruckeln beim Anfahren stieß sie sich die Stirn, was ihre Laune noch weiter verfinsterte. Sie hatte so vorsichtig agiert und es war wirklich einige Zeit lang gut gegangen. Ida wusste natürlich um den Stand der Dinge, ignorierte aber die Existenz Selenes, soweit es ging. Sie versuchte sich Liebeskummer zu ersparen, indem sie einen Teil der Realität ausblendete. Sie bedrängte Dina nicht, akzeptierte, dass es zwischen ihnen nicht mehr als Freundschaft gab; den Grund dafür verdrängte sie jedoch. Durch Selenes langen Klinikaufenthalt hatte sie dies zu einer praktikablen, gut funktionierenden Gewohnheit entwickelt und nun drohte ihr Kartenhaus in sich zusammenzustürzen. Dina wusste nicht, wie lange sie diese Scharade würde mitspielen können. Sie wollte Ida nicht noch mehr verletzen, war sich aber bewusst, dass ihre eigene Gegenwart immer das Potenzial für schmerzhafte Empfindungen für Ida bergen würde. Ihre Freundschaft stand längst unter keinem guten Stern mehr. Ob Dina sie noch erhalten konnte, war mehr denn je fraglich.

Am nächsten Morgen war Dina früh wach und schrubbte die zahlreichen Treppen im Haus, denn sie sollte mit Familie von Merten den Lunch nehmen und dann Selene Gesellschaft leisten. Sie musste sich sputen, wenn sie pünktlich sein wollte. Sie hatte das Gefühl, es hing viel daran, auf die Minute genau pünktlich zu sein. Herr von Merten baute Schiffe, hatte sein Büro am Kajen und hielt sehr auf preußische Tugenden. Als sie mit den Treppen fertig war, legte sie sich in die Badewanne, wusch sich das Haar und trat dann entschlossen vor ihren Kleiderschrank, wo sie milde Verzweiflung befiel. Sie hasste es, sich das einzugestehen, aber sie hatte wirklich nichts Anständiges mehr anzuziehen. Sie gab nicht sonderlich viel auf Mode und die einfachen Blusen und Röcke aus dunklen, praktischen Stoffen waren im Laden vollkommen in Ordnung. Sie hatte einige Hosen von ihrem Vater umgearbeitet und trug sie gern im Winter, wenn ihr in Röcken fast die Beine vor Kälte blau wurden. Sie besaß wirklich kein Sommerkleid mehr, das der Rede wert gewesen wäre. Es hatte keinen Sinn. Sie nahm sich vor, in der kommenden Woche ein Kleid zu kaufen. Einkaufen machte ihr nur mit Ida Spaß, allein war es langweilig, aber Ida konnte sie nach dem Fiasko vom Vortag kaum fragen, ob sie mitkommen würde. Sie wusste nie, für was sie sich entscheiden sollte, und kaufte sich dann meistens etwas Langweiliges. Das änderte aber alles nichts an der Tatsache, dass sie jetzt wirklich losmusste. Zögernd nahm sie ihren dunkelblauen Rock aus dem Schrank und wählte eine luftige Bluse mit einem kleinen Spitzenkragen und Spitzeneinsatz vorne an der Knopfleiste. Ihre Haare waren inzwischen fast trocken und wellten sich leicht. Sie drehte die Seitenpartien ein wenig ein und steckte die Längen zu einem Knoten, der aussah wie ein Schneckenhaus. Sie besah sich im Spiegel, war zufrieden und atmete auf. Das sah wirklich nett aus. So konnte sie sich doch unter die Menschen trauen und Selenes Familie gegenübertreten.

Der Weg von der Straßenbahn war ziemlich lang. Die Hitze flirrte über den Straßen und Dina wollte nicht völlig verschwitzt ankommen. Als sie endlich durch das Gartentor trat, war sie erschöpft, durstig und fühlte sich staubig. Niedergeschlagen ob des Eindrucks, den sie machen würde, betätigte sie den Türklopfer der weitläufig erscheinenden Villa, die drei Stockwerke hatte und gelb gestrichen war. An der einen Seite rankte eine weiße Kletterrose fast bis zum ersten Balkon hinauf; nach hinten konnte man eine Veranda aus weißgestrichenem Holz und mit Buntglasscheiben erahnen.

Wie bei Idas Familie öffnete auch bei den von Mertens ein Dienstmädchen mit weißem Spitzenhäubchen.

„Fräulein Harms? Die Herrschaften erwarten Sie."

Dina folgte dem Mädchen. Sie hätte sich gern die Hände und das Gesicht mit kaltem Wasser gewaschen, bevor sie Selenes Eltern sah, aber diese Möglichkeit hatte sie nicht, also musste es so gehen. Im Haus war es angenehm kühl. Schwere Vorhänge hielte die Sonne zurück, vermutlich wollte man nicht, dass die Perserteppiche und die alten, schweren Möbel ausbleichten.

Das Mädchen klopfte an eine hohe Flügeltür und öffnete sie.

„Gnädige Frau, Fräulein Harms ist da."

Dina trat an dem Dienstmädchen vorbei in das Wohnzimmer, das auf die Veranda hinauszugehen schien, denn es wehte ein Lufthauch zu ihr herüber. Sie sah sich im Zimmer um und dann erstarrte sie. Mit dem ersten Blick auf Galina von Merten wusste sie, wie Selene mit fünfzig aussehen würde. Die Ähnlichkeit war frappierend. Selenes Mutter trug das gewellte, ergrauende Haar halblang und an den Seiten mit zwei filigranen Silberspangen zurückgesteckt. Ihre auffallende, hellrote Seidenbluse mit einem weichen Wasserfallkragen und, wie Dina erstaunt feststellte, weite graue Hosen bestanden beide aus einem fließenden Material. Sie sah aus wie eine dunkle Garbo. Zarte, ausdrucksstarke Züge, unterstrichen durch einen leuchtend roten Lippenstift. Ihre großen Augen hatten dieselbe Form und ähnlich lange Wimpern wie Selenes, waren aber so dunkelgrau, dass sie schwarz wirkten. Als sie durch den Raum auf Dina zuging, erinnerte sie sich, dass Frau von Merten Balletttänzerin gewesen war und ihre Heirat mit Selenes Vater ein Skandal. Sie bewegte sich mit unglaublicher Anmut.

„Fräulein Harms, *ne pravda li*? Ich bin Selenes Mutter." Eine leise, feste Stimme, die durch den unüberhörbaren russischen Akzent nur noch an Charme gewann.

„Vielen Dank für die Erlaubnis, Selene besuchen zu dürfen, Frau von Merten. Wie geht es ihr?"

Galina von Merten fixierte Dina mit ihrem dunklen Blick und musterte sie, ohne auf ihre Frage zu antworten.

„Mein Mann ist in einem wichtigen Telephonat – und das am Sonntag. Gottlos, so etwas. Wir werden heute etwas später essen. Selene schläft gerade und wir wollen sie besser nicht stören. Sie müssen für den Moment mit mir vorliebnehmen, Fräulein Harms."

Dina bekam es mit der Angst zu tun. Dieser Salon, der sich in einer Art Zeitvakuum zu befinden schien, mit Selenes Mutter, die sie begutachtete, als wäre sie ein Kunstgegenstand, den sie kaufen wollte.

„Ich bin froh, dass wir ein wenig Zeit unter uns haben. Setzen Sie sich. Es ist warm. Möchten Sie etwas zu trinken?"

Ohne Dinas Antwort abzuwarten, schenkte sie ihr aus einer entkorkten Flasche ein, die in einem Kübel mit Eis ruhte, reichte ihr ein zartes, langstieliges Glas und hob dann ihr eigenes. Dina nahm einen kräftigen Schluck des kalten Weißweins, was sie unmittelbar darauf bereute, denn der Alkohol stieg ihr auf leeren Magen und bei der Hitze direkt in den Kopf. Sie musste sich vorsehen und lehnte sich fest in ihren Sessel zurück.

„Kennen Sie und meine Tochter sich schon seit längerer Zeit?"

Frau von Mertens Stimme drang durch den vom Wein verursachten Nebel und Dina musste einen Moment nachdenken.

„Seit knapp drei Jahren."

„Für Selene ist das lang." Sie leerte ihr Weinglas und schenkte sich nach.

Dina versuchte, den inquisitorischen Tonfall zu überhören.

„Wie geht es Selene denn jetzt?"

„Wie soll es ihr gehen, Fräulein Harms. Man sollte meinen, alles sei besser als diese Irrenanstalt und ein solches Zuhause wie hier sowieso, aber nicht für meine Tochter. Sie macht ein Riesendrama. Sie kann einfach nicht mehr hier sein seit dem … Vorfall."

Dina blickte auf. „Seit dem … Vorfall?"

„Hat sie Ihnen nicht davon erzählt? Mein Sohn, Selenes Zwillingsbruder, hat vor einigen Jahren durch Selenes Schuld die Familie verlassen. Sie hat ihn aus dem Haus getrieben und mein Mann hat nichts getan, um ihn zu halten." Sie zündete sich eine Zigarette an und rauchte gedankenverloren.

Nun nahm Dina doch einen weiteren Schluck Wein. Selenes Bruder. Tristan. Jetzt ergab alles einen Sinn. Frau von Merten redete darüber, als hätte sie mit all dem nichts zu tun.

„Sie halten mich für kalt, nicht wahr? Ich kann Ihnen versichern, ich bin es früher nicht gewesen. Aber ich habe nichts mehr. Mir ist alles genommen worden, was mir jemals wichtig war. Als Tristan wegging, hat mein Leben endgültig jeden Sinn verloren. Es gibt nichts mehr, was mich noch treffen kann. Ich trinke und warte auf den Tod."

Sie prostete Dina zu, die am liebsten vor Scham in den Polstern des Fauteuils versunken wäre. Selene hatte zwar gelegentlich angedeutet, dass ihre Mutter mehr trank, als gut für sie war, aber dass Galina von Merten so offen darüber sprach, hatte Dina nicht erwartet. Es war ihr unsäglich peinlich. Sie wusste nicht, wohin sie sehen sollte.

„Es tut mir leid, Fräulein Harms, wenn Ihnen das unangenehm ist, aber so liegen die Dinge nun einmal. Meine Tochter trägt seit Jahren die Kleidung ihres Bruders und läuft herum wie ein Mann, ich trinke und Selenes Vater … macht Geld und gibt es mit Flittchen aus. Jeder muss sehen, wie er mit dem Unglück, das ihn trifft, fertig wird. Wir haben alle unseren Weg gefunden, damit zurechtzukommen, dass unsere Familie zerbrochen ist und unser Leben keinen Sinn mehr hat."

Dina sah Frau von Merten jetzt mit großen Augen an und erwiderte: „Aber ist nicht manchmal der Sinn des Lebens einfach der, dass man überlebt?" Sie rang nach Worten.

Frau von Merten antwortete nicht und wartete ab, bis Dina die Sprache wiederfand.

„Ich meine, wir alle verlieren Menschen, die wir lieben und ohne die man glaubt, nicht weiterleben zu können. Ich habe im letzten Winter meinen Vater verloren – ich habe mich gefühlt, als ob die Welt endet, zumal ich zu meiner Mutter kein gutes Verhältnis habe. Aber nach und nach wurde mir klar, wie viel ich habe: Selene, meine Tante, meine Arbeit, gute Freunde, auf die ich mich verlassen kann … das ist sehr, sehr viel. Und dafür bin ich dankbar. Manchmal ist alles anstrengend und in diesen Zeiten weiß man ja auch nie, wie es morgen weitergeht. Aber ich lebe gern und ich möchte noch so vieles erleben …" Sie brach ab. Was fiel ihr ein, einer älteren Frau so einen Vortrag zu halten? Nervös blickte Dina auf die Arabesken im Teppichmuster. Hätte sie Selene besser nicht als Erstes genannt in ihrer Aufzählung der Dinge, für die es sich zu leben lohnte? Was dachte Frau von Merten jetzt bloß von ihr?

„Sie haben eine leidenschaftliche Seele, Dina. Nennen Sie mich Galina, bitte. Ihr Wein wird warm. Warten Sie." Sie nahm ein frisches Glas und stellte es neben Dina auf den Tisch und sah sie ernst an. „Ich hoffe, dass Sie meiner Tochter ein wenig von Ihrer Lebenslust abgeben werden, Dina. Sie ist zu ernst, zu verbissen. Ich kann es nicht ändern, ich habe kaum die Kraft, selbst durch die Tage zu kommen."

Sie lehnte grazil an einer Säule und sah im Gegenlicht aus wie die zwanzigjährige Primaballerina, die sie einst gewesen war und Wilhelm von Merten mit ihrer Anmut Sinn und Verstand geraubt hatte. Dina erkannte, dass die enorme Selbstdisziplin dieser Frau aufgebraucht war. Mit einem kleinen Rest davon gelang es ihr, von der Flucht ihres Sohnes vor seiner Schwester zu sprechen, ohne in Tränen auszubrechen, aber sie reichte nicht mehr, um die Familie zusammenzuhalten. Ihr Mann, Selene und allen voran Tristan, waren ihr entglitten und sie hatte nicht mehr die Kraft gehabt, nach ihnen zu greifen, sondern hatte sie ihrem Schicksal überlassen. Was um alles in der Welt mochte Selene nur getan haben?

„Guten Tag, meine Damen. Fräulein Harms, ich bin untröstlich, dass ich Sie so lange habe warten lassen. Wie ich sehe, hat meine Frau Ihnen etwas zu trinken angeboten", fügte er kühl hinzu.

„Guten Tag, Herr von Merten … Ja, vielen Dank."

„Galina, ist das Essen so weit? Fräulein Harms hat einen weiten Weg hinter sich."

„Aber sicher doch, mein Lieber." Frau von Merten klingelte und wenig später erschien das Mädchen und sagte, dass angerichtet sei.

Die Mahlzeit in dem angrenzenden Speisezimmer war bedrückend. Herr von Merten langte kräftig zu, seine Frau trank mehrere Gläser Wein, schob zwei Löffel Tomatensalat und die hauchdünne Scheibe gebratenen Truthahn so lange auf ihrem Teller hin und her, bis ihr Mann fertiggegessen hatte, und legte dann, sichtlich erleichtert, auch ihr Besteck nieder.

„Verzeihung, gnädige Frau, Fräulein Selene ist jetzt wach. Sie will wieder nichts essen." Das Dienstmädchen war eingetreten.

„Nun, da hören Sie es selbst, Fräulein Harms. Aber vielleicht mögen Sie es versuchen, sie zu überreden, etwas zu sich zu nehmen? Emilie, holen Sie ein Tablett für meine Tochter und bringen Sie Fräulein Harms zu ihr."

Dina nickte. „Bitte entschuldigen Sie mich, ich werde tun, was ich kann."

Mit klopfendem Herzen folgte sie dem Mädchen die geschwungene Treppe hinauf, deren Geländer ein filigranes Blattmuster zierte.

Das Mädchen ging auf eine Tür zu; Dina kam ihr zuvor und öffnete sie, da Emilie ja das Tablett trug. Vermutlich machte man so etwas nicht, aber sie war es leid, sich ständig über die Regeln anderer Leute den Kopf zu zerbrechen. Sie betrat hinter dem Dienstmädchen ein großes, helles Zimmer, dessen hohes Fenster zum Garten hinausging.

In dem riesigen Bett verlor Selene sich fast. Dina erschrak, als sie ihrer endlich gewahr wurde. Mit geschlossenen Augen lag sie da, war blass und so dünn! Unter ihren Augen lagen dunkelgraue Ringe.

„Selene?"

Sie reagierte nicht, Dina drehte sich zu dem Mädchen um.

„Sagten Sie nicht, sie sei wach?"

„Das war sie vorhin auch, gnädiges Fräulein. Aber sie dämmert immer sofort wieder weg; eine Schande so was! Ich habe für Sie ein Glas kalte Limonade mit auf das Tablett gestellt. Es ist so warm heute." Sie lächelte entschuldigend und knickste, bevor sie das Zimmer verließ.

„Vielen Dank."

Dina wendete sich wieder Selene zu. Sie musste sich auf das Bett setzen, um ihre Hand zu erreichen.

„Selene!" Sie strich ihr das ungekämmte Haar aus dem Gesicht und küsste sie. Langsam öffnete Selene die Augen, die glanzlos und müde wirkten.

„Dina …" Das Sprechen schien ihr sehr schwerzufallen. Sie hatte Mühe, Worte zu bilden, und schloss immer wieder die Augen.

„Was ist denn los mit dir?" Dina war entsetzt. Wie konnte es sein, dass man sie in diesem Zustand entlassen hatte? „Du musst etwas essen und vor allem trinken, *min Deern*."

„Kann nicht." Es war nur ein heiseres Flüstern.

Konnte es sein, dass man ihr einfach das Tablett hingestellt und sie damit allein gelassen hatte? Dina schüttelte den Kopf. Unmöglich. Aber Selene war sehr dünn geworden und ihre Haut trocken, die Lippen gesprungen.

„So geht das nicht", sagte Dina laut.

Selenes Augen sahen sie müde an, aber sonst reagierte sie nicht. Dina probierte einen Schluck Tee. Gut, gerade lauwarm.

„Es tut mir leid, wenn das anstrengend wird für dich, aber ich überlasse dich hier nicht deinem Schicksal. Jetzt wird gefrühstückt." Sie nahm das Tablett mit auf das breite Bett, setzte sich zu Selene, zog deren Oberkörper mühelos auf ihren Schoß und begann, ihr löffelweise den abgekühlten Tee mit Zitrone und Honig einzuflößen. Selene trank ihren Tee oder Kaffee immer schwarz, aber auf diese Weise konnte man ihr ein paar Nährstoffe unterjubeln, die sie nicht kauen musste. Was sich sonst auf dem Tablett befand, war nutzlos bis auf das gekochte Ei. Das Eigelb konnte Selene schlucken und tat es auch. Danach war sie völlig erschöpft.

„Ich lasse dich jetzt schlafen und werde mit deiner Mutter über deine Mahlzeiten reden. Da müssen wir was ändern." Sie küsste Selene auf die Stirn und verließ das Zimmer. Sie fand Galina von Merten im Salon auf dem Sofa.

„Frau von Merten, verzeihen Sie, wenn ich das so direkt anspreche, aber Selene kann keinen Toast zum Frühstück essen und später am Tag normale Mahlzeiten. Sie kann im Moment allein kaum etwas zu sich nehmen. Es müsste sich jemand um sie kümmern."

„Eine Krankenschwester dulde ich nicht in meinem Haus!"

Dinas Blick fiel auf die geleerte, über Kopf im Kühler stehende Weinflasche und eine zweite, die halbvoll daneben stand, und begriff, warum.

„Ich meinte keine Krankenschwester, sondern … mich." Sie hielt den Atem an und wartete ab.

„Das könnte gehen", lautete Galinas Antwort.

Dina atmete erleichtert auf. „Sie müssten bitte Ihrem Personal sagen, dass ich die Mahlzeiten für Selene anordne und dass ich täglich herkommen und ihr das Abendessen geben werde. Bei Frühstück und Mittagessen muss jemand aus dem Haus einspringen. Ich kann nicht wochenlang von meiner Arbeit wegbleiben."

„Ihrer … Arbeit?"

Was stimmte nicht mit dieser Frau? Sie war vorhin doch ganz vernünftig gewesen.

„Ich bin Photographin, Frau von Merten, und es ist sowohl von mir zu Hause als auch von der Arbeit ein recht weiter Weg hier heraus."

„So? Dann wäre es doch vielleicht das Beste, wenn Sie so lange, bis es meiner Tochter wieder besser geht, hier eins der Gästezimmer bewohnten? Wenn Sie wollen, natürlich …" Sie ließ den Satz in der Luft hängen, schaute aus dem Fenster und schien nicht weiter an dem Gespräch interessiert, aber Dina ließ nicht locker.

„Dafür wäre ich sehr dankbar, Frau von Merten. Könnte ich dann bitte direkt mit dem Personal sprechen?" Dina bekam Magenkrämpfe bei dem Ausdruck ‚Personal' und sie fühlte sich keineswegs gewappnet, den Bediensteten im Haus Anweisungen zu erteilen.

„Aber sicher doch." Galina von Merten deutete mit unsicherer Handbewegung zur Klingel. Dina war jetzt entschlossen, nichts mehr dem Zufall zu überlassen, und betätigte den Klingelzug. Das Mädchen erschien gleich darauf.

„Sie wünschen?"

„Fräulein Harms wird einige Zeit bei uns wohnen und sich um Selene kümmern, machen Sie ihr das Gästezimmer zurecht, das neben dem meiner Tochter liegt, und sperren Sie auch die Zwischentür auf. Sie möchte auch gern mit der Küche sprechen, wegen der Mahlzeiten. Holen Sie doch auch Magdalena herauf."

Das Mädchen verschwand aufgescheucht und kam gleich darauf mit einer üppig gebauten Frau mittleren Alters zurück.

„Das ist Magdalena, unsere Köchin. Sie ist mit uns … von zu Hause hierhergekommen und kennt Selene, seit sie ein kleines Mädchen war. Magdalena, Fräulein Harms hat etwas mit dir zu besprechen, wegen Selenes Mahlzeiten." Sie zündete sich eine Zigarette an, sah aus dem Fenster und rauchte, als ginge alles Weitere sie nichts an.

„Guten Tag, Frau … Magdalena. Selene ist krank und wir müssen zusammenarbeiten, damit wir sie wieder aufpäppeln, einverstanden? Es wäre gut, wenn Sie in der nächsten Zeit keine schweren Speisen für sie zubereiten würden, sondern kleine Portionen, leicht Verdauliches. Am besten Fleischbrühe, Eier, Fruchtkompott, Milchpudding. Diese Art Dinge. Nichts allzu Festes, denn sie ist so schwach, dass sie nicht viel kauen kann. Das wird besser werden, aber im Moment geht es eben nicht anders." Sie atmete durch und schaute die Köchin an.

„Ich verstehe." Die Köchin nickte verständnisvoll.

„Ich werde hier übernachten, werde also selbst dafür sorgen, dass sie ihr erstes Frühstück einnimmt, und bin rechtzeitig wieder da für das Abendessen. Zwischendrin müsste ihr eine von Ihnen das Mittagessen geben, also sie füttern und dafür sorgen, dass sie viel trinkt. Tee mit Milch oder Zitrone und viel Honig. Fruchtsäfte und auch abgekochtes Wasser. Meinen Sie, dass wir das gemeinsam schaffen?"

Die Köchin nickte eifrig und auch das Dienstmädchen machte ein ernstes, aber zustimmendes Gesicht.

„Vielen Dank für Ihre Hilfe!" Als die Dienstboten das Wohnzimmer verlassen hatten, wandte sie sich an Selenes Mutter.

„Vielen Dank, Frau von Merten. Ich werde jetzt gehen und bin dann morgen Abend wieder da, denn ich muss etwas packen und meine Tante und meinen Arbeitgeber informieren."

Sie hielt Galina die Hand hin. Frau von Merten nahm sie zwischen ihre schmalen, knochigen Finger, hielt sie eine ganze Weile fest und sah ihr tief in die Augen.

„Ich danke Ihnen, Fräulein Harms, dass Sie für meine Tochter tun, was meine Aufgabe wäre, die ich aber nicht erfüllen kann." Dann wandte sie sich ab und Dina, die keinen Zweifel hatte, dass sie für den Moment entlassen war, verließ das Wohnzimmer. Auf dem Weg zur Haustür begegnete sie niemandem mehr. Herr von Merten hatte sich nach dem Essen zurückgezogen und auch die Dienstboten waren nirgends zu sehen. Dina fragte sich, ob sie ihn je wieder zu Gesicht bekommen würde.

Die folgenden Wochen waren sehr hart. Dina kümmerte sich nicht nur um Selene. Mit der Zeit fiel ihr die gesamte Planung der Mahlzeiten im von Merten'schen Haushalt zu. Es vergingen keine zwei Wochen und die Köchin besprach den Menüplan der Familie mit Dina und das Dienstmädchen berichtete Dina direkt über das, was sich während des Tages ereignet hatte, wie Selenes Zustand gewesen war. Letzterer besserte sich erst nach vier Wochen merklich, der September war bereits angebrochen, als Selene zum ersten Mal darum bat, festere Nahrung zu bekommen.

„Ich kann keinen Brei mehr essen, ich fühle mich wie ein Baby."

„Was magst du? Ich werde sofort Madgalena Bescheid sagen, dass sie dir etwas zurechtmacht. Ich habe für deine Eltern heute Abend geschmortes Huhn mit frischem Gemüse geplant. Das könntest du auch essen."

„Du hast das geplant? Mir kommt es vor, als würdest du dich mehr um den Haushalt hier kümmern als meine Mutter."

„Ach, nein, das stimmt doch gar nicht! Nur um die Mahlzeiten. Ich beschäftige ja eure Köchin weiß Gott genug, da kann ich das ruhig machen." Dina wurde rot.

„Die Essensplanung wäre fast Mutters einzige Aufgabe. Und du machst dir Sorgen, dass du Magdalena über Gebühr beschäftigst? Im Gegenteil! Meine Mutter erteilt keinerlei Anweisungen, was den Haushalt angeht. Und nun hat sie die Verantwortung für das Essen auch noch abgewälzt." Sie klang ironisch und Dina mochte nicht antworten. „Ich nehme dasselbe zum Abendessen wie meine Eltern."

„Gut, dann bringe ich dir anschließend etwas nach oben."

„Nein. Ich möchte, dass du hier mit mir isst. Nicht mit meinen Eltern. Das hat lange genug gedauert. Komm her!"

Dina setzte sich zu Selene auf das Bett. Selene sah sie an, zog sie dann an sich und küsste sie.

„Du hast dich wochenlang um mich gekümmert, meine Eltern ertragen, du hast mich gepflegt und Sachen gemacht, die ausschließlich Krankenschwestern tun sollten. Warum, Dina? Warum hast du das gemacht?"

Dina entzog sich ihr und richtete sich auf.

„Also wenn du das nicht weißt, dann kann ich dir auch nicht helfen!" Sie war bis ins Innerste getroffen. Wie konnte Selene so etwas fragen?

„Bleib bitte da, so habe ich das nicht gemeint!" Selene griff nach ihrer Hand. „Ich weiß es doch, Dina. Ich weiß, dass du mich liebst und dass das für dich bedeutet, immer für mich da zu sein, alles zu tun, was du kannst, um mich wieder zurückzuholen. Das verstehe ich doch alles. Ich meinte, ob dir der tiefere Sinn dessen bewusst ist, was du Liebe nennst und was dich all das tun lässt?"

Dina war durcheinander und konnte Selene nicht folgen. Ob sie wieder Fieber hatte?

„Ach, Dina, manchmal denke ich, dass deine Freunde einerseits recht haben und ich einfach nicht das bin, was du brauchst. Du solltest viel mehr Aufmerksamkeit bekommen, als ich dir gebe, mehr Zuwendung, mehr von allem. Ich habe mich oft gefragt, warum du immer bei mir geblieben bist. Ich glaube einfach, dass du mich nur deshalb nicht verlässt, weil du in mir deine dunkleren Seiten gespiegelt siehst. Die, die du selbst nicht gut genug kennst, um sie so anzunehmen, wie sie nun mal auch in dir stecken. Du bist noch viel mehr als das liebe, nette Mädchen vom Land, das in der Stadt eine Laufbahn in einem Männerberuf eingeschlagen hat. So viel mehr! Du bist so erwachsen geworden. Du hast deine eigenen Prüfungen und Schwierigkeiten durchlebt und immer alles allein geschafft. Du brauchst mich nicht. Du denkst, du kümmerst dich um mich, und doch pflegst du in Wahrheit dein Alter Ego in mir." Sie hielt inne. Das viele Sprechen hatte sie angestrengt, sie legte sich zurück auf ihre Kissen und zog Dinas Kopf an ihre Schulter.

„Ich liebe dich, Dina, aber ich werde nie so sehr ein Teil von dir sein können, wie du es möchtest." Sie strich Dina zart über die Schläfe. „Ich bin dir so nah, wie es eben möglich ist, aber die Grenze zwischen dir und mir wird von meiner Seite aus nie so durchlässig sein wie von dir aus, verstehst du?“

Dina sagte nichts. Sie erwartete, dass sie weinen musste, aber seltsamerweise tat sie das nicht. Die Tränen steckten auch nicht als der berühmte Kloß im Hals. Es waren keine da.

„Ich gehe mal, mich um das Abendessen kümmern.“

Sie erhob sich, schüttelte Selenes Bettdecke auf und nahm sich vor, noch am selben Abend zu packen und die Villa von Merten zu verlassen, und wenn Selene sie diesmal nicht zurückholte, würde Dina ihr fernbleiben.

13. Kapitel

„Ach, komm doch mit! Bitte, Dina!“ Ida konnte hartnäckig sein.

„Ich habe keine Lust auf diese Tanzerei.“ Verzweifelt versuchte sie, sich gegen die Vereinnahmung zu wehren.

„Das wird bestimmt unterhaltsam. Bei diesem Adventsball ist immer was los, sage ich dir! Sie machen eine Tombola und Luftballontänze. Es gibt Bowle und wir können endlich mal wieder tanzen! Friedrich hat extra gefragt, ob du auch dabei bist. Das heißt, wir gehen mit zweien der gefragtesten Herren hin. Die anderen Frauen werden blass vor Neid. Komm mit, Dina … ich überlasse dir auch Friedrich.“ Sie grinste Dina schelmisch an.

„Also schön“, knurrte Dina, „aber ich warne dich, ich habe nichts anzuziehen für so einen Anlass. Hoffentlich bin ich dir nicht peinlich.“

Ida fiel ihr um den Hals und umarmte sie. „Ich kümmere mich um unsere Garderobe. Du brauchst nichts zu tun, außer dich zu freuen und dein schönstes Lächeln aufzusetzen – für den Rest sorge ich! Du kommst einfach Sonnabend zu mir, sobald du aus dem Atelier raus bist, und dann hübschen wir uns an, was das Zeug hält. Ach, ich weiß schon genau, was du anziehst! Und jetzt gehe ich schnell, bevor du es dir anders überlegst.“

Sie griff nach ihrer Handtasche und verließ mit schnellen, resoluten Schritten das Atelier. Dina sah ihr nach und konnte kaum fassen, dass sie gerade zugesagt hatte, mit Ida, Friedrich und Simon tanzen zu gehen. Zu einem Verbindungsball. Selene würde unter normalen Umständen einen Anfall kriegen, aber die Umstände waren eben nicht normal. Seit Dina die Villa von Selenes Eltern in Groß Borstel verlassen hatte, waren fast vier Monate vergangen. Vier Monate, in denen sie Selene nicht gesehen hatte, in denen der Sommer sich seinem Ende geneigt hatte und es Herbst geworden war. Von Friedrich hatte sie gehört, dass Selene ihr Studium zwar wieder aufgenommen hatte, aber selten anwesend war. Sie tauchte gelegentlich bei der einen oder anderen Vorlesung auf, blieb aber fast allen wichtigen Lehrveranstaltungen fern. Sie sehe schlecht aus, übernächtigt und dünn, und sie rauche mehr denn je. Mehr wusste Friedrich nicht zu berichten, denn offenbar sprach Selene mit kaum jemandem. Die Studenten der medizinischen Fakultät waren nicht übermäßig politisch, was an dem straffen Lehrplan liegen mochte. Dina wusste, dass Selene sich vermutlich der kommunistischen Sache irgendwann vollständig verschreiben würde. Daher würde es sie auch nicht interessieren, ob Dina zum Adventsball dieser Studentenverbindung ging, bei dem Ida sie so unbedingt dabei haben wollte. Dina waren diese Verbindungsgeschichten nicht geheuer. Das war eine eingeschworene Gemeinschaft aus lauter Jungs, die so taten, als wären sie erwachsen, was durch den Kinderkram mit ihren Schirmmützen und vor die Brust gehängten bunten Schnüren, bei dem auch genug Professoren mitmachten, wirklich lächerlich war. Sie soffen wie die Löcher und benahmen sich oft genug wie Wildsäue im Kartoffelacker. Manche schlugen sich sogar mit Säbeln und waren auch noch stolz darauf, wenn sie hässliche Narben im Gesicht davontrugen. Friedrichs Vetter war Mitglied und so war er eingeladen worden und hatte durch die Erwähnung der jüngeren Schwester seines besten Freundes und deren Freundin auch für Simon Zutritt erlangt.

Wie immer bei Veranstaltungen in etwas festlicherem Rahmen hatte Dina nichts zum Anziehen. Ein Abendkleid zu kaufen, ging über ihre Mittel, und ihre Ersparnisse dafür anzugreifen, kam ihr nicht in den Sinn. Sie brauchte so ein Kleid immer nur dann, wenn Ida sie zu einer Veranstaltung überredete, und war dann auf ihre Hilfe angewiesen. Selene hätte nie erwartet, dass sie sich besonders in Schale warf, wenn sie in ein Konzert gingen oder gelegentlich in die Oper. Dina fiel durchaus auf, wie abschätzig sie oft angesehen wurden, wenn sie in Alltagskleidung ein Theaterfoyer betraten. Meist redete sie sich ein, dass es sie nicht berührte. Schließlich arbeitete sie den ganzen Tag und hatte keine Zeit, vor dem Ausgehen zwei Stunden vor dem Spiegel zu verbringen und dann aus einem wohlgefüllten Kleiderschrank eine der in Frage kommenden Roben auszuwählen. Aber in letzter Zeit hatte sie auch andere Frauen in Bürokostümen mit schlichten Blusen auf den preiswerteren Plätzen gesehen und sich gleich weniger eigenartig gefühlt.

Ida meinte es gut. Sie wollte sie in keinem Fall bevormunden oder Ähnliches; sie war einfach praktisch veranlagt. Sie wollte ihre Freundin bei besonderen Anlässen dabeihaben, Dina hatte kein Kleid, sollte sich aber nicht unwohl fühlen, also gab sie ihr eins. Für sie war es so einfach. Es geschah nicht aus Mitleid. Ida nahm immer den kürzesten Weg zwischen zwei Punkten: die Gerade. Und in diesem Fall bedeutete es, dass sie Dina wieder eins ihrer Kleider leihen würde. Vermutlich hatte sie es bereits herausgesucht und am Oberteil mit ein paar gezielten Stichen enger gemacht, ihrer Mutter die passenden Schuhe aus dem Schrank entwendet, denn ihre eigenen waren Dina zu groß. Zu guter Letzt frisierten sie sich gegenseitig und meist wurde es dann ein ganz wundervoller Abend. Aber ein schaler Nachgeschmack blieb. Es konnte doch nicht ewig so weitergehen, dass sie Kleider ihrer Freundin zu Tanzveranstaltungen trug. Da hatte sie eine Idee. Sie würde Ida einmal mitnehmen zu einem der Dienstagabende im *Damenklub Violetta*, bei dessen Tanzabenden sie einmal mit Selene gewesen war.

Dina war neugierig gewesen, hatte sie doch von den zahlreichen Damenklubs in Berlin gehört. Und als einer eine Dépendance in Hamburg gegründet hatte, war sie Selene so lange auf die Nerven gegangen, bis ihre Freundin nachgegeben und einen solchen Tanzabend mit ihr besucht hatte. Im Nachhinein hätte sie es sich sparen können. Selene zeigte sich von ihrer ungeselligsten Seite. Als eine Frau es wagte, Dina zum Tanzen aufzufordern, und der Form halber Selene um Erlaubnis bat, lehnte sie schroff ab.

„Nein. Dürfen Sie nicht."

„Na, dann bitte ich um Entschuldigung. Schönen Abend." Sie sah Dina mitleidig an und zog sich so würdevoll es eben ging zurück.

„Was sollte das denn bitte?" Dina war entsetzt.

„Ich will nicht, dass du hier von irgend so einem schlecht gekleideten kessen Vater über das Parkett geschoben wirst." Selene zündete sich gelassen eine Zigarette an. Und damit war die Sache für sie erledigt.

„Du tanzt ja nicht mit mir."

„Doch, das werde ich." Selene grinste und Dina wusste, worauf sie wartete.

Wenig später, als die kleine Damenkapelle *Si supieras* anstimmte, stand Selene auf, reichte Dina die Hand und zog sie an sich. Dinas Herz schlug hart gegen ihren Brustkorb und sie fragte sich, ob Selene ihren Herzschlag auch fühlen konnte. Beide liebten Tango und hatten oft in Selenes Wohnung getanzt zu Grammophonplatten mit den Liedern von Carlos Gardel und konnten es inzwischen wirklich gut. Dina schloss die Augen und folgte Selene, sie fühlte, was als Nächstes kam, ihre Bewegungen flossen in die Musik und wurden eins mit den warmen, rhythmischen Klängen. Dina fühlte sich vollkommen sicher und Selene forderte auch die gewagteren Posen von ihr. Als die letzten Takte des Akkordeons verklangen, Dina sich in Selenes Arm zurücklehnte und sie den Atem ihrer Freundin an ihrem Hals spürte, empfand sie einen Moment so etwas wie Perfektion. Sie waren eins – sonst war es nur so, wenn sie sich liebten.

Einen Moment lang war es still, dann begannen einzelne Frauen zu applaudieren und schließlich klatschten alle Beifall. Selene lächelte kühl, mit erhobenem Kopf. Sie küsste Dina die Hand, nahm ihren Arm und ging mit ihr zurück zum Tisch. Dina musste kichern, die allgemeine Aufmerksamkeit ließ ihr zwar die Röte ins Gesicht steigen, aber sie war auch stolz darauf.

„Nach der Vorstellung traut sich keine mehr, mich zum Tanzen aufzufordern."

„Heute Abend mit Sicherheit nicht, denn wir gehen jetzt und ich gedenke, mich Ihnen in unanständigster Absicht zu nähern, Fräulein Harms."

Sie hatten rasch ausgetrunken und das Lokal verlassen. An die Nacht, die sie danach miteinander verbracht hatten, würde sie sich ihr Leben lang erinnern. Vermutlich war es doch keine so gute Idee, mit Ida dorthin zu gehen. Erst einmal musste sie am kommenden Sonnabend die ‚Betanzung' der Studentenverbindung überstehen.

„Na, von was träumst du schon wieder?"

„Siegfried!"

„Tut mir ja leid, dass ich dich erschreckt habe, aber wenn du nicht einmal die Ladenglocke hörst, ist dir auch nicht mehr zu helfen."

Dina schaute ihn betreten an. Die Erinnerung an den Abend mit Selene in diesem Damenklub … sie war wirklich ganz weit weg gewesen.

„Ida will mich zu einem Tanzabend in einer Studentenverbindung mitnehmen. Mit ihrem Bruder und einem Freund von ihm."

„Na, das klingt doch mal vernünftig. Es wird auch wirklich Zeit, dass du aufhörst, Trübsal zu blasen. Mir reicht das langsam mit diesem ewigen Hin und Her mit deiner Selene."

„Aus irgendeinem Grund scheint sie schuld daran zu sein, dass ihr Bruder die Familie verlassen hat."

Siegfried erstarrte. „Hat sie das gesagt?"

„Nein. Ihre Mutter."

„Dina, wenn sie es dir nicht selbst gesagt hat, solltest du so tun, als hättest du es nie gehört."

„Aber warum redet sie nicht mit mir darüber? Vielleicht stimmt es ja gar nicht?"

„Vermutlich nicht. So etwas stimmt selten. Aber wenn ein geliebter Mensch sich abwendet und weggeht, bleiben lose Enden offen. Das verkraften die meisten Leute ganz schlecht."

Dina dachte nach. Siegfried hatte recht. Als ihr Vater vor genau einem Jahr und fünf Tagen gestorben war, hatte sie sich nächtelang Vorwürfe gemacht, weil sie fast zwei Jahre nicht zu Hause gewesen war und ihn nicht noch einmal gesehen hatte. Es hatte eine ganze Weile gedauert, bis sie verstanden hatte, dass das Leben so nicht funktionierte. Selene litt seit Jahren unter einem Schuldgefühl, für das es vermutlich keinen Grund gab. Als Zwillinge hatten sie und ihr Bruder sich sehr nahe gestanden. Tristan war einfach fortgegangen. Vermutlich hatte Selene es nicht kommen sehen und meinte, sie hätte es merken müssen, um ihn davon abzuhalten. Tristan hatte es geschafft, sein Geheimnis vor seiner Schwester zu verbergen und war ihr davongelaufen. So ähnlich musste es wohl gewesen sein. Aber wie war es möglich, dass dieser Schatten, der auf Selenes Seele lag, sich jetzt auf ihre Liebe ausdehnte? Ich verstehe sie wirklich nicht, dachte Dina.

Auch in den nächsten Tagen hörte sie nichts von Selene. Dina traute sich nicht, sie zu Hause aufzusuchen. Sie nahm an, dass sie zurück in ihrer eigenen Wohnung war, weil sie ja wieder studierte, und hatte ihr schreiben wollen. Sie hatte mehrfach begonnen und nach spätestens einer halben Seite ihr eigenes Gejammer unerträglich gefunden und den Brief zerrissen. Was wollte sie denn eigentlich wirklich sagen und warum klang sie so widerwärtig weinerlich und gekränkt? Sie hörte sich genauso an wie etwas, das Selene verabscheute. Sie wirkte wie ein hilfloses, klettiges Mädchen, das versuchte, andere durch Tränen und Einsamkeit zu erpressen. Irgendwann trocknete Dina sich die Augen und packte den Federhalter und das Papier weg. Es nützte ja doch nichts. Sie wusste ja nicht einmal sicher, ob Selene wieder in der Löwenstraße wohnte. Und wenn Selene sie hätte sehen wollen, wäre sie gekommen. Aber was, wenn sie sich vielleicht nicht an das Gespräch erinnerte? Sie war noch sehr schwach gewesen. Vielleicht dachte sie auch, Dina hätte sie verlassen und …

An diesem Punkt war sie aufgestanden und hatte das Gesicht in die Schüssel mit eiskaltem Wasser getaucht, die auf dem Waschtisch stand. Sie keuchte; im Spiegel sah sie ihr eigenes Gesicht mit dunklen Ringen unter den Augen und Wasser troff aus den Haarsträhnen an den Schläfen. Sie musste sich zusammennehmen. Am Nachmittag würde sie zu Ida gehen, sie würden sich auftakeln und mit den Jungs zu dieser Verbindungsbetanzung gehen. Sie konnte sich zwar kaum etwas vorstellen, wozu sie weniger Lust hatte, aber vielleicht war es doch ganz gut, vor die Tür zu gehen. Die letzten Wochen über war sie nur zur Arbeit gegangen. Die restliche Zeit verbrachte sie zu Hause. Sie versuchte, Selene zu schreiben, zerriss diese Versuche dann. Saß auf ihrem Bett, starrte die Wände an und las ein paar der Bücher ihres Vaters. *Der Graf von Monte Christo*. Sie liebte die Geschichte und ihre kleine Dachkammer wurde zum Kerker des Edmond Dantès im Château d'If. Aber selbst die Abenteuer des Helden ihrer Kindheit lenkten sie nur zeitweilig und unvollständig von ihrem Kummer ab. Sie vermisste Selene und fragte sich, ob sie ihr nicht auch fehlte. Vermutlich nicht. Sonst würde sie ihr nicht monatelang fernbleiben, als hätte es nie etwas zwischen ihnen gegeben, das der Erwähnung wert gewesen wäre.

„Na, was meinst du?" Ida glühte vor Begeisterung, als Dina hinter dem Paravent hervortrat und ein hellblaues Kleid trug, das ihr wie angegossen passte.

„Das ist so … perfekt! Aber ich kenne es gar nicht. Und wie hast du es so schnell geändert?"

Ida druckste herum. „Ach, weißt du, das war einfach gar nicht meine Farbe. Ich liebe dieses helle Blau, aber es steht mir leider nicht. Du hingegen siehst einfach umwerfend darin aus!"

„Du kannst mir doch kein Ballkleid kaufen, Ida!" Dina war entsetzt. Sie hatte es vermutet, als sie das Kleid angezogen hatte. Der Stoff war steif und roch neu.

Ida kam auf sie zu und umarmte sie.

„Es tut mir so leid. Ich habe nicht nachgedacht. Als ich es gesehen habe, wollte ich einfach nur noch dieses Kleid für dich. Es hing da in dem Geschäft und es war einfach wie geschaffen für dich." Sie schaute immerhin schuldbewusst aus.

„Dir ist klar, dass ich dir das Geld jetzt zurückgeben muss?"
„Nein!"
„Aber natürlich! Du kannst mir kein so teures Kleid kaufen!"
„Dann nimm es doch als Geburtstagsgeschenk. Du hast deinen Geburtstag wieder nicht gefeiert und ich wollte einfach, dass …" Sie brach ab und schaute geknickt zu Boden.

Dina seufzte. Sie verstand. Ida hatte ihre schrecklichen Erinnerungen an ihren letzten Geburtstag, an dem sie ihren Vater hatte begraben müssen, mildern wollen. Sie sollte ihr dankbar sein, statt sie zurückzustoßen. Das hellblaue Kleid aus dem schillernden Taft war ein Teil des Kokons, den die Zeit spann.

„Bist du mir böse?" Ida sah sie an und strich den eigenen Rock glatt.

„Nein, natürlich nicht. Ich weiß ja, dass du es gut meinst. Das war eine Riesenüberraschung, bestimmt war es schrecklich teuer. Aber es ist so wunderschön!" Sie lächelte Ida an, die ganz geknickt wirkte.

„Wirklich? Es gefällt dir?"

„Ich habe nie ein so schönes Kleid gehabt!" Ida schaute sie noch immer traurig an. „Na, komm schon, Fräulein Lerch, jetzt führen wir die Robe mal an die frische Luft!"

Friedrich und Simon warteten im Salon und tranken einen Sherry mit der Dame des Hauses.

„Ach, da schaue sich doch einer diese beiden zauberhaften Schmetterlinge an!" Madame Nava klatschte begeistert in die Hände. „Ida, mein Kind, du entwickelst einen wirklich exquisiten Geschmack in Kleiderfragen. Das hat sie von mir", fügte sie mit Blick auf Friedrich hinzu.

„Aber ganz ohne jeden Zweifel." Er lächelte sie an.

„Friedrich, Sie sind ein solch unverschämt gutaussehender Charmeur. Ist er nicht einfach hinreißend, Dina?"

„Unwiderstehlich – wenn man ihn nicht näher kennt …", antwortete Simon an ihrer Stelle und warf seinem Freund einen Blick zu, der diesen ganz verlegen machte.

„Nun ist aber Schluss mit dem Geplänkel! Raus mit euch, tanzt, trinkt Punsch und seid ja nicht vor dem Morgengrauen wieder hier, ihr seid jung!"

Das ließen sie sich nicht zweimal sagen. Da Herr Lerch auf einer Geschäftsreise in der Schweiz weilte, konnten sie den Wagen benutzen und kamen so trockenen Fußes zum Curio-Haus. Die Verbindung hatte unweit davon ihr Haus und führte die größeren Festivitäten oft dort durch. Dina hatte das Gebäude noch nie gesehen und war beeindruckt von der Fassade. Sie hakte sich bei Friedrich ein und zusammen gingen sie durch das Portal, das in den Verbindungsfarben geschmückt war. Am Eingang stand ein junger Mann, der so wirkte, als hätte er sich zur Feier des Tages zu heiß gewaschen. Sein Gesicht glänzte rosig. Über seinem beachtlichen Bauchansatz spannten sich die Schnüre, die in der Verbindung getragen wurden. Seine kleine Schirmmütze saß akkurat auf den kurz geschorenen Haaren, die so hellblond waren, dass seine rosa Kopfhaut hindurchzuleuchten schien. Seine ebenso hellblonden Wimpern und Augenbrauen ließen sein Gesicht seltsam konturenlos wirken. Es gab nichts, was das Auge eines Betrachters zum Verweilen eingeladen hätte. Friedrich ergriff das Wort.

„Wir sind von Johannes Behrens eingeladen, ich bin sein Vetter."

„Ach, der Behrens. Na, vielleicht haben wir dann ja morgen ein Mitglied mehr. Oder zwei?" Er lächelte Friedrich und Simon breit an und seine ohnehin kleinen Augen verschwanden nun fast in den Wülsten der Wangen. „Kommt rein. So schöne Mädchen sollten nicht frieren." Er hielt ihnen die Tür auf und sie traten ein.

Drinnen wimmelte es bereits von Menschen, die ihre Mäntel abgaben. Überall in der Menge blitzten die Verbindungsfarben, blau und silber, auf. Was Dina verwunderte, war die Tatsache, dass nicht nur Studenten oder andere junge Leute zu dieser Veranstaltung kamen. Zwischendrin gab es reichlich Herren gesetzteren Alters. Sie trugen Smoking und selbst dazu die Verbindungsbänder zwischen Weste und Jackett. Diese Bänder waren oft verblasst und leicht zerschlissen, ebenso wie ihre Mützen, die etliche Jahre und Wäschen auf dem Buckel zu haben schienen. Dina wandte sich an ihren Begleiter.

„Sag mal, was machen die denn hier?" Sie nickte in Richtung der Garderobe, an der ein Grüppchen distinguierter Männer stand, ganz in ein angeregtes Gespräch vertieft.

„Das sind auch Verbindungsbrüder – die Bänder, die sie tragen, ketten sie auf immer an ihre Burschenschaft. Ist sogar sicherer als ein Ehering, denn von der Verbindung könnte man sich im Ernstfall nicht einmal scheiden lassen", flüsterte ihr Friedrich grinsend, aber mit so ernst-theatralischem Ton zu, dass sie kichern musste.

„Der Behrens junior! Sie wollten mich doch zum Tee besuchen?"

Friedrich fuhr erschrocken herum und Dina tat so, als müsste sie husten, in der Hoffnung, dass der Fragende nicht merkte, dass sie das alles hier so unfreiwillig komisch fand.

„Herr Kröger! Ich bitte vielmals um Nachsicht, das Physikum …"

„Das macht doch überhaupt nichts. Sie sind sicher mit Ihrem Cousin hier, oder? Wo ist denn Johannes bloß?

„Darf ich Ihnen Fräulein Harms vorstellen, die heute Abend die Liebenswürdigkeit besitzt, mich zu begleiten."

„Es ist mir eine Ehre, Sie kennenzulernen, Fräulein Harms." Er deutete eine militärisch-zackige Verbeugung an und küsste Dina die Hand. Er war eigentlich zu jung, um ein Freund von Friedrichs Großvater gewesen zu sein, höchstens Ende dreißig. Vermutlich galt er als äußerst attraktiv mit seinem kantigen Gesicht, den leicht gewellten blonden Haaren, die er vermutlich aus Eitelkeit nicht ganz so kurz trug, wie sein militärisches Auftreten es nahelegte.

„Ganz meinerseits, Herr Kröger."

„Na, wir sehen uns ja drinnen. Heute schwinge ich das Tanzbein und ganz bestimmt auch mit Ihnen." Wieder verbeugte er sich leicht vor ihr und sah dann Friedrich an. Dina staunte nicht schlecht, dass Friedrich auf eine Frage antworten konnte, die gar nicht gestellt worden war.

„Aber ich bitte Sie! Lieber Herr Kröger – wie könnte ich Fräulein Harms das abschlagen? Selbstverständlich. Wir sehen uns drinnen?" Ohne abzuwarten, ob ihr Gegenüber antworten wollte, zog Friedrich Dina am Arm hinter sich zum Saaleingang, wo Ida und Simon bereits warteten.

„Wo bleibt ihr denn?"

„Ein Bekannter meines Großvaters hat uns im Schnack aufgehalten. Der Kröger, den wir damals in Büsum getroffen haben, Simon. Erinnerst du dich? Kommt, wir gehen zu unseren Plätzen." Friedrich ging voraus.

Im großen Saal standen rund um die Tanzfläche festlich geschmückte Tische, auch hier dominierte das Blau und Silber der Verbindungsfarben, wurde jedoch durch ein kleines Arrangement grüner Blätter und etwas Tanne belebt. Friedrich schaute sich einen Moment um, winkte dann und steuerte zielstrebig auf einen der Sechsertische auf der anderen Seite des Saales zu.

„Moin, Hannes!"

Hannes Behrens sah Friedrich überhaupt nicht ähnlich. Seine Statur war eher gedrungen und athletisch. Dina erinnerte sich, dass Friedrich einmal erzählt hatte, dass Hannes als Kind schon stämmig und kräftig gewesen war und ihn in der Schule mehrmals rausgehauen hatte, wenn Friedrich aufgrund seines stillen, zurückhaltenden Wesens in die Schusslinie der Klassenrüpel geriet und in den Pausen Prügel bekam. Dass sein Vetter Hannes ein Jahr jünger war als er, machte die Sache noch schlimmer. Zwar hörten die anderen Jungs damit auf, Friedrich zu verdreschen, aber er wurde zunehmend das Opfer von Hänseleien und verbalen Attacken. Er biss die Zähne zusammen und überstand die schlimmsten Jahre eines Außenseiters, ohne äußerlich Schaden zu nehmen. Als er das Gymnasium verließ, hatte er zwar ein glänzendes Abiturzeugnis mit *summa cum laude* in der Hand, aber keinen einzigen Mitschüler, den er mit gutem Gewissen als Freund betrachten konnte, außer Vetter Hannes. Die erste Zeit an der Universität hielt er sich im Hintergrund und versuchte, so wenig es ging aufzufallen. Aber dann, eines Tages, hatte er Simon im Hörsaal gesehen, der mit einem Kommilitonen redete. Er hatte einen Stapel Bücher lässig unter den Arm geklemmt und trug ein zerbeultes, grün kariertes Tweedjackett über einem weißen Hemd. Um den Hals hatte er einen ebenfalls grünen Schal aus einem seidigen Material geknotet. Simon wirkte wie ein Bohémien. Friedrich hatte sich dann während jener Vorlesung, die thematisch völlig an ihm vorbeigegangen war, den Kopf darüber zerbrochen, wie er es schaffen konnte, seine Aufmerksamkeit zu erregen. Als die Lektion vorbei war und Simon mit mehreren Studenten an ihm vorbei in das Foyer drängte, gab er es auf. Er packte seine Utensilien in seine Aktentasche und schlich resigniert aus dem Hörsaal. Als er aus der Tür trat, rief ihn jemand.

„He, Behrens, kommen Sie mit in die Mensa?"

Das war Simon gewesen. Friedrichs Herzschlag hatte sich beschleunigt. Simon Lerch wusste, wie er hieß! Seit jenem ersten gemeinsamen Mittagessen, dem viele weitere folgten, waren sie unzertrennlich. Ganz allmählich waren sie sich näher gekommen und irgendwann hatten sie sich gebeichtet, dass sie sich gegenseitig bereits seit Semesterbeginn beobachtet und umkreist hatten. Simon hatte es als Erster gewagt, das Schweigen zu durchbrechen.

„*Kinners*, setzt euch!" Hannes winkte einem Kellner, der sofort neben dem Tisch strammstand. Es war offenbar ein junges Verbindungsmitglied, das sich die ersten Lorbeeren verdienen musste. „Wollt ihr auch Bier? Die Damen?" Innerhalb von wenigen Minuten hatte er sich gleichzeitig vorgestellt, Dina und Ida die Hand geküsst, Friedrich und Simon kräftig die Pranke ins Kreuz gehauen, sein eigenes halbleeres Bierglas ausgetrunken und die wichtigsten Neuigkeiten seit der letzten Begegnung ausgetauscht. Ein echter Hansdampf in allen Gassen.

„Da kommt die Dame meines Herzens! Darf ich vorstellen, das ist Sophie. Sophie, mein Vetter Friedrich, seine … Begleitung Fräulein Dina, sein bester Freund Simon und Ida ist Simons Schwester. Setzt euch – ach, da kommt ja der Kleine mit dem Tablett. Hoffentlich schmeißt er nicht wieder alles hin."

Sophie wirkte freundlich, robust und wenig anmutig. Aber sie war sehr lustig und gesellig, lachte gern und laut und fand leicht in das Gespräch hinein. Ihr Vater war Rechtsanwalt und ebenfalls ein Verbindungsbruder. Durch ihn hatten sie und Hannes sich vor einiger Zeit kennengelernt. Leider hatte ihr Vater sich eine Grippe eingefangen, so dass er mit Fieber das Bett hüten musste, was er zutiefst bedauerte, wie Sophie glaubhaft versicherte, denn er tanzte leidenschaftlich gern Foxtrott.

Als die Drei-Mann-Kapelle *Im Prater blüh'n wieder die Bäume* anstimmte, vom Pianisten mit täuschend echt klingendem Wiener Dialekt gesungen, standen sie alle gemeinsam auf und begaben auf die Tanzfläche. Ida tanzte den Walzer mit Hannes, Friedrich verströmte wie immer so viel Eleganz, dass diese auch auf seine rundliche Tanzpartnerin Sophie abstrahlte, und Simon tanzte mit Dina. Einige weitere Tänze lang wechselten sie sich untereinander reihum ab. Als sie zum Tisch zurückkehrten und Hannes gerade eine neue Runde Bier ordern wollte, brachte der kleine Kellner einen Sektkübel mit einer Champagnerflasche darin und Gläser für sie alle.

„Das schickt der Herr dort, drei Tische weiter", murmelte er verschüchtert.

„Wer?" Hannes sah in die Runde. Gustav Kröger winkte und schob sich durch die Tanzenden auf sie zu.

„Tausend Dank, Kröger! Sie trinken aber ein Glas mit uns?"

„Aber selbstverständlich. Gern." Er wandte sich Simon und Ida zu. „Herr Lerch – Sie auch hier. Und wer ist diese junge Dame?"

„Verzeihen Sie, das ist Ida, meine Schwester. Ida, Herr Kröger, ein Freund von Friedrichs Großvater."

„Angenehm, Fräulein Lerch."

„Guten Abend, Herr Kröger."

Der junge Kellner nestelte an der Flasche herum.

„Na, du bist mir ja ein Mädchen!" Hannes schüttelte den Kopf.

Der Frischling lief rot an und zerrte weiter unbeholfen an dem Korken, der sich keinen Millimeter zu bewegen schien.

„Na, komm, gib her." Friedrich konnte es einfach nicht ertragen, jemanden in einer demütigenden Situation zu sehen, auch wenn er ihn gar nicht kannte. Er nahm die Flasche, löste mit der ihm eigenen Leichtigkeit und Grazie den Korken, der unter seinen Händen mit leichtem Schäumen nachgab, und reichte dem Jungen die Flasche zurück, der mit zitternden Händen die bereitstehenden Gläser füllte und sich, mit hochrotem Kopf, zurückzog.

„Was soll das mit dem Callsen bloß werden? Da nützt ihm auch der große Bruder nichts – aber abwarten, vielleicht macht er sich ja noch. So, aber nun mal Prost – ich trinke auf die drei wunderschönen, jungen Damen in unserer Mitte!" Gustav Kröger hob sein Glas und nickte in die Runde.

Sie stießen an und Dina merkte, dass er sie dabei viel zu direkt und intensiv ansah.

Als die Kapelle ihre Pause beendete und die Instrumente wieder stimmte, erhob sich Herr Kröger.

„Fräulein Dina, machen wir es wahr?" Er hielt ihr galant den Arm hin. „Friedrich, Sie erlauben?"

Friedrich nickte grinsend.

Als der flotte Foxtrott einsetzte, stellte Dina fest, dass Herr Kröger ein hervorragender Tänzer war. Das hatte sie ihm nicht zugetraut.

Am Sonntag will mein Süßer mit mir segeln geh'n,
sofern die Winde weh'n,
das wär' doch wunderschön!
Am Sonntag will mein Süßer mal ein Seemann sein,
mit mir im Sonnenschein
so ganz allein!
Und dann beim Abendrot
mach' ich das Abendbrot
auf unserm Segelboot
für meinen Süßen und für mich!
Am Sonntag will mein Süßer mit mir segeln geh'n,
sofern die Winde weh'n,
das wär' doch schön!

„Was tun Sie, Dina? Verbringen Sie Ihre Tage auch an der Schreibmaschine oder vergeuden Sie gar Ihre Zeit mit einem

Studium, mit dem Sie nach Ihrer Heirat nichts mehr anfangen können?"

Am liebsten hätte sie ihn stehen lassen und wäre zu ihren Freunden zurückgegangen. Sie merkte, wie sie sich versteifte und ihm unwillig folgte.

„Ich wollte Sie nicht beleidigen! Ich wollte wirklich nur wissen, in welcher Umgebung ich Sie mir tagsüber vorstellen muss."

„Tagsüber würden Sie mich oft gar nicht sehen können, denn ich verbringe einen guten Teil des Tages in völliger Dunkelheit. Nun raten Sie!"

Daran sollte er sich ruhig die Zähne ausbeißen.

„Sie arbeiten Nachtschicht?" Er klang so entsetzt, dass sie nun doch lachen musste.

„Nein. Einmal dürfen Sie noch raten."

„Ich gebe mich geschlagen!"

„So schnell? Das hätte ich jetzt gar nicht von Ihnen gedacht, Herr Kröger. Aber ich will mal nicht so sein. Ich bin Photographin und stehe eben oft in der Dunkelkammer."

Er sah sie wieder nachdenklich an.

„Ich bin sicher, in Ihnen steckt vieles, was zu wissen sich lohnen würde." Er wirbelte sie weiter über das Parkett.

In der Eldorado-Bar
Saß ein Herr mit blondem Haar.
Ein Fräulein sprach: „Sind Sie am Sonntag allein?"
Da lachte der Blonde und sagte: „Huch, nein!"
Am Sonntag will mein Süßer mit mir segeln geh'n
Sofern die Winde weh'n, das wär' doch wunderschön
Am Sonntag will mein Süßer mal mein Seemann sein
Mit mir im Sonnenschein so ganz allein …

Der Pianist sang die zweite Version des Liedes und machte den gedehnten, näselnden Ton von Theo Lucas nach, der vor zwei Jahren die Strophe über den Mann in der Berliner Schwulenbar *Eldorado* auf der Platte gesungen hatte. Dina musste laut lachen, als Herr Kröger jäh stehenblieb.

„Das ist eine Unverschämtheit. Solchen Schmutz wollen wir hier nicht!“

Jetzt war sie starr vor Schreck. Auch etliche andere Paare waren stehengeblieben und die Männer machten laut ihrer Wut Luft.

Die Kapelle spielte weiter, als wäre nichts. Da sprang der erste Verbindungsstudent auf das Podium, verpasste dem Bassisten einen Faustschlag, der so zielgerichtet war, dass der Musiker lang hinschlug und sich nicht rührte. Der Klarinettist stürzte sich auf den Schläger und mit einem Mal ging alles ganz schnell. Es prügelten sich etliche Verbindungsstudenten mit anderen Männern ohne Schnüre. Die Mützen flogen durch den Raum. Ein gellender Schrei drang aus dem Gewühl und Dina nahm aus dem Augenwinkel wahr, dass der unförmige junge Mann, der sie hereingelassen hatte, dem Pianisten den Tastaturdeckel mit voller Wucht auf die Finger knallte und sich mit dem gesamten Gewicht seiner massigen Gestalt auf den Deckel setzte. Der Musiker schrie vor Schmerzen und kämpfte chancenlos gegen den Studenten.

„Dina, komm! Nichts wie weg hier!“ Friedrich hatte ihre Hand gegriffen und wollte sie wegziehen.

„Der Klavierspieler, wir müssen ihm helfen!“ Sie riss sich los, griff von einem der Tische einen halbvollen Bierkrug, stürzte zur Bühne und schüttete dem Angreifer den Inhalt frontal in sein rosafarbenes Gesicht. Den Moment seiner Verwirrung nutzten Simon und Friedrich, um den Pianisten zu befreien, der bleich war und halb ohnmächtig. Dina rannte den beiden hinterher, die den Verletzten zwischen sich zum Ausgang schleppten. Ida und Sophie standen bereits mit den gesamten Mänteln auf der Straße und warteten. Dina keuchte. Wie immer, wenn sie sich Hals über Kopf in eine brenzlige Situation gestürzt hatte, wurden ihr erst hinterher die möglichen Konsequenzen klar und sie bekam weiche Knie. Sie bemerkte nicht, dass Gustav Kröger ihnen entgeistert hinterhersah. Der junge Behrens nahm es offenbar nicht besonders genau mit der Wahl seiner Freunde, auch wenn dieses Fräulein Harms wirklich entzückend war. Diese seltsame Vorliebe für abartige

Liedertexte würde er ihr schnell austreiben. Wie konnte sie ihn für einen drittklassigen Pianisten und ein jüdisches Geschwisterpaar stehen lassen!

„Bloß weg hier!"

Simon gab Gas und fuhr deutlich schneller als erlaubt.

„Mach mal langsamer, sonst werden wir womöglich angehalten."

„Ich glaube nicht, dass seine Hände lange warten können." Friedrich wedelte dem Pianisten Luft zu, dessen Augen geschlossen waren. Sein Gesicht war leichenblass und es stand kalter Schweiß auf seiner Stirn. „Er muss schleunigst in Behandlung."

An der Universitätsklinik angekommen, schleppten Simon und Friedrich den zeitweise bewusstlosen jungen Mann in die Notaufnahme.

„Was bringen Sie uns denn da?"

„Schnell, er hat vermutlich mehrere Brüche in beiden Händen. Sein Blutdruck ist instabil und er kippt uns immer wieder weg."

Der diensthabende Arzt wurde gerufen und es war zu Simons und Friedrichs Erleichterung ein wirklich guter Chirurg, den alle Studenten verehrten.

„Herr Professor Oelkers! Wie gut, dass Sie hier sind!"

„Was ist passiert?" Der Arzt untersuchte bereits vorsichtig die Verletzungen des jungen Mannes, der vor Schmerz wimmerte und aus dessen geschlossenen Augen Tränen flossen.

„Es hat beim Verbindungsball eine … Auseinandersetzung gegeben und jemand hat ihm mutwillig den Klavierdeckel auf die Hände geschlagen und sich dann mit Schwung draufgesetzt."

„Wird er wieder Klavier spielen können?", fragte Dina.

„Kann ich noch nicht sagen. Schwester, wir müssen röntgen, und lassen Sie einen Operationssaal klarmachen. Das hier wird uns den Rest des Nachtdienstes beschäftigen. Behrens, Sie gehen sich sofort desinfizieren und umziehen und halten sich bereit. Die Schwester zeigt Ihnen alles. Haben Sie heute Abend getrunken?"

„Ein Glas Champagner und ein Bier."
„Das müssen wir vernachlässigen. Sie bleiben und assistieren mir. Was ihr jungen Leute alle mit der Psychiatrie habt, weiß ich nicht und ich habe Ihnen schon mehrfach gesagt, dass Sie ein Naturtalent in der Chirurgie sind. Sie werden gemeinsam mit mir alles tun, damit dieser arme Kerl hier wieder genauso schön wie vorher auf dem Klavier klimpern kann."

Er drehte sich um und ging mit wehenden Schößen seines weißen Kittels davon.

„Kommen Sie dann bitte, wir dürfen keine Zeit verlieren", drängte die Schwester.

„Das wird dauern. Wenn ich hier fertig bin, fahre ich nach Hause. Das solltet ihr auch tun." Friedrich drehte sich um und folgte der Schwester.

Simon und die Mädchen standen einen Moment lang ratlos herum.

„Ich hoffe, sie kriegen das wieder hin." Idas Stimme bebte. Auch sie war blass und sah völlig übernächtigt aus, obgleich es gerade elf Uhr war.

„Was machen wir jetzt? Wenn wir nach Hause fahren, so aufgelöst wie wir sind, dann quetscht Mama die ganze Geschichte aus uns heraus und stellt Fragen. Das wird auf jeden Fall unbequem."

„Warum gehen wir nicht etwas trinken und fahren dann erst zurück? Mit etwas Glück schläft eure Mutter dann schon."

„Ich möchte heute keinem von diesen Verbindungsidioten mehr über den Weg laufen."

„Keine Angst, das wirst du nicht. Los. Ich sage dir, wie du fahren musst."

Dina lotste Simon nach St. Pauli und zeigte ihm, wo er den Wagen abstellen sollte. Sie stiegen aus. Ida und Simon folgten ihr.

„Wohin führst du uns denn?"

„Wir wollen etwas trinken, vielleicht etwas Kräftiges essen und das absolut ohne Verbindungsbrüder." Sie merkte, wie die Anspannung wich, und amüsierte sich über Idas offensichtlich entsetzten Blick und Simon, der sein Erstaunen krampfhaft zu verbergen suchte.

„Da sind wir.“

„In diese Kaschemme? Bist du sicher?“

Dina lächelte und öffnete schwungvoll die Tür der *Silbermünze.* Drinnen war es noch nicht allzu voll. Dina ging direkt zu Fatima, die sie mit einem breiten Lächeln begrüßte.

„Dina, meine Süße“, schnurrte sie mit ihrer kehligen Stimme. „Du warst schon ewig nicht mehr hier. Und Freunde hast du diesmal auch mitgebracht.“

„Ist Harry da?“

„Ja, aber natürlich! Er ist hinten. Du weißt schon. Ich sage ihm gleich Bescheid. Was wollt ihr trinken?“

Sie bestellten drei Bier.

„Habt ihr auch was zu essen da?“

„Aber ja, mein Täubchen, ich habe meine Harira gemacht. Ich bringe euch was. Setzt euch an den Tisch in der Ecke, da seid ihr ein bisschen für euch.“

„Danke, Fatima.“

Sie steuerte auf den zugewiesenen Tisch zu, Ida und Simon im Schlepptau.

„Dina, woher kennst du bitte diesen Schuppen?“

„Ach, das ist eine lange Geschichte, ich …“

„Mensch, Dinchen, du hast dich aber lange nicht mehr blicken lassen! Viel zu tun, was?“

Ein Hüne von zwei Metern war zu ihnen an den Tisch getreten.

„Harry! Wie geht’s?“

„Danke – alles im grünen Bereich. Ich könnte mal wieder Photos brauchen. Ich habe eine neue Tänzerin. Große Klasse, sage ich euch!“

„Geht klar, Harry, ich komme nächstes Wochenende vorbei.“

Da trat Fatima mit einer Schüssel dampfender Suppe, drei Tellern und Löffeln an den Tisch.

„Na, das ist richtig, ein ordentlicher Teller Suppe an so einem kalten Abend. Die *Deern* sieht auch ein bisschen blass aus." Er deutete mit dem Kinn auf Ida, die sprachlos auf der Eckbank saß.

„Das sind meine Freunde, Ida und Simon, das ist Harry Schwemer, der Besitzer der *Silbermünze*."

„Angenehm", murmelte Simon. Ida hatte die Sprache noch nicht wiedergefunden und lächelte verschüchtert.

„Na, *Kinners*, dann esst erst mal was. Nachher trinken wir einen Cognac zusammen." Er grinste breit in die Runde und verzog sich in sein Hinterzimmer.

Dina füllte zwei Teller und schob sie Ida und Simon zu.

„Die Suppe ist ziemlich scharf, aber unglaublich gut! Fatima stammt aus Nordafrika und das Rezept ist von dort." Sie begann hungrig zu löffeln.

„Dina, woher kennst du diese Spelunke und wieso wirst du hier empfangen, als … als wärst du eine von … denen?" Ida war entsetzt und auch Simon sah sie an, als wüsste er nicht, was er denken sollte.

„Nun beruhigt euch mal! Eines der Mädchen, die bei Tante Luise wohnen, verkehrt hier und hat mich mal mitgenommen. Ich habe die Bilder gemacht, die im Schaukasten draußen hängen. Als Reklame. Dazu war ich ein paar Mal hier."

„Ich bin mir ziemlich sicher, dass ich nicht mit zwei jungen Mädchen hier sein sollte", warf nun Simon ein, „unsere Mutter würde mich bei lebendigem Leib häuten. Das würde sie übrigens auch, wenn ich allein hier wäre."

„Dann ist es ja gut, dass sie nie etwas davon erfahren wird." Ida schien sich gefangen zu haben, schaute sich neugierig um und tauchte schließlich auch ihren Löffel in die Suppe.

„Simon, das musst du probieren!" Begeistert machte sie sich über ihren Teller her und nahm sogar nach. Auch Simon schmeckte es. Später trank er tatsächlich Cognac mit Harry und rauchte sogar eine Zigarre, die ihm dieser mit verschwörerischem Grinsen gebracht hatte.

Als sie sich verabschiedeten, schlug Harry Simon auf die Schulter und sagte zu Dina: „Die beiden sind schon richtig, die kannst du wieder mitbringen."

Als Simon Dina ein paar Straßen weiter aussteigen ließ, umarmten sie sich alle drei zum Abschied. Nachdenklich schloss Dina auf und stieg hinauf in ihr Zimmer unter dem Dach. Dieser Abend war zuerst glamourös, dann schrecklich und zum Schluss kurioserweise sehr gemütlich gewesen. Wie viel Leben in wenigen Stunden liegen konnte! Wie schnell konnte ein Ereignis, das zur Unterhaltung und Zerstreuung in der Adventszeit gedacht war, umschlagen in unbegründeten, grenzenlosen Hass und blinde Wut, die vielleicht die Zukunft eines jungen Menschen zerstört hatten. Das Leben hielt sich nicht an Spielregeln. Man musste es so nehmen, wie es kam, und versuchen, das Beste daraus zu machen.

14. Kapitel

Das neue Jahr begann so, wie das alte geendet hatte. Das gleiche graue, regnerische Wetter, das bereits den Herbst dominiert hatte, setzte sich im Januar fort. Schnee hatte es bisher keinen gegeben und nach Dinas Geschmack musste das nun nach Weihnachten und Neujahr auch nicht mehr sein. Aber das ewige Grau deprimierte sie. Es wurde einfach nicht richtig hell. Zu Hause und auch im Laden musste man ununterbrochen bei Licht sitzen. Im Atelier hatten sie sich angewöhnt, zwei Petroleumlampen anzuzünden, um zu sparen, denn die Wirtschaftskrise setzte auch Siegfried mehr und mehr zu. Er konnte Dinas Gehalt nicht mehr vollständig zahlen, wie er ihr einige Wochen zuvor gestanden hatte. Er hatte lange hin und her gerechnet, aber es ging einfach nicht. Sie hatten nicht genug Aufträge. Anstelle des Lohns für Januar bis März hatte er ihr die kleine Rolleiflex geschenkt, mit der sie ohnehin am liebsten arbeitete, und ein altes Stativ draufgelegt.

„Ich würde mich freuen, wenn du trotzdem bleibst, und sobald ich dich bezahlen kann, auch wieder in Vollzeit. Aber es steht dir selbstverständlich frei, andere Aufträge anzunehmen, Dina." Er war sichtlich geknickt. Und sie wusste nicht, was sie sagen sollte. Sie hatte durchaus Aufträge, mit denen sie sich für den Moment über Wasser halten konnte. Allerdings waren das Aufträge, über die sie lieber schwieg. Sie hatte die neue Tänzerin von Harry Schwemer photographiert, die sich vor der Kamera lasziv ihrer Dessous entledigt hatte. Die Bilder wurden gut und Harry Schwemer hatte ein volles Haus.

„Ich höre mich um, Dinchen. Ich werde dich jederzeit empfehlen, wo immer es geht!"

Und so war es gekommen, dass Dina für das *Ballhaus Trichter* sowohl die wechselnden Nummern ihrer Revuen für das Programm und den Schaukasten draußen photographierte als auch an zwei Abenden die Woche mit ihrer Kamera von Tisch zu Tisch ging und die Gäste ablichtete, die die Bilder dann erwerben konnten. Tante Luise war von dieser Veränderung natürlich wenig begeistert, sah aber die Notwendigkeit ein. Außerdem war Dina nun schon dreiundzwanzig und konnte seit zwei Jahren tun und lassen, was ihr gefiel. Und soweit Luise das beurteilen konnte, blieb das Kind dennoch solide. Ein echtes, gerades Friesengewächs eben. Recht war es ihr nicht, dass die *Deern* nachts arbeitete, aber Dina war beinahe erschreckend vernünftig für ihr Alter. Das waren diese elenden Zeiten, sagte sich Luise. Die jungen Leute mussten so schnell erwachsen werden. Und besonders, wenn sie fast komplett allein dastanden. Luise hätte Dina nie auf die Straße gesetzt, dazu hatte sie das Mädchen viel zu gern, aber Dina schien es sich in den Kopf gesetzt zu haben, ihr Kostgeld zu zahlen. Manchmal musste Luise es wirklich zum Einkaufen nutzen, wenn es knapp wurde. Zu sparen lohnte sich nicht. Die Inflation der letzten Jahre und die wochenlange Schließung der Banken im vergangenen Jahr hatten Luise in ihrer Überzeugung bestärkt, dass man Papiergeld besser nicht traute. Sie selbst kaufte seit Jahren kleine Gold- und Silbermünzen. Dasselbe tat sie mit dem Geld, das Dina ihr abgab, wenn sie es nicht wirklich für Lebensmittel oder Kohlen ausgeben musste. Es kam auf diese Weise kein Vermögen zusammen, aber wer wusste schon, wofür das Kind es einmal würde brauchen können?

„Bitte recht freundlich – ja! Sehr schön! Vielen Dank." Dina legte ihr Kärtchen auf den Tisch und der Herr in dem eleganten Jackett ließ es lächelnd in seiner Westentasche verschwinden. Es war Dienstag und ziemlich früh, so dass noch nicht viel los war im *Trichter*. Dina ging einen Moment vor die Tür, wo Irmi, die Garderobiere, eine Zigarette rauchend an der Wand lehnte.

„Möchtest du auch?"
„Ja, danke."
Eine Weile standen sie schweigend nebeneinander.
„Du könntest viel mehr Bilder verkaufen, wenn du dich etwas zurechtmachen würdest." Irmi trat ihre Zigarettenkippe aus und zog in den Spiegel ihres Puderdöschens blickend die Lippen nach.
Dina verdrehte die Augen.
„Ich kann so was nicht, Irmi."
„Solltest du aber. Du bist ein wirklich hübsches Ding, aber diese Haare und deine Aufmachung … da fühlt sich jeder Kerl schuldig, dass er nicht bei seiner Gattin zu Hause ist, sondern hier bei uns im *Trichter*. Das ist nicht gut fürs Geschäft. Ich mein's ja nicht böse, Dina."
„Ich weiß doch, Irmi. Aber ich kann mit Schminke einfach nicht umgehen."
„Eigentlich siehst du gar nicht aus wie eine Lesbierin."
Dina blieb die Luft weg.
„Wie kommst du denn jetzt darauf?"
„Na ja, man hört so dies und das."
„Was jetzt genau?"
„Na, immerhin hast du der Königin der Nacht ihre Gigola ausgespannt."
Dina musste husten und warf den Zigarettenstummel in eine Pfütze.
„Ich hatte keine Ahnung, dass über mich geredet wird."
„Na, aber sicher, Schätzchen."
„Irmi, das war ganz anders und ist außerdem ziemlich lange her."
„Na, wie dem auch sei …" Irmi ließ den Satz unvollendet in der kalten, feuchten Januarluft hängen und ging zurück ins Gebäude.
Dina zitterte vor Kälte, aber sie brauchte einen Augenblick, um sich zu beruhigen. Das konnte doch wohl nicht wahr sein! Sie hatte von Selene seit beinahe einem halben Jahr nichts mehr gehört. Sie hatte versucht zu akzeptieren, dass sie wohl nicht mehr zusammen waren, aber es gelang ihr nicht. Sie hatte nach

dem letzten verletzenden Gespräch mit Selene die Villa von Merten verlassen und Selene war nach ihrer Genesung nicht zu ihr gekommen, um einzulenken oder die Verhältnisse zu klären. Dina war mehr als einmal drauf und dran gewesen, zu Kreuze zu kriechen, aber Selenes Worte hatten sie zu tief getroffen und nun war es so lange her, dass sie sich gesehen hatten. Sie wurde das Gefühl nicht los, dass sie sich allein über diesen Umstand den Kopf zerbrach. Die aktuelle politische Entwicklung schlug solche Wellen, dass sie sich lebhaft vorstellen konnte, womit Selene ihre Zeit verbrachte. Wie sie sich aufrieb in den nicht enden wollenden politischen Debatten, dem Drucken und Verteilen von Flugblättern, der Vorbereitung von Demonstrationen. Im März waren wieder Wahlen angesetzt und es wurde immer wahrscheinlicher, dass man mit Hitler und den Nationalsozialisten diesmal leider rechnen musste. Die desolate wirtschaftliche Situation und die stetig steigende Anzahl von Arbeitslosen schienen ihm in die Hände zu spielen.

„Dina? Telephon!"

Wer konnte das sein? Tante Luise? Hoffentlich war nichts passiert.

Irmi winkte sie herein. Gott sei Dank, der Anruf war direkt an der Garderobe eingegangen. Der Chef liebte es ganz und gar nicht, wenn die Angestellten private Anrufe empfingen.

„Ja, bitte?"

„Dina? Bist du das?" Idas Stimme überschlug sich fast.

„Ja, was ist denn? Geht es dir gut?"

„Ja, ja, mit mir ist alles in Ordnung, aber Simon …" Sie fing an zu weinen, im Hintergrund Stimmen, schließlich knackte es in der Leitung.

„Dina? Hier ist Friedrich. Ida ist völlig aufgelöst. Simon ist verletzt, aber so weit in Ordnung. Ich verarzte ihn gerade."

„Was ist denn passiert?"

„Es hat an der Universität eine … Kundgebung stattgefunden, die dann eskaliert ist. Du bist bei der Arbeit, richtig? Kannst du morgen früh gleich herkommen? In die Villa? Hier geht alles drunter und drüber."

„Ja, natürlich und es geht wirklich allen gut?"

„Nichts, was ein paar Stiche nicht wieder richten könnten. Aber komm bitte gleich morgen früh her."

Sie hängten ein. Dinas Herz schlug ihr bis in den Hals. Was war da los?

„Ist was passiert?"

„Keine Ahnung. Der Bruder einer Freundin ist verletzt. Ich fahre morgen früh hin."

Der Dienstagabend im *Trichter* verlief ereignislos, es kamen wenige Gäste und Dina konnte um Mitternacht Schluss machen. Sie schlief unruhig und war bereits um kurz nach zehn Uhr in der Bellmannstraße. Auf ihr Läuten hin öffnete Ida selbst die Tür und fiel ihr um den Hals. Sie sah blass und übernächtigt aus. Sie hatte dunkle Ringe unter den Augen und ihr Haar hatte sie unordentlich zu einem Knoten gewunden und mit zwei langen Haarnadeln befestigt, die über Kreuz in der aufgetürmten Masse dunkler Locken steckten.

„Komm rein. Wir sitzen gerade beim Frühstück."

„Wie geht es Simon?"

„Komm mit und sieh ihn dir selbst an."

Sie folgte Ida mit klopfendem Herzen in das Esszimmer der Villa Lerch.

Um den gedeckten Frühstückstisch saßen Madame Nava und Herr Lerch, Friedrich und zu guter Letzt – Simon.

„Guten Morgen … Himmel, Simon, wie siehst du denn aus? Wie ist das passiert?"

Dina vergaß jede Erziehung, durchquerte den Raum und hockte sich vor Simon auf den Boden. Er hatte einen Verband um den Kopf, unter dessen Rand man einen dunkelvioletten Bluterguss erahnen konnte. Ein Auge war zugeschwollen und blutunterlaufen. Sein Kiefer färbte sich grün und blau und eine ordentliche Naht verlief auf seiner Wange vom Jochbein fast bis zum Kieferknochen hinab. Man sah ihm an, dass jede Bewegung schmerzte, was, wie Friedrich erklärte, von den gebrochenen Rippen herrührte. Dina konnte es nicht glauben. Sie griff vorsichtig nach Simons Hand.

„Du solltest mal den anderen sehen …", nuschelte er undeutlich und machte den Versuch zu lächeln, was ihm offenbar solche Schmerzen verursachte, dass er es schnell wieder bleiben ließ.

„Setzen Sie sich doch zu uns, Dina, bitte. Nehmen Sie eine Tasse Tee?“ Madame Nava schenkte ihr eine Tasse des duftenden Earl Grey ein, den man im Hause Lerch des Morgens zu trinken pflegte.

„Es hat eine Auseinandersetzung gegeben an der Universität“, begann Friedrich zu erklären.

Er hatte auch einige Blessuren davongetragen, eine große Beule prangte an seiner Stirn und eine seiner Hände war verpflastert.

„Auseinandersetzung?“, unterbrach Ida ihn. „Du hast gesagt, das war ein gezielter Angriff!“

„Ida, mein Kind, wir waren nicht dabei. Bitte lassen wir Friedrich erzählen.“ Madame Nava legte eine Hand über die unruhigen Finger ihrer Tochter, aber auch in ihrer Stimme lag ein bebender Unterton.

„Wir wollten zur Vorlesung und haben gar nicht darauf geachtet, warum da so viele Leute standen. Wir wollten an ihnen vorbei durch die Tür und plötzlich stellten sich uns Studenten in den Weg und faselten wirres Zeug von wegen Juden hätten kein Recht, mit deutschen Studenten im selben Hörsaal zu sitzen, sie würden Deutschen die Plätze wegnehmen und anschließend die Famulaturen und Arbeitsplätze in den Krankenhäusern untereinander verteilen.“ Er schloss kurz die Augen. „Es war vollkommen surreal. Wir haben das auch nicht ernst genommen. Simon fragte noch den Möller, was der Blödsinn solle, wir kämen alle zu spät zur Vorlesung. Und dann ging es los. Eine Rangelei zuerst. Sie stellten sich uns in den Weg. Und als wir versuchten, an ihnen vorbeizukommen, hat der Erste zugeschlagen. Es ging so schnell.“ Er sah Dina an.

„Friedrich, wir können Ihnen nicht genug danken, dass Sie die Gefahr auf sich genommen und Simon da herausgeholt haben.“ Julius Lerchs Stimme klang trotz der Erleichterung, seinen Sohn in einem Stück zu Hause zu haben, besorgt.

„Nur leider nicht schnell genug.“

„Hör doch auf!“, ließ sich Simons Stimme vernehmen. Er klang belegt und heiser. „Sie haben dich doch auch erwischt. Du hast Kopf und Kragen riskiert wegen mir. Einfach, weil sie natürlich alle wissen, dass wir … befreundet sind.“

Dina war sprachlos. Friedrich schilderte kurz und ohne Übertreibungen, wie es seine Art war, den Vorfall. Der Mob, der sich an den Türen des Hauptgebäudes versammelt hatte, hatte judenfeindliche Parolen gebrüllt und gezielt jüdische Kommilitonen von den Türen weggedrängt. Wenn einer versuchte, sich zur Wehr zu setzen, wurde er gnadenlos niedergeschlagen.

„Ich habe keine Ahnung, ob überhaupt jemand die Polizei gerufen hat. Ich habe nur zugesehen, dass wir da wegkommen.“

„Das war auch das Beste, was ihr tun konntet“, murmelte Ida, die zusammengesunken auf ihrem Stuhl saß. Der Marmeladentoast auf ihrem Teller war ebenso unberührt wie ihre gefüllte Teetasse.

„Aber wie soll das jetzt weitergehen?“, fragte Dina. „Ihr könnt doch nicht einfach so wieder hingehen. Wer weiß, was noch alles kommt.“

„Natürlich nicht! Simon geht die nächsten Wochen sowieso nirgendwohin, so wie er zugerichtet ist. Ich wollte versuchen, mit Professor Oelkers zu sprechen, um zu sehen, wie die Lage aussieht. Vielleicht weiß er mehr. Es war immerhin seine Vorlesung, zu der wir gestern wollten.“

Sie saßen schweigend um den großen Tisch herum und jeder hing seinen eigenen Gedanken nach.

Madame Nava räusperte sich. „Ich glaube, es will keiner mehr etwas frühstücken? Dann lasse ich abräumen. Simon, leg dich wieder hin und ruh dich aus. Friedrich, Sie lassen uns wissen, was Sie in Erfahrung bringen konnten? Kommen Sie doch zum Abendessen zurück.“

„Sehr gern. Ich bin später wieder da. Simon, wenn die Schmerzen schlimmer werden oder du nicht schlafen kannst, nimm ruhig etwas ein. Es gibt keinen Grund, den Helden zu spielen.“

„Nee, keine Sorge. Ich fühle mich wie durch den Fleischwolf gedreht und werde mich am besten freiwillig in Formaldehyd einlegen." Wieder verzog er unter Schmerzen das Gesicht, versuchte zu lächeln.

„Du bist unmöglich. Sieh zu, dass du ins Bett kommst."

Dina und Ida nahmen jede einen Arm und halfen ihm die Treppe hoch. Die Verletzungen im Gesicht waren offenbar nicht alles. Er humpelte und schien Schmerzen im Rücken zu haben. Als einer seiner Ärmel hochrutschte, sah Dina überall Blutergüsse. Er war übel zugerichtet! Sie halfen ihm ins Bett. Er seufzte dankbar, als er sich zurücklegte. Das Sitzen am Tisch musste ihn angestrengt haben. Vermutlich hatte er seiner Mutter nicht mehr Sorgen bereiten wollen als notwendig und sich für sie über Gebühr zusammengerissen.

„Ida, schenk mir einen Schluck Wasser ein."

„Willst du etwas hiervon?" Dina deutete auf die Medikamente, die Friedrich vorsorglich auf dem Nachttisch deponiert hatte.

„Ja, gib mir eine von den Veronal, ich kann nicht mehr." Seine blasse Gesichtsfarbe war inzwischen leicht grau.

Dina nahm eine Pille aus dem Röhrchen, legte sie ihm in den geöffneten Mund und Ida half ihm, etwas Wasser nachzutrinken. Er sank zurück in das Kissen. „Lasst mich einfach schlafen. Ich bin so in zwölf Stunden wieder da. Weckt mich nicht zum Abendessen, aber hebt mir etwas Suppe auf." Er schloss die Augen und schon wenige Augenblicke später ging sein Atem regelmäßig und sein Kopf fiel zur Seite. Ida strich ihm eine Haarsträhne aus dem Gesicht und sie verließen leise sein Schlafzimmer.

„Kannst du noch bleiben oder musst du zur Arbeit?"

„Ich habe Zeit. Ich gehe später ins Atelier, um die paar Bilder von gestern Abend zu entwickeln." Sie folgte Ida in deren Zimmer und ließ sich in einem der Sessel am Fenster nieder.

Ida warf ein paar Kleidungsstücke achtlos über das Sofa, förderte aus ihrer Handtasche eine Schachtel Zigaretten zutage und aus dem Kleiderschrank eine Flasche Cognac und zwei Gläser.

„Seit wann rauchst du?"

„Ich weiß nicht genau. Irgendwie habe ich es mir angewöhnt in der letzten Zeit." Sie schraubte den Verschluss von der Flasche.

„Mir ist es zu früh für Schnaps – danke, nein."

Ida ignorierte sie, goss zwei Gläser randvoll und setzte sich Dina gegenüber.

„Meine Eltern haben entschieden, dass wir Deutschland verlassen. Sie haben es uns gestern Abend gesagt. Der Angriff auf Simon an der Universität hat damit nichts zu tun, es hat sie aber in ihrem Vorhaben natürlich bestärkt." Sie zündete sich eine Zigarette an und inhalierte tief. „Erinnerst du dich, dass sie so unglaublich oft bei Mutters Familie in England waren in der letzten Zeit?"

„Ja."

„Sie planen das schon seit über einem Jahr und haben uns nichts gesagt. Vater hat es geschafft, fast das gesamte Familienvermögen zu transferieren, bevor letztes Jahr die Banken dichtgemacht haben. Wir leben von einem einzigen verbliebenen Konto. Das und die Villa ist alles, was noch in Deutschland ist. Das Haus können sie nicht verkaufen, ohne Aufsehen zu erregen. Daher werden wir es wohl behalten und bei unserer Abreise einfach schließen."

Dina hörte ihre Worte, aber sie konnte sich keinen Reim darauf machen.

„Ihr geht weg? Für wie lange?"

Ida stand auf und schüttelte Dina an den Schultern.

„So lange, wie dieser Spuk eben dauert. Vater sieht hier in Deutschland ebenso schwarz wie deine Selene. Frag sie doch einfach, wenn du mir nicht glaubst!"

„Du weißt genau, dass ich keinen Kontakt mehr mit ihr habe!", stieß Dina wütend hervor. „Und wieso sollte ich dir nicht glauben?"

„Ach, was weiß ich! Aber verstehst du, was ich sage? Wir gehen weg. Meine Eltern haben das alles an uns vorbei eingefädelt. Simon wird in England zu Ende studieren, sie haben mit Hilfe von Mutters Bruder ein Haus gekauft. Wir sind beide erwachsen, Herrgott, und werden übergangen wie Kleinkinder! Offiziell wird es ein längerer Familienbesuch sein, von dem wir nicht zurückkehren", schloss sie bitter und schob Dina das Glas hin. „Vielleicht willst du jetzt doch?"

Dina schüttelte den Kopf, starrte weiterhin stumpf vor sich hin und zupfte an den Fransen der Tischdecke. Sie versuchte sich vorzustellen, wie ihr Leben ohne Ida sein würde, aber es gelang ihr nicht. Sie vergrub das Gesicht in ihren Händen und spürte, wie ein pochender Schmerz sich in ihrem Kopf ausbreitete.

Ida hockte sich neben sie und griff nach ihren Handgelenken.

„Dina, hör mir bitte einen Moment zu. Du musst nicht gleich antworten, aber ich bitte dich, denk wenigstens drüber nach. Ich möchte, dass du mit uns nach England gehst. Wir sind Freundinnen. Es würde niemandem auffallen, wenn wir dich einladen, mit unserer Familie den Sommer in Brighton zu verbringen. Und du könntest überall als Photographin arbeiten. Also, du wärst nicht abhängig von uns oder so was."

Dina starrte ihre Freundin an, als würde sie chinesisch mit ihr sprechen.

„Bitte, sage nicht sofort nein. Denk darüber nach und lass uns später darüber sprechen, ja?"

Dina nickte müde, dankbar, dass sie nichts sagen musste, denn es hatte ihr die Sprache verschlagen. Sie wollte nach Hause, genauer gesagt, sie wollte zu Selene. Jetzt gleich. Wieso hatte sie so lange aus falschem Stolz damit gewartet? Vielleicht war es zu spät, aber sie musste es wenigstens versuchen.

„Ida, ich muss gehen. Ich schaue am Sonntagnachmittag vorbei. Wegen Simon." Mit zitternden Händen knöpfte sie in der Halle ihren Mantel zu, wickelte sich den Schal um und zog sich die Mütze tief in die Stirn. Die drei Stufen nahm sie auf einmal und sobald sie das Gartentor passiert hatte, rannte sie fast zur Straßenbahnhaltestelle. Die kalte Luft brannte in ihren Lungen und sie spürte, dass sie unter den Wintersachen schwitzte.

Ida stand an ihrem Fenster im Obergeschoss und schaute Dina nach. Hatte sie sich gerade zum Narren gemacht? In ihrem Inneren tobte der Kampf, der ausgebrochen war, als ihre Eltern ihr und Simon mitgeteilt hatten, wie ihre Pläne aussahen. Sie und ihr Bruder waren in den Salon zitiert worden wie damals als Kinder, wenn einer von beiden etwas angestellt hatte. Aber diesmal war es anders gewesen. Ihre Mutter hatte nervös, an ihrer Halskette spielend, kerzengerade auf dem Sofa gesessen. Ihr Vater stand hinter ihr, forderte sie beide auf, sich zu setzen und zuzuhören, und dann hatte er ihnen mitgeteilt, was er zu tun gedachte. Er wollte nicht abwarten, bis die Lage verfahrener wurde. Wenn sich dieser nationalsozialistische Spuk schneller in Luft auflösen sollte, als es im Moment den Anschein hätte, könne man überlegen zurückzugehen. Aber so, wie sich die politische Entwicklung gerade präsentierte, wäre es Wahnsinn, länger zu warten.

Julius Lerch war kein Mann überstürzter Entscheidungen, aber was sich da zusammenbraute, stank gewaltig und er hielt es für besser, seine Familie und seinen Besitz in Sicherheit zu bringen. Er hatte es vor der Bankenkrise im vorigen Jahr geschafft, den Großteil des Vermögens zu transferieren. Teile hatten er und seine Frau auf ihren zahlreichen Familienbesuchen in der letzten Zeit selbst über den Kanal geschafft. Seine Frau Nava blühte in England stets auf. Sie hatte einen Großteil ihrer Jugend in London gelebt, denn die Familie ihres Vaters stammte von dort. Ida und Simon sprachen beide ganz ordentlich englisch, auch wenn sie es in Hamburg selten gebrauchten, aber das würde schon werden. Häuser, Fabrikgebäude und Werkshallen bauen konnte Julius Lerch auch in England. Nava hatte ihre britische Staatsangehörigkeit nie aufgegeben. Daher würden Simon und Ida ohne Weiteres britische Pässe erhalten und er selbst würde, sobald dies möglich war, einen Einbürgerungsantrag stellen. Simon würde sein Studium in Cambridge abschließen, das war bereits geklärt. Einzig seine Tochter machte ihm Kopfzerbrechen. Das Mädchen hatte so gar keine Ziele. Es war ja in Ordnung, dass sie nicht studieren wollte, wie Nava es gern gesehen hätte. Dann sollte sie eben heiraten und eine Familie gründen. Aber auch in dieser Richtung geschah rein gar nichts. Außer Simons Studienfreund Mark van Heeren hatte er nie junge Männer im Kielwasser seiner Tochter bemerkt. Aber das würde sich finden. Wesentlich war, dass sie Deutschland verließen, um jenseits des Kanals ihr Leben fortzusetzen. Es war alles vorbereitet, die Schiffspassagen gebucht.

Als Dina um die Ecke verschwunden war, ließ Ida den Vorhang herunterfallen und sperrte den kalten Wintertag aus. Die Gewissheit, dass sie zu Selene laufen würde, war erschreckend. Sie hatte es in ihrem Gesicht gesehen. Nach Idas Vorschlag war ihr ganzer Körper angespannt gewesen wie eine Sprungfeder. Dina konnte nicht lügen und nicht einmal passabel schauspielern. Ihre Integrität und Offenheit – die Eigenschaften, die Ida sonst am allermeisten bewunderte – verursachten in ihrem Inneren in diesem Moment einen Tumult, von dem sie nicht wusste, wie sie ihn unter Kontrolle bringen sollte. Sie konnte nur hoffen, dass Selene, die wieder einmal seit Ewigkeiten von der Bildfläche verschwunden war, den Anstand haben würde, Dina wenigstens jetzt gehen zu lassen. Sie wollte sie nicht so sehr wie Dina sie. Wenn ihre Freundin das nicht sah, so konnte sie nur darauf vertrauen, dass Selene von Merten einen lichten Moment hatte. Sie selbst konnte nichts mehr tun.

Dina hatte beim überstürzten Aufbruch keine Zweifel daran gehabt, dass sie Selene sehen musste. Die Straßenbahnfahrt quer durch die halbe Stadt hatte keinen Sinneswandel bewirkt, aber doch immerhin, dass sie sich hatte sammeln können. Was, wenn Selene wieder nicht zu Hause war? Würde sie warten? Sollte sie ihr doch lieber schreiben? Was, wenn sie ihr aber die Tür vor der Nase zuschlug? Immerhin war Dina es gewesen, die gegangen war. Jeder Gedanke an den Sommertag im letzten Jahr durchfuhr sie noch immer wie ein Stromschlag: jener Tag, an dem sie zutiefst verletzt die Villa verlassen hatte, in der festen Überzeugung, dass sie das einzig Richtige und Mögliche tat, und doch mit der vagen Hoffnung, dass Selene sie zurückholen würde. Sie hatte den Weg aus einer emotionalen Ausnahmesituation heraus eingeschlagen. Immer wenn sie etwas besonders berührte, verletzte, freute, war es wieder und wieder das Gleiche: Sie musste wie ein Kind zu Selene laufen, um zu teilen, was sie bewegte. Manchmal kam es Dina so vor, als ob für sie ein Gefühl nur dann die maximal mögliche Tiefe erlangen könnte, wenn sie sich Selene mitteilte. Diese Überlegung kam Dina wieder zum Bewusstsein, als sie die letzten Meter von der Straßenbahn zu Selenes Wohnhaus zurücklegte. Was, wenn sie ... reiß dich zusammen, Dina Harms! Wenn sie es nicht wagte, würde sie nie erfahren, wie Selene reagierte, wie sie Dinas plötzliches Erscheinen aufnehmen würde.

Sie passte ab, wie jemand das Haus verließ, trat in den Hausflur und stieg die Treppen hinauf. Mit jeder Stufe wurde sie langsamer und ihr Herz schlug schneller. Als sie vor Selenes Tür stand, konnte sie kaum atmen. Sie fasste sich ein Herz und läutete. Es rührte sich nichts. Bestimmt war sie wieder nicht zu Hause. Diesmal würde sie nicht wie ein heulendes Bündel Elend auf ihrer Fußmatte sitzenbleiben. Einmal noch. Sie läutete ein zweites Mal und sie hörte ein Schlurfen hinter der Tür, die sich kurz darauf öffnete.

„Dina? Komm rein."

Vor Erleichterung hätte sie am liebsten geweint. Auf dem Weg war sie alle ihr möglich erscheinenden Szenarien durchgegangen. Eine müde, verschlafene Selene in Pantoffeln, mit einem Schal um den Hals und einer roten Schnupfennase gehörte nicht dazu.

„Bist du krank?"

„Mir geht es hundsmiserabel." Sie schlurfte vor Dina her ins Wohnzimmer, wo sie offenbar auf der Couch geschlafen hatte, dem Wust von Kissen und Decken nach zu urteilen, der wie ein Nest auf dem Boden lag.

„Selene, ich ... das ist vielleicht kein guter Moment, aber ..."

„O bitte – nichts Kompliziertes. In meinem Zustand kann ich dir ohnehin nicht folgen. Könntest du mir vielleicht Tee kochen? Ich versuche schon die ganze Zeit, etwas zu lesen, aber es bleibt nichts hängen hier oben." Sie rieb sich die Schläfen.

„Warum liegst du nicht im Bett?"

„Ich habe so geschwitzt und ich bin einfach zu platt, um die Bettwäsche zu wechseln ... ich bin widerlich. Nein, nicht, du steckst dich noch an und ich rieche bestimmt ..."

Dina hatte die Arme um Selene gelegt. Sie vergrub ihr Gesicht an ihrem Hals.

„Was ist denn? Das ist ein ziemlich arger Schnupfen, aber ich liege nicht im Sterben." Selene klopfte ihr auf den Rücken.

Dina straffte die Schultern.

„Na, komm. Geh mal unter deine Decken zurück." Sie ordnete das Durcheinander auf dem Sofa. „Jetzt beziehe ich das Bett neu und dann mache ich dir Tee."

„Danke." Selene kroch ächzend wieder auf ihr Sofalager und wurde von einem Niesanfall geschüttelt. „Ich habe wirklich gedacht, du hast genug von mir, was dir nun wirklich niemand verübeln würde ..." Sie sah Dina geknickt von unten an.

„Das Einzige, wovon ich wirklich, wirklich genug habe, Selene, ist, von dir behandelt zu werden, als hätte ich von nichts eine Ahnung außer Photographieren, noch nicht mal von meinen eigenen Gefühlen. Ständig analysierst und dozierst du und zeigst mir, dass du mich für nicht ganz zurechnungsfähig oder beschränkt hältst. Könntest du dich vielleicht dazu entschließen, einfach mit mir zusammenzusein, ohne mir unser Verhältnis zu erklären oder mir ständig Gebrauchsanweisungen für dich zu geben? Ich muss dich nicht lernen, Selene. Wir müssen nur miteinander klarkommen – wenn wir zusammenbleiben, heißt das. Dabei geht es doch nicht darum, jede Schwierigkeit zu umschiffen, sondern die eine oder andere auch mal auszuräumen." Verflixt, nun kamen ihr doch die Tränen.

Selene reichte ihr ein nach Lavendel duftendes Taschentuch von einem Stapel, der auf dem Beistelltischchen lag.

„Ich sehe doch immer, dass du leidest, wenn ich mich ganz normal verhalte. Und wenn du dich nicht ständig zurücknehmen und zusammenreißen würdest, dann würde ich mich auch angekettet fühlen. Vielleicht passt es mit uns einfach nicht. Ich liebe dich, Dina, aber ich kann und will mich nicht so grundlegend ändern, wie es erforderlich wäre, damit du glücklich bist."

„Siehst du! Du machst das schon wieder. Du sagst mir, wie ich bin und dass du dich ändern müsstest, um mich glücklich zu machen." Dinas Brustkorb wurde eng. Sie verstand es einfach nicht! Herrgott, war denn das so schwierig? „Ich will doch gar nicht, dass du dich grundlegend änderst. Ich will aber merken, dass ich wichtig bin für dich. Ich will nicht immer als Letzte erfahren, wo du bist oder dass du eine Weile abtauchst. Du musst mir gar nicht sagen, was du machst. Du weißt ja auch nicht, was ich jede Stunde des Tages tue. Aber ich muss sicher sein können, dass ich mir keine Sorgen um dich machen muss. Ich will nicht unwissend vor deiner verschlossenen Tür stehen und warten, ob du vielleicht aufmachst oder gerade am anderen Ende der Republik mit blutender Nase und deinen Parteifreunden die Welt rettest, verdammt!"

Selene sah sie mit großen Augen an und nahm dann behutsam ihre Hand.

„Ich kann es nicht versprechen, aber ich werde versuchen, es besser zu machen – was mir aber schwerfällt. Es ist im Moment so unglaublich viel in Bewegung. Ich habe das Gefühl, wir alle treiben auf tödliche Stromschnellen zu." Sie fuhr sich durch das Haar, ihre Augen flackerten, sie sah müde aus.

„Simon ist verprügelt worden. Es hat wohl eine Demonstration an der Universität gegeben."

„Was?"

Dina hatte vergessen, dass all das erst wenige Stunden her war – dieser Tag fühlte sich so alt an, dabei war gerade erst Mittag.

„Ich war heute Morgen bei den Lerchs. Friedrich war auch da. Er hat Simon wohl nach Hause geschleppt und war gerade dabei, ihn zu verarzten. Er ist übel zugerichtet, Selene; Friedrich sagte, es waren nationalsozialistische Studenten – die Professoren haben sich wohl im Hintergrund gehalten, aber eingegriffen hat keiner. Sie wollten den jüdischen Studenten den Zutritt zum Gebäude verstellen – und Simon war einer von denen, die sich gewehrt haben."

Selene hatte ihren Kopf in die Hände gelegt und für einen Moment befürchtete Dina, dass sie weinte.

„Siehst du jetzt, was ich meine, Dina? Das wird nicht besser, sondern schlimmer. Genau gegen diese Leute, die Simon und den anderen das angetan haben, kämpfen wir, und ich kann dir einfach nicht jedes Mal vorher Bescheid sagen, wenn eine Aktion oder Versammlung angesetzt wird."

Dina stand auf. „Ich mache jetzt mal Tee."

„Wie schwer ist er verletzt, Dina?"

„Er sah ziemlich angeschlagen aus, aber es ist wohl nichts Ernstes passiert. Er hat starke Schmerzen. Friedrich sagt, es wird wieder; er braucht halt eine Weile Ruhe."

Der graue Wintertag ging fast unmerklich in die Abenddämmerung über und als Dina aufsah, verloren sich die Konturen von Selenes Gestalt und die Linien des Zimmers. Es wurde dunkel. Sie ging in die Küche, stellte den Wasserkessel auf und machte sich dann daran, das Bett frisch zu beziehen. Sie faltete die herumliegenden Kleidungsstücke und öffnete das Fenster, um die abgestandene Luft aus dem Raum zu lassen. Die Winterkälte auf ihrem Gesicht brachte sie zu sich. Was Simon widerfahren war oder etwas Ähnliches würde wieder passieren. Und Selene würde irgendwann ganz unweigerlich mittendrin sein.

15. Kapitel

Simon erholte sich körperlich schnell. Er hatte großes Glück gehabt. Weit schwerwiegender als seine Prellungen und die gebrochene Rippe war die Tatsache, dass er selbst Monate nach dem Vorfall noch immer das Haus nicht verlassen konnte, ohne sofort von Herzjagen und Schwindel befallen zu werden. Manchmal, wenn er einen guten Tag hatte, machte er selbst Witze darüber und stellte in Aussicht, dass er sich vielleicht besser selbst nach Friedrichsberg einweisen sollte. Sie hatten eine Weile versucht, ihn vor die Tür zu locken, mit immer denselben Konsequenzen. Bereits nach wenigen Schritten die Treppe hinunter, in Richtung Gartentor, war seine Kleidung schweißdurchtränkt und er selbst ein zitterndes, bleiches Wrack. Er musste gestützt werden, um es überhaupt zurück ins Haus zu schaffen.

„Mutter ist sehr besorgt, wie wir ihn wohl in den Wagen und auf das Schiff bekommen werden.“ Ida seufzte.

Sie saß mit Dina in dem kleinen Gartenpavillon der Villa Lerch und blickte zu Simon, der in einem Liegestuhl auf der Veranda in unmittelbarer Nähe des Hauses lag. Er trug eine dunkle Brille und hatte eine Decke über den Knien, obgleich der Juli mit einer stabilen Schönwetterperiode begonnen hatte.

Die beiden jungen Frauen tranken Tee und hatten bis dahin das Thema der in wenigen Tagen bevorstehenden Abreise gemieden.

„Ich habe Siegfried Bescheid gesagt, dass ich am Mittwochvormittag nicht komme, damit ich euch zum Hafen begleiten kann.“

Der Garten, dessen Büsche und Rosensträucher in voller Blüte standen, hatte für Dina jede Farbe verloren. Das geschäftige Brummen der Hummeln, die zahlreichen Schmetterlinge und der betörende Duft von Madame Navas Rosen – das alles hatte sie seit ihrem ersten Besuch vor drei Jahren bei Idas Familie unzählige Male gesehen und immer genossen. Aber jetzt schien es, als stünde eine unsichtbare Wand zwischen ihr und dem Garten der Lerchs.

Sie spürte, wie Ida sanft ihre Hand ergriff. „Dina, ich … warum …"

Sie ließ die Freundin nicht ausreden. Sie drückte Idas Hand, drehte sich zu ihr und legte ihr einen Finger auf die Lippen. „Nicht, bitte. Wir haben so oft darüber gesprochen. Ich kann nicht mitkommen."

„Es tut mir leid … ich wollte gar nicht wieder davon anfangen … aber ich verstehe dich einfach nicht." Sie senkte den Kopf.

„Ich habe dir doch gesagt, dass wir unsere Differenzen geklärt haben. Selene hat gute Gründe. Es ist nicht, dass sie nicht mehr Zeit mit mir verbringen will. Sie und die anderen kämpfen gegen Windmühlen, Ida. Du solltest wissen, warum sie das tut. Ihr seid gezwungen zu emigrieren, weil die Dinge so sind, wie sie sind. Ich habe mich damit arrangiert, dass sie so lebt …"

Sie stockte. Das stimmte so nicht ganz. Sie machte sich immer Sorgen, dass Selene etwas zustoßen könnte. Die Situation war im Moment unübersichtlich. In jenem Jahr schien nun alles endgültig gänzlich aus den Fugen zu geraten. Fast täglich gab es Neuigkeiten, man kannte sich gar nicht mehr aus. Dina, die dem politischen Geschehen nie besonders interessiert gefolgt war, las nun regelmäßig Siegfrieds Zeitung, den *Hamburger Anzeiger*, was ihre Angst um Selene nicht eben milderte. Die Regierung wankte in ihren Grundfesten und die politische Lage konnte man nur als instabil und daher brandgefährlich bezeichnen. Noch im April 1932 waren SA und SS kurzfristig verboten worden, was Dina fälschlicherweise für ein gutes Zeichen gehalten hatte. Dann war aber Ende Mai das Kabinett zurückgetreten und Hindenburg hatte von Papen mit der Regierungsbildung beauftragt. Der hatte das Verbot direkt Anfang Juni wieder aufgehoben, um die Nazis zu einer Unterstützung seines Kabinetts zu bewegen. Es war nicht zu durchschauen, was da hinter den Kulissen des Reichstags in Berlin vor sich ging. Ende Juli würde nun wieder neu gewählt werden und Selene befürchtete das Schlimmste.

„Hitlers Partei darf nicht die stärkste Fraktion werden", hatte sie gesagt. Und auch, dass sie den Nationalsozialisten schon sehr bald zeigen würden, wer in Hamburg das Sagen hatte. Mehr hatte Dina nicht aus ihr herausgebracht. Seit diesem Gespräch konnte sie kaum schlafen, denn ihr schwante Böses. Wer konnte wissen, was Selene und ihre Parteifreunde wieder ausgekocht hatten.

„Möchtest du noch Tee?"

In dem armseligen Versuch, dem Nachmittag doch noch eine heiterere Note zu verleihen, erwiderte Dina: „Du übst schon mal für England, richtig?"

Ida knallte die Teekanne auf den Tisch und die Tränen schossen ihr in die Augen.

„Ida, was ist denn? Ich habe es doch nicht böse gemeint. Setz dich hin, ich mache das." Sie stand auf und schenkte ihnen beiden Tee nach. „Soll ich Simon auch eine Tasse bringen? Es ist so warm …"

„Wir sind froh, wenn er schläft und wir ihn überhaupt mal an die frische Luft kriegen. Wenn du es schaffst, dass er seinen Tee trinkt, wäre das ein wirklich guter Tag für ihn."

Idas Stimme klang trügerisch kühl. Ihre Nerven waren zum Zerreißen gespannt, das wusste Dina. In den letzten Wochen hatte sie das des Öfteren zu spüren bekommen. Sie hatte sich immer zusammengerissen und bissige Antworten heruntergeschluckt. Es nützte ja nichts und sie wollte sich nicht streiten, so kurz, bevor sie sich nicht mehr sehen würden. Sie nahm eine frische Tasse vom Tablett, goss etwas Milch hinein und drei Stücke Zucker, wie Simon es mochte, und brachte sie ihm auf die Veranda.

„Simon, du bist doch wach. Du hast geblinzelt, ich hab's gesehen, mich kannst du nicht veräppeln. Los, setz dich auf und trink deinen Tee."

Unwillig rutschte er im Liegestuhl hoch und nahm seine Tasse in Empfang.

„Aber nur, damit sie dir nicht weiter die Hölle heiß macht." Er pustete in die Tasse und nahm einen Schluck.

„Zu gütig, aber wer hier wohl allen die Hölle heiß macht, Simon … Deiner Mutter ist ganz flatterig bei dem Gedanken, wie sie es schaffen sollen, dich auf das Schiff zu kriegen. Hast du das mit Friedrich geklärt?"

„Aber ja doch. Er hat mir die Tabletten gegeben und mir eingeschärft, ja nicht zu viele zu nehmen."

„Er macht sich Sorgen um dich, Simon. Wir alle tun das. Weitertrinken und wage ja nicht, den Tee in den Blumenkübel zu gießen, wenn ich daneben sitze, sonst halte ich dir die Nase zu, dann musst du schlucken. Er hat es sich also nicht anders überlegt?"

Simon schüttelte deprimiert den Kopf.

„Er hat gesagt, er kommt nach, sobald er sein Studium abgeschlossen hat. Er kann nicht gut genug Englisch, um dort seinen Abschluss zu machen, und will keine Zeit verlieren. Er sagt, wenn wir dann dort zusammenarbeiten, kann er nebenbei in Ruhe die Sprache verbessern, aber er will jetzt keine Unterbrechung. Ich kann ihn verstehen …" Er ließ den Satz in der Luft hängen.

„Natürlich, wer könnte das nicht?"

„Sagt wer?"

„Simon. Das kannst du nicht vergleichen. Du tust gerade so, als würde ich deine Schwester sitzenlassen oder so was."

„Sie empfindet das mit Sicherheit so."

„Das mag sein, aber ich habe seit damals am Meer nichts dazu getan, um diese Empfindungen ihrerseits zu rechtfertigen, und das weißt du ganz genau!"

Er richtete sich auf und sah sie ernst an. „Seit wann, Dina, muss man sich für Gefühle rechtfertigen? Das müsstest du wirklich am besten wissen."

„Wenn du damit auf Selene anspielen solltest: Es ist viel besser geworden. Sie bemüht sich wirklich und ich mich auch. Es ist viel besser geworden." In dem Moment, als die letzten Worte gesprochen waren, fiel ihr auf, dass sie sich nicht nur wiederholt hatte, sondern auch, wie verzweifelt sie geklungen haben musste.

„Du merkst es gerade selbst, oder?"

„Verflucht noch mal, Simon. Hör endlich auf damit! Ich habe mich einmal falsch verhalten. Ein einziges Mal! Damit bin ich wohl kaum allein auf der Welt. Ich habe Ida nie vorgegaukelt, dass die Dinge anders wären, als sie nun mal sind. Sie kann nichts für ihre Empfindungen und ich nichts für meine, und damit Ende der Diskussion. Hast du ausgetrunken? Gut, dann nehme ich das mit. Ich vermute, du willst keine zweite Tasse?"

Ohne seine Antwort abzuwarten, ging sie zurück zu Ida in den Pavillon.

„Wie hast du ihn denn dazu gekriegt?" Zum ersten Mal an diesem Tag sah Ida erfreut aus.

„Ich habe ihm gedroht. Hat funktioniert, vielleicht solltet ihr die Taktik ändern. Ich muss langsam los." Sie arbeitete am Abend im *Trichter*.

„Wir sehen uns aber noch vor Mittwoch?" Die aufkeimende Panik in Idas Ton stimmte Dina traurig und sie umarmte die Freundin.

„Natürlich! Ich arbeite bis ... Mitte der Woche bei Siegfried, ich komme direkt nach der Arbeit her. Das heißt, wenn ihr mich in eurem verpackten Haushalt noch durchfüttern könnt."

„Rede doch keinen Unsinn – natürlich können wir das! Komm, ich bringe dich raus."

„Tschüss, Simon!" Dina winkte zur Veranda und er hob schweigend die Hand.

Dina fuhr direkt zu Selene. Sie war zwar mit an Sicherheit grenzender Wahrscheinlichkeit nicht zu Hause, aber Dina hatte inzwischen ihre Arbeitskleidung für den *Trichter* bei ihr. Es war einfacher, von Selenes Wohnung zu kommen und zu gehen. Dina hielt sich keineswegs an die Empfehlung von Irmi, der Garderobiere, sich aufreizender zu kleiden. Ganz im Gegenteil: Sie trug im *Trichter* ausschließlich Hosen, Hemd, Krawatte und je nach Jahreszeit noch Weste und Jackett. Nachdem sie einige Male beobachtete hatte, wie betrunkene Gäste gegenüber den weiblichen Angestellten im *Trichter* handgreiflich geworden waren, hatte sie für sich beschlossen, solchen Gestalten keine Angriffsfläche mehr zu bieten, und das funktionierte. Sie musste sich zwar einige widerliche Kommentare anhören, aber niemand wagte es, sie anzufassen, dafür konnte sie die bodenlos dreisten Bemerkungen gern einmal überhören. Aber sie stellte erstaunt fest, dass sie ihre anfängliche Befangenheit ihrem neuen Aufzug gegenüber verlor, und je sicherer sie sich selbst fühlte, desto seltener wurde sie angesprochen. Und oftmals konnte sie die Sprücheklopfer mit einem eisigen Blick sofort zum Schweigen bringen. Diesen Blick hatte sie Selene abgeschaut und er erwies sich als äußerst wirkungsvoll.

Dina hatte Selene den Schlüssel für ihre Wohnung zurückgeben wollen, aber diese hatte Dina genötigt, ihn zu behalten, und ihr versichert, sie könne jederzeit kommen und gehen, wie es ihr beliebte. Auf gar keinen Fall solle sie jemals wieder gezwungen sein, vor der Tür auf sie zu warten. Ob es der Vertrauensbeweis war, den Selene ihr mit dem Schlüssel schenkte, oder einfach das Gefühl, bei ihr zu sein, auch wenn Dina manche Nacht allein in dem mondbeschienenen Schlafzimmer in der Löwenstraße verbrachte, so empfand sie sich doch nicht mehr als ausgeschlossen. Sie verlor die Angst, dass Selene sich ihr entzog, auch wenn sie nach wie vor nicht immer wusste, wo ihre Freundin war. Sie kam mehr als einmal mit Anzeichen von wenig friedlichen Auseinandersetzungen zu Unzeiten zurück in die Wohnung und verarztete sich selbst und gelegentlich auch mal einen Parteigenossen in der Küche, bevor sie zu Dina unter die Decke kroch und manchmal ächzte, wenn Dina sie berührte, weil sie einen Tritt abbekommen hatte oder von einem Wurfgeschoss getroffen worden war.

Es gab immer eine Versammlung oder eine Demonstration, bei der Selene dabeisein musste. Dina dachte, dass es in diesen Tagen vermutlich nicht anders war. Sie hatte die letzten Abende nach der Arbeit mit Ida und manchmal auch mit deren Familie verbracht. Dennoch merkte sie, dass Selene die Wohnung seit einigen Tagen nicht mehr betreten hatte. Sie drehte das Wasser auf, um sich ein Bad einzulassen, da hörte sie Selenes Schlüssel im Schloss.

„Dina? Bist du da?"

Ihre Stimme klang komisch und Dina stürzte in den Flur und sah gerade noch, wie Selene, die kreidebleich war, sich erschöpft an die Wand lehnte.

„Selene, was ist denn? Komm, ich helfe dir." Sie nahm einen strengen, beißenden Geruch wahr, der ihren Kleidungsstücken entströmte. „Was um Himmels willen ist denn passiert?" Sie zog Selene ins Bad, wo die Lampe das volle Ausmaß von Selenes Zustand ans Licht brachte. Sie schwankte und stützte sich schwer auf Dina, die sie auf den Toilettendeckel setzte und begann, ihr die stinkenden Kleider auszuziehen. Selenes Kopf fiel immer wieder an Dinas Schulter.

„Gib mir was zu trinken."

Dina reichte ihr einen Zahnputzbecher mit Wasser, das Selene herunterstürzte, und dann einen zweiten.

„Unsere Demonstration wurde von der Polizei aufgelöst."

„Schon wieder eine Demonstration? Du hast doch gesagt, die war am Donnerstag?"

„War sie auch."

Dina wurde schlecht.

„Haben sie dich etwa eingebuchtet?" Sie hatte geahnt, dass das früher oder später passieren würde.

„Was denkst du denn ..."

„So etwas allein ist der Grund, warum ich gern wissen würde, wo du bist."

„Und was hättest du gemacht? Du wärst die Wände hochgegangen vor Sorge."

Dina ließ hilflos die Arme sinken. Sie war sprachlos. Selenes Kleidung starrte vor Dreck, stank nach Urin und Erbrochenem, auch sie sah sehr schlecht aus. Auf ihrem Körper zeigten sich etliche Blutergüsse, sie hatte ein blaues Auge, ihre Lippe war an einer Stelle aufgeplatzt und ihr Kinn blutverkrustet. Sie kniete sich vor sie hin.

„Was haben die mit dir gemacht?"

„Sie haben mich … befragt. Aber ich habe nichts gesagt", fügte sie stolz hinzu. Ihr Mund verzog sich zu einem schiefen Grinsen, aber Dina erkannte, dass es nur für sie war, denn in Selenes Augen standen Angst und Schmerz. Dina verkniff sich die Frage, warum sie nicht ihren Vater ins Spiel gebracht hätte. Die einzige Tochter eines wohlhabenden Reeders hätte man sicherlich nicht für mehrere Tage in einer schmutzigen Zelle eingesperrt und offenbar noch beim Verhör misshandelt. Beim Namen von Merten hätten die Polizisten strammgestanden, telephoniert und Wilhelm von Merten hätte seine Tochter unversehrt, aber gedemütigt mitnehmen können. Einerseits verstand sie, warum Selene eben dies nicht tat; andererseits war sie außer sich über den Zustand, in dem ihre Freundin sich befand.

„Na, komm, jetzt nimm erst mal ein Bad und dann lege ich dich ins Bett. Ich muss eigentlich heute Abend in den *Trichter*, aber ich könnte auch rasch telephonieren und dann …" Weiter kam sie nicht.

„Nein", krächzte Selene, die mit zitternden Knien in das warme Wasser stieg. „Ich will nicht, dass du die Arbeit dort verlierst. Aber du kommst danach doch wieder her?" Dieser Nachsatz klang so verloren und angstvoll, wie Dina ihre Freundin noch nie gehört hatte.

„Natürlich komme ich wieder. Ich glaube auch nicht, dass heute viel los ist. Es ist zu heiß und die Leute sind lieber draußen an der Alster und in den Bierlokalen."

Als sie sah, dass Selene mit kraftlos herabhängenden Schultern teilnahmslos in der Wanne saß, nahm Dina den Schwamm und begann vorsichtig, den zarten, malträtierten Körper zu waschen. Schließlich schäumte sie ihr das Haar ein und spülte es mit frischem Wasser nach. Sie half ihr in den Bademantel und schließlich ins Bett.

Dina ließ sich selbst kein neues Bad ein, sondern machte sich schnell am Waschbecken frisch. Sie zog weite graue Hosen, ein weißes Hemd und eine ebenfalls graue Weste an. Beim Versuch, den Kamm durch ihr Haar zu zerren, brach sie mehrere Zinken ab und riss sich schmerzhaft eine dicke Strähne aus.

„Au verdammt!" Sie knallte den Kamm in das Waschbecken und ging in die Küche, um Selene den inzwischen hoffentlich etwas abgekühlten Tee zu bringen, den sie aufgesetzt hatte. Da fiel ihr Blick auf die Küchenschere. Lange dachte sie nicht nach und ging zurück ins Bad. Dort fasste sie ihr Haar im Nacken zusammen, schloss die Augen und mit einem aggressiven Knirschen fraß sich die Schere durch ihren Zopf. Als sie sich traute, wieder in den Spiegel zu sehen, musste sie kichern; sie fühlte sich, als hätte sie ein großes Glas Champagner auf nüchternen Magen getrunken. Ihr Haar endete nun etwas oberhalb der Schulter und ihr Kopf fühlte sich unheimlich leicht an. In der linken Hand hielt sie den Zopf. Sie hatte nie vorgehabt, sich das Haar abzuschneiden, trotzdem fühlte sie sich gut damit. Dina hatte ihr Leben lang ganz langes Haar gehabt und nun war es ziemlich kurz. Sie wusste nicht recht, was sie nun tun sollte, und legte den Zopf auf die Fensterbank neben die Schere. Das Kämmen ging nun ganz leicht und schnell. Die Enden sahen etwas angefressen aus. Das würde sie später korrigieren, jetzt hatte sie keine Zeit mehr. Dina steckte die Seitenpartien mit ein paar Haarklemmen zurück. Als sie Selene nur schnell den Tee hinstellen wollte, war diese eingeschlafen. Sie atmete auf. Das was sicher besser so, dachte sie und zog leise die Wohnungstür hinter sich zu.

Im *Trichter* erregte ihre neue Frisur Aufsehen.

„Endlich, Dina – ich dachte, du würdest deinen Zopf mit ins Grab nehmen!", versetzte die Garderobiere theatralisch. „Aber die Enden … ich weiß nicht. Das geht so nicht. Komm mal eben mit."

Es waren noch keine Gäste da und der Waschraum leer, so dass Irmi ihr, ebenfalls mit einer aus der Küche geborgten Schere, die Kanten begradigen konnte.

„Danke." Dina verdrehte sich vor dem Spiegel den Hals. „Ich glaube, das ist viel besser so. Keine Zipfel mehr."

„Du siehst umwerfend aus. So erwachsen plötzlich. Und du weißt, dass mir dieser Aufzug à la kesser Vater eigentlich nicht gefällt, aber ich muss sagen, es steht dir. Komm mal her, etwas Lippenstift und Puder." Sie machte sich kurz an ihrer Tasche zu schaffen. „So! Fertig. Jetzt werden dir Frauen und Männer gleichermaßen zu Füßen liegen."

Dina schaute in den Spiegel. Sie sah wirklich ganz anders aus. Da war keine Spur ostfriesisches Landei mehr. Ihr blickte eine gut geschminkte, ernste, junge Frau entgegen, deren weich gewelltes Haar zu dem strengen Aufzug einen sehr hübschen Kontrast bildete, das musste sie zugeben. Und das mit dem Lippenstift und dem Puder konnte wirklich nicht so schwer sein. Ida konnte ihr sicher zeigen, wie das ging, und dann würden sie losgehen und ihr einen eigenen Lippenstift und eine Puderdose kaufen … Nein. Es war, als legte sich Dina eine kalte Hand ins Genick. Das würden sie nicht. Denn Ida fuhr in zwei Tagen nach England und sie wussten nicht, ob sie sich jemals wiedersehen würden.

„Du musst dir aber wirklich ein paar schickere Haarklemmen kaufen", tschilpte Irmi. „Nicht, dass du jetzt immer dieses Blechzeugs trägst."

Sie sammelten die Utensilien ein. Gerade noch rechtzeitig, denn die Musik spielte bereits und im Saal begannen die ersten lärmenden Gäste einzutreffen.

Dina lehnte an der Bar und trank ein Glas mit Wasser verdünnten Minzsirup, als Emil, der Oberkellner, mit dem Kinn in den Saal deutete.

„Da ist ein großer Haufen reingekommen. Reiche Schnösel. Wenn du mich fragst, wollen die sich vor ihren Flittchen nicht lumpen lassen."

Dina nahm ihre Kamera auf und steuerte zielstrebig auf den Tisch zu, den Emil ihr gezeigt hatte. Der Champagner floss in Strömen und die Laune war hochprozentig.

„Einen schönen guten Abend, die Herrschaften! Erinnerungsphotographie an diesen fidelen Abend im *Ballhaus*

Trichter gefällig?" Ihr betont kokettes Lächeln, das sie für die Arbeit hier einstudiert hatte, gefror ihr auf den Lippen.

„Nein! Wenn das nicht das Fräulein Harms ist!"

„Na na! Ich muss mich wundern. Woher kennst du die denn?"

Gustav Krögers Begleiterin, die sorgsam onduliertes, rot gefärbtes Haar trug, zog die Nase kraus.

„Na, denn machen Sie mal ein schönes Bild von uns. Und lassen Sie Ihre Karte hier", setzte er halblaut hinzu.

Nachdem sie das Bild geschossen hatte, verabschiedete sie sich hastig, eilte in den Waschraum und warf sich eine Handvoll Wasser ins Gesicht. Der Puder tropfte in kleinen Rinnsalen in das Waschbecken. Verdammt! Dina tupfte sich vorsichtig mit ihrem Taschentuch das Gesicht trocken. Zum Glück saß der Lippenstift noch da, wo er hingehörte. Sie erinnerte sich wieder einmal, warum ihr diese Schminkerei nicht lag. Sie versuchte, sich zu beruhigen. Es war jetzt nicht total abstrus, dass der Kröger sich im *Trichter* zeigte. Ihre Beine fühlten sich an wie Pudding. Das grauenvolle Ende des Verbindungsballs im vorherigen Winter hatte sich tief in ihr Gedächtnis eingegraben. Sie hoffte, ihr angewidertes Zurückweichen vor Kröger war nicht allzu augenfällig gewesen. Sie musste sich dringend wieder einkriegen. An der Bar bat sie Jean-Pierre, ihr einen Cognac einzuschenken.

„Was ist denn mit dir los? Du trinkst doch sonst nie bei der Arbeit."

„Ich habe jemanden getroffen, den ich gehofft hatte, nie wieder sehen zu müssen." Sie leerte den Cognac in einem Zug.

„Fräulein Harms, Sie waren so schnell weg vorhin. Wir hatten gar keine Möglichkeit, ein wenig zu plaudern."

Dina erstarrte und drehte sich um. Viel zu dicht vor ihr stand Gustav Kröger. Seine athletische Gestalt und sein markantes Gesicht wirkten bedrohlich auf sie.

„Etwas zu trinken, der Herr?" Jean-Pierre merkte offenbar, dass mit Dina etwas ganz und gar nicht stimmte.

„Aber sehr gern. Ich nehme mal einen Whisky auf Eis, dieser ewige Champagner ist ja nichts Halbes und nichts Ganzes. Und für die junge Dame hier noch einen Cognac."

„Danke, ich möchte nichts mehr trinken, Herr Kröger."

„Aber ich bitte Sie! Das werden Sie mir anlässlich unseres Wiedersehens doch nicht abschlagen und ich bin sicher, dass ihr Chef nicht sehr begeistert wäre, wenn Sie ein bezahltes Getränk ablehnen."

Dina wurde wütend und fand damit auch die Sprache wieder.

„Sie bringen da etwas durcheinander, Herr Kröger. Ich bin Photographin, kein Animiermädchen."

Einen Moment lang zeigte sich eine kurze Unsicherheit, dann aufflammende Wut in seinen gemeißelten Zügen. Ebenso unvermittelt begann er laut zu lachen.

„Na, Sie sind ja schlagfertig. Aber ich hätte nichts anderes von Ihnen erwartet. Ich bitte um Verzeihung. Ich wollte Sie keinesfalls beleidigen. Unsere letzte Begegnung fand ja ein wirklich lausiges Ende und ich bin deshalb der Meinung, dass ich Ihnen einen Foxtrott schulde." Er wirkte selbstzufrieden.

„Sie schulden mir gar nichts, Herr Kröger. Außer vielleicht, wenn man es genau nimmt, eine Entschuldigung für Ihr absolut unfassbar schlechtes Benehmen an jenem Abend. Sie haben mich stehenlassen und stattdessen eine Schlägerei in Gang gebracht, die einen jungen Pianisten vielleicht die Fähigkeit gekostet hat, seinen Beruf je wieder auszuüben." Dina war jetzt wütend und richtig in Fahrt.

Jean-Pierre brachte die Getränke. Kröger nahm erleichtert sein Glas und reichte Dina das ihre.

„Es tut mir wirklich leid. Ich habe Ihnen damals den Abend gründlich verdorben, scheint mir. Ich weiß nicht einmal mehr, worum es eigentlich ging bei der Sache." Er versuchte einen mitleidheischenden Hundeblick.

„Da kann ich Ihrer Erinnerung gern etwas nachhelfen, Herr Kröger. Sie echauffierten sich über die etwas schlüpfrige, zweite Version des Liedes *Am Sonntag will mein Süßer mit mir segeln geh'n*. Und das hat gereicht, um diesen völlig unsinnigen Tumult auszulösen, den Ihre Verbindungsbrüder zum Anlass nahmen, um die Musiker zusammenzuschlagen."

Kröger zündete sich eine Zigarette an.

„Ach ja, ich erinnere mich jetzt. Aber alles immer, wo es hingehört, nicht wahr, Fräulein Harms. Sehen Sie, ich bin kein Spielverderber, sonst wäre ich wohl kaum hier, aber solche Texte beim Verbindungsball, ich bitte Sie. Alles zu seiner Zeit." Er inhalierte den Rauch. „Wollen Sie mir nicht verraten, wie Sie mit Vornamen heißen? Bitte, machen Sie mir die Freude und nennen Sie mich Gustav. Ich fände es schön, wenn wir Freunde würden." Bei den letzten Worten wurde seine Stimme leiser.

„Herr Kröger, mein Vorname ist für Sie nicht von Belang und der Ihre, was mich betrifft, auch nicht. Guten Abend."

Damit ließ sie ihn an der Bar stehen und verkroch sich bei Irmi in der Garderobe.

„Dina! Was ist denn mit deiner Schminke passiert? Also ein bisschen aufpassen musst du schon!", wetterte sie.

„Lass mich in Ruhe! Ich brauche einfach eine Pause. Ich kann da nicht wieder rein."

„Wer ist dir denn über den Weg gelaufen? So schlimm?"

„Schlimmer."

„Na, dann geh mal einen Moment an die Luft, dann wird es wieder, hm?"

Dina sammelte sich. Es war nach Mitternacht, als sie in den kleinen Innenhof zum Bühneneingang trat, aber es schien sich nicht wesentlich abgekühlt zu haben. Die roten Backsteine, aus denen fast alle Gebäude rundherum errichtet waren, speicherten die Wärme und strahlten sie noch bis weit in die Nacht ab. Dina hatte Kopfschmerzen und ihr war schlecht. Dieser Kröger schlug ihr ganz entschieden auf den Magen. Was bildete der sich eigentlich ein? *Wann Schiet wat ward*, kam ihr einer von Siegfrieds Lieblingssprüchen in den Sinn. Selten hatte sie diesen so zutreffend gefunden wie bei diesem Kröger. Er war Abschaum. Ein gut aussehender, arroganter, selbstgefälliger Schnösel im Maßanzug blieb eben trotzdem ein arroganter, selbstgefälliger Schnösel. Der schöne Schein und die antrainiert und bemüht wirkenden Manieren änderten nichts daran, sondern übertünchten das Grobschlächtige, das er ausstrahlte, nur unzureichend. Sie machten es umso erschreckender und widerwärtiger. Er hatte sie mit seinen Blicken ausgezogen und es wäre jedem Außenstehenden, der zufällig Zeuge ihrer Begegnung geworden wäre, sofort klar gewesen, was er von ihr wollte. Ein freundliches, elegantes Kompliment war etwas anderes, egal, ob das von einer Frau oder einem Mann kam. Aber wenn man sein Gegenüber mit deutlichen Worten in die Schranken wies und das Gefühl bekam, dass die eigenen Worte ignoriert wurden, dann wurde es unheimlich.

„Verflixter Mist!" Dina trat gewaltsam ihren Zigarettenstummel aus und ging wieder hinein. Hoffentlich ließ er sie jetzt in Ruhe und kam nicht womöglich öfter wieder. Da Siegfried sie nur noch für zwei Tage die Woche bezahlen konnte, waren die Aufträge im *Trichter* unumgänglich, um das Loch in Dinas Kasse zu stopfen.

„Dina?" Irmi steckte den Kopf durch die Tür zum Innenhof. „Der Chef hat gesagt, du könntest gehen. Es kommt ja heute doch keiner mehr."

„Gott sei Dank!"

„Was war denn los mit dem Kerl da drinnen?"

Hatte Jean-Pierre, die alte Plaudertasche, wieder mal die Klappe nicht gehalten?

„Ich dachte immer, Barkeeper hätten Schweigepflicht. Aber die Zeiten sind wohl vorbei."

„Nun mach es doch nicht so spannend!"

„Ach, nichts weiter. Ich kenne den Mann kaum. Ich war mal mit Freunden bei so einem Verbindungsball. Da war der Kröger eben auch. Ich habe einmal mit ihm getanzt, der Abend endete in einer Schlägerei. Danach ich habe ihn nie wiedergesehen. Nun kommt er hier rein, stellt blöde Fragen und rückt mir auf die Pelle. Das ist los." Dina war jetzt wirklich ärgerlich. Sie lehnte die weitere Zigarette, die Irmi ihr anbot, ab.

„Danke, lass mal, ich muss ins Bett. Kannst du bitte gleich mal drinnen schauen, ob er noch mit seinen Bekannten am Tisch sitzt, damit ich unbehelligt rauskomme?"

Dina schwang sich auf das Fahrrad, das Simon ihr geschenkt hatte. Er konnte es nicht mitnehmen und Dina hatte dringend ein Rad gebraucht. Ihre Arbeit im *Trichter* war an sich in Ordnung, aber sie kam stets zu nachtschlafender Zeit nach Hause. Taxis konnte sie sich einfach nicht leisten. Zu Tante Luise hätte sie zu Fuß gehen können, aber gerade in diesem Moment wollte sie schnell zurück in die Löwenstraße, um nach Selene zu sehen und bei ihr zu sein.

Ihre Tante hatte ihre veränderte Arbeitssituation stoisch hingenommen. Anfänglich hatte sie Bedenken geäußert, dass es zu ihrer Zeit undenkbar gewesen wäre, dass ein Mädchen nachts allein in Hosen im Amüsierviertel herumstromerte und Photographien von Nachtschwärmern machte, hatte aber nicht ernsthaft dagegengehalten.

„Mach man, wie du meinst, Dinchen", hatte sie am Ende gesagt und Dinas Hand gedrückt. „Das ist eine andere Zeit heute. Ich komme da nicht mehr mit. Aber es ist gut, dass du so selbständig bist … unter den Umständen."

Selene schlief tief und fest. Als Dina sich ausgezogen hatte und unter die Laken schlüpfte, murmelte sie etwas, schmiegte sich an sie, wachte aber nicht auf. Vermutlich hatte sie eine Tablette genommen.

Am Morgen erwachte Dina von Geschirrklappern. Selene war vor ihr aufgestanden und fuhrwerkte in der Küche herum. Dina setzte sich auf. Sie hatte die ganze Nacht durchgeschlafen. Trotzdem fühlte sie sich zerschlagen und müde. Es war einfach alles gerade ein bisschen viel. In diesem Moment kam Selene mit einem Frühstückstablett herein. Ihr Auge sah böse aus und die Lippe auch. Sie versuchte zu lächeln, während sie sich wieder neben Dina auf dem Bett niederließ. Dann plötzlich erstarrte ihr Blick und sie wurde weiß.

„Selene? Ist dir nicht gut?" Dina kniete neben ihr und fasste sie am Arm.

„Wo ist dein Zopf?"

Dina atmete erleichtert aus – das war es also.

„Im Bad, auf der Fensterbank", murmelte sie schuldbewusst.

„Was hat dich da denn bloß geritten?"

„Ich weiß nicht, der Kamm ging nicht durch, ich war in Eile und … so nervös und hatte solche Angst um dich, Ida geht weg und … dann erscheint auch noch dieser widerliche Kröger im *Trichter.*"

„Dina! Du bist erst in den *Trichter* gegangen, als die Haare schon ab waren, wenn der Zopf auf der Fensterbank im Bad liegt."

Erschreckend. Selbst in ihrem angeschlagenen Zustand funktionierte Selenes Logik besser als Dinas im Vollbesitz ihrer Kräfte.

„Ist es so schlimm?" Dina schaute in Selenes entsetztes Gesicht, ließ sich vornüber fallen und verbarg ihr Gesicht in ihren Händen.

„Nein, es ist … ungewohnt. Du hast plötzlich Locken, siehst so … erwachsen aus. Und so wunderschön, dass dir die Frauen – und Männer vermutlich auch – noch mehr als vorher hinterherlaufen werden." Um ihre Mundwinkel zuckte es.

„Du veräppelst mich doch! Ach, hör auf damit. Ist es wirklich in Ordnung? Irmi hat gestern ein bisschen die Enden begradigt. Darauf habe ich in dem Moment gar nicht geachtet. Sie hat gesagt, ich muss mir ein paar schickere Haarklemmen kaufen … und was erzählst du da von … Locken?" Sie sprang aus dem Bett. Auf ihrem nächtlichen Heimweg war ihr nach der Fahrradtour so heiß gewesen, dass sie den Kopf schnell unter den kalten Wasserhahn gehalten und es genossen hatte, dass sie die kurzen Haare nur trockenrubbeln musste und …

„O nein!" Sie starrte ihr Spiegelbild an. Selene hatte recht. Sie hatte unbestreitbar Locken. Wo kamen die denn bloß plötzlich her? Die waren am Abend nicht da gewesen.

Selene trat hinter sie.

„Na ja, du hast – hattest – ja sehr schweres, langes Haar. Leicht gewellt war es auch. Vermutlich fehlt jetzt das Gewicht und nun kringeln sie sich wieder."

Dina fuhr hektisch mit Selenes Kamm durch die ungewohnte Haartracht. Das konnte doch wohl nicht wahr sein! Sie musste auch langsam zusehen, dass sie zur Arbeit kam.

„Versuch mal ein bisschen hiervon." Selene hielt ihr eine kleine Dose mit Pomade hin. „Halt, nicht so viel! Sonst sieht es nicht gut aus. Ach, komm, lass mal. Ich mache das."

Behutsam brachte sie Dinas unerwartet in Erscheinung getretene Locken in Form. Sie schaute sie prüfend an und strich ihr dann eine Strähne hinter das Ohr.

„Ich war ja immer dagegen, dass du das machst. Aber ich gebe es zu: Es steht dir ganz hervorragend so!"

„Wirklich?" Dina hatte den Schock noch nicht verdaut.

„Wirklich. Jetzt trink deinen Tee. Und dann auf zu Siegfried. Ich nehme an, du wirst hinterher zu Ida gehen?"

„Ja, du kommst ja so weit klar, oder? Tut es noch sehr weh?"

„Geht schon. Ich darf nur nicht lachen, dann kommen mir die Tränen." Sie verzog das Gesicht.

„Gut, dann mache ich mich jetzt fertig. Es wird aber nicht spät."

Dina zog sich ein altes Sommerkleid an, trank zwischendrin ihren Tee und griff sich die Phototasche. Auf dem Weg nach draußen küsste sie ihre lädierte Freundin vorsichtig auf die Nase und überlegte, ob sie vielleicht irgendwo ein paar Pfirsiche auftreiben konnte, denn Selene liebte die weichen, saftigen Früchte über alles.

Siegfrieds Enthusiasmus bezüglich ihrer neuen Frisur hielt sich in Grenzen.

„Findest du es sehr schrecklich?"

„Nein … also ich meine, schrecklich würde ich das jetzt nicht nennen. Aber ich mochte dein Haar genau so, wie es war." Er überlegte eine Weile. „Du siehst damit älter aus. Abgeklärter. Auch irgendwie härter", schloss er.

„Wenn ich nicht härter geworden wäre in den letzten Jahren, wüsste ich nicht, was ich machen sollte, ehrlich. Es ist im Moment wirklich alles ein bisschen viel."

„Ach, Dina, es tut mir so leid, dass ich dich nicht mehr die ganze Woche beschäftigen kann und du dir im *Trichter* die Nächte um die Ohren schlagen musst wegen mir." Er bekam einen Hustenanfall.

„Siegfried, sag mal, das mit deiner Lunge ist aber schlimmer geworden in den letzten Monaten. Warst du mal beim Arzt?"

„Ach was. Es ist die Feuchtigkeit draußen."

„Es ist Juli, Siegfried, und es ist seit Wochen heiß. Bitte, tu mir den Gefallen und lass dich untersuchen. Das musst du im Auge behalten."

Normalerweise hustete sich Siegfried regelmäßig durch Herbst und Winter bis in den Frühling hinein, aber sobald das Wetter stabil warm war, hörte es eigentlich auf. Das Gas, das er im Krieg bei Verdun eingeatmet hatte, hatte seine Lungen verätzt. Dina fiel auf, dass er schwerer atmete als sonst und dass seine Augen rot und wässrig waren. Hatte er etwa Temperatur? Hoffentlich geht er wirklich zum Arzt, dachte sie bei sich, ich könnte es nicht ertragen, noch jemanden zu verlieren. Dann schämte sie sich dafür, dass sie Siegfrieds gesundheitliche Probleme auf sich bezog. Das hatte doch rein gar nichts mit ihr zu tun. Wie konnte sie so egoistisch sein.

„Na, Kindchen, nun leg dir mal keine Kummerfalten zu. Das bisschen Husten." Er machte eine wegwerfende Geste. „Wenn du dann besser schläfst, gehe ich mal bei Doktor Seegers vorbei."

Dina ließ die Sache für den Moment auf sich beruhen, beschloss aber nachzufragen, damit er nichts verschleppte.

Viel zu tun war nicht und Dina hatte ein schlechtes Gewissen, dass Siegfried sie an solchen Tagen bezahlte. Sie entwickelte die wenigen Bilder, die in der Nacht zuvor im *Trichter* entstanden waren. Der Anblick der Gruppe, inmitten derer Gustav Kröger saß, jagte ihr Schauer den Rücken hinunter.

„Wie war denn die Ausbeute?" Siegfried beugte sich über die Photos.

„Mager." Sie hielt ihm das Bild hin. „Es war einfach furchtbar. Dieser Kröger war da und hat krampfhaft versucht, mit mir ein Gespräch anzufangen."

„Wer ist das?"

„Der Kerl, der die Schlägerei bei dem Verbindungsball angefangen hat."

„Was? Na, so was braucht man wie einen Kropf. Hat er dich angequatscht?"

„Ja. Er ist mir ganz schön auf die Pelle gerückt." Sie schauderte, wenn sie an die Situation dachte. „Ich hoffe, er kommt jetzt nicht öfter."

„Sollte das der Fall sein, sagst du Bescheid, dann überlegen wir uns was. Ich will nicht mit schuld daran sein, wenn du dort belästigt wirst."

„Wieso das denn? Siegfried, das ist natürlich nicht deine Schuld. Warum auch?"

„Na ja, immerhin kann ich dich im Moment nicht mehr ganz beschäftigen und somit trifft mich ja zumindest eine Teilschuld."

Dina war gerührt, dass er sich so für sie verantwortlich fühlte.

„Bitte mach dir keinen Kopf, Siegfried. Das geht schon in Ordnung. Ich kann auf mich aufpassen."

16. Kapitel

Die letzten beiden Tage vor der Abreise der Familie Lerch nach England vergingen wie im Flug. Dina pendelte zwischen der Löwenstraße und der Villa Lerch hin und her und vergaß auch nicht, gelegentlich bei ihrer Tante vorbeizuschauen.

„Mensch, Dinchen, dich sieht man ja gar nicht mehr! Du hast auch bestimmt viel um die Ohren." Tante Luise wirkte besorgt.

Das stimmte wirklich. Selene ging es relativ schnell wieder gut, aber Dina spürte, dass sie ihre Nähe schätzte und deutlich mehr zu Hause war als früher.

Am Mittwochmorgen schrillte der Wecker erbarmungslos früh. Es war nicht mehr zu leugnen: Ida und ihre Familie würden Deutschland an diesem Tag verlassen, Rückkehr unwahrscheinlich. Dina hatte das Gefühl, ihr Kopf, ihr Denken schwebte über ihr und war nicht mehr zuständig für die Steuerung ihres Körpers. Sie kleidete sich mechanisch an und brachte ihr Haar leidlich in Form. In der Küche beim Teemachen zitterten ihre Hände und sie fragte sich, ob das und der Knoten im Magen wieder weggehen würden, wenn das Schiff, das Ida und ihre Familie fortbrachte, die Taue losmachte und elbabwärts fuhr? Oder erst Tage später, wenn ihr die Unabänderlichkeit wirklich klar wurde? Ida und auch Simon waren wichtige Eckpfeiler in ihrem Leben geworden. Ida blieb ihre beste Freundin und trotz der Spannungen, die es in ihrer Freundschaft seit dem Tag am Meer gab, waren sie doch immer noch ungeheuer wichtig füreinander. Dina tat es weh, dass sie Idas Liebe und Zuneigung nicht in der Weise erwidern konnte, wie Ida es sich wünschte, versuchte aber ihr Bestes, um ihr dennoch eine so gute Freundin zu sein wie möglich. Wie es jetzt weiterging mit ihnen, würde die Zeit zeigen. Briefeschreiben war nicht dasselbe. Wie würde sich ihr Verhältnis unter diesen Umständen wohl entwickeln?

Die *Aquitaine* lag vertäut am Quai, als Dina an den Landungsbrücken aus der Bahn stieg, und es wimmelte von Menschen. Sie war zu früh. Viel zu früh. An der Brücke, von der aus die Lerchs sich einschiffen mussten, standen erst wenige Reisende. Die Sonne glitzerte auf dem Wasser und ein blauer Himmel mit fedrigen Schönwetterwölkchen rahmte diesen warmen Julitag. Dina fand eine Bank in der Nähe des Treffpunktes und setzte sich in den Schatten. Sie trug eine leichte Leinenhose, die Tante Luise ihr nach schwachem Protest genäht hatte, und dazu eine zarte, helle Bluse, deren Kragen aus Klöppelspitze die einzige Extravaganz war. Man hätte annehmen können, sie würde Selenes Kleidungsstil imitieren, aber das stimmte bloß zum Teil. Hosen zu tragen war eine Sache, über die man sicherlich streiten konnte, aber nicht darüber, wie unglaublich praktisch sie waren. Und man konnte auch zu Hosen schöne Blusen und Schals tragen. Dina machte ihren Aufzug meist von ihrer Tagesform abhängig. Manchmal wollte sie nicht angestarrt werden. An solchen Tagen wählte sie dann eher ein Kleid oder einen Rock. Aber wenn sie sich den Blicken gewachsen fühlte, entschied sie sich inzwischen ausnahmslos für Hosen. Hier am Hafen in der bunten Menschenmenge fiel sie nicht auf. Die Leute starrten eher die Fremden an, wie zum Beispiel die Chinesen, die ein paar Straßenzüge weiter um die Schmuckstraße herum ihre Unterkünfte hatten. Mit ihren langen Zöpfen und den schmutzigen Arbeitskitteln zogen sie mehr Blicke auf sich als eine junge Frau, die Hosen trug.

„Dina!“

Sie hörte Idas Stimme und fuhr herum. Die Freundin winkte. Sie stiegen gerade aus dem Wagen und Herr Lerch instruierte offenbar den Träger, der dabei war, das nicht mehr allzu umfangreiche verbliebene Gepäck auf seinen Transportkarren zu verladen.

„Ich bin so froh, dich zu sehen!" Ida umarmte Dina und wollte sie gar nicht mehr loslassen. „Kannst du bitte mal mit ihm reden?" Mit dem Kinn deutete sie auf Simon, der apathisch und mit glasigen Augen im Fond saß. Dina nickte und stieg zu ihm in den Wagen.

„Simon?"

Er antwortete nicht.

„Geht es dir nicht gut? Kann ich dir helfen?"

„Wo ist Friedrich?"

„Ich weiß es nicht. Ihr seid früher dran als verabredet. Er kommt sicher gleich."

„Er ist immer überpünktlich."

„Nun, vielleicht ist ihm seine Bahn vor der Nase weggefahren. Es ist noch Zeit."

„Du bist lieb, Dina, aber ich glaube nicht, dass er kommen wird. Ich war gemein zu ihm."

„Was war denn?"

Simon schluckte und sah sie schuldbewusst an. Er stand ganz offensichtlich unter Medikamenten, denn er hatte Schwierigkeiten, seinen Blick zu fokussieren.

„Er will ja erst sein Studium hier abschließen und dann nachkommen, aber das klang so … halbherzig. Wir haben uns nicht direkt gestritten, aber ich habe es in Frage gestellt, ob er wirklich kommen will oder ob er mich vielleicht hinhält."

„Das hast du nicht zu ihm gesagt?"

„Ich … fürchte doch." Seine Stimme zitterte und ihm schossen Tränen in die Augen. „Ich gehe nicht auf das verdammte Schiff, wenn er nicht kommt."

„Ach, Simon! Aber ich bin sicher, dass er gleich hier ist."

Dina sendete ein Stoßgebet gen Himmel, dass Friedrich bald auftauchen möge. Simon wäre imstande, eine ziemliche Szene hinzulegen.

„Wir wären dann so weit." Madame Nava hakte sich bei ihrem Mann unter und schritt neben ihm die Gangway empor, als handele es sich um die imposante Freitreppe eines Schlosses, das sie in Besitz nahm.

„Was, schon?“ Ida war einen Schritt weiter als ihr Bruder, bei ihr flossen die Tränen seit dem Aussteigen. Sie sah Dina hilfesuchend an. In ihren Augen stand die schiere Verzweiflung. Der Kloß in Dinas Hals, der ihr bereits seit Tagen zu schaffen machte, schnürte ihr nun förmlich die Luft ab.

„Komm, wir müssen Simon aus dem Wagen kriegen. Er hat gesagt, wenn Friedrich nicht kommt, dann steigt er nicht auf das Schiff. Wo bleibt der bloß?“ Idas unbestreitbarer Sinn für das Praktische rettete sie auch durch diese Situation.

„Ich helfe dir.“

Gemeinsam gelang es ihnen, Simon zu überreden auszusteigen. Er legte je einen Arm um ihre Schultern und sie umfassten seine Mitte, so dass sie ihn gut stützen konnten. Er weinte wie ein Kind, wehrte sich aber nicht mehr.

„Komm, mein Lieber, du schaffst das. Ich bin sicher, er kommt gleich.“

Dina half Ida, ihren Bruder die Gangway hinaufzubringen. Er weigerte sich jedoch, sich sofort in die Kabine begleiten zu lassen.

„Ich will an Deck bleiben!“

„Unten hättest du es aber bequemer …“

„Ich bleibe aber oben.“

Immerhin ließ er es zu, dass sie ihn in einen Liegestuhl setzten.

„Alle Gäste verlassen umgehend das Schiff, wir legen in wenigen Minuten ab!“, dröhnte der Lautsprecher über das Deck.

„Dina!“ Sie umarmten sich. „Ich schreibe dir sofort, wenn wir da sind, die Adresse hast du ja. Bitte schreibe mir recht oft, ja? Keine Ahnung, wie es für mich ohne dich weitergehen soll …“

„Der erste Brief landet noch heute Abend im Briefkasten. Mach dir keine Sorgen! Deine Eltern tun das, was ihnen richtig erscheint. Es wird anfangs schwierig dort sein für dich, aber es wird besser. Sei tapfer!“

Die letzten Gäste wandten sich zum Gehen.

„Dina, du willst das nicht hören, aber ich liebe dich. Mir ist klar, dass du für mich nicht im selben Maß fühlst, aber bitte vergiss das nie."

Sie umarmten sich ein letztes Mal und Dina lief über die Gangway zurück, die sofort eingezogen wurde, nachdem sie wieder festen Boden unter den Füßen hatte.

Die Familie an Bord winkte; die Besatzung machte die Taue los.

„Dina! Hier seid ihr, o mein Gott, sie legen schon ab. Wo ist Simon?" Friedrich war völlig außer Atem.

„Wo warst du?"

„Später, wo ist Simon?"

„Auf dem Schiff, wo sonst? Es ging ihm sehr schlecht."

Friedrich winkte und wedelte mit beiden Armen und schließlich gelang es ihm, Idas Aufmerksamkeit auf sich zu ziehen. Sie verschwand kurz hinter der Reling und als die *Aquitaine* langsam in die Mitte des Stroms glitt, erschien sie mit Simon an der Reling. Er hob schwach die Hand, die Gesichter der Passagiere wurden bereits undeutlich. Friedrich und Dina winkten, so lange, bis sie die Menschen an Bord nur noch als stecknadelkopfgroße Punkte erkennen konnten. Die Menge auf dem Quai hatte sich verlaufen und sie standen allein da. Keiner wusste, was zu sagen oder nun zu tun war. Vermutlich gar nichts.

„Hast du Zeit für einen Eistee?" Friedrichs Stimme klang gepresst.

„Ja. Mein Chef erwartet mich erst am Nachmittag."

Sie entschieden sich für ein kleines Café in einer Seitenstraße, wo sie dann wieder schweigend vor ihren Gläsern saßen. Schließlich ergriff Friedrich das Wort. Er räusperte sich.

„Habt ihr … Simon gut an Bord gekriegt?"

„Das war nicht ohne. Er wollte partout nicht einsteigen, ohne dich noch einmal gesehen zu haben, aber ich konnte ihn schließlich überreden. Er war zu schwach, um lange zu stehen, so haben Ida und ich ihn dann schließlich die Gangway hochgebracht." Sie atmete tief durch. „Es steht mir nicht zu zu fragen, wo du gewesen bist. Er hat geweint, Friedrich." Der

Vorwurf in ihrer Stimme bewirkte, dass sie wie ihre Mutter klang.

Friedrich, der schwer auf den Tisch gestützt saß, legte für einen Moment den Kopf in seine Handfläche. Er sah todmüde aus.

„Ich hatte Nachtdienst. Morgens um vier haben sie elf Mann eingeliefert, die sich in einer Kneipe geprügelt haben. Es muss noch mehr Verletzte gegeben haben, aber die wurden auf andere Krankenhäuser verteilt. Die mussten wir zusammenflicken, bevor irgendeiner an Schichtwechsel denken konnte. Aber das weitaus Schlimmere war, dass ich heute Nacht mit dem Oberarzt einen Patienten notoperieren musste. Wir wissen im Moment nicht, ob er es schafft. Er liegt unter ständiger Beobachtung, Dina … ach verdammt!“ Er unterbrach sich und sah sie geradeheraus an. „Dina, es ist Siegfried Lohmann.“

Friedrichs Worte drangen nur undeutlich zu ihr durch. Wie von ganz weit weg. Sie ließ den Kopf auf die Tischplatte sacken; ihr war schwindelig und es summte in ihren Ohren.

„Dina! Ist alles in Ordnung?“

„Ich muss zu ihm.“ Sie machte Anstalten aufzustehen.

„Hinsetzen. Du musst gar nichts. Jedenfalls nicht sofort. Du trinkst als Erstes deinen Tee aus.“ Er rührte einen Extralöffel Zucker in ihr Getränk. „Danach bringe ich dich hin. Im Moment darf eigentlich niemand hinein, aber der Herr Doktor wird es schon richten.“ Er versuchte zu lächeln und sah dadurch noch melancholischer aus als ohnehin schon.

„Danke, Friedrich. Es tut mir leid … ich … es stand mir nicht zu, dir Vorwürfe zu machen. Ich hätte wissen müssen, dass du Simon niemals ohne guten Grund versetzt hättest.“

Der Besuch bei Siegfried im Krankenhaus war trostlos. Er war nicht bei Bewusstsein, hatte eine Sauerstoffmaske auf und atmete schwer und rasselnd. Seine Haut war bleich und mit einem leichten Schweißfilm bedeckt.

„Er hat eine Pneumonie und dazu noch einen Riesenabszess in der Lunge. Was ging, haben wir abgelassen, aber er atmet immer noch so schrecklich schlecht.“

„Er war während des Krieges einem Gasangriff ausgesetzt. Seine Maske war wohl undicht und er hat ‚eine ordentliche Nase voll genommen', wie er immer sagt."

„Das erklärt seine schwächliche Konstitution. Wir können hier nicht viel für ihn tun, außer die Lungenentzündung heilen und dafür sorgen, dass der Abszess ausheilt. Aber in seinem Alter wird das dauern."

Dina strich Siegfried die Haare aus der Stirn und murmelte ihm zu: „Ich kümmere mich um alles, mach dir keine Sorgen."

Vermutlich konnte er sie nicht hören, aber vielleicht beruhigte es ihn ja doch, dass das Atelier nicht plötzlich geschlossen blieb.

Als Dina das Krankenhaus verlassen und sich von Friedrich verabschiedet hatte, schwirrte ihr der Kopf und sie musste sich einen Moment auf eine Mauer setzen. Als Erstes war das Atelier zu öffnen. Sie musste sich einen Überblick verschaffen. Siegfried hatte ihr zwar gezeigt, wo alles war, aber ihre Wissenslücken waren erheblich, was die Führung des Geschäftes anging. Aber egal. Das würde sich finden müssen und zwar schnell.

An diesen heißen Sommertagen gab es nicht viel Kundschaft und Dina versuchte, sich in das Kaufmännische einzuarbeiten. Sie prüfte die Materialbestände, fand auch das Wareneingangsbuch und stellte fest, dass Siegfried nicht nur akribisch über bestelltes und eingetroffenes, sondern auch über verwendetes Material Buch geführt hatte. Ihr schwante Übles. Das Schreckgespenst hatte einen Namen und der lautete Buchführung. Sie verstand natürlich, dass das sein musste, um Einnahmen und Ausgaben im Blick zu behalten, aber ihr war vollkommen schleierhaft, wie das zu bewerkstelligen war. Als sie am Abend das Atelier sorgsam abschloss, wogen die Bücher schwer in ihrer Tasche. Es musste doch möglich sein, dahinterzukommen, wie das ging und was man wo und wie eintragen musste, damit am Ende das Richtige herauskam.

Daheim saß sie nach dem Abendessen mit ihrer Tante in der Stube. Tante Luise häkelte an einer Tischdecke und attackierte die Maschen, als wollte sie ihnen den Garaus machen.

„Wie schrecklich das mit Herrn Lohmann. Der Ärmste! Er ist so ein rechtschaffener, freundlicher Mann. Traurig so was, einfach traurig. Was liest du denn da, Dinchen?“

„Lesen? Schön wär's! Ich habe seit Monaten keine Zeit mehr gehabt, ein Buch zu lesen.“ Dina seufzte und raufte sich die Haare. „Das ist Siegfrieds Buchhaltung und ich kapiere es einfach nicht!“

„Ach, das ist doch nicht so schlimm, ich habe für meinen Fritz immer die Bücher gemacht. Zeig mal her.“ Sie legte die Häkeldecke in den Handarbeitskorb und rückte die Brille zurecht. Sie blätterte, nickte hier und da und klappte schließlich das Buch zu. „Das ist wirklich ein Klacks, Dinchen. Mein Gott, so ein ordentlicher Mann. Aber ich habe nichts anderes von ihm erwartet.“

„Tante Luise, könntest du vielleicht … ich sollte dich nicht darum bitten, weil ich mir das ganz allein aufgeladen habe und es auch ausbaden muss. Aber Siegfried soll nicht vor dem Ende stehen, wenn er aus dem Krankenhaus kommt, oder Chaos vorfinden. Aber Buchhaltung ist einfach nicht meins. Den Laden schmeißen, ja. Ich kann photographieren und dafür sorgen, dass ihm seine Kunden nicht weglaufen, aber ich würde vermutlich eine Riesenschlamperei in den Büchern anstellen.“

Tante Luise schaute sie über den Rand der Brille hinweg an.

„Also, ich brauche von dir alle Rechnungen. Alles, was reinkommt, alles, was rausgeht, um es mal einfach zu formulieren. Wenn du Material verbrauchst, muss ich wissen, was, wie viel davon und was es gekostet hat. Und natürlich die Einnahmen, verstehst du?“

„Ja, ich glaube schon. Und mit den Unterlagen kannst du seine Bücher in Ordnung halten? So, dass er sich zurechtfindet, wenn er wiederkommt?“

„Er wird genau an dem Punkt weitermachen können, wo ich den Stift hinlege.“

Dina fiel ihrer Tante um den Hals.

„Danke! Du ahnst gar nicht, was für eine Last du mir damit abnimmst. Ich hatte solche Angst, dass ich mich übernommen habe. Aber ich möchte ihm so gern helfen. Er war immer für mich da und sein Atelier soll nicht meinetwegen den Bach runtergehen. Er soll alles in Ordnung vorfinden, wenn er entlassen wird. Und zusammen schaffen wir das!"

Moin Ida!

Hamburg, den 16. Juli 1932

Nur damit du nicht vergisst, wie das hier in Hamburg heißt, komm mir ja nicht mit „good morning", kaum, dass du eine Woche weg bist. Es ist Samstag und ich bin im Atelier, nehme die Mittagspause her, um dir ein paar Zeilen zu schreiben. Stell dir vor: Siegfried ist im Krankenhaus. Deshalb ist Friedrich zu spät gekommen. Ich bin sicher, er hat auch bereits geschrieben.

Er ist mit einer Lungenentzündung eingeliefert worden und er hat Wasser in der Lunge. Friedrich hat bei seiner Operation assistiert. Es geht ihm sehr schlecht und er war nicht bei Bewusstsein, als ich am Mittwoch gleich nach dem Ablegen eures Schiffes mit Friedrich in der Klinik war. Ich halte das Atelier offen. Denk bloß: Tante Luise hat sich der Buchhaltung angenommen wie ein rettender Engel. Ich habe fast alles hingeschmissen, als ich versucht habe, mir einen Überblick zu verschaffen. Sie wusste sofort, was zu tun war. Und so mache ich jetzt den Laden, bringe ihr abends die Papiere mit und sie trägt es ein. So wird Siegfried alles geordnet vorfindet, wenn er wieder aus dem Krankenhaus kommt.

Ich hoffe, du gewöhnst dich gut ein, dort in London. Vergiss mich nicht, alles Liebe,

Dina

Sie ließ den Stift sinken und steckte den Brief zusammen mit einer Photographie, die Siegfried von ihr mit kurzen Locken gemacht hatte, in den Umschlag. Sie stand darauf mit einer Tasse Tee in der Hand in der Ladentür. Dina gefiel sich auf diesem Bild ausnahmsweise mal selbst. Es wirkte auf den ersten Blick wie ein Schnappschuss, entpuppte sich aber als eine Abbildung, auf der sie sich selbst als ausgesprochen gut getroffen und auch menschlich eingefangen empfand. Dina mochte nicht photographiert werden. Sie fertigte die Bilder an und war nicht die, die abgebildet wurde. Sie fühlte sich immer verkrampft auf Photographien und mochte sich meist überhaupt nicht leiden. Aber Siegfried war ein Meister seines Fachs. Sie vertraute ihm und fühlte sich sicher. Das war vermutlich ein Großteil des Geheimnisses, warum Siegfrieds Photos von Dina immer das gewisse Etwas hatten. Sie schrieb die Adresse auf den Umschlag, die Ida ihr gegeben hatte. Das Haus in Golders Green hatten Idas Eltern bereits vor einem Jahr gekauft und auf den zahlreichen Reisen in diesem Zeitraum fast vollständig eingerichtet. Bis ihr Brief da war, würden sie vermutlich alles eingeräumt haben, und Ida diskutierte nun mit einer englischen Köchin über die Zubereitung der Mahlzeiten im Hause Lerch, die sich erst daran würde gewöhnen müssen, dass die Tochter der Familie nicht nur in ihrer Küche vermutlich besser Bescheid wusste als sie, sondern sich zudem auch die Freiheit nahm, am Herd zu schalten und zu walten, als gehörte sie dorthin.

Dina wollte gerade abschließen, als sie Selene die Straße hinaufkommen sah, die winkte und zu ihr in den Laden kam.

„Morgen zeigen wir es diesen SA-Schweinen!" Selene hinkte noch und die blauen Flecken hatten inzwischen eine grünliche Farbe angenommen, aber ihre Stimme klang schon wieder so kämpferisch wie eh und je. „Ich habe gerade mit Paul gesprochen, wir werden sie nicht einfach durch unsere Stadt marschieren lassen – wir treffen uns morgen. Alle Parteiverbände machen mit. Die Nazis haben in Altona nichts zu suchen. Das ist unser Gebiet. Eigentlich nirgends, aber eine Werbeveranstaltung in Altona geht einfach zu weit! Und die Polizei steckt mit dem Gesindel unter einer Decke, das hätte man niemals genehmigen dürfen!"

„Du bist ja total in Rage." Dina strich ihr das Haar zurück und küsste Selene vorsichtig. Ihre Lippe heilte nur langsam ab. „Kann ich morgen mitgehen?" Sie hatte darüber nachgedacht, seit Selene von dem Gegenmarsch zu reden begonnen hatte.

„Willst du das denn?"

„Ja, sage ich doch."

„Das ist nicht gerade eine … Mädchenveranstaltung, weißt du."

„Anzunehmen – ich werde Photos machen."

Selene sah sie prüfend an. „Du meinst das ernst, oder?"

„Ja, natürlich, was denkst du denn?"

„Dina, das ist kein Spaß. Die Demonstration, die du damals für uns photographiert hast, das war Kinderkram gegen das, was uns jetzt erwartet. Es ist sicher, dass es zu Straßenkämpfen kommen wird. Bist du dir darüber im Klaren?"

Dina schwieg. Dass es nicht friedlich abgehen würde, wenn mehrere tausend Nationalsozialisten in einem der durch und durch roten Stadtteile Hamburgs aufmarschierten, war logisch. Aber Selenes Schilderung dessen, was sie erwartete, machte sie nachdenklich. Langsam nickte sie.

„Ja. Ich denke schon."

Selene zog sie an sich. „Aber eins muss klar sein. Du gehst mit uns los und bleibst bei uns. In der Mitte unserer Gruppe. Du wirst keine Extratouren machen, weil von woanders die Photos besser werden." Ihr Ton war bestimmt und ernst. „Versprichst du mir das, Dina?"

„Ja. Ich bleibe bei euch. Keine Angst. Ich werde nicht die Heldin spielen."

„Braves Mädchen! Gehen wir? Tante Luise hat Aalsuppe und Gurkensalat gemacht."

„Wie bitte? Tante Luise? Woher weißt du, was es bei uns zu Hause zum Abendessen gibt?" Dina staunte. Selene schaffte es immer wieder, sie zu verblüffen.

„Ach, ich bin heute Nachmittag kurz bei ihr gewesen, weil mir jemand, dem ich mal eine Verletzung genäht habe, zwei Aale gebracht hat. Leider weiß ich nicht, wie man so was zubereitet. Da kam mir plötzlich deine Tante in den Sinn und ich habe ihr die Tierchen gebracht. Sie hat mir das Menü verraten und mich zum Essen eingeladen."

Dina musste kichern. Sie packte die Kameraausrüstung ein und wollte eben abschließen, als eine hochschwangere junge Frau mit knallrotem Gesicht auf sie zugehastet kam, so schnell es ihr Zustand erlaubte.

„O bitte, noch nicht zumachen!“ Sie japste nach Luft.

Selene griff ihr unter die Arme, als befürchtete sie, dass sie ohnmächtig werden könnte. Sie halfen ihr, sich im Atelier auf die Récamiere zu legen. Dina holte ihr ein Glas Wasser, während Selene ihren Puls fühlte und beruhigend auf sie einredete.

„Warum waren Sie denn so schnell unterwegs? In Ihrem Zustand und bei der Hitze ist das keine gute Idee. Wie geht es Ihnen denn jetzt?“

„Elsa, ich heiße Elsa Witt.“ Sie schien sich zu fangen und trank ein paar Schlucke Wasser.

„Was war denn los, Elsa?“

Sie druckste herum. „Also … ich … wir … der Ludwig und ich, wir heiraten morgen und …“ Sie lief wieder rot an.

„Also, Elsa, wenn Sie weiterhin so durch die Straßen rennen, dann schaffen Sie es nicht mehr bis zum Altar, bevor die Hebamme ranmuss.“

Selene hatte noch nicht ganz ausgesprochen, da begannen dicke Krokodilstränen die Wangen der jungen Frau hinabzulaufen. Dina sah Selene strafend an und schob ihre Freundin zur Seite.

„Beruhigen Sie sich, Elsa. Das wird schon wieder. Noch einen Schluck Wasser? Und nun erzählen Sie ganz in Ruhe, was Sie von mir wollten, in Ordnung?“

Elsa atmete tief durch und zog die Nase geräuschvoll hoch.

„Morgen heirate ich und keiner hat einen Photographen bestellt. Es ist ihnen peinlich, weil ich …“ Sie schaute auf ihren Bauch und dann zu Dina. „Dem Ludwig ist es auch peinlich. Aber es hat ihm wohl doch leidgetan, denn er hat sich gerade eben beim Abendbrot verplappert! Vadder sah aus, als würde er gleich platzen vor Wut.“

Einen Moment wirkte es, als würde sie wieder anfangen zu weinen. Sie legte eine Hand auf ihren Bauch. Selene reichte ihr in weiser Voraussicht ihr eigenes Taschentuch.

„Ich will aber einen Photographen. Schwanger oder nicht schwanger! Man heiratet doch schließlich ein einziges Mal im Leben – und ich will ein Hochzeitsfoto haben, verstehen Sie?“

Sie sah Dina hilfesuchend an.

Selene wandte sich leicht zur Tür. Dina sah, wie es um ihre Mundwinkel zuckte und dass sie kurz vor einem hysterischen Lachanfall war.

„Aber natürlich verstehe ich das, Elsa, und ich werde Ihre Hochzeit photographieren.“

„Ist es auch nicht zu teuer? Ich hatte zehn Reichsmark gespart, aber meine Schuhe brauchten neue Sohlen und ich habe mir ein kleines Schleiergesteck für die Haare gekauft.“ Sie blickte zerknirscht zu Boden. „Ich kann doch nicht mit löchrigen Schuhen in meinem Sonntagskleid aufs Standesamt gehen und in der Kirche wollen sie uns ohnehin nicht mehr, so, wie ich jetzt aussehe.“ Sie schnäuzte lauthals in Selenes Taschentuch. „Sind sieben Reichsmark genug?“

Dina schaute sich hilfesuchend nach ihrer Freundin um. Selene hatte sich inzwischen zusammengerissen und lächelte ihr zu. Dina nickte.

„Ich photographiere Ihre Hochzeit, Elsa. Wo heiraten Sie denn und vor allen Dingen: um wie viel Uhr?“

„Oh, vielen Dank!“ Sie griff Dinas Hand und schüttelte sie unablässig. „Wir heiraten im Hafenkrankenhaus. Mein Ludwig ist da Krankenwärter für die ganzen Besoffenen, die die Polizei einliefert.“

„Im Hafenkrankenhaus?“ Selene wirkte befremdet.

„Ja! Das Standesamt ist erst seit diesem Jahr dort. Zuständig nur für das Krankenhaus. Die müssen da sicherlich fast überwiegend Todesfälle bearbeiten, da freuen sie sich doch bestimmt mal über eine Hochzeit.“ Das kam im Brustton der Überzeugung. „Sonst hätte der nette Beamte dort sicherlich nicht zugestimmt, ausnahmsweise für uns am Sonntag zu kommen. Außerdem hat der Ludwig morgen Spätdienst und kann dann gleich dableiben. Mit der Hochzeitsnacht ist es ja ohnehin nichts.“

Selene prustete los, Elsa lachte selbst so sehr, dass ihr kugelrunder Bauch wogte, und auch Dina konnte sich das Lachen nicht länger verbeißen.

„Also gut. Um wie viel Uhr dann morgen?"

„Um zwei. Ab vier hat Ludwig dann wieder Dienst."

„In Ordnung, ich bin da. Und bitte, jetzt ganz, ganz langsam und in Ruhe nach Hause gehen."

Sie sahen ihr nach, wie sie sich schwerfällig watschelnd entfernte, immerhin gemäßigten Schrittes.

„Ich konnte ihr das nicht abschlagen." Dina rollte mit den Augen. „Aber wo treffe ich euch denn hinterher?"

„Wir kommen hier am Atelier vorbei auf dem Weg. Wir versammeln uns früh. Sieh einfach zu, dass du um neun rum im Laden bist, dann sage ich dir Bescheid, wo du später zu uns stoßen kannst. Dann gehst du mittags Elsa und Ludwig photographieren und kommst nach."

„In Ordnung."

„Los, komm – jetzt aber zackig zu Tante Luises Aalsuppe!"

„Vielleicht könnten wir noch kurz bei Siegfried im Krankenhaus vorbeischauen? Mit etwas Glück erwischen wir noch die letzten zehn Minuten der Besuchszeit."

Siegfried lag schwach in seinem Bett, hatte noch immer eine Infusion im Arm, aber er war immerhin bei Bewusstsein und sein Fieber schien gesunken.

„Dinchen …"

„Pst, Siegfried. Noch nicht so viel reden. Ich bin so froh, dass du wieder wach bist!" Sie drückte vorsichtig seine Hand. „Mach dir keine Sorgen um das Atelier, ich kümmere mich um alles und du wirst schon wieder." Sie schluckte. Hoffentlich, dachte sie.

„Das ist gut …" Seine Stimme verebbte.

„Siegfried, ich muss gehen. Die Besuchszeit ist um und die Stationsschwester sieht nicht so aus, als könne man mit ihr verhandeln."

„Grüße … deine Tante."

„Aber natürlich, ich werde es ihr sofort ausrichten, Selene wartet unten, wir essen gleich bei Tante Luise."

Er hatte die Augen wieder geschlossen. Sein Atem ging zwar noch etwas flach, aber regelmäßig.

„Ich komme bald wieder. Schlaf gut!", murmelte Dina und verließ das Krankenzimmer.

Nach dem Abendessen bei Tante Luise hatte sie sich nur noch mit Mühe aufraffen können, das Haus überhaupt zu verlassen. Ihre Tante hatte sich sehr über Siegfrieds Grüße gefreut und angekündigt, ihn zu besuchen, sobald es noch etwas mehr bergauf ging mit ihm.

Die Nacht im *Trichter* wurde für Dina sehr lang. Die Nachtschwärmer fanden kein Ende und es war schon nach drei Uhr früh, als Dina schließlich ins Bett fiel. Wenige Stunden später musste sie wieder aufstehen und als sie das Fenster ihrer Dachkammer öffnete, war es fast kühl draußen. Die letzten Tage und Wochen waren ziemlich warm gewesen, aber am Morgen jenes 17. Juli war es angenehm und frisch, es schien in der Nacht sogar ein wenig geregnet zu haben. Kleine Reste von Pfützen trockneten bereits in der Morgensonne.

Dina war müde, aber gleichzeitig aufgeregt, was der Tag bringen würde. Sie zog sich rasch an. Hosen, flache, feste Schuhe, denn es war eine ganze Ecke zu laufen. Ein Hemd und einen Pullunder darüber. Mit ihren neuen Locken hatte Dina sich inzwischen einigermaßen angefreundet, fuhr mit den feuchten Händen hindurch und bändigte das Ganze mit ein paar Haarklemmen. ‚Schicke' Spangen hatte sie noch immer keine gekauft. Die billigen messingfarbenen Nadeln, von denen man bei Behrmann für zehn Pfennig ein Zwanzigerpäckchen bekam, fielen bei ihrer Haarfarbe zudem kaum auf und erfüllten damit ihren Zweck. Als sie das Haus verließ, schliefen alle, denn es war Sonntag.

Im Atelier brühte Dina sich als Erstes einen Tee auf und frühstückte. Ein Rundstück vom Vortag mit Erdbeermarmelade. Tante Luise hatte ihr ein Glas mitgegeben, weil Dina meist gleich im Laden blieb, wenn sie von Donnerstag bis Sonntag an den Abenden in den *Trichter* musste. Sie machte sich an die Entwicklung einiger liegengebliebener Bilder der Konfirmanden von St. Nikolai, begann schon mit der Ausbeute des Vorabends aus dem *Trichter* und steckte die Rechnungen und Papiere der letzten Tage für Tante Luise in einen Umschlag, den sie in ihre Phototasche packte, damit sie sie ja nicht wieder vergaß. Gerade als Dina sehnsüchtig die Récamiere im heimelig-dusteren Atelier ansah und kurz daran dachte, sich einen Moment hinzulegen, klopfte es an die Glastür.

Dina öffnete, sie grüßte Paul, der mit ein paar Kerlen auf der anderen Straßenseite stehenblieb und rauchte. Die Männer trugen Schirmmützen, tief in die Stirn gezogen, hatten zusammengerollte Transparente dabei und wirkten angespannt.

„Wollen deine Freunde nicht reinkommen?“, fragte Dina, als Selene allein durch die Ladentür trat.

„Nein, wir haben keine Zeit. Dina, hör mir bitte zu.“ Selene sprach eindringlich, griff nach ihrer Hand und hielt sie sehr fest. „Mir wäre es lieber, wenn du nach der Hochzeit auf dem schnellsten Weg zu Tante Luise nach Hause fährst. Du hast ja das Fahrrad draußen stehen, das ist gut.“

„Aber du hast gesagt, ich treffe euch …“

„Dina! Die Polizei schützt diesen Marsch der Nazis. Es wurde genehmigt, dass dieses braune Gesindel durch unsere Stadtteile marschiert! Das kann sehr, sehr hässlich werden. Ich will mir keine Sorgen machen müssen, weil wir uns vielleicht verpassen und du dann irgendwo allein mit deiner Kamera mittendrin stehst. Glaub mir, bei so was hilft es dir auch nichts, dass du das mit Abstand süßeste Landei der nördlichen Hemisphäre bist.“ Selene lächelte schief.

In Dina tobten widersprüchliche Empfindungen. Die Angst um Selene überwog. Denn sie würde ja unweigerlich mittendrin sein. Paul und seine Gesellen, die allesamt beim seit drei Jahren verbotenen Rotfrontkämpferbund waren, wie ihr Selene einmal anvertraut hatte, sahen zwar beeindruckend und furchterregend aus, aber Selene betrachteten sie als Mitkämpfer für die Sache. Nicht als Frau, die man beschützen musste. Derartige Instinkte schienen ihnen fremd zu sein. Die Burschen waren der Meinung, dass Frauen ruhig mit auf die Barrikaden gehen sollten, solange sie selbständig hinauf- und hinunterkamen. Selene war hart im Nehmen und hatte sich über lange Zeit deren widerwilligen Respekt erworben, zumal sie verletzte Genossen zuverlässig wieder zusammenflicken konnte, ohne dass dumme Fragen gestellt wurden, wie es im Krankenhaus der Fall gewesen wäre.

„Hörst du mir überhaupt zu? Bitte, ich muss los. Geht das in Ordnung, Dina?“ Paul stand gestikulierend vor dem Schaufenster.

„Ich muss heute abend in den *Trichter* …“

Selene lachte kurz nervös auf.

„Der hat heute mit Sicherheit zu. Du gehst nach der Hochzeit sofort nach Hause, hast du mich verstanden?“ Die Schärfe in Selenes Stimme versetzte Dina in Aufruhr. So hatte sie schon lange nicht mehr mit ihr gesprochen. Es schien ernst zu sein und sie hatte keine Kraft mehr, Widerstand zu leisten.

„Pass bitte gut auf dich auf. Ich warte aber bei dir zu Hause auf dich. Mit meiner Tante halte ich es nicht aus, wenn ich mir Gedanken um dich mache.“

Dina hörte ihre eigene Stimme, als wäre es die einer Fremden, und als sie Selenes Kuss erwiderte, schlang sie ihre Arme um sie und drückte sie so fest an sich, wie sie konnte.

„Ich liebe dich, Dina. Bitte vergiss das nie.“

Mit diesen Worten war Selene aus der Tür und in wenigen Augenblicken hinter der nächsten Ecke verschwunden. Dina spürte noch die Umarmung, den Kuss auf ihren Lippen. Das *Aqua di Parma* schwebte einen Moment lang im Raum, vermischt mit Selenes eigenem Duft. Dina konnte es nicht fassen, dass sie gerade wieder einmal klein beigegeben hatte. Ganz langsam kam sie aus dieser Schockstarre zu sich. Selene war weg. Unterwegs, um mit den Mitgliedern einer illegalen Schlägertruppe Hamburg gegen eine ebensolche zu verteidigen, die besser organisiert war und offenbar vom Staat unterstützt wurde. Ein aussichtsloses Unterfangen. Und Dina hatte Selene gehen lassen. Sie hatte sich ihr nicht in den Weg gestellt oder wenigstens versucht, ihr das Ganze auszureden, oder darauf bestanden mitzukommen. Und das Schlimmste war, dass Selene offenbar überhaupt nicht in Betracht gezogen hatte, dass es anders hätte laufen können. Dina verkroch sich nun wirklich im Atelier, rollte sich auf der Récamiere zusammen, auf der sie Selene zum ersten Mal erblickt hatte, und wusste nichts mit sich anzufangen. Ihr schossen die Tränen in die Augen; zornig und erschüttert zugleich hieb sie mit der Faust in einen Stapel Kissen. Ihr trockenes Schluchzen schmerzte sie im Hals – eine Mischung aus Verzweiflung, Selbstmitleid und grenzenloser Wut. Schließlich stand Dina auf. Es war unerträglich, länger hier zu liegen, diesen widersprüchlichen Gefühlen hilflos ausgeliefert. Sie musste dem selbst ein Ende machen, denn es war niemand sonst hier. Dina merkte es täglich, wie sehr Ida ihr fehlte. Ihre ruhige Präsenz und Zuverlässigkeit, ihre immer von lauteren Absichten getragene Art des Umgangs. Ida war so anders als Selene, und doch … etwas verband diese beiden so ungleichen Frauen miteinander. Ihr unbeugsamer Wille und die unverrückbaren Prinzipien, nach denen sich jeder richten musste. Selene machte ihr Gegenüber durch rhetorisch-eloquente Satzarabesken mundtot und ließ Dina mit dem unguten Gefühl zurück, von der goldenen Horde des Dschingis Khan überrannt worden zu sein. Ida hingegen überzeugte ihre Gesprächspartner durch trügerisch-sachlich vorgetragene, aber dennoch sehr wandlungsfähige Argumente. Die Freundlichkeit, die sie im Umgang an den Tag legte, bewirkte, dass niemand jemals etwas Böses oder eine Intrige vermutete.

Entsprangen Dinas unmittelbare, heftige Reaktion und Verärgerung nicht eigentlich der Tatsache, dass sie Selene offenbar nicht wichtig genug war, um ihre Meinung wenigstens anzuhören? Sie traf einfach ihre Entscheidungen, ohne Dina mit einzubeziehen, und scheinbar auch, ohne sich um Dinas Gefühle zu scheren, geschweige denn, ihr eigenes Verhalten kritisch zu betrachten.

Dina ging auf, dass sie, um aus dieser Falle herauszukommen, nur eins tun konnte: nämlich für sich entscheiden. Tun, was ihr selbst richtig erschien.

Sie kühlte sich das Gesicht, nahm ihre Phototasche, verschloss die Ladentür und machte sich auf den Weg. Sie ging mit voller Absicht zu Fuß, obgleich es mit dem Rad viel schneller gewesen wäre. Das Hafenkrankenhaus war nicht weit weg und sie hatte Zeit. Der anschließende Weg zur Löwenstraße würde reichlich Kraft kosten und genau das war ihr Ziel. Sich bis zur völligen Erschöpfung zu verausgaben, würde sie erstens davor bewahren, verrückt zu werden, während sie auf Selene wartete, und zweitens würde die Anstrengung wie immer ihre Seele beruhigen.

17. Kapitel

Im Hafenkrankenhaus ging alles glatt. Weder die Kollegen des Bräutigams, von denen einer als Trauzeuge fungierte, noch der Pförtner, den Dina nach dem Weg fragte, starrten sie mehr an, als es die Leute üblicherweise taten, wenn sie Hosen trug. Elsa sah sehr hübsch aus. Auch wenn sich das Sommerkleid furchtbar über dem Bauch spannte, den der Standesbeamte geflissentlich zu übersehen versuchte. Ludwig war klein und drahtig gebaut. Er redete wenig, schüttelte ihr aber mit einem festen Druck die Hand.

Als die Braut schnellen Schrittes in das Amtszimmer rauschte, spielte jemand auf einem Akkordeon den Hochzeitsmarsch – vermutlich einer von Ludwigs Kollegen. Dina musste plötzlich an Sebastian denken, mit dem sie zusammen gesungen hatte. Wo waren sie bloß alle hin? Mark van Heeren war vermutlich nach Holland zurückgekehrt, wo sein Vater herkam, um seine Assistenz an einem dortigen Krankenhaus zu absolvieren. Aber Sebastian hatte sie schon sehr lange nicht mehr gesehen und auch Simon oder Ida hatten nie erwähnt, wo er geblieben war.

Dina schoss schöne Photos von dem Brautpaar. Elsa war viel zu glücklich und erleichtert, um ihren spärlichen Nelkenstrauß vor den Bauch zu halten.

Als sie aus dem Krankenhaus trat, war es mittlerweile fast drei Uhr. Die für einen warmen Sonntagnachmittag ungewöhnlich leeren Straßen hatten an diesem sonst zu jeder Tages- und Nachtzeit belebten Ort unweit der Reeperbahn etwas Beklemmendes an sich. Sie stand einen Moment lang unschlüssig vor dem Portal, dann trat der Pförtner, der ebenso wie Ludwig Schichtwechsel hatte, hinaus und stand neben ihr im gleißenden Sonnenlicht.

„Na, Sie werden doch wohl nicht photographieren gehen, wie sich die Roten und die Nazis gegenseitig die Köppe einschlagen, was?“

Hatte Dina beim Verlassen des Krankenhauses fest daran geglaubt, nach der Trauung brav zu Selene nach Hause zu gehen, um auf sie zu warten, so lenkte sie jetzt ihre Schritte in die Richtung, welche die einzig mögliche war: nämlich nach Altona. Selene hatte kein Rccht gehabt, von ihr zu verlangen, dass sie zu Hause blieb. Verständlich, dass Selene zu dieser Kundgebung wollte, um Flagge zu zeigen und die Braunhemden am liebsten in hohem Bogen aus Altona zu schmeißen. Verständlich auch, dass sie sich dabei nicht um Dina Sorgen machen wollte – das konnte man einerseits als Verantwortungsgefühl auslegen, andererseits hatte sie wieder einmal nicht in Betracht gezogen, dass Dina sich nicht an ihre Anweisungen halten könnte, weil auch sie Hamburg inzwischen als ‚ihre‘ Stadt betrachtete.

Sie schritt zügig aus und schon an der Großen Freiheit fanden sich mehr und mehr Menschen zusammen, die alle auf dem Weg waren. Eine gute halbe Stunde später erreichte sie im dichter werdenden Gewühl die Unzerstraße. Schon von Weitem hörte sie die Gesänge und je näher sie kam, desto klarer erkannte Dina die Melodie. Dieses Lied hatten sie bereits damals auf dem Paulinenplatz gesungen. Aber das hier war etwas völlig anderes! Dina begann die Brisanz der Lage bewusst zu werden. Die Braunhemden marschierten; sie trugen Uniform mit hohen schwarzen Stiefeln und Koppel und es waren so gottverdammt viele! Ihr blieb der Atem weg. Es handelte sich in keinem Fall um eine politische Eintagsfliege, wie die meisten Leute fälschlicherweise angenommen hatten. Dina selbst hatte kaum etwas über Politik gewusst, aber im Laufe der letzten Jahre hatte sie einige Zusammenhänge verstanden. Das sowie die akute Bedrohlichkeit des Moments machten ihr klar, dass es hier brandgefährlich werden würde. Sie achtete darauf, nirgends zu lange zu verweilen und in der

Menge der schreienden und fluchenden Anhänger der Roten zu bleiben, die die Straßen und die Gehwege säumten. Dina konnte nicht fassen, was sie sah. Die Nazis marschierten unter Polizeischutz! Die Beamten standen mit dem Rücken zu den nationalsozialistischen Demonstranten und beobachteten die Zaungäste besonders genau. Dina zückte die Kamera und begann, aus der Deckung der Menschenmenge heraus Bilder zu machen: von den Polizisten, die die Provokateure schützten, von den meist herrisch und siegessicher auf Altona schauenden Nazis, von wütend diskutierenden Gegendemonstranten. Und wieder stimmten die Nazis ein Lied an, laut und im Takt ihrer Stiefel. Doch dann erhob sich aus der am Rand stehenden Menge eine andere Melodie, die Dina erkannte.

„Los! Singen Sie mit! Wir müssen sie doch übertönen!“ Ein schlaksiger junger Bursche mit schönen dunklen Augen und einem strahlenden Lächeln schubste sie leicht in die Seite.

Dina setzte ein.

Es rettet uns kein höh're Wesen,
kein Gott, kein Kaiser noch Tribun
Uns aus dem Elend zu erlösen
können wir nur selber tun!
Leeres Wort: des Armen Rechte,
Leeres Wort: des Reichen Pflicht!
Unmündig nennt man uns und Knechte,
duldet die Schmach nun länger nicht!
Völker, hört die Signale!
Auf zum letzten Gefecht!
Die Internationale
erkämpft das Menschenrecht.

„Na, das hat uns jetzt aber rausgerissen, dass Sie schöner singen als dieses Pack. Und lauter übrigens auch!“ Er schwenkte eine rote Fahne, die er an einen Besenstiel geknotet hatte. „Wollen Sie nicht auch von mir ein Bild machen?“ Er deutete auf die Kamera. „Dann kann ich irgendwann meinen Enkeln erzählen, dass ich an diesem Tag dabei war!" Er warf sich in Positur.

Dina musste grinsen und drückte auf den Auslöser. Sie winkte dem jungen Mann zu und versuchte vorwärtszukommen. Die Menge stockte und dann wurde es plötzlich laut. Geschrei, unflätige Ausdrücke und klatschende Geräusche, die ihr klarmachten, dass ein Handgemenge im Gang war. Dina verschaffte sich gewaltsam Platz. Aus dem Augenwinkel erspähte sie einen Hauseingang, zu dem von der Straße ein paar Stufen hinaufführten.

„Was fällt Ihnen denn ein?", empörte sich eine dicke Frau mit grauem, zerfleddertem Haarknoten, die eine fleckige Kittelschürze trug, der Dina wohl etwas unsanft auf den Fuß gestiegen war.

„Tut mir leid. Ich will Bilder machen von dem, was hier passiert. Wohnen Sie hier? Zur Straße hin?"

„Ja ... aber ... was ... das geht doch nicht!"

Dina hatte die Frau am Arm gefasst und zog sie in den Hauseingang.

„Lassen Sie mich aus Ihrem Fenster photographieren, bitte!"

„Also wirklich, das geht doch nicht! Justus!"

Ein ebenso runder Mann mit einem imposanten Schnauzbart zückte den Schlüssel.

„Kommen Sie mit. Und du auch!" Er zog seine Frau von der Treppe weg.

„Du kannst doch keine Fremde in unsere Wohnung lassen!"

„*Nu reech di man nich so op, min Deern.* Sie lässt schon nichts mitgehen, richtig?"

„Was? Nein, natürlich nicht!" Dina war verlegen. Wie hatte sie es bloß fertiggebracht, sich einfach bei wildfremden Leuten einzuquartieren?

Die kleine Wohnung der beiden im ersten Geschoss war sauber und aufgeräumt. Der Hausherr führte sie in die gute Stube und öffnete bereitwillig das Fenster, von wo aus Dina alles im Blick hatte.

Was sie sah, ließ ihre Knie weich werden: Die Straße glich einem Schlachtfeld. Die zunächst so militärisch akkurat marschierende Masse der Braunhemden löste sich auf, sie wimmelten plötzlich überall. Sie brachen aus der Formation aus und prügelten wahllos auf alle ein, die am Rand der Straße gestanden hatten. Männer, Frauen, Kinder, Halbwüchsige – sie schlugen entfesselt mit ihren Koppeln auf alles ein, was sich bewegte. Gegenwehr war kaum zu beobachten, zu massiv brach der Angriff über die Gegner herein. Viele versuchten sich in Sicherheit zu bringen, wurden aber verfolgt und regelrecht zur Strecke gebracht. Dina drückte auf den Auslöser – die Kamera schaffte für einen Augenblick Distanz zwischen ihr, dem Geschehen und dem Gedanken, dass Selene da draußen war. In der Menschenmenge. Sie konnte überall sein, vielleicht zusammengeschlagen in einer Hinterhofecke verblutend.

Gerade fragte sie sich, wo die Polizei bei alldem blieb, als sie auch schon die ersten Schüsse hörte.

„Kommt sofort weg da vom Fenster!" Justus riss sie zurück, warf das Fenster zu und zog Dina und seine Frau aus der Wohnstube in den Korridor, wo sie zu dritt auf dem Boden kauerten. Draußen tobte das Inferno. Dina verlor das Zeitgefühl. Irgendwann wurde es ruhiger, es fielen nur noch vereinzelt Schüsse und die deutlich weiter weg. Die Kämpfe schienen nachzulassen. Als im Wohnzimmer eine Fensterscheibe mit lautem Scheppern zu Bruch ging und unmittelbar danach der Flurspiegel zerbarst und in winzigen Scherben auf sie herabregnete, schrie die Hausfrau entsetzt auf. Dina entwand sich Justus' Griff, der die Köpfe der beiden Frauen heruntergedrückt hielt.

„Ich muss gehen, meine Freundin ist irgendwo da draußen!" Ihre Stimme klang ungewohnt rau und sie hätte sich selbst nicht erkannt.

„Sie gehen jetzt nirgends hin, da draußen wird geschossen! Bleiben Sie hier!"

Aber Dina war bereits aufgestanden und schüttelte sich die Spiegelscherben aus Kleidung und Haaren.

„Es wird weniger! Ich muss jetzt wirklich gehen."

„Machen Sie doch, was Sie wollen!" Er versuchte nicht mehr, sie zurückzuhalten, sondern sprach leise auf seine zitternde, weinende Frau ein und strich ihr dabei liebevoll über das Haar. Dina drückte ein letztes Mal auf den Auslöser und packte die Kamera in ihre Tasche. Sie zögerte eine Sekunde, nahm sich dann die Zeit, den Film zurückzukurbeln und die Filmdose herauszunehmen. Sie schlug ihren Hosensaum nach außen und riss ein Stück der Naht auf, so dass eine Tasche entstand, ließ die Filmspule hineingleiten und schüttelte sie weiter nach innen, wo der Saum unversehrt war. Man konnte nie wissen. Und da waren immerhin auch Elsas und Ludwigs Hochzeitsfotos drauf.

Sie schlüpfte aus der Wohnungstür, die hinter ihr ins Schloss fiel. Das Haustor war schwergängig und öffnete sich nicht ganz. Sie spähte durch den Spalt hinaus. Die Polizei hatte die Menge offenbar zerstreut, aber das Bild, das sich ihr bot, war grauenvoll.

Vom Krieg hatte sie als Kind in Ostfriesland nicht viel mitbekommen, aber so wie das hier hatte sie es sich vorgestellt.

Dina wünschte sich fast, dass es dunkel wäre. Sie hätte dann ungesehen ihren Weg gehen können. Es war viel Polizei unterwegs, die kleinere Gruppen von Menschen mit Knüppeln und Waffen in Schach hielt, bis die Demonstranten in Wagen abtransportiert wurden. Sie konnte es nicht fassen, aber unter den Verhafteten waren keine Männer mit braunen Hemden, sondern blutig geprügelte Arbeiter mit verschwollenen Gesichtern. Alte Männer zum Teil und jüngere, einige kaum mehr als Kinder. Ein schmaler, blonder Junge wurde von zwei anderen gestützt. Er zog schluchzend ein Bein nach. Ein Fuß stand in einem grotesken Winkel ab. Er musste höllische Schmerzen haben.

„Mach vorwärts!", schrie ihn ein rotgesichtiger Polizist an. „Sieh zu, dass du in den Wagen kommst!" Die drei Jungs waren ihm offenbar zu langsam und er trat dem verletzten Blondschopf in die Kniekehle, woraufhin der junge Mann zwischen seinen beiden Freunden zu Boden ging und regungslos liegen blieb. Dina zögerte nicht.

„Herr Wachtmeister! Bitte – ich muss nach Hause, meine Tante ängstigt sich zu Tode, ist es jetzt sicher Richtung St. Pauli?“ Sie riss ihre blauen Augen auf und schaute den brutalen Polizisten mit zitternden Wimpern an.

„Na, Fräulein, Sie haben Nerven! Was machen Sie überhaupt hier draußen?“ Er beäugte misstrauisch ihren Aufzug und Dina hätte in diesem Moment alles darum gegeben, ein niedliches Sommerkleid anstelle der Hosen zu tragen.

„Ich wollte meinen Bruder besuchen. Die Sachen sind auch von ihm. Es war ein dummer Streich, eine Wette ...“ sie verhaspelte sich, verlor den Faden. Sie dachte an Selene, die sonst wo sein konnte. Vielleicht verhaftet – oder schlimmer – tot in irgendeinem Hinterhof. Dieser Gedanke öffnete ihre Schleusen; Dina brach in Tränen aus.

„Na, na – ist ja gut!“ Der bullige Mann klopfte ihr ungeschickt auf die Schulter.

Aus dem Augenwinkel beobachtete Dina, dass die Jungs es inzwischen mit ihrem verletzten Freund bis zur Straßenecke geschafft hatten und im Begriff waren, in einer schmalen Gasse zu verschwinden. Sie schniefte noch ein paar Mal und tupfte sich die Tränen aus dem Gesicht.

„Vielen Dank, Herr Wachtmeister.“

„Sehen Sie zu, dass Sie hier wegkommen, und gehen Sie schnell nach Hause.“

Das ließ sie sich nicht zweimal sagen und suchte das Weite. Dina rannte fast zurück zum Atelier und kam keuchend an. Drinnen warf sie die Filmdosen, die niemanden interessiert hatten, in die Dunkelkammer, schnappte sich das Fahrrad und fuhr in den Pedalen stehend zu Selenes Wohnung. Als sie die Tür aufschloss, kamen ihr nur die Dunkelheit und die geballte Wärme, die sich in der Dachwohnung immer sehr staute, entgegen. Selene war noch nicht zurück. Dina hatte unterwegs den Gedanken aufgegeben, nach ihr zu suchen. Sie konnte nicht jeden Hinterhof in Altona durchkämmen. Selene bewahrte stets den Überblick. Bestimmt hatte sie sich rechtzeitig in Sicherheit gebracht. Vielleicht hatte auch sie bei jemandem in der Wohnung Unterschlupf gefunden, bis das Schlimmste vorbei war. Oder sie war verletzt und es dauerte einfach länger, bis sie es nach Hause schaffte. Dina wiederholte es wie ein Gebet, dass bestimmt nichts Schlimmes geschehen war, dass ihre Freundin jeden Moment kommen musste, alles würde gut sein, bestimmt …

Wie lange hatte sie so dagesessen? Es war bereits Nacht geworden, als sie aus einem unruhigen Schlaf hochschreckte, geweckt von dem Geräusch eines Schlüssels im Türschloss. Sie erhob sich taumelnd vom Sofa, riss fast die kleine Lampe herunter, die das Wohnzimmer in fahles Licht tauchte.

„Selene?"

„Ja. Hilf mir. Und nicht erschrecken, es ist nicht so schlimm, wie es aussieht", fügte sie hinzu, als Dina bei ihrem Anblick ein Gurgeln entwich.

Selene war blutüberströmt. Sie presste ein Taschentuch gegen ihre Stirn und versuchte, ihre Jacke auszuziehen, wobei sie vor Schmerz stöhnte. Auch auf ihrer Hose war Blut … überall. Dina geriet in Panik.

„Was hast du! Sag mir doch, was dir passiert ist!"

Selene ließ sich steif auf das Sofa fallen.

„Mach heißes Wasser, Dina. Und bring mir bitte meine Tasche mit."

Dina hatte Selene manchmal damit aufgezogen, dass sie eine vollständige Notfalltasche besaß, obwohl sie noch gar keine fertige Ärztin war. In diesem Augenblick war sie froh darum.

Sie kam mit sauberen Handtüchern und der Tasche zurück, legte beides ab und holte das heiße Wasser aus der Küche. Selene hatte sich mittlerweile aus der Jacke geschält.

„Was ist mit deinem Arm?"

„Hat mir einer auf den Rücken gedreht, aber dann flogen Steine und er hat mich losgelassen. Noch mal hätte ich mich nicht einbuchten lassen!"

„Was ist mit deinem Kopf?"

„Das werden wir gleich sehen."

Selene löste fluchend das an der Wunde klebende Taschentuch Stück für Stück ab, riss dabei offenbar etwas auf und das Blut begann erneut zu fließen. Dina tunkte ein Handtuch in das heiße Wasser und versuchte, ihr vorsichtig das Gesicht zu reinigen, während Selene ein weiteres Tuch fest auf die Wunde presste.

„Das muss genäht werden."

„Meinst du, du schaffst es ins Krankenhaus? Ich glaube nicht, dass wir jetzt einen Wagen finden."

„Du wirst es nähen. Ich kann meine rechte Hand nicht gebrauchen und ich bin froh, dass der mir den Arm nicht ausgekugelt hat. Das hätte noch gefehlt."

Dina glaubte, sich verhört zu haben. „Das ist doch wohl nicht dein Ernst!"

„Natürlich. Es ist gar nicht so schwierig. Ich sage dir, wie das geht und dann …"

„Nein! Ich kann keine zwei Stiche geradeaus nähen und überhaupt … Dein Gesicht nähen! Das kann ich nicht!" Dina spürte, dass sie kurz davor war, hysterisch zu werden.

„Dina. Hör mir zu! Du musst jetzt bitte ruhig bleiben und tun, was ich dir sage. Dann klappt das. Du nähst nicht wirklich. Das würde furchtbare Narben geben. Du machst kleine, zarte Knoten. Das ist alles. Und es sind bestimmt nur drei oder maximal fünf Stück. Geh dir gründlich die Hände abseifen und dann komm zurück, ohne irgendwas anzufassen."

Dina zitterte und konnte nicht glauben, dass Selene das ernst meinte, aber sie tunkte bereits ein Stück Gaze in die Jodtinktur und drückte sie mit zusammengebissenen Zähnen gegen die Wunde.

„Verdammter Mist! Das brennt höllisch! Mach endlich, Dina!"

Sie wusste hinterher nicht, wie sie es geschafft hatte, fünfmal die Nadel auf der einen Seite der Platzwunde hinein- und auf der anderen Seite durch die Haut, nah am Wundrand, wieder hinauszustechen und anschließend das Stückchen Faden vorsichtig zu verknoten. Anschließend tupfte sie Selene, die wachsbleich, aber bei Bewusstsein auf dem Sofa lag, ein weiteres Mal Jod auf die Wunde und wickelte ihr schließlich einen Verband um den Kopf.

„Hilfst du mir im Bad? Ich kann so nicht ins Bett gehen. Ich bin voller Blut." Selene stand auf, schwankte aber dabei so stark, dass Dina ihr den Arm um die Taille legte.

Während Selene sich auf dem Badewannenrand sitzend wusch, räumte Dina die Relikte der nächtlichen Wundversorgung weg. Dina warf die blutigen Handtücher in den Müll und schüttete angewidert das Wasser in den Ausguss. Sie wollte nie wieder daran denken, was in dieser Nacht geschehen war. Nie wieder! Sie ging ins Schlafzimmer und merkte beim Ausziehen, dass auch sie Blutspuren auf ihrer Kleidung hatte. Sie ging zurück in die Küche, rieb mit kaltem Wasser die Blutflecken aus Hemd und Pullover und hängte beides auf Bügel ans geöffnete Fenster. Dann kroch sie ins Bett. Selene kam wenig später und legte sich mit schmerzverzerrtem Gesicht hin. Ihr Arm hatte offenbar einiges abbekommen.

Sie sahen sich an. Der milchige Schein des Vollmonds verwischte die Konturen und milderte den Anblick von Selenes Verletzung, aber Dina schauderte es bei dem bloßen Gedanken an die Knoten. Sie würde jedes Mal wieder daran denken, wenn sie Selene ansah, denn eine Narbe würde mit Sicherheit zurückbleiben.

„Paul ist tot", flüsterte Selene.

„Was? Wie ist das passiert?"

„Er ist getroffen worden. Ein Kopfschuss …" Ihre Stimme brach.

„Sch! Nicht mehr reden. Komm her." Dina zog Selene so vorsichtig es ging näher an sich und bettete ihren Kopf auf ihren Arm. Eine Weile spürte sie Selenes Tränen über ihre Haut laufen, bis sie irgendwann gleichmäßig zu atmen begann und das Rinnsal versiegte.

Am Morgen wachte Dina auf und konnte sich kaum rühren, denn Selene war die ganze Nacht auf ihrem Arm liegen geblieben, der jetzt taub war. Als sie versuchte, ihn unter ihrem Kopf herauszuziehen, wachte Selene ebenfalls auf und sah sie mit großen, erschrockenen Augen an.

„Alles in Ordnung. Mein Arm ist eingeschlafen. Ich mache Tee und dann muss ich ins Atelier. Kommst du allein klar? Ich bleibe aber heute nicht lange, am Nachmittag bin ich wieder da."

Selene murmelte etwas Undeutliches und schien sofort wieder einzuschlafen. Um diese Fähigkeit, nach den größten Katastrophen wie ein Stein zu schlafen, beneidete Dina ihre Liebste wirklich. Sie selbst bekam in schlimmen Momenten kein Auge zu, was zusätzlich auslaugte. Selene besaß eine erstaunliche Regenerationsfähigkeit. Außer dem verdrehten Arm und der Platzwunde, an deren Versorgung Dina mit Schaudern dachte, schien sie diesmal nicht verletzt zu sein. Selene würde sich bald erholen. Nicht so Paul. Dieser schweigsame, gewalttätig aussehende Rotfrontkämpfer mit dem verbissenen, finsteren Blick lebte nicht mehr. Dina wusste noch nicht viel mehr über ihn als bei ihrer ersten Begegnung vor ungefähr zwei Jahren. Nur dass er allein gelebt und als Hilfskraft in Hagenbecks Tierpark gearbeitet hatte. Er hatte die Außenanlagen gepflegt und kleine Instandhaltungsarbeiten an den Tiergehegen durchgeführt. Paul war kein enger Freund Selenes gewesen, aber ein loyaler Weggefährte im Kampf gegen den stetig wachsenden Einfluss der Nationalsozialisten. Seine radikale, direkte Art und seine Zuverlässigkeit hatten ihn zu einem unverzichtbaren Bestandteil ihrer Gruppe gemacht und nun war er tot.

Dina stellte Selene eine Tasse Tee und ein paar Äpfel ans Bett, bevor sie mit schleppenden Schritten das Haus verließ. Sie hatte eines ihrer eigenen alten Kleider aus Selenes Schrank genommen, da die Blutflecke nicht ganz aus dem Hemd herausgegangen waren. Vielleicht konnte sie später mit Bleiche etwas ausrichten, denn es war eines der Leinenhemden ihres Vaters, und Blut her oder hin – sie konnte es nicht einfach wegwerfen.

Es war frischer als am Vortag, aber Dina fuhr mit der Hochbahn, um nicht Zeit zu vertrödeln, die sie lieber mit Selene verbringen wollte. Sie blieb an einem Zeitungskiosk stehen und las die Überschriften. *Altonaer Blutsonntag*. Überall das Gleiche auf den Titelblättern. Es hatte Verhaftungen gegeben. Als sie die Photos der mutmaßlichen Heckenschützen sah, breitete sich plötzlich eine Gänsehaut über ihren Rücken aus. Einer davon war eindeutig der Junge, den sie photographiert hatte. Bruno Tesch hieß er. Er sollte geschossen haben? Dina schüttelte den Kopf. Sie konnte sich nicht vorstellen, dass er wahllos in die Menge gefeuert haben sollte. Er hatte nicht nur ruhig und besonnen gewirkt, sondern hatte außer seiner roten Fahne nichts weiter dabei gehabt. Sie ging weiter, rannte fast, wollte sich verkriechen.

Im Atelier fiel ihr auf, wie unordentlich und staubig alles wirkte. Kein Wunder. Es war keine Zeit mehr für irgendetwas, das über das Notwendige hinausging. Ihr schmerzten die Beine nach dem gestrigen Gewaltmarsch. Die Anspannung und Müdigkeit taten das ihrige dazu, dass sie sich uralt fühlte, was der Spiegel im Atelier zu bestätigen schien. Augenringe umschatteten Dinas trüben Blick und ihr Haar benötigte dringend etwas Aufmerksamkeit. Sie seufzte, nickte ihrem Spiegelbild nachsichtig zu und begab sich in die Dunkelkammer. Die Hochzeitsfotos von Elsa und Ludwig in der Kapelle des Hafenkrankenhauses bargen keine Überraschungen. Widerstrebend nahm sie sich dann die Bilder von der Straßenschlacht vor. Es war nicht gut, wenn das Filmmaterial zu lange unentwickelt herumlag, auch wenn sie das im Moment lieber nicht gesehen hätte. Dina machte sich an die Arbeit.

Kein Zweifel, der strahlende junge Mann mit der roten Fahne war Bruno Tesch. Er hatte über seinem Hemd nur Hosenträger gehabt. Nicht einmal eine Jacke hatte er getragen, nur seine Fahne am Besenstiel. Wo um alles in der Welt hätte er eine Waffe verstecken sollen? Als sie das Licht wieder anschaltete und nachdenklich die Bilder zum Trocknen aufhängte, war sie nach wie vor erschüttert ob dieses irrsinnigen Zufalls, aber auch gleichzeitig verblüfft. Dina hatte kaum in Erinnerung gehabt, was genau sie aus dem Fenster der Eheleute photographiert hatte, die ihr Unterschlupf gewährt hatten, aber nun keimte ein widerwilliger Stolz in ihr auf. Das waren wirklich gute Aufnahmen. Sehr, sehr gute sogar. Siegfried würde ihr zwar die Leviten lesen, wenn er von dieser letzten Photoexpedition und dem damit verbundenen Risiko erfuhr, aber er wäre ebenfalls sehr stolz auf sie.

Da die Hochzeitsbilder von Elsa noch trockneten, würde das Album etwas warten müssen. Dina nahm sich eine frische Tasse Tee. Sie beschloss, etwas zu tun, was sie wieder viel zu lange aufgeschoben hatte.

Holdes Fräulein Ida!

Hamburg, den 18. Juli 1932

Man könnte denken, ich sei alt und vergesslich geworden, aber dem ist ganz und gar nicht so. Ich denke sehr oft an dich. Gestern hat sich hier in der Stadt etwas Schlimmes zugetragen. Die Nazis sind zu Tausenden und auch noch unter Polizeischutz durch Altona marschiert, haben ihre widerlichen Hetzlieder gesungen und damit nicht genug: Es hat schwere Zusammenstöße gegeben, die in einem Blutbad endeten. Es wurde geschossen und wie ich von Selene weiß, hat es Tote gegeben. Sie ist selbst nur leicht verletzt. Mir ist nichts passiert. Ich hatte das Glück, bei einem Ehepaar in der Wohnung in Deckung gehen zu können. Stell dir vor, auf einem der Bilder ist ein junger Mann zu sehen, mit dem ich zusammen die Internationale gesungen habe – heute sehe ich in der Zeitung, dass er verhaftet worden ist, weil er Leute erschossen haben soll. Ich kann das nicht glauben – er war so stolz, dass er ‚dabei' war an diesem bedeutsamen Tag, und wollte später seinen Enkelkindern davon erzählen …

Sie musste innehalten und eine Träne auftupfen, die auf die Schrift gefallen war. Einer Eingebung folgend, nahm sie eine Lage kleinformatiger Abzüge der Bilder von der Demonstration, darunter auch das von Bruno Tesch, und legte sie neben den Briefblock.

Dies sind Bilder, die ich während der Straßenschlacht gemacht habe, auch der Junge, den sie jetzt wohl anklagen werden. Ich weiß, jetzt wirst du wieder mit mir schimpfen, dass ich mich unnötig in Gefahr gebracht habe, aber die meiste Zeit, nämlich als draußen geschossen wurde, habe ich in einer fremden

Wohnung auf dem Boden in Deckung gelegen. Am Ende hat Selene doch mit allem recht, was die Entwicklung hier angeht. Nach dem gestrigen Tag weiß ich nicht mehr, was ich denken und tun soll.

Bitte grüße Simon und deine Eltern.

Dina

Sie steckte die Bilder und den Brief in den Umschlag, adressierte ihn und klebte ihn zu. Auch eine Marke fand sie und fühlte sich gleich besser. Dina vermisste Ida und wenn sie ihr schrieb, war es so, als würde sie Dinas Worten lauschen und sie mit ihren klugen, dunklen Augen unverwandt ansehen.

Nachdem sie das Atelier einer oberflächlichen Reinigung unterzogen hatte, stellte sie Elsas Hochzeitsalbum zusammen und legte eine besonders schöne Vergrößerung in einem schmalen, dunklen Holzrahmen als Geschenk dazu. So war das wenigstens fertig, wenn sie die Bilder abholte. Da keine Kunden mehr kamen und auch die Straße wie ausgestorben wirkte, schloss Dina bereits um drei Uhr ab, nahm das Fahrrad und fuhr bei Tante Luise vorbei. Ihre Tante hatte schlechte Laune. Das sah sie sofort, als sie in die Küche trat. Bestimmt hatte sie sich Sorgen gemacht und war ihr böse. Aber im Leben wäre Dina nicht auf den eigentlichen Grund für die offensichtliche Verstimmung ihrer Tante gekommen.

„Ich habe einen Brief von deiner Mutter bekommen. Du solltest dich setzen, Kind."

„Was um alles in der Welt …"

„Sie hat wieder geheiratet, Dina."

Ihr blieb der Mund offen stehen, sie konnte es nicht fassen. Tante Luise reichte ihr den Brief. Dina nahm ihn mit spitzen Fingern und überflog die wenigen Zeilen. Sie erfuhr nicht viel, außer, dass Helenes neuer Ehemann Walther hieß und eigentlich Lehrer für Mathematik und Geographie war, vor Kurzem aber NSDAP-Vorstand in Papenburg geworden war und es in der Partei weit bringen würde. Er sei für eine führende Position in Bremen vorgeschlagen worden. Dina reichte Tante Luise den Brief zurück.

„Ist alles in Ordnung, Kind?"

„Ja. Ich dachte, es würde mich traurig machen, aber ich habe wohl die ganze Zeit damit gerechnet, dass sie nicht allzu lange allein bleiben wird. Und nun hat sie sich einen Mann gesucht, über den sie ihr eigenes Geltungsbedürfnis befriedigen kann."

„Also, ich bin schockiert! Dein Vater war so ein herzensguter Mann und jetzt heiratet sie so einen Emporkömmling, so einen braununiformierten Kasper von denen da …" Tante Luise machte eine wegwerfende Handbewegung, in der ihre gesamte Verachtung zum Ausdruck kam. „Aber ich bin froh, dass du es nicht so schwer nimmst. Ich meine, sie ist trotz allem deine Mutter."

Meine Mutter. Die es nicht einmal für nötig hält, mich selbst von ihrer erneuten Verehelichung in Kenntnis zu setzen. Nicht einmal Grüße an sie hatten in dem Brief gestanden. Auch nicht die Aufforderung, ihrer Tochter von der Hochzeit zu berichten. Ganz davon zu schweigen, dass sie offenbar keinen Gedanken daran verschwendet hatte, Dina zu dem Ereignis einzuladen. Ich wäre ja ohnehin nicht hingefahren, dachte sie. Nein. Also war es auch unnötig, sich weiter Gedanken darüber zu machen. Zuerst Papenburg und dann Bremen also. Bremen war nicht Hamburg, aber immerhin eine Stadt. So war es Helene Harms, nunmehr verehelichte Hattenbrook, doch noch gelungen, das verhasste, bäurische Ostfriesland hinter sich zu lassen, in dessen Erde ihr Vater zur einsamen ewigen Ruhe gebettet lag, dachte Dina bitter.

Sie sah Tante Luise an und zuckte mit den Schultern.

„Da kann man nichts machen. Auch wenn ich bezweifle, dass sie jemals glücklich sein wird. Eigentlich sollte einem der Mann leidtun." Sie erschrak darüber, wie hart ihre Stimme klang.

Tante Luise senkte den Blick und stach mit der gebogenen Nadel auf die zarte, feine Borte ein, die sie um Batisttaschentuch häkelte.

„Ich muss dann mal wieder. Selene ist … krank. Und ich muss dafür sorgen, dass sie auf die Beine kommt."

„Ach, das tut mir leid! Was hat sie denn?"

„Kopfschmerzen und ihr ist schlecht. Sie kann kaum geradeaus laufen allein."

„Na, dann gute Besserung! Und, Dinchen?"

„Ja?"

„Pass bitte auf dich auf, ja? Ich weiß, ich bin zwar eine alte Frau, aber ich bin nicht blind." Sie nahm sie in den Arm und drückte sie fest an sich.

Dina wusste nicht, was sie von dieser Andeutung halten sollte, erwiderte vorsichtshalber aber nichts. Ihre Tante hatte hingenommen, dass sie nun fast dauerhaft bei Selene wohnte und nur noch selten in ihrer Dachkammer nächtigte, außer es wurde im *Trichter* besonders spät. Dann war die Karpfangerstraße einfach näher.

Als Dina die Tür zu Selenes Wohnung öffnete, war alles still. Ein Blick ins Schlafzimmer verriet ihr, dass Selene schlief. Das war gut. Dina zog die Tür leise hinter sich zu und machte sich in der Küche zu schaffen. Für sündhafte drei Reichsmark hatte Dina ein schönes Stück Rindfleisch erstanden und etwas Gemüse, das sie nun mit reichlich Zwiebeln, einem Schuss aus der Rotweinflasche, die noch fast voll auf dem Küchentisch stand, und dem gewürfelten Grünzeug in den Backofen schob, still hoffend, dass es funktionieren würde. Tante Luise hatte ihr gesagt, dass eigentlich nichts schiefgehen konnte, solange sie das Fleisch rundherum vorher gut anbriet und dann im Ofen bei niedriger Temperatur für ein paar Stunden seinem Schicksal überließ. Dina setzte sich mit einem Buch auf das Sofa, aber binnen kürzester Zeit fielen ihr die Augen zu. Als sie aufwachte, wurde es draußen dunkel und ihr stieg ein köstlicher Geruch in die Nase. In der Küche hörte sie klapperndes Geschirr.

„Geh wieder ins Bett – ich mache das!" Dina wollte Selene die Teller aus der Hand nehmen.

„Nein, mir geht es besser. Ich habe den ganzen Tag geschlafen und du bist vollkommen erledigt. Was hast du uns denn da

Feines gezaubert! Wenn deine Lehrerinnen damals entdeckt hätten, was für ein Talent in dir schlummert, hättest du wohl die Schule abgeschlossen, nicht bei Siegfried gelernt und wir wären uns nie begegnet!"

„Oh, warte! Ich muss dir was zeigen …" Dina rappelte sich vom Sofa hoch, griff nach ihrer Photomappe und breitete die Bilder vom Vortag auf dem Esstisch im Alkoven aus.

Selene sah sich die Bilder genau an. Wortlos, eins nach dem anderen, und legte sie dann sorgsam in die Mappe zurück.

„Sieh mal, dieses hier." Sie zog die Aufnahme von Bruno Tesch aus dem Stapel. „Meinst du, das wäre etwas für die *Norddeutsche Zeitung*? Das ist einer der Männer, die verhaftet worden sind! Ich habe sogar kurz mit ihm gesprochen. Er wirkte nicht wie ein Mörder, ich kann das einfach nicht glauben! "

Selene nickte und gab ihr das Bild zurück.

„Sie brauchen einen Sündenbock. Die Einzigen, die ich habe schießen sehen, waren Polizisten. Und an ihm", Selene zeigte auf Bruno, „werden sie ein Exempel statuieren. Darauf kannst du Gift nehmen."

Einen Moment schwiegen sie und Selene sah sich die restlichen Bilder an.

„Die sind dein Meisterstück, Dina!" Selene küsste sie und vergrub ihr Gesicht in Dinas Locken. „Obwohl mir im Nachhinein schlecht wird, wenn ich darüber nachdenke, was dir alles hätte passieren können. Warum zum Teufel bist du nicht nach Hause gegangen? Was hast du dir dabei gedacht, verdammt?" Statt auf eine Antwort zu warten, küssten sie sich. Drängender jetzt knöpfte Selene Dinas Kleid auf und streichelte sie. Dina schloss die Augen, ihr Atem ging schneller, aber als sich auch Selene halb aus ihrem Bademantel geschält hatte, blieb sie erschöpft in Dinas Umarmung liegen, ihr Kopf lag an Dinas Schulter.

„Mir ist schwindelig", murmelte sie. Die erwartungsvolle Spannung, das warme Ziehen in ihrem Inneren, klang noch nach. Dina richtete sich mühsam auf.

„Komm, du gehörst ins Bett. Warte."

Sie legte sich den unverletzten Arm Selenes um die Schulter, umfasste ihren Oberkörper und schaffte es, sie ins Bett zu hieven.

„Ich komme gleich wieder, ich mache das Essen fertig. Ruh dich aus!"

In der Küche öffnete Dina das Fenster. Mit zitternden Händen zündete sie sich eine von Selenes Zigaretten an und nahm sich auch ein Glas Wein. Sie machte sich Sorgen um Selene. Es war völlig unwichtig, dass sie das, was sie wachgerufen hatte, nicht beendet hatten. Dina warf den Zigarettenstummel aus dem Fenster und kümmerte sich um das Essen. Sie tat, was nötig war, aber das Pochen in ihrem Inneren ließ nicht nach.

18. Kapitel

Meine liebe Dina!

London, 28. April 1933

Die Nachrichten über die Entwicklung in Deutschland machen mir große Sorgen. Ich weiß, du willst nicht weg aus Hamburg, aber die Ereignisse lassen doch alles in einem anderen Licht erscheinen, Dina! Ich bitte dich, gehe fort aus Deutschland. Wenn es sein muss, nimm Selene mit, aber geht weg, solange es noch problemlos möglich ist …

Dina ließ den Brief sinken und rieb sich die Schläfen. Ida übertrieb. Richtig war, dass sich seit Januar, als Hitler an die Regierung gekommen war, vieles geändert hatte. Die Machtergreifung war erst ein gutes Vierteljahr her und man spürte überall, dass ein deutlich rauerer Wind wehte. Auch die Stimmung unter den Menschen hatte sich verändert. Diejenigen, die für die Nationalsozialisten waren, fühlten sich auch im Privaten als Gewinner. Die Nachrichten schienen ihnen recht zu geben. In den Behörden und staatlichen Stellen wurden viele altgediente Beamte durch die nun allgegenwärtigen Männer in braunen Uniformen ersetzt und jede Woche hagelte es neue Verordnungen, Vorschriften, Verbote.

An allen öffentlichen Gebäuden wehten Hakenkreuzflaggen und der Gruß, der Dina vor gar nicht allzu langer Zeit bei einem Kunden so sehr befremdet hatte, war nun verbindlich vorgeschrieben. Selbst älteren Menschen, die sich schwertaten, ihre alten Angewohnheiten abzulegen, ließ man ein ‚guten Tag' oder ‚guten Morgen' nicht mehr durchgehen und wies sie oft genug in barschem Tonfall zurecht. Siegfried, der nach einigen Monaten das Klinikum um Neujahr hatte verlassen können, verstand die Welt nicht mehr. Wenn uniformierte Kunden zackig die Hacken zusammenschlugen und viel zu laut für sein kleines Ladengeschäft ‚Heil Hitler' brüllten, nuschelte er irgendetwas Unverständliches und hob den Arm, um der Form Genüge zu tun, aber er war ganz offenbar nicht mehr willens, der neuen Zeit Tribut zu zollen.

„Ich bin zu alt für diesen Unsinn, Dinchen."

Diesen Kosenamen hatte er letzthin von Tante Luise übernommen, die sich nach seiner Rückkehr darum kümmerte, dass er genug aß, und ihm auch in seiner kleinen Wohnung unter die Arme griff.

Er hatte sich auch hartnäckig geweigert, am Geburtstag des Führers zu flaggen. Das trug ihm eine Anzeige von ‚wohlmeinenden' Nachbarn und eine Vorladung zur Gestapo ein. Dina begleitete vor Angst schlotternd ihren noch immer ziemlich gebrechlichen Arbeitgeber zur Dienststelle und schärfte ihm ein, wenigstens hier vorschriftsmäßig zu grüßen und ansonsten ihr das Reden zu überlassen.

Wie üblich brummelte Siegfried etwas und hob müde den Arm. Dann nannte er seinen Namen und dass er sich hier melden sollte. Der Dienststellenleiter war ein Mann mittleren Alters, der sein Gegenüber prüfend, aber nicht unfreundlich ansah.

„Nun, Herr Lohmann, Sie wissen, warum Sie hier sind?"

„Weil mich der Beeken gemeldet hat."

Das anfangs recht wohlwollende Gesicht des Polizisten verfinsterte sich. Siegfried merkte entweder gar nicht, dass die Uhren jetzt vollkommen anders tickten als vor seiner Erkrankung, oder aber er ignorierte die Tatsache. Das konnte gefährlich werden. Dina schaltete sich ein. Sie hatte ein einfach geschnittenes Sommerkleid angezogen, solides Schuhwerk und das wieder etwas längere Haar hatte sie zu einer Gretchenkrone geflochten.

„Herr Kriminalassistent, Herr Lohmann ist erst unlängst nach langer, schwerer Krankheit aus der Klinik zurückgekehrt. Er ist noch nicht vertraut mit den neuen … Gepflogenheiten. In der Zeit seiner Erkrankung habe ich sein Geschäft geführt. Und als Frau so ganz allein … ich habe es einfach noch nicht geschafft, eine Flagge zu kaufen. Ich wusste doch kaum, wo mir der Kopf steht." Sie atmete heftig ein, wandte den Kopf zur Seite, senkte den Blick und presste ein zusammengeknülltes Taschentuch an Mund und Nase, als würde sie gleich in Tränen ausbrechen.

„Na, dann wollen wir mal aus diesem Versäumnis keine Riesensache machen. Aber dass mir das nicht noch mal vorkommt, junge Dame!" Er hob mahnend und mit einem väterlichen Lächeln den Zeigefinger.

„Oh, vielen Dank, Herr Kriminalassistent", zirpte sie, „bestimmt nicht! Das verspreche ich Ihnen." Sie schenkte ihm, während sie Siegfried am Ellenbogen hinter sich her zerrte, ihr strahlendstes Lächeln und schloss die Tür zur Wachstube.

„Du hast dich aber gerade sehr charmant um diesen albernen Hitlergruß gedrückt, mein Kind."

„Du bist ruhig!", fuhr Dina Siegfried an. „Durch deine Starrsinnigkeit kommst du noch in Teufels Küche. Herrgott, du bist doch nicht erst seit gestern wieder aus der Klinik heraus. Und die deutsche Vorzeigefrau mit völkischer Frisur gebe ich nicht noch mal, um dich aus so einem Schlamassel zu retten. Nicht wegen so einem Blödsinn wie dieser Flagge und deshalb kaufen wir jetzt sofort auf dem Rückweg eine!"

„Sieh mal, was ist denn da an der Universität wieder los?"

Siegfried deutete auf die gegenüberliegende Straßenseite. ‚Aktion wider den undeutschen Geist', las Dina auf den Transparenten. Was sollte das nun wieder sein?

„Aktion wider den undeutschen Geist!" Eine junge Frau drückte ihnen beiden Flugblätter in die Hand.

„Reinigt die Bibliotheken … zersetzendes Schrifttum … Sammelstellen?" Siegfrieds Gesicht wurde grau und auch Dina verspürte aufsteigende Übelkeit. Das konnte doch wohl nicht wahr sein!

„Dina, kannst du die Flagge bitte allein besorgen. Ich möchte ins Atelier, ich fühle mich nicht wohl." Siegfried sah schlecht aus.

„Ich komme mit, die Flagge kann auch bis morgen warten. Auch der Dings hat nur einmal im Jahr Geburtstag und den haben wir ja nun erst mal hinter uns. Komm. Das kann man ja nicht ertragen."

Am Abend, als sie nach Hause kam, hockte Selene im Schlafzimmer auf dem Boden und hantierte mit einem Schraubenzieher und einer Säge. Das Bett war zur Seite geschoben.

„Was wird das genau?"

„Ich werde Freud, Heinrich Mann, Sologub und Gide mit Sicherheit nicht diesen hirnverbrannten Idioten ausliefern." Ihr Gesicht war vor Wut rot angelaufen und sie sägte verbissen weiter an der Diele herum, bis sie nachgab und sich ein staubiger Hohlraum öffnete.

„Ich bin mit Siegfried an der Universität vorbeigekommen, als wir im Kommissariat fertig waren. Die schrecken vor nichts zurück."

„Ist alles gut gegangen?"

„Ja, aber ich habe Siegfried klargemacht, dass er auf diese schauspielerische Glanzleistung meinerseits ja nicht öfter spekulieren sollte." Wütend zerrte Dina sich die Haarnadeln aus den kurzen Zöpfen, die sie als Krone aufgesteckt hatte. „Ich habe auf dem Rückweg sogar so eine elende Flagge für das Atelier gekauft. Ist in deinem Bücherverlies auch Platz für Kafka? Und Tucholsky?"

„Kafka? Der steht doch nicht auf der Liste? Aber du hast recht. Er ist Jude und prangert unreflektierten Gehorsam an. Vermutlich ist es eine Frage der Zeit. Bring deinen geliebten Kafka mit."

... gestern dann brannten die Scheiterhaufen. Ich lege dir einen Zeitungsausschnitt bei und das Flugblatt, das Siegfried und ich an der Universität in die Hand gedrückt bekamen. Ich vermag das nicht in Worte zu kleiden. Ich konnte nicht hingehen und photographieren. Ida, es ging nicht ...

Dina setzte den Stift ab. Daran zu denken, schnürte ihr die Kehle zu. Sie und Selene waren zu Hause geblieben und hatten bei Kerzenschein Wein getrunken. Jede saß an einem Ende des Sofas, die Beine ineinander verschlungen, und sie lasen sich leise ihre liebsten Passagen aus den nun verbotenen Büchern vor, die danach unter die sorgsam wieder eingepasste Bodendiele gewandert waren.

Selene hatte ihre politische Betätigung wieder aufgenommen, die jetzt weniger in öffentlichkeitswirksamen Aktionen bestanden, sondern in geheimen, konspirativen Sitzungen und Treffen in miesen Kellerkneipen. Dina kam kaum in den Schlaf, wenn Selene wieder ausblieb und sie nicht wusste, ob sie nur in einer Diskussion steckengeblieben war oder ob man sie möglicherweise wieder verhaftet hatte. Dina hatte aufgrund dieser Schlaflosigkeit ihre nächtlichen Wanderungen durch das Rotlichtmilieu wieder aufgenommen. Sie photographierte mehr für sich. Da sie meist nicht gleich schlafen konnte, wenn sie im *Trichter* fertig war, ließ sie sich an den Wochenenden treiben, wenn sie wusste, dass Selene ebenfalls unterwegs war. Auf einem dieser Streifzüge begegnete sie einem alten Freund.

„Dina?"

Sie drehte sich um und stand vor Friedrich Behrens, der leicht angetrunken war, was seiner Attraktivität keinerlei Abbruch tat.

„Dina!" Sie umarmten sich und er flüsterte: „Hast du etwas von Ida und Simon gehört?" Er sah todtraurig aus. „Ich bin froh, dass sie Deutschland verlassen haben. Diese ganzen neuen Gesetze dieses Jahr; das war mit Sicherheit noch nicht alles. Wer weiß, was denen noch alles einfällt."

Dina nickte, da hatte er vermutlich leider recht. „Na ja, Ida und ich schreiben uns natürlich. Aber nicht so oft. Simon geht es, soweit ich weiß, gut. Er ist fast fertig mit dem Studium und stell dir vor: Ida hat nun doch noch angefangen, Medizin zu studieren!"

Friedrich lachte. „Na endlich. Ich wusste immer, dass die Kleine mehr kann als Eintopf kochen!"

„Hast du denn gar keinen Kontakt mehr mit Simon?"

Er wich ihrem Blick aus. „Was tust du hier mitten in der Nacht?"

„Ich arbeite doch von Donnerstag bis Sonntag noch im *Trichter* und lichte dort die Gäste ab. Da kann ich meist nicht gleich schlafen hinterher. Und ich möchte auch ab und an mal was photographieren, was mir Spaß macht."

Friedrich sah sich leicht schwankend um. „Und das findest du hier?"

„Ja."

„Na, dann komm mal mit – ich zeig dir was." Er nahm ihre Hand und sie folgte ihm zu einem Haus in der Talstraße. Es ging ein paar Stufen hinunter. Friedrich klopfte in einem komplizierten Rhythmus an die Tür, die sich gleich darauf öffnete. Er schob Dina hinein und folgte ihr. Drinnen war es so dunkel, dass sie zunächst nichts erkennen konnte. Als ihre Augen sich an das schummerige Licht gewöhnt hatten, erkannte Dina, in welcher Art von Etablissement sie sich befand. Das musste das männliche Gegenstück zu den Damenklubs sein … Dina sog die Atmosphäre auf. So etwas hatte sie nun wirklich noch nie gesehen.

„Friedrich! Was hast du uns denn da Hübsches mitgebracht." Ein großer, athletischer junger Mann, der aussah, wie Dina sich einen Wikinger vorstellte, legte einen Arm um Friedrich und küsste ihn auf den Mund. Dann sah er Dina prüfend an. Sie hatte ihr Haar wieder nachschneiden lassen und wenn sie abends durch den Kiez streifte, setzte sie stets eine Schiebermütze auf, zog sie tief ins Gesicht und schob ihr Haar darunter.

„Na, das ist ja mal wirklich originell. Kommt mal her." Er winkte einige Männer heran, die an der Bar lehnten, tranken und rauchten. „Friedrich hat ein Mädchen angeschleppt – fast wäre ich auf ihr hübsches Gesicht hereingefallen." Er fasste sie unter das Kinn. „Lass dich mal anschauen." Die anderen umringten sie und einer zog ihr die Mütze vom Kopf, so dass ihr Haar sich um ihr Gesicht bauschte.

„Lasst Dina zufrieden. Sie ist eine Freundin … von Simons Schwester. Und von mir", fügte Friedrich hinzu.

„So so … die Schwester also auch. Dann ist es wohl am Ende doch erblich bedingt." Gelächter rundherum. Dina wurde es jetzt zu bunt.

„Das lass mal nicht meine Mutter und ihren neuen Nazi-Ehemann hören. Zu trinken kriegt man hier bei euch nichts?"

„Louis! Ein Glas Champagner für unseren Gast!" Der Wikinger reichte Dina galant den Arm und führte sie zu einem großen Ecktisch. „Das sind John, Wilhelm, Claas und ich bin Erik."

Dina musste lachen. Erik der Wikinger. Das passte ja! Es stellte sich heraus, dass Claas aus Leer kam – er konnte es nicht fassen, dass ein weiteres Friesengewächs hier anzutreffen war, und sie tanzten sogar miteinander, was die anderen dazu brachte, Dina reihum aufzufordern. Die Musik kam von einem leicht verstimmten Klavier, auf dem ein älterer Mann im schwarzen Nadelstreifen in einer Ecke des kleinen Schankraums spielte. Am Tresen wurde geflirtet, was das Zeug hielt, und gelegentlich verschwanden Paare durch eine Tür am hinteren Ende des Raums, wo Dina ein Hinterzimmer vermutete.

„Dina, mach Photos von uns! So jung kommen wir nicht wieder zusammen!"

„Aber immer!" Sie zückte die Kamera. John, auf Wilhelms Schoß sitzend, die Blicke in den Augen des anderen verhakt, Claas und Erik in einer aufreizenden Tangopose, Friedrich elegant und lässig wie immer mit einer Zigarette im Mundwinkel an eine Wand gelehnt, den Blick melancholisch in die Ferne gerichtet. Gerade hatte sie den zurückgekurbelten Film entnommen und in den offenen Hosensaum gleiten lassen, was ihr seit dem Blutsonntag ein Jahr zuvor zur Gewohnheit geworden war, und legte neues Material ein, als die Tür aufflog und ein Gestapotrupp in die Bar stürmte.

„Jeder bleibt, wo er ist! Keiner verlässt diesen Raum!", brüllte der Kommandant. Draußen hörte man Sirenen näherkommen. „Sie sind alle verhaftet!"

Ein Tumult brach los. Friedrich zog Dina in das Hinterzimmer und durch eine weitere Tür in den Hinterhof. „Los, schnell!"

Sie rannten keuchend auf die Tordurchfahrt zu, die auf den Hamburger Berg führte. Dort würden sie sicher in der Menge der Nachtschwärmer untertauchen können.

„Stehenbleiben! Hände an die Wand! Keine Bewegung!"

Dina wurde grob gegen die Mauer geschleudert und eine Hand hielt sie im Genick fest. Sie traute sich nicht, sich zu rühren.

„Der hier hat versucht abzuhauen!"

Aus dem Augenwinkel sah sie, wie ein weiterer Polizist Friedrich an den Haaren packte, der andere trat ihm in die Kniekehlen, woraufhin er mit einem schrecklichen Knirschen der Kniescheiben zu Boden ging.

„Dieses widerliche Pack gehört an die Wand gestellt, damit sollte man gar nicht erst Fahrzeuge und Zellen beschmutzen!", rief der Jüngere mit sich überschlagender Stimme. Friedrich war vornübergefallen und rührte sich nicht mehr. Dina hörte, dass er schluchzte.

„Friedrich, alles klar?", entfuhr es ihr.

Der Anführer des Trupps sah sie entgeistert an. „Verdammt, das ist eine Frau!"

„Na, ihr Glück. Wir nehmen sie mit. Wirst du mit dem hier fertig?"

„Jawohl, Herr Unterscharführer!" Er löste seinen Schlagstock. Dina hörte zwei Schläge und Friedrichs Schmerzenslaute verstummten.

„Los! Abführen." Er legte Dina Handschellen an und stieß sie grob in den Rücken.

„Was haben Sie mit ihm gemacht! Er kann doch hier nicht liegen bleiben – er braucht einen Arzt!"

„Verzeihen Sie, wenn ich Sie da korrigieren muss, Gnädigste. Einen Arzt braucht der nicht mehr." Er drehte ihren Kopf, so dass sie hinsehen musste. Die Szene war surreal. Friedrich lag seitlich mit dem Gesicht auf dem Pflaster. Vor seinem Mund sammelte sich eine kleine, schimmernde Pfütze. Dina wurde schlecht. Sie erbrach sich neben Friedrichs Leiche.

„Na, plötzlich so zimperlich? Würde man gar nicht denken. Sie müssen doch so einiges vertragen können, wenn Sie sich mit denen abgeben. Aber vermutlich sind Sie sowieso von derselben Fraktion. Los jetzt!" Er zerrte sie hinter sich her und sie wurde als Letzte in den Wagen gestoßen.

„Dina, wo ist Friedrich? Ist er entkommen?"

„Schnauze halten!"

Dina weinte leise vor sich hin.

Sie hatte das Zeitgefühl verloren. Sie befand sich in einer kleinen, schmalen Zelle. Es gab ein vor Dreck starrendes Loch im Boden, über das sie sich nur dann hockte, wenn sie es nicht mehr aushielt. Den Rest der Zeit lag sie apathisch auf einer schmalen Pritsche, grob aus Holz gezimmert und ohne Decke. Friedrich war tot.

Man hatte sie zuerst woanders eingesperrt, dann war sie wieder in den Wagen gezerrt, eine Weile herumgefahren und dann erneut an jenem Ort untergebracht worden.

Irgendwann flog die Tür auf.

„Mitkommen!"

Ein weiterer, für sie völlig gesichtsloser Polizist trieb sie einen langen Gang vor sich her. Schließlich schob er Dina durch eine Tür und drückte sie auf einen Stuhl. Sie traute sich nicht aufzusehen.

„Herr Kriminalrat, die festgenommene Asoziale aus der … dem Etablissement in der Talstraße."

„Wegtreten!"

Die Tür schloss sich. Sie war nicht imstande, den Gestapo-Offizier anzusehen. Weiß der Himmel, was hier mit ihr geschehen würde. Alle würden sich schreckliche Sorgen machen. Vermutlich erst am nächsten Tag, wenn sie nicht zur Arbeit kam. Selene war sicher selbst spät dran und würde annehmen, dass sie bei Tante Luise geblieben war, genau wie ihre Tante umgekehrt denken würde, sie sei bei Selene.

„Guten Morgen, Fräulein Harms, ich hoffe, Sie fanden unser … Gästezimmer nicht allzu unbequem? Leider hat man mich erst heute Morgen über Ihre Verhaftung informiert, anderenfalls wäre ich früher eingeschritten, das müssen Sie mir glauben, auch wenn es nicht leicht war, Ihre Überstellung zu bewirken."

Langsam hob Dina den Kopf und sah sich Gustav Kröger gegenüber. Er war in Uniform und mit dem dichten, blonden Haar, das er jetzt kürzer trug, und den markanten Zügen die Inkarnation des Herrenmenschen, eine echte „arische Lichtgestalt“. So also stellte Hitler sich seine Mannen vor. Er trat an einen Schrank und sie hörte, wie er eine Flasche öffnete. Kurz darauf hielt er ihr ein Glas hin.

„So kommen wir doch dazu, miteinander anzustoßen und auf unser Wiedersehen zu trinken.“

„Da, wo ich herkomme, trinkt man morgens Tee, Herr Kröger. Und es dürfte Ihnen nicht verborgen geblieben sein, dass ich kaum in der Verfassung bin, elegante Konversation zu machen. Ich musste zusehen, wie man einen guten Freund erst niederschlägt und dann im Rinnstein sterben lässt, und war dann in einer Zelle einsperrt.“

Sie erschrak über sich selbst, aber die Worte waren ganz ohne ihr Zutun gekommen. Sie hätte sie nicht zurückhalten können, selbst wenn sie es versucht hätte.

„Ich nehme Ihnen Ihren Zorn nicht übel, Fräulein Harms. Die Umstände hier sind nicht wirklich für Damen geeignet, auch wenn ich darauf bestehen muss, dass Sie Ihre Freunde künftig etwas vorsichtiger wählen. Und die Gegend, in der Sie sich bevorzugt herumtreiben, ist auch nichts für Sie.“ Er zündete sich in aller Seelenruhe eine Zigarette an, inhalierte tief und lächelte dann. Dina hätte ihm am liebsten seine eigene Cognacflasche über den arischen Musterschädel geschlagen.

„Während Sie in unserer wirklich unerfreulichen Zelle gesessen haben, war ich nicht untätig, Fräulein Harms. Ihre Kamera bekommen Sie selbstverständlich zurück, aber Sie werden künftig nicht mehr im *Trichter* photographieren. Ich habe Ihrem Chef nahegelegt, dass Sie nach Ihrer Verhaftung als Mitarbeiterin nicht mehr tragbar sind. Aber keine Sorge, Sie werden genug Aufträge haben und damit auch das Atelier Lohmann. Er scheint ja ein anständiger Mann zu sein, auch wenn er sich noch nicht ganz an die neuen Zeiten gewöhnt hat. Diese verbesserte Auftragslage wird es Ihnen auch ermöglichen, sich etwas … angemessener zu kleiden. So“, er sah amüsiert an ihr herunter, „nehme ich Sie nicht mal mehr zum Kostümfest bei Reichsstatthalter Kaufmann im nächsten Winter mit."

Er griff zum Telephonhörer. Während Kröger einen Befehl hineinbellte, setzte er eine Unterschrift auf ein Papier, das er dem hereintretenden Untergebenen in die Hand drückte. Daraufhin händigte er Dina ihre Kamera aus.

„Man wird Sie jetzt nach Hause fahren, Fräulein Harms. Wo war das doch gleich?"

Im ersten Impuls wollte Dina sicherheitshalber die Adresse von Tante Luise in der Karpfangerstraße nennen, weil sie Selene nicht mit hineinziehen durfte. Dann überlegte sie es sich im letzten Moment.

„Ins Atelier bitte. Herr Lohmann wird sich bereits fragen, wo ich bleibe."

Kröger blickte säuerlich.

„Wie Sie wünschen, Fräulein Harms." Er wandte sich an den niederen Dienstrang, der auf weitere Anordnungen zu warten schien. „Sie stehen persönlich dafür gerade, dass Fräulein Harms wohlbehalten bei Ihrem Arbeitgeber ankommt. Wegtreten!"

Er deutete einen Handkuss an, als befänden sie sich bei einer eleganten Abendgesellschaft. „Es hat mich so gefreut, Sie wiederzusehen, Fräulein Harms. Das nächste Mal, wenn wir uns treffen, werden die Begleitumstände angenehmer sein. Dafür sorge ich."

Dina erstarrte und schnappte nach Luft, als sie aufstand und den Blick hob, um dem jungen Mann nach draußen zu folgen. Er sah sie warnend an und sie schwieg, bis er ihr die Tür im Fond geöffnet und sie hatte einsteigen lassen.

„Sebastian! Was machst du bei denen, um Gottes willen?"

„Ich habe mein Physikum vergeigt. Auch bei der Nachprüfung. Ich hatte nichts in der Hand."

„Und deshalb machst du jetzt … den Fußabtreter für diesen Kröger?" Dinas Stimme kippte und sie schlug wütend mit der flachen Hand auf die Polster des Wagens, aus denen man den Angstschweiß der Verhafteten zu riechen meinte.

„Was hätte ich denn tun sollen? Ich habe nichts gelernt, womit ich irgendwie hätte Geld verdienen können, verdammt! Ich bin nicht mit wohlhabenden Eltern gesegnet, Dina, wie der Klüngel um deine Freundin Ida. Mein Vater ist vor zwei Jahren gestorben. Meine Mutter hat ihre letzten Ersparnisse in mein Studium gesteckt und ich habe es vermasselt, verstehst du? Jetzt hat sie meinetwegen keinen Notgroschen und die Pension von meinem Vater ist mehr als mager. Ich muss sie unterstützen, sonst kommt sie nicht über die Runden, das bin ich ihr schuldig. Wie ich das Geld zusammenbringe, ist zweitrangig! Glaub ja nicht, dass mir das Spaß macht. Ich wollte lernen, wie man Menschen heilt und ihnen im Ernstfall das Leben retten kann, und nicht ..." Er brach ab. „Du willst mich nicht verstehen. Aber du wirst schon sehen, wie das ist. Der Kröger ist ja völlig hin und weg von dir. Du wirst dir bald auch keine Prinzipien mehr erlauben können!" Er richtete den Blick nach vorne.

Beim Atelier stieg er aus und öffnete ihr die Wagentür. Zwischenzeitlich hatte Dina Gelegenheit gehabt festzustellen, dass diese von innen erst gar keine Griffe hatte ...

„Leb wohl, Sebastian." Ohne auf Antwort zu warten oder ihn direkt anzusehen, verschwand sie im Laden und sah sich nicht nur Siegfried, sondern auch Selene und Tante Luise gegenüber, die sie alle drei entsetzt anstarrten. Selene fand als Erste die Sprache wieder.

„Dina, sag mir bitte, dass ich was an den Augen habe und du nicht gerade von der Gestapo ... hierher eskortiert wurdest?"

„Doch und zwar von einem Jungen, der mit Simon befreundet war. Und jetzt arbeitet er für diese ... diese ..." Ihr schossen die Tränen in die Augen und sie begann am ganzen Körper zu zittern.

Tante Luise sagte nichts und nahm sie einfach in die Arme. Dina konnte die Tränen kaum zurückhalten, aber sie wusste, sie durfte sich nicht gehenlassen. Noch nicht.

„Mir ist nichts passiert. Bitte, Siegfried. Kannst du nach einem Taxi telephonieren? Tante Luise, ich fahre mit zu Selene, meine ganzen Sachen sind ja dort. Ich muss ein Bad nehmen, mich umziehen und ein bisschen schlafen. Ich komme später, ist das in Ordnung?" Sie sah Siegfried bittend an.

„Du musst natürlich heute nicht mehr herkommen, Dina! Fahrt nach Hause, ruh dich ein paar Tage aus. Du hast eine Gesichtsfarbe wie ein Bettlaken." Er ging nach hinten, um zu telephonieren, Tante Luise verabschiedete sich und umarmte Dina noch einmal.

„Gott, bin ich froh, dass du heil wieder da bist, Kind!"

Im Wagen nahm Selene nur ihre Hand, sagte aber nichts, weil sie merkte, dass ein Wort zu viel Dinas mühsam aufrechterhaltene Fassade hätten zerbrechen lassen.

Erst als sie in der Badewanne saß und Selene ihr das Haar ausgespült hatte, löste sich alles und die Tränen flossen ihr über das erstarrte Gesicht.

„Was ist denn passiert, Dina?"

„Friedrich ist tot."

„Was?" Selene war entsetzt, sie fasste nach Dinas Schultern; „Du musst mir jetzt sagen, was passiert ist, Dina."

Zuerst wollten die Worte nicht kommen, sie fügten sich nicht zu Sätzen. Sie stammelte, aber nach und nach entlockte Selene ihr mühsam die ganze Geschichte und das Ausmaß derselben machte ihr Angst. Dina saß völlig apathisch in der Badewanne.

„Komm raus, das Wasser ist schon ganz kalt."

Selene wickelte sie in einen Bademantel, schlang ihr ein Handtuch um den Kopf, legte sie ins Bett und deckte sie zu.

„Was machen wir denn jetzt bloß? Wie soll ich das Simon sagen?" Sie begann wieder leise vor sich hin zu weinen.

„Schlaf erst mal. Darüber reden wir später, uns fällt schon etwas ein", setzte Selene mit einem gequälten Lächeln hinzu. Das war glatt gelogen. Sie hatte keinen Schimmer, wie man jemandem eine solche Nachricht übermittelte.

Die Tage, die sie zu Hause blieb, um sich zu erholen, verdöste Dina im abgedunkelten Zimmer. Sie las im Pyjama den *Zauberberg* und einiges andere aus dem Versteck unter dem Bett, trank Tee. Sie aß wenig. Ihr sonst gesunder Appetit war fast gänzlich verschwunden. Selene ging zwar zur Universität, beschränkte ihre anderen Aktivitäten auf ein Minimum und versuchte an den Abenden Dina dazu zu bewegen, etwas zu essen.

„Willst du dich heute nicht mal anziehen und wir gehen spazieren und essen ein Eis oder so?"

Dina schaute sie an, als spräche sie chinesisch.

„Du wirst noch schwermütig hier drinnen."

„Es geht mir gut."

„Es tut mir leid, wenn ich da widersprechen muss, aber nein, es geht dir nicht gut." Sie zog Dina, die schwach protestierte, die Decke weg. Dann ging sie an den Schrank, nahm ein Kleid heraus und legte es neben sie auf das Bett.

„Los jetzt. Anziehen. Gib mir nicht die Madame Chauchat."

Sie blieb so lange neben dem Bett stehen, bis Dina sich endlos langsam angekleidet hatte.

„Gut, dann können wir." Sie hatte die Wohnungstür geöffnet, stand bereits im Treppenhaus und hielt Dina die Hand hin. „Kommst du?"

Der Spaziergang tat Dina gut. Anfangs waren ihre Schritte schleppend, aber der milde Spätsommertag mit dem goldenen Licht weckte ihre Lebensgeister.

Sie fuhren mit der Bahn zum Stadtpark, machten einen ausgedehnten Spaziergang am See entlang und kauften in einem Ausflugslokal köstliches Zitroneneis, das sie auf einer Bank verspeisten.

„Danke, dass du mich rausgelockt hast." Dina knabberte an der Eiswaffel. „Ich kann es einfach nicht fassen, dass Friedrich nicht mehr lebt. Ich meine, es war so ein fröhlicher, unbeschwerter Abend – und dann von einer Minute auf die andere …" die Tränen traten ihr wieder in die Augen. „Ich habe einfach Angst. Und ich wette mit dir: Sobald ich wieder arbeite, sitzt mir dieser Kröger im Nacken!"

Selene nahm sie in den Arm. „Komm her, wein ruhig, das hilft. Aber ich bin sicher, Friedrich würde nicht wollen, dass wir uns einschüchtern lassen. Und wir haben doch besprochen, was du machst, wenn der Kröger zudringlich wird: Du hast einen Verlobten, der irgendwo im Süden Jura studiert und dem du natürlich treu bis in den Tod bist. Wie es sich für ein ehrbares, deutsches Mädel gehört", setzte sie mit ironischem Unterton hinzu. „Er wird das Interesse verlieren und dann bist du ihn los." Diesbezüglich war sie wenig optimistisch, versuchte aber, es nicht zu zeigen.

„Ich will mit dem nichts zu tun haben. Ich finde es unsäglich, dass er dem Clausen gesagt hat, er soll mich nicht mehr im *Trichter* beschäftigen! Nicht, dass ich an dem Laden sonderlich gehangen hätte, aber ehrlich: Was bildet der Kerl sich eigentlich ein?"

„Er kann sich alles mögliche einbilden, Dina. Er ist ein hohes Tier bei der Gestapo. Das reicht als Grund. Die haben jetzt das Sagen und er kann so ziemlich tun und lassen, was er will. Du musst versuchen, ihn elegant zu umschiffen. Das kriegst du hin."

„Wann fährst du eigentlich nach München?", fragte Dina sorgenvoll. Die Reise zu einer befreundeten oppositionellen Gruppe stand schon länger im Raum.

„Nicht, bevor du wieder auf dem Damm bist und ich genau weiß, dass hier alles seinen Gang geht. Vorher fahre ich nirgends hin."

Dina sah sich rasch um und schmiegte sich einen kurzen Moment an Selene. Die Spaziergänger waren ihr an sich egal, obwohl sie vorsichtiger geworden waren. Freunde und Bekannte, homosexuelle Männer, aber auch Frauen, erzählten immer häufiger, dass sie offen angefeindet und manchmal sogar tätlich angegriffen wurden. Sämtliche Treffpunkte, Bars und Cafés waren geschlossen und Publikationen eingestellt worden. *Die Freundin* war gleich im März verboten worden, eine der ersten Aktionen im Rahmen der ‚sittlichen Erneuerung', wie es der *Völkische Beobachter* genannt hatte, und sogar die berühmte *Eldorado Bar* aus dem Lied hatte es erwischt. Nicht nur in Hamburg, erst recht in Berlin wehte ihresgleichen ein eisiger Wind entgegen.

„Mir geht es schon viel besser. Ich denke, ich werde Montag wieder zur Arbeit gehen. Schließlich kann ich mich nicht ewig zu Hause verstecken und Siegfried im Atelier allein lassen."

„Na, so gefällst du mir wieder besser!"

Dina schaute sie ernst an. „Ich finde es richtig, dass du gegen diesen Wahnsinn kämpfst. Ich wünschte, ich wäre mehr wie du, aber das bin ich nun mal nicht."

„Du bist genau richtig so, wie du bist. Frauen wie du, die ihren eigenen Weg gehen, sich nicht von einem Mann abhängig machen, sind denen ein Dorn im Auge. Es muss viele geben von uns, die nicht mitmachen bei diesem Männerklub. Das ist gewissermaßen sozialer Widerstand, den du leistest, und der ist genau so wichtig wie jede andere Weise, denen in die Suppe zu spucken. Ich bewundere dich und bin unheimlich stolz, dass ich dich habe – und manchmal schäme ich mich in Grund und Boden, dass ich die finanzielle Unterstützung meines Vaters nicht ablehne und stattdessen arbeiten gehe, wie jeder andere auch."

„Aber wenn du wie ich jeden Tag aus dem Haus gehen müsstest, würde nicht viel Zeit und Kraft für Revolution bleiben. Du nutzt das Geld für etwas Sinnvolles und nicht dazu, um dir einen aufwendigen Lebensstil zu finanzieren. Es ist schon gut so, wie es ist. Jede auf ihre Weise."

Eine Weile schwiegen sie. Die Sonne stand schon tief. Da sprang Selene auf und zog Dina von der Bank hoch.

„Komm, lass uns nach Hause gehen, die letzte Flasche von dem italienischen Wein aufmachen … und sie im Bett trinken."

„Warst du mal in Italien?", fragte Dina, während sie sich lachend bei Selene einhängte.

„Ja, mehrmals. Und weißt du was, wenn dieser Spuk vorbei ist, fahren wir zusammen hin. Nach Capri. Es ist eine kleine, steinige Insel, aber ganz wundervoll. Es leben da außer den Fischern und Ziegenhirten nur seltsame Leute! Lauter Ausländer und vor allem: lauter Schwule und Lesbierinnen. Stell dir vor, einmal habe ich sogar Romaine Brooks getroffen! Wir gehen in der *Grotta Azzurra* schwimmen, essen Büffelkäse und Tomaten und wohnen in einem einfachen Häuschen an der Marina Piccola."

„Das wird wundervoll!" Dina konnte sich das alles vorstellen. Sie sah sich mit Selene durch eine enge Straße laufen, aus deren Fenstern Wäscheleinen über die Straßen gespannt waren, wie sie es einmal auf einer Photographie in einer Zeitschrift gesehen hatte. Sie trugen Leinenhosen und Sandalen, grillten Fisch am Strand und aßen ihn mit den Fingern.

Es wurde dunkel und auf dem Heimweg gingen sie eng umschlungen und ließen einander die ganze Nacht nicht mehr los.

19. Kapitel

„Dina!“ Siegfried strahlte. „Geht es dir auch wirklich wieder gut? *Menschenskinners*, bin ich froh, dass du wieder da bist. Ich weiß vor Aufträgen kaum, wo mir der Kopf steht. Seit einer guten Woche geht das nun schon so! Ich verstehe das nicht. Ich hatte kaum aufgeschlossen, da stand eine ganze Gruppe von diesem Mädchenverbund im Laden. Na, da war was los, kann ich dir sagen! Alle in Uniform, vom Halstuch bis zu den Kniestrümpfen alles wie mit dem Lineal ausgerichtet. Sogar die Kinder ziehen sie da mit rein.“ Siegfried schüttelte sich.

Dina runzelte die Stirn. Das war bestimmt Krögers Werk.

„Also, wenn das, wie ich vermute, auf dem Mist von deinem Verehrer bei der Gestapo gewachsen ist … ich weiß nicht, Dina.“ Er kratzte sich am Kopf.

„Der Mann hat mir meine Arbeit im *Trichter* weggenommen. Kröger hat sich scheinbar in den Kopf gesetzt, mein Leben zu ändern.“ Ihr fiel wieder seine Randbemerkung zum Kostümfest beim Reichsstatthalter ein. Das musste ein Scherz gewesen sein. Er hatte wahrscheinlich aufschneiden wollen. Angeben damit, was für hochrangige Leute er kannte. Sie schauderte, denn tief in ihr keimte der Verdacht auf, dass er es vielleicht ernst gemeint haben könnte.

„Also. Ich habe mit der Leiterin der Mädchengruppe vereinbart, dass ich ihre Sportstunde am Nachmittag vor Ort photographiere. Ich weiß, du bist gerade erst wieder da, aber könntest du es übernehmen, die jungen Hoffnungsträgerinnen der deutschen Nation beim Keulenschwingen abzulichten? Ich habe hier noch sehr viel zu tun. Und am Freitag ist eine Hochzeit. Im Michel! Stell dir das mal vor! Das ist was anderes als eine hochschwangere Braut im Hafenkrankenhaus oder besoffene Bauern in Niendorf."

Sie hatte Siegfried von Elsa und Ludwig erzählt und er hatte sich vor Lachen gar nicht wieder eingekriegt. Die Hochzeitsbilder von jenem denkwürdigen 17. Juli 1932 hatten mehrere Wochen im Laden herumgelegen, bis eines Tages Elsa, wieder im Laufschritt, diesmal mit Kinderwagen, aufgetaucht war. Sie hatte Dina ihre moppelige, rosafarbene kleine Annemarie in den Arm gelegt, unter beglücktem Quietschen ihre Photographien betrachtet und war dankbar und glücklich von dannen gezogen.

Dina wurde bewusst, dass sie lieber weiter diese einfachen, echten, herzlichen, verschrobenen Hamburger photographiert hätte als das braune Gesocks, das seinen Mantel in den Wind hängte, lediglich aufgrund seiner Gesinnung nach oben geschwemmt worden war und sich nun arrogant über alles hinwegsetzte, was sich gehörte.

Siegfried hatte ihr eine Tasse Tee hingestellt.

„Na, ist es deiner Süßen denn sehr schwergefallen, dich wieder in den Strom der Erwerbstätigen zurückzulassen?"

Dina musste lachen. Er meinte es ja nicht böse.

„Das will ich hoffen, aber sie ist heute Morgen auch mit mir aus dem Haus gegangen. Sie fährt heute nach Bayern und ist dort für eine Weile in München bei einer befreundeten … Studentengruppe zu Gast. Die Einladung stand schon lange, aber sie wollte nicht fahren, bevor es mir nicht wieder besser geht."

Siegfried senkte sein Kinn und musterte Dinas Gesicht von unten.

„So so. Studentengruppe. Na denn." Er richtete die ohnehin ordentlich gestapelten Bilderrahmen. „Das ist sehr lieb von ihr. Ich glaube, ich muss meine Meinung über sie etwas … revidieren."

Dina umarmte ihn. „Ja, das wäre wirklich fällig. Ich glaube, wir haben jetzt unseren Weg in der Mitte gefunden. Vielleicht haben diese ganzen schrecklichen Ereignisse ja das als einzig Gutes bewirkt."

Als sie später von der BDM-Sportstunde zurückkehrte und in der Dunkelkammer die Abzüge machte, klopfte Siegfried an die Tür.

„Dina? Dauert es noch lange? Da ist jemand, der dich sprechen möchte."

„Moment – ich will jetzt nicht unterbrechen. Ich komme gleich!" Sie hasste es, beim Entwickeln gestört zu werden. Es war so ein sensibler Prozess, der nie aufgehört hatte, sie zu faszinieren. Als sie fertig war, betrat sie den Laden und ihr fiel die Kinnlade herunter.

„Herr Kröger …"

„Fräulein Harms! Ich wollte Ihnen Blumen schicken, aber ich wusste ja nicht, wo Sie wohnen. Haben Sie sich erholt von Ihrem unfreiwilligen Aufenthalt bei uns? Ein bisschen blass sind Sie noch. Na, das kriegen wir wieder hin. Ich will auf gar keinen Fall, dass Sie uns in schlechter Erinnerung behalten, und möchte mir daher erlauben, Sie heute zum Abendessen auszuführen."

Dina sah hilfesuchend zu Siegfried.

„Herr Lohmann, Sie gestatten doch sicherlich, dass ich Ihnen das fleißige Fräulein Harms jetzt entführe?"

Siegfried hatte Dinas Blick zwar bemerkt, sah aber keine Möglichkeit, ihm diesen Wunsch zu verwehren. Dina hatte ihm selbst eingeschärft, dass es am besten war, nicht aufzufallen und keine Konfrontation zu suchen.

„Fräulein Harms kann selbst entscheiden, wann sie das Atelier verlässt, Herr Kröger."

„Ich hole dann mal meine Tasche." Dina verschwand im Atelier. Drinnen legte sie kurz ihre Wange gegen die Scheibe. Das konnte doch wohl nicht wahr sein! Was sollte das werden? Verdammt noch mal!

„Fertig? Sehr schön, mein Wagen wartet draußen."

Er ging vor, öffnete Dina die Tür und ließ sie einsteigen, bevor er selbst Platz nahm. Am Steuer saß wieder Sebastian Berger, der sich nicht traute, sie zu grüßen. Er wandte ihr öfter die Augen im Rückspiegel zu. Sein Blick zeigte Besorgnis. Er schien so etwas wie der Adjutant von Kröger zu sein. Hatten

Nazis Adjutanten? Offenbar schon. Sie würde einiges lernen müssen, um diese Situation zu überstehen. Und vor allem musste sie Kröger zu der Einsicht bewegen, dass sie gänzlich ungeeignet war als Begleiterin für einen Gestapo-Offizier auf dem steilen Weg nach oben. Und das möglichst, ohne zu viel über sich und die Ihren preiszugeben.

„Ich hatte vor, Sie ins *Vier Jahreszeiten* zu führen, aber ich denke, da hätte ich Ihnen Zeit geben müssen, sich umzukleiden. Aber dann machen wir etwas anderes. Das wird Ihnen gefallen, Fräulein Harms!"

Sebastian hielt den Wagen direkt vor der Davidwache an. Er stieg aus und öffnete ihr den Schlag, ohne sie anzusehen.

„Ich hoffe, Sie mögen italienisches Essen, meine Liebe? *Cuneo* ist wirklich sehr ... nun ... originell. Aber das Essen – exzellent! Kommen Sie."

Der Restaurantbesitzer, ein schmaler, sehniger Mann, schien Kröger zu kennen. Er wedelte mit der Karte, machte ein Riesengewese, scheuchte zwei alte Männer, die Wein tranken, von einem Tisch hoch und breitete ein frisches Tischtuch aus.

„Sie erlauben, dass ich für uns beide bestelle?"

Sie nickte wortlos. Dieser Mann riss gerade den Traum von Italien an sich, den sie und Selene tags zuvor geträumt hatten. Er eignete ihn sich an, zerknüllte und beschmutzte ihn.

Das Essen kam, ein Kellner goss ihnen mit großer Geste Wein ein. Dina nahm alles wie durch einen Schleier wahr.

„Lassen Sie uns anstoßen." Er erhob sein Glas.

Dina nahm unwillig das ihre. Dann kam ihr der Gedanke, dass es leichter sein würde, wenn sie etwas trank, und leerte das Glas entschlossen in zwei großen Schlucken. Kröger sah leicht konsterniert aus, winkte aber umgehend dem Kellner, der ihr Glas lächelnd nachfüllte.

„Wie schön, dass Ihnen der Wein schmeckt ... Dina. Darf ich Sie so nennen? Ich hörte, wie Herr Lohmann Sie vorhin so ansprach." Er brach ab und sah plötzlich wie ein Junge aus, der Angst hatte, etwas falsch zu machen.

„Herr Lohmann ist nicht nur mein Chef. Er kümmert sich seit dem Tod meines Vaters sehr um mich. Deswegen nennen wir uns beim Vornamen. Das kann man mit unserer flüchtigen Bekanntschaft kaum vergleichen. Mir wäre es bedeutend lieber, wir blieben beim Sie, Herr Kröger."

„Wie Sie meinen."

Er ging plaudernd über diese Niederlage hinweg, war aber ebenfalls sichtlich erleichtert, als sich das Essen dem Ende zuneigte, er ihr in die Jacke half und sie wieder ins Auto stiegen.

„Berger, ich nehme ein Taxi ins Kommissariat, ich ... habe noch zu tun. Sie bringen die Dame sicher nach Hause, danach können Sie Feierabend machen. Heil Hitler!" Er stieg aus, ohne sich noch einmal umzusehen.

„Dina, was hast du gemacht?"

„Halt die Klappe und fahr – und hinter der nächsten Straßenecke will ich sofort aussteigen, damit das klar ist!"

„Das kann ich leider nicht machen. Wenn dir was passiert, reißt mir der Alte den Kopf ab. Aber ich weiß ja, wo du wohnst." Er lächelte sie scheu im Rückspiegel an.

„Wie ist der Kröger so?"

„Das müsstest du doch besser wissen als ich. Er ist völlig vernarrt in dich."

„Jetzt mach aber halblang. Ich kenne den Kerl kaum! Er ist mir einmal bei einem Verbindungsball begegnet, dann noch mal im *Trichter*, wo ich eine Zeit lang die Gäste photographiert habe. Die dritte Begegnung war die im Kommissariat. Schönen Dank auch!"

„Er ist keiner von den Hundertfünfzigprozentigen, wenn du weißt, was ich meine."

„Ah, also nur ein mieser Opportunist? Das beruhigt mich jetzt aber ungemein." Ihr Tonfall war schneidend. „Wie geht er mit Abfuhren um?"

„Dina, du bewegst dich auf sehr dünnem Eis. Er ist über vierzig, auch wenn er jünger aussieht, und die Jungs erzählen sich, dass der Reichsstatthalter ihn öfter damit aufzieht, wann er sich endlich eine hübsche, kleine Frau sucht ..."

„Wie bitte!" Dina wurde panisch. „Ich will aussteigen!"

„Jetzt beruhig dich, verdammt! Ich fahre dich zu deiner Tante."

„Ich will nicht zu meiner Tante!"
„Sondern?"
„Hast du denn gar nichts mitgekriegt?"
„Was meinst du denn?"
„Herrgott, Sebastian! Deine Kollegen haben mich in Männerkleidung in einer Schwulenbar verhaftet. Dass ich mich an dem Abend dort aufgehalten habe, war ein blöder Zufall, aber normalerweise wäre ich in Begleitung meiner Freundin gewesen, verstehst du?"
Er trat auf die Bremse.
„Was?"
„Ja, verdammt. Ich bin mit einer Frau zusammen, Sebastian. Strafbar ist das zwar nicht, aber ich bin sicher, dazu fällt deinen SS-Freunden auch noch was ein."
Er drehte sich zu ihr um.
„Das sind nicht meine Freunde!"
„Entschuldige."
„Dann hatte ich also nie eine Chance bei dir?"
„Was? Nein … Herrgott, hast du keine anderen Probleme?" Sie gähnte. Die Anspannung, unter der sie den ganzen Abend gestanden hatte, begann sich zu lösen.
„Aber es lag nicht an mir, also an mir persönlich?"
„Nein, natürlich nicht. Ich mochte dich immer gern und habe mich mehr als einmal gefragt, wo du abgeblieben bist. Aber Ida sagte auch, dass du völlig abgetaucht bist und keiner dich mehr erreicht hat."
„Und? Wohin soll ich dich jetzt fahren?"
„Ich weiß nicht, ob ich dir das sagen möchte. Er könnte dich fragen und dann musst du antworten."
„Wenn ich ihm sagen muss, dass du auf freier Strecke ausgestiegen bist, bin ich meine Arbeit los."
„Vielleicht wäre das besser …" Sie schaute ihn traurig an. „In Ordnung. Wenn er dich fragt, nennst du ihm die Adresse meiner Tante. Die kriegt er sowieso raus, wenn er danach sucht. Kann ich mich auf dich verlassen?"
„Ja, natürlich!"
„Gut dann. Ich wohne in der Löwenstraße."

... S. ist wieder München, diesmal seit fast drei Wochen, und noch kein Lebenszeichen. Du weißt ja, wie sie ist. Aber so langsam frage ich mich wirklich, wo sie abgeblieben ist. Vermutlich hat sie viel um die Ohren. Sie meint ja immer, die Welt im Alleingang retten zu müssen.

Dina hielt inne, las das Geschriebene durch, zerknüllte dann den Briefbogen und warf ihn in den Papierkorb. Sie wollte Ida nicht so viel über Selene schreiben; sie reagierte immer verschnupft darauf. Das würde sich wohl nie ändern. Idas Briefe schienen sich fast ausschließlich darum zu drehen, dass sie weiterhin versuchte, Dina zu überzeugen, nach England zu kommen. Sie hatte sogar mit ihren Eltern gesprochen, die sich bereit erklärten, für Dina zu bürgen.

Kröger hatte sie nach dem schon länger zurückliegenden Abend im *Cuneo* weitestgehend in Ruhe gelassen. Er beschränkte sich darauf, sie gelegentlich zu einem kurzen Mittagessen aus dem Atelier abzuholen oder ihr Blumen zu schicken, die Sebastian ihr bringen musste. Dic Arrangements waren stilvoll. Dina war ziemlich sicher, dass Kröger sie höchstpersönlich aussuchte und nicht irgendeiner seiner Lakaien. Sie wagte kaum zu hoffen, dass er bereits aufgegeben hatte, was immer er an Absichten gehegt haben mochte.

Sie hatte wahrhaftig genug Scherereien. Die Aufträge kamen weiterhin. Was das anging, hielt Kröger Wort. Sie hatten Hochzeiten und Kindstaufen zuhauf zu photographieren. Und Dina wurde zunehmend für Außentermine bei öffentlichen Veranstaltungen herangezogen. Die Termine wurden immer direkt mit den BDM-Anführerinnen oder den Verwaltungen gemacht, offiziell hatte Kröger nichts damit zu tun. Aber auch Siegfried machte sich Gedanken, da er wusste, wem sie diese immense Auftragssteigerung zu verdanken hatten. Das gefiel ihm ganz und gar nicht, aber er konnte nichts dagegen unternehmen.

„Weißt du, Dinchen, das Einzige, was mich an der Sache freut, ist, dass du dir nicht mehr die Nächte im *Trichter* um die Ohren schlägst, aber wenn der Kerl zudringlich wird, dann musst du Bescheid sagen. Dann hören wir auf damit und backen wieder kleine Brötchen!“

Der liebe, herzensgute Siegfried, ein eingefleischter Schöngeist zwar, konnte aber dennoch mit Sicherheit sagen, dass eins und eins zwei waren. Die Buchhaltung für das Atelier, die er immer perfekt im Griff gehabt hatte, landete nach seiner Rückkehr aus der Klinik nicht wieder auf seinem Tisch. Luise Greibers Arbeit hatte ihn derartig beeindruckt, dass er seinen Charme spielen ließ, und sie hatte sich nur allzu gern überreden lassen, die Bücher weiterhin für Siegfried zu führen. Er erwähnte auch Dina gegenüber häufiger, was für eine tapfere und patente Frau ihre Tante Luise doch war. Dina hatte die beiden mehr als einmal noch spät am Abend in der guten Stube zusammensitzen sehen. Die Kontobücher waren zwar immer dabei, aber oft genug stand auch eine Karaffe mit Likör auf dem Tisch und die beiden plauderten angeregt.

Nein, zudringlich war Kröger nicht. Aber durchaus auf seine Weise beharrlich. Einmal, als er darauf bestanden hatte, sie heimzubringen, hatte ein Junge auf der Straße einen Klumpen Dreck nach ihr geworfen und laut ‚Nazi-Schlampe‘ hinter ihr hergerufen. Kröger machte Anstalten, ihm hochselbst hinterherzulaufen. Nur mit Mühe hatte sie ihn davon abhalten können.

„Halt, hiergeblieben, Herr Kröger. Sie wollen doch jetzt nicht nach einem Kind fahnden, das nicht mal weiß, was es da sagt! Sie müssen meine Ehre nicht verteidigen. Ich bin ja schließlich freiwillig hier.“ Sie betonte den letzten Satz in einem unterschwellig wütenden Ton, der der oberflächlich betrachtet freundlichen Bemerkung jedwede Möglichkeit der Koketterie nahm.

„Dieses rote Lumpenproletariat stirbt und stirbt einfach nicht aus. Hier in der Gegend gehört mal ganz gründlich aufräumt!“ Er hatte ihr dann zugenickt und war wieder eingestiegen.

Selenes München-Aufenthalt zog sich in die Länge. Inzwischen hatte sie immerhin eine Karte geschrieben.

... vielleicht fahren wir doch schon im nächsten Frühling nach Italien – ich glaube, das ist besser, als noch so lange zu warten.

Selene

Dina war erleichtert, aber was bedeutete das mit Italien? Lief die Sache in München nicht so, wie sie es sich gedacht hatte? Gab es Schwierigkeiten? Sie verwarf diese Gedanken wieder und füllte ein weiteres Album mit Bildern einer Hochzeit, bei der der Bräutigam eine SS-Uniform trug und im Hintergrund eine Hakenkreuz-Flagge hing. Da läutete plötzlich das Telephon.

„Photoatelier Lohmann, wer spricht?"

„Kröger hier. Fräulein Harms. Ich habe einen Auftrag von höchster Wichtigkeit. Ich muss Sie bitten, zu mir ins Kommissariat zu kommen – ich wünschte, es ginge anders. Könnten Sie sich heute Nachmittag freinehmen? Ich schicke Ihnen Berger so um halb vier?"

„Ja, ich denke, das wird gehen."

„Ich danke Ihnen sehr, Fräulein Harms. Und bitte: zu niemandem ein Wort!"

„Wer war das?" Auch Siegfried klebte gelangweilt an einem Album.

„Kröger. Er tut unheimlich geheimnisvoll und hat mich für vier Uhr ins Kommissariat bestellt. Geheimer Geheimauftrag." Sie zuckte verärgert mit den Schultern und begann lustlos ihre Ausrüstung zusammenzusuchen.

„Dina, er lässt dich doch in Ruhe, oder?"

„Keine Sorge, tut er. Immerhin ruft er jetzt meistens vorher an, wenn er mich um meine Begleitung ‚bittet', und im Kommissariat wird er sowieso nichts tun."

Beim Betreten des Gestapo-Hauptquartiers an der Stadthausbrücke wurde ihr mulmig. Sebastian hatte auch nicht gewusst, warum er sie abholen sollte. In Krögers Vorzimmer saß eine unverhältnismäßig stark geschminkte Sekretärin, die bei ihrem letzten Aufenthalt hier nicht gearbeitet hatte.

„Dina Harms. Herr Kröger erwartet mich."
„Sie sind angekündigt, gehen Sie durch."
Dina klopfte und trat ein, ohne auf Antwort zu warten. Er sah sie fast bittend an. Dina zog die Tür zu.
„Was gibt es denn so Dringendes? Ich habe meine Ausrüstung dabei."
„Ende der Woche …" Er atmete hektisch und sein Gesicht war rot angelaufen. Er stand auf, um seinen Worten Nachdruck zu verleihen. „Ende der Woche stattet der Führer unserer Hansestadt einen Besuch ab." Seine Stimme kollerte. Dina fiel auf, dass er Haltung angenommen hatte.
„Ja? Und?"
„Wir haben an allen Orten, die er besucht, natürlich Photographen postiert."
Der Himmel möge mich bewahren, dachte sie. Bitte mach, dass das nicht wahr ist!
„Einer davon hat sich das Schlüsselbein gebrochen und man erwartet von mir, dass ich kompetenten Ersatz beschaffe. Kann ich mich auf Sie verlassen, Fräulein Harms? Ist Ihnen bewusst, dass dies der wichtigste Auftrag Ihrer … beruflichen Laufbahn sein wird?"
Dina schluckte.
„Ich weiß nicht, ob ich das kann, Herr Kröger." Sie versuchte wie ein verunsichertes Mädchen vom Land auszusehen.
„Ich habe vollstes Vertrauen zu Ihnen. Alle Kunden, die ich Ihnen und Herrn Lohmann geschickt habe, waren voll des Lobes. Sie könnten ruhig etwas mutiger sein. Ich bin sicher, Sie werden das ganz großartig machen. Keine falsche Bescheidenheit, Fräulein Harms!"

Dina hatte ihren Photoposten in der Isestraße. Hitler wurde im Wagen aufrecht stehend an der jubelnden Menschenmenge vorbeigefahren. Dina schaute durch den Sucher der Kamera und löste ein ums andere Mal aus. Es würde schon etwas dabei sein. Er grüßte auf seine eigentümliche Weise, immer mit einem Gesichtsausdruck, als wollte er nicht allzu offen zeigen, was für eine Genugtuung ihm dieser Massenauflauf bereitete.

Ein festgefahrenes Grinsen in dem ansonsten verkniffenen Gesicht. Vielleicht hatte er Verdauungsbeschwerden? Dina sah eine Gruppe junger Mädchen in BDM-Uniform. Sie winkten und kreischten hysterisch. Als der Wagen vorbei war, fiel eine allen Ernstes in Ohnmacht. Dina drückte weiter auf den Auslöser, eine korpulente Frau mittleren Alters, die versuchte, einen Blumenstrauß in den Wagen zu werfen und dabei fast zu Boden ging. Es war einfach grotesk. Als das Gedränge sich auflöste, sah Dina zu, dass sie ins Atelier kam, denn Kröger hatte gesagt, er würde Sebastian gegen sieben Uhr vorbeischicken, um Bilder und Negative abholen zu lassen. Sie machte einen großen Umschlag fertig. Entgegen der Anweisung behielt sie ein paar Abzüge der Bilder von den Menschen, die sie am Rande des Triumphzuges abgelichtet hatte, für sich zurück. Sebastian hatte es eilig, als er kam: Er musste in der ganzen Stadt herumfahren und von allen Photographen das Material einsammeln.

Müde machte Dina sich auf den Heimweg. Seit der Postkarte aus Bayern hatte Selene einmal kurz im Atelier angerufen. Sie hatte begeistert geklungen.

„Dina, das sind gute Leute hier! Wir können wirklich etwas bewirken!" Und sie hatten Pläne geschmiedet für Italien. Fast hatte Dina den lauen Sommerwind südlicher Gefilde auf der Haut gespürt.

Sie schleppte sich die Treppe hinauf. Als sie die Tür aufschloss und öffnete, spürte sie einen leichten Widerstand und drehte drinnen sofort das Licht an. Der Anblick, der sich ihr bot, war grauenvoll. Alles, alles war verwüstet – es lagen Bücher auf dem Boden, zerbrochenes Geschirr, Kleidung, Papiere, Photos ... alles. Einbrecher – das war Dinas erster Gedanke, aber dann sah sie das papierne Siegel der Gestapo, das sie im dunklen Treppenhaus nicht bemerkt und beim Öffnen der Tür glatt durchgerissen hatte. Was um alles in der Welt! Sie rappelte sich auf und stürzte ins Schlafzimmer. Das Bett stand noch an seinem alten Platz. Sie stemmte sich dagegen, schob es zur Seite und befreite die Bücher aus der Bodenluke. Sie schnappte sich den Seesack ihres Vaters, mit dem sie ihre

Sachen zu Selene transportiert hatte. Die Bücher zuunterst. Dann raffte sie schnell ein paar persönliche Gegenstände zusammen. Photos, die sie von Selene gemacht hatte, und auch die Bilder von Tristan und der Familie. Sie überlegte fieberhaft, ob es noch etwas in der Wohnung gab, was Selene schaden konnte, außer den verbotenen Büchern, die sie gleich als Erstes entfernt hatte. Hastig schaltete sie das Licht wieder aus, verschloss die Tür und rannte.

Als sie völlig aufgelöst in der Karpfangerstraße ankam, war Tante Luise noch auf.

„Kind, was ist denn los?"

„Die Wohnung war aufgebrochen … und ich habe das Gestapo-Siegel zerrissen. Ich dachte erst, es waren Einbrecher …"

Sie begann zu schluchzen. Warum hatte die Polizei die Wohnung durchsucht? Was war mit Selene? Die Panik, die sich ihrer bemächtigte, schlug wie eine Welle über ihr zusammen.

„Dinchen! Nun warte doch erst mal ab, bis sie sich meldet. Du wirst sehen, in ein paar Tagen ist sie wieder da, klärt das bei der Polizei und alles ist wieder in Ordnung. Das war bestimmt ein Irrtum. *Töv 'n beten, min Deern.*" Tante Luise versuchte Zuversicht zu verbreiten, die sie nicht empfand. Das merkte Dina instinktiv. Sie saß erstarrt auf dem Kanapee in Tante Luises guter Stube. In Abständen rollten ihr Tränen über das Gesicht, die sie nicht abwischte.

„Lass uns schlafen gehen, heute erreichst du sowieso nichts mehr. Morgen beraten wir uns mit Siegfried und dann fällt uns schon etwas ein. Vielleicht hörst du ja auch morgen etwas von Selene."

„Ich habe heute Hitler photographiert."

„Du hast was?"

„Kröger hat mich regelrecht dazu bekniet. Ich habe Hitler photographiert und die Bilder entwickelt, während die Gestapo Selenes Wohnung verwüstet hat. Was haben sie da gesucht?"

„Ich glaube, es ist besser, dass du keine Ahnung davon hast. Du weißt es doch nicht, oder Dina?"

Sie schüttelte abwesend den Kopf und machte keine Anstalten, vom Sofa aufzustehen. Schließlich bugsierte Tante Luise sie in ihr eigenes Schlafzimmer und machte ihr die seit dem Tod ihres Mannes unbenutzte linke Seite zurecht, bezog die Decke und das Kissen. Es wäre sicher besser, wenn das Mädchen nicht allein blieb, so aufgelöst, wie sie an jenem Abend war.

Am nächsten Morgen, als Dina erwachte, gab es einen Augenblick, in dem sie dachte, dass sie nicht zu sich kommen wollte, weil da etwas wartete an diesem Tag, wovor ihr graute. Als sie die Augen öffnete und sich in Tante Luises Schlafzimmer wiederfand, wusste sie sofort auch wieder, was geschehen war. Dina schlug die Decke zurück und ging in die Küche. Tante Luise hatte den Tee fertig und schob ihr ein Käsebrot über den Tisch.

„Ich weiß, du magst nicht, aber iss es bitte trotzdem."

Der Ton duldete keine Widerrede und sie würgte das belegte Brot hinunter.

„Guten Morgen, die Damen! Was verschafft mir die Ehre am frühen Morgen!" Siegfried freute sich, Luise Greiber zu sehen, aber Dinas verheulte Augen verhießen nichts Gutes. „Was ist passiert, raus mit der Sprache."

Dina schluckte und kämpfte schon wieder mit den Tränen.

„Selene ist verschwunden und ihre Wohnung wurde durchsucht und versiegelt. Ich habe mir gedacht, was, wenn ich den Kröger frage? Ich habe ihm schließlich sogar seinen Hitler photographiert, ich begleite ihn zu Veranstaltungen. Es wird Zeit, dass er mir einen Gefallen tut. Oder nicht?"

„Dina. Der Kerl lässt dich nach seiner Pfeife tanzen. Aber ich weiß nicht, ob er dir helfen wird. Überleg dir das gut. Mit etwas Glück wissen sie vielleicht noch nicht, dass du etwas mit Selene zu tun hast, sonst wären sie schon längst hier gewesen oder bei Ihnen, Frau Luise. Vielleicht solltest du sie nicht so mit der Nase drauf stoßen, Dina …"

Siegfried hatte oberflächlich betrachtet recht. Aber er wusste auch nichts von den in der *Norddeutschen Zeitung* wiederholt veröffentlichten Bildern. Selene hatte Dinas Namen zwar aus der Sache herausgehalten, aber bestimmt hatte die Gestapo die Information, dass Selene die Lieferantin der Bilder war, bereits aus dem Redakteur herausgeholt. Darüber auf Dina zu kommen, war ein Kinderspiel. Gerade deshalb wäre es vielleicht das Beste, eine Weile die Füße stillzuhalten. Aber die Verzweiflung und Panik wühlten derart in ihr, dass sie am liebsten mit fliegenden Fahnen zum Kommissariat gelaufen wäre.

„Dina, wolltest du nicht längst das Archiv aufräumen? Das wäre doch jetzt ein guter Moment. Und denk dran: Alles, was älter als zehn Jahre ist, kann weg."

„Siegfried!"

„Na, mach schon, Dina." Er sah sie müde an.

Sie trollte sich in das Archiv im Keller, sortierte, warf weg, beschriftete und ordnete neu. Diese Arbeit beschäftigte sie fast eine Woche. Danach räumte sie die Requisiten im Atelier um, besserte Hintergründe aus, wusch und stopfte die Vorhänge und Stoffbahnen. Danach zeigte Siegfried ihr, wie man eine Kamera zerlegte, vom Staub befreite und wieder zusammensetzte. Er ließ sie es in ihrem eigenen Tempo tun, hetzte sie nicht, sorgte aber dafür, dass sie immerzu etwas zu arbeiten hatte und nicht ruhte. Zu Hause bei Tante Luise ging es weiter. Großer Hausputz auf vier Etagen und in ihrer Dachkammer. Sie sorgten beide dafür, dass Dina an den Abenden müde ins Bett fiel und keine Gelegenheit hatte, viel zu denken. Von Selene hörte sie weiterhin nichts.

Als zwei Wochen auf diese Weise zugebracht waren und das Atelier vor Sauberkeit und Ordnung strahlte, strich sich Dina eines Tages das Haar glatt, zog ihren Mantel an und setzte ihre Baskenmütze auf.

„Ich gehe jetzt zu Kröger, Siegfried. Ich halte es nicht mehr aus."

„Dann komme ich mit, Kind. Du hast mich damals mit dieser dämlichen Flaggengeschichte auch nicht allein gelassen."

Sie wollte erst der Form halber protestieren, war ihm aber zutiefst dankbar, denn sie fürchtete sich vor dem Ergebnis des

Besuchs mindestens ebenso sehr wie davor, weiter untätig abzuwarten.

Als sie das Gebäude an der Stadthausbrücke betraten, bekam Dina schlimmes Herzrasen. Sie wurde blass und lehnte sich an eine Wand.

„Willst du, dass wir wieder gehen?"

„Nein … ich …"

„Dina? Was machst du hier?"

„Sebastian! Ich muss dringend Herrn Kröger sprechen. Es ist wichtig."

„Na, dann will ich mal sehen, dass ich euch an Fräulein Kruse vorbeikriege."

Der Vorzimmerdrache sträubte sich tatsächlich, sie vorzulassen. Da könne ja jeder kommen.

„Herr Kröger ist beschäftigt."

„Ach, gnädiges Fräulein, das kann ich mir vorstellen – Sie haben ja selbst so viel zu tun." Siegfried streifte ihren Schreibtisch, der in der Tat vor Papieren überquoll, mit einem ehrfürchtigen Blick. „Zu meiner Zeit trug man Frauen auf Händen und beutete sie nicht in einem Büro aus." Er lächelte sie an.

„Ja … da war die Welt noch in Ordnung. Aber nun ist ein neues Zeitalter angebrochen und ich fühle einfach, dass ich das Meine leisten muss …"

Dina hörte fasziniert zu. Das Geplänkel ging eine Weile weiter hin und her, aber schließlich schmolz das eisige Fräulein Kruse unter Siegfrieds Charmeoffensive dahin.

„Na gut, ich werde sehen, was sich machen lässt. Herr Kröger ist ein wirklich sehr zuvorkommender Vorgesetzter." Sie verschwand für einen Moment hinter seiner Bürotür.

„Kommen Sie herein, Herr Kröger erwartet Sie."

„Vielen Dank!" Dina machte den Rücken gerade, atmete einmal tief durch, hakte sich bei Siegfried unter und ging hinein.

„Fräulein Harms und Herr Lohmann. Das ist ja eine Überraschung. Was führt Sie zu mir? Meine Sekretärin sagte mir, es sei sehr dringend?“ Er deutete auf die Besucherstühle vor seinem Schreibtisch.

„Herr Kröger, ich vermisse eine Freundin. Sie hätte sich schon längst bei mir melden sollen, aber sie ist wie vom Erdboden verschluckt. Nun bin ich vor einigen Tagen zu ihrer Wohnung gegangen und fand die Tür offen. Die Wohnung war völlig durcheinander, alles zerwühlt. Als ich ging, sah ich, dass die Tür versiegelt gewesen war, aber jemand muss dieses Siegel aufgebrochen haben.“ Dina rang nach Luft. Sie konnte so verdammt schlecht lügen.

„Wie heißt denn Ihre Freundin?“

„Selene von Merten.“

Kröger sah sie seltsam an. Dann räusperte er sich.

„Ich darf mit Ihnen nicht über derartige Dinge sprechen.“

„Aber ich mache mir solche Sorgen, dass ihr etwas zugestoßen ist. Ich bitte Sie, Herr Kröger, ich muss wissen, was los ist!“ Wieder kamen ihr diese verdammten Tränen, die sie seit Tagen nicht mehr im Zaum halten konnte. Kröger stand auf, kam um den Tisch herum und reichte Dina sein Taschentuch.

„Gut. Aber nicht hier und jetzt. Wo können wir uns heute Abend treffen?“

„Kommen Sie in mein Atelier. Dina und ich werden nach Ladenschluss dort bleiben. Klopfen Sie einfach an die Tür.“ Siegfried wollte auf gar keinen Fall, dass Dina sich mit diesem Mann allein traf.

„Vielen Dank, Herr Kröger.“

Er nickte und sein Schweigen sagte ihnen, dass das Gespräch beendet war.

Sebastian passte sie draußen auf dem Korridor ab.

„Was ist denn los, Dina?“

„Meine Freundin. Sie war in Bayern oder vielleicht ist sie auch noch dort, aber sie ist verschwunden. Ich habe seit Wochen kein Lebenszeichen von ihr und ihre Wohnung wurde von deinem Verein durchwühlt!“

„Pst! Nicht so laut!“ Er sah sich angstvoll um, ob sie auch ja keiner gehört hatte.

Der Tag schien einfach nicht zu vergehen. Ab drei Uhr nachmittags war Dina zu nichts mehr zu gebrauchen und lag stumpf vor sich hinstarrend auf der Récamiere im Atelier.

Als Kröger schließlich gegen acht Uhr auftauchte, verhieß sein Gesicht nichts Gutes.

„Ich will es kurz machen. Fräulein von Merten ist in München verhaftet worden. Sie war mutmaßlich mit anderen radikalen Subjekten zusammen in die Vorbereitung eines Attentats auf den Münchener Gauleiter verstrickt – das sind sehr ernste Anschuldigungen! Sie bewegen sich immer noch in sehr zweifelhaften Kreisen, Fräulein Harms! Ich hatte mich doch klar ausgedrückt …"

„Wo ist sie jetzt?"

„Sie ist vor zwei Wochen verhaftet worden. Da der Fall so brisant ist, wurden sie und ihre Mittäter an einem geheimen Ort unter Arrest gestellt."

„Heißt das etwa, ich kann nicht zu ihr? Sie hat nichts damit zu tun, Herr Kröger. Sie ist unschuldig!"

„Leider sind Sie da im Irrtum, Fräulein Harms. Fräulein von Merten ist geständig …"

„Geständig? Dass ich nicht lache!" Sie versuchte ihre Rage und Angst unter Kontrolle zu bekommen, was ihr nicht gelang. „Warum gestehen Menschen Dinge, die sie nicht getan haben, Herr Kröger? Die Methoden mögen sich seit der Inquisition geändert haben, aber das Prinzip bleibt ja wohl dasselbe!" Die letzten Worte hatte sie ihm aus nächster Nähe ins Gesicht geschrien.

„Dina! Bitte beruhige dich! Ich verstehe, dass du verzweifelt bist, aber Herr Kröger ist schließlich hier, weil er dir helfen will!"

„Davon merke ich nichts!"

„Herr Lohmann hat recht." Kröger klang fast demütig. „Ich habe zwar Ihren Namen aus der … Homosexuellenkartei tilgen lassen, Fräulein Harms. Aber wenn Sie jetzt Staub aufwirbeln und sich selbst in unmittelbaren Zusammenhang mit einer überführten Attentäterin bringen, einer Lesbierin obendrein, dann kann ich Sie nicht mehr schützen!"

Dina blieb die Sprache weg. Sie wurde blass und musste sich setzen.

„Herr Kröger, wenn ich die Sache richtig verstehe, hat doch kein Attentat stattgefunden, oder?"

„Das ist richtig. Aber es wurden Pläne gefunden. Beobachtungsprotokolle der Gewohnheiten, Wege des Gauleiters und auch Waffen."

„Konnte einer dieser Funde in direkten Zusammenhang mit Fräulein von Merten gebracht werden?"

„Das nicht. Nein. Aber das, worauf Sie vermutlich hinauswollen, Herr Lohmann, ist unmöglich. Ich kann keine Überstellung an die Behörden hier fordern. Es fehlt jede Grundlage. Dazu kommt, dass der Prozess schon im Gange ist."

„Wenn sie schuldig gesprochen wird, bringen sie sie um, richtig?" Dinas Stimme klang tonlos und kratzig.

Kröger zögerte, nickte aber schließlich.

„Aber wenn kein Material direkt auf sie verweist, kann doch ein erpresstes Geständnis keinen Wert haben und für eine Todesstrafe ausreichen!" Jetzt verlor auch Siegfried langsam die Nerven.

„Hören Sie, Herr Lohmann. Mir sind die Hände gebunden. Es gibt nichts, was ich tun kann, außer Sie auf dem Laufenden zu halten, und allein daraus könnte man mir einen Strick drehen." Er griff sich mit zwei Fingern in den Hemdkragen, der ihm mit einem Mal zu eng zu sein schien. Er verbeugte sich kurz.

„Ich muss jetzt gehen."

Dina erhob sich und lief Kröger nach. Draußen vor der Tür griff sie nach seiner Hand und sah ihn direkt an.

„Herr Kröger, wenn Sie es schaffen, Selene da unversehrt herauszuholen, dann ... werde ich alles tun, was Sie wollen." Sie schloss die Augen und schluckte die Galle herunter, die in ihrem Hals hochstieg.

Einen Moment sah Kröger sie an. Dann löste er ihre Hände von den seinen und hielt sie an den Schultern fest.

„Dina, bitte. Nicht so! Ich kann für Ihre Freundin nichts tun. Die Beweislast ist erdrückend. Aber ich werde Sie auf dem Laufenden halten. Das ist alles, was ich Ihnen versprechen kann.“ Er drehte sich um und stieg in seinen Wagen.

Ida,

Hamburg, den 12. Oktober 1933

ich weiß nicht mehr weiter. Niemand sagt mir, was geschieht, und Kröger traue ich nicht. Trotz all seinem Gerede ist er ein hohes Tier bei der Gestapo und er wird sich hüten, seinen Kopf für eine wie mich hinzuhalten, wenn es hart auf hart kommt. Er hat gesagt, dass morgen oder übermorgen das Urteil gesprochen wird. Ich bin wie gelähmt. Mir ist, als wäre ich unter Wasser …

„Dina? Komm schnell, hier ist jemand, den Herr Kröger geschickt hat, Sebastian Berger.“

Dina fühlte sich plötzlich schwach. Ihr brach der kalte Schweiß aus und sie schaffte kaum die paar Schritte vom Atelier in den Laden.

„Dina, kann ich offen vor Herrn Lohmann sprechen?“

„Ja, natürlich, nun red schon!“

„Du musst verschwinden. Sofort! Der Prozess wurde vertagt. Es sind neue Beweise aufgetaucht. Und es hat einen Hinweis auf dich gegeben! Bei der Durchsuchung einer Zeitungsredaktion sind Photographien aufgetaucht, die du offenbar letztes Jahr bei der Straßenschlacht in Altona gemacht hast. Ganz subversives Zeug. Was hat dich da bloß geritten, verdammt!“ Er fluchte. „Du musst sofort verschwinden! Der Haftbefehl wird vermutlich in diesen Minuten auf der Dienststelle ausgestellt. Hast du einen Ort, an dem du bleiben kannst, bis wir dich aus der Stadt kriegen?“

Dina sah verständnislos von einem zum anderen. Dann nickte sie langsam.

„Siegfried, ich will meine Photos und meine Kamera mitnehmen. Und ich will meinen Seesack, der bei Tante Luise steht. Sie werden auch bei ihr alles umstülpen. Alles andere kann ich ersetzen, das aber nicht.“

Er nickte. „Ich fahre sofort zu deiner Tante und hole dein Zeug."

„Aber du kannst hier nicht bleiben." Sebastian schien fieberhaft zu überlegen. „Hast du einen Mantel und einen Hut hier?"

„Eine Baskenmütze. Ja."

„Gut. Anziehen. Du kommst mit mir. Herr Lohmann, Sie holen den Seesack und wir treffen uns wieder hier, wenn es dunkel geworden ist."

Siegfried sah Sebastian Berger an. „Passen Sie gut auf sie auf!"

Sebastian schob statt einer Antwort Dina rasch aus der Ladentür. Sie stiegen in den Wagen und fuhren durch die Stadt. Dina hatte ihren Kragen hochgeschlagen.

„Hab keine Angst, Dina. Hier drinnen bist du im Moment am sichersten, auch wenn das zugegebenermaßen kaum so aussieht."

20. Kapitel

Dina ging auf und ab wie ein Raubtier im Käfig. Seit fast vier Monaten saß sie nun in der Mansarde über der *Silbermünze* fest. An ihrem Geburtstag hatten Harry Schwemer und Fatima ihr sogar einen kleinen Kuchen gebracht. Und Fatima hatte ihr einen bunten Schal mit Mustern aus ihrer Heimat bestickt. In der Neujahrsnacht war Harry mit einer Flasche Sekt heraufgekommen.

„Prost Neujahr Dinchen! Auf 1934. Es kann nur besser werden."

Sie gaben sich alle Mühe, ihr das Versteck so erträglich wie möglich zu machen, aber die Ungewissheit ließ sie die Wände hochgehen. Sie hatte niemandem gesagt, wohin sie in jener Nacht im letzten Herbst verschwunden war. Schon gar nicht Siegfried oder ihrer Tante. Je weniger die beiden wussten, desto besser. Harry Schwemer hatte sie aufgenommen, ohne Fragen zu stellen. Sie hatte ihm aber dennoch in den Monaten, die folgten, einiges erzählt, damit er wusste, worauf er sich einließ.

„Na, *min Deern*, du machst vielleicht Fisimatenten!" Er hatte den Kopf geschüttelt, aber die Erwähnung der Worte Gestapo und Haftbefehl hatten ihn nicht, wie es vermutlich bei den meisten anderen Menschen der Fall gewesen wäre, in Panik versetzt. Dina war in der Bredouille und brauchte Hilfe, also half er ihr. Harry Schwemer machte sich die Welt ungern komplizierter als notwendig.

Manchmal verließ Dina nachts ihren Kerker. In der bunten Menschenmenge auf der Reeperbahn und den umliegenden

Straßen fiel sie nicht weiter auf. Dennoch hatte es Harry nicht gern, wenn sie sich unnötig in Gefahr begab. Er schaute regelmäßig bei Siegfried vorbei und trug mündliche Nachrichten hin und her. Bei seinem ersten Auftauchen im Atelier war Siegfried erschrocken, hatte dann aber die Verbindung durchschaut. Das war also einer der Kunden, für die sie auf dem Kiez photographiert hatte. Als Harry Schwemer an einem Februarabend 1934 kurz vor Ladenschluss ins Atelier kam, hatte Siegfried keine guten Nachrichten. Er schenkte Harry und sich einen Schnaps ein.

„Der *Lütte* war heute Mittag kurz hier, der Fahrer von dem Kröger. Er hat gesagt, dass Dina so schnell wie möglich aus Deutschland rausmuss. Selene von Merten und zwei andere sind zu lebenslänglicher Haft verurteilt worden. Sie sitzen in Neudeck in Einzelhaft, womit sie Glück gehabt haben. Die anderen drei sind hingerichtet worden. Wenn Sie die *Deern* kriegen, wandert sie ebenfalls ich den Kahn."

Harry trank seinen Schnaps und dachte nach.

„Solange ihre Süße lebt, kriegen keine zehn Pferde sie auf ein Schiff. Nirgendwohin."

Siegfried nickte. „Das Irrsinnige dabei ist, Selene selbst würde ihr sagen, dass sie schleunigst von hier wegkommt. Sie würde Dina niemals in Gefahr bringen wollen. Aber das mach ihr mal einer klar."

„Dann wäre es also besser für Dina, wenn ihre Selene tot wäre, richtig?" Er sah Siegfried über den Rand des Schnapsglases an. „Und wenn die Geschichten stimmen, die man sich so über Dachau erzählt, wird sie es dort sicherlich nicht lange machen, oder was meinen Sie?"

Siegfried verstand, worauf dieser große, bullige Mann hinauswollte, aber seine unausrottbare Integrität hielt ihn am Kragen.

„Das geht doch nicht! Wir können sie nicht so anlügen."

„Sie kann nicht in meinem Hinterzimmer hocken, bis diesen kleinen braunen Wichsern die Puste ausgeht. Wenn Sie verstehen, was ich meine. Die halten sich nämlich schon verdammt lange und es sieht nicht danach aus, dass sich das so bald ändern wird. Dina hat bei mir Asyl, so lange sie es braucht. Keine Frage. Aber sie ist jung. Sie hat ein Leben vor sich – ihre Selene leider nicht mehr. Schade drum. Muss eine wirklich mutige Frau sein, wenn sie so einem Gauleiterarsch das Hirn wegpusten wollte. Aber Tatsache ist: Sie hat es hinter sich. Und: Sollte sie jemals wieder da rauskommen, wird sie verstehen, dass wir Dina in Sicherheit bringen mussten. Also, was ist, machen Sie mit?"

Siegfried nickte fast unmerklich.

„Als Erstes braucht sie Papiere. Die besorge ich. Ich habe da Kontakte. Haben Sie ein Passfoto von dem Mädchen?"

„Ja." Siegfried kramte ein Bild hervor und schob es Harry über den Ladentresen.

„Sehr gut – das wird gehen. Aber wohin mit dem Mädchen?"

„England", flüsterte Siegfried. „Sie hat eine Freundin in London. Deren Eltern haben diese ganze Misere bereits vor drei Jahren geahnt. Und gut haben sie daran getan. Eine wohlhabende, jüdische Familie. Auf denen hätten sie ganz schön herumgeprügelt. Es ist ein Wahnsinn."

„Also gut. England. Nehmen Sie Kontakt mit der Familie wegen der Einreiseerlaubnis auf, sobald wir die Papiere haben. Ich glaube nicht, dass es sehr klug wäre, wenn sie versuchen würde, sich direkt von hier aus einzuschiffen. Wir müssen sie irgendwie sicher aus der Stadt kriegen. Vielleicht über Cuxhaven oder so."

Siegfried nickte.

„Der Kleine muss helfen."

„Der Gestapo-Bengel?"

„Ja. Ich glaube, dass er ein guter Junge ist. Er hat eine sehr kranke Mutter. Vater ist tot und er muss sie unterstützen. Er war mal sehr in Dinchen verliebt."

„Na, wenn Sie meinen, dass er zuverlässig ist, in Ordnung. Aber dieser Kröger ist nicht mit von der Partie. Dem traue ich nicht über den Weg."

„Nein, natürlich nicht."

„Was ist mit ihrer Tante?"

„Um Frau Greiber werde ich mich kümmern."

Sie tranken einen weiteren Schnaps und verabschiedeten sich mit ernsten Gesichtern.

Dina hörte, wie Harry mit schweren Schritten die Treppen heraufpolterte. Als sie die Tür öffnete, sah sie sofort, dass etwas nicht stimmte.

„Dina. Ich habe schlechte Nachrichten."

Er sah, wie ihr Gesicht die Farbe von blass zu kreidebleich wechselte.

„Was ist mir ihr?"

„Dina, sie hat versucht zu fliehen und ist erschossen worden."

„Nein!" Sie schrie auf und wollte an ihm vorbei aus der Tür.

„Wo willst du denn hin, Mädchen? Er stellte sich ihr in den Weg und schloss die Tür hinter sich.

„Ich muss zu ihr."

„Dinchen, das geht doch nicht. Das alles ist doch fast zwei Wochen her. Gefangene, die dort sterben, werden eingeäschert und anonym bestattet. Es gibt nichts mehr, was du tun kannst."

Dina sackte an Harrys Brust zusammen und weinte. Er hielt sie im Arm und streichelte beruhigend ihren Kopf mit den zerzausten, kurzen Locken. Es dauerte lange; das Schluchzen verebbte erst, als Dinas Stimme brach.

„Ich schicke dir Fatima mit etwas Suppe hoch, *min Deern*."

In der Küche gab er seiner Bardame ein Fläschchen mit kleinen, grau aussehenden Pillen.

„Gib ihr zwei Stück davon. Sie muss schlafen. Sie braucht Kraft für diese Reise, aber erst muss sie so weit sein, dass sie das alles hier loslassen kann. Ich muss noch mal weg."

Harry Schwemer war ein hartgesottener Mann, der in seinem Leben viel gesehen hatte, aber diese Sache ging ihm wirklich zu Herzen. Er wollte sofort Dinas neue Papiere bei einem alten Freund in Auftrag geben. Er war zwar sehr teuer, aber auch sehr gut. Dina würde den besten falschen Pass bekommen, den es auf St. Pauli zu kaufen gab, so wahr er Harry Schwemer hieß.

Dinas Welt war geschrumpft. Ihre Wahrnehmung beschränkte sich auf ihren Körper, die Haut, die den Rest von ihr notdürftig zusammenhielt. Ihr wurde schwindlig, wenn sie versuchte aufzustehen. Einige Tage hatte Harry ihr erlaubt, sich mit den kleinen grauen Pillen zu betäuben. Danach hatte er ihr gesagt, dass sie den Schmerz aushalten musste. Es war Fatima gewesen, die ihr Weinen und den Schmerz nicht mehr ertragen konnte und eines Nachts ihre Wasserpfeife mit in Dinas Schlafzimmer brachte. Der aromatische, nach Haschisch riechende Wasserdampf, der aus der zart blubbernden Pfeife quoll, linderte den körperlichen Schmerz und hüllte ihren Geist zeitweise in leichten Nebel. Der Übergang zur Realität und all ihrer unerbittlichen Grausamkeit war nicht so hart wie mit den Tabletten, die für einige Stunden der Bewusstlosigkeit beim Erwachen den Tribut verlangten, dass der Schmerz jedes Mal mit derselben Wucht zuschlug wie beim ersten Mal. Harry runzelte die Stirn.

„Meinst du, es ist richtig, sie mit dem Zeug dichtzunebeln?“

„Überlass das mir, 'Arri.“ Diese wenigen Worte Fatimas genügten. Harry ließ sie machen. Und so reduzierte Fatima nach und nach das Haschisch, bis Dina nur noch aromatischen Rauch einsog und begann, die Welt wieder ohne Schutzschild zu ertragen. Sie hörte Harry zu, als er sie in die Fluchtpläne einweihte.

„Aber was ist mit Tante Luise?“

„Der Lohmann ist einer von den ganz, ganz Guten, Dina. Er wird sich um sie kümmern. Ich müsste mich sehr irren, wenn er sie nicht wirklich außerordentlich gern hätte.“ Harry grinste. Und auch über Dinas Gesicht huschte ein überraschtes, kleines Lächeln.

„Ich würde mich so gern von ihr verabschieden.“

„Wir werden sehen, ob sich das machen lässt. Sieh mal, Dina. Oder sollte ich besser sagen Marie?“ Er hielt Dina ihren brandneuen Pass hin.

„Marie Evers.“ Sie drehte das Papier in den Händen. „Das ist ein wirklich guter Name.“

„Ja, dachten wir uns auch. Was Überkandideltes passt nicht zu dir. Du bist eben ein solides Friesenmädchen.“

„Wie wird es weitergehen, Harry?“

„Also, wir haben schon auf deinen hübschen, neuen Namen eine Schiffskarte gekauft. Von Cuxhaven nach Liverpool. Das ist jetzt kein Ozeanriese, sondern nur ein Zubringer für die *Britannic*. Die fährt von Liverpool nach New York." Er kniff sie ein wenig in die Wange.

„Aber wieso Cuxhaven und nicht hier?"

„Weil wir glauben, dass du in Hamburg viel leichter geschnappt wirst."

„Und wie komme ich nach Cuxhaven? Ich kann ja wohl kaum in einen Zug steigen."

„Daran arbeiten wir noch. Sag mal, Dina, der kleine Sebastian. Kann man dem trauen?"

„Ich glaube ja …" Sie zögerte. „Immerhin hat er mich gewarnt. Aber ich bin mir nicht sicher. Wie könnte ich das sein. Sebastian arbeitet für die Gestapo, weil er seine Mutter unterstützen muss. Er ist ein Studienkollege von Simon, Idas Bruder. Erinnerst du dich? Die beiden, mit denen ich mal hier bei dir in der Kneipe war?"

„Ach so! Jetzt verstehe ich. Der Lohmann hat mir erzählt, dass du Freunde in England hast. Sind die das?"

„Ja, genau. Ida, Simon und ihre Eltern." Sie brach ab. „Wissen sie denn, dass ich komme?"

„Nein. Noch nicht. Wir dürfen kein Aufsehen riskieren. Wenn du in Liverpool ankommst, wirst du dir ein Zimmer nehmen und telegraphierst ihr. Und mir auch. Der Rest findet sich dann von selbst."

Die Abreise mit dem *Britannic*-Zubringer, der *Seuten Deern*, rückte immer näher, aber sie fanden keinen wirklich sicheren Weg nach Cuxhaven. Harry hatte sich inzwischen Sebastian zur Brust genommen und deutliche Worte gefunden.

„So, *min Jung*. Dass du ihr helfen willst abzuhauen, obwohl du sie lieber hier hättest, zeigt mir, dass du es wirklich gut meinst mit ihr. Ich besorge dir eine neue Arbeit, die dich und deine Mutter ernährt, und du hörst da auf bei dem Laden."

„Da kommt man nicht so leicht raus wie rein, Herr Schwemer. Sie werden mir einen Haufen Fragen stellen."

„Darüber habe ich mir auch den Kopf zerbrochen. Da wird dir wohl nichts übrig bleiben, als dich dusselig anzustellen und eines ihrer kostbaren Automobile gegen eine Laterne zu setzen."

Sebastian wurde blass. Aber er machte es am nächsten Tag tatsächlich und ihm wurde sofort gekündigt. Harry Schwemer zog innerlich den Hut vor dem schlaksigen, rothaarigen jungen Mann. Solche Entschlossenheit hätte er ihm nicht zugetraut. Harry rieb sich die Hände. Als er sich nach einer neuen Arbeit für den Jungen umgehört hatte, war er auf seinen alten Bekannten Tieme Krohn gekommen. Bei ihm würde Sebastian ein gutes Auskommen haben. Ein sicherer Posten, bei dem auch Sebastians medizinische Kenntnisse von großem Nutzen sein würden.

Nun ging alles sehr schnell. Dina hatte nicht viel Gepäck. Nur ihren Seesack. Sie hatte Briefe an Siegfried und Tante Luise geschrieben, die Harry überbringen würde, wenn sie sicher in England war. Dass sie sich nicht persönlich von ihnen verabschieden konnte, schmerzte sie, aber wenn sie sie noch einmal in Fleisch und Blut vor sich hätte, wäre es vermutlich weit schlimmer gewesen. Fatima hatte Dina ein warmes, blaues Wollkleid gekauft und ihr eine schwere, dicke Jacke gegeben, die ein sternhagelvoller Matrose in der *Silbermünze* vergessen hatte.

Das Klopfen an der Tür hörte man überlaut durch den leeren Schankraum. Das musste Sebastian sein. Begleitet von Harry trat Dina zum ersten Mal seit vielen Wochen auf die Straße. Sie atmete gierig die frische, kalte Februarluft ein. Dann erst bemerkte sie Sebastian, der ihren Seesack nahm und ihn in einem sehr eigenartigen Wagen verstaute, der die Aufschrift *Tieme Krohn – Bestattungen* trug.

Kurz vor Cuxhaven passierten sie einen Kontrollposten. Die Polizisten wirkten nicht besonders helle, waren aber bis an die Zähne bewaffnet und versuchten, grimmig auszusehen. Dina-Marie gab die trauernde Witwe; sie kontrollierten die Papiere des Passagiers auf der Ladefläche deutlich genauer als Dinas. Jan Evers, Maries verstorbener Ehemann, war in Wahrheit ein Obdachloser, der die Eiseskälte auf Hamburgs Straßen nicht überstanden hatte. Als sie weiterfuhren, schlotterte Dina vor Angst. Sebastian, der wusste, dass mehrere derartige Kontrollen bis zum Hafen anstanden, machte sich Sorgen. Dina sah aus, als ob sie gleich die Nerven verlieren würde. In einem Waldstück hielt er den Wagen an.

„Dina, so geht das nicht."

„Ich weiß, aber was soll ich machen? Ich habe einfach furchtbare Angst. Ist es noch weit? Ich kann nicht mehr."

„Ungefähr eine Stunde. Dina, ich habe eine Idee. Wir müssen ja nach jedem Strohhalm greifen. Und du verrätst dich selbst mit deiner Nervosität. Wie gesagt, ich habe eine Idee." Seine Augen wanderten zu dem Sarg auf der Ladefläche.

„Oh nein! Ich lege mich da nicht rein. Das kannst du vergessen."

„Aber es ist ganz leicht, Dina! Wir lassen Jan Evers hier im Gebüsch. Es friert ja und dem passiert nichts mehr. Du könntest auch den Deckel offen lassen. Wenn ich einen Posten sehe, gebe ich dir ein Zeichen und du klappst ihn kurz zu."

Das war einfach zu verrückt. Verrückt, aber genial. Sie musste sich zusammenreißen.

„Gut. Ich mache es. Aber wage ja nicht, mir das Zeichen zu früh zu geben, und ich will sofort wissen, wenn wir durch sind, damit ich den Deckel wieder aufmachen kann."

So kam Jan Evers etliche Tage nach seinem Ableben zu einem Ausflug ins Grüne.

„Der hatte doch hoffentlich keine Läuse, oder?"

„Nein, jetzt nicht mehr. Als sie ihn brachten, schon, aber ich habe ihn selbst gereinigt und ihm auch den Kopf geschoren."

Zu zweit mussten sie alle Kraft aufwenden, um die Leiche aus dem Sarg und dem Wagen zu zerren. Die Totenstarre war bereits gewichen und er war schwer wie ein nasser Sack.

Dina band sich ein Tuch um die Haare und legte sich widerstrebend auf Sebastians Regenmantel in den Sarg. Als er ihr den ersten Kontrollpunkt signalisierte, zog sie den Deckel über sich zu. Das Herz hämmerte gegen ihre Rippen. Dina war sicher, dass die Beamten dies draußen auch hören mussten. Plötzlich wurde die Autotür geöffnet. Dann Schritte und sie überlegte kurz, ob sie es schaffen würde, tot auszusehen, als auch schon ein barsches „Los, aufmachen, aber zackig!" ertönte.

Jetzt ist es vorbei, dachte sie.

Die Tür zur Ladefläche wurde aufgeschlossen. Den Schritten und Stimmen draußen entnahm sie, dass außer Sebastian mindestens zwei Männer dabei waren.

„Sind Sie sicher, dass Sie das wollen?", hörte sie Sebastian mit tragischem Tonfall sagen.

„Schluss jetzt mit dem Gerede, aufmachen!"

„Na, ich mein ja bloß, weil die Hafenpolizei den gestern aus der Elbe gefischt hat. Und da hat er eine ganze Weile drin gelegen. Ich bin so was ja gewöhnt als Bestatter, aber da kann einem glatt das Frühstück hochkommen."

„Ach, Hermann, komm, hör auf. Lass ihn weiterfahren, ich hab mal eine Wasserleiche gesehen, zu Hause in Greetsiel. Und der war gerade mal drei Tage im Wasser. Das war widerlich."

„Dann wissen Sie ja, was Sie erwartet. Der hier trieb wohl gut zwei Wochen im Fluss. Und ich sage Ihnen, was Schiffsschrauben so anrichten können ... und dann erst die Viecher, die in dem Körper nach einer Weile unterkriechen ..."

Dina hörte ein würgendes Geräusch.

„Los, los. Fahren Sie weiter, Mann!"

Sekunden später das erlösende Motorengeräusch, Dina klappte hustend den Deckel hoch und rang nach Luft.

„Geht's?", fragte Sebastian nach hinten.

„Es muss ja. Wie viele solcher Posten gibt es denn bloß auf dieser Straße?"

Es waren fünf. Dina zählte die Sekunden, die sie bei geschlossenem Deckel verbringen musste. Vier der Posten winkten den Leichenwagen durch und einer kontrollierte lediglich die Papiere. Ohne weitere Störungen kamen sie nach Cuxhaven.

„Hier muss ich dich jetzt allein lassen." Sebastian sah sie ernst an. „Ich wünschte, ich könnte dich bis auf das Schiff bringen, ich bleibe aber in der Nähe. Dann sehe ich ja, wenn du über die Gangway läufst."

Sie nahmen sich in die Arme und dann griff Dina sich ihren Seesack, der zwar ein recht ungewöhnliches Gepäckstück war, aber Dina hatte sich geweigert, dieses einzige Erinnerungsstück an ihren Vater, das sie außer den Familienfotos noch besaß, gegen einen Koffer einzutauschen. Die Fahrkartenkontrolle war eine reine Formsache und auch das Abstempeln des Passes lief reibungslos. Der Fälscher, der das gute Stück angefertigt hatte, war offenbar wirklich ein Meister seines Fachs. Dina hatte bei Harry ein paar Nächte auf dem Pass geschlafen, damit er nicht zu neu wirkte, denn als Ausstellungsdatum war Juni 1932 angegeben, er hatte also schon ein paar Jahre auf dem Buckel. Auf der Gangway sah sie sich um. Sebastian stand tatsächlich etwas abseits am Pier und lehnte lässig an seinem Leichenwagen. Sie winkte ihm zu, er erkannte sie und ruderte mit beiden Armen. Es war geschafft.

Auf der Überfahrt, die knapp zwei Tage dauerte, sprach Dina mit kaum jemandem. Sie wollte einfach ankommen. Was sie hinter sich ließ, war so schmerzhaft, dass es nur besser werden konnte.

In Liverpool fragte sie am Hafen nach einer günstigen Pension. Das Englisch klang ganz anders als das bisschen, was sie in der Schule gelernt hatte. Das war ihr geringstes Problem, daran würde sie sich mit der Zeit gewöhnen. Dina bezog ein kleines, einfaches Pensionszimmer, bezahlte für eine Nacht und erkundigte sich nach dem Weg zum Bahnhof, wo sie sich zuerst einen Fahrschein nach London kaufte. Dann suchte sie mit klopfendem Herzen das Telegraphenamt auf.

Sie gab dem Beamten in der beeindruckenden Uniform das Papier mit Idas Adresse und schrieb auf das Formular:

17. Februar Stop Viertel nach vier Stop Euston Station Stop von Liverpool Stop Dina

Und dann das zweite Telegramm an Harry, der dann Siegfried informieren würde und der wiederum Tante Luise. Irgendwer würde es auch Sebastian sagen, dass sie sicher angekommen war.

Alles gut Stop bin in Liverpool Stop Marie

Als sie aus dem Telegraphenamt trat, wurde es bereits dunkel. Dina leistete sich eine Fleischpastete und trank ein Glas plörriges Bier dazu. Langsam sickerte es auch in den letzten Winkel ihres Gehirns durch, dass sie in Sicherheit war. In Sicherheit. Sie hatte die Liebe ihres Lebens verloren. Sie hatte keine Familie und keine Arbeit und würde aufgrund ihrer mangelnden Sprachkenntnisse nicht so schnell etwas finden, um wieder auf eigenen Füßen zu stehen. Tante Luise hatte ihr in den Seesack, den Siegfried abgeholt hatte, einen verknoteten Strumpf mit ein paar silbernen Münzen gelegt. Das würde Dina für die erste Zeit über Wasser halten.

Sie wollte Idas Eltern nicht zur Last fallen. Nicht länger als unbedingt nötig jedenfalls. Solcher Art waren ihre Gedanken am nächsten Tag im Zug. Je näher London kam, desto verunsicherter war sie. Als sie fürchten musste, nicht heil aus Deutschland herauszukommen, hatte sie an diese Dinge keinen Gedanken verschwendet. Die lebensbedrohende Situation, in der sie steckte, und der Verlust Selenes hatten sie nicht weiterdenken lassen, als sicher nach England zu kommen. Aber es war gut möglich, dass die Schwierigkeiten vielleicht erst anfangen würden.

Als Dina aus dem Zug stieg, umringt von Menschenmassen auf dem riesigen Bahnhof, und sich krampfhaft an ihrem Seesack festklammerte, fühlte sie sich verlassen und kämpfte mit den Tränen. Doch dann sah sie Ida vom Ende des Bahnsteigs auf sich zulaufen.

„Dina!"

Sie bahnte sich mit den Ellenbogen einen Weg durch die Menschen und schon wenige Sekunden später war Dina in ihren Armen und fühlte sich endlich sicher.

„Du bist da!", flüsterte sie. „Ich bin so froh, dass du endlich dort weg bist!" Sie sah Dina prüfend an. „Was ist passiert?

Du siehst aus, als hättest du wochenlang nicht geschlafen und nicht ordentlich gegessen."

Dina begann zu zittern und sie versuchte, die Tränen zurückzuhalten. Wieso musste sie jetzt weinen? Sie war angekommen! Ida hielt sie fest.

„Sch! Lass uns gleich nach Hause fahren. Du kannst mir dort alles in Ruhe und der Reihe nach erzählen. Alles wird wieder gut, Dina. Du bist in Sicherheit."

Der Anfang war hart. Dina kämpfte mit der Sprache, dem täglichen Leben und mit ihren Erinnerungen, die sie immer zu den unpassendsten Momenten attackierten. Die Engländer gefielen ihr jedoch sofort: ein Menschenschlag, der nicht viel Aufhebens um die Dinge machte, die getan werden mussten. Was das anging, fühlte sie sich sehr schnell heimisch auf der Insel.

Das Haus der Lerchs in der Corringham Road war ein einfacher Rotklinkerbau, der mit etwas gutem Willen durchaus norddeutsch aussah. Es war ein altes Haus und hatte viele winkelige, kleine Zimmer. Dina bekam eins davon unter dem Dach, das ein entzückendes Erkerfenster hatte. Im Garten gab es viele Rosenbüsche, denen Madame Nava sich, seit sie hier lebten, liebevoll gewidmet hatte und die im Sommer, so erzählte ihr Ida, das Haus in eine bunte Duftwolke hüllten. Davon waren sie allerdings im Februar weit entfernt. Draußen wirkte alles trostlos und grau.

Julius Lerch, der selbst bereits im Besitz eines britischen Passes war, hatte ohne mit der Wimper zu zucken für sie gebürgt, damit sie eine Einreiseerlaubnis bekam, die sie offiziell als Hausangestellte der Lerchs qualifizierte. Madame Nava versicherte, dass sie, sollte dies nicht genügen, auch willens wären, sie zu adoptieren. Dina las täglich die *Times* und den *Guardian*, um sich auf dem Laufenden zu halten, wie sich die politische Lage in Deutschland entwickelte. Meist reichte ihr Idas Vater die Zeitung bereits mit sorgenvollem Gesicht weiter und was sie las, deprimierte auch sie von Tag zu Tag mehr. Trotzdem war die Lektüre ihren Englischkenntnissen sehr zuträglich und als sie fast auf den Tag ein Jahr in England war, erhielt sie endlich eine Aufenthalts- und Arbeitserlaubnis.

Das mit der Arbeit war allerdings deutlich schwieriger als gedacht. Die Engländer mit ihrem ausgedehnten Kolonialreich vertraten vielfach den Standpunkt, dass Menschen, die nicht richtig englisch sprachen, gerade gut genug waren, um Kinder zu hüten oder in schwarzem Kleid und Häubchen Tee zu servieren. Dina hatte sich eine Mappe mit ihren besten Photographien zusammengestellt. An jenem Tag wollte sie noch einmal bei der Arbeitsvermittlung vorstellig werden, aber wenn man ihr wieder nicht helfen konnte, hatte sie vor, auf gut Glück durch die Stadt zu streifen und in jedem Photoatelier, das sie finden konnte, nach Arbeit zu fragen.

Die Schlange bei der Arbeitsvermittlung war endlos. Dina hatte sich eine Thermosflasche mit heißem Tee mitgenommen, denn es war verdammt nasskalt. In London würde sie noch viel öfter Männerkleidung tragen als in Deutschland. Langsam ging es vorwärts, dann wieder stundenlanger Stillstand. Sie vertrieb sich die Wartezeit mit dem Beobachten der Leute in der Schlange. Vor ihr, hinter ihr und dann die Passanten, die unter Regenschirmen gegen das Wetter kämpften. Plötzlich durchfuhr es sie siedendheiß. Auf der gegenüberliegenden Straßenseite ging ein schmaler Mann. Er trug einen grauen Anzug, Hut und Mantel. Insoweit unterschied ihn nichts von den anderen Menschen im Londoner Regen. Sein Gang hatte ihre Aufmerksamkeit auf sich gezogen und als Dina sein Gesicht gesehen hatte, war es um ihre Fassung geschehen. Sie gab ihren mühsam erkämpften Platz in der Schlange auf und rannte ihm nach. Zwei Ecken weiter betrat er ein einfaches Gebäude, die *Fibbs Foundation*, wie ein Klingelschild am Eingang verriet. Sie überlegte einen Moment, atmete dann tief durch und läutete. Eine ältere Frau mit Brille öffnete die Tür.

„Ja, bitte?"

„Guten Tag, ich … ich suche jemanden und ich glaube, er ist hier … obwohl er eigentlich nicht hier sein könnte … " Ihr verworrenes Englisch ließ die Dame die Augenbraue heben, sie sah aber nicht unfreundlich aus.

„Ich würde Ihnen gern helfen, Miss, aber ich glaube nicht, dass ich das kann."

„Doch, bitte, Tristan von Merten, er ist eben gerade hier hereingekommen."

„Oh, dann ist das leider eine Verwechslung. Der Herr, der gerade zu seinem Termin mit Mr. Fibbs eingetroffen ist, heißt Selmer. Doktor Stan Selmer, er ist Archäologe."

Stan Selmer? Den Namen hatte sie nie gehört. Dann hatte sie sich also vermutlich geirrt. Es konnte ja auch nicht sein.

„Vielen Dank, Ma'am. Bitte entschuldigen Sie die Störung."

„Das macht doch nichts. Auf Wiedersehen."

Dina überlegte, ob es sich wohl lohnte, sich wieder in die Schlange der Arbeitsuchenden einzureihen, als es ihr wie Schuppen von den Augen fiel: Stan. Die hintere Hälfte von Tristan. Und Selmer war zusammengesetzt aus der ersten Hälfte des Namens seiner Schwester und der des Familiennamens. Sie hatte sich doch nicht getäuscht, das konnte kein Zufall sein. Sie drehte auf dem Absatz um und kehrte zur *Fibbs Foundation* zurück.

„Kann ich noch etwas für Sie tun?" Die Sekretärin betrachtete sie mitleidig.

„Ja, vielleicht … kann ich … auf Doktor Selmer warten, bitte? Ich muss ihn etwas fragen. Es ist … eine Familienangelegenheit."

„Das ist ja schon etwas eigenartig, das müssen Sie zugeben. Aber meinetwegen, kommen Sie. Sie sind ja völlig durchgefroren."

Drinnen bekam Dina eine Tasse Tee; die Wärme, die sich in ihren tauben Gliedmaßen ausbreitete, machte sie müde. Der weiche Sessel verleitete dazu, den Kopf auf die Lehne sinken zu lassen, aber sie hatte viel zu viel Angst, Tristan zu verpassen. Er musste es einfach sein!

Schließlich rührte sich etwas am Ende des Ganges. Sie hörte die Stimme eines Mannes.

„Vielen Dank, Doktor Selmer. Ich werde das Ausgrabungsvorhaben prüfen und Ihnen dann Mitteilung zukommen lassen, ob wir das Ganze finanzieren. Aber ich glaube, die Chancen stehen gut, dass ich meine Kuratoriumsmitglieder dazu kriege. Großartige Arbeit, Selmer! Miss Constable lässt Sie hinaus."

„Ich danke Ihnen, Sir. Bis zum nächsten Mal."

Seine schmale Gestalt näherte sich Dina. Er war es, daran bestand nicht der Hauch eines Zweifels.

„Doktor Selmer, diese junge Dame wartet schon länger auf Sie." Miss Constable deutete auf Dina und er kam auf sie zu.

„Guten Tag. Ich bin Stan Selmer, kennen wir uns?" Die Klangfarbe seiner Stimme, die Betonung. Dina wurde schwarz vor Augen. „Ist Ihnen nicht gut?"

„Doktor Selmer … ich …"

„Sie sind Deutsche, nicht wahr?" Er wechselte in die Muttersprache.

„Ja, wenn ich mich irre, verzeihen Sie bitte, aber ich glaube, ich bin mir fast sicher, ich … kenne Ihre Schwester."

Überraschung zeichnete sich auf seinem Gesicht ab. Angst. Kälte und fast so etwas wie Abscheu.

„Es ist so verrückt. Selene hat mir erzählt, das Sie vor einigen Jahren weggegangen sind … Sie sind ihr so ähnlich." Dina fing an zu weinen.

„Nun gut. Sie haben recht. Fräulein …?"

„Harms. Dina Harms."

Sie hatte völlig vergessen, dass sie hier unter einem anderen Namen lebte.

„Fräulein Harms, was wollen Sie jetzt von mir? Ist meine Schwester auch in England?"

„Nein." Dina zögerte. „Sie ist tot." Ihr schossen die Tränen in die Augen.

„Kommen Sie mit. Wir können hier nicht bleiben, sonst denkt Miss Constable, ich hätte Sie in Schwierigkeiten gebracht, obwohl es vermutlich in Wahrheit Selene gewesen ist. Wie immer. Aber ich glaube, wir sollten uns trotzdem unterhalten."

Er nahm ihren Arm und führte sie in einen kleinen Tearoom zwei Straßen weiter, wo sie an einem Ecktisch Platz nahmen. Er bestellte Tee und Scones.

„So, nun erzählen Sie. Was ist geschehen?"

Und Dina erzählte. Immer wieder unterbrochen von Tränen, wenn ihr Schmerz sie überwältigte. Tristan hörte ihr zu, ohne zunächst selbst etwas zu sagen. Erst, als sie fertig war, räusperte er sich.

„Sie haben großes Glück gehabt, Fräulein Harms, dass Sie so gute Freunde haben. Meine Schwester hatte immer schon ein Talent dafür, Menschen Probleme zu bereiten, beziehungsweise sie dazu zu bringen, sich ihre Probleme aufzuhalsen. Ich weiß, ich klinge so, als ob es mir nichts ausmachen würde. Das ist nicht so. Ihre Erzählung rührt vieles in mir auf. Von Neuem. Hat Selene Ihnen jemals erzählt, wie es zu unserem Zerwürfnis gekommen ist?" Er trank einen Schluck Tee.

„Nein …"

„Das dachte ich mir. Dann werde ich es jetzt tun. Ich war in Ellen Berggrün verliebt. Bis über beide Ohren. Und sie mochte mich auch. Endlich! Ich war sehr schüchtern mit Frauen – Selene hingegen wusste, wie man mit ihnen umgehen musste. Wenn sich zur Abwechslung auch mal eine für mich interessierte, verging in der Regel kein Monat und sie hatte sie rumgekriegt, bevor ich mich überhaupt getraut hätte, ihre Hand zu berühren. Ich habe nie etwas gesagt, bis Ellen kam. Sie war etwas Besonderes. Ich habe mit Selene gesprochen, sie angefleht, Ellen in Ruhe zu lassen. Sie hat es mir versprochen und es sah so aus, als hielte sie sich daran. Was dann passiert ist, weiß ich nicht genau. Ich haben Ellen … respektiert, wenn Sie verstehen, was ich meine. Es ist mir nicht leichtgefallen, aber ich habe sie nie angerührt. Das war vermutlich der Fehler. Eines Tages sind wir uns etwas nähergekommen als sonst. Aber ich habe die letzte Konsequenz verhindert. Ellen ist wutentbrannt weggelaufen. Auf dem Heimweg hat sie dann wohl Selene getroffen und sich an ihrer Schulter ausgeweint. Den Rest können Sie sich vermutlich denken."

Dina sah ihn fragend an.

„Als ich zurück nach Hause kam, saß Selene hingegossen auf der Veranda und trug Ellens Schal wie eine Trophäe. Ich war außer mir und habe sie zur Rede gestellt. Sie blieb völlig ungerührt, wie immer."

Dina nickte. Sie wusste allzu gut, was er meinte.

„Schließlich meinte sie, ich könne Ellen behalten, sollte mich aber besser … um sie kümmern." Er schluckte. „An dieser Stelle kam unser Vater unversehens dazu. Er musste schon eine ganze Weile zugehört haben. Jedenfalls ging er dazwischen, aber nicht etwa, um Selene Einhalt zu gebieten, o nein! Er hat sich darüber vor Lachen ausgeschüttet, dass meine Schwester offenbar eher ‚Manns genug sei', um meine Verlobte zufriedenzustellen als ich."

Er legte sich einen Moment die Hand über die Augen, um die Erinnerung an diese Szene fortzuwischen. „Es war der berühmte Tropfen, der das Fass zum Überlaufen brachte. Ich stand Zeit unseres Lebens in Selenes Schatten. Sie war immer diejenige von uns beiden, der alles zugeflogen ist. Unser Vater sagte immer, man müsse einen Arzt und einen Anwalt in der Familie haben. Selene brannte darauf, Medizin zu studieren, also war vollkommen klar, dass für mich Jura übrigblieb. Ich wollte schon immer Archäologe werden, aber mein Vater hat mich zum Jurastudium gezwungen. Kein Wunder also, dass ich scheiterte, während Selene an der medizinischen Fakultät schnell als eine der brillantesten Studentinnen galt. Meine Mutter hat versucht, meinen Vater umzustimmen. Sie hat gesehen, wie unglücklich mich das Studium gemacht hat, aber sie kann sich gegen ihn nicht durchsetzen."

Man sah ihm deutlich an, wie viel Kraft dieser Rückblick ihn kostete.

„Ich habe es nicht mehr ertragen. Die Demütigung mit Ellen war einfach mehr, als ich aushalten konnte: Meine Verlobte ist nicht in der Lage, auf die Hochzeit zu warten, meine Schwester nutzt die Situation aus und verführt sie, mein Vater lobt sie noch dafür. Von meiner Mutter konnte ich keine ernsthafte Unterstützung erwarten und dass Selene sich je ändern würde – nun, diese Hoffnung hatte ich aufgegeben.

Ich sah keinerlei Möglichkeit, jemals aus ihrem Schatten zu treten. Verstehen Sie, ich musste gehen, um das letzte bisschen Selbstachtung zu retten, das mir geblieben war." Er wirkte erschöpft.

„Es tut mir so leid, Tristan." Dina rührte in ihrer Tasse. „Ich verstehe, dass das nichts mehr ändert, aber sie hat diesen Fehler unendlich bereut. Sie hat sich um Ellen bis zu ihrem Tod gekümmert. Sie hat alles getan, um ihr das Leben in der Anstalt zu erleichtern."

„Anstalt? Was für eine Anstalt?" Er sah ehrlich erschüttert aus.

„Ellen ging es sehr schlecht, nachdem Sie fortgegangen waren, Tristan. Ich habe sie nur einmal kurz kennengelernt. Sie war in einer Nervenklinik und schwer krank – und ich war trotzdem noch eifersüchtig auf sie." Dina schüttelte den Kopf.

„War? Was ist mit ihr passiert?"

„Es ging plötzlich sehr schnell. Die genauen Ursachen haben wir … nie erfahren." Sie brachte es nicht fertig, ihm zu sagen, was wirklich geschehen war. „Aber Selene hat alles getan, was sie konnte. Sie hat auch ihren … euren Vater überredet, für Ellens gesamte Behandlung dort aufzukommen, damit alles Menschenmögliche für sie getan wird. Sie schrieb sich die Schuld zu. Das weiß ich jetzt."

„Sie haben sie sehr geliebt, glaube ich. Selene war manchmal ziemlich schwierig."

„Das stimmt. Aber wir waren mehr als fünf Jahre zusammen. Es gab immer mal wieder Reibereien, ja. Aber gerade in der letzten Zeit vor ihrer Verhaftung ging es uns sehr gut. Wir haben zum ersten Mal darüber gesprochen, wie es mit uns in der Zukunft weitergehen könnte." Sie wischte sich ihre Tränen mit dem Ärmel der Matrosenjacke ab, die sie von Fatima bekommen hatte.

„Dann hat sie Sie auch sehr geliebt, Dina. So weit ist es mit keiner ihrer Eroberungen gekommen. Für sie war die Sache zumeist erledigt, wenn sie erreicht hatte, was sie wollte."

Schweigend tranken sie ihren Tee. Jeder von ihnen hing seinen eigenen Gedanken nach.

„Was haben Sie da in Ihrer Mappe, wenn ich mal neugierig fragen darf?"

„Dürfen Sie. Ich trage in dieser Mappe meine Hoffnung auf eine Arbeit spazieren. Ich lebe bei der Familie einer Freundin aus Hamburg. Sie sind unglaublich großzügig, aber ich möchte endlich wieder arbeiten. Ich bin es gewohnt, unabhängig zu sein, und ertrage es nicht, Menschen, denen ich schon jetzt so unendlich viel verdanke, weiter auf der Tasche zu liegen!"

Sie klappte die Mappe auf und er sah ihre Photographien an.

„Die sind wunderbar! Würden Sie auch einmal meine Frau und mich photographieren?"

„Natürlich, sehr gern sogar!"

„Dann kommen Sie doch am Sonntag zum Tee. Ich glaube, ich habe eine Idee. Aber das muss ich erst abklären, bevor ich Näheres sagen kann. Und bringen Sie gern Ihre Freundin mit. Hier ist meine Karte."

„Stan Selmer. Hat das einen Grund, dass Sie sich diesen Namen zugelegt haben?"

„Mehr oder weniger. Ein englisch klingender Name macht es einfacher. Das war der Grund. Und auch, weil mein wahrer Name einfach zu auffällig ist. Aber wie Sie bemerkt haben, konnte ich mich ja nicht so ganz davon trennen." Er grinste schief und etwas verlegen, Selene wie aus dem Gesicht geschnitten.

Als Dina mit Ida am darauffolgenden Wochenende die Selmers besuchte, fanden sie ein sehr gemütliches, liebevoll eingerichtetes Haus vor. Phoebe Selmer, Tristans Frau, war zart, hellblond – oberflächlich betrachtet haargenau derselbe Typ Frau wie Ellen, aber dabei äußerst quirlig, sehr patent und praktisch veranlagt. Dina machte ein paar Aufnahmen von den beiden.

„Nun sag es ihr schon, Stan!" Phoebe umfasste die Hand ihres Mannes.

„Meinst du? Ich glaube, ich spanne sie lieber noch ein bisschen auf die Folter." Wieder dieses Lächeln, das Dina jedes Mal zur Salzsäule erstarren ließ.

„Du bist gemein. Wenn du es ihr nicht sagst, dann tue ich es!"

„Also gut! Ich kann Ihnen eine Arbeit anbieten, Dina. Wir haben einen fest angestellten Photographen im archäologischen Institut. Der ist aber mittlerweile fast siebzig und sehnt sich danach, endlich in Pension zu gehen. Was sagen Sie?"

„Das ist … ich bin sprachlos!" Dina strahlte über das ganze Gesicht.

„Es ist bestimmt nicht so spannend, tote Gegenstände zu photographieren, aber es wird interessanter, wenn wir bei Ausgrabungen unterwegs sind. Sie müssten allerdings bereit sein, ab und an zu reisen."

„Das bin ich …" Dina dachte an ihre gefälschten Papiere. Wenn sie irgendwann einen englischen Pass bekam, dann würde er auf Basis ihres deutschen Passes ausgestellt. Vielleicht musste sie nun ihr Leben lang Marie Evers bleiben.

„Ich denke, das wird sich regeln lassen. Wir reden in Ruhe morgen im Institut über alles. Ich bin sicher, Gregory wird sehr erleichtert sein und Sie perfekt einarbeiten. Das ist wirklich eine wundervolle Fügung." In jeder seiner Regungen, seiner Gefühlsäußerungen sah er aus wie Selene. Dina wusste, dass sie sich daran würde gewöhnen müssen.

21. Kapitel

Die Arbeit mit Tristan und den Kollegen im Institut bereitete Dina viel Freude. Sie lernte es, geduldig unbelebte Objekte in Szene zu setzen und korrekt auszuleuchten. Es kam auf andere Dinge an, als einen bestimmten Ausdruck einzufangen oder den richtigen Sekundenbruchteil zum Abdrücken zu erwischen, nämlich auf Präzision und reproduzierbare Ergebnisse, die das objektive Vergleichen von Exponaten ermöglichten. Photographisch gesehen war das Museum eine neue Welt für Dina.

In den ersten Jahren fuhr sie oft mit den Wissenschaftlern zu Ausgrabungen. Als sie wieder einmal ihren Seesack für einen mehrmonatigen Ägyptenaufenthalt packte, brach Ida einen ungewöhnlich heftigen Streit vom Zaun und warf Dina ihre Abwesenheit vor. Es war offenkundig, dass sie Dina immer noch liebte und es nicht ertrug, sie wieder gehen zu lassen. Die Szene endete damit, dass sie Dina vor eine Wahl stellte, die diese nicht treffen konnte und wollte.

„Ida, du weißt, wie lieb ich dich habe, aber das ist meine Arbeit, die mir sehr viel bedeutet, aber nicht mehr als du. Alles hat seine Zeit. Ich werde jetzt gehen. Weil ich gehen muss und auch gehen will. Ich komme wieder und dann reden wir über alles."

„Wirst du über uns nachdenken, Dina? So kann es nicht weitergehen, das weißt du doch auch." Ida lehnte im Türrahmen. Groß, sehr schlank, leidenschaftlich und offenbar so verliebt in sie wie seit Jahr und Tag. Sie war eine umwerfende Frau. Alle guten jüdischen Mütter in Golders Green schickten ihre erwachsenen Söhne zu den Lerchs. In der Corringham Road gaben sie sich gegenseitig die Klinke in die Hand und ihre Anträge verhallten ungehört, denn der einzige Mensch, den Ida wollte, trug zwar auch meist Hosen und Jacketts, war aber sonst sehr deutlich weiblichen Geschlechts und wich ihr seit Jahren aus.

Natürlich begriff Dina, dass es so nicht weitergehen konnte, aber mit Selene war in ihr die Fähigkeit gestorben, bedingungslos zu lieben. Zu lieben, ohne Fragen zu stellen, ohne Rücksicht auf sich selbst. Sie liebte Ida auf ihre Weise. Die wenigen Male, die sie sich in England auch körperlich nahe gekommen waren, hatten sie keineswegs kaltgelassen. Sie wusste, dass sie sich langfristig sicher für Ida entscheiden würde, aber nicht einfach so. Selene zu lieben, war für sie so selbstverständlich gewesen wie die Tatsache, dass der Regen von oben nach unten fiel und nass war … so würde es nie wieder sein.

Dina stand mit ihrem Seesack dicht vor Ida.

„Ich werde über uns nachdenken und bin mir sicher, wie meine Entscheidung ausfallen wird. Aber das hängt auch von dir ab. Denk über das nach, was ich dir gesagt habe."

Dann küsste Dina sie und ging.

Ida hatte schon kurz nach ihrer Emigration angefangen, Medizin zu studieren. Inzwischen war sie fast fertig damit. Sie musste sich jetzt eine Assistenzstelle suchen und Nägel mit Köpfen machen, zögerte aber. Es fiel ihr schwer, Entscheidungen für sich allein zu treffen. Entscheidungen, die vielleicht ihr Leben in so gefestigte Bahnen lenken würden, dass es nicht mehr ohne Weiteres möglich sein würde, den Erwartungen anderer zu entsprechen.

Dina hatte ihr mehr als einmal ins Gewissen geredet. Bei diesem Abschied setzte sie alles auf eine Karte. Sie wollte, dass Ida ihr Leben selbst in die Hand nahm. Eine Frau, die sie umfloss wie Wasser und sich jeder ihrer Regungen anpasste, machte sie wahnsinnig. Bei ihrer Rückkehr aus Ägypten würde sich herausstellen, ob Ida sie verstanden hatte.

Die Ausgrabung zog sich deutlich länger hin als erwartet und als Dina im Spätsommer 1939 sonnenverbrannt und von einer Darmerkrankung stark abgemagert nach England zurückkehrte, war nicht nur Ida fort und hatte eine Assistenzarztstelle in Schottland angetreten, sondern England befand sich im Krieg mit Deutschland. Tristan hatte in weiser Voraussicht in der Kairoer Botschaft einen englischen Pass für Dina beantragt und sie war tatsächlich eingebürgert worden, was teilweise sicher an den chaotischen Zuständen vor Ort lag, aber er hatte sicherheitshalber auch noch mit einer handfesten Bestechung nachgeholfen. Dina, alias Mary Evers, kehrte gerade noch rechtzeitig als neue Untertanin seiner Majestät zurück, denn bereits ein Jahr später lief man als Inhaber eines deutschen Passes Gefahr, für die Dauer des Krieges in ein Internierungslager gebracht zu werden.

Die Kriegsjahre änderten vieles. Simon wurde direkt mit Englands Kriegseintritt als Arzt eingezogen und der Western Desert Force zugeteilt, die in Nordafrika kämpfte. Ida beendete ihre Assistenz in Rekordzeit und promovierte in der Chirurgie. Offenbar hatte Schottland ihr gutgetan. Sie schien gesammelter und erwachsener, als sie zurückkam. Da es nicht so aussah, als ob der Krieg einfach so vorbeiziehen würde, schien ihr die Chirurgie die nützlichste Fachrichtung. Ida kehrte nach London zurück und fand eine Anstellung im King Edward VII Memorial Hospital, eine halbe Stunde vom Haus ihrer Eltern in der Corringham Road entfernt. Ihre Mutter schien zu erwarten, dass sie wieder zu Hause einzog, was ja auch naheliegend gewesen wäre. Als Ida ihr offenbarte, dass sie mit Dina eine Wohnung in North Kensington beziehen würde, damit sie ungefähr auf der Hälfte von beider Arbeitsweg leben würden, wunderte sie dies zwar zunächst, aber es rief keinen Widerstand hervor, zumal die Lerchs sich mit dem Gedanken trugen, das Haus in Golders Green zu schließen. Sie würden sich zeitweilig in der Nähe von Madame Navas Schwester, in Penzance, niederlassen, was sie dann im Sommer 1940 auch taten, als die großflächigen Bombardements einsetzten und man kaum eine Nacht ruhig schlafen konnte.

Manchmal erschien Dina die Tatsache, dass Krieg war, unwirklich. Ihr Leben lief in so geregelten Bahnen wie kaum jemals zuvor. Das Zusammenleben mit Ida entpuppte sich als einfacher, als sie gedacht hatte. Sie kannte Nähe nur zum Preis von teilweiser Verleugnung ihrer eigenen Bedürfnisse und ärgerlichen Diskussionen. Mit Ida ging alles so leicht. Es fühlte sich selbstverständlich an. Sie hatten kaum Missverständnisse oder Meinungsverschiedenheiten. Es war nicht die eine, die große, die erderschütternde Liebe ihres Lebens. Das nicht. Aber ein ruhiges, sicheres Fahrwasser. Sie ist so etwas wie mein Heimathafen, dachte Dina oft, und war dankbar, dass sie es geschafft hatte, sich mit Ida zusammenzuraufen. Diese übte den Arztberuf mit der ruhigen Gelassenheit aus, die einen der Grundzüge ihres Charakters bildete, den Dina besonders an ihr schätzte. Aus Hamburg hatte sie bereits länger kaum etwas gehört, denn kurz nachdem Deutschland und England in den Kriegszustand getreten waren, wurden der deutschen Bevölkerung alle Postkontakte mit dem feindlichen Ausland untersagt. Dina sorgte sich um Tante Luise, Siegfried und all die anderen. Sie hatte ihnen noch aus Ägypten von ihrer Einbürgerung geschrieben. Ob dieser Brief überhaupt noch angekommen war? Hoffentlich hatte sie dadurch niemanden in Schwierigkeiten gebracht.

Als die Deutschen 1941 die großen englischen Städte immer heftiger bombardierten, wurden die Artefakte aus dem archäologischen Institut und die Kunstwerke aus den Museen ausgelagert. Ausstellungen fanden keine mehr statt. Dina musste eine neue Arbeit finden. Sie besann sich auf das, was sie am besten konnte: den richtigen Moment zu erwischen. Eine Weile streifte sie durch die Stadt und hielt fest, was der Krieg bei den Menschen anrichtete. Sie sah nicht weg und tat nicht so, als wäre nichts gewesen – eine englische Verhaltensweise, die sie nie gelernt hatte.

Hitlers Blitzkrieg riss die Briten aus ihrer Unerschütterlichkeit und brachte ihre Fähigkeit, scheinbar ausweglose Situationen stoisch zu ertragen, bis sich etwas änderte, an ihre Grenzen. Mit ihrer Art von Photographie legte Dina den Finger in die Wunden dieses Landes, das sich doch aufgrund seiner geographischen Inselsituation stets so unverwundbar gefühlt hatte. Es dauerte nicht lange und Dinas Photographien wurden in vielen noch erscheinenden Zeitungen gedruckt. Und das nicht nur in England, sondern auch bei den Alliierten. Sie erlangte einen gewissen Bekanntheitsgrad als Pressephotographin. Die Tatsache, dass dies unter dem Namen Mary Evers passierte, der in ihrem englischen Pass stand, befremdete sie zwar gelegentlich, aber es machte eigentlich keinen Unterschied.

Als Dina an einem Nachmittag Mitte August 1941 in die Redaktion des *Socialist Worker* kam, um Bilder abzugeben, rief eine der Redakteurinnen sie zu sich.

„Mary, es hat jemand für dich angerufen. Doktor Lerch. Sie sagte, du sollst so schnell wie möglich zu ihr ins Krankenhaus kommen. Es ist jemand eingeliefert worden, den du von früher kennst, und er wird vermutlich nicht mehr lange leben."

Dina wurde blass. Sie hatte keinen Schimmer, um wen es sich handeln konnte. Ihre erste Sorge galt Simon und Tristan, denn Idas Eltern waren in Penzance verhältnismäßig sicher, aber von Simon, der noch immer in Nordafrika im Einsatz war, hörten sie sehr selten etwas.

Obwohl sie sich beeilte, dauerte es fast drei Stunden, bis sie im Krankenhaus ankam. Die Untergrundbahn war an mehreren Stellen unterbrochen und die Wege ihrem Fahrrad nicht immer zuträglich. Als Dina gegen Abend mit einem platten Reifen erschöpft das Krankenhaus erreichte und nach Ida fragte, war diese im OP und hatte keine Nachricht für sie hinterlassen, also musste sie sich in Geduld fassen. Sie wartete im Aufenthaltsraum, in dem es immerhin Tee und ein paar trockene Kekse gab. Dina hatte den Tag über außer dem Frühstück nichts zu sich genommen.

Als Ida endlich zu ihr kam, sah sie müde und besorgt aus.

„Es ist gut, dass du da bist." Sie umarmte Dina kurz und setzte sich zu ihr. Dinas Aufregung legte sich, da sie ihre Freundin so ruhig vorfand. Es konnte sich also nicht um einen nahen Verwandten handeln, den es so übel erwischt hatte. Aber andererseits, warum hatte sie sie dann holen lassen?

„Es ist jemand eingeliefert worden, der nicht hier sein dürfte. Sie haben wohl weiter nördlich von hier eine deutsche Maschine abgeschossen, die offenbar vom Kurs abgekommen ist. Einer hat sich mit dem Fallschirm retten können. Nach seiner Uniform zu schließen, der Funker an Bord. Sein Fallschirm war aber nicht intakt und er ist schwer verletzt. Man hat ihn hierhergebracht, weil man hofft, ihn vernehmen zu können. Als ob so ein niederer Dienstrang irgendwelche großen Geheimnisse kennt, aber sei's drum. Ich habe gerade versucht, seine Innereien zusammenzuflicken, und kann nicht behaupten, dass mir das besonders gut gelungen ist, obwohl ich wirklich alles, alles getan habe, was ich konnte. Dina. Es ist Sebastian. Unser Sebastian. Als sie ihn brachten, war er bewusstlos. Und nun müssen wir sofort Nachricht geben, wenn er zu sich kommt. Ich weiß nicht, wie lange wir ihn hierbehalten dürfen, aber ich bin auch überhaupt nicht sicher, ob er überlebt oder wieder zu sich kommt. Er hat so viele innere Blutungen, dass ich keineswegs beschwören kann, dass alle Nähte dichthalten."

Dina schluckte und hörte ihr zu.

„Ich möchte, dass du bei ihm bleibst. Die Schwestern tun ihre Pflicht hier. Mehr als das manchmal. Aber sie haben genügend Landsleute hier, um die sie sich kümmern müssen, wenn du verstehst …"

„Ja, natürlich. Ich bleibe bei ihm. Wo ist er?"

„Komm mit, ich bringe dich zu ihm und informiere die Oberschwester, dass du freiwillig seine Überwachung übernimmst, um die Station zu entlasten."

Sebastian wirkte nicht besonders krank, als sie ihn in seinem Bett liegen sah. Er hatte eine bläuliche Beule am Kopf, einer seiner Arme war eingegipst und im anderen steckte ein Infusionsschlauch. Aber sonst hatte er nichts, was dem Laien sagen würde, dass er an einem kaputten Fallschirm hängend aus einem brennenden Flugzeug, mehrere hundert Fuß über der Erde, gefallen war. Abgesehen von den wenigen sichtbaren Verletzungen war er noch immer der Junge, der winkend neben dem Leichenwagen gestanden hatte, als sie sich vor sieben Jahren in Cuxhaven eingeschifft hatte.

Als sie einige Stunden nach ihrer Ankunft im Krankenhaus mit einer frischen Tasse Tee zurück in das Zimmer kam, bemerkte Dina, dass er aufgewacht war. Er sah sich mit verwirrtem, müdem Blick um.

„Sebastian?"

Er reagierte, wandte ihr seinen Blick zu und schien Schwierigkeiten zu haben, scharf zu sehen, denn er kniff die Augen zusammen.

„Wo bin ich?"

„Sebastian, erkennst du mich nicht? Ich bin's, Dina."

„Dina."

Er sagte ihren Namen. Überlegte.

„Ja. Deine Maschine wurde abgeschossen. Du bist in einem englischen Krankenhaus."

„Verdammter Mist."

Er schien sich seiner Lage bewusst zu werden.

„Hast du Schmerzen?"

Er zog eine Grimasse. „Frag besser nicht … wenn mich deren Ärzte zusammengenäht haben, dann gute Nacht."

„Ida hat dich operiert. Sie ist Ärztin geworden, stell dir das vor."

„Ida? O Gott, jetzt weiß ich, was schlimmer ist als ein englischer Arzt …" Er versuchte zu grinsen, brach ab und hustete.

„Du darfst nicht so viel reden. Am besten tust du so lange, wie es geht, müde und so, als ob du nicht ganz klar bist, denn sie werden sicher bald kommen, um dich zu vernehmen."

Seine Gesichtsfarbe sah plötzlich grau aus.

„Ich glaube, ich hole besser die Schwester oder gleich den Stationsarzt."

„Dina, warte bitte … ich glaube nicht, dass sie mich noch einmal mit dir reden lassen, wenn sie mich vernehmen. Ich muss dir etwas Wichtiges sagen."

„Ich habe dich auch lieb, Sebastian." Sie streichelte vorsichtig seinen Kopf. „Wenn ich es mit Jungs hätte, gäbe es keinen Grund, warum du es nicht hättest sein können."

Er sah sie ernst an und schüttelte kaum merklich den Kopf.

„Das meine ich nicht. Dina, hör zu bitte, ich muss das loswerden, bevor … Dina, als wir dich aus Deutschland geschafft haben … Du weißt ja, dass Harry und Siegfried das zusammen ausgekocht haben?“

„Ja, natürlich. Und du hast den wichtigsten Teil übernommen und dafür werde ich dir ewig dankbar sein.“

Auf seiner Stirn sammelten sich Schweißtropfen und seine Stimme wurde leiser.

„Sie wussten, dass du niemals gehen würdest, solange Selene lebt …“

„Ja … nein … natürlich nicht, aber …?“

„Als die Lage für dich immer brenzliger wurde und du untertauchen musstest … du musstest weg aus Deutschland, aber du wärst niemals gegangen ohne sie … Dina, wir haben alle gelogen. Als wir dich aus Deutschland geschafft haben, war Selene noch am Leben. Sie war in Neudeck inhaftiert.“

‚Sie war noch am Leben‘. Wie lange dauerte es, diesen Satz auszusprechen? Ein paar Sekunden? Wie lange würde sie dafür brauchen, ihn zu verstehen, seine Bedeutung zu verinnerlichen? Würde es jemals möglich sein? Diese Gedanken kamen ihr erst sehr viel später. Sebastians Worte waren ein Fallbeil, das die Verbindung zwischen Dina und allem, was ihr Leben in London ausmachte, durchtrennte.

„Ich muss jetzt gehen.“

„Dina … bitte … wir mussten dich doch in Sicherheit bringen …“

Sie verließ das Zimmer, ohne sich umzusehen. Eine Weile irrte sie durch die Gänge, um zum Ausgang zurückzufinden, dann nahm sie ihr Fahrrad und schob es durch das Portal.

Als sie spät am Abend zurück in die Wohnung kam, war Ida in heller Panik.

„Wo bist du gewesen? Ich habe mir solche Sorgen gemacht!“ Sie wollte Dina umarmen, wich aber zurück, als sie ihr Gesicht sah.

„Hast du es auch gewusst?“

„Was?“

Dina ging wortlos an ihr vorbei ins Bad und schloss die Tür hinter sich.

Ida klopfte.

„Dina, was soll ich gewusst haben? War er wach? Hat er etwas gesagt? Er ist am Nachmittag ins Koma gefallen. Seine Blutungen haben wieder eingesetzt. Wir haben ihn noch mal operiert, aber ich glaube nicht, dass er es schafft."

Es war offensichtlich, dass Ida keine Ahnung hatte.

„Darf ich hereinkommen?" Ida klopfte wieder an die Tür.

„Es ist offen." Dina saß auf dem Wannenrand und vergrub das Gesicht in den Händen.

Ida hockte sich vor sie und fasste sie an den Handgelenken, die trotz des warmen Sommerwetters eiskalt waren.

„Willst du mir nicht sagen, was los war?"

„Er ist wach geworden und hat mich auch erkannt."

„Habt ihr gesprochen?"

„Ja." Sie hob ihr Gesicht aus den Händen und sah Ida an. „Ich habe gesagt, er soll nicht so viel sprechen, das wäre nicht gut für ihn."

„Das war richtig. Und dann?"

„Er wollte aber sprechen. Es ist geradezu aus ihm herausgesprudelt. Er war so schwach und hat sicher gemerkt, dass seine Lage aussichtslos ist, aber eines musste er mir noch sagen."

„Dina, was denn, um Gottes willen?"

„Selene war nicht tot, als sie mich aus Hamburg herausgebracht haben. Sie haben mich alle angelogen."

„Was?" Ida war kalkweiß geworden und starrte sie an.

Als Dina nach England gekommen war, hatte sich Idas Traum zwar erfüllt, aber sie merkte sehr schnell nach der Ankunft der Freundin, dass für diese die Flucht über den Kanal die Endstation eines Albtraums war. Nach der ersten Zeit sprachen sie nicht mehr oft über Selene. Ida war klar, dass Dina sie vermutlich immer lieben würde und dass sie selbst nie die Eine für Dina sein könnte. Aber sie lebten zusammen und zwischen ihnen lief es gut. Ida erinnerte sich selbst stets gewaltsam daran, ja nicht zu viel zu fordern, sondern mit dem zufrieden zu sein, was Dina ihr gab, um ihre durchaus harmonische Verbindung nicht zu überlasten. Es war nicht immer einfach gewesen, aber mit den Jahren wurde es besser. Ida verstand irgendwann, dass sie sich auch auf ihre Belange konzentrieren musste und dass Dina sie niemals als Partnerin würde respektieren können, wenn sie nicht auf eigenen Füßen stand. Somit verdankte sie es ihrer Liebe zu Dina, dass sie die Kraft fand, ihre Ausbildung zu Ende zu bringen. Ida hatte hart für das gekämpft, was sie hatten. Und sie war nicht willens, es widerstandslos aufzugeben, weil Sebastian Selenes Geist heraufbeschworen hatte.

„Er steht unter Medikamenten und ist vermutlich nicht ganz bei sich."

Dina sah sie kalt an. „Er war genauso ‚bei sich' wie du und ich jetzt gerade. Er hatte Angst, dass man ihn nicht mehr mit mir würde reden lassen, wenn sie ihn zum Verhör abholen. Deswegen musste er noch beichten und seine Seele erleichtern."

Ida fuhr zusammen. Dina selbst schien nicht zu spüren, was sie sagte, oder es war ihr egal.

„Ist dir überhaupt nicht klar, was das bedeutet?" Dina fauchte Ida die Worte ins Gesicht. „Wenn sie damals am Leben war, kann es sehr gut sein, dass sie immer noch lebt. Und nicht nur, dass ich sie im Stich gelassen habe, ich kann von hier aus nichts tun, um ihr zu helfen!"

Ida überlegte einen Moment, aber ihr gesunder Menschenverstand ließ sich nicht mundtot machen.

„Natürlich wäre das theoretisch möglich, Dina. Aber vergiss nicht, dass sie in Haft ist. Die Bedingungen sind schwierig. Und du weißt, was sie über diese Lager sagen. Selbst wenn sie noch leben sollte: Du konntest auch nichts für sie tun, als du noch dort warst. Und das schon, bevor du selbst in deren Visier geraten bist. Nachdem du untertauchen musstest, hättest du erst recht nichts mehr machen können."

„Und das passt dir auch ganz gut so, nicht wahr?"

Ida wich zurück, es fühlte sich an, als ob Dina sie geschlagen hätte. Ihr Gesicht erstarrte.

„Ich wusste doch nichts davon, als du ankamst aus heiterem Himmel! Natürlich habe ich mich gefreut, dass du da warst.

Und außer Gefahr! Als du mir später von Selenes ... Tod erzähltest, merkte ich natürlich, wie sehr du gelitten hast. Ich habe alles versucht, was ich konnte, um ... um ... dir hier alles erträglicher zu machen. Ich habe gemerkt, wie schwer es dir fiel, mit meinen Eltern unter einem Dach zu leben, dich in unser Familienleben einzufügen, dich hier einzugewöhnen. Ich werde vermutlich niemals wirklich begreifen können, wie schwer das für dich gewesen ist, zusammen mit dem Verlust, den du erlitten hattest." Ida atmete tief durch. „Aber ich habe versucht, für dich da zu sein, ohne mich aufzudrängen, ohne deiner Trauer im Weg zu sein ... ich..." Sie verstummte. Sie redete sich hier vermutlich um Kopf und Kragen. Machte nicht jedes weitere Wort alles nur schlimmer? Sie wollte Dina nicht verlieren. Ida wusste, dass Dina ihr niemals wirklich gehört hatte, aber das, was sie hatten, war ihr Leben, sie konnte sie nicht verlieren. Nicht so. Nicht an den Geist der Frau, die ihr Dina in einem früheren Leben schon einmal weggenommen hatte. Ida sah Selene von Mertens arrogantes und klassisch schönes Gesicht vor sich, als wäre es am Vortag gewesen, stand auf und lehnte sich einen Moment mit geschlossenen Augen an die Wand.

„Wenn du fertig bist, komm doch rüber. Ich mache uns etwas zu essen. Es ist jetzt schön schattig auf dem Balkon."

Ohne eine vielleicht negative Antwort abzuwarten, verließ Ida fluchtartig das Bad.

Dina blieb allein zurück. Sie atmete stoßweise und ihre Fäuste waren geballt. Warum begriff Ida gar nichts von dem, was sie ihr sagte? Warum verstand sie nicht, dass sie niemals zusammen wären, wenn sie gewusst hätte, dass Selene noch lebte? Sebastians Beichte warf Dinas gesamtes Leben, das sie sich mühsam aufgebaut hatte, über den Haufen und erschütterte die Grundfesten ihres Selbstverständnisses. Sie war mit Ida eine neue Bindung eingegangen, obwohl Selene noch lebte, und das hatte nur geschehen können, weil Menschen, die Dina liebte, denen sie vertraute, sie angelogen hatten. Aber in letzter Konsequenz war es doch ihre eigene Entscheidung gewesen, wegzugehen und sich zu retten. Sie hatte ihr Schicksal in die

Hände von Siegfried, Harry und Sebastian gelegt. War das ein Fehler gewesen? Wie hätte sie ihnen nicht vertrauen können? Sie hatten alles getan, um sie aus Hamburg herauszuschaffen, und das unter beträchtlichen Risiken. Aber all das änderte nichts daran, dass sie Selene alleingelassen hatte. Daran war sie allein schuld und musste sehen, wie sie damit weiterleben würde. Ihr Vater hatte ihr beigebracht, wie wichtig es war, dass man sich selbst guten Gewissens im Spiegel ansehen konnte, am Ende eines jeden Tages ... Dina wandte sich um; ihr Gesicht war blass, die Augen schauten groß und starr, ihr Mund war ausdruckslos. Auch das stimmte also nicht. Dina konnte sich ansehen, obwohl sie in diesem grauenvollen Zwiespalt steckte. Ihre Freunde hatten sie belogen – aber sie war weggegangen, weil sie ihnen blind vertraut hatte. Sie wurde fast verrückt bei dem Gedanken, dass Selene vielleicht noch immer in diesem Gefängnis dahinvegetierte ... Ohne sich um Ida zu kümmern, die in der Küche mit Geschirr klapperte, ging sie ins Schlafzimmer, packte Kleidungsstücke und ihre Photoausrüstung in den Seesack. Erst dann ging sie in die Küche.

Ida hielt inne und schaute sie an.

„Ich muss jetzt allein sein. Ich kann das hier alles gerade nicht ertragen." Dina drehte sich um und verließ ohne eine weitere Erklärung die Wohnung.

Die erste Nacht verbrachte sie in einer schmutzigen Pension in Bayswater, wo sie am nächsten Vormittag einiges an Photographien zustande brachte. Dann fuhr sie kurzentschlossen in die Redaktion des *Socialist Worker*, wo sie wie erhofft Vicky Lucas antraf, die Redakteurin, die ihr den Anruf von Ida ausgerichtet hatte.

„Mary, wie siehst du denn aus?"

Dina ignorierte die Frage.

„Vicky, kann ich meine Sachen hier bei dir lassen?"

„Ja, natürlich, aber du siehst wirklich furchtbar aus." Sie schloss Dinas Seesack in einem Schrank ein und griff nach ihrer Handtasche. „Komm mit, du brauchst was zu trinken."

Dina widersprach nicht. Vielleicht hatte Vicky recht. Sie ging neben ihr her. Ein paar Straßen weiter traten sie in einen

Pub, *Cricketer's Arms,* und Vicky bahnte sich ihren Weg in den Damenraum, wo sie sich setzten.

„Was willst du trinken?"

„Ich weiß nicht, am besten vielleicht einen Gin mit Wasser."

„Kommt sofort." Vicky ging zur Bar und kam mit den Getränken und einem Teller Sandwiches zurück. „Du siehst aus, als hättest du Hunger. Ich bin auch schon deutlich über meine Mittagszeit hinaus."

Eine Weile kauten sie beide, ohne zu reden, dann lehnte sich Vicky zurück und trank einen Schluck.

„Also erzähl, was ist passiert?"

„Das ist eine verdammt lange Geschichte, Vicky. Ich kann jetzt nicht darüber reden. Und so gut kennen wir uns auch nicht."

„Oh! Ich verstehe." Vicky verdrehte die Augen. „Diese Art von Geschichte. Vielleicht sollten wir besser nur trinken und alte Geschichten vergessen?" Sie nahm eine Zigarette aus dem Päckchen, das sie auf den Tisch gelegt hatte. Sie hatte schmale, außerordentlich gepflegte Hände und sorgsam manikürte Nägel. Dina trank und beobachtete, dass sie die Zigarette noch unangezündet in der Hand hielt. Sie wartete ganz offensichtlich darauf, dass jemand ihr Feuer gab. Dina ließ ein Streichholz aufflammen, Vicky atmete den Rauch ein. Es gab keinen Zweifel, Vicky flirtete.

Als Dina am nächsten Morgen erwachte, war ihr bereits vor dem Öffnen der Augen klar, dass sie einen Fehler begangen hatte, den sie nicht einmal mit zu viel Alkohol hätte entschuldigen können. Sie stahl sich aus dem Bett, zog sich notdürftig an und verließ die Wohnung so leise es ging.

Als Vicky sie am Vorabend gefragt hatte, ob sie mit zu ihr käme, um noch einen letzten Drink zu nehmen, hatte sie sich das nicht zweimal sagen lassen. Dazu kam es allerdings nicht mehr. Das Türschloss klemmte und sie waren bereits halb ausgezogen, als es endlich nachgab. Vicky stieß sie rücklings auf das mattgrüne Sofa, setzte sich auf ihren Schoß und knöpfte mit fliegenden Fingern ihre eigene Bluse auf, während Dina sich ihre Hosen von den Beinen nestelte. Das Ganze dauerte keine fünf Minuten, Dina atmete schwer und ihr Kopf sank an Vickys Schulter, während diese laut aufstöhnte und sich an ihr festhielt. Fast unmittelbar danach polterte ein Nachbar mit den Fäusten an die Wand,

„Schlampe! Am helllichten Tag – hier sind Kinder!"

„Wie Sie die wohl gemacht haben?", rief Vicky zurück.

Dina musste kichern. Vicky machte Anstalten aufzustehen.

„Hiergeblieben, Miss Lucas." Sie zog sie wieder an sich und spürte, wie Vicky sich ihr entgegenbog.

„Ich habe auch ein Bett, weißt du …"

„Wirklich? Das ist gut – da können wir dann später weitermachen. Für den Moment gefällt mir dieses Sofa ziemlich gut."

Vicky lachte und fuhr mit den Fingern durch Dinas Locken. Der griesgrämige Nachbar hämmerte noch mehrfach wutentbrannt gegen die Wand. Gegen drei Uhr nachts gab es Fliegeralarm. Sie fuhren erschrocken in die Kleider und hockten dann in einem muffigen Keller. In den Ecken raschelte es verdächtig, was Dina zu ignorieren versuchte, denn vor Ratten hatte sie panische Angst. Als es bereits gute drei Stunden später Entwarnung gab, gähnte Vicky und zog Dina an der Hand mit sich zurück in die Wohnung. Eigentlich hätte sie da bereits gehen sollen, aber sie konnte nicht widerstehen. Diesmal ließen sie sich Zeit und Dina bereute nicht, dass sie mit zurückgekommen war. Als Vicky wieder tief und fest schlief, machte Dina sich davon. Es war zwar Sonntag, aber in der Redaktion traf sie den Hausmeister an, der ihr den Schrank aufschloss, so dass sie ihre Sachen mitnehmen konnte. Dina wollte schnellstmöglich nach Hause.

„Vielen Dank, Mr. Burton. Entschuldigen Sie bitte nochmals die Störung."

„Das macht doch nichts, Miss Evers. Das war ja ein kurzer Alarm heute Nacht, aber haben Sie schon gehört? In Kensington soll ordentlich was heruntergekommen sein … Miss Evers? Alles in Ordnung?"

Aber Dina war schon fast am Ende der Straße. In Kensington! Ihr Herz raste. Ida war in Kensington. Sie hatte keinen

Nachtdienst gehabt. Dina ertappte sich dabei, dass sie für einen Notfall betete, der Ida zurück ins Krankenhaus geholt hatte. Die Keller dort waren sicherer.

Ich habe sie alleingelassen – aus freien Stücken und ganz bewusst. Diesmal hatte niemand anderes seine Finger im Spiel. Und was hatte Ida eigentlich jemals mit der ganzen Sache zu tun? Nichts! Ich muss wahnsinnig gewesen sein. Gott, wenn Ida das überlebt, werde ich nie wieder von ihrer Seite weichen. Das klang nicht wie ein Gebet, sondern wie ein Befehl.

Bereits von Weitem sah Dina den Rauch – das Haus gab es nicht mehr. An seiner Stelle lag ein hoher, amorpher Haufen Steine, Mauerreste und geborstenes Glas.

Das alte Ehepaar aus dem Erdgeschoss versuchte offenbar, Gegenstände aus dem Schutthaufen zu bergen.

„Mr. Pendergast? Wo ist Ida? Waren Sie mit ihr im Keller heute Nacht?"

Ihr entging völlig, dass es höflicher gewesen wäre zu fragen, ob es ihnen auch gut ging, aber das war ja offensichtlich. Die beiden waren nicht verletzt und vollständig angezogen.

„Oh, Miss Evers! Ein Glück, dass Sie da sind! Es ist so furchtbar!" Mrs. Pendergast fiel ihr weinend um den Hals.

„Was ist passiert? Wo ist Ida, bitte, ich muss es wissen!"

Dina lief es heiß und kalt den Rücken hinunter.

„Unser Milton ist weggelaufen, als das Haus über uns einstürzte. George und ich haben gegraben und gegraben, aber wir haben ihn einfach nicht finden können!"

Nur mit Mühe hielt Dina sich davon ab, die alte Dame an den Schultern zu fassen und zu schütteln; der Verlust ihres steinalten Katers schien sie ganz wirr zu machen. Dina wandte sich an den Ehemann.

„Mr. Pendergast, bitte! Wo ist Doktor Lerch? Wo ist sie?" Sie atmete durch. Sie durfte jetzt nicht hysterisch werden, auch wenn der Anblick des tonnenschweren Schutthaufens, der ihr Zuhause gewesen war, sie fast wahnsinnig vor Angst machte.

„Sie haben uns zusammen herausgeholt, unsere Jungs von der Feuerwehr! Aber das arme Mädchen hat es übel erwischt."

Dina rannte bereits. Die Feuerwehr. Sie wusste, wo das Distrikt-Hauptquartier war. Bestimmt hatten sie sie ins Memorial gebracht, denn das Krankenhaus lag unweit der Feuerwache.

Das Hauptgebäude der Klinik stand noch und obwohl viele Gebäude im Umkreis beschädigt waren, schienen auch die Nebengebäude standgehalten zu haben. Dina stürmte in die Notaufnahme, in der ein heilloses Durcheinander herrschte.

Sie griff eine vorbeihastende Schwester am Arm.

„Ist Doktor Lerch hier? Hat man sie hier eingeliefert?"

„Ja, gleich heute früh, Doktor Livingstone operiert noch immer." Die Schwester rannte weiter. Überall lagen Verletzte unterschiedlicher Schweregrade auf Pritschen. Die leichteren Fälle saßen auf Stühlen oder am Boden und drückten sich Notverbände auf blutende Wunden.

Dina wusste, wo der OP-Bereich war. Dort angekommen, lehnte sie sich an eine Wand und wartete. Jede Kraft war ihr aus den Gliedern gewichen.

Nach einer Ewigkeit kam der Arzt aus der Tür, die Dina seit Stunden nicht aus den Augen gelassen hatte.

„Doktor! Ida – wie geht es ihr? Sie schafft es doch, oder?"

„Sind Sie eine Verwandte?"

„Das nicht, aber ich lebe seit vielen Jahren mit ihrer Familie. Sie haben mich bei sich aufgenommen. Ihre Eltern sind in Penzance und ihr Bruder ist im Einsatz, er ist auch Arzt. Ich kann keinen von ihnen erreichen."

Er nickte.

„Sie wird es überleben, aber ich weiß nicht, ob sie jemals wieder gehen kann. Ihre Hüfte ist gebrochen und ihre Beine, beide mehrfach. Komplizierte, offene Brüche. Ich habe alles richten können, aber man weiß nie, wie sich so was entwickelt und wie es heilt."

„Sie wird leben", murmelte Dina wieder und wieder vor sich hin, „Ida wird leben.

Epilog – Capri, 1990

Die alte Dame strich sich das silbrig glänzende Haar zurück, das zu einem eleganten Knoten geschlungen war. Sie ging kerzengerade, mit federnden Schritten und steuerte quer über die kleine Piazza auf eines der filigranen Café-Tischchen zu und nahm direkt unter Capris Glockenturm Platz. Sie schlug die Beine übereinander und schob die Sonnenbrille nach oben – niemand hätte sie für einen Tag älter als sechzig gehalten, dabei würde sie in diesem Jahr die achtzig überschreiten. Ein Kellner stand sofort neben ihr, ohne dass sie nach ihm hätte rufen müssen.

„Das allerschönste Herbstwetter heute, nicht wahr? Was darf ich Ihnen bringen, Signora?

„Ich nehme einen Eistee, vielen Dank, Antonio."

Sie warf einen Blick in das belebte Rund der Piazza. Es war noch nicht Mittagszeit, aber die Tagesausflügler vom Festland überfluteten bereits das Inselstädtchen. Ihr gefiel das bunte Treiben. Distinguierte Frauen in eleganter Kleidung, viel zu warmen Pelzmänteln und mit Juwelen behangen, Familien mit Kindern und ganze Schwärme junger, bunt gekleideter Leute. Langhaarig, sonnenverbrannt und unbekümmert. Sie wurden vom angestammten Publikum auf der Insel oft abschätzig betrachtet, sie aber genoss es, sie anzusehen, kam für gewöhnlich leicht mit ihnen ins Gespräch und hatte auch viele von ihnen photographiert.

„Dina!"

Eine sehr schmale junge Frau, barfuß und in ein langes, indisch gemustertes Kleid gewandet, kam aus dem Gassengewirr auf sie zu.

„Marguerite! Wie schön, du bist noch hier!“

„Ja, wir sind heute Abend eingeladen – in den Bergen zu einem Fest bei den Ausgrabungswächtern an der Villa Tiberius und ich habe gefragt, ob ich Sie auch einladen darf.“ Sie wurde verlegen. „… also, nur, wenn Sie Lust dazu haben, natürlich. Es ist alles sehr einfach dort.“

„Sehr gern! Allerdings ist gestern mein … Schwager mit seiner Tochter angekommen, im Moment schlafen sie noch. Es ist ihre erste Reise, seit er Witwer ist … ich glaube, meine Nichte wäre begeistert. Ihr Vater eher weniger. Er ist nicht so der Typ, der am Lagerfeuer sitzt, singt und Gras raucht.“

„Fein, dann bringen Sie Ihre Nichte doch einfach mit. Wir treffen uns an der Biegung bei der Villa Helios, um neun Uhr, in Ordnung?“

Dina nickte. Diese jungen Leute waren so reizend. Offen und neugierig. Sie wollten anders leben als die Generationen vor ihnen und hatten jedes Recht dazu.

Sie selbst genoss diese Jahre. In ihrem Alter war jedes einzelne davon ein Geschenk. Sie hatte überlebt und es gab nichts mehr, wovor sie sich fürchtete. Idas Tod vor fast fünfzehn Jahren war das Letzte gewesen, was sie wirklich aus der Bahn geworfen hatte. Es geschah so plötzlich und natürlich viel zu früh. Ihr Herz spielte schon länger nicht mehr so recht mit, aber es hatte keine direkten Hinweise gegeben. Eines Morgens wachte sie einfach nicht mehr auf. Es war ein sanfter, friedlicher Tod, aber auch kompromisslos und damit passte er wieder zu ihr. Danach verkaufte Dina ihr gemeinsames Haus in der Corringham Road, welches Simon ihnen überschrieb, nachdem er sich in Kalifornien eine florierende Praxis aufgebaut hatte, wo er Stars und Sternchen beim Drogenentzug unterstützte, ihnen Antidepressiva verabreichte und die leichteren Fälle an einen Therapeuten überwies. Er war dankbar, nicht mehr wie in Europa Menschen mit schwersten Traumata einfach aufgeben zu müssen, weil ihnen niemand mehr helfen konnte.

Ohne Ida band Dina nichts mehr an England außer der Erinnerung an ihre gemeinsamen Jahre und die trug sie in sich.

Kurz darauf erwarb sie auf Capri eines der kleinen weißen Häuser, die wie Schwalbennester an den Abhängen der Insel klebten, und verbrachte nur noch die Monate Dezember bis März in London bei Tristan.

„Tante Dina!"

Sie drehte sich um und sah die beiden Menschen die Treppe an der Kirche herunterkommen, die sie heutzutage als ihre Familie betrachtete. Tristan war noch immer ein gutaussehender Mann mit grauen Schläfen und neben ihm ging sie – Dina schloss die Augen und fuhr sich mit der Hand über die Stirn. Diesen Streich spielte ihr die Wahrnehmung in letzter Zeit immer öfter. Sie sah ihr so ähnlich, dass es Dina manchmal fast schmerzte, sie anzusehen. Nicht nur das Aussehen, sondern die Art, wie sie sprach, ihre Gesten und die Stimme. Genauso würde Selene mit vierzig ausgesehen haben.

Sofort nach dem Krieg hatten sie begonnen, nach ihr und Dinas Familie zu suchen.

Siegfried und Luise Lohmann überlebten den Hamburger Feuersturm nur dadurch, dass sie direkt nach ihrer standesamtlichen Trauung am 23. Juli 1943 für einige Tage an die Nordsee fuhren, weil Siegfried wider alle Vernunft auf Flitterwochen bestand. Selbst mitten im Krieg blieb er der alte Romantiker. Eine Anfrage beim Roten Kreuz nach Selenes Verbleib unmittelbar nach Kriegsende verlief im Sande.

Anfang der 1950er Jahre hatte Dina ihre Suche in Deutschland fortgesetzt. Ida, die nach ihrer Operation mit einer bis dahin nicht gekannten Zähigkeit wieder laufen lernte, blieb dabei stets an ihrer Seite und half, auch Kontakt zu jüdischen Organisationen aufzunehmen, um nichts unversucht zu lassen. Erst 1953 offenbarte sich auf diesem Weg die entscheidende Spur in Gestalt von Ilse Bremer, verehelichte Goldmann, einer Mitgefangenen aus Neudeck, die Selene kannte. Sie waren gemeinsam im Winter 1942 nach Ravensbrück verlegt worden. Zu diesem Zeitpunkt war Selene durch die bereits sieben Jahre währende Haft sehr geschwächt und erkrankte während der Deportation, vermutlich an der Ruhr. Der gesamte Transport umfasste mehrere Waggons und bei der Ankunft hatten die wenigen Überlebenden auf den Leichen stehen und sitzen müssen.

Kein Gedenkstein würde je die Grabstätte Selenes kennzeichnen. Sie war vermutlich, wie so unendlich viele andere, als Rauch aus den Krematorien in den Himmel emporgestiegen und hatte so das Inferno hinter sich gelassen.

Dina zwang sich, die Augen zu öffnen, und blinzelte in das helle Sonnenlicht. Je älter sie wurde, desto öfter holten sie diese Bilder ein, die der Bericht der Mitgefangenen von Selene in ihrer Seele erzeugt hatte. Sie versuchte, sie beiseitezuschieben und durch wirkliche Bilder der Erinnerung zu ersetzen. Bilder glücklicher Momente in Hamburg genauso wie Bilder aus ihren vierzig Jahren mit Ida. Vierzig Jahre mit einer Frau, deren große Liebe sie war, so wie Selene für sie selbst. Ida hatte sich damit abgefunden, die Nummer zwei zu sein. Immerhin hatten sie zusammen ein Leben gelebt mit allen Höhen und Tiefen. Gute und schwierige Jahre. Ida ließ es sie nie spüren und dennoch fühlte Dina sich deshalb stets schuldig.

„Guten Morgen, Gnädigste! Wir haben verschlafen.“ Tristan küsste ihr die Hand. Alte Schule, während seine Tochter ihr strahlend um den Hals fiel.

„Ich möchte alles sehen! Mein Gott, ist das schön hier. Können wir gleich los?“

„Luna! Lass deine Tante doch in Ruhe ihren Tee trinken. Wir sind ja jetzt drei Wochen hier – man sollte meinen, du wärst vierzehn und nicht fast vierzig.“

Dina lächelte, stand auf und legte ihr einen Arm um die Schultern.

„Komm mit, meine Kleine, ich will euch meine Insel zeigen – und heute Abend überlassen wir deinen Vater seiner Lektüre und einer Flasche Rotwein und gehen auf eine wilde Party!“

Tristan bot Dina seinen Arm, sie hängte sich bei ihm ein und gemeinsam machten sie sich auf den Weg, die Insel zu erkunden. Sie fühlten sich so wohl miteinander, merkten nicht einmal, was für einen harmonischen Anblick sie boten und wie viele Augenpaare ihnen folgten, als sie die Piazza überquerten und in einer der kleinen Seitenstraßen verschwanden.

Liedertexte und -titel

Schöner Gigolo, armer Gigolo (1929)
Text: Julius Brammer
Musik: Leonello Casucci

Schöne Isabella aus Kastilien (1932)
Text: Gerd Karlick
Musik: Erwin Bootz

Am Sonntag will mein Süßer mit mir segeln geh'n
(beide Versionen 1929)
Text: Robert Gilbert
Musik: Anton Profes

Liebling, mein Herz lässt dich grüßen (1930)
Text: Robert Gilbert
Musik: Werner Richard Heymann

Die Internationale
Text: Emil Luckhardt
Musik: Pierre Degeyter

Si supieras, ursprünglich *La cumparsita* (1917)
Text: Enrique Maroni und Pascual Contursi
Musik: Gerardo Matos Rodriguez

Ein Freund, ein guter Freund (1930)
Text: Robert Gilbert
Musik: Werner R. Heymann

Veronika, der Lenz ist da (1930)
Text: Fritz Rotter
Musik: Walter Jurmann

Ich küsse Ihre Hand, Madame (1928)
Text: Fritz Rotter
Musik: Ralph Erwin

My Heart Is Bluer Than Your Eyes, Chérie (1929)
Text: Alfred Bryan
Musik: Monte Wilhite

Yes, Sir That's My Baby (1925)
Text: Gus Kahn
Musik: Walter Donaldson

On the Sunny Side of the Street (1930)
Text: Dorothy Fields
Musik: Jimmy McHugh

Historische Nachbemerkung

Bei den Ortsbeschreibungen habe ich mich an historischen Stadtplänen aus der Zeit um 1930 orientiert. Manche Straßen hießen damals anders als heute, bei manchen hat sich nach dem Krieg aufgrund der weitreichenden Zerstörung auch der Straßenverlauf geändert. In dieser Geschichte trifft dies besonders auf die Marschroute der Demonstration am „Altonaer Blutsonntag" (17. Juli 1932) zu. Der junge Bruno Tesch, den Dina auf der Demonstration in Altona trifft, ist einer der vier zum Tode verurteilten Männer, die angeblich geschossen haben sollen. Die Todesurteile wurden 1933 im Sommer vollstreckt. Die Urteile wurden 1992 von der deutschen Justiz nachträglich aufgehoben.

Der Dienstsitz von Gustav Kröger, das Gestapo-Hauptquartier von Hamburg, befand sich an der Stadthausbrücke 8, am Bleichenfleet, wo heute die Stadtentwicklungsbehörde untergebracht ist.

Adolf Hitler war zwischen 1933 und 1945 zwölf Mal in Hamburg und ist auch über die Isestraße gefahren worden. Die Aussperrung der jüdischen Studenten aus den Hörsälen der Universität im Januar 1932, bei der Simon und Friedrich verletzt wurden, hat leider ebenfalls tatsächlich stattgefunden. Die Bücherverbrennung wurde fast landesweit am 10. Mai 1933 durchgeführt. In Hamburg konnte man erst fünf Tage später zur Tat schreiten, weil es davor aufgrund starker Regenfälle zu nass war.

Die zitierten Liedertexte stammen großteils aus dem Repertoire der Comedian Harmonists. Die Geschichte dieser immens erfolgreichen A-cappella-Formation kann man verschiedentlich nachlesen. Die Gruppe, die sich 1927 gegründet hatte, feierte ihre größten Erfolge bis 1933. Aufgrund der Tatsache, dass drei der Sänger als Juden bzw. „Nicht-Arier" eingestuft wurden, kam es schnell zu Restriktionen, Konzertabsagen und Auftrittsverboten und die Gruppe brach auseinander. Ein Teil blieb in Deutschland und arbeitete dort unter anderem Namen weiter. Die emigrierten Mitglieder traten zunächst weiter sehr erfolgreich weltweit unter dem alten Namen auf, später als Comedy Harmonists. Beide Splittergruppen existierten kurioserweise bis 1941. Die Exilantengruppe zerfiel nach einer großen Tournee. Die in Deutschland verbliebenen Mitglieder wurden im selben Jahr mit einem Auftrittsverbot belegt.